BRUCKNER-PROBLEME

BEIHEFTE ZUM
ARCHIV FÜR MUSIKWISSENSCHAFT

HERAUSGEGEBEN VON
HANS HEINRICH EGGEBRECHT
IN VERBINDUNG MIT REINHOLD BRINKMANN,
LUDWIG FINSCHER, KURT VON FISCHER,
WOLFGANG OSTHOFF UND ALBRECHT RIETHMÜLLER

BAND XLV

FRANZ STEINER VERLAG STUTTGART
1999

ALBRECHT RIETHMÜLLER (Hg.)

BRUCKNER-PROBLEME

INTERNATIONALES KOLLOQUIUM
7.–9. OKTOBER 1996 IN BERLIN

MIT 4 ABBILDUNGEN UND 48 NOTENBEISPIELEN

FRANZ STEINER VERLAG STUTTGART
1999

Die Deutsche Bibliothek - CIP-Einheitsaufnahme

[Archiv für Musikwissenschaft]
Beihefte zum Archiv für Musikwissenschaft. - Stuttgart : Steiner
    Früher Schriftenreihe
    Reihe Beihefte zu: Archiv für Musikwissenschaft
    Bd. 45. Bruckner-Probleme. - 1999
Bruckner-Probleme : internationales Kolloquium 7. - 9. Oktober
1996 in Berlin / Albrecht Riethmüller (Hg.). - Stuttgart : Steiner,
1999
    (Beihefte zum Archiv für Musikwissenschaft ; Bd. 45)
    ISBN 3-515-07496-1

ISO 9706

Zum Gedenken
an Hans H. Eggebrecht

5. 1. 1919 – 30. 8. 1999

Vorwort

Wenige Tage vor Anton Bruckners 100. Todestag fand vom 7. bis 9. Oktober 1996 im Harnack-Haus der Max-Planck-Gesellschaft in Berlin-Dahlem das internationale Kolloquium „Bruckner-Probleme" statt. Veranstaltet wurde es vom Musikwissenschaftlichen Seminar der Freien Universität Berlin zusammen mit der Kommission für Musikwissenschaft der Akademie der Wissenschaften und der Literatur, Mainz. Im vorliegenden Band sind die dort untersuchten und diskutierten „Bruckner-Probleme" versammelt. Der Titel zielt auf einzelne Fragen ab, keineswegs darauf, den Komponisten mit seinem Werk zu einem „Problem Bruckner" zu stilisieren.

Unterstützt wurde die Tagung von der Deutschen Forschungsgemeinschaft, der Freien Universität Berlin und dem Verein der Freunde und Förderer der Akademie der Wissenschaften und der Literatur, Mainz. Ihnen gilt ebenso Dank wie allen Mitarbeiterinnen und Mitarbeitern des Musikwissenschaftlichen Seminars der Freien Universität Berlin, die bei der Vorbereitung und Durchführung des Kolloquiums geholfen haben, namentlich Dr. Christa Brüstle für ihren großen Einsatz im Laufe aller Planungsstadien. Gleicher Dank gilt denen, die bei der Drucklegung des Bandes mitgewirkt haben, voran Dr. Guido Heldt und cand. phil. Insa Bernds (von der auch die Zusammenfassungen der Diskussionen am Ende der Teile I–IV stammen). Für ihre Teilnahme an dem Kolloquium und für die Bereitschaft, die Manuskripte zum Druck vorzubereiten, sei den Referentinnen und Referenten besonders gedankt.

Albrecht Riethmüller

Inhalt

IV

V

Bruckners Rolle in der Kulturgeschichte Österreichs

von

Rudolf Flotzinger

Einen unumstrittenen Platz nimmt Bruckner wohl nur in der österreichischen, weniger in der allgemeinen Musikgeschichte ein. Daß damit seine Rolle in der österreichischen Kultur- und Geistesgeschichte korreliere, liegt nahe, doch dürfte der Versuch einer differenzierteren Annäherung an diese Frage lohnen.

I. Neuere Musikgeschichtsschreibung

Von Bruckner geht noch immer eine gewisse Irritation aus, die bereits seine Zeitgenossen befallen hatte: Er erwies sich für Publikum und Schriftsteller schwer einzuordnen, und noch immer gilt er als nahezu isoliert, die Rezeption lief nur schleppend an (in Österreich zuerst, in Deutschland erst gegen seinen hundertsten Geburtstag[1], in den romanischen Ländern noch stärker verzögert; Internationalität erreichte Bruckner überhaupt erst in den 1960er Jahren[2]), und die Wissenschaft ist zum hundertsten Todestag offensichtlich noch immer damit beschäftigt, ein neues Bruckner-Bild zu suchen.

Überblickt man die allgemeine (d.i. nicht speziell brucknerbezogene) musikgeschichtliche Literatur, fällt folgendes auf: Etwa in jedem zweiten Titel[3] wird Bruckner ausdrücklich als *Österreicher* (*österreichisch*, allenfalls *süddeutsch*) bezeichnet (und zwar vor allem, nämlich von zwei Dritteln, von nicht-österreichischen Autoren). Daß dies nach 1918 und 1945 jeweils deutlich häufiger geschieht (diesmal auch durch österreichische Autoren), scheint politisch motiviert zu sein, d.h. ich möchte die Tatsache selbst bei den Österreichern nur zum Teil auf Emphase oder echten Stolz zurückführen, vielmehr neuerlich auf ein gewisses Erklärungsbedürfnis, das heißt ebenfalls auf Irritation. Dies ist auch daran

---

[1] Vgl. Guido Adler, *Anton Bruckners Stellung in der Musikgeschichte*, in: In Memoriam Anton Bruckner. Festschrift zum hundertsten Geburtstag Anton Bruckners, hg. von Karl Kobald, Zürich/Wien/Leipzig 1924, S. 7–20.

[2] Manfred Wagner, *Anton Bruckner*, in: Musik in Österreich. Eine Chronik in Daten, Dokumenten, Essays und Bildern, hg. von Gottfried Kraus, Wien 1989, S. 276. Dabei liegt, nur geringfügig anders als im Falle Mahler (vgl. Kurt Blaukopf, *Musik im Wandel der Gesellschaft. Grundzüge der Musiksoziologie*, München/Zürich 1982, S. 87), der Verdacht nahe, es könnte daran auch die weitere Irritation durch die Darmstädter Moderne ihren Anteil haben.

[3] Den folgenden Zahlen liegt ein Literaturkorpus von 68 Titeln zugrunde, das hier genauer zu dokumentieren jedoch zu weit führen würde; daher erfolgen die Angaben auch nur pauschaliert.

ersichtlich, daß viele (und keineswegs nur österreichische) Autoren sich bei
dieser Gelegenheit sogar zu dem Versuch gedrängt fühlen, dieses „Österreicher-
tum" oder „Österreichische" näher zu bestimmen. (Dies hier weiter zu verfolgen,
würde allerdings zu weit führen.)

In Hinblick auf ein brauchbareres (neues?) Bruckner-Bild ist in jüngerer Zeit
unter anderem die Arbeit des Linzer Anton-Bruckner-Instituts (ABIL) zu nennen,
das seit 1978 unter Franz Grasberger und Othmar Wessely, gewissermaßen in
Nachahmung längst etablierter Forschungs-Institute für andere große Komponisten, durch möglichst vollständige Aufarbeitung der vorhandenen Quellen und
Schriften, mit Symposien und Publikationen an die Sache herangeht[4]. Relativ
erfolgreicher scheinen mir Einzelautoren zu sein, darunter Manfred Wagner
(etwa mit seinem Aufsatz *Zum Formalzwang im Leben Anton Bruckners*[5] und in
seinen beiden *Bruckner*-Biographien[6]) oder Johannes Leopold Mayer (dessen
Antibürger und Verweigerer Bruckner wohl überzeichnet ist, aber ein für eine
Neuordnung notwendiges Gegenbild darstellt und viel Richtiges enthält[7]) und
nicht zuletzt Hans Heinrich Eggebrecht mit seinem „Versuch über Bruckner"[8].
Ging nun Wagner sogar von einer gewissen Konstanz der Aussagen über Bruckner aus, ortet Eggebrecht eine eklatante Widersprüchlichkeit der Literatur, findet
aber immerhin eine unangepaßte, aufs Absolute zielende und in sich wider-
spruchslose Persönlichkeit. Nur indem das Absolute, auf das seine Musik gerichtet sei, sich auch für ihn im christlichen Gott und die Beziehung zu diesem in
barocker Weise vollzieht, könnte man sogar bei Eggebrecht eine gewisse österreichische Note angesprochen sehen; nicht jedoch, wenn er von Schleiermacher
und der Kunstreligion der Romantik spricht. Kompositorisch macht Eggebrecht
sein Ergebnis an der „syntaktischen Struktur" der Brucknerschen Musik, ihren
additiven Prinzipien und ihrer Rhetorik fest, er betont aber die Individualität
dieser Lösung, die gattungsgeschichtlich „nicht ableitbar" sei. Demgegenüber
hatte 1966 der Österreicher Harald Kaufmann gerade „in der Musik Bruckners ...
die parataktische Entwicklungslinie im geographischen Umkreis Österreichs zu
jener Eigenart gediehen" gesehen[9], die für ihn neben Allegorie und Integralität

---

[4] In dieser Form schon 1919, und zwar von deutscher Seite gefordert: Georg Göhler, *Wichtige Aufgaben der Musikwissenschaft gegenüber Anton Bruckner*, in: Zeitschrift für Musikwissenschaft 1 (1918/19), S. 293–295.

[5] Manfred Wagner, *Zum Formalzwang im Leben Anton Bruckners*, in: Österreichische
Musikzeitschrift 29 (1974), S. 418–426; ebenso in: Kultur und Politik. Politik und Kunst (=
Studien zu Politik und Verwaltung 37), Wien/Köln/Graz 1991, S. 160–168.

[6] Manfred Wagner, *Bruckner* (= Goldmann-Schott 33027), Mainz 1983; ders., *Anton Bruckner. Sein Werk – sein Leben* (= Musikportraits 1), Wien 1995.

[7] Johannes Leopold Mayer, *Musik als gesellschaftliches Ärgernis – oder: Anton Bruckner,
der Anti-Bürger*, in: Anton Bruckner in Wien (= Anton Bruckner. Dokumente und Studien 2),
Graz 1980, S. 75–156.

[8] Hans Heinrich Eggebrecht, *Musik im Abendland. Prozesse und Stationen vom Mittelalter
bis zur Gegenwart*, München/Zürich 1991, S. 694–707.

[9] Das Wort geht weniger auf die Literaturwissenschaft zurück als auf: Theodor W. Adorno,
Parataxis. Zur späten Lyrik Hölderlins, in: Neue Rundschau 75/1 (1964), S. 15–46; ebenso in:
Noten zur Literatur 3 (1968), S. 156–209.

„das Österreichische in der Musik" (d.h. deren Allgemeines) ausmachte[10]. Von daher ist auch für Wagner Bruckners „Parataxe" zumindest einer der Trends, welche die jüngere Bruckner-Rezeption kennzeichneten[11]. Man sieht, daß die Urteile kaum gegensätzlicher sein könnten (verschärft ausgedrückt, steht unter anderem syntaktisch vs. parataktisch[12] und einzigartig vs. prototypisch[13]). Ein weiteres Extrem stellt schließlich der Versuch von Martin Geck dar, die Symphonie „von Beethoven bis Mahler" insgesamt als „Kind des Idealismus" darzustellen[14]. Der Idealismus ist zweifellos *die* deutsche philosophische Richtung des 19. Jahrhunderts, doch kann sie nicht bedenkenlos auf Österreich[15] übertragen werden. Und Bruckner in die Nähe der Philosophie zu rücken, fällt schwer.

II. Darstellungen österreichischer Kulturgeschichte

Hier ist das Resultat zunächst noch enttäuschender: In Egon Friedells allgemeiner *Kulturgeschichte der Neuzeit* (1931) fällt zwar kurz der Name Brahms, nicht aber Bruckner[16]. Ebensowenig in Hans Sassmanns in demselben Geist geschriebener *Kulturgeschichte Österreichs*[17]. In den vor 1946 in der Emigration geschrieben *Geistigen Strömungen in Österreich 1867–1918* des Österreichers Albert Fuchs findet sich nur eine Fußnote im Kapitel „Katholizismus":

„Der einzige streng katholische und dabei international bedeutende österreichische Künstler dieser Zeit dürfte Anton Bruckner gewesen sein."[18]

In der *Kultur- und Wirtschaftsgeschichte Österreichs* (1952) von Ludwig Reiter heißt es:

„Zwar findet die liberale Salonwelt den ‚Stocklandler' Anton Bruckner polizeiwidrig aufreizend und ‚verworren' (skandalöser Durchfall der Dritten Symphonie 1877), dagegen wird der Epigone Johannes Brahms, der die ganze Ringstraße mit ihren Karytiden und Stuckplafonds, Krinoli-

---

[10] Harald Kaufmann, *Versuch über das Österreichische in der Musik*, in: Protokolle 67, Wien/München 1970, ebenso in: Fingerübungen. Musikgesellschaft und Wertungsforschung, Wien 1970, S. 24–43, bes. 32ff.

[11] Wagner, *Bruckner, Werk und Leben*, a.a.O., S. 8, 16.

[12] Diese Frage scheint mir weitgehend terminologischer Natur zu sein, indem Syntax und Parataxe wohl Gegenbegriffe aus der Sprachanalyse sind, Kaufmann und Wagner aber das meinen, was Eggebrecht (wohl besser) „additiv" nennt.

[13] Diese Frage dürfte für österreichische Autoren eher außer Streit stehen.

[14] Martin Geck, *Von Beethoven bis Mahler. Die Musik des deutschen Idealismus*, Stuttgart/Weimar 1993.

[15] Wo die Philosophie wesentlich empirisch bestimmt war; vgl. Rudolf Haller, *Studien zur Österreichischen Philosophie. Variationen über ein Thema*, Amsterdam 1979, bes. S. 5–22.

[16] Egon Friedell, *Kulturgeschichte der Neuzeit 3: Die Krisis der europäischen Seele von der schwarzen Pest bis zum Weltkrieg*, München 1931.

[17] Hanns Sassmann, *Kulturgeschichte Österreichs vom Urzustand bis zur Gegenwart*, Wien 1935.

[18] Albert Fuchs, *Geistige Strömungen in Österreich 1867–1918*, Nachdruck der Ausgabe 1949 mit einem Vorwort von Friedrich Heer, Wien 1984, S. 286.

nen und Zylindern instrumentiert, vom allmächtigen Organ der Hochfinanz, von der *Neuen
Freien Presse*, zum Klassiker ausgerufen und in Lorbeeren förmlich erstickt."[19]

Der Amerikaner William M. Johnston (*Österreichische Kultur- und Geistesgeschichte*, 1972) läßt mit einer Überschrift aufhorchen: „Vier verfolgte Neuerer:
Bruckner, Wolf, Mahler, Schönberg". Aber schon der erste Satz ernüchtert:

„Die vier einfallsreichsten Komponisten Österreichs, die in der Zeit zwischen 1880 und 1938
tätig waren, litten ohne Unterschied unter den Schmähungen Hanslicks. Der erste dieser Märtyrer und der vielleicht am meisten idiosynkratische war Anton Bruckner", usw.[20]

Von Hanna Domandl (*Kulturgeschichte Österreichs*, 1992) wird Bruckner mehrmals als Wagnerianer und Ausgangspunkt für Mahler erwähnt, einmal im Register allerdings mit dem Schriftsteller Ferdinand Bruckner verwechselt, im übrigen aber folgendermaßen charakterisiert:

„Man zog die Persönlichkeit des Komponisten, seinen oberösterreichischen Dialekt, seine
plumpe bäuerliche Kleidung, seinen offen gezeigten kindlichen Glaubenseifer ins Gespött.
Wenn Bruckner auch zahlreiche Ehrungen erhielt, so standen doch die Zeitgenossen im allgemeinen seinen riesig angelegten Sinfonien verständnislos gegenüber."[21]

Bei dem anglo-amerikanischen Autorenduo Janik und Toulmin (*Wittgenstein's
Vienna*, 1973), die eigentlich eine spätere Zeit im Visier haben, gibt Bruckner
eine gewisse Folie ab für den Physiker Ludwig Boltzmann (dessen Klavierlehrer
er war), den Kritiker Hanslick sowie die Komponisten Mahler und Schönberg[22].
Bei dem Amerikaner Carl E. Schorske (*Fin-de-Siècle Vienna*, 1980) kommt der
Name Bruckner erwartungsgemäß nicht mehr vor[23]. Hilde Spiel (1911–90) schließlich geht in ihrem *Glanz und Untergang* (1987) zwar nicht näher auf Bruckner
ein, ihre wenigen Bemerkungen charakterisieren ihn jedoch wiederum in durchaus zutreffender Weise (sie spricht vom „heldischen Pathos seiner monumentalen
Symphonien", nennt ihn einen „Wagner-Anhänger wie Hugo Wolf" und spricht
von seinem Einfluß auf Mahler[24]).

Nicht nur, daß mit dieser dürftigen Liste und auch Herkunft der genannten
Autoren ein bezeichnendes Licht auf die österreichische Kulturgeschichtsschrei-
bung fiele. Alle (nicht nur die Ausländer) bringen weitgehend Trivialbilder und
Bruckner bestenfalls mit der österreichischen Kultur-, kaum aber der Geistesgeschichte in Zusammenhang. Nur Johnston vermerkt auch:

[19] Ludwig Reiter, *Kulturgeschichte und Wirtschaftsgeschichte Österreichs*, Salzburg 1952,
S. 243.
[20] William M. Johnston, *The Austrian Mind, an Intellectual and Social History 1848-1938*,
Univ. of California Press 1972; deutsch als: *Österreichische Kultur- und Geistesgeschichte.
Gesellschaft und Ideen im Donauraum 1848 bis 1938*, Wien 1972, S. 145.
[21] Hanna Domandl, *Kulturgeschichte Österreichs. Von den Anfängen bis 1938*, Wien 1992,
²1993, S. 341, 467, 549, 610, 637; bes. 548.
[22] Allan Janik/Stephen Toulmin, *Wittgenstein's Vienna*, New York 1973, S. 92, 104, 107,
110.
[23] Carl E. Schorske, *Fin-de-Siècle Vienna – Politics and Culture*, New York 1980; deutsch
als: *Wien. Geist und Gesellschaft im Fin de Siècle* (= Serie Piper 1692), München/Zürich 1992.
[24] Hilde Spiel, *Glanz und Untergang. Wien 1866 bis 1938*, Wien 1987; zit. dtv sachbuch
30422, S. 161f., 165f., 173.

„1891 zeichnete man Bruckner – zur Bestürzung Hanslicks – als ersten Komponisten überhaupt mit dem Ehrendoktorat der Universität Wien aus: Kritiker hatten dergleichen Ehrungen routinemäßig erhalten."[25]

Auch diese Bemerkung ist einigermaßen tendenziös, andere trivial bis naiv. Ebensowenig wie Janik/Toulmin in bezug auf den Physiker Ludwig Boltzmann (1844–1906) geht Johnston beispielsweise der Frage nach, ob Bruckner einen Einfluß auf den Psychologen Christian von Ehrenfels (1859–1932), ebenfalls Bruckner-Schüler, ausgeübt haben könnte – etwa auf seine Gestaltqualitäten. Auffällig ist schließlich, daß sich zum Beispiel der kulturhistorisch und an Österreich und speziell seiner Musik so interessierte einheimische Schriftsteller Hans Weigel nicht zu Bruckner äußert[26].

Als repräsentativ für das heutige Allgemeinverständnis (d.h. mit hinreichender Berücksichtigung historischer Forschung und Erfassung der aktuellen politischen Lage) sei das Buch *Österreich und die Deutschen* (1987) des Journalisten Engelbert Washietl herausgegriffen[27]. Hier fallen, wenn er gegen die Tendenz deutscher Historiker und Unternehmungen auftritt, allzu selbstverständlich österreichische (Kultur)schaffende zu vereinnahmen, zur beispielhaften Andeutung der Unterschiede[28] folgende Namen[29]: Stefan Zweig, Arthur Schnitzler, Hofmannsthal, Bruckner und Grillparzer. Auch wenn diese Liste zum Teil aus dem Zusammenhang entsteht, würde sich eine gewisse Repräsentativität dieser Namen, die ja reichlich alt sind, wie wir sehen werden, statistisch bestätigen lassen[30]. Im übrigen wäre zu ergänzen, daß es in der Vergangenheit auch Ansprüche in umgekehrter Richtung gab, gerade in der Musik: der deutschen wäre – mit Ausnahme Bach und Wagner – ihre Bedeutung meist erst durch die österreichische zugewachsen[31]. Dieser kulturelle Kleinkrieg[32] hat also Tradition, ist allerdings auch nur als historisches Produkt zu verstehen.

---

[25] Johnston, Österreichische Kultur- und Geistesgeschichte a.a.O., S. 145.

[26] Zum Beispiel Hans Weigel, *Flucht vor der Größe. Sechs Variationen über die Vollendung im Unvollendeten*, Graz/Wien/Köln 1978; ders., *Apropos Musik. Kleine Beiträge zu einem großen Thema*, Graz/Wien/Köln 1982.

[27] Als Beispiel seiner Wirksamkeit sei das Zitat durch einen amerikanischen Germanisten erwähnt: Edward Larkey, *Pungent Sounds. Constructing Identity with Popular Music in Austria* (= Austrian Culture 9), New York etc. 1993, S. 315.

[28] Er spricht von den „Kristallgittern des Schaffens" und ihren „Strukturen".

[29] Engelbert Washietl, *Österreich und die Deutschen*, Wien 1987, S. 153.

[30] Tendenz des insgesamt nicht unsympathischen Buches ist etwa: „Denn die deutsche Welt ist noch immer erheblich anders als die österreichische, und das liegt nicht nur an den Folgen der Gegenreformation" (S. 171).

[31] Zum Beispiel Max v. Millenkovich-Morold, *Die österreichische Tonkunst*, Wien/Leipzig 1918; vgl. Rudolf Flotzinger, *Musikwissenschaft und der österreichische Mensch*, in: Die Universität und 1938 (= Böhlaus zeitgeschichtliche Bibliothek 11), Wien/Köln 1989, S. 151.

[32] „Die offizielle Politik Österreichs ... ist [1987] nicht die Abgrenzung, sondern eine Abhebung des Österreichischen und die Betonung des Eigenen" (Washietl, S. 153).

III. Einzelstimmen außerhalb der Musikszene

Einen willkommenen Ansatzpunkt liefert der Philosoph Ludwig Wittgenstein (1889–1951), dessen *Vermischte Bemerkungen* – keineswegs überraschend, wenn man Herkunft und Erziehung bedenkt – eine Reihe von Gedanken über Musik enthalten. Hier schrieb er 1929:

„Ich glaube, das gute Österreichische (Grillparzer, Lenau, Bruckner, Labor) ist besonders schwer zu verstehen. Es ist in gewissem Sinne subtiler als alles andere, und seine Wahrheit ist nie auf Seiten der Wahrscheinlichkeit."[33]

Also bereits hier, abgesehen vom philosophischen Aspekt (Wahrheit und Wahrscheinlichkeit), die Verbindung mit *dem* Österreichischen. Daß dieses Wort, noch dazu als „gut" qualifiziert, von der berühmten *Rede über Österreich* von Anton Wildgans (1881–1932) vom Herbst desselben Jahres 1929 angeregt sein könnte, ist aus zeitlichen Gründen nicht möglich[34]. Nicht das „gute Österreichische", wohl aber der „gute Österreicher" ist nämlich um einiges älter: etwa 1871 (also vor dem Hintergrund der Einigung Deutschlands) bei dem Feuilletonisten Daniel Spitzer (1835–93)[35] und 1915 bei dem Schriftsteller Josef August Lux (1871–1947)[36] zu finden[37]. Indem Wittgenstein dieses Österreichische nur durch je zwei Dichter und Musiker (aus unterschiedlichen Generationen) repräsentiert sein läßt, mißt auch er der Musik in Österreich (neben der Dichtung oder sagen wir: Sprache, nicht aber Malerei oder Architektur) eine besondere Rolle zu[38], und

---

[33] Ludwig Wittgenstein, *Vermischte Bemerkungen. Eine Auswahl aus dem Nachlaß*, hg. von Georg H. von Wright, Frankfurt a.M. 1977, S. 14.

[34] Sie wurde zwar im Herbst 1929 verfaßt, aber erst am 1. Januar 1930 im österreichischen Rundfunk gehalten und später veröffentlicht. Noch weniger kommt der Ausdruck „wahres Österreich" in Robert Musils Roman *Der Mann ohne Eigenschaften* von 1930 (hg. von Adolf Frise, Hamburg 1952, S. 134, 296) in Frage.

[35] In einer Satire anläßlich des 80. Geburtstages von Grillparzer; Daniel Spitzer, *Eine neue Klassifikation der Österreicher*, in: *Meisterfeuilletons*, hg. von Walter Obermaier, Wien 1991, S. 136ff.

[36] Josef August Lux, *Der österreichische Bruder. Ein Buch zum Verständnis Österreichs* (= Deutsche Bücher 2), Stuttgart/Berlin/Leipzig [1915], S. 65, 70. Ihm geht es um eine engere Verbindung zwischen Deutschland und Österreich-Ungarn („deutscher Geist und österreichische Seele müssen ineinander aufgehen, wenn wahre Kultur zustande kommen soll", S. 23). Schließlich ist eine Bezugnahme auf Spitzer nicht unwahrscheinlich, weil Lux u. a. auch einen Grillparzer-Roman geschrieben hat.

[37] Derartige Ansichten sind inzwischen zum Klischee geworden und laufen heute unter dem Schlagwort „Musikland Österreich". Vgl. Susanne Breuss, Karin Liebhart und Andreas Pribersky, *Inszenierungen. Stichwörter zu Österreich*, Wien 1995, S. 204.

[38] Von weiteren sich daraus ergebenden Fragen interessiert hier beispielsweise, ob er mit den vier Namen gleichzeitig charakteristische Verbindungen zu Wien aus verschiedenen Provinzen belegen wollte: da alle vier Genannten in Wien gestorben sind, aber nur Franz Grillparzer (1791–1872) auch geborener Wiener war und die Stadt kaum verlassen hat (also vielleicht ein Wienertum im engeren Wortsinn repräsentiert), Nikolaus Niembsch Edler von Strehlenau aus dem Banat stammte (geboren 1802), über Wien und Süddeutschland nach Amerika ging, von wo er bereits ein Jahr später enttäuscht zurückkehrte und abwechselnd in Wien, im Salzkammergut und in Schwaben lebte (er starb 1850), Bruckner (1824–1896) 1868 aus Oberösterreich nach Wien kam, und schließlich der jung erblindete Josef Labor (1842–1924) aus Böhmen stammte.

Bruckner wird zum Gegenstück des Dichters Grillparzer. Dieser gilt allgemein als österreichischer Klassiker und Ahnherr der neueren österreichischen Literatur; ähnlich unumstritten ist allerdings Bruckner in der Musikgeschichte wiederum nicht. Was Wittgenstein gemeint haben könnte, sagen auch weitere Bemerkungen über Bruckner nicht sofort: Zweimal stellt er ihn (durchaus begründend) Brahms und einmal ebenso zutreffend Mahler gegenüber[39]; doch zwei helfen weiter: 1931 scheint er die Entstehung des Österreichischen – vielleicht bezogen auf 1918 – in einer Art Reinigungsprozeß zu sehen:

„Die Musik Bruckners hat nichts mehr von dem langen und schmalen (nordischen?) Gesicht Nestroys, Grillparzers, Haydns etc., sondern hat ganz und gar ein rundes, volles (alpenländisches?) Gesicht, von noch ungemischterem Typus als das Schuberts war."[40]

Abgesehen von den Klammerausdrücken überzeugt er mit den Namen Haydn und Schubert auf musikalischer Seite sowie Grillparzer und Nestroy auf literarischem Gebiet besser, obwohl er Ähnliches wie 1929 im Auge zu haben scheint. Schließlich sagt er 1938, die Brucknersche 9. Symphonie sei „gleichsam ein Protest gegen die Beethovensche und dadurch wird sie erträglich, was sie als eine Art Nachahmung nicht wäre. Sie verhält sich zur Beethovenschen sehr ähnlich, wie der Lenausche Faust zum Goetheschen, nämlich der katholische Faust zum aufgeklärten."[41] Zu dem Organisten und Kammerpianisten des in Gmunden lebenden Königs Georg von Hannover, Josef Labor (1842–1924), schließlich weiß bereits die Wittgenstein-Literatur von den engen persönlichen Beziehungen zur Familie und daß er heute weitgehend vergessen sei[42]. Wittgenstein selbst erwähnt seinen Ernst, die unromantische Haltung seiner Musik und Sprachähnlichkeit seines Spiels, wobei der Improvisation – Labor war blind – große Bedeutung zukommt und über die Orgel sogar ein zusätzliches assoziatives Moment zu Bruckner (und Oberösterreich) bestehen dürfte. Auf ähnliche Mechanismen werden wir noch einmal stoßen, zuvor noch einige weitere Stimmen (ebenfalls in mehr assoziativer denn chronologischer Reihenfolge):

Der schon genannte Josef August Lux stellt Bruckner 1915 in einer Weise heraus, die wir heute bereits als eine Ansammlung von Klischees empfinden: die große Orgel von Sankt Florian, „unter der Bruckner begraben liegt, der größte musikalische Genius Österreichs nach Beethoven", „daß Bruckners Kunst von der Orgel herkommt, die seinem tief religiösen Empfinden die rechte Sprache gibt seiner überweltlichen katholischen Mystik, ... weshalb er im nüchternen Norden nicht recht verstanden wird", usw.[43]

---

[39] Eine weitere Beobachtung bestätigt jedenfalls Wittgensteins musikalische Kompetenz; *Vermischte Bemerkungen*, a.a.O., S. 30, 55, 45, 70.

[40] Ebd., S. 48.

[41] Wittgenstein, *Vermischte Bemerkungen*, a.a.O., S. 70.

[42] Janik/Toulmin, *Wittgenstein's Vienna*, a.a.O., S. 172, 175; für die Beziehungen zur Familie spielt zweifellos Gmunden (die Familie war im Salzkammergut begütert und verbrachte dort regelmäßig die Sommer) eine große Rolle; vgl. im übrigen Paul Kundi, *Josef Labor*, maschschr. Diss. Wien 1962; Josef N. Moser, *Johannes Evangelist Habert 1833–1896. Ein oberösterreichischer Komponist und Musiktheoretiker*, Gmunden 1976, bes. S. 59–67.

[43] Die Erklärung der oben (Anm. 37) aufgeworfenen Frage könnte daher durchaus Lux sein:

Der deutsche Philosoph Ernst Bloch (1885–1977) äußerte sich in seinem *Geist der Utopie* (1918)[44] über Bruckner neben Mahler und Strauss: Er schöpfe „mehr noch aus dem ‚kosmischen‘ denn aus dem ‚intelligiblen‘ Reich", „doch ist er so sorgsam als er wechselreich und tief ist". Vor allem aber hat er nach Wagner „wieder melismatische, kammermusikalische Kultur der Stimmen eingeführt" und das Finale-Problem der Symphonie als „Entrücktwerden zur Musik" gelöst[45]. Es dürfte kein Zweifel darüber bestehen, daß Blochs Bruckner-Bild nicht nur von Halm, sondern auch und vor allem von seinen eigenen Intentionen geprägt ist: Nur so gelingt ihm überhaupt der Sprung vom Klischee des nicht-intellektuellen Bruckner zur Philosophie.

Für den gleich alten und in Hinblick auf die Musik zumindest nicht weniger kompetenten Stefan Zweig (1881–1942)[46] ist Bruckner kein Thema. In seiner um 1940 im Exil geschriebenen *Welt von Gestern* kommt aber auch er auf „das Österreichische" zu sprechen. Dabei erwähnt er ein „unsterbliches Siebengestirn der Musik", das von Wien aus „über die Welt geleuchtet" habe: „Gluck, Haydn und Mozart, Beethoven, Schubert, Brahms und Johann Strauß"[47]. Auch er betont als wesentliches, jedoch dauerndes (und nicht, wie bei Wittgenstein, zu überholendes) Kriterium den synthetischen Charakter Wiens[48]. Warum sich Zweig in dem bekannten Lagerdenken sozusagen eindeutig für Brahms und gegen Bruckner entschied, hat wohl mehrere Gründe. Wittgenstein hatte Brahms und Bruckner nach stilistischen Unterschieden und inhaltlichen Vereinnahmungen auseinandergehalten, Zweig aber schweigt darüber recht eindrucksvoll. Ich versuche zu interpretieren: Ein bezeichnender, meist unterschätzter Unterschied zwischen den beiden Musikern ist ihre Stellung, die Art und der Grad ihrer Freiheit: Brahms lebte in ganz einzigartiger „bürgerlicher" Weise von der Vermarktung seiner Werke, Bruckner hätte das gar nicht gekonnt und sah sich stets an eine Dienstnehmerrolle (Schulmeister, Organist, Lehrer, Lektor, Professor) gebunden. Sie repräsentieren also zwei unterschiedliche Entwicklungsstränge aus den alten feudalen Bindungen heraus: Im einen Fall traten Großbürger und Magnaten

Labor stammt eindeutig aus der persönlichen Sphäre, die anderen drei aber spielen hier eine ähnlich gewichtige Rolle: Grillparzer als „der österreichischeste Österreicher" (Lux, *Der österreichische Bruder*, a.a.O., S. 39), Lenau „der letzte Dichter" (ebd., S. 64) und Bruckner „der größte musikalische Genius Österreichs nach Beethoven" (ebd., S. 56).

[44] Abdruck daraus: *Ernst Bloch, Mahler, Strauss, Bruckner*, in: Die Musik 15 (1923), S. 667–670.

[45] In diesem Sinne stellt er Bruckner sogar deutlich über Mahler (von Strauss nicht zu reden) und verweist zuletzt auf August Halm als dessen „hingebungsvollen Deuter".

[46] Man denke an seine berühmte Musikautographen-Sammlung.

[47] Stefan Zweig, *Die Welt von Gestern. Erinnerungen eines Europäers* (1944; zit. nach Fischer Tb 1152, Frankfurt a.M. 1970, S. 27).

[48] „ ... alle diese Kontraste harmonisch aufzulösen in ein Neues und Eigenartiges, in das Österreichische, in das Wienerische. Aufnahmewillig und mit einem besonderen Sinn für Empfänglichkeit begabt, zog diese Stadt die disparatesten Kräfte an sich, entspannte, lockerte, begütigte sie; es war lind, hier zu leben, in dieser Atmosphäre geistiger Konzilianz, und unbewußt wurde jeder Bürger dieser Stadt zum Übernationalen, zum Kosmopolitischen, zum Weltbürger erzogen" (ebd.).

(nicht zuletzt Juden[49]) das Erbe des Mäzenatentums an, im anderen aber anonymere Gesellschaften und Institutionen, die sogenannte „öffentliche Hand". Von da aus wird man, nicht allzu stark verkürzend, sagen können, daß von unseren beiden jüdischen Gewährsmännern der eine (Wittgenstein) aristokratischer und der andere (Zweig) bürgerlicher eingestellt war. Dazu kam schließlich bei Zweig (im Jahre 1940) sicherlich auch die inzwischen stattgehabte Vereinnahmung Bruckners durch die Nationalsozialisten[50], deren Vorgeschichte eben bis zu den Lagerbildungen (Neudeutsche, Brahminen) zu Lebzeiten zurückreicht. Für Bertha Zuckerkandl-Szeps (1864–1945) hingegen war Wien „der heilige Boden Haydns, Mozarts, Beethovens, Schuberts, Bruckners, Johann Strauß' und jetzt Mahlers"[51], sie stand[52] gewissermaßen auf der anderen Seite.

Während nun der mit Zweig gleichaltrige Philosoph Otto Weininger (1880–1903) gewissermaßen nur die über die Jahrhundertwende hinaus anhaltende Polarität Brahms-Bruckner bestätigt, wenn er in der Musik neben Bach, Mozart und Beethoven unter anderen Wagner und Bruckner herausstellt[53], war der etwas ältere Arzt und Dichter Arthur Schnitzler (1862–1931) davon noch völlig unbelastet gewesen: Er schildert in seiner Autobiographie in zwar anekdotischer, aber nicht unbezeichnender Weise[54], wie er (wohl anfangs der 1880er Jahre) gemeinsam mit seinem Jugendfreund Richard Horn einmal die bekannte Bereitschaft Bruckners, Besuchern auf seinem Orgelharmonium vorzuimprovisieren, ausgenutzt hat und ihn unter dem Vorwand einer Testierung besuchte. Beide hätten sich an seinem „wunderbaren, weltverlorenen Spiel" erfreut, später aber habe er „den großen Komponisten niemals wieder gesprochen oder spielen gehört [sic], doch oft genug wiedergesehen, wenn er, stürmisch gerufen, nach Aufführung einer seiner Symphonien, in einem sackartigen Anzug, in seiner unbeholfenen, rührenden Weise sich vor dem belustigten, damals nur zum geringeren Teile wirklich begeisterten Publikum verbeugte"; kurzum: Er nahm ihn eigentlich nicht ganz ernst, wohl als Städter und Intellektueller. Auch bei Hugo von Hofmannsthal (1874–1929) spielt Bruckner offenbar keine besondere Rolle, und schließlich schätzt auch der Philosoph Karl Popper (1902–94), der immerhin einmal selbst musikalische Ambitionen gehabt und sein Nebenrigorosum in

---

[49] Vgl. Zweig, *Die Welt von Gestern*, a.a.O., S. 36f; Leon Botstein, *Judentum und Modernität*, Wien/Köln 1991; Steven Beller, *Wien und die Juden 1867–1938*, Wien/Köln/Weimar 1993.

[50] Es war wohl mehr als nur eine publikumswirksame, „typisch amerikanische" Inszenierung, daß man 1994 beim ersten Bruckner-Symposium in Amerika eine „Entnazifizierung Bruckners" vornahm (vgl. Andrea Harrandt in: Österreichische Musikzeitschrift 49 (1994), S. 384).

[51] Bertha Zuckerkandl, *Österreich intim. Erinnerungen 1892-1942*, hg. von Reinhard Federmann, Frankfurt/Berlin/Wien 1970, S. 68.

[52] Gerade sie berichtet auch, daß sich Zweig von Hofmannsthal und Reinhardt eher absonderte (*Österreich intim*, a.a.O., S. 169); ihre Komponistenliste würde sich, mit Ausnahme von Haydn, bei Lux wiederfinden.

[53] Eva Diettrich, *Otto Weininger und sein Verhältnis zur Musik*, in: Studien zur Musikwissenschaft 33 (1982), S. 50.

[54] Arthur Schnitzler, *Jugend in Wien* (zit. nach Fischer Tb 2068), Frankfurt a.M. 1981, S. 132.

Musikwissenschaft abgelegt hatte, Bruckner nicht besonders[55]. In seiner bereits
erwähnten[56] *Rede über Österreich* (1929) nennt schließlich Anton Wildgans
folgende Musikernamen: Beethoven, Mozart, Haydn, Schubert, Brahms, Bruckner, Mahler, Wolf, Johann Strauß[57]. Seither fällt (bis heute) Bruckners Name,
wenn es um die Nennung einiger repräsentativer Komponisten geht, in geradezu
klischeehafter Weise. Als Beispiele seien genannt: die Folge „Bach, Haydn,
Mozart, Beethoven, Chopin, Schumann, Bruckner und Richard Strauss" im jüngsten Roman (*Telemach*) des österreichischen Schriftstellers Michael Köhlmeier[58]
und als Stimme eines „begeisterten Freunds Österreichs" im Ausland der an der
Thüringer Landessternwarte tätige Astronom Freimut Börngen, der in jüngster
Zeit von ihm entdeckte Planetoiden „nach Schubert, Haydn, Bruckner, Mahler
und Johann Strauß" benannte[59].

Die jüngere österreichische Schriftsteller-Generation repräsentiert in besonderer Weise Thomas Bernhard (1931–89). Auch er hatte eine musikalische Ausbildung genossen, allerdings ist zu bedenken, daß er angeblich mit Bruckner entfernt verwandt war[60]. Der Name fällt bei ihm daher relativ oft. Bernhard hält ihn
zwar für „sentimental und kitschig"[61], ein andermal aber nennt er ihn neben
Mozart und Beethoven[62]. Neben Bernhards bekannter Neigung zum Stilmittel der
Übertreibung aber halte ich für bezeichnend, daß er Bruckner mehrmals neben
den Dichter Adalbert Stifter (1805–1868) stellt, geradezu eine Vaterfigur für die
jüngeren österreichischen Literaten[63]. Wie weit daran auch die Assoziation Stif-
ters mit Oberösterreich (wo Bernhard sich niedergelassen hatte) beteiligt ist,
könnte eine Frage sein, nicht aber, daß auch der Name Stifter als speziell österreichischer Dichter gemeint war – was damit auf Bruckner in diesem Sinne zurück-
wirkt.

Die Bruckner-Belletristik schließlich, welche das Trivialbild transportiert
und erzeugt, ist vermutlich umfangreicher als in vergleichbaren Fällen[64]. Sie
setzte 1912 mit Gedichten ein, ab den 1920er Jahren gefolgt von Romanen und
Novellen, sogar Schauspielen[65], deren Zahl unmittelbar nach dem Zweiten Weltkrieg ihren Höhepunkt erreichte (dazu noch einige Nachdrucke) und erst gegen

---

[55] Karl Popper, *Ausgangspunkte*, Hamburg 1979, S. 72. Vgl. Kurt Blaukopf, *Der Musiker
Karl Popper und die Logik der Forschung*, in: Musik &. Jahrbuch der Hochschule für Musik und
darstellende Kunst in Wien 1 (1992), S. 11–37.
[56] Und für den „österreichischen Menschen" besonders wichtigen.
[57] Als Dichter: Grillparzer, Nestroy, Raimund, Stifter, Lenau.
[58] Michael Köhlmeier, *Telemach*, München/Zürich 1995, S. 364.
[59] Siehe *Die Presse* vom 13./14. Januar 1996, Beilage „Spectrum".
[60] Thomas Bernhard, *Alte Meister*, Frankfurt a.M. 1985, S. 95.
[61] Ebd., S. 85.
[62] Thomas Bernhard, *Die Ursache. Eine Andeutung*, Salzburg 1975, (zit. Bernhard, *Die
Ursache, Der Keller, Der Atem*, Salzburg/Wien 1978, S. 45).
[63] Bernhard, *Alte Meister*, a.a.O., S. 72ff; vgl., Ulrich Greiner, *Der Tod des Nachsommers*,
München/Wien 1979.
[64] Vgl. Hans-Martin Pleßke, *Anton Bruckner in der erzählenden Literatur*, in: Kunstjahr-
buch der Stadt Linz 1961, Wien 1961, S. 63–71.
[65] Zum Beispiel Ernst Decsey, *Der Musikant Gottes*, Wien 1926.

1960 zum Stillstand kam[66]. Besonders auffällig und eigens zu untersuchen wäre die Tatsache, daß die Autoren mehrheitlich *keine* Österreicher waren[67]. Letzte und eher zweifelhafte Ausnahme: die als Auftragswerk des Internationalen Brucknerfestes Linz vor wenigen Tagen (am 17. September 1996) uraufgeführte Oper *Geschnitzte Heiligkeit. Anton Bruckner und die Frauen* von Harald Kislinger und Peter Androsch. Der Inhalt gemäß Festival-Magazin:

„Anton Bruckner wird vom Lieben Gott aus dem Jenseits solange ins Diesseits gespuckt, bis er durch die Begegnung mit einer Frau endlich in den Himmel hinein erlöst wird. Er wird in die Gegenwart ‚gebeamt‘, durch eine Zeitmaschine ins Jetzt katapultiert. Er ist extremen Einflüssen ausgesetzt, – Bruckners authentische Seelengeographie wird zum ersten Mal sichtbar: Seine Empfindsamkeit, Schroffheit, Unbeholfenheit, Versuche der Annäherung, erlittene Zurückweisung, Uneinsichtigkeit, also alles, was man Liebesleben nennt. Seine Musik ist dabei nur peripher von Interesse.“

Zusammenfassend kann gesagt werden, daß Bruckner durch die Literaten zwar in hohem Maße, aber keineswegs einhellig als ein repräsentativer „österreichischer“ Komponist gesehen wird, und zwar gleichgültig, ob mit „Österreich“ nun die (große) Monarchie oder die (kleine) Republik gemeint ist. Dieses erste Ergebnis scheint sogar in Widerspruch zu der Einschätzung von Bruckners Position in der Musikgeschichte zu stehen, von der wir ausgingen. Umso weniger wird man als Erklärung anbieten können, daß diese eben nur in der österreichischen Musikgeschichte gegeben sei. Um zu einer besseren Antwort zu gelangen, ist daher nochmals weiter auszuholen.

IV. Bruckner-Bild und -Rezeption

Die Bruckner-Rezeption ist noch keineswegs aufgearbeitet[68] und bislang weitgehend nur unter dem Stichwort „österreichische Symphonie“ thematisiert worden. Hierin liegt einer der tieferen Gründe für seine stärkere Verankerung in der österreichischen Musikgeschichte. Im übrigen scheint sich – insbesondere wenn man den Ansatz verbreitert und Momente wie historische Verbindung, Musiktheorie, Selbstverständnis, zeitgenössische Einschätzung usw. berücksichtigt – in der bekannten Polarisierung Brahms-Bruckner eine sich bereits früher abzeichnende Spaltung in der musikalischen Generationenfolge zu manifestieren, etwa der Linie: Fux-Haydn-Mozart-Schubert-Bruckner-Mahler auf der einen und (Fux-Haydn-Mozart-)Beethoven-Brahms-Schönberg[69] auf der anderen Seite. Es hängt

---

[66] Also genau zu dem Zeitpunkt, da wieder eine stärkere Beschäftigung mit seiner Musik einsetzte.

[67] Wahrscheinlich korrespondiert dazu eine jeweils großdeutsche bzw. deutschnationale Ideologie.

[68] Das einschlägige Bruckner-Symposion 1991 konnte kaum als Ansatz gelten (siehe *Bruckner-Symposion 1991: Bruckner-Rezeption*, Bericht Linz 1994); die Dissertation von Christa Brüstle (*Anton Bruckner und die Nachwelt. Zur Rezeptionsgeschichte des Komponisten in der ersten Hälfte des 20. Jahrhunderts*) war mir leider noch nicht zugänglich.

[69] Wobei zu bedenken ist, daß der berühmte Brahms-Aufsatz von Schönberg erst dessen

also gewissermaßen an der Frage des Verhältnisses von und der Beziehung zu Beethoven und Schubert. Dies ist in solcher Schärfe zweifellos nicht der Fall, doch hatte die Frage in modifizierter Form[70] auch Paul Bekker schon einmal artikuliert, als er in seinem Vortrag „Die Sinfonie von Beethoven bis Mahler" 1921 drei „nationale Gruppen" der Beethoven-Nachfolge unterschied: eine mitteldeutsche (Mendelssohn, Schumann, Brahms), eine neudeutsche (Berlioz, Liszt, Wagner) und eine österreichische (Schubert, Bruckner, Mahler). In seinem Buch *Gustav Mahlers Sinfonien* kommt Bekker darauf zurück und bezeichnet (offensichtlich nach dem Muster der – bekanntlich ja auch nicht unumstrittenen – sog. „klassischen" Trias) Schubert als den „Herold" der österreichischen Symphonie, Bruckner als „ihre stärkste Elementarkraft" und Mahler ihren „Vollender"[71]. Auch durch diese anscheinend nur in Hinblick auf die Darstellung der Musikgeschichte relevante Frage wird Bruckner in eine gewisse Nähe zur nationalen gerückt[72]. Dies war, vor allem auf akademischem Boden, schon seit längerem, und gegen Ende von Bruckners Leben auch darüber hinaus tatsächlich mehr und mehr der Fall gewesen, geht allerdings meines Erachtens stärker auf Vereinnahmung und ausbleibende Distanzierung, nicht aber auf belegte Äußerungen zurück[73]. Auch wenn Bekker diese Frage nicht auf eine andere Ebene erhoben hätte, wäre sie wohl nicht auf eine nationale zu reduzieren, sondern eher im Lichte zunehmender Differenzierung im Vorfeld der Moderne zu sehen.

Das lange Zeit verbreitete Bild vom zu Lebzeiten verkannten, insbesondere im Wiener Streit zwischen „Neudeutschen" und „Brahminen" unschuldig aufgeriebenen, „armen" Bruckner ist nicht zuletzt von ihm selbst in die Welt gesetzt worden („Wenn I' amol nimmer bin, dann derzählt's der Welt, wos i' g'litt'n hob' und wia i' v'rfolgt word'n bin!"[74]). Bruckner war damit insofern erfolgreich, als dieses Bild erst in jüngerer Zeit zurechtgerückt wurde. In der Tendenz der Fakten und Emotionen war es ja nicht völlig falsch gewesen: Bruckner hat nicht alle seine Werke auch hören können und war – wenn auch nicht in dem vorgeblichen Maße – auf das zurückgeworfen, was sich zunehmend viele (z. B. Mahler) verordnen mußten: sich auf die Nachwelt zu vertrösten[75]. In der ent-

---

Position in den 1930er Jahren wiedergibt. Einigermaßen komplementär ist Schönbergs Verhältnis gegenüber Bruckner: 1909 rechnete er ihn mit Wagner, Liszt und Hugo Wolf zu den Modernen (*Merker* 1, 2. Okt. 1909), in bezug auf die Tonalität betrachtete er diese als seine Ausgangspunkte (*Harmonielehre* 1/29, 42, 431; 3/29, 44, 460), während sich die spätere Brahms-Betonung bekanntlich auf den musikalischen Zusammenhang (die musikalische Logik) bezog.

[70] Nämlich reduziert auf Beethoven, während man (heute und insbesondere von österreichischer Seite) Schubert stärker neben Beethoven stellen möchte, weil er nicht einfach als Beethovens Nachfolger zu verstehen ist. Doch dies steht hier nicht zur Debatte.

[71] Paul Bekker, *Gustav Mahlers Sinfonien*, Berlin 1921, S. 11.

[72] Erich Wolfgang Partsch, *Schubert, Bruckner, Mahler und die Frage nach einer „österreichischen Linie" in der Symphonik*, in: Nachrichten zur Mahler-Forschung 31 (1994), S. 8f.

[73] Wagner, *Bruckner, Werk und Leben*, a.a.O., S. 121ff.

[74] Carl Hruby, *Meine Erinnerungen an Anton Bruckner*, Wien 1901, S. 26.

[75] Zum Beispiel „Muß man denn immer erst tot sein, bevor einen die Leute leben lassen?", „Ich habe manchmal die Empfindung, daß 'meine Zeit' nicht erleben werde"; Gustav Mahler, *Briefe 1879–1911*, hg. von Alma Maria Mahler, Berlin/Wien/Leipzig 1924, S. 341, 351.

scheidenden Ära unter dem Dirigenten Hans Richter 1875-1898 spielten z.B. die Wiener Philharmoniker etwa viermal so viel Brahms wie Bruckner[76]. Und es ist keine Frage, daß sich diese Situation erst durch Ferdinand Loewes (1865–1925) Einsatz nach seinem Tod (u.a. nach der Uraufführung der 9. Symphonie im Jahre 1903) nachhaltig änderte[77]. Dieser Entwicklung der Aufführungs-Situation stehen aber zumindest die offiziellen Ehrungen gegenüber: 1890 Ehrengehalt durch den oberösterreichischen Landtag, 1891 Ehrendoktor der Wiener Universität, 1894 Ehrenbürger der Stadt Linz, 1895 vom Kaiser zur Verfügung gestellte Wohnung im Kustodenstöckl des Schlosses Belvedere, 1896 Überführung seiner Leiche nach St. Florian in einem von der „Ersten Eisenbahnwagen-Leihgesellschaft" beigestellten Salonleichenwagen usw. Ab etwa 1890 (der Zeit also, die wir heute als die der Moderne bezeichnen) kann von einem gewissen äußeren Durchbruch gesprochen werden. Hand in Hand geht allerdings, daß seither bei Rezensionen die Auseinandersetzung mit seiner Musik selbst deutlich abnimmt und sich Bruckners Apologisierung (z.B. die angeblich auf Richard Wagner zurückgehende[78] Apostrophierung als „der bedeutendste Sinfoniker nach Beethoven" bzw. als „bedeutendster neuerer Österreicher"[79]) ausbreitete.

Charakteristischerweise wurde bereits 1898, wenn auch im wesentlichen getragen von einer Einzelpersönlichkeit (August Göllerich, 1859-1923), der Versuch gestartet, durch regelmäßige *Bruckner-Concerte* Linz als Musikstadt zu profilieren, und Bruckner, indem man ihn – ausgehend von deutschnationalen Vorzeichen – „zum Idealtyp des verkannten, vielgeschmähten deutschen Künstlers" zu stilisieren versuchte, ja zu einer Integrationsfigur des Landes Oberösterreich, auf die sich gewissermaßen Deutschnationale, Klerikale und Linke einigen konnten[80]. Nunmehr trachtete also nicht mehr der Provinzler, sich in der Haupt-

---

[76] Cornelia Szábo-Knotik, *Prestige von Symphonik in der Ära Hans Richter*, in: Bruckner-Symposion 1989: Orchestermusik im 19. Jahrhundert, Bericht, Linz 1992, S. 149. Richter legte, wohl auch, um nicht der Parteilichkeit geziehen zu werden, großen Wert auf „gesamteuropäische" Programme.

[77] Paul Stefan, *Neue Musik und Wien*, Leipzig/Wien/Zürich 1921, S. 15f., 21. In diesem Zusammenhang ist vermutlich auch der Druck zu verstehen, den „einflußreiche und maßgebende musikalische Kreise Wiens" auf die Veranstalter des Tonkünstlerfests des Allgemeinen Deutschen Musikvereins in Graz 1905 ausübten (Hinweis auf einen bislang unbekannten Brief von Wilhelm Kienzl und Ernst Decsey an Richard Strauss vom 11. Mai 1905 im Goethe- und Schillerarchiv Weimar durch James A. Deaville beim musikwissenschaftlichen Kongreß in Ottawa im Januar 1996) und der schließlich zu einer Aufführung von Bruckners 8. Symphonie führte.

[78] Zit. nach Karl Grebe, *Anton Bruckner in Selbstzeugnissen und Bilddokumenten* (= rowohlts monographien 190), Reinbeck bei Hamburg 1972, S. 140; vgl. auch Christian Gerbel, *Linz: Politische Herrschaft und kultureller Wandel. Am Beispiel musikalischer Leitlinien zwischen 1890 und 1914*, in: *Urbane Leitkulturen 1890-1914*, Leipzig/Ljubljana/Linz/Bologna (= Studien zur Gesellschafts- und Kulturgeschichte 6), hg. von Reinhard Kannonier und Helmut Konrad, Wien 1995, S. 97; sowie Wagner, *Bruckner, Werk und Leben*, a.a.O., S. 140.

[79] Zum Beispiel in dem Anm. 77 zitierten Brief von Kienzl und Decsey (1905).

[80] Gerbel, *Linz: Politische Herrschaft und kultureller Wandel*, a.a.O., S. 96–101. Ob man sich auch solcher Zusammenhänge bewußt war, als „sein Wirken und seine Herkunft Oberösterreich sowie das historische und gesellschaftliche Umfeld seiner Zeit bis hin zu Rezeption und

stadt zu behaupten, sondern umgekehrt die Provinz, den Aufgestiegenen für sich zurückzugewinnen und in besonderer Weise in Anspruch zu nehmen. Wieweit bereits Loewes erwähnte Aktivität in Wien auch als Reaktion darauf verstanden werden könnte, ist hier unerheblich. Tatsache ist, daß zum Beispiel in den Abonnentenkonzerten des Wiener Konzerthauses zwischen 1918–1944 Bruckner bereits der nach Beethoven am meisten gespielte Komponist war[81], d.h. sein Name nun offenbar von der jungen Republik forciert und nicht mehr nur als Oberösterreicher (d.h. provinziell), sondern eine Art Österreicher besonderer Prägung (d.h. ideell) stilisiert wurde. Dabei spielt zweifellos auch die zu dieser Zeit zunehmende Kluft zwischen dem zeitgenössischen Schaffen und der Rezeption der Tradition (die ja nicht nur in Österreich das eigentliche Problem der Moderne darstellt) ihre Rolle. Der inzwischen allgemein als ‚seinerzeit unverstanden' angesehene Bruckner wurde jedenfalls in der Ersten Republik und während des Ständestaates „nachgeholt"[82]. Dabei profitierte er nun von seiner noch relativ geringen Bekanntheit ebenso wie dem Antimodernismus der Zeit. Parallel dazu hat man die zunehmende Bruckner-Pflege auch im Ausland[83] zu sehen, die Gründung von Bruckner-Vereinen (z. B. Wien 1912, Berlin 1918) und der Bruckner-Gesellschaft(en) (1927/29), die Bruckner-Feste (in Linz 1898, 1902, 1924, 1935, 1936; Wien 1910/11, 1919, 1924; München 1905, 1930; Karlsruhe 1929 usw.[84]), den Ausbau des Geburtshauses zur Gedenkstätte (1923/24), die Bruckner-Gesamtausgabe (ab 1928) und überhaupt die Bruckner-Forschung. Im übrigen wurde durch all das auch – neben der persönlichen Rolle Hitlers, der Enthüllung der Bruckner-Büste in der Walhalla 1937 u. ä. – Bruckners Nutzung durch die Nationalsozialisten vorbereitet, die ihn dann entkatholisierten und zum „musikalischen Ausdruck des Heldenhaften im deutschen Volk" insgesamt machten[85]. Zusammengefaßt also: Aus dem Deutschen zu Lebzeiten wurde gleich nach seinem Tod ein Oberösterreicher, daraus ein Österreicher und aus diesem neuerlich ein Deutscher (jedoch in anderem Wortsinn) gemacht. Für die letzte „Umpolung" Bruckners nach dem Zweiten Weltkrieg bot der fünfzigste Todestag 1946 einen willkommenen Anknüpfungspunkt[86].

Nachfolge" (offizieller Prospekt-Text) zum Inhalt der oberösterreichischen Landesausstellung 1996 gemacht wurden?

[81] Rudolf Flotzinger, *Von der Ersten zur Zweiten Republik*, in: Musikgeschichte Österreichs 3, Wien/Köln/Weimar ²1995, S. 199.

[82] Nebenbei bemerkt, wurde die Brahms-Bruckner-Mahler-Nachfolge auf die Namen Joseph Marx (1882–1964) und Franz Schmidt (1874–1939) reduziert, d.h. die Moderne schrittweise ausgeblendet.

[83] Vgl. Anton Bruckner zum 150. Geburtstag [Ausstellungskatalog], hg. von Franz Grasberger u.a., Wien 1974, S. 121.

[84] Ebd., S. 122.

[85] Hans Kreczi, *Das Bruckner-Stift St. Florian und das Linzer Reichs-Bruckner-Orchester* (1942–1945) (= Anton Bruckner. Dokumente und Studien 5), Graz 1986, S. 26–29.

[86] Vgl. das programmatische Bruckner-Heft der neugegründeten *Österreichischen Musik Zeitschrift* im September 1946 (mit Beiträgen von Max Auer, Wilhelm v. Waldstein, Hermann Pfrogner, Hans Pleß, Franz Gräflinger, Karl Kobald und Ernst Decsey, also der alten Garde von Bruckner-Apologeten).

Dadurch erscheint nun der erste Eindruck in der musikhistorischen Literatur, von dem wir ausgegangen waren, doch in etwas anderem Licht. Abgesehen vom Aspekt des Nationalsozialismus sind die besagten Stationen und Momente aber noch immer nicht ganz richtig zu verstehen, wenn man nicht die Rolle der Musik in der jungen Republik Österreich einbezieht.

V. Musik und österreichische Identität

Die 1918 aus dem deutschsprachigen Rest der ehemaligen Monarchie hervorge-gangene Republik Österreich wurde zunächst von weiten Kreisen für nicht le-bensfähig gehalten. Sowohl die Regierungen als auch die geistigen Eliten waren also in besonderer Weise an identitätsstiftenden Momenten interessiert. Man glaubte diese schon in den letzten Jahren der Monarchie in der kulturellen Vergangenheit gefunden zu haben und hatte dabei nicht zufällig der Musik die größte Rolle zugemessen. Diese Strategie wurde nun auf das neue Staatsgebilde umgelegt, und man fand sich dafür offensichtlich auch besonders legitimiert: als nämlich das Problem der verschiedenen Nationen innerhalb des größeren Öster-reich weggefallen war. Damit konnte die Frage des „Österreichischen" im allge-meinen und in der Musik im besonderen gestellt und abgehandelt werden (sogar von Ausländern[87]). Eine Reihe von österreichischen Musikwissenschaftlern (meist Adler-Schüler, nicht aber er selbst) ließ sich ab 1924 bereitwillig vor diesen politischen Karren spannen[88]. In Dutzenden von größeren und kleineren Abhand-lungen wurde die „österreichische Musik" abgehandelt, meist anhand ihrer Ge-schichte von Walther von der Vogelweide bis zur Gegenwart aufgerollt und unter anderem ab 1934 (nach der Schaffung der „Vaterländischen Front", die vom sogenannten Austro-Faschismus zur Volkserziehung nach dem Muster des italie-nischen „dopo lavoro" und der deutschen „Kraft durch Freude" eingeführt wur-de) auch anhand der Musik die These vom „zweiten" (als katholischem sowohl älteren als auch besseren) „deutschen Staat" zu belegen versucht. Dabei spielten nicht nur die Wiener Klassiker eine besondere Rolle, sondern auch Schubert und Johann Strauß, allenfalls auch Hugo Wolf – und eben Bruckner. Alfred Orel beispielsweise sieht 1935 in Bruckner (und nicht in Schubert, vgl. Wittgenstein) das österreichische Wesen am deutlichsten ausgedrückt[89] (das hat mit seinem Engagement in der Bruckner-Forschung zu tun), 1936 stellt Willi Reich Öster-reich als „das Zentrum der internationalen Bruckner-Pflege" dar usw.[90] Vor dem Hintergrund dieser Propaganda der 1920er und 1930er Jahre sind nun die ein-

---

[87] Vgl. Adolf Weißmann in den *Musikblättern des Anbruch*; zit. nach Willi Reich, *Schön-berg oder der Konservative Revolutionär*, Wien/Frankfurt/Zürich 1968, S. 190f.

[88] Flotzinger, *Musikwissenschaft und der österreichische Mensch*, a.a.O., S. 147–166.

[89] Alfred Orel, *Österreichisches Wesen in österreichischer Musik (Schubert-Bruckner-Wolf)*, in: Österreichische Rundschau, Land – Volk – Kultur 2, hg. unter Mitwirkung der Zen-tralstelle für Volksbildung im Bundesministerium für Unterricht, 1935/36, S. 22-27.

[90] Willi Reich, *Oesterreich, das Zentrum der internationalen Bruckner-Pflege*, in: Der christliche Ständestaat 3 (1936), S. 952–955.

gangs herangezogenen Beispiele und Zwischenergebnisse zu interpretieren, die
erwähnten Aufführungsdaten ebenso wie die Zitate, und die Nachwirkungen bis
heute (deshalb sind auch Washietls Beispiele so alt).

VI. Schlußfolgerungen

Daß Bruckner für viele Zeitgenossen in Wien ein „Provinzler" blieb, ist leicht
verständlich und nachvollziehbar, nicht aber, wie er zum typischen Österreicher
oder Repräsentanten des Österreichischen gemacht werden konnte. Logisch betrachtet, steht dem zum Beispiel entgegen, daß er sowohl in gewissen Hörer- als
auch Wissenschaftskreisen noch immer umstritten ist, man gerade auch in Österreich noch immer um ein neues Brucknerbild bemüht ist. Viel mehr und durchaus
unbezweifelbar kann Bruckner für anderes stehen: eben für Irritation (eines
trivialen Bildes), Unsicherheit (der Aussagen), Individualität (seiner künstlerischen Lösungen[91]) – also gerade für das Gegenteil von Repräsentativität.

Ebenso leuchtet es ein, daß Propaganda einen sachgerechten Zugang zu
einem Problem nicht gerade fördert. Es kann aber nicht genügen, nur eine
Erklärung für die Irritation anzubieten, die von Bruckner ausgeht und auch für
uns den Ausgangspunkt bildete. Eine solche Erklärung bleibt zumindest eine
Aufgabe für die Musikwissenschaft, stellt vorerst aber eine notwendige Voraussetzung für die Befreiung des Blicks dar. Nicht für den (Ober-)Österreicher, „das
Österreichische" im allgemeinen oder in der Musik im besonderen kann Bruckner als Beispiel dienen, sondern bestenfalls für bestimmte Momente und Situatio-
nen (z. B. ein Provinzler in der Großstadt, ein katholischer Künstler im Liberalismus oder ein sogenannter Aufsteiger). Ich denke, wir sollten uns von allzu umfassenden Fragestellungen (wie es z. B. die Völkerpsychologie ist) lieber verabschieden, als fragwürdigen, weil zwangsläufig zu Klischees führenden Antworten nachzulaufen. Methodisch aber können wir daraus lernen, daß es für das
Gesamtbild einer Persönlichkeit eben nicht genügt, sie biographisch zu erfassen
und ihre Werke analytisch einzuordnen, sondern daß auch deren Wirkung wesentlich ist. Dazu gehört auch das Mißverständnis, ja sogar der Mißbrauch. Wir
müssen sie nur jeweils als solche erkennen und benennen.

---

[91] Will man nicht von Isoliertheit sprechen; denn diese Lösungen sind weder aus der
Gattung Symphonie allein oder gar notwendig zu erklären, noch haben sie m.E. eine eigentliche
Nachfolge gefunden (auch durch Mahler nicht). D.h. nicht, daß eine Definition der „Position
Brucknes als Bindeglied zwischen Klassik und Moderne" (Wagner, *Bruckner. Werk und Leben*,
a.a.O., S. 22) nicht notwendig wäre, doch ist auch vor dem Topos zu warnen, der Künstler sei
stets 'seiner Zeit voraus' (ebd., S. 23).

Germanenzug bis *Helgoland*
Zu Anton Bruckners Deutschtum

von

ALEXANDER L. RINGER

„Hochverehrtester Herr Doktor! Ihr über alle Massen gelungenes, prachtvolles ausgezeichnetes Gedicht habe ich bereits in Händen und statte hiemit meinen innigsten Dank ab. Welche Freude ich und meine Freunde mit dem neu geborenen Germanenzug haben, können Sie sich nicht denken, wenngleich Ihre Fantasie noch so hoch und grossartig ist. Später werde ich in Wien mündlich danken."[1]

Mit diesen begeisterten Worten bestätigte der Linzer Domorganist und musikalische Leiter des Gesangsvereins *Frohsinn* dem Wiener Schriftsteller August Silberstein am 29. Juli 1863 den Empfang seiner in kürzester Zeit entstandenen Dichtung *Germanenzug*.

Die Sache eilte, weil Bruckner glaubte, beim nächsten Fest des oberösterreichischen Sängerbundes mit einem größeren Chorwerk endlich Aussichten auf öffentlichen Erfolg zu haben. Obwohl das eigentliche Fest erst für Juni 1865 geplant war, erforderte die erwartete Flut von Einsendungen zum damit verbundenen Preisausschreiben einen weitaus früheren Termin. Tatsächlich lagen am Ende nicht weniger als 331 Chorwerke verschiedenster Art zur Begutachtung vor, wovon natürlich nur ein kleiner Prozentsatz im Rahmen des Festes selbst zur Aufführung kommen konnte. In der Abteilung „Instrumentalchöre" wurden fünf Stücke für würdig befunden, darunter an zweiter Stelle Bruckners *Germanenzug*. Der vierte Preis ging an *Germania*, ein ebenfalls auf einem Silbersteinschen Gedicht beruhendes Stück seines Wiener Freundes Weinwurm, das dieser allerdings in Verletzung der Wettbewerbsregeln bereits einige Zeit zuvor aus der Taufe gehoben hatte[2].

Womöglich um nicht in Zeitnot zu geraten, beschloß Bruckner seinerseits, eine unaufgeführt gebliebene Komposition, sein seitdem verschollenes *Zigeuner-Waldlied*, zu verwenden, sodaß der Dichter sich vor die ungewohnte, hauptsächlich Opern-Librettisten vertraute Aufgabe gestellt sah, den Anforderungen einer kompositorischen Vorlage gerecht werden zu müssen, über die er keine Kontrolle auszuüben vermochte. In seinem Begleitschreiben vom 27. Juli 1863 betonte er denn auch mit unverhohlener Genugtuung: „Ich habe auf den Gang Ihrer Composition Rücksicht genommen, so dass die Zeilen wie ich hoffe trefflich passen

---

[1] Anton Bruckner, *Gesammelte Briefe, Neue Folge*, hg. von Max Auer, Regensburg 1924, S. 48f.

[2] August Göllerich/Max Auer, *Anton Bruckner*, Band III, Teil 1, Regensburg 1932, S. 210f.

werden. Ebenso ist die Intention eines Soloquartettes (einfach oder dopp.) durch
den Gesang der Walkyren berücksichtigt."[3] Im übrigen erlaubte er sich einige
Vorschläge für die endgültige Einteilung des Stückes, überließ es andererseits
jedoch dem Komponisten, etwaige Informationen über „germanisch-mytholog.
Namen welche Ihnen nicht bekannt wären", selbst einzuholen. Bruckner tat
offensichtlich, was er konnte, und notierte zumindest einige Resultate zur eigenen Orientierung gleich auf seiner ersten Partiturseite.

Bruckner war sich zweifellos von Anfang im klaren darüber, daß der Sechs-
viertel-Takt des *Zigeuner-Waldlieds* Silbersteins marschierenden Germanen wort-
wörtlich im Wege stand. Dennoch zögerte er, die nötigen Änderungen unmittelbar auf sein eigenes kompositorisches Konto zu nehmen. Vielmehr ließ er dem
Dichter den Vortritt mit der unmittelbaren Rückfrage:

„Was rathen Euer Wohlgeboren mir hinsichtlich des Rhythmus? Kann ich doch wohl meinen
alten dreitheiligen Rhythmus beibehalten ... oder muss ich nicht vielmehr um dem Gedichte
gerecht zu werden den zweitheiligen Marschrhythmus wählen (4/4 Tact), es heisst ‚Germanenzug' Germanen durchschreiten etc. das macht mir Kopfreissen, ich warte ab und erbitte noch,
bevor ich anfange, Ihre Ansicht hierüber."[4]

Silbersteins Antwort ergibt sich deutlich aus dem endgültig gewählten Viervier-
tel-Takt. Diese an sich geringfügige Angelegenheit verdient Erwähnung nicht nur
aufgrund einer selbst für Bruckner ungewöhnlich höflichen Ausdrucksweise,
sondern auch, weil daraus eine charakteristische Unsicherheit in literarischen
Fragen spricht, von der er sich eigentlich nie zu befreien vermochte. Im Falle von
Germanenzug verwundert seine offensichtliche Besorgnis jedoch zumindest insofern, als die dem Dichter unterbreitete kompositorische Vorlage dem bestellten
Text von vorn herein die bescheidene Rolle einer „der Musik gehorsamen Tochter" zuwies.

Anton Bruckner meinte in späteren Jahren, daß seine Komponistenlaufbahn,
rein künstlerisch betrachtet, eigentlich erst mit diesem für vierstimmigen Männerchor und Militärkapelle geschriebenen *Germanenzug* begann. Auf jeden Fall
war es sein erstes im Druck erschienenes Werk und zu seinen Lebzeiten ohne
Zweifel auch das bei weitem populärste. Denn während die erste, fast zu gleicher
Zeit entstandene c-Moll-Sinfonie im Lauf der nächsten drei Jahrzehnte ganze drei
Aufführungen erfuhr, gehörten gut vorbereitete Wiedergaben von *Germanenzug*
im Fahrwasser des überwältigenden Kremser Erfolges sehr bald zu den regelmä-
ßigen Ehrenpflichten aller größeren deutschsprachigen Gesangsvereine. Und
zumindest bis zu den vom ersten Weltkrieg herbeigeführten politischen Umbrü-
chen verging auch nach dem 1896 erfolgten Tod des Komponisten kaum ein Jahr
ohne eine denkwürdige öffentliche Aufführung dieses so besonders beliebten
Stückes. Bruckners persönliche lebenslange Vorliebe für sein erstes größeres
weltliches Chorwerk war übrigens, wie es scheint, nicht zuletzt mit der bleiben-
den Einnerung an sein seinerzeitiges Debüt als Dirigent vor einer breiteren,
sachkundigen Öffentlichkeit verbunden. Noch fünfzehn Jahre nach diesem ihm

---

[3] Bruckner, *Gesammelte Briefe*, a.a.O., S. 348.
[4] Ebd, S. 49.

unvergeßlichen Ereignis beschwor er seinen einflußreichen Freund Eduard Kremser, Gründer des Wiener Akademischen Gesangsvereins, „zu meiner Ehrenret-
tung diese Bitte durchsetzen zu wollen, dass ich einmal, irgend einmal meinen
Germanenzug einstudieren darf."[5]

Im Rausch der für ihn so entscheidenden Uraufführung von *Germanenzug*
komponierte Bruckner gleich zwei weitere von August Silberstein verfaßte Gedichte, zunächst im November 1866 ein *Vaterländisches Weinlied* („Wer möchte
nicht beim Rebensaft des Vaterlands gedenken") und kurz darauf das *Vaterlands-
lied* („O könnt ich dich beglücken"). Beide waren als unbegleitete Männerchöre
seinem Linzer Gesangsverein *Frohsinn* zugedacht, dessen regelmäßige Leitung
er im Zuge seiner Übersiedlung nach Wien jedoch aufgeben mußte. Ein volles
Jahrzehnt verging daher, bevor sich die Gelegenheit bot, Silbersteins bürgerlich-
biederes *Zur Vermählung* für Männerchor und Tenor solo zu setzen. Danach kam
August Silberstein in Anton Bruckners musikalischem Schaffen nur noch einmal,
allerdings grandioser denn je, zu Worte, und zwar mit dem großen dramatischen
Gedicht *Helgoland*, das der Komponist seinem letzten Werk zugrunde legte. So
schloß sich denn der schnell in Vergessenheit geratene Kreis einer außergewöhnlichen schöpferischen Partnerschaft, deren Feuerprobe *Germanenzug* drei Jahrzehnte zuvor so eindrucksvoll bestanden hatte. Knapp drei Jahre später war es
Eduard Kremser und seinem Wiener Akademischen Gesangsverein vorbehalten,
den frommen christlichen Meister mit Silbersteins „Walkyren-Gesang", dem
Vokalquartett „In Odins Hallen ist es licht und fern von Erdenpein" aus *Germanenzug*, auf seinen letzten Weg zu senden.

Für die Nachwelt stellte die Bruckner-Silberstein-Verbindung allenfalls eine
kuriose geschichtliche Fußnote dar. Bruckners weltliche Chorwerke fielen einerseits zum großen Teil dem bereits in der frühen Zwischenkriegszeit unverkennbaren Niedergang der einst so reichen deutschen Männergesangskultur zum Opfer.
Und die nationalsozialistischen Anstrengungen, ihr im Sinn der kämpferischen
Walhalla-Ästhetik und -„Ethik" des Dritten Reiches erneut Vorschub zu leisten,
verstärkten wiederum den Argwohn friedliebender Musikliebhaber, die sich ihrer
ursprünglichen romantisch-freiheitlichen Tradition kaum noch bewußt waren.
Alfred Rosenbergs nationalsozialistische Schulungsbrigade entdeckte andererseits zu ihrem Entsetzen, daß Bruckner ausgerechnet seine vaterländischen Texte
einem Juden verdankte. Schließlich schien es nach Ende des zweiten Weltkriegs
angesichts der im Namen des Vaterlandes begangenen nationalsozialistischen
Greueltaten vollends unmöglich, den durchaus ehrlichen Patriotismus, ja die
Teutonenseligkeit eines Silberstein oder Bruckner ihrem Zeitalter entsprechend
nachzuvollziehen. Und die internationale Bruckner-Gemeinde sah schon überhaupt keinen Grund, ihr sorgfältig gepflegtes Heiligenbild vom kirchengetreuen
Linzer Organisten auch nur im geringsten anzutasten. Sogar Robert Haas, der
verdiente Musikwissenschaftler und einer ihrer prominentesten Repräsentanten,
fand es schwer, dem weltlichen Bruckner gerecht zu werden. Erklärte er doch
gleich zu Anfang seiner an sich wertvollen Monographie, Bruckner sei stets „wie

---

[5] Ebd., S. 152.

die meisten und bedeutendsten Mystiker ... von der Vorstellungswelt des Christentums sklavisch abhängig" gewesen[6]. Im Rahmen seiner kurzen Bemerkungen über *Germanenzug* konnte er dann jedoch nicht umhin zuzugeben, daß Bruckners weltliche Musikinteressen schon in seinen frühen Sängerknabenjahren deutlich zutage traten.

Zu rein äußerlichen Überlegungen dieser Art gesellt sich die unleugbare Tatsache, daß Bruckner für weltliche Chorwerke – im Gegensatz zu den auf ehrwürdigen lateinischen Kirchentexten beruhenden – wiederholt zweit- oder sogar drittrangige Dichtungen wählte. Nicht ganz zu Unrecht geriet denn auch August Silberstein nach seinem Tod im Jahr 1900 ziemlich schnell in Vergessenheit, obwohl er als Erzähler von Dorfgeschichten, jener einst so beliebten literarischen Gattung, noch längere Zeit einen guten Ruf genoß. Peter Rosegger war nur ein bekannter jüngerer Autor, der ihm in dieser Hinsicht nach eigener Aussage zu Dank verpflichtet war[7]. Anton Bruckner mag Silberstein zunächst ebenfalls als Verfasser viel gelesener Beiträge in „Vogls Kalender" begegnet sein, bevor er Gelegenheit hatte, ihn „wahrscheinlich im Salzkammergut, wo er im Sommer weilte, oder auf der Durchreise in Linz" persönlich kennen zu lernen[8]. Aber wie dem auch sei, das Verhältnis des streng römisch-katholisch erzogenen Ansfelder Schulmeister-Sohns zum frei denkenden Sprößling einer Ofener jüdischen Kaufmannsfamilie stand von Anfang an im Zeichen größten widerseitigen Respekts. Der oberösterreichische Junggeselle mochte sich zwar in endlose Höflichkeitsbezeugungen verstricken bei seiner Korrespondenz mit dem ehrgeizigen, wegen aufrührerischer Tätigkeiten als Wiener Student auf den Barrikaden von 1848 zu langjähriger Gefängnisstrafe verurteilten liberalen Juden, aber in Bezug auf ihr vermeintlich gemeinsames Vaterland waren sie ein Herz und eine Seele, obwohl der jüdische Sohn dieses von ihm so stolz und liebevoll besungenen Vaterlands sich bis zu seinem 40. Lebensjahr nicht einmal im Besitz voller Bürgerrechte befand. Als der Kaiser und sein Parlament Österreichs Juden 1867 schließlich doch als gleichberechtigte Mitbürger anerkannten, ließ sich der eigensinnige Poet und Journalist prompt taufen, allerdings evangelisch statt römisch-katholisch, womöglich um dem weit verbreiteten Stigma eines Opportunisten zu entgehen in einem Land, das die Staatsreligion auch weiterhin zur Grundbedingung jeglicher offizieller Anstellung machte. Im übrigen dauerte es nicht lange, bis Wilhelm Marr der Welt den nunmehr „wissenschaftlich" fundierten Begriff „Antisemitismus" schenkte, womit die Taufe ihre Gültigkeit als „Eintrittsbillet" in die christliche Gesellschaft (Heinrich Heine) letztendlich verloren hatte.

August Silbersteins gelegentlich an Fanatismus grenzende Vaterlandsliebe nahm nach Österreichs Ausschluß aus dem Deutschen Bund noch deutlich stärkere pangermanistische Obertöne an als zuvor. Dabei mag der wachsende Einfluß von Richard Wagner in Wiener intellektuellen Kreisen eine gewisse Rolle gespielt haben. Geschichtlich verbürgt ist auf jeden Fall jene allgemeine Begeiste-

---

[6] Robert Haas, *Anton Bruckner*, Potsdam 1934, S. 3.

[7] Siehe Wolfgang Bunte, *Peter Rosegger und das Judentum*, Hildesheim und New York 1977, S. 44ff.

[8] Göllerich/Auer, *Anton Bruckner*, a.a.O., S. 205.

rung assimilierter zentral-europäischer Juden für das „Land Goethes und Schillers", die viele mit völliger Blind- und Taubheit schlug für den Argwohn, mit dem ihre christliche Umwelt dem Deutschland-Mythos einer „fremden" Minderheit zu begegnen geneigt war. Der seinem Gott und Kaiser ergebene, reine Schöpfergeist Bruckner blieb von solchen quälenden Zeitproblemen weithin unberührt. Gerade weil er sich Richard Wagner geistig eng verbunden fühlte, begrüßte er in Silberstein den begabten Vermittler germanischen Sagenguts sowie jenes ihm von Jugend an vertrauten ländlich-sittlichen Brauchtums, das in unmittelbarer Gefahr schien, städtischer Unart zum Opfer zu fallen. In diesem Interessenbereich fand der von oberösterreichischen Bauern abstammende Komponist im jüdischen, aus der abgelegenen Provinz stammenden, politisch gewiegten Intellektuellen einen in jeder Hinsicht durchaus passenden Partner.

Um so peinlicher erwies sich ihre enge Zusammenarbeit für die Vertreter eines in völlig abwegigen Rassentheorien verankerten Bruckner-Bildes, das den in seiner bescheidenen Frömmigkeit stets etwas naiv antuenden „barocken" Spätromantiker zum Ideal des „bajuwarisch-arischen" Tonkünstlers erhob. Früher oder später mußte die nationalsozialistische Kulturpropaganda das Problem Silberstein lösen. Und dieser schmerzvolle Dorn in ihren hellblauen Augen ließ sich eigentlich nur auf zwei erprobte Weisen entfernen. Einerseits war Silberstein als „jüdischer Einschleicher" propagandistisch gut verwendbar, indem man die „typisch jüdische Heuchelei" seiner deutsch-nationalen Schriften unterstrich. Damit aber blieb die unangenehme Frage offen, warum Silbersteins „jüdisches Gift" Bruckner gerade zu Kompositionen anregte, die seinem Deutschtum so unverblümt Ausdruck verliehen. Unter diesen Umständen erschien es weitaus ungefährlicher, den Namen des Dichters, wie schon öfters in ähnlichen Zusammenhängen, kurzum zu verschweigen, es sei denn, daß problemlose arische Ersatztexte zur Verfügung standen. Die 1942 erschienene „dritte, wesentlich veränderte und vermehrte Auflage" von Robert Scherwatzkys *Die großen Meister deutscher Musik in ihren Briefen und Schriften* liefert ein triftiges Beispiel. Um den nunmehr großdeutschen, längst in Hitlers Walhalla aufgenommenen Meister seiner vermutlich völkisch gut geschulten Leserschaft gebührend kämpferisch „mit deutschem Gruß" vorzustellen, wählte der parteitreue Herausgeber nämlich jenen überschwenglichen Brief, mit dem Bruckner auf den Empfang von Silbersteins *Germanenzug* reagierte. Scherwatzky gab ihm die an sich einwandfreie Überschrift „Anton Bruckner über seinen Chor *Germanenzug*", ohne jedoch den sonst ausnahmslos vermerkten Namen des Adressaten zu erwähnen. Statt dessen informiert eine kurze Fußnote lakonisch, daß es sich um den „Verfasser des Textes" handelt[9].

Der Streit um die politische Vorherrschaft in den deutschen Landen führte in den sechziger Jahren des 19. Jahrhunderts bekanntlich zu sehr unterschiedlichen Beziehungen zwischen dem konservativen römischen Kaiserreich deutscher Nation und Otto von Bismarcks entschieden aufwärts strebendem Königreich Preußen. Anton Bruckner war noch mit *Germanenzug* beschäftigt, als beide zusam-

---

[9] Robert Scherwatzky, *Die grossen Meister deutscher Musik*, Göttingen 1942, S. 337.

men Dänemark Schleswig-Holstein entrissen. Kaum zwei Jahre später aber wurden sie zu Feinden, weil Preußen nicht geneigt war, Österreichs Unterstützung des Prinzen von Augustenburg zu dulden. Weder Österreichs Niederlage bei Königgrätz noch seine Verbannung aus den deutschen Föderationen entmutigte jedoch die in stetem Anwachsen begriffene pangermanistische Bewegung in Österreich. Vielmehr feierte sie Preußens Triumph in Frankreich 1870 als einen unumstößlichen Beweis für die geschichtliche Notwendigkeit ihrer von der Vorsehung gesegneten Sache. Und August Silberstein veröffentlichte dementsprechend noch im selben Jahr seinen neuesten Gedichtband *Trutz-Nachtigall – Lieder aus deutschem Walde* mit der stolzen Erklärung:

„Es war im Jahre 1859, als ein grosser Teil dieser Lieder in die Welt zog. Was der Dichter schon damals, sodann später, in seinem Buche *Lieder* (1864), in *Mein Herz in Liedern* (1868) vom Vaterlande sang, es gewinnt erneutes Leben, verstärkte Kraft in der Zeit, da das Grosse eingetroffen: fast alle deutschen Stämme vereint – gegen den Erbfeind ziehend, schlagend, siegend!"[10]

So gesehen kam *Germanenzug* tatsächlich eine fast prophetische Bedeutung zu, obwohl die künstlerische Saat der deutschen Freiheitskriege auch anderweitig bereits vielfältig aufgegangen war. So ging zum Beispiel der Preis der Wiener Gesellschaft der Musikfreunde im *Germanenzug*-Jahr 1863 an Joachim Raff für seine erste Sinfonie „An das Vaterland". Ebenso wenig aber war es reiner Zufall, daß der Wiener jüdische Komponist Ernst Toch sein Studium am längere Zeit von Raff geleiteten Frankfurter Konservatorium seinerseits noch 1912 mit einer ersten Sinfonie „An mein Vaterland" beschloß. Einige Monate später gab Kanzler von Bethmann-Hollweg die feierliche Erklärung ab, daß Deutschland Österreich im Kriegsfall treu zur Seite stehen würde.

Im Hintergrund dieser und zahlreicher ähnlicher Ereignisse spielten die alten Germanen eine verhältnismäßig unauffällige, aber keineswegs unwichtige geschichtliche Rolle. Nicht nur war die politische Szene in Zentral-Europa wiederholt grundlegenden Veränderungen unterworfen; eine Kette von naturwissenschaftlichen Entdeckungen drohte auch althergebrachte christliche Glaubensartikel zu untergraben, ganz abgesehen von angsterweckenden sozialen Folgen der rasch fortschreitenden Industrialisierung. Und wo die gewohnte, vermeintlich natürliche Ordnung so offensichtlich in Gefahr scheint, sich überstürzenden gesellschaftlichen Veränderungen zum Opfer zu fallen, da wirkt der Sagenschatz einer mythischen gemeinsamen Vergangenheit unwillkürlich trost- und hoffnunggebend. Das Nibelungenlied war denn auch bereits 1827, in Silbersteins Geburts- und Beethovens Todesjahr, erstmalig im Druck erschienen. Als der Sängerknabe Anton Bruckner 1838 ins Augustiner Chorherrnstift St. Florian eintrat, machte Grabbes *Hermannschlacht* bereits Sensation. Friedrich Hebbels *Die Nibelungen* aber erreichte den „Gipfel der Nibelungendramen" erst in dem Jahr, das auch Bruckners *Germanenzug* zeitigte[11]. Richard Wagner bearbeitete

---

[10] August Silberstein, *Trutz-Nachtigall, Lieder aus deutschem Walde*, 3. verm. Ausgabe, Leipzig 1870, S. 3f.
[11] Siehe *Deutsche Literaturgeschichte in Tabellen*, bearb. von Fritz Schmitt unter Mitarbeit von Gerhard Fricke, Teil III, Bonn 1952, S. 133.

den „Nibelungenmythos" zwar schon im Revolutionsjahr 1848, verlieh ihm seinen einzigartigen musikdramatischen Ausdruck jedoch schließlich zu einer Zeit, in der nicht nur Bruckner, sondern auch eingeschworene Antiwagnerianer wie Max Bruch und sein jüdischer Freund Friedrich Gernsheim nordische Sagentexte für instrumentalbegleitete Männerchöre vertonten. Bruchs *Szenen aus der Frithjof Sage* op. 23 oder Gernsheims *Germania* op. 24 waren nur zwei von vielen derartigen Stücken, die in den sechziger Jahren den wachsenden Bedarf vaterländisch gesinnter Männergesangsvereine deckten, deren Netz neben allen größeren bald auch unzählige kleinere Orte umfaßte und fähigen Fachmusikern, um von gewiegten Verlegern völlig zu schweigen, eine nicht zu unterschätzende Einkommensquelle bot.

Wahre Vaterlandsliebe zeigt sich natürlich vor allem in vorbehaltsloser Opferbereitschaft. Und so gehen denn auch August Silbersteins schwer bewaffnete Germanen dem Heldentod bei Bruckner guten Mutes entgegen, obwohl im langsamen Marschschritt statt im wiegenden 3/4-Takt des ursprünglichen *Zigeuner-Waldlieds*. Das Blasorchester begleitet sie zunächst in militärischen, dann aber unverkennbar religiösen, choralartigen Tönen. Etwaige Siegeshoffnungen sind gleich nach dem einleitenden, scharf punktiert abwärts springenden Oktavmotiv verhallt, einer geringfügig veränderten Variante des Beginns der im Vorjahr komponierten Kantate *Preiset den Herrn* (Notenbeispiel 1a und b). Aller Wahrscheinlichkeit nach handelt es sich um eine gezielte Anspielung. Bruckner verfuhr jedenfalls später in *Helgoland* mutatis mutandis ähnlich, indem er die heidnischen, dem römischen Feind durch ein Naturwunder entgangenen Inselbewohner ihrem „Herrgott" in Tönen Dank sagen ließ, die eher aus christlichem, ja protestantischem Munde zu erwarten wären. Ökumenischeres konnte selbst Bruckner nicht zustande bringen...

Germanenzug gehört ganz offensichtlich demselben d-Moll-Werkkomplex an, der außer dem frühen Requiem vor allem die d-Moll-Messe und die sogenannte „Nullte" Sinfonie umfaßte, deren Spuren sich wiederum bis in die spätere, Richard Wagner gewidmete d-Moll-Sinfonie verfolgen lassen. Mit anderen Worten, *Germanenzug* befand sich von Anfang an in allerbester Gesellschaft. *Helgoland* stand im Umfeld der letzten, unvollendeten d-Moll-Sinfonie dagegen weitaus einsamer da, jenem sturmumtobten Nordsee-Felsen ähnlich, der August Silberstein womöglich als zeitloses Symbol galt für das aus dem „Wunder" von 1870 endlich hervorgegangene, so inbrünstig erhoffte „ewige" deutsche Reich. Im Gegensatz zu seinem noch bestimmten lokalen Bedingungen unterworfenen Frühwerk *Germanenzug* konnte der inzwischen berühmt gewordene Wiener Komponist dem vierstimmigen Männerchor in seinem Schwanengesang *Helgoland* ohne weiteres ein vollzähliges Orchester zur Seite stellen, das, keineswegs nur unterstützend wirkend, gelegentlich sogar hervorragende Vokalkräfte in Verlegenheit zu bringen vermag. In der das Schicksal der angriffslustigen römischen Seeleute endgültig besiegelnden Sturmszene scheint es fast, daß es dem nunmehr gefeierten Wiener Sinfoniker bewußt darum ging, die armen Sänger in einer instrumentalen Klangflut untergehen zu lassen.

Notenbeispiel 1a: Bruckner, Kantate *Preiset den Herrn*, Anfang

In der Gesamtstruktur geht *Helgoland* deutlich über die einfache Dreiteiligkeit von *Germanenzug* hinaus. Ob das bei weitem kompliziertere Gedicht mit seiner abwechslungsreichen Folge von vier klar getrennten Szenen – Anfahrt der

Notenbeispiel 1b: *Germanenzug*, Anfang

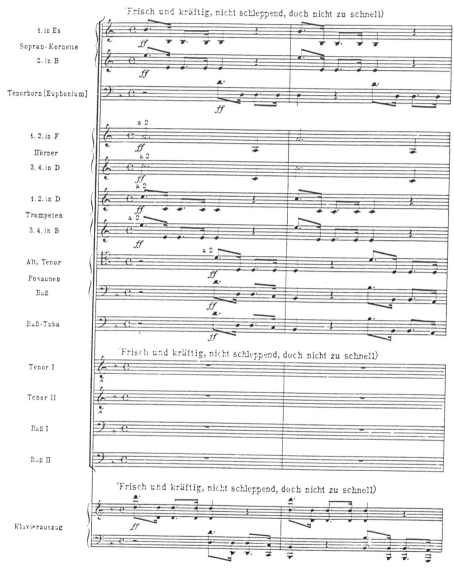

römischen Schiffe, Gebet der bedrängten Inselbewohner zu ihrem „Allvater", Sturm und Versinken der Angreifer in ihr nasses Grab, Danksagung der geretteten Inselbewohner nunmehr an den „Herrgott" – wirklich zu „einer Sonatenform, unter kunstvoller innerer Verbindung der Teile" anregte, wie Ernst Kurth meinte, sei dahingestellt[12]. Bruckners freizügiger Umgang mit textgebundenen thematischen Varianten erinnert, unterstützt von einer differenziert Einzelheiten betonenden Harmonik, eher an Franz Liszts symphonische Behandlung ähnlich geballter dramatischer Vorgänge. Robert Haas kam dem eigentlichen Sachverhalt jedenfalls etwas näher als Kurth mit seiner bescheidenen, aber stichhaltigen Feststellung, daß *Helgoland* formal „einen mächtigen Bogen" schlingt, „indem das Anfangsglied am Ende wiederkehrt."[13]

Im übrigen konnte Haas 1934 noch ungestraft der Überzeugung Ausdruck verleihen, daß Bruckners Nationalgefühl „sich am kräftigsten in dem ‚symphonischen Chor' nach Silbersteins Gedicht *Helgoland*" äußere[14]. Kurz danach wurde Menschen wie Silberstein jegliches deutsche Nationalgefühl offiziell abgesprochen, während Bruckner sich auf Grund „seiner überpersönlichen Rassenseele" einen besonderen Ehrenplatz in der kulturellen Nationalgalerie des Dritten Reiches gefallen lassen mußte[15]. „Die Kluft, die zwischen der deutschen und jüdischen Schöpferkraft besteht", hieß es 1936 in der Zeitschrift *Die Musik*, „ist die Kluft, die zwischen der nordischen und jüdischen Rasse aufgerissen ist, eine Kluft, über die günstigsten Falls eine Brücke verstandesmäßigen Verstehens aber nie des tiefsten Gefühlsausgleichs und der Erlebniseinheit geschlagen werden kann."[16] Den Anlaß zu diesem mehr oder weniger offiziellen Glaubensbekenntnis gab das den neuen Herrschern höchst unangenehme Verhältnis Bruckners zu Gustav Mahler, dem er ja sogar den vierhändigen Klavierauszug seiner dritten Sinfonie anvertraut hatte. Wie Bruckner selbst auf die Unterstellung einer derartigen rassisch begründeten „Kluft" reagiert hätte, mag wenigstens andeutungsweise aus folgender köstlicher Begebenheit hervorgehen, die August Göllerich bei der triumphalen Uraufführung von *Helgoland* selbst miterlebte, um sie der Nachwelt dann fast Wort für Wort zu übermitteln: Da stand also der alternde, vom nicht enden wollenden Beifall wiederholt hervorgerufene Komponist, „im Frack mit dem Franz Josef-Orden angetan", sprachlos auf der Bühne. Allein sein Blick schweifte angestrengt „in die sich drängenden Menschenmassen, bis er endlich den Dichter Dr. August Silberstein in der Nähe entdeckte. Bruckner wusste sich vor Dankesbezeugungen kaum zu fassen. Mit ausgestreckten Armen ging er dem Dichter entgegen, doch war eine Umarmung nicht möglich, da Bruckner sich auf dem Podium befand. Er rief nur: ‚Ja, da is' a ja, Dokta ja wie soll i' Ihnen denn danken! Ohne Ihna hätt' ich's ja nöt machen könna."[17]

---

[12] Ernst Kurth, *Bruckner*, Bd. II, Berlin 1925, S. 1303.
[13] Haas, *Anton Bruckner*, a.a.O., S. 84.
[14] Ebd., S. 84.
[15] Otto Schumann, *Geschichte der deutschen Musik*, Leipzig 1940, S. 337.
[16] Richard Litterscheid, in: Die Musik XXVIII, 1935/36, S. 417.
[17] Göllerich/Auer, *Anton Bruckner*, Band IV, Teil 3, Regensburg 1936, S. 355.

Die Briefe Anton Bruckners
Probleme der Quellenlage und der Edition

von

Andrea Harrandt

„Briefe gehören unter die wichtigsten Denkmäler, die der einzelne Mensch hinterlassen kann", meinte schon Johann Wolfgang von Goethe[1]. Dennoch haben sich bisher nur wenige Autoren ernsthaft mit Bruckners Korrespondenz auseinandergesetzt. So schrieb auch Franz Gräflinger kurz vor dem Erscheinen seiner Briefausgabe im Jahre 1924:

> „Man ist der Meinung, daß die Bruckner-Briefe eigentlich wenig zur Erkenntnis der künstlerischen Persönlichkeit beitragen können, da der Inhalt der meisten dieser Briefe lediglich mit kleinlichen, immer wiederkehrenden häuslichen Angelegenheiten oder den bei Bruckner stereotypen Freundschaftsbezeigungen ausgefüllt ist. Gewiß mag dieser Gedanke zum Teil richtig sein; dennoch – damit deckt sich die Meinung des Verlegers mit dem Sammler – glaube ich, daß wir durch unsere Herausgabe der gesammelten Briefe Bruckners das Verdienst erwerben, Bruckner als Mensch dem Verstehen weiterer Kreise näherzurücken, und dieses Verstehen des Menschen Bruckner wird sicher wieder zur Würdigung und zum Verstehen seines künstlerischen Schaffens beitragen ..."[2]

Auch wenn das Schreiben nicht eigentlich Bruckners Profession war, so zeigt doch der Briefwechsel mit seinen Zeitgenossen einen erstaunlichen Kreis von durchaus illustren Persönlichkeiten. Die Liste der Adressaten umfaßt einige berühmte Namen und wirft dabei auch ein Licht auf die Persönlichkeit des Komponisten. Insgesamt rund 700 Schriftstücke sind von der Hand Bruckners erhalten. Abgesehen davon, daß aus den Jahren vor 1852 (bisher) keine Briefe bekannt sind, ist die ansteigende Zahl der Schreiben doch sehr beachtlich: von 1852 bis 1883, also für 21 Jahre, insgesamt 293 Nummern und von 1884 bis 1887, also für rund drei Jahre, rund 200 Nummern. Im Vergleich dazu: Von Richard Wagner sollen rund 10 000 Briefe existiert haben.

Bruckners Briefstil steht in der Tradition seiner Zeit. Zu den Lehrpraktiken der vormärzlichen Elementarschule zählten auch sogenannte Formelbücher, die schriftliche Äußerungen für verschiedene Gelegenheiten festlegten. Auch aus Bruckners Jugendzeit sind solche „Musterbriefe" erhalten[3]. Im Gegensatz zu dieser Formelhaftigkeit des Inhalts stehen bei Bruckner die vielfältigen Möglichkeiten von Anrede und Beschluß in seinen Briefen – mit mehreren Varianten für

---

[1] *Goethes Werke*, 1. Abt., 43. Bd. Weimar 1891, S. 11.
[2] Franz Gräflinger, *Aus Bruckners Briefen*, in: Musica Divina XII, 1924, Sondernummer.
[3] Es gab allerdings auch schon Autoren, die diese „Musterbriefe" für echte Briefe Bruckners gehalten haben.

Personen geistlichen und weltlichen Standes in den verschiedenen gesellschaftlichen Rangordnungen.

Der erste erhaltene Brief Bruckners stammt aus dem Jahre 1852 und ist an seinen Jugendfreund Josef Seiberl gerichtet. Vor diesem Zeitpunkt sind keine Schriftstücke bekannt bzw. haben als verschollen oder vernichtet zu gelten. So erwähnt etwa Franz Gräflinger in Zuammenhang mit Briefen an Bruckners Lehrer Leopold von Zenetti, daß viele Briefstücke „von Leuten, die seine Bedeutung nicht erkannten oder davon nichts wußten, verbrannt wurden"[4]. Damit ist auch schon das Problem der Quellenlage angesprochen.

Quellenlage

Ein Großteil des überlieferten Briefmaterials befindet sich im Besitz von öffentlichen Sammlungen. An erster Stelle sind hier die Österreichische Nationalbibliothek und das Stift St. Florian zu nennen. Weitere Schriftstücke befinden sich in anderen Wiener Archiven, aber auch in Linz und Wels. Einzelne Briefe gelangten auf verschiedensten Wegen bis nach Deutschland, Belgien, in die Niederlande, USA und sogar nach Kanada. Erwähnenswert sind hier drei Briefe, die sich vor kurzem erst in für die Brucknerforschung so entfernten Orten wie Athens in Georgia, Buffalo und Western Ontario fanden[5]. Viele Briefe befinden sich in – teils leider nicht zugänglichem oder nicht bekanntem – Privatbesitz.

Ein weiterer wichtiger Schritt zur Erfassung der Quellen sind die unzähligen Hinweise in Antiquariatskatalogen. Vielfach sind darin entweder der ganze Text oder Ausschnitte abgedruckt bzw. liegt ein Teil des Textes im Faksimile vor. Hinweise auf weitere Briefe finden sich in den Briefen Bruckners selbst oder in den Antwortbriefen. Die in den Taschennotizkalendern erwähnten Adressaten bzw. Briefdaten lassen sich vielfach verifizieren, alle anderen Angaben dienen lediglich als Hinweise auf möglicherweise noch vorhandene, derzeit jedoch unbekannten Aufenthalts befindliche Schriftstücke. Ob Bruckner selbst Briefe vernichtet hat, ist nicht bekannt[6].

Bruckner als Briefschreiber[7]

Aus der Zeit Bruckners in Oberösterreich, das heißt aus den Jahren bis 1868 – bis zu seiner Übersiedlung nach Wien – liegen vielfach Bewerbungen an entsprechende Stellen in Linz und Wien, aber auch in Salzburg und sogar im Ausland vor. Alle diese Schreiben stehen in Zusammenhang mit Bruckners Unzufrieden-

[4] Franz Gräflinger, *Unbekannte Bruckner-Akten*, in: Neues Wiener Tagblatt, 12. 1. 1943.
[5] University of Georgia, Buffalo and Erie County Public Library und University of Western Ontario.
[6] Viele Schriftstücke sind allerdings „Beute" zeitgenössischer „Souvenirjäger" geworden.
[7] Diesem Thema widmete sich Othmar Wessely beim Bruckner-Symposion 1983: Johannes Brahms und Anton Bruckner, hg. v. dems., Linz 1985; siehe S. 89–94.

heit mit seiner jeweiligen beruflichen Stellung, seinem Drang nach Absicherung im beruflichen und finanziellen Bereich.

Schon in St. Florian klagte er Hofkapellmeister Ignaz Assmayr gegenüber:

„Ich habe hier gar keinen Menschen, dem ich mein Herz öffnen dürfte, werde auch in mancher Beziehung verkannt, was mir oft heimlich sehr schwer fällt. Unser Stift behandelt Musik und folglich auch Musiker ganz gleichgültig ... Ich kann hier nie heiter sein, und darf von Plänen nichts merken lassen." [8]

24 Jahre später lauteten seine Klagen in einem Brief an Wilhelm Tappert ähnlich: „Und so lebe ich seit 1868 in Wien lebhaft bedauernd je hieher übersiedelt zu sein, da mir Unterstützung, Anerkennung und Existenzmittel mangeln ... ." [9]

Interessant für den Ausbildungsgang des Komponisten wäre der Briefwechsel mit seinem Lehrer Simon Sechter in Wien. Es sind davon jedoch nur die Briefe von der Hand Sechters erhalten, in denen sich viele Hinweise auf Briefe Bruckners befinden, die leider nicht erhalten bzw. bekannt sind. Rudolf Weinwurm war ein wichtiger Verbindungsmann zwischen dem Wiener Musiktheoretiker und dem Linzer Organisten. So schrieb Bruckner etwa am 1. September 1857: „Sei so gut und gehe auch zum H. Professor Sechter! Du bekommst schon Schriften und Aufgaben für mich." [10] Weinwurm war es auch, der die Quartiere für die Studienaufenthalte Bruckners in Wien organisierte.

Die einzigen Briefe Bruckners, in denen er auf wirklich persönliche Dinge, wie den jeweiligen seelischen Zustand usw., eingeht, sind jene an seinen Freund Rudolf Weinwurm in Wien [11]. Scheinbar hat er in Linz keine derartige Vertrauensperson gefunden. So schrieb er beispielsweise am 9. Dezember 1860: „Dein Schreiben erfreute mich sehr, denn es ist dasselbe Gemüth darin enthalten, welches ich bei anderen Freundes vergebens suche." [12] Oder im Jahre 1864: „... ich habe nur Einen Freund – und der bist Du." [13] Hier sind offenbar zwei verwandte Seelen aufeinandergetroffen: beide waren oft mit sich und der Welt nicht zufrieden – „... ich werde nach und nach Menschenfeind ..." schrieb Weinwurm an Bruckner [14] –, beide hatten kein Glück bei den Frauen und blieben zeitlebens unverheiratet. Weinwurm scheint auch der einzige gewesen zu sein, der um Bruckners Zustand während seiner Nervenkrise Bescheid wußte. In seinen Briefen aus Bad Kreuzen schilderte Bruckner genauestens seine Seelenlage, aber auch die Therapien. Leider sind auch hier zu einem großen Teil nur Bruckners Briefe erhalten, von Weinwurm jedoch nur zwei Stück.

---

[8] Brief vom 30. 7. 1852, Privatbesitz.

[9] Brief vom 1. 10. 1876 an Wilhelm Tappert in Berlin.

[10] Anton Bruckner, *Gesammelte Briefe. Neue Folge*, hg. von Max Auer, Regensburg 1924, Nr. 6, S. 25 f.

[11] Näheres dazu bei Andrea Harrandt, „...*den ich als einzigen wahren Freund erkenne...*" *Anton Bruckner und Rudolf Weinwurm*, in: Bruckner-Symposion 1994: Brucknerfreunde - Brucknerkenner, hg. v. Othmar Wessely, Linz 1997, S. 37–48.

[12] Privatbesitz, gedruckt in: Bruckner, *Gesammelte Briefe*, a.a.O., Nr. 15, S. 35.

[13] 1. März 1864, ebd. Nr. 31, S. 55.

[14] 12. Oktober 1864, ebd., S. 373 f.

Mit der Übersiedlung nach Wien veränderte sich naturgemäß die Liste der Adressaten. War von Linz aus der Kontakt zur Haupt- und Residenzstadt Wien äußerst wichtig, so fühlte er sich in Wien seiner Heimat Oberösterreich sehr verbunden.

Bruckners Drang nach Absicherung zeigt sich in den weiterhin an die entsprechenden Stellen gerichteten Schreiben. Diese Gesuche, Bewerbungen, Bittschreiben – oder wie immer man sie nennen will – zeugen aber auch durchaus vom Selbstbewußtsein des Komponisten. So heißt es etwa in einem Brief an Hans von Bülow: „Ich war so glücklich mir in Österreich durch mein Orgelspiel einen Namen errungen zu haben. In Wien nannte man mich wiederholt den besten Orgelspieler Österreichs."[15] Oder in der Bewerbung um die zweite Chormeisterstelle des Wiener Männergesang-Vereins: „Es fällt mir in meinem ganzen Leben niemals bei, mich irgendwo aufdrängen zu wollen ... ."[16]

Vor allem ab den achtziger Jahren sind verstärkt Kontakte mit dem Ausland zu verzeichnen. Die erfolgreiche Uraufführung der Siebten Symphonie im Dezember 1884 in Leipzig und die im März 1885 in München stattfindende Aufführung dieses Werkes waren der Beginn der Verbreitung der Werke Bruckners vor allem im deutschen Raum. Seit März 1884 stand Bruckner in regem Briefwechsel mit Arthur Nikisch, der sich, begeistert vom Werk Bruckners, für die Aufführung der Siebten einsetzte. Hermann Levi hatte er in Bayreuth kennengelernt, ebenso den Berliner Kritiker Wilhelm Tappert, mit dem Bruckner vielfach wegen seiner Werke korrespondierte. Nicht persönlich kannte der Komponist zunächst Joseph Sittard und Wilhelm Zinne aus Hamburg. Letzterer hatte sich nach der bei der Presse nicht erfolgreichen Hamburger Erstaufführung der Siebten als begeisterter Verehrer des Komponisten selbst an Bruckner gewandt. Weiters sind hier zu nennen der Briefwechsel mit Jean-Louis Nicodé in Dresden, mit Siegfried Ochs in Berlin und auch die wenigen Schriftstücke, in denen Gustav Mahler begeistert von Aufführungen in Hamburg berichtet[17].

Wer für sein Werk eintrat, dem dankte Bruckner mit schier grenzenloser Verehrung und Zuneigung. Bezeichnende Beispiele dafür sind die Briefe an Arthur Nikisch: Der junge Kapellmeister des Leipziger Theaters war von Josef Schalk zur Aufführung der 7. Symphonie gewonnen worden und hatte dies dem Komponisten selbst auch mitgeteilt[18]. In Bruckners Antwortschreiben darauf heißt es unter anderem:

„An Ihren beifälligen Äußerungen athme ich wieder auf, und denke: ‚endlich hast du einen wirklichen Künstler gefunden.' Ich bitte, Euer Hochwolgeboren wollen mir gütigst Ihre Gewogenheit zuwenden, und mich nicht verlassen. Sie sind ja doch jetzt der Einzige, der mich retten

---

[15] Brief vom 20. 6. 1868. Gleichzeitig lief seine Bewerbung an das Konservatorium der Gesellschaft der Musikfreunde in Wien.

[16] Brief vom 9. 8. 1880 an Eduard Kremser.

[17] Vgl. dazu A. Harrandt, „Gustav Mahler. O! mögen Sie nur der Meinige bleiben ..." Unbekannte Briefe zu zwei Aufführungen von Bruckners Te Deum in Hamburg, in: Gustav Mahler: Werk und Wirken. Neue Mahler-Forschung aus Anlaß des vierzigjährigen Bestehens der Internationalen Gustav Mahler Gesellschaft, hg. von Erich W. Partsch, Wien 1996.

[18] Brief vom 10. März 1884.

kann, u[nd] Gott sei Dank! auch retten will ... Lebenslänglich werden Hochderselbe den dank-barsten Menschen an mir haben, wie ich seither Ihre Kunst u[nd] Ihr nobles Wirken tief be-wundert habe. Hoch! hoch! hoch! edler, wahrer Künstler!" [19]

Nach der erfolgreichen Aufführung der Symphonie heißt es dann: „Nimm den unaussprechlichen Dank, den ich Dir schulde gütigst hin! Gott vergelte es Dir das Hochedle wie Hochgeniale, das Du mir gethan!"[20] Noch fünf Monate später ist Bruckner voll des Überschwanges:

„Erhabener großer Gönner und Freund! Du warst mein erster Apostel, der in Deutschland in hochgenialer Kunst mit vollster Kraft und Würde mein bisher ungehörtes Wort verkündete. In Ewigkeit wird es Dir zum Ruhme gereichen, daß Du Dein großes, hohes Genie für mich Ver-kannten u[nd] Verlassenen leuchten ließest! Dafür sei Dir Dank in alle Ewigkeit von mir sowol, als meinen wahren Freunden! Gott vergelte es Dir!"[21]

Ähnliche Beispiele ließen sich aus Briefen an Hermann Levi oder Felix Mottl zitieren.

Berichte über Erfolge und Mißerfolge sowie Auseinandersetzungen mit der Presse nehmen ab den achtziger Jahren mehr und mehr Raum ein. Aus früheren Jahren sind vor allem Bruckners eigene Berichte über seine Orgelreisen nach Frankreich und London von Interesse[22]. Interessant sind in diesem Zusammen-hang auch sogenannte Selbstbiographien des Komponisten. So heißt es etwa in einem vor wenigen Jahren in einem belgischen Museum entdeckten Brief Bruck-ners an einen bis dato unbekannten Adressaten:

„Anton Bruckner, kk. Hoforganist, Lector an der kk Universität, Professor am Conservatorium in Wien. / Anno 1824 zu Ansfelden in Oberösterreich geboren. Die musikalisch-theoretischen Studien, besonders die des Contrapunctes absolvirte ich bei Sechter in Wien von anno 1855 bis 1861, dann bis 1863 in Linz bei Kitzler (aus Leipzig) Composition. / Bis 1855 Stiftsorganist in St. Florian, dann von da bis 1868 Domorganist in Linz u[nd] seit Okt[ober] [1]868 (nach Sechters Tod) wirke ich in meiner jetzigen Stellung wohin ich berufen ward. / 1869 ward ich nach Nancy zu einem Orgelkampfe eingeladen, wo ich zwei Tage concertirte. In Folge ungemei-nen Successes mußte ich von dort nach Paris, wo ich von den größten Meistern namentlich in Notredame über gegebenes Thema improvisirte. Der Erfolg u[nd] auch die Kritik waren so große, daß ich mein ganzes Leben nie die Auszeichnungen, die mir geworden, vergessen werde ... [es folgt der Bericht über London] ... In der Composition habe ich 3 große Messen und fünf Sinfonien geschrieben nebst vielen kleineren Werken ... ."[23]

In die Erfolgsmeldungen mischt Bruckner aber wieder auch Klagen über die Wiener Presse: „Leider stimmten mißliche Verhältnisse u[nd] Geschicke der Kri-tik, wenigstens theilweise übler gegen mich."[24]

Wie schon in der genannten Selbstbiographie, liebte Bruckner es, in seinen Briefen Hinweise auf Zeitungsartikel zu geben. Er selbst versuchte auch immer wieder, durch Freunde und Bekannte vermittelt, selbst Meldungen an die Zeitun-gen weiter zu geben, vor allem an oberösterreichische Blätter.

[19] Brief vom 16. April 1884.
[20] Brief vom 25. Februar 1885.
[21] Brief vom 7. Juli 1885.
[22] Die bekannten Briefe an Johann Baptist Schiedermayr und Moritz von Mayfeld.
[23] Brief vom 22. März 1877.
[24] Ebd.

Doch nicht nur Zeitungsberichte verschickte Bruckner, sondern auch Briefe.
Erwähnt sei hier jener von Ludwig Nohl aus Heidelberg, der sich nach der Aufführung des Adagio der 7. Symphonie in Karlsruhe begeistert an Bruckner gewandt hatte. Nur zwei Wochen später sandte Bruckner dieses Schreiben oder
wohl besser eine Abschrift desselben an Hans von Wolzogen mit folgenden
Worten: „Entschuldigen Hochderselbe, wenn ich mir erlaube, den herrlichen
Brief des Prof. Nohl an meine Wenigkeit zu übersenden, der überall Sensation
erregen dürfte!"[25] Der Brief vom 6. Juni war bereits am 14. desselben Monats in
der Deutschen Zeitung erschienen. Ob Bruckner die Erlaubnis vom Ludwig Nohl
dazu eingeholt hatte, sei dahingestellt.

Neben den grandiosen Erfolgen kam oft gleichzeitig Bruckners (angeblich)
so schlechte Lage gleichsam in einem Atemzug zur Sprache, zum Beispiel in
einem Brief an seine Schwester Rosalia Hueber:

„Jetzt ist auch Holland hinzugekommen, wo am 4. d. meine 3te Sinfonie mit sehr großem Erfolge aufgeführt wurde. In Leipzig war am 28. Jänner die 2. Aufführung meiner 7. Sinf. vor dem
Königspaare. Die Blätter sind voll Bewunderung; eben so wie die Holländischen. Im März gehts
nach München. (In Hamburg steht die Aufführung ebenfalls bevor.)"[26]

Und einige Zeilen weiter: „Leider brauche ich viel Geld."

Wie jetzt schon leicht zu ersehen, war Bruckner zumindest in gewissen Le-
bensabschnitten ein eifriger Briefschreiber. So scheint er in den Tagen des Mai
1885 besonders schreibfreudig gewesen zu sein: 68 Briefe sind allein aus dem
Jahre 1885 erhalten. Im Krakauer Schreibkalender für das Jahr 1878 verzeichnet
Bruckner für Mai 1885 folgende Adressaten: „10./5. Briefe: König. Redakt. Linz.
Mottl. Riedel, Ostini, Wolzogen, Levi, Demar, Rappoldi, Friedrich (Regensburg.) P. Richter. Mayfeld. Fritsch. Perfall Linz Red."[27] Erhalten geblieben sind
davon: vom 9. Mai 1885 Briefe an König Ludwig II. von Bayern und an Felix
Mottl in Karlsruhe, vom 10. Mai 1885 an Hermann Levi in München und an Hans
von Wolzogen in Bayreuth und vom 11. Mai 1885 an Marie Demar in Wien, an
Johannes Peregrin Hupfauf in Salzburg, an Eduard Rappoldi in Dresden und an
die Redaktion des Musikalischen Wochenblattes in Leipzig, das heißt eigentlich
an Theodor Helm. Abgesehen von dem Brief an König Ludwig II. sind diese
Briefe relativ gleichen Inhalts. Als Beispiel hierfür soll der bis dato unbekannte
Brief an Hans von Wolzogen zitiert werden, der alle wichtigen schon erwähnten
Punkte eines Bruckner-Briefs beinhaltet: Danksagung, Verehrung, Berichte von
Aufführungen, beigelegte Zeitungsausschnitte:

Hochgeborner Herr
Baron!
Es ist unbeschreiblich, wie viel ich in der kurzen Jahresfrist Euer Hochgeboren verdanke!
Nehmen Hochderselbe diesen meinen tiefstgefühlten Dank und meine Bewunderung für Hoch-
desselben Edelmuth gnädigst entgegen!

---

[25] Brief vom 20. Juni 1885.
[26] Brief vom 9. Februar 1885.
[27] Vgl. Göllerich/Auer, Bd. IV, Teil 2, S. 378.

Mein Adagio aus der 7. Sinf. wird d. 30. d. in Carlsruhe durch Freund Mottl dirigirt. Eben
schreibt er mir wieder, er sei geradezu entzückt über dieses wunderbare Stück, (wie er es nennt),
u will Alles dafür einsetzen, u. so w.
Am 2. d. spielte Hellmesberger wieder mein Quintett u. ich dirigirte im Wagnervereins=Concerte
mein neues Te Deum. Unbeschreiblicher Jubel folgte beiden Aufführungen. Wetzlar will das Te
Deum verlegen, (wie man mir sagt;)
Gutmann verlegt die 7. Sinf., welche dem Könige von Baiern gewidmet ist. H Levis Werk!
Gestatten H Baron zwei Ausschnitte aus der Deutschen Zeitung u. dem Tagblatt! beilegen zu
dürfen mit der tiefsten Bitte u. etwaiger Verwendung.
Ich küsse Ihrer Gnaden Fr. Baronin die Hände und empfehle mich in Ehrfurcht sowol Hochder-
selben wie Herrn B. bittend um fernere Gnade;
Herr Baron wollen stets in Huld gedenken

    Euer Hochgeboren

Wien, 10. Mai   ganz ergebensten Dieners
1885.   A Bruckner mp.[28]

Zwei prägnante Beispiele für Bruckners Briefstil seien zu diesem Themenkomplex noch zitiert. Der einzige überlieferte Brief Bruckners an Wagner vom 20.
Mai 1878 ist ein beredtes Zeugnis der überquellenden Verehrung für den Bayreuther Meister:

„Hocherhabener Meister! Erschüttert bis ins Innerste durch die Majestät Ihrer unsterblichen
Prachtschöpfungen wage ich es abermals, heute an dem ewig berühmten Hochfeste, dem Schöpfer all dieser wunderbaren Ideale meine tiefste Huldigung zu Füßen zu legen. Gepriesen sei der
Ewige, der uns unseren Großmeister am heutigen Tage gab, und Ihn seither all das dichten ließ,
was uns so unendlich beglückt!"

Wagner selbst hingegen findet in sehr vielen Briefen Bruckners Erwähnung.
Zumeist handelt es sich dabei um sogenannte Wagner-Zitate, also Äußerungen,
die Wagner Bruckner gegenüber vor allem in Bayreuth gemacht haben soll, wie
zum Beispiel in einem an Wilhelm Tappert: „Der Meister wollte, wie er mich
versicherte, alle meine Sinfonien aufführen. Seine Urtheile über mich waren
großartig"[29], oder an Josef Sittard: „In Bayreuth erfuhr ich, daß mir der heißge-
liebte verewigte Meister einer so große Zukunft prophezeite! Ist wahrhaft rüh-
rend! Ein wahrer Trost gegen Hanslick und gegen seine 2 Mithelfer."[30] Es ließen
sich hier noch viele weitere Briefstellen aufzählen.
    Ein außergewöhnliches Beispiel ist auch der bereits erwähnte Brief an Lud-
wig II., in dem Bruckner dem König seine 7. Symphonie zur Widmung anbietet.
Levi, der die Widmung vermittelt hatte, machte Bruckner in seinem Brief vom
26. April 1885 auf die entsprechenden „Formalitäten" aufmerksam: „Nehmen Sie
in Ihrem Dankschreiben den Mund recht voll mit ‚Alleruntertänigst', allergnädigst' etc – der König hält viel auf dergl. Formalitäten", – ein Rat, dem Bruckner
nur allzu gerne Folge leistete:

---

[28] Wien, ÖNB-Musiksammlung Mus. Hs. 40.965, Erstdruck in: Andrea Harrandt, „Ausgezeichneter Hofkapellmeister" – Anton Bruckner an Felix Mottl. Zu Neuerwerbungen der Österreichischen Nationalbibliothek, in: Studien zur Musikwissenschaft XLII, Tutzing 1993.
    [29] Brief vom 19. September 1885.
    [30] Undatierter Brief [vom August 1886].

„Aufs tiefste ergriffen und im höchsten Gefühl der Freude bitte ich allerunterthänigst, Euere Majestät wolle Allergnädigst gestatten, daß ich für die mir durch Allerhöchste Entschließung Euerer Königlichen Majestät gewordene Allerhöchste Auszeichnung: die allerunterthänigste Widmung meiner VII. Sinfonie Allergnädigst entgegenzunehmen - Euerer Königlichen Majestät meine ehrfurchtsvollsten, im tiefsten Herzen gefühlten Dank zu Füßen legen dürfe!"[31]

Briefausgaben – Editionsprobleme

Schon zu Lebzeiten wurden Briefe Bruckners ediert, zum Beispiel 1885 Briefe an Johann Herbeck oder der bereits erwähnte an Ludwig Nohl. Dem folgten viele Einzelveröffentlichungen, die die Quellen allerdings meist fehlerhaft auswerteten. Manches verschwand überhaupt – vor oder nach der Edition –, und so sind viele Schriftstücke nur mehr in den Briefausgaben von Max Auer und Franz Gräflinger oder in der Bruckner-Biographie von Göllerich-Auer nachzulesen.

Die Geschichte einer Ausgabe der gesammelten Briefe reicht in die frühen Jahrzehnte unseres Jahrhunderts zurück. Nach der Jahrhundertwende war es vor allem Franz Gräflinger, der einzelne Schriftstücke an die Öffentlichkeit brachte. So edierte er beispielsweise 1921 bzw. 1922 die Briefwechsel Bruckners mit seinem Kopisten Leopold Hofmeyr bzw. Johann Herbeck. Während sich nun Gräflingers *Buch Anton Bruckner. Sein Leben und seine Werke*, das 1921 im Gustav Bosse-Verlag in Regensburg erschien, im Druckstadium befand, richtete der Verleger folgende Frage an den Autor:

„Sehr gern würde ich neben diesen verschiedenen Bruckner-Büchern auch noch ein weiteres veranstalten, und zwar die Herausgabe der gesammelten Briefe Bruckners. Ich erlaube mir, Ihnen die Frage vorzulegen, ob es Ihnen möglich wäre, heute schon eine Gesamtausgabe der verstreuten Briefe Bruckners zu veranstalten. Es hätte natürlich den Zweck, wenn wir neue, bisher ungedruckte Briefe einer solchen Sammlung einverleiben könnten, und wenn wir, wenn irgend möglich, tatsächlich alles bisher gedruckte erreichen könnten. Würde Ihnen eine solche Arbeit liegen? Wenn ja, was meinen Sie zu diesem Projekt? Welchen Umfang könnte ein solches Buch haben?"[32]

Gräflinger war einverstanden, und bereits 1924 erschien seine Briefausgabe mit insgesamt 146 Schriftstücken, die nach Empfängern geordnet und mit Erläuterungen versehen sind. Noch vor Erscheinen des Bandes sowie im Vorwort selbst stellte Gräflinger fest: „Der Herausgabe der Bruckner-Briefsammlung wurde von verschiedener Seite kein sonderlich freudiges Halleluja entgegengebracht."[33]

Kurz danach, im selben Jahr legte Max Auer seine „Neue Folge" genannte, chronologisch geordnete Edition der Briefe vor. Sie enthält 326 Briefe von sowie im Anhang 97 Briefe an den Komponisten. Somit lagen insgesamt 479 Briefe Bruckners gedruckt vor. Wie es allerdings zu dieser Doppelgleisigkeit gekommen ist, ist bis dato nicht bekannt. Im Briefwechsel Gräflingers mit Bosse findet

---

[31] Brief wahrscheinlich vom 9. Mai 1885. Das Original ist leider nicht erhalten, in der ÖNB-Musiksammlung befindet sich lediglich ein Entwurf.
[32] Gustav Bosse an Gräflinger, 18. 1. 1921, in: Wien, ÖNB-Musiksammlung F 30 Gräflinger 28.
[33] Franz Gräflinger (s. Anm. 2).

sich kein Hinweis darauf, in der Korrespondenz Max Auers fehlen die entsprechenden Briefe.

Weiteres Briefmaterial enthielt die 1927 von Gräflinger herausgegebene Bruckner-Biographie – vor allem Briefe an Hermann Levi – sowie die 1936 vollendete vierbändige (neunteilige) Biographie von Göllerich und Auer. Interessant ist jedoch, daß man 1941 daran dachte, eine erweiterte Auflage des Briefbandes vorzulegen. So schrieb Franz Gräflinger am 9. Juni 1941 an Max Auer: „Ich soll den kleinen Band bei Bosse neubearbeiten. Machst Du Dich an den Briefband? Ich sammle schon lange und werde alle neuen Briefe (habe schon über 60, selbst mehrere erstmals veröffentlicht) auch in die Neuauflage des Briefbandes bringen. Briefe an Br. schalte ich aus. Du wirst Dich ja nicht mit Briefen befassen. Oder doch?"[34] Der Verleger konnte jedoch keine rechte Begeisterung für das Projekt aufbringen: Teils lagen die von Gräflinger erwähnten „neuen" Briefe schon in der Ausgabe von Auer vor, teils hatte sie Gräflinger selbst in seinem Buch von 1927 publiziert. Und so schrieb Bosse an den Autor: „Wenn ich jetzt eigens den alten Briefband einstampfen lasse, dann würde eine solche Tat doch nur gerechtfertigt sein, wenn ganz wesentlich neue Briefschätze zur Veröffentlichung gelangen sollten."[35] Weiters erschwerten die Kriegsjahre die Erlangung von Druckgenehmigungen, und so blieb die Neuauflage der Briefe bis heute dahingestellt.

Auer und Gräflinger publizierten in den folgenden Jahren weiteres, unbekanntes Material. Gräflinger machte selbst auch immer wieder auf nicht mehr auffindbares Material aufmerksam, unter anderem 1943: „Ich verweise auf die bis heute teilweise verschollenen Manuskripte, etwa aus der Florianer Epoche, auf den gewiß aufschlußreichen Briefwechsel mit Bruckners Freund Almeroth; diese Briefe wurden nicht verbrannt, sie sind vorhanden, wie ich von einem Verwandten Almeroths kürzlich erfuhr."[36] Die Kriegsjahre ließen weiteres Material unwiderruflich verschwinden. Andere Autoren veröffentlichten vor bzw. nach dem Krieg mitunter größere Konvolute[37]. Alle Einzeleditionen auf diesem Gebiet aufzuzählen, würde den Rahmen dieses Textes sprengen. Einer der Editoren, Otto Brechler, machte in einer kleinen Anmerkung seines Artikels auf die Dringlichkeit einer Briefausgabe aufmerksam: „Die Sammeltätigkeit an Briefen Bruckners ist erst in den Anfängen. Es bestehen zwei kleine Sammlungen: ... Gräflinger ... Auer ... ."[38]

Die Geschichte der Gesamtedition der Briefe Bruckners im Rahmen der neuen Bruckner-Gesamtausgabe Bruckners reicht viele Jahre zurück, die Arbeit daran ist bereits durch mehrere Hände gegangen[39]. Nach jahrzehntelangen Vorar-

---

[34] ÖNB-Musiksammlung F 31 Auer 301.

[35] Gustav Bosse an Gräflinger, 16. 5. 1942, in: ÖNB-Musiksammlung F 28 Gräflinger 30.

[36] *Unbekannte Bruckner-Akten*, in: Neues Wiener Tagblatt, 12. 1. 1943.

[37] Wilhelm Jerger im Jahre 1942 insgesamt 11 Briefe aus dem Besitz der Philharmoniker und Otto Brechler vier Briefe an den Linzer Kalligraphen Joseph Maria Kaiser. 1953 erschienen *Zehn Briefe von Anton Bruckner*, herausgegeben und kommentiert von Felix von Lepel.

[38] Otto Brechler, *Unbekannte Briefe Anton Bruckners*, in: Phaidros I, 1947, S. 32–38.

[39] Bisher haben Leopold Nowak, Otto Schneider sowie Walburga Litschauer mitgearbeitet. Nach dem Tod von Otto Schneider liegt diese Aufgabe seit 1991 allein bei der Referentin.

beiten ist nun mit einem baldigen Erscheinen des ersten der auf zwei Bände veranschlagten Publikation zu rechnen.[40]

In chronologischer Reihe folgen die Briefe von und an Bruckner. Nur die Einbeziehung der Gegenbriefe mit den oft darin enthaltenen Hinweisen auf nicht überlieferte Briefe Bruckners garantiert eine möglichst große Vollständigkeit der Edition. Wenn für den Zusammenhang von Wichtigkeit, werden auch Briefe über Bruckner einbezogen. Gerade im Falle Bruckners beinhalten diese ausgewählten Drittbriefe oft wichtige, in seinen eigenen Briefen nicht angesprochene Details.

Grundlage für die Neuausgabe sind natürlich die bis heute als Standardwerk geltenden Ausgaben von Gräflinger und Auer sowie die zahlreichen, teils hier schon erwähnten Einzeleditionen. Viele der in den beiden Briefeditionen abgedruckten Briefe sind später nur in Antiquariatskatalogen nachweisbar. Es ist anzunehmen, daß sich die meisten davon in Privatbesitz befinden. Wichtige Hinweise liefern auch Antiquariatskataloge, Bruckners Notizen in seinen Taschenkalendern usw. Vor allem in der zuletzt genannten Quelle findet sich eine Fülle von Hinweisen, denen allerdings noch nicht konkret nachgegangen werden konnte.

Die neue Briefausgabe wird auch zahlreiche, bisher unbekannte Briefe vor allem aus dem Stift St. Florian sowie aus anderen österreichischen Sammlungen, aus dem Ausland[41], aber auch aus dem Besitz der Nachkommen von Bruckners Schwester Rosalia, enthalten.

Anhand dieser „Neufunde" lassen sich Fehler der alten Briefausgaben ausmerzen und neue Erkenntnisse über Bruckner gewinnen. Vielfach handelt es sich dabei lediglich um kleine Details zu seinem Umfeld. So konnte die Musiksammlung der Österreichischen Nationalbibliothek insgesamt sieben Briefe Bruckners an Felix Mottl und Hans von Wolzogen erwerben, von denen drei bisher nicht bekannt waren[42]. Gerade diese Briefe enthielten in ihrer bis dahin nur gedruckten Form viele Fehler. So hatte beispielsweise Max Auer in seiner Edition in einem Brief an Mottl vom 17. Juni 1885 einen ganzen Absatz weggelassen (vgl. dazu auch den Anhang): „Man sagte mir von Auszeichnungen – ja die hast Du im höchsten Grade verdient, und ich erlaube mir herzlichst meine Gratulation sowol zu den neuen Ordens-Decorationen, als auch zu dem glänzendsten Erfolge überhaupt, den man bei einem Künstler Deines Ranges ohnedieß voraussetzen muß, aus ganzem Herzen abzustatten! Gutmann bittet um die Orchesterstimmen." Ein weiteres Beispiel sind die Gesuche Bruckners an die diversen Stellen der Wiener Universität um Erlangung einer Lektorenstelle für Musik. Dieses Material liegt in einer Edition von Robert Lach vor[43]. Ein genauer Vergleich mit den Originaldokumenten bringt jedoch eine Fülle von Korrekturen der Lesefehler Lachs zutage.

---

[40] Im März 1998 ist der erste Band erschienen: Anton Bruckner, *Sämtliche Werke*, Bd. XXIV/1: *Briefe 1852–1886*, hg. von Andrea Harrandt und Otto Schneider, Wien 1998.

[41] U.a. aus Sammlungen in Amsterdam, Basel, Bonn, Leipzig, Mainz, Nürnberg und Belgien.

[42] Vgl. dazu Harrandt, *„Ausgezeichneter Hofkapellmeister"*, a.a.O.

[43] *Die Bruckner-Akten des Wiener Universitäts-Archivs*, hg. von R. Lach, Wien, Prag und Leipzig 1926.

Aber auch Gegenbriefe können wichtige Erkenntnisse zum Verständnis beitragen. So hatte Bruckner im August 1887 seine 8. Symphonie beendet, was er am 4. September Hermann Levi höchst erfreut mitteilte: „Hallelujah! Endlich ist meine Achte fertig und mein künstlerischer Vater muß der Erste sein, dem diese Kunde wird." Levi dankte, studierte die übersandte Partitur, war ratlos, wandte sich an Josef Schalk, den er um Vermittlung bat. Am 18. Oktober teilte Schalk mit, daß Levis Nachricht Bruckner „begreiflicherweise sehr hart betroffen" habe. Dieser Brief fehlte bisher in der Chronologie. Eines Tage jedoch fand sich gerade jenes umfangreiche Schriftstück vom 7. Oktober 1887 in den Kopierbüchern des Dirigenten. Levi stellt darin auf sehr ehrliche Weise seine Probleme mit dem Werk dar. Damit hatte also wieder ein „kleiner Mosaikstein" eine Lücke im Verständnis des Problems der 8. Symphonie geschlossen.

Wie aus den Ausführungen zu ersehen, zeigt sich in den Briefen ein weitgehend selbstbewußter Bruckner, der durchaus die Anerkennung seiner Zeitgenossen besaß. Anerkennung spiegelt sich zum Beispiel auch in den rund 43 erhaltenen (bis dato noch nicht publizierten) Briefen zu seinem 70. Geburtstag.

Die Briefe sind nur teilweise eine Quelle für Bruckners seelische Befindlichkeit, in den letzten Lebensjahren jedoch verstärkt ein Zeugnis seines gesundheitlichen Zustandes. Vielfach zeigen sie Bruckners Kampf um die Anerkennung seiner Werke, seine oft beinahe aufdringliche Anbiederung an Dirigenten, Kritiker usw. Durch Neufunde lassen sich viele kleine Details klären, ergeben sich oft neue Aspekte. Keineswegs handelt es sich jedoch um die „unfrommen Sprüche des frommen Meisters", wie vor bald zehn Jahren in österreichischen Tageszeitungen über die neue Briefausgabe zu lesen war: „der als äußerst fromm bekannte Komponist konnte durchaus auch fluchen und sparte nicht mit deftigen Ausdrükken."[44]

„Briefe gehören unter die wichtigsten Denkmäler, die der einzelne Mensch hinterlassen kann" – so lautete das einleitende Goethe-Zitat. Bruckners Briefe sind sicher nicht die „wichtigsten Denkmäler", die er hinterlassen hat, aber sie haben ihre durchaus berechtigte und wichtige Bedeutung für die Brucknerforschung.

Anhang

Bruckner an Felix Mottl, Karlsruhe[45]

Herzallerliebster Freund!
Ausgezeichneter Hofkapellmeister!
Vor einigen Tagen bekam ich ein höchst begeistertes Schreiben von Prof. Nohl aus Heidelberg, woraus ich sah, daß der Erfolg ein sehr guter gewesen sein dürfte. Vergebens wartete ich immer

---

[44] *Salzburger Nachrichten* und *Linzer Volksblatt* vom 14. und *Kurier* vom 15. April 1987.
[45] Wien, ÖNB-Musiksammlung Mus.Hs. 40.988/5; *Schwäbischer Merkur* vom 10. 2. 1900; Auer NF Nr. 162, S. 188f. (unvollständig); Gräflinger, Briefe Nr. 80, S. 87 (unvollständig); G.-A. IV/2, S. 333f. (gekürzt).

auf eine Nachricht von Dr Schöneich, – auf Karlsruher Blätter –; doch vergebens! Sie müssen
wohl recht schlimm gewesen sein! –
Auch sonst habe ich nichts weiter erfahren, als durch Göllerich, der mir in dieser Richtung zu
großer Enthusiast ist. (In der Frankfurter u. Elsas=Lothringer Zeitung habe ich auch erst vor
wenigen Tagen einiges Weniges gelesen.) Sonst nichts! Competent ist mir H Nohl, der geradezu
schwärmt, was er nicht thun würde, wenn er den Satz nicht so meisterhaft gehört haben würde!
So nimm denn meinen tiefstgefühlten Dank mit der größten, aus dem Innersten meiner Seele
stammenden Bewunderung in Güte und Freundschaft entgegen! Nie werde ich das vergessen!
und bitte Dich, so großen Künstler nur, bleibe stets mein alter junger Freund und Bruder! und sei
auch für u für stets meinen Werken der Spender Deiner genialen Kunst! Das walte Gott! Man
sagte mir von Auszeichnungen – ja die hast Du im höchsten Grade verdient, und ich erlaube mir
herzlichst meine Gratulation sowol zu den neuen Ordens-Decorationen, als auch zu dem glänzendsten Erfolge überhaupt, den man bei einem Künstler Deines Ranges ohnedieß voraussetzen
muß, aus ganzem Herzen abzustatten! Gutmann bittet um die Orchesterstimmen.
Nochmal aus ganzer Seele dankend verbleibe ich

               Dein
             Dich bewundernder
Wien, 17. Juni   dankschuldiger Freund
1885.   A Bruckner mp.

Diskussion nach I

Zu den Vorträgen von
Rudolf Flotzinger, Alexander L. Ringer
und Andrea Harrandt

In der Literatur wird Bruckner wenigstens bis 1945 überwiegend als Deutsch-Österreicher bezeichnet. Die Betonung schwankt dabei allerdings zwischen dem deutschen und dem österreichischen Bruckner: Der österreichische Lokalpatriot und Bruckner-Schriftsteller Franz Gräflinger beispielsweise schreibt im einen Satz von dem deutschen, im nächsten von dem deutsch-österreichischen Komponisten. Nach 1945 – und das ist selbstverständlich von der politischen Situation abhängig – wird der Österreicher Bruckner betont (Brüstle).

Um Gründe für die zunächst irritierende Gleichsetzung zwischen Bruckner als Österreicher und Süddeutscher (Flotzinger) zu suchen, muß man über die Deutungsliteratur hinweg noch stärker in die Zeit Bruckners zurückgehen: Die deutschsprachigen Lande Österreichs sind schließlich erst 1866 aus dem Verband des Deutschen Bundes ausgeschieden, die Erinnerung an das Heilige Römische Reich Deutscher Nation war also im Bewußtsein sehr wirksam. Außerdem gab es keine kulturelle Grenze zwischen Österreich und den anderen deutschsprachigen Ländern: Schnitzler und Hofmannsthal beispielsweise hatten ihre Verleger in Berlin. Es war die Konfessionsgrenze, die für Kultur und Wissenschaft im 19. und frühen 20. Jahrhundert wichtig war, und die lag bekanntlich nicht an der Grenze zwischen Österreich und den anderen deutschsprachigen Ländern (Haussherr).

„Deutsch-Österreich" war kurze Zeit auch die offizielle Bezeichnung Österreichs, um zu dokumentieren, daß es sich um das deutschsprachige Restgebiet dieses multikulturellen Reiches handelt. Hier sollte man also genau auf die Jahreszahl und die politischen Implikationen achten. Zudem ist die ideologische Ausrichtung der Autoren zu berücksichtigen. In Österreich gab und gibt es immer noch die Deutschnationalen, das ist bei Bruckner-Schriftstellern wie Franz Gräflinger und August Göllerich ins Kalkül zu ziehen. Die Interpretation in den dreißiger Jahren ist nurmehr von der innenpolitischen Situation der tonangebenden Gruppe der Christlich-Sozialen her zu sehen. Hier ist Bruckner ganz eindeutig vereinnahmt worden, beispielsweise von Alfred Orel und Leopold Nowak, der sich für den Ständestaat engagiert hat (Flotzinger).

Es ist ein Klischee des späten 19. Jahrhunderts gewesen, daß Bruckner ein Komponist der Deutsch-Österreicher bzw. der Sympathisanten des Anschlusses war. Die Republik nach 1918 wurde als eine provisorische Notlösung gesehen. Hier stellt sich die Frage, ob es abgesehen von den Versuchen einzelner Personen in dieser politischen Situation ein mit der späteren Nazi-Vereinnahmung Bruckners vergleichbares Phänomen gibt. Die Bruckner-Renaissance ist in gewissem Sinne vergleichbar mit der in Holland durch das Concertgebouw-Orchester unterstützten Hervorhebung der Werke Mahlers. Dieses Phänomen war offensichtlich eine Folge des Ersten Weltkriegs: Man sah sich gewissermaßen nach Werten um, die nach der Katastrophe wieder etwas Halt geben konnten (Hansen). Bruckner wurde nach seinem Tode ganz bewußt neu hervorge-

holt, er wurde zu einem Teil der Antimoderne in Österreich. Er konnte sozusagen als
zeitgenössischer österreichischer Komponist präsentiert werden, obwohl er längst tot
war (Flotzinger).

*

Wenn zu Recht behauptet wurde, daß man Bruckner und die Philosophie trennen sollte,
gleichzeitig aber geistesgeschichtliche Zusammenhänge angemahnt wurden, so läßt sich
doch fragen, ob Bruckner nicht gar als „abkomponierter" Bolzano oder Brentano angesehen werden könnte; schließlich ist Beethoven, nicht immer subtil, mit dem deutschen
Idealismus bzw. Hegel und Bach mit Leibniz zusammengebracht worden; wenn es dort
„funktioniert", warum sollte man bei Bruckner davor zurückschrecken (Riethmüller)?
    Selbst wenn Bruckner die Zeitung vermutlich vor allem wegen der Kritiken seiner
eigenen Konzerte las (Harrandt), ist es eher unwahrscheinlich, daß er nichts von Wagners Text *Das Judentum in der Musik* gewußt haben soll, denn jemand, der Wagner so
sehr verehrt hat wie Bruckner, hätte doch von dem Wirbel um die Zweitveröffentlichung
(1869) etwas mitbekommen. Es gab zu dieser Zeit in den Zeitungen und Zeitschriften
eine ganze Flut von Pamphleten für und wider Wagner. Wenn allerdings in den Briefen
oder anderen Schriftstücken eben nicht davon die Rede ist, dann bleibt auch diese
Tatsache interessant. Es gibt eine auffällige Parallele dazu bei Thomas Mann, der zwar
sehr viel über Wagner geschrieben und geredet hat, von dem aber nicht zu erfahren ist,
daß Wagner der Autor jenes Aufsatzes über *Das Judentum in der Musik* ist. Man kann
das Opportunismus oder Feigheit nennen, vielleicht aber hat er es vielmehr aus innerer
Abneigung, aus Geniertheit verschwiegen, denn er war ja mit einer Jüdin verheiratet und
hat sich trotz seiner gelegentlichen Entgleisungen doch immer auf die Seite von Juden
gestellt. Bruckners Freundschaft zu Silberstein scheint auf etwas ähnliches zu verweisen, so daß das Schweigen Bruckners zu jener Sache bei Wagner eine stillschweigende
Mißbilligung anzeigen könnte (Vaget). Allerdings war Thomas Mann Schriftsteller und
über diese Dinge gut informiert, während diese Schrift wie auch andere von Wagner
möglicherweise nie auf Bruckners Schreibtisch gelandet sind. Er interessierte sich
erstrangig für die Musik und wäre beileibe nicht der einzige, der über die politischen
oder ideologischen Ideen Wagners nicht unterrichtet war (Ringer). Im Akademischen
Richard-Wagner-Verein allerdings muß er von dieser Diskussion Kenntnis genommen
haben, denn dieser spaltete sich daraufhin, was ihm nicht entgangen sein kann, und
Bruckner muß Kritiken gelesen haben, die antisemitische Züge aufwiesen (Röder).
Silberstein wurde erst nach Nazibegriffen als Jude betrachtet, zur Zeit des *Germanenzu-*
ges wurde er natürlich als Protestant verstanden (Ringer). Er gehörte einer vermutlich
mennonitischen Gemeinde an und leistete dort Sozialarbeit, wie aus dem Briefwechsel
von Peter Rosegger und Silberstein zu entnehmen ist (Brüstle). Für Bruckner war es so
wahrscheinlich ein viel größeres Zeichen von Toleranz, den Protestanten Silberstein zu
akzeptieren (Dümling).
    Die weltlichen Chorwerke, die Vaterlands- und Naturlieder, die Bruckner schrieb,
bewegten sich in einer Zeitströmung, die nicht unbedingt die eigene Gesinnung wider-
spiegelte (Harrandt). Es stellt sich die Frage, welche Gemeinsamkeit in der Vaterlandsliebe es überhaupt gab. Diejenigen, die Mitte des 19. Jahrhunderts zur Vereinigung
aufriefen, hat Schumann als die Linken bezeichnet; die, die sich in der Phase der
Konsolidierung der Einheit zum Beispiel Italiens, der Niederlande oder Österreichs
engagierten, waren zwar nicht antimonarchistisch, aber für eine demokratische Vereini-

gung aller deutschen Lande. Dieser Vaterlandsgedanke ist nicht derselbe, der später
pervertiert wurde (Steinbeck).

*

Unabhängig davon, ob Bruckner ein bemerkenswerter Briefeschreiber war oder nicht,
besteht wohl kein Zweifel an der Notwendigkeit der Briefausgabe, selbst wenn das
schon Bekannte durch die neu hinzugekommenen Briefe nicht revolutioniert wird
(Steinbeck). Der erwähnte Brief an Wagner und auch andere sind offensichtlich in
Schönschrift abgefaßt worden. Das wirft die Frage auf, ob es Entwürfe zu diesen Briefen gibt, die durch eventuelle Enthüllungen wichtige Dokumente sein könnten (Flotzinger). Leider ist es nicht möglich, eine vollständige Briefausgabe herauszugeben, da die
Briefe teilweise sehr schwer zugänglich sind (Harrandt). Zumal die Briefe Bruckners
auch zeittypisch sind (Steinbeck), bleibt die alte Briefausgabe deshalb von Interesse,
weil im 19. Jahrhundert ein mit solchen Ausgaben verfolgter Entwurf Vorrang vor dem
Anspruch auf philologische Authentizität hatte.

Briefe haben natürlich nicht nur für die Werkentstehung einen Quellenwert, sondern auch für das Selbstbild, die Selbstinszenierung des Künstlers. Bruckner gab in dem
zitierten Brief an Arthur Nikisch zu verstehen, daß er Gott und Nikisch sein Apostel sei,
er war sich seiner selbst doch sehr bewußt (Beatrix Borchard). Solche Äußerungen
zeugen von dem Stolz, seine Werke aufgeführt zu wissen, obwohl er gleichzeitig klagte,
daß es ihm nie schlechter ging (Harrandt). Berühmte Briefwechsel wie der von Goethe
und Schiller sind schon von den Schreibenden zur späteren Publikation angelegt worden, was sicher als Moment der Selbstinszenierung interpretiert werden kann. Zum
gängigen Bruckner-Bild würde es allerdings nicht passen, daß er seine Briefe der
Nachwelt unbedingt zugänglich machen wollte. Jedoch wurden die tagespolitischen
Äußerungen in den Briefen erwähnt, von denen er wünschte, daß alle sie hören könnten.
Außerdem gab er Briefe wie den von Ludwig Nohl, in dem er selbst gelobt wird, zur
Veröffentlichung weiter (Hinrichsen).

Zu den interessanten Aspekten der Briefe scheint Bruckners Insistieren darauf zu
gehören, daß seine Werke in der Reihenfolge ihres Entstehens kennengelernt werden
sollten; es ist Bruckner somit nicht gleichgültig, ob man beispielsweise die 6. vor der 7.
Symphonie gehört hat (Flotzinger). Andererseits äußert er sich an anderer Stelle, daß es
dennoch besser sei, wenigstens das Adagio der 7. Symphonie – wenn schon nicht die
ganze – aufzuführen (Harrandt).

Anton Bruckners Glaube

von

Thomas Röder

„Anton Bruckner – Für Gott und die Welt" lautete das Motto des Zentenar-Bruckner-Festivals 1996 in Linz. Erhaben-hervortretend und in einem leuchten-den Violett-Ton, einer erhabenen Farbe, gedruckt, kombiniert mit unscharfen Schwarzweiß-Ikonen von, je nach Version, einsam-wilder Natur, dunkel-ungreif-bar Frauenhaftem und anonymer Wohnarchitektur, kündete diese geschickte, lockere, fast flapsige Formulierung auf Plakaten, Aufklebern und Postkarten von der universellen Adressierung, dem umfassenden Anspruch, der katholischen Ambition einer nun mehr als einhundert Jahre alten symphonischen Musik. Ganz selbstverständlich erschien dem unbekannten Werbetexter die umspannende For-mel, die durch den Namen des Komponisten gleichsam legitimiert wird, und mag der Sinn dieses Spruchs bei längerer Betrachtung sich im Ungewissen verlieren, so artikuliert er doch vorderhand jene Standard-Assoziation, die Anton Bruckner, den frommen Mann, mit seinem Gott in Verbindung bringt und seine Werke als Verkündigungen metaphysischer Hintergründe begreift.

Somit hieße die Frage nach Anton Bruckners Glauben zu stellen auch zu-gleich, sie umstandslos zu beantworten: Anton Bruckner hat sein bewußtes Le-ben im Glauben seiner Kirche gelebt. Die lebenslange, persönliche Bindung an geistliche Orte beginnt beim Schulhaus von Ansfelden, zwischen Pfarrkirche und Pfarrhof, und findet ihren Abschluß unter dem Himmelreich von St. Florian. Bruckner als Glaubender wurde zum Problem nur da, wo diese seine nicht weg-zuleugnende Beziehung zum Glauben an die katholische Kirche einer allfälligen Vereinnahmung im Wege stand; wie das offizielle Deutschland von 1937 mit die-sem Problem umgegangen ist, zeigt Joseph Goebbels Walhalla-Rede[1]. Denn ob-gleich der Propagandaminister den „Schicksalspunkt", das Erwachen einer „früh-lingshaften Gewalt der großen Schöpfung", nämlich: Bruckners Abwendung von der Komposition großformatiger Kirchenmusik, hervorhebt und den „kämpferi-schen Tatenwillen", genuines Ingrediens einer „echten Symphonie", akzentuiert, obgleich er all jenen vehement entgegentritt, welche Bruckners Symphonien als „absolute Kirchenmusik", als „Messen ohne Text" verstehen möchten, bleibt ihm schließlich doch nichts anderes übrig, als die „Offenbarung" Brucknerscher Mu-sik mit der „tiefen Gottgläubigkeit" ihres Komponisten in Verbindung zu brin-gen[2].

[1] Joseph Goebbels, *Reden*, hg. von H. Heiber, Bd. I, Düsseldorf 1971, S. 281–286.
[2] Ebd., S. 285: „– wir alle fühlen und wissen, daß seine tiefe Gottgläubigkeit längst alle konfessionellen Schranken gesprengt hat und daß sie in dem gleichen heldischen Weltgefühl des

Wenn die traditionsgebundenen Äußerungen des Glaubens, also etwa sein Frömmigkeitsgebaren, als Gegenstand einer Untersuchung herausgehoben werden, kommt die eindeutig konfessionell gebundene Gläubigkeit Bruckners zutage[3]. Das ist die eine, von einem externen Standpunkt aus gesehen die sozusagen „folkloristische" Seite des Glaubens. Es liegt der Argwohn nahe, daß all die Verlautbarungen, aufgrund deren Bruckners Musik eine wie immer geartete „Glaubenshaltung" attestiert wird, ihre Wurzel in der gleichsam oralen Tradition der frühen Bruckner-Rezeption haben. Eine nie abgerissene Reihe erbaulichen Schriftguts sorgte dafür, daß Bruckner als „Symbolgestalt des Glaubens" gelten konnte und gar zu gelten hatte[4]. Im Extremfall wird behauptet, daß nur hingebungsvoller Glaube auf der Rezipientenseite einen vollen Zugang zu Bruckners Musik gewährt[5].

Verständlicherweise verhält sich der Großteil der einschlägigen Autoren diesem Problem gegenüber vorsichtig. Bruckners Glaube selbst wird jedoch nicht explizit in Frage gestellt. Das Problem „Bruckners Glaube" wird einmal so gelöst, daß eine völlige Disjunktion der empirischen Person des Komponisten von seinen Kompositionen postuliert wird[6]. Ebenso effektiv, wenngleich plausibler, ist die Teilung der Person des Komponisten selbst, und zwar in eine weltliche, handelnde, erfahrbare, oft den Betrachter unangenehm berührende Seite und in eine spirituelle, erlebende Seite: subjektiv-innerlich, dem Betrachter weitgehend verborgen. Freilich ist jede Aussage über ein Innenleben und demnach auch über Bruckners Glaubensprämissen nur divinatorisch zu treffen. In Zukunft kommt es darauf an, eine breite und neutrale Datenbasis zu weiterer Erkundung zu schaffen. Diese breite Basis ist im Entstehen; der Aufbruch in biographistisches Neuland steht allerdings noch aus. Eine fundierte tiefenpsychologische Methodik etwa ist nicht in Sicht[7].

germanischen Menschentums wurzelt, dem alle wahrhaft großen und ewigen Schöpfungen der deutschen Kunst entspringen" (S. 285). Vgl. hierzu auch Bryan Gilliam, *The Annexation of Anton Bruckner: Nazi Revisionism and the Politics of Appropriation*, in: Musical Quarterly LXXVIII, 1994, S. 584–604, insbesondere S. 593–596.

[3] Leopold Kantner, *Die Frömmigkeit Anton Bruckners*, in: Anton Bruckner in Wien, hg. von F. Grasberger, Graz 1980 (= Anton Bruckner. Dokumente und Studien, Bd. II), S. 229–278.

[4] Diese Prägung geht auf Adolf Köberle, einen protestantischen Theologen, zurück: *Bach, Beethoven, Bruckner als Symbolgestalten des Glaubens. Eine frömmigkeitsgeschichtliche Deutung*, 5. Aufl. Berlin 1947 ([1]1936).

[5] Leopold Nowak notierte einmal: „Bruckners eigene Welt ist die des Glaubens, daran kann keine noch so philologisch wie philosophisch fundierte Untersuchung etwas ändern. Und von ihr aus müssen auch die Symphonien empfangen werden" (*Symphonischer und kirchlicher Stil bei Anton Bruckner*, in: Festschrift Karl Gustav Fellerer zum 60. Geburtstag, Regensburg 1962, S. 399; auch in: Nowak, *Über Anton Bruckner. Gesammelte Aufsätze 1936–1984*, Wien 1985, S. 52). – In der Regel bleibt Nowak jedoch zurückhaltend im Ton.

[6] Karl Grebe, *Anton Bruckner in Selbstzeugnissen und Bilddokumenten*, Reinbek 1972, S. 7.

[7] Die Möglichkeiten der Verbindung von Psychologie und Historik werden hierzulande kaum diskutiert. Vgl. Thomas Kornbichler, *Tiefenpsychologie und Biographik*, Frankfurt a.M. 1989, S. 178. Um ein aktuelles Beispiel zu streifen: die „Innerlichkeit" der nach 1945 vollzogenen wundersamen Wende des Germanisten Hans Schneider zu Hans Schwerte kann aufgrund gängiger Methodik nicht verifizierend nachvollzogen werden.

Insofern mag es verständlich sein, daß die Bruckner-Forschung sich eine Zeitlang darauf verlegt hatte, sich ihren Gegenstand als Musiker zuzurichten, als Mann vom Metier. Dies hat sich gleichwohl als unbefriedigend erwiesen; ein signifikanter Teil der rasch auf das Centennium zunehmenden Literatur kündet in Themen und Texten vom Bedürfnis, Bruckner erneut ganzheitlich zu sehen und zu verstehen.

I. Glaube als Lebensperspektive

Hinter einer persönlichen Weichenstellung, die einer Expansion ins Ungewisse gleichkommt, steht ein Glaube, der nicht hintergehbar auf die Existenz zurückgreift. Biographische Daten stehen als Petrefakte eines gelebten Glaubens. Für diesen Glauben galt es Opfer zu bringen, und bekanntlich entsprach es Bruckners Selbstbild, sich als Opfer, wenn auch oft nur als zu kurz Gekommenen, so immer doch als Leidenden zu sehen. Das mag im Nachhinein ein wenig lächerlich wirken; bezeichnender Weise fällt es Adolf Köberle schwer, Bruckner als „Symbolgestalt des Glaubens" darzustellen und dies an der Ausdrucksform solcher Symbolgestalten, an der „Leidensüberwindung", überzeugend zu vertiefen. Bruckners „Dulderweg" (Köberle) bewegte sich doch auf vergleichsweise erträglichen Bahnen. Doch ist leicht erkennbar, daß hier eine säkularisierte Heilsgeschichte, für die Beethoven den Typus abgegeben hat, ins Spiel kommt[8]. Darüber hinaus greift eine solche Sicht auf die jüdisch-christliche Tradition insofern zurück, als Begriff und Gegenstand „Glaube" erst in dieser Tradition sich formiert haben[9]. Die Botschaft Jesu zielt auf ein „Leben aus dem Glauben", und selbst in der vollkommen säkularisierten Form des „Glaubens an sich selbst" kann das Evangelium als lebenspraktische Instanz aufgerufen werden.

Es ist die dialektische Grunddisposition der christlichen Religion, daß der emanzipatorische Keim dieses „Glaubens an sich selbst" in letzter Konsequenz wegführt vom dogmatisch postulierten „Glauben der Kirche". Bruckner, der schon die Spannung zwischen bürgerlich-geselligem Leben und familienlosem Eremiten-Dasein, zwischen Brotberuf und Künstlertum, zwischen improvisatorischem Schweifen und peinvoll definierter ‚res facta' auszuhalten hatte (weitere Dichotomien sind bekannt und gängige Münze der Bruckner-Biographik), war auf dem Feld der Innerlichkeit vor nicht minder aufregende und auf Lösung drängende, existentielle Entscheidungen gestellt.

Wenn Bruckner gegen Ende des Jahres 1867 in einem Brief an das Linzer Bischöfliche Ordinariat das „Komponieren" als „Hauptaufgabe seines Lebens" bezeichnet, so bringt er den Endzweck seiner langen früheren Studien zur Spra-

---

[8] Vgl. Hans Heinrich Eggebrecht, *Zur Geschichte der Beethoven-Rezeption*, Akademie der Wissenschaften und der Literatur Mainz 1972 (Abhandlungen der geistes- und sozialwissenschaftlichen Klasse, Jg. 1972, Nr. 3).
   [9] Hans Vorster, Art. *Glaube*, in: Historisches Wörterbuch der Philosophie, hg. von J. Ritter. Bd. III, Darmstadt 1974, Sp. 628–630.

che¹⁰. Nachdrücklicher spricht er sechs Jahre später in einem Bittschreiben an Unterrichtsminister Stremayr von einer „ernsten Pflicht gegen sich selbst", nämlich „Alles aufzubieten, um dem seit vielen Jahren mich leidenschaftlich erfüllenden Drange zum Componieren folgen zu können"¹¹. Freilich mag die traumatische Erfahrung der Mittellosigkeit, welche die Restfamilie Bruckner nach ihres Ernährers Tod durchmachen mußte, für Bruckner stets ein Grund zu finanzieller Übervorsicht gewesen sein. Doch zielen all die Petitionen und Eingaben auf das eine utopische Ziel hin: zu schaffen, zu komponieren, ohne mit der Sorge um Unterhalt leben zu müssen. Das Leben aus diesem Glauben, mit einer realistischen Einschätzung, daß Matth. 7,7 („Bittet, so wird euch gegeben") vielleicht Matth. 6,25 („Sorget nicht um euer Leben, und was ihr essen und trinken werdet") vorzuziehen ist, kannte in dieser Geradlinigkeit keine konventionelle Schranke.

War diese Lebensperspektive, die sich bereits in einem Brief von 1860 andeutet, also noch zur Zeit des Studiums bei Sechter, schon ganz auf das Ziel ausgerichtet, einmal großformatige Orchesterwerke für den Konzertsaal zu komponieren¹²? Dem Großteil der Bruckner-Literatur zufolge nicht, und es erscheint wie eine vom Linzer Domorganisten bereitwillig angenommene und für den Lebensgang sinnvoll stimmige Fügung, daß er unter der Ägide des Linzer Theaterkapellmeisters Wagners *Tannhäuser* kennenlernte.

Doch ist nicht mehr zu entscheiden, ob das Partiturstudium dieser Romantischen Oper mit dem Eindruck der Aufführung selbst konkurrieren konnte oder diesen zumindest vorgeprägt hat. Aus der Perspektive des christlichen Glaubens wird im *Tannhäuser* jedenfalls genau jene Struktur entfaltet, die in Bruckners Innerstem auf Resonanz stoßen mußte. Allein schon das Ende dieses Musikdramas, die wunderbare Rehabilitation des von der Amtskirche verstoßenen Kunstjüngers, ganz zu schweigen von dessen schmerzhaftem Erleben der beiden offensichtlich unüberbrückbaren Modi der Liebe, der sinnlichen und geistigen – es ist verwunderlich, daß nahezu die gesamte biographische Literatur zu Bruckner ihren Helden stillschweigend nicht für fähig hält, diese einfachen und seiner Glaubenswelt leicht zugänglichen Sachverhalte zu erkennen¹³. Und allein schon der Anfang der Oper, der schwermütige Pilgerchoral, der im weiteren Verlauf in

¹⁰ „Da er [der Antragsteller Bruckner] sich durch seine absolvierten Studien die Komposition zu einer Hauptaufgabe seines Lebens gestellt hat... hat er doppelt dringend freie Zeit zur Erholung nötig." Das Schreiben vom 2.12.1867 endet freilich in der Bitte um Gehaltserhöhung. Vgl. Anton Bruckner, *Sämtliche Werke*, Bd. XXIV/1: *Briefe 1852–1886*, hg. von Andrea Harrandt und Otto Schneider, Wien 1998, S. 74.
¹¹ Brief vom 27.1.1873, in: August Göllerich/Max Auer, *Anton Bruckner. Ein Lebens- und Schaffens-Bild*, Bd. IV, Teil 1, Regensburg 1936, S. 227–229, hier: S. 228.
¹² Bruckner in einem Brief an Rudolf Weinwurm vom 7.6.1860: Es sei keineswegs vorauszusetzen, daß er nach Vollendung seiner Studien „glauben werde, der Kunst Genüge geleistet zu haben". In: Bruckner, *Briefe 1852–1886*, a.a.O., S. 19.
¹³ Vielleicht ist Bruckners Reise zur Uraufführung des *Elisabeth*-Oratoriums von Liszt im Zusammenhang mit dem *Tannhäuser* zu sehen; hier liegt jedenfalls ein schönes Seitenstück zu der im selben Jahr (1865) erfolgten *Tristan*-Fahrt vor. Daß Bruckner die Musikdramen Wagners nur auf musikalischer Ebene rezipiert haben soll, ist ein allzu bereitwillig tradiertes Klischee.

ekstatische Figurationen eingebettet wird und im konsekutiven Kontrast mit der Venusbergmusik an Eindrücklichkeit vielleicht noch gewinnt, dürfte Bruckner essentiell berührt haben. Er hatte hier vielleicht erstmals die Möglichkeit, vorgeführt zu bekommen, daß religiöse Erlebnisse und Erkenntnisse auch außerhalb der Kirche zu bekommen sind; hier jedenfalls konnte er im Theater den Kampf einer Seele um Wahrhaftigkeit und ihr Heil, also sein ureigenstes Thema, dargestellt finden.

Der Mensch, der solch ein Drama schuf, war ein „Sehender", und es ist ja überliefert, daß Bruckner nicht nur von Gott, sondern auch von Wagner nur im Flüsterton sprach[14]. Es ist nicht übertrieben, das *Tannhäuser*-Erlebnis als Offenbarungserlebnis anzusprechen: auslösende, ruckhafte Initiation einer Glaubenshaltung.

II. Glaube und Lebensperspektive

Mit Recht konnte Friedrich Blume von der an diese Offenbarung zeitlich anknüpfenden d-Moll-Messe als von einer „eruptiven Selbstbefreiung" sprechen[15]. Und als einer der ersten vermutete Walter Wiora, daß jenes Gedicht, das Bruckners Gönner, der Linzer Statthaltereirat Moritz von Mayfeld, verfaßte, zumindest als Fingerzeig zu verstehen war, als Andeutung der Perspektive hin zu einer Kunstübung ohne kirchliche Bindung. Bruckner schrieb sich zwei Strophen ab, wohl nach der ersten Aufführung der Messe, die am 20. November 1864 stattfand[16]. Fand jene Zeile nicht besondere Resonanz beim Komponisten, in welcher vom Herzen, das „fesselfrei in Tönen" betet, die Rede ist[17]? „Sehr ernst und sehr frei" charakterisiert der 40jährige Bruckner die Messe, dieses „Schwellenwerk", - eine auf den ersten Blick paradoxe und gerade deshalb auch charakteristische Verknüpfung zweier Aspekte, deren ethische Implikationen nicht zu übersehen sind: eine Einstellung, die mit Freiheit Ernst macht, oder auch eine, die sich eine ernsthafte Haltung nicht mit Unfreiheit erkaufen will[18].

---

[14] Göllerich/Auer, *Anton Bruckner*, Bd. IV, Teil 3, Regensburg 1936, S. 105.
[15] Art. *Bruckner*, in: MGG, Bd. II, 1952, Sp. 348.
[16] Abbildung bei Leopold Nowak, *Musik und Leben*, 3. Auflage Linz 1995 (1/1973), S. 109, sowie im Katalog *Anton Bruckner und Linz*, hg. vom Brucknerbund Oberösterreich, Red. L. Nowak. O. O., o. J. (Linz 1964), Tafel IX. Text siehe nächste Anmerkung.
[17] Die beiden Strophen:
„Von der Gottheit einstens ausgegangen / sanft getragen von der Töne Schwingen / Schwebte die Musik zur Erde nieder. / Was sie an der Gottheit Thron empfangen / Soll sie laut der ganzen Menschheit singen / Daß es halle in der Seele wieder!
Und begeist'rungsvoll den Gott erkennend, / Der es ruft zu seinen Engelschören / Betet fesselfrei das Herz in Tönen. / Zu dem Licht der Harmonie entbrennend / Weiß es Gottes Kunde stets zu hören / Wo Er spricht im Guten und im Schönen."
Bemerkenswerter Weise wollte Bruckner zunächst „Von G[ott]" schreiben, um sodann neu und korrekt anzufangen: „Von der Gottheit ..."
[18] Brief an R. Weinwurm vom 26.12.1864: Daß das Konzert im Linzer Redoutensaal am 18.

Mit diesem Werk wurde eine Zeit formativer Ereignisse eröffnet; zwar sind die Weichenstellungen dieser Jahre häufig beschrieben worden, doch lohnt sich ein erneuter Überblick. Es schälen sich zwei Abschnitte heraus, die den Schritt zur sinfonischen Arbeit flankieren[19]:

1865	Besuch einer *Tristan*-Aufführung in München[20]
1866	Fertigstellung der 1. Symphonie; eine Aufführung kommt trotz Bemühungen nicht zustande (u. a. schlechter Probenbesuch)[21]
1866/67	intensivierte Bemühungen um eine Lebenspartnerin
1866	Komposition der e-Moll-Messe (Auftragswerk)[22]
1867	– 10.2.: Aufführung der d-Moll-Messe in Wien
	– Anfang Mai: Beginn einer dreimonatigen Kur in Bad Kreuzen
	– 10.9.: Simon Sechter stirbt.
	– 14.9.: Kompositionsbeginn der f-Moll-Messe (Auftragswerk)
	– 14.10.: Gesuch um Aufnahme in die Hofmusikkapelle
	– 2.11.: Bewerbung an der Wiener Universität
1868	– 6.1.: erneute Aufführung der d-Moll-Messe in Linz
	– 29.3.: Bewerbung um die Stelle des Domkapellmeisters in Salzburg
	– 9.5.: Aufführung der 1. Symphonie
	– 12.5.: Treffen mit Herbeck in Linz wegen einer möglichen Lehrtätigkeit Bruckners am Wiener Konservatorium
	– Anfang Oktober: Bruckner siedelt nach Wien über.

Der erste Abschnitt ist mit den Eckpunkten 1865 und August 1867 (Ende der Kur in Bad Kreuzen) einzugrenzen. Er beginnt mit dem Mai 1865, als Bruckner sein „Wagner-Erlebnis" durch den Besuch der Münchner *Tristan*-Vorstellungen intensivierte. Nicht ausgeschlossen ist, daß die chromatischen Aufwärtslinien im Trio der 1. Symphonie ein Reflex dieser Tage sind[23]. Dieses Detail deutet auf die Sonderstellung hin, die die die gesamte 1. Symphonie innerhalb der Brucknerschen Werkreihe inne hat: Es fehlen ihr Einsprengsel sakraler Gestik und Semantik, und

Dezember „so außerordentlich besucht ... war", sei „Beweis, wie [die Messe] in der Kirche angesprochen" habe, was ihn umso mehr wundere, als „die Composition sehr ernst u. sehr frei gehalten ist". Vgl. Bruckner, *Briefe 1852–1886*, a.a.O., S. 47.

[19] Die folgende Aufstellung wurde vornehmlich mit Hilfe der Chronologie von Franz Scheder erstellt: *Anton Bruckner Chronologie*, 2 Bde., Tutzing 1996.

[20] Bekanntlich konnte das Werk nicht zum geplanten Zeitpunkt (15.5.1865) aus der Taufe gehoben werden. Bruckner, der mit dem Linzer Theaterdirektor Carl Pichler-Bodog nach München reiste, verweilte dort etwa 14 Tage; zur dritten *Tristan*-Aufführung am 19.6. hatte sich Bruckner noch einmal von zu Hause aus aufzumachen.

[21] Bruckner schließt die Arbeit am Manuskript um die Mitte des April 1866 ab und bemüht sich den ganzen Sommer über um eine Aufführung.

[22] Die e-Moll-Messe wurde im Spätsommer 1866 begonnen und Ende November abgeschlossen.

[23] Bruckner schloß die Arbeit am Trio am 25.5.1866 in München ab. Falls Bruckner während seines Münchner Aufenthalts wirklich an Wagners Abendgesellschaften teilnahm, wird er sicherlich Kostproben aus *Tristan* vernommen haben. Auch im Finale läßt sich eine überleitende Passage zu Beginn der Durchführung als Anklang an den 2. Akt des *Tristan* deuten (Akkorde mit großer None, Takt 102–107).

die stets aufgerufene Prägung vom „kecken Beserl" unterstreicht den Aufbruchs-
charakter dieses Werks. Nebenbei bemerkt, kennzeichnet der in den äußerlichen
Mitteln hierzu polare Habitus der darauf entstandenen e-Moll-Messe, also die
überdeutliche Scheidung der Stil- und Gattungssphären von Messe und Symphonie, die Besonderheit der Jahre 1865/66; das Gattungssystem erfährt eine geradezu grenzüberschreitend konventionelle Erfüllung[24]. An diesem Punkt läßt sich
allerdings die Frage stellen, warum Bruckner auf symphonischem Gebiet nicht in
dem großzügig-bewegten, „feurigen" Stil der 1. Symphonie weitermachte. Hier-
an anzuknüpfen wäre eine zweite Frage: Besteht eine Korrelation zu Bruckners
stilistischer Zurücknahme auf symphonischen Gebiet und seiner Abkehr von der
großformatigen Kirchenkomposition?

Die erste Phase von Bruckners Neuorientierung wird mit der gleichermaßen
häufig wie stereotyp beschworenen „Nervenkrise" von 1867 und ihrer Kurierung
im Kaltwasser-Bad Kreuzen abgeschlossen. Auf die Offenbarung folgt die Krise,
ein psychodynamischer Gemeinplatz. Es ist hier nicht der Ort, die diagnostischen
Meinungen der Literatur zu referieren, doch sei angemerkt, daß wir sehr wenig
über diese lebensepochale Episode wissen; selbst die Nachrichten über Bruckners angeblichen „Zählzwang", der dort zuerst in Erscheinung getreten sei,
beruhen auf unsicheren Quellen und halten letzten Endes einer Nachprüfung
nicht stand[25]. Was zählt, ist jedoch Bruckners Empfinden, wie es sich in einer
Briefstelle formuliert findet: Er kam zu der erstaunlichen Erkenntnis, kein „Opfer" werden zu wollen[26]. Opfer wovon und in welchem Sinn? War Bruckner nicht
mehr Herr der Lage, nicht mehr imstande, sich der „gänzlichen Verkommenheit
und Verlassenheit", der „Entnervung und Überreiztheit" zu erwehren, die, schlimmer noch als Faulheit, sich seiner bemächtigt hatten und über die zu reden es sich
verbietet[27]? Wenngleich sich Bruckner in späterer Zeit noch häufig als „Opfer"
apostrophierte, so ist doch die Vermutung nicht abwegig, daß er in der Zeit vor
Bad Kreuzen seine prekäre Lebenssituation krisenhaft „durch-lebte", physisch
durch-fühlte. Die erregte Torschlußpanik, die seinem Ehewunsch beigemischt
war und die er in Briefen etwa ein Jahr vor der Kreuzener Zeit äußerte, ist später
nicht mehr dokumentiert; seine Begeisterung für jungfräuliche Wesen wird für

---

[24] Auch in diesem Zusammenhang ließe sich Bruckners Besuch der *Elisabeth*-Aufführung
zur Deutung heranziehen; Bruckner lernte dort sozusagen einen Gegenpol aktuellen Komponierens kennen; inwiefern er hierbei Ermutigung zu der vordergründig archaisierenden Schreib-
weise der im Jahr darauf begonnenen e-Moll-Messe empfangen hat, ist freilich nicht weiter
auszumachen.

[25] Mit Recht ist der einschlägige Aufsatz von Eva Marx überschrieben mit *Bad Kreuzen –
Spekulationen und kein Ende* (in: Bruckner-Symposion 1992: Anton Bruckner – Persönlichkeit
und Werk. Bericht, hg. von O. Wessely u.a., Linz 1995, S. 31–39).

[26] „Noch eine kleine Spanne Zeit, und ich bin ein Opfer – bin verloren." Brief an Rudolf
Weinwurm vom 19.6.1867, in: Bruckner, *Briefe 1852–1886*, a.a.O., S. 66.

[27] „Es war nicht Faulheit! – es war noch viel mehr!!! –; es war gänzliche Verkommenheit u.
Verlassenheit – gänzliche Entnervung u. Überreiztheit!!! Ich befand mich in dem schrecklich-
sten Zustande; Dir nur Dir gestehe ichs – schweige doch hierüber" (ebd.; es folgt der in der
vorigen Anmerkung zitierte Satz).

den gesamten Rest seines Lebens bekanntlich habitualisiert[28]. Vielleicht bezieht sich Bruckners im hohen Alter getätigte Äußerung gegenüber Max von Oberleithner auf die Zeit um 1867; der Komponist berichtet zunächst von seinem Florianer Religionslehrer, der den Beruf des Komponisten als unvereinbar mit einer Beziehung zu Frauen ansah[29]. Bruckner befürchtete nun, so Oberleithner, „in diesem Kampfe unterzugehen", also „Opfer" zu werden[30].

Der symphonische Stil, der für Bruckner kennzeichnend werden sollte, tritt erst nach dem Kuraufenthalt hervor, und zwar zunächst noch in Affinität zur liturgischen Gattung der Messe[31].

Die f-Moll-Messe, in seltsamer chronologischer Koinzidenz vier Tage nach Simon Sechters Tod begonnen und nach Bruckners eigenem Bekunden ein gleichsam auskomponierter Heilungsprozeß, wurde wohl einige Zeit nach dem 10. Februar 1867, also noch vor der Krise, vom kaiserlichen Obersthofmeisteramt für die Hofkapelle in Auftrag gegeben: der erste „große" Auftrag an den angehenden Komponisten[32]. Zu ihrer Gestaltung wird das schon in der e-Moll-Messe sich abzeichnende Verfahren der großflächig angelegten Zonen einheitlicher instrumentaler Motivik weiter ausgebaut. In der Schicht der Streicherfigurationen wird der traditionelle Kirchenstil ins Erregte expandiert; die „feurigen", kurzmotivi-

[28] Es mag nicht verfehlt sein, diese Interpretation aufgrund von lediglich zwei Briefstellen zu treffen: „Da ich schon 42 Jahre alt werde, ist es höchste Zeit." Und im Zusammenhang mit einer Salzburger Kandidatin: „... der Moment muß nahen" (Brief vom 30.8.1866, in: Bruckner, *Briefe 1852–1886*, a.a.O., S. 59). – „... ich werde eine Photografie bekommen; – woher? aus – (Salzburg.) [sic] ... das Leben fängt an bewegt zu werden" (18.9.1866, ebd., S. 61). – Dennoch könnte der Eindruck einer „Torschlußpanik" auf Täuschung beruhen, da der vertrauliche briefliche Kontakt Bruckners mit Rudolf Weinwurm in der gemeinsamen Wiener Zeit nicht mehr fortgeführt wird.

[29] Der Religionslehrer meinte, wenn Bruckner „seinen Entschluß [Komponist zu werden] verwirklichen wolle, müsse er sich von den Frauen fern halten. (Dies hat mir Bruckner selbst erzählt und das Zitat in seinem hohen Alter beweist dessen Echtheit.)" Max von Oberleithner, *Meine Erinnerungen an Anton Bruckner*, Regensburg 1933, S. 58. Oberleitner studierte 1889–1894 bei Bruckner.

[30] Ebd., S. 60. Es wäre verfehlt, diesen Hinweis, „wie üblich, als Anekdote abzutun" (Marx, *Bad Kreuzen – Spekulationen und kein Ende*, a.a.O., S. 37f.). Vorläufig kann nur vermutet werden, daß es für Bruckner nicht immer klar war, ob er auf diesem Gebiet überhaupt „kämpfen" soll, kämpfen kann. Löste er den Kampf schließlich in einer Art ästhetischer Approximation an ‚virgines intactae' ...

[31] Oberleithner berichtet (*Meine Erinnerungen*, a.a.O.), daß das Kyrie (im „schwermütigen" f-Moll; vgl. ebd., S. 25) noch „in tiefster Trauer", also wohl in depressivem Zustand, begonnen worden sei. Mit dem Benedictus assoziierte Bruckner bekanntlich die „Errettung" hiervon.

[32] Die Aufführung der d-Moll-Messe (zusammen mit Bruckners *Afferentur*, WAB 1, und *Ave Maria*, 7stimmig, WAB 6) in der Hofkapelle fand am 10.2.1867 unter der Leitung von Johann Herbeck statt. Der Auftrag selbst ist nicht nachgewiesen, vgl. das einschlägige Dokument bei Theophil Antonicek, *Anton Bruckner und die Wiener Hofmusikkapelle*, Graz 1979 (= Anton Bruckner: Dokumente und Studien. Bd. I), S. 31 und 33. Bruckner versuchte offenbar auch, die 1. Symphonie sowie die e-Moll-Messe in Wien anzubringen; gemäß dem Brief vom 19.6.1867 sandte Herbeck beide Partituren kommentarlos zurück (Bruckner, *Briefe 1852–1886*, a.a.O., S. 66).

schen Bänder des Streichersatzes greifen gelegentlich Bewegungsformen aus
dem Finale der 1. Symphonie auf[33].

Mit der Messe in f-Moll beginnt die zweite, die entscheidende jener oben
postulierten Entwicklungsphasen; während dieser Zeit wandte sich Bruckner
auch hinsichtlich seines Schaffens vom Kirchendienst ab. Das angestrebte Amt in
der Hofmusikkapelle ist aufgrund seiner repräsentativen Implikationen nicht
vornehmlich als Kirchendienst zu betrachten und nimmt im Ensemble von Bruckners Bewerbungen – Konservatorium, Universität, Hofmusikkapelle – einen
allenfalls gleichgeordneten Rang ein. Das Schlüsselwerk dieser Phase ist denn
auch nicht die f-Moll-Messe, sondern die Symphonie d-Moll, deren früheste do-
kumentierte Daten erst aus der Wiener Zeit stammen[34]. Die Stellung dieses 1895
„annullierten" Werks im Zusammenhang von Bruckners Oeuvre ist bekannt: hier
ist der Keim des Brucknerschen weihevollen „Tons", hier werden Themen eindeutig kirchenmusikalischer Herkunft verwendet oder brechen Passagen „religiösen" Charakters den Immanenzzusammenhang auf[35]. Die „Nullte" kann interpretiert werden als Bruckners „Versuch", den Konflikt von persönlichem Sen-
dungsbewußtsein und kirchlicher Gebundenheit, zwischen Glauben an das Dogma und Glauben an sich selbst zu lösen[36]. Vielleicht wird im Stil der „Nullten" die
Aura der symphonischen Motive heraufbeschworen, welche sich in der f-Moll-
Messe um den liturgischen Text legen; genannt werden mag hier die hauptthema-
tische Tremolo-Figuration im ersten Satz, eine akustisch vibrierende Gloriole,
wie sie etwa weite Strecken des Credo bestimmt. Freilich kann die Deutung, daß
Bruckner sich sozusagen geistlich salvieren wollte, und zwar durch Aufnahme
von gleichsam „messe-erprobtem" Floskelwerk und durch eingestreute Halte-
punkte von metaphysischer Konnotation, nur unter einigen Prämissen funktionie-
ren. Wir unterstellen dem Komponisten damit, daß er (a) sein Komponieren aus
dem Glauben an Gott heraus orientierte, (b) den verschiedenen musikalischen
Sprachebenen verschiedene ethische Qualitäten zuordnete, sowie (c) – eine nicht
notwendige, aber doch naheliegende Annahme – von der Sprachwirkung symphonischer Musik auf die Hörer ausging[37].

---

[33] Auch legt schon in den Takten 7–12 und 20–25 des Gloria („et in terra ..." sowie „ado-
ramus te") das Notenbild der Violinen die Affinität zur *Tannhäuser*-Ouvertüre nahe (wenngleich
das Allegro-Tempo den Höreindruck im Vergleich dazu differieren läßt).

[34] Das erste Datum lautet auf den 24.1.1869.

[35] Ludwig Finscher, *Zur Stellung der „Nullten" Symphonie in Bruckners Werk*, in: Anton
Bruckner. Studien zu Werk und Wirkung. Walter Wiora zum 30. Dezember 1986, hg. von C.-H.
Mahling (= Mainzer Studien zur Musikwissenschaft XX), Tutzing 1988, S. 63–79. Constantin
Floros weist auf Zusammenhänge zwischen der f-Moll-Messe und der d-Moll-Symphonie hin:
Zu Bruckners frühem symphonischen Schaffen, in: Bruckner-Symposion 1988: Anton Bruckner
als Schüler und Lehrer, von Othmar Wessely u.a., Linz 1992, S. 173–190, insbesondere S. 178-
182.

[36] Bruckner setzt auf dem Titelblatt der Partitur-Abschrift hinzu: „Diese Sinfonie ist ganz
ungiltig. (Nur ein Versuch.)" Vgl. Leopold Nowak, Revisionsbericht zu *Anton Bruckner. Sämtliche Werke*, Band XI: Symphonie d-Moll „Nullte", Wien 1981, S. 51.

[37] Immerhin bedenkenswert mag die Annahme sein, daß Bruckner seine Musik zunächst gar
nicht an ein Publikum gerichtet haben könnte, sondern sich ganz Gott verpflichtet fühlte.

Das Schrifttum zu Bruckner kündet auf jeden Fall von der Leichtigkeit und Plausibilität, mit der Mutmaßungen über die empirische Person des Komponisten und ihren religiösen Kontext mit der Musik verknüpft werden konnten und immer noch können. Daß diese Mischung so universal wirkt, sollte nicht allein mit der Natur musikalischer Semantik erklärt werden, die vielfach unspezifisch ist, sondern kann auch als Resultat der beiden Glaubensperspektiven Bruckners gesehen werden: Der vitale „Glaube an sich selbst" wird korrigiert, dramatisiert und legitimiert durch Anrufungen der traditionellen christlichen Glaubenssphäre, die in die musikalische Verlaufsstruktur eingesenkt sind.

III. Lebenspraxis und Glaube

Solche selbstherrliche Verbindung von Eigenziel und Gotteslob, solcher bergeversetzender Glaube wider allen Schein kann den Glaubenden dennoch auf die Ketzerbahn bringen, um einen Gedanken Peter Gülkes aufzugreifen[38]. Um in aller Kürze eine weitere Perspektive des Gedankens zu entwickeln, wäre die Reihe der Symphonien durchzugehen. Hier ergeben sich im vollen Sinne des Wortes „fragwürdige" Ausblicke.

Bemerkenswerterweise konzentrieren sich Abhandlungen über Bruckners Zitierpraxis, also über den kompositorischen Einschluß „fremden" Materials, auf die beiden ersten Wiener Symphonien, auf die 2. und 3. Symphonie. Beide Werke haben darüber hinaus auch Teil am musikalischen Figurenrepertoire der f-Moll-Messe; die 2. spielt ohnehin die Rolle der prototypischen Messen-Symphonie. Erst mit der 4. Symphonie emanzipiert sich Bruckners musikalische Diktion vom Kunstgriff der Collage; gleichwohl finden sich kontrastive Einschübe, die den sozusagen „sakralen" Dreiklangstil beschwören. In geradezu bedenklicher Art und Weise dringt darüber hinaus der wild-„feurige" Duktus der 1. Symphonie erneut vor. Es geht wohl nicht zu weit zu behaupten, daß dieser Vorgang sich kontinuierlich von einer zur nächsten Symphonie intensiviert. Das vehemente Finale der 3. Symphonie (Erstfassung) wird sozusagen mit dem ersten Satz der 4. aufgenommen[39]. Das komplementäre Innenleben Bruckners scheint sich in dieser Musik vollständig zu absorbieren; nie wieder erreicht der mittlerweile 50jährige Komponist den Überschwang, die „Gefährlichkeit", das Risikobetonte der 4. Symphonie von 1874.

Die tiefen Streicherstimmen dieser Partitur, Viola und Violoncello, künden überdies noch einmal vom Liebhaber Bruckner. Zuweilen im Satzgewebe versteckt (2. Thema im 1. Satz), aber zweimal an prominenter Stelle, nämlich im weitgehend baßlosen Tonsatz (2. Satz, beide Themen; 3. Satz, Trio), lassen sie jenen verbindlichen Ton anklingen, dessen Filiation bis in das „Et incarnatus" der

---

[38] Gülke geht allerdings vom „Mystiker Bruckner" aus. Vgl. Peter Gülke, *Brahms. Bruckner. Zwei Studien*, Kassel 1989, S. 102 ff.

[39] Schon der erste Satz der 3. Symphonie greift die Hauptthema-Klimax des Finale der 1. Symphonie wieder auf.

f-Moll-Messe zurückreicht[40]. Entgegen der scheinbaren Verankerung im Messen-
schaffen steht dieser Satztyp bei Bruckner in vitalem konnotativen Konnex mit
der Sphäre des Weiblichen[41].

Mit der Arbeit an der 5. Symphonie zieht eine bislang nicht angesprochene
Dimension von Bruckners Glaubensgefüge in seine Arbeit ein: der Aspekt der
„Wissenschaftlichkeit". Es spricht vieles für Manfred Wagners Vermutung, daß
die angestrengt kontrapunktische Haltung dieses Werks mit dem Beginn von
Bruckners Lehrtätigkeit an der k. k. Universität im Zusammenhang steht[42]. Des
weiteren zeugt die motivisch durchgeplante Kohärenz des symphonischen Zyklus von einem verstärkten Bemühen um „korrekte Verwirklichung" der „eigenen Gedanken und Gefühle", wie es der Lektor Bruckner in seiner Antrittsrede
formulierte[43].

War es nicht Glaube, so doch zumindest Überzeugung, was die „wissenschaftliche" Durchdringung eigener und fremder Arbeiten (Bruckner untersuchte
Beethovens 3. und 9. Symphonie hinsichtlich ihres Periodenbaus) evozierte und
1876–1878 zu jener wohlbekannten Phase der Umarbeitungen führte. Bruckner
hat auf die Kausalität zwischen „abgesichertem" Komponieren und Akzeptanz
bei maßgeblichen Personen gebaut; seine Briefe an Wilhelm Tappert verweisen
zuweilen auf kompositionstechnische Punkte (insbesondere Instrumentation und
Imitation), und zwar unter dem Aspekt der Faßlichkeit für Spieler und Publi-

[40] Nach Constantin Floros, der als erster darauf hinwies, hat Bruckner diesen Satztypus
„vermutlich zuerst in Liszts Graner Festmesse (Et incarnatus)" kennengelernt (*Brahms und
Bruckner. Studien zur musikalischen Exegetik*, Wiesbaden 1980, S. 201). Allerdings trägt in
Liszts Messe ein Sopran den Text vor, unterstützt von Chor-Einwürfen; außerdem ist eine,
wenngleich nicht kohärente, Baß-Stimme (Fagott, Violoncello) dort vorhanden.

[41] Bruckner gestaltet hiermit den Es-Dur-Mittelteil seiner Klavier-Fantasie (mit dem
10.9.1868 datiert und seiner Schülerin Alexandrine Soika gewidmet – offenbar zum Abschied
aus Linz). Das zweite Thema im Langsamen Satz der 3. Symphonie (Andante 3/4-Takt) ist ihm
nach eigenem Bekunden am Namenstag seiner Mutter eingefallen (15.10.1872); dasselbe Thema
verehrte er, mit dem 3.7.1874 datiert, einer gewissen Marianne Selch (Notenblatt in der Bayerischen Staatsbibliothek München). Schließlich bezeichnet er das Thema des Andante der 4.
Symphonie als „Lied, Gebeth, Ständchen" [sic] (Brief an Paul Heyse vom 22.12.1890, in: Franz
Gräflinger, *Anton Bruckner. Leben und Schaffen* [Umgearbeitete *Bausteine*], Berlin 1927, S. 345
[dort irrtümlicherweise mit Hermann Levi als Adressaten]).Der Themenkomplex verdient weitere Untersuchung; es handelt sich hier um die vielleicht überhaupt nicht singuläre Konkretion
eines „Männlich-Weiblich"-Konzepts (konkurrenzlose Tenor-Kantilene, „nach oben" kontrastiert, ergänzt und begrenzt durch hochliegende Akkorde). Constantin Floros (*Brahms und
Bruckner*, a.a.O.) erwägt die Zuordnung dieses Satztyp zum Bereich religiöser Semantik, doch
ist zu bedenken, ob religiöse Semantik nicht von vornherein durch metaphorische Ableitung
vermittelt ist.

[42] Manfred Wagner, *Bruckner*, Mainz/München 1983, S. 104–106.

[43] Die „musikalische Wissenschaft" habe „eine Lehre geschaffen, welche auch... die musikalische Architektur genannt werden kann." Zur Würdigung eines Tonwerks sowie „zum eigenen Schaffen – nämlich eigene Gedanken musikalisch korrekt [zu] verwirklichen, sie belebend
zu machen" sei die „volle Kenntnis von der erwähnten Musikarchitektur... notwendig." Antrittsrede vom 25.11.1875, zitiert nach: Anton Bruckner, *Gesammelte Briefe. Neue Folge*, hg. von
Max Auer, Regensburg 1924, S. 132.

kum[44]. Dieser Hang zum Domestizieren des eigenen Werks könnte auch verstärkt worden sein, als Bruckner 1876 in Bayreuth die Elite des alldeutschen, wenn nicht internationalen Fachpublikums hautnah kennenlernte, darunter eben auch den erwähnten Wilhelm Tappert, den Berliner Musikschriftsteller und -kritiker.

Fortan sollte die – fraglos in der Persönlichkeitsstruktur schon angelegte – Neigung zu Selbstkontrolle und „wissenschaftlicher" Grundlegung des Komponierens Bruckners zweite Natur werden. Ob der Komponist seine 6. Symphonie für völlig geglückt hielt, ist fraglich; es fällt auf, daß er sich sowohl für diese als auch für deren Vorgängerwerk auffallend wenig explizit einsetzte. Mit dem im Vollbesitz seines geradezu routinierten Gestaltungspotentials erschaffenen Te Deum und der 7. Symphonie, die wiederum nicht von ungefähr sich am geistlichen Gehalt des Te Deum auftankt, gelingt Bruckner der Durchbruch, fallen dem Komponisten die ersten Früchte lang anhaltender Bemühungen zu. Es scheint indessen, daß seine Arbeitsstruktur sich verhärtet, „wissenschaftlich" verselbständigt hat. So lassen sich die berühmten Gebetsaufzeichnungen, mit denen Bruckner vermutlich in der Fastenzeit 1882, als er allmählich mit der Komposition der 7. Symphonie begann, nicht nur als Nachwirkung des Ringtheaterbrandes (8.12.1881) verstehen, sondern als schriftliche Zeugnisse eines Menschen, der sich der Richtigkeit seiner wesentlichen Tätigkeit nicht mehr ganz sicher ist[45]. Die programmatisch ins Werk eingesenkte Einheit von Devotion und Expression löste sich nach und nach unter der Dominanz des „wissenschaftlichen" motivischen Arbeitens und Klügelns, wenngleich solches Arbeiten ein ausgewogenes, „perfektes" Werk wie die 7. Symphonie zeitigte.

Schließlich brachte die im Dienst des Werks gewollte oder geduldete Verbindung mit Wagnerianern, Christsozialen und Deutschnationalen jenes absurde „Programm" der 8. Symphonie hervor, mit dem sich Exegeten bis heute mühen, jenen auftrumpfenden Ton, dessen Hohlheit eine bestürzende Wahrheit äußert, jenes Adagio, das als unendliche Überhöhung einer schmerzhaften Nostalgie zu lesen ist: In seinem Verlauf verbinden sich Tristan-Ton und nochmals der bereits angesprochene schwärmerische baßlose Kantilenensatz; eine Klimax-Struktur, die nicht erst seit der 7. Symphonie beherrscht wurde, sondern bereits im Langsamen Satz der 4. von 1874, zielt auf die Metamorphose eines galanten kadenziellen Doppelschlags hin zum gewaltsamen Coup[46].

---

[44] So z.B. im Brief vom 1.5.1877: „Gestern nahm ich die Partitur der 4. Sinfonie zur Hand u. sah zu meinem Entsetzen, daß ich durch zu viele Imitationen dem Werk schadete, ja oft die besten Stellen der Wirkung beraubte." Bruckner, *Briefe 1852–1886*, a.a.O., S. 172. Ähnlich später, ebenfalls an Tappert: „Es sind z. B. im Adagio zu schwierige, unspielbare Violinfiguren, die Instrumentation hie u. da zu überladen u. zu unruhig." Brief an Tappert vom 12.10.1877, in: ebd., S. 175.
[45] Gebetsaufzeichnungen sind schon aus dem Jahr 1876 bekannt (11.–22.12.); bis 1882 klafft jedoch eine Lücke. Vgl. Elisabeth Maier, *Verborgene Persönlichkeit. Zugänge zu einer ‚inneren Biographie' Anton Bruckners*, Wien 1994 (= Schriften der Wiener Katholischen Akademie IV), S. 9. Spekulationen über mögliche Quellenverluste entbehren, von der Gesamtüberlieferung her, jeglicher Anhalts- und Ausgangspunkte.
[46] 2. Fassung, Takt 242. – Ob die Rettungsversuche, die Constantin Floros am Sinnzusammenhang der von Bruckner überlieferten inhaltlichen Äußerungen zur 8. Symphonie unternom-

Ob der Professor und Doctor honoris causa Anton Bruckner die Kosten
seines Aufstiegs wirklich bestreiten konnte, ist nicht sicher. Seine vitale Gläubigkeit wandelte sich zu existentieller Sorge, die schriftlicher Kontrolle bedurfte.
Die heutzutage bedenklich bedenkenlos kolportierte Widmungsabsicht, mit welcher der Komponist sein unvollendetes Abschiedswerk bedacht haben soll, verschleiert deren wahren Charakter als zweifelhaften Erpressungsversuch; es hatte
Bruckner ja auch im Frühjahr 1895 dem ihn behandelnden jungen Arzt Dr.
Eisenmenger die Widmung in Aussicht gestellt[47].

Einen Abglanz von seiner ursprünglichen Glaubensmilde läßt Bruckner erkennen, als er 1891, anläßlich des Festkommers zur Verleihung des Doktortitels,
den wegen befürchteter antisemitischer Ausfälle von der Rednerliste gestrichenen Göllerich zum Kommen ermunterte. Göllerich scheint in einem diesbezüglichen Brief ein gewisses esoterisch-theosophisches, letzten Endes unchristliches
Vokabular verwendet zu haben; dessen Niederschlag ist ja vielfach im Standardwerk „Göllerich/Auer" spürbar. Bruckner schreibt also: „.... hinweg mit diaboli-
schen Einflüssen jetzt und in aller Zukunft. Du kennst meine Gesinnung jetzt, und
schon so lange Zeit her; Du kennst auch meinen Charakter."[48] Bruckner attestiert
im folgenden Satz zwar, daß „Lüge – Verdächtigung – Entzweiung" die Waffen
seiner Feinde seien, doch verwahrt er sich mit dem oben wiedergegebenen einleitenden Satz gegen Deutungen, die auf einer dichotomischen „Weltanschauung" gründen. Und er fährt weiter unten fort: „Kommst Du aber, so bin ich natürlich hoch erfreut. (Ich bin 23 Jahre in Wien.)" – Verbirgt sich hinter dieser
unvermittelten, lapidaren Zeitangabe der Rückblick auf einen Weg in die Ein-
samkeit, und, schlimmer noch, in die Selbstentfremdung[49]? Noch kurz vor seinem

men hat, zu einem befriedigenden Ergebnis geführt haben, sei dahingestellt; Floros' hauptsäch-
liches Anliegen war ja zunächst die Zerstörung des „Mythos, daß Bruckners gesamtes symphonisches Œuvre ‚absolute Musik' sei" (Floros, *Brahms und Bruckner*, a.a.O., S. 203). Bezeichnenderweise schiebt Floros den einzigen auf Bruckner selbst zurückgehenden Hinweis zum
Adagio zugunsten einer religiös orientierten Deutung beiseite (ebd., S. 197). Indessen würde
Bruckners Inspirationsmythos, nämlich, daß das Thema des Adagio „ihm in Sierning bei Steyr"
eingefallen sei, als er ‚einem Mädchen tief in die Augen geblickt' habe" (Göllerich/Auer, *Anton
Bruckner*, Bd. IV, Teil 3, vgl. Anm. 11, vgl. S. 18 f.) einigermaßen in den Kontext der oben angedeuteten Affinität von religiösem und sublim erotischem Ton passen (vgl. Anm. 41).
    [47] Göllerich/Auer, *Anton Bruckner*, Bd. IV, Teil 3 (vgl. Anm. 11), S. 509. – Eisenmenger
war einer der Assistenzärzte von Bruckners Arzt Leopold von Schrötter. Auf den bereits seit
Dezember 1894 bei der Behandlung Bruckners tätigen Richard Heller, ebenfalls Assistent von
Schrötter, geht der Bericht der Widmung an den „lieben Gott" zurück (Max Auer, *Anton Bruckners letzter behandelnder Arzt*, in: In Memoriam Anton Bruckner, hg. von K. Kobald, Zürich,
Wien und Leipzig 1924, S. 26). – Bezeichnenderweise sind es Ärzte, die von Bruckners Wid-
mungsabsichten berichten. Das kann daran liegen, daß Bruckner in ihnen die für einen „Hei-
lungsplan" notwendigen Werkzeuge Gottes sah, aber auch einfach in dem Umstand begründet
sein, daß die Mediziner die einzigen distinguierten Leute waren, mit denen der Komponist in
seiner letzten Zeit regelmäßig Umgang hatte.
    [48] Brief vom 5.12.1891 an August Göllerich, in: Bruckner, *Gesammelte Briefe. Neue Folge*,
a.a.O., S. 252 f.
    [49] Ob der Zahl 23 eine bestimmte Bedeutung zuzumessen ist, kann ebensowenig entschie-
den werden wie die Frage nach einer bestimmten, für Bruckner relevanten Tradition der Zahlen-

Tod wünschte der Komponist sich einen Abglanz von Freiheit auch auf Erden: „Nachdem Herr Prof. Dr. Anton Bruckner sich bis in sein hohes Alter um die Kunst stets hochverdient gemacht hat, soll er immer seine volle Freiheit (sobald er genesen ist) haben und überhaupt sein ganzes Leben voll und voll genießen.“[50]

Dieses Schriftstück läßt der Vermutung Raum, daß der Komponist nicht im Frieden mit seinem Gott aus der Welt ging. Bei aller Verankerung im Althergebrachten teilte er die Unsicherheit des modernen Menschen. Vielleicht ist es auch heute noch zu wichtig zu betonen, daß es diese Unsicherheit ist, der Bruckners Musik ihre Eindringlichkeit und Anziehungskraft verdankt, und nicht eine wie auch immer herbeibeschworene unerschütterliche Glaubensfestigkeit.

allegorese. Auszuschließen ist sicherlich die für Alban Berg entscheidende „Schicksalszahl“-Bedeutung (und die von Wilhelm Fließ 1909 publizierten Beobachtungen zum weiblichen Rhythmus [*Vom Leben und vom Tod*, Jena 1909]). Ob die aus dem Mittelalter stammende Vorstellung einer ‚perfectio operum‘, die durch Zergliederung in die Summe 10 + 10 + 3 (Dekalog, Neues Testament, Trinität) herzuleiten ist, bis in Bruckners Tage überdauert hat, ist, wie gesagt, ungewiß (Petrus Bungus, *Numerorum mysteria*, Bergamo 1599 [Hildesheim 1983], S. 441 f.). Die Ausführungen bei Bungus beziehen sich größtenteils auf die infausten Bedeutungen der 23.

[50] Dr. Heller fertigte dieses Dokument am 20.7.1896 in zweifacher Ausfertigung an; seinem Bericht zufolge diktierte Bruckner „die letzten Worte ‚voll und voll genießen‘ ... selbst und wiederholte sie noch einigemal“ (Göllerich/Auer, *Anton Bruckner*, Bd. IV, Teil 3 [wie Anm. 11], S. 569 f.).

Zur musikhistorischen Annäherung
an Bruckners Kirchenmusik

von

Helmut Loos

Beethoven, Schubert, Liszt und Bruckner gelten als die vier wichtigsten katholischen Messekomponisten des 19. Jahrhunderts. Nicht nur in allgemeinen Musikgeschichten ist dies zu einem Topos geworden, es zieht sich auch durch die kirchenmusikalischen Spezialstudien seit Griesbacher[1] und Schnerich[2]. Was allerdings eine Aufführung der Messen dieser Komponisten angeht, so fällt auch unter Anrechnung cäcilianischer Vorbehalte gegen Orchestermessen auf, daß sie in den Aufführungsplänen der Kirchen zu keiner Zeit größeren Raum einnehmen: In die breitere kirchenmusikalische Praxis fanden sie – sei es aus aufführungspraktischen oder aus ästhetischen Gründen – keinen Eingang[3]. Schon die zeitgenössische Wiener katholische Presse hielt sich mit der Berichterstattung sehr zurück[4]; später bürgerte sich in der Musikwissenschaft die Meinung ein, daß die großen Messvertonungen – speziell Beethovens *Missa solemnis* – für den Gottesdienst ungeeignet seien, weil sie ihn „sprengen" würden[5]. Der zur Beurteilung herangezogenen Maßstab richtet sich mithin nicht nach dem Grad, nach dem die Werke ihre Bestimmung erfüllen, sondern nach einem anderen Gesichtspunkt. Einige der in Frage kommenden Werke sind zunehmend durch Gesangsvereinigungen in Konzertsälen aufgeführt worden. Dies ist eine ganz andere Sphäre des Musiklebens, von ihr wurden im 19. Jahrhundert zunehmend die Wertmaßstäbe gesetzt.

Ob Beethoven selbst seine *Missa solemnis* letztendlich noch als liturgisches Werk begriffen hat oder doch schon bei der Vollendung an eine konzertante

[1] Peter Griesbacher, *Kirchenmusikalische Stilistik und Formenlehre*, Bd. IV: *Reaktion und Reform*, Regensburg 1916.

[2] Alfred Schnerich, *Messe und Requiem seit Haydn und Mozart*, Wien und Leipzig 1909. Vgl. auch Karl Gustav Fellerer, *Die Messe. Ihre musikalische Gestalt vom Mittelalter bis zur Gegenwart*, Dortmund 1951.

[3] Josef Gurtner, *Die katholische Kirchenmusik Österreichs im Lichte der Zahlen*, Baden 1936.

[4] Eva Diettrich, *Die Neudeutschen im Spiegel der Wiener katholischen Presse*, in: Bruckner-Symposion 1984: Bruckner, Wagner und die Neudeutschen in Österreich, hg. von Othmar Wessely, Linz 1986, S. 67–70.

[5] Karl Gustav Fellerer, *Zwischen Tridentinum und Vaticanum II*, in: Geschichte der katholischen Kirchenmusik, hg. von Karl Gustav Fellerer, Bd. II, Kassel usw. 1976, S. 2. – *Musikgeschichte Österreichs*, hg. von Rudolf Flotzinger und Gernot Gruber, Bd. II, Graz usw. 1979, S. 559.

Bestimmung dachte, ist eine beliebte Streitfrage der Beethoven-Forschung. Trotz einer eher abstrakten, auf Beethovens eindringlichem Zeugnis beruhenden hohen Einschätzung fand das Werk im Musikleben noch weniger als in der Biographik einen festen Platz – ganz im Gegensatz zum „Schwesterwerk", der 9. Symphonie. Theodor W. Adorno hat in seiner unnachahmlichen Polemik das Problem auf den Punkt gebracht, indem er sich verwundert zeigte, daß Beethoven überhaupt eine Messe geschrieben habe[6]. In der Beethoven-Forschung wurde darauf mit dem Versuch reagiert, die thematische Substanz bzw. das vereinheitlichende Strukturelement der Messe zu bestimmen. Daß sich dies letztendlich auf die konstituierende Funktion der Terz[7] oder auf die Existenz „submotivischer Zusammenhänge"[8] beschränkte, ist eigentlich ein Offenbarungseid, wird doch die spezifische Signifikanz solcher Kompositionsmerkmale gegenüber einer für tonale Musik ganz allgemein materialbedingten Gegebenheit in diesen Fällen nicht klar erkennbar. Dennoch ist dieser analytische Ansatz bis zum Nachweis serieller Strukturen ausgebaut worden[9]. Ursprung der Deutung war Richard Wagner mit seiner Einschätzung der *Missa solemnis* als „ein rein symphonisches Werk des echten Beethovenschen Geistes", ohne alle Worte und liturgische Bindungen zu verstehen[10].

Seit in der Bach-Forschung – spät genug – die barocke Lehre von den musikalisch-rhetorischen Figuren Anerkennung gefunden hat, ist die entsprechende Analysemethode auch auf die Geschichte der Messe angewendet worden und hat wichtige Züge ihrer Gattungsgeschichte bewußt gemacht. Warren Kirkendale hat diese Bezüge bei Beethoven dargelegt und somit offenbart, wie weit eine historische Erklärung reichen kann, wenn sie sich auf eine Fragestellung aus der Entstehungssituation heraus einläßt[11]. Die uneingeschränkte Anwendung des Autonomieprinzips, dem die rein strukturelle Analyse entspricht, wird der historischen Situation nur in Ausnahmefällen gerecht und eben nicht einer Gattung, die diesem Prinzip nicht ohne Bruch unterzuordnen ist.

Zu den Topoi der Kirchenmusikgeschichte des 19. Jahrhunderts gehört es weiter, unter Vernachlässigung von Schubert und Liszt eine direkte Beziehung zwischen Beethoven und Bruckner herzustellen, speziell zwischen Beethovens *Missa solemnis* und Bruckners f-Moll-Messe; dies geschah schon in einer Rezen-

[6] Theodor W. Adorno, *Verfremdetes Hauptwerk. Zur Missa Solemnis*, in: ders., Gesammelte Schriften, Bd. XVII, Frankfurt a.M. 1982, S. 145–161.

[7] Joseph Schmidt-Görg, *Zur melodischen Einheit in Beethovens „Missa solemnis"*, in: Anthony van Hoboken. Festschrift zum 75. Geburtstag, hg. von Joseph Schmidt-Görg, Mainz 1962, S. 146–152.

[8] Carl Dahlhaus, *Ludwig van Beethoven und seine Zeit*, Laaber 1987, S. 240.

[9] Rudolf Klein, *Die Struktur von Beethovens Missa solemnis*, in: Festschrift Erich Valentin zum 70. Geburtstag, hg. von Günther Weiß, Regensburg 1976, S. 89–107.

[10] Richard Wagner, *Beethoven* (1870), in: ders., Gesammelte Schriften und Dichtungen, hg. von Wolfgang Golther, Berlin usw. o.J., Bd. IX, S. 103.

[11] Warren Kirkendale, *Beethovens Missa solemnis und die rhetorische Tradition*, in: Beethoven-Symposion Wien 1970. Bericht (= Österreichische Akademie der Wissenschaften. Philosophisch-historische Klasse. Sitzungsberichte, 271. Band), Wien 1971, S. 121–158.

sion der ersten Aufführung dieses Werkes[12]. Nachdem in der frühen Literatur stets auf die Gattungstraditionen in Bruckners Messen hingewiesen worden ist, sind die Verbindungen erst in jüngerer Zeit eingehender auf ihre spezifischen Merkmale hin untersucht worden. Zwischenzeitlich standen analytische Untersuchungen der Kirchenmusik Bruckners in der Regel unter dem beherrschenden Eindruck der Symphonik und ihrer energetischen Betrachtungsweise[13].

In einem merkwürdigen Gegensatz stehen dabei die zweifelsfreie Herkunft der frühen Kompositionen aus dem – wie Leopold Kantner so schön formuliert hat – „Perpetuum immobile"[14] der niederösterreichischen Kirchenmusik und das Bedürfnis, die „großen" Messen aus der Symphonik heraus zu verstehen. Es ist offenbar das Anliegen, die späteren Messen in d-, e- und f-Moll aus der niederen kirchenmusikalischen Sphäre in die erhabenen Höhen der Kunst zu erheben. Daß Bruckner als Komponist der Wechsel aus der Kirche in den Konzertsaal als zwei schon zu seiner Zeit ganz getrennten Bereichen des Musiklebens große Schwierigkeiten bereitet hat, ist inzwischen in der Bruckner-Forschung ebenso gängige Münze wie seine persönliche Verwurzelung und Identifikation mit der Kirchensphäre. Insofern erscheint es als eine Verkehrung der Verhältnisse, wenn Bruckners Werdegang noch 1987 als eine Befreiung aus unwürdigen Zuständen beschrieben wurde[15]. Vielmehr darf eine unvoreingenommene Geschichtsforschung sich nicht scheuen, verschiedene Bereiche nicht allein des Musiklebens in ihrem eigenen Kontext zu würdigen und die entsprechende Musik als eigenständig im Sinne eines historischen Stilpluralismus anzuerkennen.

Ein ganz einfaches und offensichtliches Zeichen der Eigenständigkeit ist das Überdauern des Generalbasses in der Kirchenmusik des 19. Jahrhunderts. Sogar in Beethovens *Missa solemnis* weist die Orgelstimme klar auf diesen Ursprung und Zusammenhang hin, Bruckner hat bekanntlich bis 1854 bzw. 1856 (*Ave Maria* F-Dur) Werke mit Generalbaß notiert, später in Wien nicht mehr. Die Fortentwicklung dieser Kompositionstechnik im Bereich der Kirchenmusik hin zu einer Bearbeitungspraxis mit alternatim-Besetzung im 19. Jahrhundert kann durchaus als eigenständige und folgerichtige Entwicklung beschrieben werden. In dieser Beziehung war Bruckners *Missa solemnis* von 1854 dann sogar für den kirchenmusikalischen Bereich recht traditionell in der Generalbaßverwendung, denn Zeitgenossen wie Moritz Brosig verwandten schon die neuere Praxis eines

---

[12] Neue Freie Presse vom 29. Juni 1872, siehe Manfred Wagner, *Bruckner. Leben – Werke – Dokumente*, Mainz und München 1983, S. 79.

[13] Horst-Günther Scholz, *Die Form der reifen Messen Anton Bruckners*, Berlin 1961. – Siehe auch Winfried Kirsch, *Studien zum Vokalstil der mittleren und späteren Schaffensperiode Anton Bruckners*, Diss. Frankfurt am Main 1958. – Unberücksichtigt bleibt Kurt Singer, *Bruckners Chormusik*, Stuttgart und Berlin 1924.

[14] Leopold Kantner, *Anton Bruckners Kirchenmusik – Franz Liszts Kirchenmusik. Ein Vergleich*, in: Bruckner-Symposion 1987: Bruckner und die Musik der Romantik, Linz 1989, S. 79.

[15] Mathias Hansen, *Anton Bruckner*, Leipzig 1987, passim. – Ders., *„Auf dem Weg zur Komposition". Anmerkungen zum Schaffen Anton Bruckners vor 1863/64*, in: Bericht über das V. Internationale Gewandhaus-Symposium 1987: Anton Bruckner – Leben. Werk. Interpretation. Rezeption, hg. von Steffen Lieberwirth, Leipzig 1988, S. 90–95.

Orgelarrangements mit alternativen Besetzungsmöglichkeiten. In den drei späten Messen Bruckners dagegen spielt die Orgel keine festgelegte Rolle, die obligate Stelle „et sepultus est" im Credo der d-Moll-Messe hat Bruckner bei der ersten Gelegenheit durch Klarinetten und Fagotte ersetzt, damit die Messe gänzlich von der Orgel unabhängig gemacht und dem Konzertsaal angepaßt.

Max Auer nennt in dem zweiten Kapitel seines Buches über Anton Bruckner als Kirchenmusiker „Bruckners Messe und die überkommene Form" eine ganze Reihe wichtiger Aspekte traditioneller musikalischer Meßgestaltung in Bruckners drei großen Linzer Messen[16]. Wie stark Bruckner damit in einer Kontinuität stand, die seiner Herkunft entsprach, läßt sich an einem Vergleich der drei Messen vor allem mit der *Missa solemnis* von 1854 erkennen. Leopold Nowak nennt diese Messe die „Summa musices" des dreißigjährigen Bruckner[17], den Abschluß des Autodidakten vor seinem Unterricht bei Simon Sechter[18]. Zwei Gesichtspunkte sind für eine solche Betrachtung ausschlaggebend: die Verteilung des lateinischen Textes auf musikalische Formabschnitte und die Umsetzung der einzelnen Textinhalte in musikalische Gestalt.

Die Einteilung der fünf Ordinariumsgesänge in musikalische Formabschnitte hat in der österreichischen Orchestermesse des 18. Jahrhundert eine ausgeprägte Tradition[19], die sich im folgenden Jahrhundert nur in einigen Details modifiziert fortsetzte. Dies betrifft beispielsweise das Kyrie, das als Eröffnung der Messe etwa bei Haydn und Mozart häufig einen heiteren Charakter trägt - ein Umstand, der mehr als vieles andere auf die Kritik kirchenmusikalischer Reformer stieß. Heiterkeit galt als völlig deplaziert im Gottesdienst, eine Haltung der Demut und Buße speziell dem Kyrie angemessen. Formal allerdings war die Dreiteiligkeit des Textes so zwingend, daß sie musikalisch in der Regel durchschlug. Doch gab es schon im 18. Jahrhundert eine ganze Reihe interessanter Sonderformen, die im 19. Jahrhundert weiter ausgebaut wurden. Bruckner knüpfte punktuell anscheinend an eine Tradition an, die der Textstruktur keine Beachtung schenkte, sondern ein durchkomponiertes Stück gestaltete. In ganz frühen Kyrie-Kompositionen wie der Windhaager Messe (1842) ist dies zu beobachten, in der Messe ohne Gloria und Credo (1843, Anfang 1844) weicht bereits Bruckners Textgrundlage von der liturgischen Dreiergliederung ab, indem er zweimal zwischen Kyrie- und Christe-Anrufung wechselt. Dies trifft auch auf das einteilige Kyrie der *Missa solemnis* 1854 zu, das von einem schlichten Grundmotiv ausgehend durchkomponiert ist. Nach der Textgliederung fünfteilig, weist das zweimalige Wiederauf-

[16] Max Auer, *Anton Bruckner als Kirchenmusiker*, Regensburg 1927.

[17] Leopold Nowak, *Vorwort*, in: Anton Bruckner. Sämtliche Werke, Bd. XV, Missa solemnis in B 1854, Partitur. 2. revidierte Auflage, Wien 1975.

[18] Leopold Nowak, *Anton Bruckners Kirchenmusik*, in: Bruckner Symposion 1985: Anton Bruckner und die Kirchenmusik, hg. v. Othmar Wessely, Linz 1988, S. 89.

[19] Bruce C. McIntyre, *The Viennese Concerted Mass of the Early Classic*, Diss. City University of New York 1984 *Period* (= Studies in Musicology, No. 89). – Franz Lederer, *Untersuchungen zur formalen Struktur instrumentalbegleiteter Ordinarium-Missae-Vertonungen süddeutscher Kirchenkomponisten des 18. Jahrhunderts*, in: Kirchenmusikalisches Jahrbuch 71, 1987, S. 23–54.

greifen des Grundmotivs (Takt 1–4/9–12) im späteren Verlauf (33–38 und 57–60) doch auf eine dreiteilige Binnengliederung. In dem Klavierauszug des Werkes hat Ferdinand Habel sich diese musikalischen Punkte zunutze gemacht, als er eine neue, nach Auffassung der Cäcilianer korrekte, dreiteilige Textunterlegung vornahm. Die Länge der nun textlich und musikalisch harmonisierten Abschnitte ist mit 32 zu 24 zu 15 Takten recht ungleich verteilt, und insgesamt bleibt es aufgrund einer Form AA'A'' bei einem fortschreitend durchgestalteten Stück.

Während Form und ein eher heiterer Charakter des Kyrie mit 3/8 Takt ebenso wie die ursprünglich geplante musikalische Abrundung durch eine „Dona ut Kyrie"-Regelung[20] die *Missa solemnis* einem älteren Messentypus zugehörig erscheinen lassen, ergeben die drei späten Messen ein anderes Bild; die Kyrie-Sätze etwa sind geradtaktig und sehr ernst gehalten. Zwar wird die Messe in e-Moll ihrer besonderen Satzweise wegen hinsichtlich des Ausdrucks meist gesondert betrachtet, in formaler Hinsicht aber gibt es große Übereinstimmung mit den beiden anderen späten Messen. Die Texteinteilung ist in Übereinstimmung mit der Komposition dreiteilig, der Mittelteil „Christe" (b) ist tonal und (außer e-Moll-Messe) durch Solisten abgesetzt, der Kyrie-Rahmen (AA') durch Tonart und thematische Bezüge verbunden. Sind schon die letzteren sehr stark durch motivisch-thematische Veränderungen gekennzeichnet, so stellt sich auch zum Mittelteil ein thematischer Bezug her, wenngleich die Verwandtschaft entfernter ist und häufig in einer Umkehrung der Motive besteht.

Als Fazit solcher Vergleiche, wie sie für die Credo-Vertonungen Gernot Gruber angestellt hat[21], ist festzustellen, daß Bruckner sich in der Verteilung des lateinischen Textes auf musikalische Formabschnitte in einem engen Traditionsrahmen bewegt hat. Außerhalb der Meßvertonungen ist dieser Traditionsrahmen zumeist wenig bekannt, Leopold Kantner hat nicht nur im Falle des „Te Deum" historische Linien der Kirchenmusik beschrieben, die für das historische Verständnis eine unabdingbare Voraussetzung bilden[22].

Die Art und Weise, Gestus und konkrete Figuren, mit denen Bruckner die einzelnen Textinhalte in musikalische Gestalt umgesetzt hat, sind in der e-Moll-Messe nur scheinbar anders als in den Orchestermessen. Ein Vergleich der Gloria-Vertonungen Bruckners zwischen 1854 und 1868 mag zeigen, in welchem Maße der Text den musikalischen Duktus prägt. Abgesehen von der Vertonung der Gloria-Intonation in der f-Moll-Messe ist gerade der erste Teil von „et in terra" bis „Deus Pater omnipotens" für alle vier Messen gleich zu beschreiben: Er beginnt mit kräftiger und flüssiger Deklamation des Textes, die sich bei „laudamus te" zur Akklamation steigert. Gemäß dem liturgischen Brauch, das „adora-

---

[20] Othmar Wessely, *Historische Schichten in Bruckners Missa solemnis in b-Moll*, in: Bruckner Vorträge Rom 1986. Bruckner-Symposion „Anton Bruckner e la musica sacra", hg. von Othmar Wessely, Linz 1987, S. 15–19, hier 16.

[21] Gernot Wolfgang Gruber, *Die Credo-Kompositionen Anton Bruckners*, in: Bruckner Symposion 1985, a.a.O., Linz 1988, S. 129–143.

[22] Leopold M. Kantner, *Versuch einer stilistischen Einordnung von Bruckners Te Deum*, in: Bruckner Vorträge Rom 1986, a.a.O., S. 21–24. – Ders., *Kirchenmusikalische Strömungen bis Bruckner*, a.a.O., S. 53–57.

mus te" mit einer Verneigung zu versehen, bildet die Vertonung einen starken Kontrast zur vorhergehenden Akklamation durch plötzlichen Abfall der Laustärke und tiefe Tonlage. Der Einbruch ist nur kurz, mit den Worten „glorificamus te" wird der akklamatorische Gestus wieder aufgenommen und unter Textwiederholung zum Abschluß gebracht. Mit „Gratias agimus tibi" setzt ein neuer musikalischer Abschnitt ein, dynamisch zurückgenommen und verhalten - meist solistisch - gestaltet, unter Bezug auf das Sonatenhauptsatzprinzip gelegentlich auch als Seitensatz bezeichnet. Bereits die nächsten Worte „propter magnam gloriam tuam" allerdings rufen wieder akklamatorischen Aufschwung hervor, der bis zum Wort „omnipotens" gehalten bzw. noch gesteigert wird. Die Gestaltung des übrigen im ersten Teil vertonten Textes differiert in den vier Messen geringfügig, während in den kürzeren Gloria-Sätzen (B und e) der gesteigerte Gestus bis „Filius Patris" durchgehalten wird, werden in den längeren (d und f) noch dynamisch retardierende Elemente eingefügt.

Die zahlreichen Parallelstellen in den Messen Bruckners sind natürlich bekannt, der gewählte Ausschnitt belegt nur nochmals eindringlich, wie weit die Tradition, wie weit das „Perpetuum immobile" reicht. Erwähnt seien noch die Unisono-Stellen „Cum Sancto Spiritu" im Gloria sowie im Credo „unam ... Ecclesiam", weiter im Credo die Schildungen zu Tod und Begräbnis („passus et sepultus") mit Abruptio, die berühmten Tongemälde zu Auferstehung und Himmelfahrt („Et resurrexit ... ascendit") mit Anabasis, die Blechbläsersymbolik zum Jüngsten Gericht („et iterum venturus est ... judicare"), die Gegenüberstellung von Lebenden und Toten („vivos et mortuos") sowie den gewaltigen Kontrast im Zusammenhang mit der Auferstehung am Jüngsten Tag bei Erwähnung der Toten („resurrectionem mortuorum"). Alle diese aus der rhetorischen Tradition stammenden Gestaltungsweisen bewirken in den vier genannten Messen an den entsprechenden Stellen entscheidende Momente der Komposition.

Nur wenige Gegenbeispiele stehen ihnen gegenüber: aus dem Credo werden die Kontraste „visibilium et invisibilium" nur in der d-Moll-Messe, „coeli et terrae" nur in den Messen d-Moll und f-Moll musikalisch umgesetzt; die traditionelle Katabasis zu „descendit de coelis" findet sich ausgeprägt nur in der f-Moll-, angedeutet in der e-Moll-Messe wieder, der lange, nicht enden wollende Ton zu „non erit finis" nur in den beiden frühen Messen. Damit ist einerseits klar, daß Bruckner auch diese Figuren anwandte, ohne in bloße Routine zu verfallen, andererseits auch, daß die e-Moll-Messe sich in den hier betrachteten Gestaltungsprinzipien nicht von den Orchestermessen unterscheidet. Es muß als Parteinahme für den Cäcilianismus bewertet werden, wenn dieser Messe immer noch eine Sonderstellung[23] eingeräumt und mit der polyphonen Satzweise ihre Wertung als bedeutendste Messe Bruckners und des Komponisten Affinität zur cäcilianischen Reformbewegung begründet wird[24], da sie sich der nüchternen

[23] Othmar Wessely, *Historische Schichten in Bruckners Missa solemnis in b-Moll*, a.a.O., S. 15.
[24] Vorsichtig in diese Richtung argumentiert Elmar Seidel, *Die instrumentalbegleitete Kirchenmusik*, in: Geschichte der katholischen Kirchenmusik, hg. von Karl Gustav Fellerer, Bd. II, a.a.O., S. 245.

historischen Einschätzung als Freiluftmusik[25] bzw. – nach Kantner – „Feldmesse"[26] darstellt.

Ob nun das historische Prinzip des Cäcilianismus oder das autonome Fortschrittsprinzip der bürgerlichen Konzertmusik als Maßstab für Bruckners Messen gewählt werden, beide Möglichkeiten erscheinen heute als unangemessen gegenüber dem historischen Verständnis aus einer eigenständigen kirchenmusikalischen Tradition heraus. Wird diese Sparte des Musiklebens an einem ihr fremden Maßstab gemessen, so liegt ein Interpretionsfehler vor. Wird die Existenz der verschiedenen musikalischen Sparten grundsätzlich akzeptiert, so entfällt das Problem einer Zuordnung von Beethovens *Missa solemnis* zu den „echten", eben nicht „verfremdeten" Werken ebenso wie das Zurechtbiegen der kirchenmusikalischen bzw. der symphonischen Werke Bruckners auf die eine oder die andere Ebene. Daß ein Komponist als vielschichtige Persönlichkeit verschiedene Sparten des Musiklebens bedient, gehört zu den Selbstverständlichkeiten der Musikgeschichte. Der Aufweis personalstilitischer Verbindungen, der eigenen musikalischen Sprache – wie sie Manfred Wagner für Bruckner beschrieben hat – kann nur unter Berücksichtigung der gattungsspezifischen Traditionen gelingen. In diesem Sinne wäre bei einer Persönlichkeit wie Bruckner nachzufragen, ob der (wahrscheinlich überholte) Schluß von Mathias Hansen nicht umgekehrt werden muß: ob nicht Bruckners Kompositionen für den Konzertsaal aus der selbstverständlichen Haltung des Kirchenmusikers verstanden werden sollten, für die konkreten Umstände in seinem Wirkungskreis zu schaffen, einem Wirkungskreis, der sich für Bruckner schon in Linz und dann besonders in Wien von der Kirche in den Konzertsaal verlagerte. Der Wunsch nach sozialem Aufstieg hieß ihn stets die in seiner Umgebung als höchste angesehenen Aufgaben zu übernehmen, daher möglicherweise das späte Versagen in kirchenmusikalischen Aufgaben[27]. Das Autonome der symphonischen Schöpfungen wäre demnach eine sekundäre Erscheinung, eine Folge der für einen Musiker Brucknerscher Provenienz selbstverständlichen funktionalen Bindung, nicht originäre Autonomie.

---

[25] Leopold Nowak, *Anton Bruckners Kirchenmusik*, a.a.O., S. 86.
[26] Leopold Kantner, *Anton Bruckners Kirchenmusik – Franz Liszts Kirchenmusik*, a.a.O., S. 81.
[27] Theophil Antonicek, *Anton Bruckner, die Kirchenmusik und die k. k. Hofmusikkapelle*, in: Bruckner Vorträge Rom 1986, a.a.O. , S. 39–44.

Die Psalmkompositionen Anton Bruckners[1*]

von

Paul Hawkshaw

Die folgenden Bemerkungen resultieren aus der Arbeit an Band XX der Bruckner-Gesamtausgabe, der die Psalmen und das *Magnificat* enthält[2]. Die Stücke umfassen fast alle Phasen von Bruckners Laufbahn als professioneller Komponist und bilden außer den Symphonien und den Messen das größte Korpus in Bruckners Œuvre. Der 114. Psalm und das *Magnificat* – beide entstanden im Sommer 1852 – gehören zu den ersten Früchten von Bruckners Arbeit als Berufsmusiker. Der 150. Psalm dagegen entstand erst 1892[3]. Im folgenden werde ich mich jedoch zum größten Teil auf die biographisch interessanten Quellenprobleme der früheren Arbeiten beschränken. Dabei handelt es sich um den 114. Psalm und das *Magnificat*, die undatierten Psalmen 22 und 146 sowie den 1863 für Otto Kitzler komponierten 112. Psalm. Ich werde im wesentlichen chronologisch vorgehen; dabei wird deutlich werden, daß die ersten vier Stücke – die Psalmen 114, 22, 146 und das *Magnificat* – sowohl allgemeine Quellenmerkmale als auch musikalische Eigenschaften teilen. Der 112. Psalm schließlich ist weitgehend singulär, wahrscheinlich das Ergebnis von Kitzlers Unterricht.

*

Für keine andere der St. Floriander Komposition Bruckners (mit Ausnahme der Kantate *Heil, Vater, dir zum hohen Feste*) stehen uns so zahlreiche zeitgenössische Quellen zur Verfügung wie für den 114. Psalm. In St. Florian befinden sich der von Bruckner handgeschriebene Text, eine autographe Arbeitspartitur, eine unvollständige Partiturabschrift von Franz Schimatschek und handschriftliche Stimmen, sämtlich undatiert[4]. Es existiert auch eine undatierte autographe Partiturreinschrift mit einer Widmung an den damaligen Wiener Hofkapellmeister Ignaz Assmayr[5]. Zwei weitere Partiturabschriften und verschiedene Stimmen

---

[1*] Der Autor möchte Dr. Angela Pachowsky und Manuela Karnholz für die freundliche Hilfe bei der Übersetzung des Textes ins Deutsche herzlich danken.

[2] Anton Bruckner, *Sämtliche Werke*, Bd. XX/1–5: *Psalmen und Magnificat*, hg. v. Paul Hawkshaw, Wien 1996/97.

[3] Und steht heute meist nicht zur Debatte, weil er von Franz Grasberger in der Gesamtausgabe schon vor so langer Zeit herausgegeben wurde (Anton Bruckner, *Sämtliche Werke* Bd. XX/6, Wien 1964). Ich hoffe, bis Ende 1999 einen Kritischen Bericht über alle Werke, einschließlich des 150. Psalms, entwerfen zu können.

[4] Signatur 19/4.

[5] Heute befindet sie sich in einer Privatsammlung.

von Wiederaufführungen im frühen 20. Jahrhundert sind im Archiv des Musikwissenschaftlichen Verlags und der Österreichischen Nationalbibliothek vorhanden[6].

Einige Worte zu den Stimmen: In St. Florian hat Bruckner manchmal eigenhändig alle Stimmen seiner eigenen Kompositionen ausgeschrieben (zum Beispiel beim 22. Psalm), manchmal aber auch Kopisten engagiert (zum Beispiel bei
der Kantate *Heil, Vater, dir zum hohen Feste*)[7]. Die Stimmen des 114. Psalms
wurden nur zum Teil von Bruckner selbst kopiert. Die Notenbeispiele 1 bis 3 zeigen drei verschiedene Handschriften. Den 1. Sopran hat Bruckners Linzer Lieb-
lings-Kopist Franz Schimatschek geschrieben, der schon vor der Übersiedlung
nach Linz oft für Bruckners gearbeitet hat[8]. Der 2. Sopran zeigt eine bisher un-
identifizierte Handschrift. Der selbe Schreiber hat auch Stimmen des *Magnificats*
sowie eine Partitur des 146. Psalms bearbeitet[9]. Ich habe ihn den „St. Florianer
Kopisten" genannt. Die übrigen Stimmen sind autograph, wie sich aus Notenbeispiel 3 ersehen läßt. In St. Florian waren einzelne Stimmen die Norm für Bruckners Musik; Duplikate wie für die andere Sopranstimme beim 114. Psalm sind
selten.

Der 114. Psalm hatte für Bruckner während dieser Periode seiner Karriere
erhebliche Bedeutung. Bei der Widmungspartitur befindet sich ein überschweng-
licher und unterwürfiger eigenhändiger Brief an Assmayr vom 30. Juli 1852. Man
kann ähnliche Sätze auch in seinen späteren Linzer oder Wiener Briefen finden:

> „P.T.H. Hofkapellmeister gaben mir voriges Jahr den heilsamen Auftrag, fleißig fortzuar-
> beiten, was ich auch getreulich nach meinen Kräften thue. Als einen kleinen Beweis meiner
> Erfüllung war ich so frei, beiliegenden Psalm als schwachen Versuch Hochdemselben zum
> hohen Namensfeste zu widmen; ...Es sei dieß nur ein Beweis meiner grossen Verehrung
> gegen Sie.
> Ich habe hier gar keinen Menschen, dem ich mein Herz öffnen dürfte, werde auch in man-
> cher Beziehung verkannt, was mir oft heimlich sehr schwer fällt. Unser Stift behandelt
> Musik und folglich auch Musiker ganz gleichgültig – oh, könnte ich wieder recht bald
> mündlich mit Ihnen sprechen! Ich kenne Ihr vortreffliches Herz – welch ein Trost! Ich
> kann hier nie heiter sein, und darf von Plänen nichts merken lassen.
> Schließlich bitte ich noch P. T. H. Hofkapellmeister, mich in Ihrem werthen Andenken zu
> erhalten, und Ihre Gnade und Güte mir nicht zu entziehen, wenn Sie, mein Glück zu be-
> gründen, die Gelegenheit haben werden, wofür sich gewiß zeitlebens dankbar bezeigen
> wird.
> N.B. Den Psalm habe ich im Stiftsmusikzimmer probieren lassen; es haben selbst Wiener
> mitgewirkt, die sogar Kunstkenner sind, und er wurde mit vielem Beifalle aufgenom-
> men."[10]

---

[6] Wn Mus.-Hs. 19.700.

[7] St. Florian 19/5, Stimmen zum 22. Psalm. Die Stimmen zur Kantate (St. Florian 19/6)
stammen zum Teil von Franz Schimatschek und zum Teil von Bruckner. Siehe Paul Hawkshaw,
*The Manuscript Sources for Anton Bruckner's Linz Works: A Study of his Working Methods from
1856 to 1868*. Phil. Diss. Columbia University 1984, S. 260.

[8] Ebd., S. 314-18.

[9] St. Florian 20/36 (Stimmen des *Magnificats*) und Wn Mus.-Hs. 6011 (146. Psalm).

[10] Anton Bruckner, *Gesammelte Briefe. Neue Folge*, hrsg. von Max Auer, Regensburg
1924, S. 20f. Wahrscheinlich nutzte man die Stimmen 19/4 für die Aufführung. Siehe Anton
Bruckner: *Sämtliche Werke*, Bd. XX/1, Vorwort.

Schon 1852 also zeigte Bruckner einen Ehrgeiz, der über die Mauern von St. Florian hinausging. Es ist nicht bekannt, wie Assmayr geantwortet hat.

*

Über die Entstehungsgeschichte des 22. Psalms wissen wir nichts. Die autographe Partitur und einzelne autographe Stimmen befinden sich in St. Florian[11]. Weder Aufführungsdaten noch Angaben zur Aufführungspraxis sind bekannt. Wahrscheinlich hat Bruckner bei der ersten Aufführung selbst Klavier gespielt[12]. Die Handschrift und die kantatenartige Struktur des Stücks ähneln jenen des 114. Psalms und des *Magnificats* sehr.

Das *Magnificat* ist nur in einem undatierten und unsignierten Stimmensatz erhalten, der sich ebenfalls in St. Forian befindet[13]. Einige Stimmen wurden von Bruckner selbst geschrieben, die übrigen sind vom „St. Florianer Kopisten". Eine Partiturabschrift aus dem frühen 20. Jahrhundert weist eine Anmerkung August Göllerichs auf, derzufolge die Stimmen früher mit einer autographen Titelseite aufbewahrt wurden[14]. Laut Göllerich befanden sich auf dieser Seite die Widmung des Komponisten an Ignaz Traumihler, Regens chori in St. Florian, sowie eine autographe Unterschrift und die Datierung 15. August 1852. Göllerich nennt auch eine Liste mit Aufführungsdaten von unbekannter Hand: 15. August und 25. Dezember 1852, 15. Mai 1853, 25. Dezember 1854, 27. Mai 1855. Bruckner schrieb das Werk wahrscheinlich für Mariä Himmelfahrt 1852, und es blieb zumindest für die nächsten Jahre im musikalischen Repertoire des Stiftes. Die Partitur des Stücks in der Gesamtausgabe vereint die originalen Stimmen mit dem nicht ausgesetzten bezifferten Baß für Orgel. Das Merkwürdige an dieser Orgelstimme ist, daß die Noten vom „St. Florianer Kopisten" geschrieben und die Ziffern vom Komponisten hinzugefügt wurden (Notenbsp. 4). Vermutlich spielte Bruckner selbst daraus und leitete so die ersten Aufführungen.

Nur selten findet man in den Stimmen des *Magnificats* und der Psalmen 22, 114 und 146 dynamische Angaben, Artikulationsanweisungen oder andere Aufführungsanweisungen. Die Solo-Abschnitte weisen fast keine dynamischen Bezeichnungen auf. Angaben der Bogenstriche und Artikulationsanweisungen für die Streicher sind spärlich, zuweilen auch widersprüchlich. Besonders problematisch und manchmal irreführend sind die überlieferten Angaben in den Stimmen des *Magnificats*[15]. Manches weist darauf hin, daß hier die dynamischen Bezeich-

---

[11] Signatur 19/5.

[12] Bruckner: *Sämtliche Werke*, Bd. XX/1, Vorwort.

[13] Signatur 20/36.

[14] Wn Mus.-Hs. 33.192, fol. 1r.

[15] Das größte Problem liegt beim Wechsel zwischen Soli und Chor. Bis zum Beginn des dritten Solos in Takt 34 besteht in den Stimmen darüber kein Zweifel; danach fehlt jede weitere Anweisung. Es ist nicht vorstellbar, daß Bruckner beabsichtigte, das Werk ab dieser Stelle vom Soloquartett ausführen lassen. Die neue Ausgabe setzt den Wechsel zwischen Solo und Chor fort mit der Anweisung Tutti in Takt 38, wo die Violin-Sechzehntel wieder einsetzen; darauf folgt ein Solo-Abschnitt ab Takt 49 (Wiederkehr des Anfangsthemas); das Amen trägt dann wieder eine Tutti-Anweisung.

nungen zu unterschiedlichen Zeitpunkten hinzugesetzt worden sind und möglicherweise von einer Probe oder Aufführung zur anderen geändert wurden; das könnte jedenfalls die zahlreichen Unregelmäßigkeiten erklären.

*

Im Besitz der Musiksammlung der Österreichischen Nationalbibliothek sind drei Manuskripte von Bruckners 146. Psalm: die undatierte und unvollständige autographe Partitur (Signatur Mus.-Hs. 40.500); eine vollständige, undatierte Abschrift mit zahlreichen autographen Eintragungen (Mus.-Hs. 6011); und schließlich eine undatierte Abschrift eines Kopisten, mit Initialen und Datum J. H. 1904 (Mus.-Hs. 19.701). Keine große Komposition Bruckners wirft solche Datierungsprobleme auf wie der 146. Psalm. Wie, wann, für wen und warum er geschrieben wurde – alle diese Fragen sind unbeantwortet. Bis heute gibt es keine gedruckte Partitur. Bereits 1902 nahm Max Graf 1860 als Entstehungsjahr an[16]; Göllerich/Auer übernahmen diese Angabe[17]. Dabei stützten sie sich auf eine Aussage von Rudolf Weinwurm, der Komponist habe 1860 an einem Psalm gearbeitet. Unter Bezug auf eine unvollständige Skizze in St. Florian und eine Reinschrift im Archiv der Gesellschaft der Musikfreunde in Wien vermuteten sie, daß Bruckner das Werk bereits früher in St. Florian begonnen hätte. Keine dieser beiden Handschriften läßt sich mehr auffinden.

Ich bin der Ansicht, daß die erhaltenen Quellen auf ein früheres Entstehungsjahr hindeuten[18]. Die Handschrift in der autographen Partitur und in den autographen Abschnitten des Manuskriptes Mus.-Hs. 6011 stammt spätestens aus dem Jahre 1858. Wichtig in dieser Sache ist die Identität des Kopisten von Mus.-Hs. 6011 – bei diesem handelt es sich nämlich um niemand anderen als um den „St. Florianer Kopisten" (Notenbsp. 5). Damit hat man den unmittelbaren Nachweis einer direkten Verbindung des Werkes mit dem Stift; dieser Kopist läßt sich in keiner Linzer Quelle nachweisen[19]. Stilistisch stimmt der Psalm größtenteils mit der *Missa solemnis* von 1854 überein. Als Beispiel zitiert seien das Arioso des 146. Psalms und das ‚Qui tollis' der Messe – beide mit 9/8-Takt, obligaten Holzbläsersoli und neuntaktiger Phrase am Anfang (Notenbsp. 6 a–b)[20].

Der Psalm scheint damit aus der späten St. Florianer, möglicherweise der sehr frühen Linzer Zeit zu stammen. Es stellen sich noch weitere Fragen: Welche Gelegenheit veranlaßte Bruckner zu dieser Zeit, ein derart groß dimensioniertes

---

[16] Max Graf, *Anton Bruckner. Der Entwicklungsgang*, in: Die Musik 1, 2. Quartal (Januar 1902), S. 581.

[17] August Göllerich und Max Auer, *Anton Bruckner: Ein Lebens- und Schaffensbild*, Bd. III/1, Regensburg 1932, S. 71.

[18] Paul Hawkshaw, *Die Kopisten Anton Bruckners während seines Aufenthaltes in Linz*, in: Bruckner-Symposion: Musikstadt Linz - Musikland Oberösterreich, hg. von Othmar Wessely, Linz 1992, S. 429f.

[19] Ebd., S. 429.

[20] Anton Bruckner, *Sämtliche Werke*, Bd. XV: *Missa Solemnis*, Klavierauszug von Ferdinand Habel, S. 11; und Bd. XX/4: 146. Psalm, Klavierauszug von Karlhans Urbanek, S. 34–35.

Werk zu schreiben, und warum konnte es so lange in Vergessenheit geraten? Zudem ist unklar, wie und in welchem Maße die Arbeit an dem Psalm in Beziehung zu Bruckners Unterricht bei Simon Sechter gestellt werden kann. Die Psalmen 114, 22, und 146 haben alle eine kantatenartige Struktur mit Schlußfuge. Die Fuge des 146. Psalms ist die bei weitem längste und komplizierteste davon. Waren diese Vertonungen möglicherweise ein motivierender Faktor für die Aufnahme der Kontrapunktstudien[21]?

*

Der 112. Psalm gehört nicht in die gleiche Gruppe wie die anderen vier Stücke. Er war das letzte Werk, das Bruckner für Otto Kitzler schrieb, und ist nur in einem Partiturautograph überliefert[22]. Das Manuskript weist drei autographe Datierungen auf: Juni 1863 (fol. 1r), 13. Juni 1863 (fol. 4r) und 5. Juli 1863 (fol. 18r). Die erste Veröffentlichung des Psalms erschien 1926 bei der Universal Edition und war das Verdienst von Josef Wöss. In seinem Vorwort weist er darauf hin, daß das Autograph dynamische Zeichen und Artikulationsanweisungen zeigt, die zuerst mit Bleistift, dann mit Tinte eingezeichnet wurden (Notenbsp. 7). Die in Tinte geschriebenen Anweisungen sind in verschiedenen Farben gehalten, so daß die Partitur den Eindruck vermittelt, es sei Korrektur gelesen worden. Wöss war der Auffassung, die Anmerkungen stammten von Bruckner, der sein Manuskript zu einem späteren Zeitpunkt überarbeitet habe. Es ist nicht bekannt, ob der Komponist nach dem Sommer 1863 noch einmal zur Arbeit an diesem Psalm zurückkehrte, ebensowenig ist eine Aufführung zu Lebzeiten Bruckners belegt. Der ‚Feinabstimmungsprozeß' ist eher das Ergebnis der Ratschläge, die Kitzler seinem Schüler zur orchestralen Aufführungspraxis gab. Tatsächlich weisen einige der hinzugefügten dynamischen Zeichen eine fremde Handschrift auf, von der ich, da derzeit keine eindeutige Identifizierung möglich ist, annehme, daß es sich um die von Otto Kitzler handelt. Wenn das korrekt ist, können wir es dem Einfluß Kitzlers danken, daß wir uns beim 112. Psalm nicht vor die Aufführungsprobleme der übrigen Stücke gestellt sehen.

Zum Schluß noch ein paar Worte zu den Psalmtexten. Bei allen Psalmen außer dem 150. hat Bruckner eine deutsche Übersetzung von Joseph Franz Allioli verwendet. Warum er lieber deutsche als lateinische Texte benutzt hat, ist nicht klar. Sicher aber waren um die Mitte des 19. Jahrhunderts in St. Florian Psalmübersetzungen ins Deutsche und deutsche Psalmvertonungen in Gebrauch. Ich bin Dr. Friedrich Buchmayr aus dem Stift sehr dankbar für die Mitteilung, daß die Übersetzung von Allioli in St. Florian breite Verwendung fand. Eine Anzahl von Exemplaren befindet sich noch heute in der Bibliothek[23]. Im 19. Jahrhundert

---

[21] Vielleicht könnten einige dieser Fragen beantwortet werden, wenn die Jahre 1856 und 1857 für die Bruckner-Biographie nicht so im Dunkeln lägen.

[22] Wn Mus.-Hs. 3156.

[23] Für die Gesamtausgabe habe ich z.B. ein Exemplar der fünften Auflage benutzt: Joseph Franz Allioli, *Die heilige Schrift des alten und neuen Testamentes*, Landshut ⁵1842 (St. Florian VII/1044).

besaß das Stift auch Noten (Partitur und Stimmen) zu Mendelssohns Vertonungen des 22. und 114. Psalms[24]. Ob Bruckner genau diese Stücke studiert hat, ist
nicht bekannt[25]. Doch kann man gewiß davon ausgehen, daß er sich mit seinen
eigenen Psalmen in der Mendelssohnschen Tradition gesehen hat; vielleicht hat
er im Rahmen dieser Tradition auch Absatzmöglichkeiten für seine Stücke gesehen.

[24] St. Florian XVI/17 (22. Psalm) und XVI/8 (114. Psalm). Mendelssohn hat eine andere
Numerierung der Psalmen benutzt. Sein 22. Psalm beginnt mit „Mein Gott, mein Gott, warum
hast du mich verlassen", sein 114. Psalm mit „Da Israel aus Aegypten zog".
[25] Franz Schimatschek z.B. hat die Stimmen von Mendelssohns 114. Psalm auf den 23.
März 1864 datiert – also nach Bruckners Übersiedlung nach Linz.

Notenbeispiel 1: St. Florian 19/4 [d], Fol. 1r. – 114. Psalm
Kopist Schimatschek

Notenbeispiel 2: St. Florian 19/4 [d], Fol. 3r. – 114. Psalm
St. Florianer Kopist

Notenbeispiel 3: St. Florian 19/4 [d], Fol. 5r. – 114. Psalm
     Handschrift Bruckners

80

Paul Hawkshaw

Notenbeispiel 4: St. Florian 20/36, Fol. 14r. – *Magnificat*
St. Florianer Kopist mit autographen Eintragungen

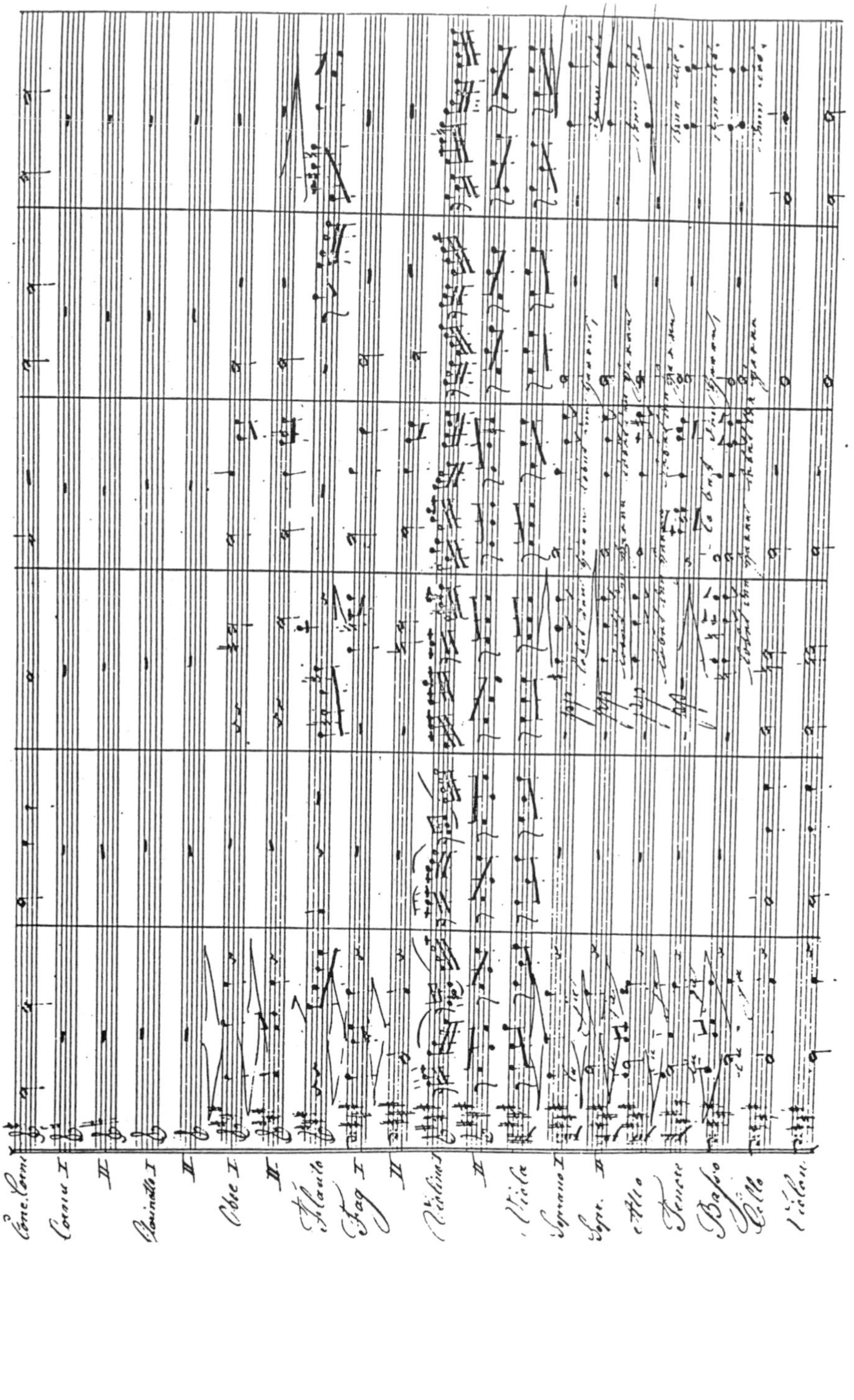

Notenbeispiel 5: Wn Mus. Hs. 6011, Fol. 1v. – 146. Psalm
St. Florianer Kopist mit autographen Eintragungen

Notenbeispiel 6a: *Missa solemnis*, ‚Qui tollis': T. 1–10

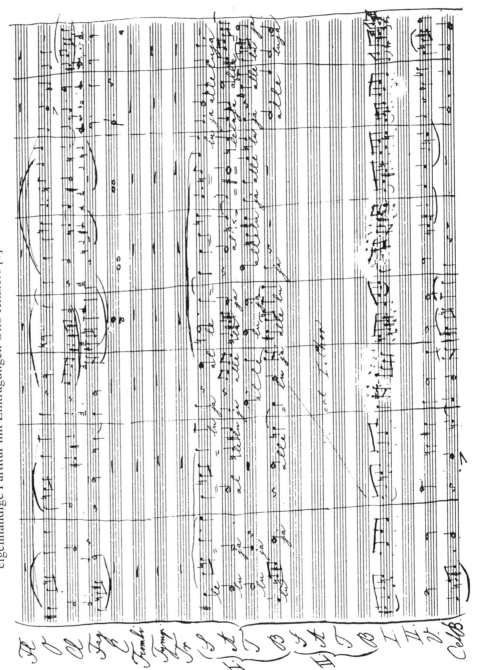

Notenbeispiel 7: Wn Mus. Hs. 3156, Fol. 16r. – 112. Psalm
eigenhändige Partitur mit Eintragungen Otto Kitzlers [?]

Diskussion nach II

Zu den Vorträgen von
Thomas Röder, Helmut Loos
und Paul Hawkshaw

Bruckner war katholisch und zeit seines Lebens ein treuer Sohn der Kirche. An diesen biographischen Grundfakten ist hier auch bisher kein Zweifel geäußert worden. Man sollte jedoch berücksichtigen, daß sich mit der zeitgenössischen katholischen Kirche eine spezifische Sorte des Katholizismus verbindet, die von der des 20. Jahrhunderts, die sich nach dem Zweiten Vatikanum noch einmal geändert hat, erheblich abweicht (Haussherr). Natürlich sind die Symphonien selbst nicht katholisch. Wenn sie uns berühren, dann nicht als Ausfluß einer spezifischen Frömmigkeit, sondern eher als Resultat allgemeinerer Konflikte, die mit der modernen Welt des 19. Jahrhunderts und der traditionellen Christlichkeit zu tun haben (Röder).

Hier stoßen wir auf das grundsätzliche Problem, wie man angemessen über Musik spricht, wenn man ihren Inhalt betrachtet, also das, was ästhetische Wirkung auslöst. Dieses angemessene Sprechen ändert sich in dem jeweiligen kulturellen Rahmen, wir halten etwas anderes für angemessen als das, was man vor hundert Jahren dafür gehalten hat. Was bleibt, ist der große Eindruck. Alles Reden über den Eindruck aber ist etwas sehr Heikles und Schwieriges. August Halm beispielsweise sagt in der zweiten Auflage seines Bruckner-Buches sinngemäß, daß die religiöse Metaphorik auf das, was er sagen wolle, nicht mehr ganz zutreffe; eine andere fiel ihm jedoch auch nicht ein. Es ist schwer zu sagen, welche Metaphorik für den Eindruck wir tatsächlich in angemessener Weise verwenden können (Stephan).

Im Vergleich mit Haydn, der wie Bruckner Österreicher war und Symphonien und Kirchenmusik geschrieben hat, fällt auf, daß allüberall im Blick auf die Musik von Bruckners Frömmigkeit die Rede ist, während man bei Haydn auf diese Dimension nicht immer, aber häufig verzichtet. Es stellt sich die Frage, warum diese Differenz so groß ist, ob sie nur historisch bedingt ist oder ob andere Gründe eine Rolle spielen (Riethmüller). Man könnte vermuten, daß schon die mündliche Überlieferung darüber, daß Bruckner sich nach Sankt Florian zurückzog und Kontakte pflegte, die Rezeption beeinflußte. Der Ausspruch von Brahms, daß die Pfaffen von Sankt Florian Bruckner auf dem Gewissen hätten, paßt in diesen Zusammenhang. Bei Haydn, der durch seine Dienste beim Fürsten auch Kirchenmusik zu schreiben hatte, liegt dieser Rezeptionsansatz nicht so nahe, obwohl in der Tat ein Haydnsches Adagio häufig „Musik zur Wandlung" war und auch im religiösen Zusammenhang als solche erkannt wurde (Röder). Im 19. Jahrhundert wurde allerdings eher die Unkirchlichkeit seiner Werke hervorgehoben.

Es könnte sein, daß die religiöse Metaphorik, die nicht unmittelbar einen Bezug zur Kirchenmusik herstellen muß, bei Bruckner eine aufschließende Bedeutung hat und kein bloßes Gerede ist. In einem Bericht über den verstorbenen Kunsthistoriker Max Inbal, der im Zusammenhang mit einer Kontroverse über die deutsche Vorstellung der Ikonenmalerei den Goldgrund thematisierte, kam die Rede am Schluß auf Bruckner.

Und sofort ging es um Überzeitlichkeit und das Religiöse, dem Zeitlichen nicht Unterworfene. Es ist doch signifikant, daß ganz außerhalb der Bruckner-Rhetorik hier sowohl für Inbal als auch für den Autoren des Berichtes etwas vorliegt, mit dem sich der Goldgrund byzantinischer Ikonen assoziieren läßt. Wo also sind die ästhetischen Wirkungen, die nur auf diese Weise beschrieben werden können? Diese Frage sei vor allem an diejenigen gestellt, die diese Metaphorik grundsätzlich tadeln (Stephan).

*

Bruckner beziffert den Generalbaß bis zu den späten Messen sehr sorgfältig; die Stimmführung, die durch die Oberstimme gegeben ist, ist genau angegeben (Stephan). Otto Nicolai dagegen schreibt schon in seiner D-Dur-Messe von 1844 keinen Generalbaß vor, dort ist auch keine Orgel besetzt. Wahrscheinlich hängt diese Entwicklung damit zusammen, daß zum einen immer weniger sorgfältig beziffert wurde, zum anderen ein starker Import generalbaßloser Messen zum Beispiel von Cherubini herrschte (Kantner). Bruckner nun hört von einem bestimmten Moment an mit der Bezifferung auf, was darauf schließen läßt, daß dies mit einem anderen Verständnis des Tonsatzes zu tun hat, daß auch die Stellung des Generalbasses im ganzen alteriert, sofern der Akkord nicht mehr die Grundlage ist (Stephan). Im Zuge des Rückgangs der Generalbaßpraxis wurde die Orgelstimme ausgesetzt; seit Mitte des Jahrhunderts gab es zunehmend Ausgaben, die die komplette Messe sozusagen auch als Orgelmesse möglich machte. Je nach Gelegenheit konnte man dann eine mittlere oder große Besetzung dazunehmen. Dabei handelt es sich um eine lebendige Musizierpraxis, die auf die Aufführung in der Kirche Rücksicht nimmt und eine eigene Konsequenz hat: Die Tradition, die sich dort entwickelt, liegt quer zu einem Werkverständnis der bürgerlichen Musik, das sakrosankt ist. Wenn sich in der Kirche eine gewisse Resistenz gegen eine solche rigorose Werkästhetik gebildet hat, dann verweist das vielleicht auch auf die Eigenständigkeit bzw. Abgeschlossenheit dieser Sphäre (Loos).

*

Zum 112. Psalm gibt es in dem Kitzler-Studienbuch keine Entwürfe oder Skizzen, sondern nur die Notiz, daß er am 5. Juli 1863 fertig war. Man weiß, daß Bruckner die Studien-Symphonie f-Moll Wagner gezeigt hat, eventuell wollte er dasselbe auch mit diesem Psalm tun (Hawkshaw). Der Grund für die Vertonung des Textes in deutscher Sprache läßt sich nur vermuten. Daß in Sankt Florian viele Exemplare der von Joseph Franz Allioli übersetzten Bibel vorhanden waren, muß offensichtlich eine Sondersituation gewesen sein, denn die gebräuchliche Übersetzung war die Vulgata, und die katholische Kirche war in dieser Zeit nicht gerade zur Förderung der Bibellektüre durch Laien geneigt (Haussherr). Vermutlich hat Bruckner an eine Aufführung des Psalms in Linz oder sogar Wien gedacht. Es gab dort geistliche Konzerte, bei denen Vertonungen der deutschsprachigen Texte gespielt wurden wie etwa die C-Dur-Messe von Beethoven oder die Messe von Hummel. Die Musik sollte sowohl in der Kirche als auch im Konzertsaal aufgeführt werden können (Kantner).

„Dona nobis pacem".
Religiöse Symbolik in Bruckners Symphonien

von

WOLFRAM STEINBECK

I

Im weiteren Sinne versteht sich der folgende Text als ein Beitrag zum Problem des „Zitats" bei Bruckner. Die Literatur dazu ist bekanntlich umfangreich. Allerdings soll hier nicht die lange Liste bisheriger „Entdeckungen" fortgesetzt werden. Um wissenschaftlich haltbar über das Thema überhaupt sprechen zu können, wäre zunächst die grundsätzlichste aller Voraussetzungen zu erfüllen: eine Definition dessen zu geben, was mit „Zitat bei Bruckner" überhaupt gemeint sein kann. Das ist bislang keineswegs in genügendem Maße geschehen[1]. Im vorliegenden Band wird erstmals der Versuch unternommen, die Frage am Beispiel der 3. Symphonie zu klären[2]. In der bisherigen Literatur ging es lediglich darum, (vermeintliche, weil definitorisch unbestimmte) „Zitate" zu enttarnen, auf Stellen hinzuweisen, die so klingen, als kennte man sie irgendwoher, und ihren entdeckten Bezug mitzuteilen. Der symphonische „Ort" solcher Funde blieb dabei ebenso unberücksichtigt wie die Frage nach deren Einbindung in den Kontext. Schon der flüchtige Blick aber zeigt, daß alle sogenannten Zitate (auch die in der 3.) stets Resultat des musikalischen Prozesses und Anklänge sind, die als solche zu den fundamentalen Gestaltungsprinzipien Brucknerschen Komponierens gehören. Ob im übrigen an der vermeintlichen Zitatpraxis abzulesen ist, daß Bruckner ein „literarischer" Komponist gewesen sei, der durch Zitate und Verweise „eindrucksvoll" dokumentiere, wie sehr er mit der musikalischen Weltliteratur vertraut gewesen sei[3], ist schon deshalb nicht nachzuvollziehen, weil, wie gesagt, eine Definition von Zitat bei Bruckner fehlt.

---

[1] Constantin Floros, *Die Zitate in Bruckners Symphonik*, in: Bruckner-Jahrbuch 1982/83, S. 7–17, stellt erstaunt fest, daß „in den vorliegenden Aufsätzen und Abhandlungen über das musikalische Zitat" im allgemeinen „Anton Bruckner nirgends erwähnt" wird (S. 7), fragt jedoch nicht, ob die gegebenen Definitionen (z.B. Zofia Lissa, *Ästhetische Funktionen des musikalischen Zitats*, in: Die Musikforschung XIX, 1966, S. 364–378) auf Bruckner überhaupt zutreffen.

[2] Siehe Hans-Joachim Hinrichsen, *Bruckners Wagner-Zitate*, in diesem Band S. 115–133. – Egon Voss, *Wagner-Zitate in Bruckners Dritter Sinfonie? Ein Beitrag zum Begriff des Zitats in der Musik*, in: Die Musikforschung XLIX, 1996, S. 404–406, hält es freilich für „nichts anderes ... als eine Legende", daß es sich in diesem Werk um Zitate, also um das, „was für das Zitieren wesentlich ist", handele (S. 403f.). Am Beispiel des vermeintlichen *Tristan*- und des *Walküre*-Zitats zeigt Voss, wie weit entfernt die Bruckner-Stellen von dem stehen, was da allen-falls „als Anspielungen" anklingt (S. 405).

[3] Floros, *Die Zitate in Bruckners Symphonik*, a.a.O., S. 16.

Wie beliebig das Vorgehen ist, zeigt der Blick auf die Liste der Entdeckungen: Haydns *Sieben Worte* in der 2., Liszts *Graner Festmesse* in der 2. und 3., das Brucknersche „Miserere" aus der d-Moll-Messe in der 9., und zwar in Umkehrung (!), das „Schlummermotiv" auch im ersten Satz der 7., das „Siegfriedmotiv" aus dem *Ring* in der 8., das „Sehnsuchtsmotiv" aus dem *Tristan* im Adagio der 9. etc. Und selbst die Bedeutung der „Zitate" macht keinen Sinn. Ihre Relevanz und ihr Erkennungsgrad sind meist so gering, die Dreiklangsbrechungen, Akkordrepetitionen und rhythmischen Figuren, aus denen sie bestehen, so gewöhnlich und zur materialen Schicht bei Bruckner oder des jeweiligen Werkes gehörig, daß nur dem Erleuchteten Gesichte vergönnt sind.

Zu zeigen wäre allerdings, daß und wie Bruckner seine Themen abwandelt und dabei zu Bildungen kommt, die wie schon Gehörtes klingen und folglich vom Zitatenfilter ausgesondert und zugeteilt werden. Das Hauptthema des Kopfsatzes der 7., um hier nur ein Beispiel zu nennen (Notenbeispiel 1), wird im Verlauf des Satzes in typisch Brucknerscher Weise abgewandelt, umgekehrt, verkürzt, sequenziert etc. und entwickelt sich im Steigerungsvorgang immer martialischer. Im Höhepunkt wird daraus, wie oft bei Bruckner, eine entsprechend markante Fanfare. Floros hört hier und mit ihm vielleicht auch manch anderer „Brünnhildes Schlummermotiv". Warum Bruckner hier gerade an Brünnhilde denken soll, bleibt so unerklärt wie die Tatsache, daß dasselbe Motiv zum Beispiel als Kontrapunkt zur Themenumkehrung schon am Beginn der Durchführung steht (Takt 165) und hier ebensowenig wie dort ein Wagner-Zitat ist, sondern ein motivisch-thematischer Kunstgriff.

Notenbeispiel 1: 7. Symphonie, 1. Satz

„Schlummermotiv"?

Bruckner war kompositorisch nicht so naiv wie seine Exegeten. Sein Werk müßte sonst als eine einzige Zitatensammlung gehört werden, als permanentes Zitieren vor allem des eigenen Werkes. Denn die Verwandtschaft der Themen, der diastematischen und rhythmischen Erfindungen, der Motivabspaltungen, der Variantenbildungen, des Satzbaus, der Steigerungen und der Höhepunktgestaltung oder der Formschemata - all das kehrt bekanntlich in jeder Symphonie - freilich in jeweils neuer, werkbezogener Form - wieder und gehört überhaupt zu einem Phänomen, das einzigartig in der abendländischen Kompositionsgeschich-

te ist: Bruckners „ganz besondere art"[4] der kompositorischen Auseinandersetzung mit fixierter Schematik und individueller Formlösung.

   „Das musikalische Zitat bei Bruckner" ist nur dann ein erfolgversprechendes
Thema, wenn es mit dem Ziel behandelt wird, den Anklang oder die Möglichkeiten zum Anklang (auch) an Werkfremdes als wesentliches Moment der kompositorischen Gestaltungsprinzipien Bruckners zu verstehen und zu erklären.

                                    II

In diesem Zusammenhang ist es sonderbar, daß bei der Zitatensuche *ein* Phänomen nicht auffiel, und zwar eines, das ganz besonders oft – und geradezu zitathaft
im Sinne wirkungsvollen Verweisens auf ein ganz Bestimmtes – wiederkehrt: ein
satztechnisches Modell, mit dem Bruckner vor allem Steigerungen im Adagio
vorbereitet oder bestreitet.

Notenbeispiel 2: Bruckner, 5. Symphonie

   Es ist ein primär harmonisches Modell, das seiner Funktion, Anlage und
Herkunft nach ganz offensichtlich religiösen Gehalt hat oder doch aus religiösem
Kontext stammt, jedenfalls in hohem Maße charakteristisch und in bestimmtem
Sinne „bedeutend" ist (vgl. Notenbeispiel 2). Die beiden Oberstimmen steigen in
Terzen skalenförmig aufwärts, der Baß macht die Stufenschritte VI-V-I, eine
uralte melodische Kadenzformel, die von der großen oder kleinen Sexte in die
Quinte leitet, um desto zielstrebiger in den Grundton fallen zu können. Bruckner
erweitert diese dreiteilige Kadenz und deutet den Zielklang jeweils zum Aus-
gangsklang um, wobei es durch Verschränkung zweier Klänge in den beiden
nächsten Schritten erneut zu Quinte und Grundton kommt ([F: I] = [a: VI]). Diese
Klangfolge oder Klangkette führt, wenn sie nicht künstlich unterbrochen wird,
durch alle 24 Dur- und Molltonarten, abwechselnd in großer und kleiner Terz
aufsteigend (F, a, C, e, G, h, D, fis etc.).

---

[4] Haydns vielzitierter Ausspruch von 1781 über seine Streichquartette op. 33.

Bruckner verwendet von dieser Klangkette meist nur vier oder fünf Glieder und variiert sie von Mal zu Mal. Sie kommt in mindestens acht verschiedenen Werken zum Teil mehrmals vor, und zwar als eindeutige, identische Bildung, nie aber in gleicher Form. Und die Wandlungen sind es, die die jeweils besondere Wirkung tun. Oder umgekehrt: Nur in Kenntnis des Modells oder der vorausgegangenen Versionen lassen sich die Wandlungen hören und erst eigentlich verstehen.

1. In seinen Symphonien hat Bruckner diese charakteristische Klangfolge erstmals im Adagio der 5. (1878) eingesetzt, und zwar zweimal hintereinander, einmal gleichsam in „reiner" (Notenbeispiel 2), das zweite Mal in gesteigerter Form (Notenbeispiel 3). Die erste Klangfolge ist gleichsam die Vorstufe der zweiten, deren Abwandlung aber nur spürbar und bedeutsam wird, weil die andere vorausgeht.

Notenbeispiel 3: 5. Symphonie

Die zweite verzögert am Schluß die Öffnung nach F-Dur über Zwischenschritte (III, II), um dann phrygisch das Ziel zu erreichen, und steigert Anstieg und Zielerwartung entsprechend, um am Ende im fortissimo der Blechbläser eine Variante des Hauptthemas durchbrechen zu lassen und so in den Schlußteil des Adagios zu münden. Die Stelle bildet also den abschließenden Höhepunkt des Adagios[5].

2. In der 6. Symphonie (1881 beendet), die in vielerlei Hinsicht ein Sonderfall in Bruckners Symphonik darstellt, wird die Klangkette nicht verwendet. Daß sie für Bruckner aber Bedeutung behält, zeigt die Überarbeitung der 4. Symphonie, in deren Finale sie nachträglich eingebaut wird. Die 4., 1874 entstanden, wurde ja mehrfach umgestaltet, das Finale zuletzt 1880. Es ist die dritte Fassung dieses Satzes und die endgültige. Der Satz hat eine für Bruckner typische trithematische

---

[5] An der Themenvariante (Takt 189f. in den Trompeten und Posaunen) hätten die Zitatenforscher einen versteckten Hinweis Bruckners entdecken sollen, da sie sie an das „Frage-Motiv" aus Wagners *Lohengrin* erinnern müßte: „Nie sollst du mich befragen"!

Sonatensatzform mit Exposition, Durchführung, Reprise und großer, wieder neuansetzender Coda. Sie beginnt zunächst im Pianissimo mit dem Finale-The-ma, um dann in die Klangkette zu münden (Notenbeispiel 4), mit der die große Endsteigerung herbeigeführt und das Werk geschlossen wird.

Notenbeispiel 4: Bruckner, 4. Symphonie, Finale (1880)

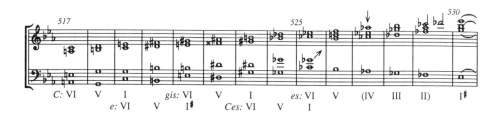

Die Klangfolge der 4. Symphonie variiert die der 5. Sie beginnt mit dem „Modell", übersteigert aber die vier Schritte durch einen weiteren, unter denen schon der zweite nach Dur aufgehellt wird[6] und der vierte bis nach Ces-Dur emporstrebt, um auf dieser hohen Warte das eigentliche harmonische Ziel (Es-Dur) um drei Zwischenstationen aufzuschieben (IV, III, II) und am Ende – wie in der 5. Symphonie – phrygisch in die Grundtonart Es-Dur zu münden. Die Klang-kette selbst hat mit der thematischen Substanz des Werkes eigentlich kaum etwas zu tun. Sie wird als Steigerungszug zur alles überhöhenden Schlußapotheose dem Satz eingefügt und nur dadurch integriert, daß sie einerseits signifikant und charakteristisch genug auf Höhepunktbildung aus ist und andererseits im Errei-chen der Es-Dur-Erfüllung das Hauptthema des Werkes final durchbrechen läßt. Mit ihr wird das Ziel erreicht, der symphonische Himmel tut sich auf und die musikalische „Werk-Idee" leuchtet in gleißendem Fortissimo (Partiturbuchstabe Z) über dem musikalischen Riesenbau. Großartiger geht's kaum.

3. Aus der Erfahrung dieser neuen Finalfassung entsteht dann die wohl berühmte-ste Version der Klangfolge, nämlich die im Adagio der 7. Symphonie. Ob mit oder ohne Becken – der ansteigenden Klangfolge (vor allem ab Buchstabe S) öff-net sich am Ende (W) der Himmel. Die Ursache der Wirkung ist leicht beschrie-ben. Der diatonische, kontinuierliche Anstieg, die permanente Zielbewegung und die immer wieder aufgeschobene Erfüllung, das Erneuern der Bewegung auf jeweils höherem Niveau, die Moll-Eintrübungen und die Dur-Aufhellungen so-wie die am Ende sich gleichsam auf einer Stufe festfahrende Bewegung mit der Öffnung zum Septakkord, der sich dann nicht wie ein einfacher Septakkord, sondern noch viel wirkungsmächtiger als übermäßiger Quintsextakkord in den Dominantquartsextakkord ergießt (nach C-Dur in einem E-Dur-Satz) – all dies ist

---

[6] I#: E-Dur statt e-Moll und damit statt nach G-Dur nach gis-Moll führend.

die musikalische Gestaltung von höchster Erfüllung, der Prozeß eines hinansteigenden, mit aller Macht erstrebten und erreichten Eintretens ins Grandiose und Herrliche.

Anders als im Finale der 4. Symphonie ist das harmonische Klangmodell in der 7. aber bekanntlich durch das Adagio-Thema selbst schon vorgebildet, also dem Satz thematisch integriert (Notenbeispiel 5a), und wird im Steigerungszug gleichsam individualisiert (Notenbeispiel 5b).

Notenbeispiel 5: Bruckner, 7. Symphonie, Adagio

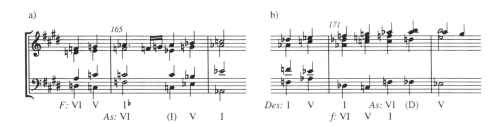

Der Kopf dieses Adagiothemas ist bekanntlich ein tatsächliches Selbstzitat oder besser: eine thematische Erfindung, die im gleichzeitig entstandenen Te Deum eine ebenfalls herausragende Rolle spielt: im „Non confundar in aeternum".

In die von Posaunen und Baßtuba intonierte Klangkette singen die Vokalstimmen zunächst nur die Oktavformel des „Non confundar" (Notenbeispiel 6a), um dann einzumünden in das Motiv, das auch das Adagio-Thema der 7. Symphonie prägt (Notenbeispiel 6b).

Notenbeispiel 6: Bruckner, Te Deum

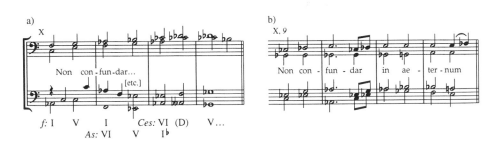

Im Te Deum führt der harmonische Aufstieg zur Bekräftigung des Glaubenswortes: „Non confundar in aeternum", im Adagio der 7. Symphonie bricht – wie dort – reines C-Dur aus, gleichsam strahlendes Himmelslicht: „Der Himmel öffnet sich beim Durchbruch nach C-Dur, und Gott wird ... in seiner Majestät sichtbar"[7]. So dürfte es von Bruckner in der Tat gemeint gewesen sein.

4. Erkennt man in der 7. Symphonie einen ausgeprägten Höhepunkt der Steigerungsanlage mit Bruckners Klangkette, so teilt sich beim nächsten Schritt gewissermaßen der Weg, und zwar zu katastrophischen Ereignissen einerseits und zu seliger Verklärung andererseits. Im Adagio der 8. Symphonie nämlich hat Bruckner die Klangfigur dem Hauptthema dadurch integriert – und zwar anders als in der 7. Symphonie –, daß er sie dem ersten Themenhöhepunkt (Buchstabe A) als verklärenden Schluß anfügt.

Notenbeispiel 7: Bruckner, 8. Symphonie, Adagio

Verklärend wirken daran unter anderem die Überhöhung des Ziels (des-Moll, Takt 25) sowie die plagalen, nach F-Dur absteigenden Quintkadenzen mit ihren Moll-Dur-Aufhellungen. Natürlich tragen dazu auch der orgelartig registrierte Streicherklang und die Harfenarpeggien bei. In der typischen paraphrasierten Reprise (ab Buchstabe N) kann Bruckner dann den üblichen Höhepunkt mit der exponierten Klangkette thematisch ansteuern. Aber es wird kein verklärter, sondern ein katastrophischer Höhepunkt, einer, der nicht zum strahlenden Dur vorstößt, sondern nach zweimaligem Anlauf ins dunkle b-Moll und zum Hauptthema durchbricht, das mit seinem klagend verkündenden Ton nun im mächtigen Blech herausgeschmettert wird (P). Der strahlende Höhepunktdurchbruch kommt erst danach, aber er wird nicht mit Bruckners Klangmotiv vorbereitet, sondern durch eine athematisch ansteigende Folge (ab U). Erst anschließend setzt – wie im Thema schon exponiert – das Klangmotiv ein (nach W), führt aber keinen gigantischen Höhepunkt mehr herbei, sondern verklärt, intensiver noch als zuvor, den Satzschluß und damit das Ziel des Ganzen.

Bruckner differenziert also die Verwendung seines Klangmotivs. Es führt nicht mehr zum strahlenden Durchbruch – das macht nur die unthematische Bildung. Es dient vielmehr einerseits der Gestaltung einer düsteren Klimax, mit der das dunkel-verkündende Hauptthema auftritt, und es nimmt andererseits dem martialisch-monumentalen, aber themenlosen Haupthöhepunkt des Satzes seine

---

[7] Fritz Grüninger, *Anton Bruckner. Der metaphysische Kern seiner Persönlichkeit und seiner Werke*, Augsburg ²1949, S. 235f.

alles erfüllende Funktion, indem es zum Schluß noch einmal erklingt und in Verklärung mündet, in einer stillen Überhöhung all der triumphalen und katastrophischen Ausbrüche.

Tatsächlich ist das Adagio der 8. Symphonie, das ja erstmals an dritter Stelle im symphonischen Zyklus steht, gerade durch diese Konzeption zu einem heimlichen Finale geworden, dessen innere Größe durch den vierten Satz nur nach außen gekehrt wird und durch seinen Anspruch, alles vorherige zusammenfassen und selbst überhöhen zu müssen, zumindest an den Rand der Überfrachtung gerät.

5. Im Adagio der 9. Symphonie, die überhaupt grundsätzlich neue symphonische Dimensionen eröffnet, hat Bruckner schließlich die Klangfigur in nochmals anderer Weise eingesetzt und verändert. Sie wird sozusagen nicht mehr in reine Klänge gefaßt und ist auch als solche nicht Teil der Thematik des Satzes, sondern erhebt sich über einer thematischen Grundierung: Die typische Baßfortschreitung des Modells erhält die Motivik des Gesangsthemas (Notenbeispiel 8). Durch Zwischenschritte erweitert, bleibt Bruckners Klangfigur jedoch eindeutig erkennbar.

Notenbeispiel 8: Bruckner, 9. Symphonie, Adagio

Wieder in vier Schritten schreitet die Folge genau im Sinne des Modells voran, um schließlich in die 'Endsteigerung' zu münden (Partiturbuchstabe P), die im katastrophalsten aller Bruckner-Höhepunkte endet (vor R): im ungeheuren Tredezimenklang im dreifachen Fortissimo des gesamten Orchesterapparates. Am Ende der Klangfolge, die früher einmal so schöne himmelwärts gerichtete Offenbarung verhieß, steht hier also die gräßlichste Zusammenballung von Klang – komponierte Katastrophe. Aber es ist ein Ereignis, das die schönste E-Dur-Verklärung nach sich zieht, die Bruckner je geschrieben hat –   E-Dur, diese ohnehin besonders charakteristische Tonart, die Tonart der Preghiera (Leonore, Agathe), die z.B. Mozart „weihevoll", „überirdisch" und „besonders erhaben" oder die Schubert die „Gottestonart" nannte. Der ruhevolle E-Dur-Frieden des Adagio-Schlusses, der uns die bedauerliche Leere, die das unvollendete Finale hinterläßt, erträglicher macht, ist also die Konsequenz der gewaltigen Steigerung und des schmerzlichsten aller Durchbrüche bei Bruckner.

Mit anderen Worten: Im Adagio der 9. Symphonie wird Bruckners letzte
Variante seiner Klangfigur noch einmal bildlich. In der 7. führte sie ins gleißende
Strahlen des C-Dur-Himmels, in der 8. in die b-Moll-Düsternis und in die ver-
kündigenden Todesfanfaren des Hauptthemas, zugleich aber auch und als Folge
dessen in die Verklärung sakralen Orgeltons; und in der 9. schließlich ist das Ziel
die beißende Dissonanz, nicht mehr strahlender Durchbruch, sondern tödlicher
Abbruch –, um nach einer Generalpause gleichsam in jenseitigem E-Dur-Ton
Satzschluß und Frieden zu finden.

III

Auf ihre Weise scheinen alle diese Varianten der Brucknerschen Klangfigur auf
das gleiche zu deuten und das gleiche zu bedeuten: „Dona nobis pacem". Tatsächlich wird die Figur erstmals in Bruckners d-Moll-Messe von 1864 zu eben
diesem Text verwendet.

Notenbeispiel 9: Bruckner, Messe in d-Moll

Die Figur ist noch nicht ‚rein‘, die Überlagerung von Ziel- und Ausgangs-
klang (I. = VI. Stufe) noch nicht gefunden, und doch ist sie mit dem späteren
Modell ohne weiteres identifizierbar. Im übrigen wird die musikalische Bildung
unmittelbar verstanden: der kontinuierliche Anstieg, die Aufhellungen von Moll
nach Dur, die gedehnte und zugleich zielgerichtete Anlage machen die Klangkette zu einer durch und durch charakteristischen Figur (einer Anabasis). In ihr
werden das Flehentliche der Bitte um Frieden und der aufwärtsgerichtete Blick
oder das Emporstreben gefaßt. Übrigens hat Bruckner diese Figur in derselben
Messe schon dem „Kyrie eleison" gegeben – mit der gleichen charakteristischen
Bedeutung und ebenso einleuchtender theologischer Aussage wie offensichtli-
cher Rahmenfunktion für das Gesamtwerk.
    Daß es aber mit dieser harmonischen Klangkette eine besondere Bewandtnis
hat – und zwar nicht nur für Bruckner –, zeigt schließlich ein Blick auf ein
anderes Werk.

Notenbeispiel 10: Mozart, *Requiem*, Lacrimosa

Mozart verwendet die Klangfolge im „Lacrimosa" seines *Requiem*. Sie trägt dort dieselbe Bedeutung: „Lacrimosa dies illa, / qua resurget ex favilla / iudicandus homo reus". Die Klangfolge hat hier genau die gleiche harmonische Anordnung wie bei Bruckner ab der Fünften Symphonie: vier Schritte d-F-a-C. Ob Bruckner hier Mozart zitiert, ist weniger von Belang als die Tatsache, daß das „Lacrimosa" zum Beleg für Charakteristik und Gehalt der Figur wird.

Bruckners Klangmotiv ist eine wirkungsvoll einsetzbare, verfügbare, im Laufe der Entwicklung thematisch integrierte „Figur", die in der Symphonik (mit Ausnahme der letzten Fassung der 4. Symphonie) stets im Adagio ihren bezeichnenden Platz hat. Ihre Anlage ist bildhaft, die Prägung religiös. Zumindest verkündet sie eine bei Bruckner religiös bestimmte Botschaft: in der 4. bis 7. Symphonie noch mit dem Glanz monumentaler Herrlichkeit ausgestattet, im Te Deum mit der Gewißheit des „non confundar in aeternum", in der 8. und 9. dagegen nach Düsternis und Zusammenbruch in süße Verklärung und ins E-Dur-Jenseits führend. Zugleich aber sind die Veränderungen der Figur, ihre Einpassung in den individuellen Kontext und ihre entsprechende Sinnstiftung von kompositorisch entscheidender Bedeutung für den jeweiligen Satzprozeß, was ausführlicher darzustellen der Platz nicht reicht.

Wandte sich Beethoven an „kein geringeres Publikum als an die Menschheit" (Dahlhaus), so wird bei Bruckner zumindest das Adagio zu einer jeweils neuen Auslegung des „Dona nobis pacem". Ob wir das religiös oder weltlich verstehen, - es ist in jedem Fall eine symphonische Aussage.

Bruckners „Ton":
Das Streichquintett im Umfeld der Sinfonien

von

MATHIAS HANSEN

Ist die Literatur über das Werk Anton Bruckners noch immer ein Problemfall der Musikwissenschaft, so ist sie dies hinsichtlich des Streichquintetts in besonders auffälliger Weise. Es gibt nur wenige Spezialarbeiten, die Aussagen über das Werk lassen sich unschwer überschauen – nicht zuletzt deshalb, weil sie nach wie vor um nur wenige Erkenntnisse kreisen und diese, kaum variiert, geradezu gebetsmühlenhaft wiederholen. Von Göllerich/Auer oder Ernst Kurth bis Manfred Wagner oder Mathias Hansen glaubte man sicher davon ausgehen zu können, daß das Quintett ein getreues Echo und auch Vorschein jener umlagernden Landschaft ist, auf welcher sich die Sinfonien beherrschend erheben – eine seltsamschöne, vollendete Kirche inmitten ragender Kathedralen. Von „symphonischer Kammermusik" spricht Ernst Kurth; sie sei dies aufgrund ihrer „inneren Formwege" und nicht – wie denn auch – durch bloße „Masse"[1]. Angesichts solcher Einmütigkeit wirkt es schon originell, wenn nicht gar provokatorisch, das Quintett neben dem *Te Deum*, dem *150. Psalm* oder dem Chorstück *Helgoland* zu den „Nebenwerken" zu zählen, die „nicht auf eine persönliche Motivation zurückgeführt werden können", wie Wagner schreibt[2]. Und der Bruckner-Apostel Robert Haas relativiert sogar den Topos vom „Sinfonie-Echo" des Quintetts, indem er es „mit dem symphonischen Schaffen nur lose durch die Formenwelt verbunden" sieht[3].

Einig ist man sich allerdings wieder darin, und dies von den ersten Aufführungsbesprechungen an, daß Bruckner mit dem Kammermusikwerk vor allem den Spuren Beethovens gefolgt sei, zumal denen der späten Quartette: „Seinem geistigen Gehalt nach kommt es den letzten Beethoven-Quartetten am nächsten", so Göllerich/Auer, „doch ist die Individualisierung der Stimmen hier nicht so weit getrieben wie dort, wo sie auseinanderstreben."[4] Was immer das heißen mag – Angelpunkt des Beethovenbezugs ist stets das Adagio: „Seit Beethoven", liest man bei Göllerich/Auer weiter, „schien die Zeit weit ausatmender, tiefgründiger Adagio-Sätze dahin, in der Symphonie sowohl als auch in der Kammermusik. Die langsamen Teile der Epigonen-Werke brachten es über serenadenartige

---

[1] Ernst Kurth, *Anton Bruckner*, Bd. II, Berlin 1925, S. 1157.
[2] Manfred Wagner, *Anton Bruckner*, Mainz 1983, S. 135.
[3] Robert Haas, *Anton Bruckner*, Potsdam 1934, S. 135.
[4] August Göllerich/Max Auer, *Anton Bruckner*, Bd. IV, Teil 1, Regensburg 1936, S. 542.

Tonspielereien nach Romanzenart kaum hinaus und erst der so unendlich tief-
empfindenden Edelkraft Bruckners war es vorbehalten, in untilgbar mächtigem
Weihe-Drange Adagio-Dichtungen zu schaffen, die ihm unter den höchststehen-
den Meistern deutscher Tonkunst einen ewigen Ehrenplatz sichern."[5] Ernst Kurth
meldet hier allerdings Bedenken an. Er vernimmt eine Differenz zu Beethoven
insofern, als dessen späte Quartette den „Kammerstil zu sprengen drohten".
Bruckner hingegen fehle das „Gefühl der Klang- und Grenzen-zersprengung",
mithin ein für Beethoven charakteristischer „krisenhaft auseinanderstrebender
Drang."[6] Außerdem – und dies mutet einigermaßen kurios an – betont Kurth, daß
„die letzten Streichquartette Beethovens hätten Vorbild sein müssen – aber
Bruckner kannte sie noch nicht."[7]

*

Wie so oft in der Bruckner-Literatur hat man sich auch hier, in der Erwägung und
Begründung eines Sinfonie- bzw. eines Beethoven-Bezuges, mit Vagheiten zufrieden gegeben, die, wie zu sehen, selbst vor möglichen Unsinnigkeiten nicht
halt machten. Bruckners eigene Äußerungen zum Quintett sind gleichfalls wenig
erhellend - was niemanden verwundern dürfte. Außer einigen, mit einer Ausnahme beiläufigen Aufführungsbemerkungen richtet er sein ganzes Interesse auf den
Hofkapellmeister und Quartettprimarius Josef Hellmesberger. Hellmesbergers
Jahre zurückliegende Anregung, einmal ein Streichquartett zu schreiben, verfe-
stigt sich für Bruckner zur Bitte und schließlich zu einer Art Auftrag, von dessen
Erfüllung er sich dauerhafte Gunst des einflußreichen Musikers erhofft. In einem
Brief an Wilhelm Tappert vom Dezember 1878 teilt Bruckner mit, daß er „gegen-
wärtig... ein Streichquintett in F-dur (schreibe), da mich Hellmesberger wiederholt und eindringlichst ersucht hat, der bekanntlich für meine Sachen schwärmt".[8]
    Klingt das nicht merkwürdig? Ein namhafter, ja berühmter Quartettist bittet
Bruckner „wiederholt und eindringlichst" um ein – Quintett? Göllerich/Auer
zufolge hatte Hellmesberger ursprünglich allerdings ein Quartett erbeten, wozu
sich Bruckner jedoch nicht entschließen konnte. Es „genügten ihm nicht vier
Streichinstrumente", so Göllerich/Auer, „sondern er befriedigte seine Vorliebe
für die Bratsche, indem er sie doppelt verwendete."[9] Diese Behauptung läßt sich
– als Bekundung einer Ansichtssache, die für den Bekundenden eine Gewißheit
darstellt – kaum sinnvoll diskutieren. Andererseits darf man wohl auch für
Bruckner – anders als für Brahms – keine schöpferische Behinderung durch die
Aura der Gattung Streichquartett ins Feld führen; die Scheu vor übermächtigen
Leistungen der Vorgänger, die dazu angehalten haben, sich auf weniger „belaste-
te" Wege wie eben des Quintetts zu begeben. Aber auch Ernst Kurths Bemerkung, daß die Verwendung einer zweiten Bratsche von „leisen, tiefen Posaunen-

    [5] Ebd., S. 551.
    [6] Kurth, *Anton Bruckner*, a.a.O., S. 1158.
    [7] Ebd.
    [8] Anton Bruckner, *Briefe. Neue Folge*, Regensburg 1924, S. 148f.
    [9] Göllerich/Auer, *Anton Bruckner*, a.a.O., S. 535.

und Tubenakkorden" geleitet gewesen sei, will wenig überzeugen. Schließlich gibt es auch für die Tatsache, daß Mozart die Bratsche, Schubert hingegen das Cello verdoppelt und Brahms mit op. 88 und 111 wiederum an Mozart anschließt, einige einsichtige und deshalb diskussionswürdige Gründe. Ob ihnen allerdings auch Beweiskraft zukommt, scheint fraglich bleiben zu müssen. Im Falle Bruckners dürfte das Fragezeichen besonders hervorzuheben sein. Möchte man sich für die Bratschenverdopplung nicht mit seiner bloßen „Vorliebe" für das Instrument begnügen, so wäre etwa an kontrapunktische Satzstruktur zu denken, in der die Mittelstimmen eine auffälligere und bestimmendere Rolle spielen als die Baßstimme(n). Doch weshalb eigentlich? Greifen wir da nicht immer wieder nur auf ein Klischee zurück? Erzielen zwei Celli geringere kontrapunktische Wirkung als zwei Bratschen? Und sind die Celli den Bratschen wirklich unterlegen in der Absicht, „leise, tiefe Posaunen- und Tubenakkorde" zu suggerieren?

Die Frage nach der Kontrapunktnähe von Bratsche und Cello wird gewöhnlich abgeschnitten durch den Hinweis auf die unterschiedliche Klangfülle der Instrumente, welche die Verwendung von Celli geradezu automatisch zum Anhaltspunkt dafür macht, daß dem Komponisten eben mehr an Klangfülle und -intensität denn an Transparenz der Stimmführung gelegen sei, mehr an ,Fresko' als an ,Zeichnung'. Nun ist aber bei Bruckner das Verhältnis von ,Klang' und ,Kontrapunkt' alles andere als klar und eindeutig. Beide Darstellungsebenen lassen sich nur schwer voneinander trennen, in der Regel nur durch Wahrnehmungsverlust gegenüber der einen oder der anderen Ebene. ,Kontrapunkt' dient nicht selten und wohl am auffälligsten gerade in Bruckners ,kontrapunktischem Meisterstück', in der 5. Sinfonie, der Auffüllung von Stimmzügen zu Klangflächen – also einem ganz und gar ,un-kontrapunktischen' Zweck. Und umgekehrt ist mit einigem Recht die Rede von einem kontrapunktischen Mit- und Gegeneinander von Instrumentengruppen, die für sich genommen doch auch nichts anderes als ,Klangflächen' erzielen. Mit anderen Worten: Das Kontrapunktische wirkt stets wie überformt vom Klanglichen – mit dem Ergebnis, daß dieses Klangliche das Stimmlich-Kontrapunktische zu beherrschen scheint. So gesehen aber und mithin im Fahrwasser des angespochenen Klischees hätte Bruckner nicht die Bratsche, sondern das Cello verdoppeln müssen – seinem Klangbruder Schubert folgend, dessen Quintett Josef Hellmesberger 1850 in Wien zur ersten öffentlichen Aufführung brachte und seitdem im Repertoire behielt.

*

Die Frage nach Bruckners Quintettbesetzung wirft mit Blick auf die Stimmengestaltung weitere Probleme auf: An zahlreichen Stellen verringert sie sich zum Quartett, Terzett, Duo und zum Solo. Dies wäre eine triviale Feststellung, wenn damit lediglich das dynamische, quasi ,natürliche' Wechselspiel von klanglicher An- und Abspannung durch Stimmenerweiterung bzw. -verringerung registriert würde. Solches Wechselspiel gibt es selbstverständlich. Wichtiger und auch auffälliger hingegen erscheinen Satzpartien, in denen die Stimmen an der erreichten Reduzierung festhalten, sie sich in ihr gewissermaßen einrichten und mithin die Verringerung vergessen machen. Die bevorzugte Besetzung ist dabei das Trio und das Quartett, die häufig ineinander übergehen, also miteinander verbunden sind und sich vom Duo und Solo als partielle, an einen bestimmten Ort der Komposition gebundene Darstellungs-‚Momente‘ abheben. Das Quintett wird also phasenweise zum Trio und Quartett „umgeschrieben“ – einschließlich jener Quintettpassagen, in denen virtuelle ‚Unterbesetzung‘ begegnet, in denen die Fünfstimmigkeit ohne jeden Tonverlust von vier Stimmen erzeugt wird. Letzteres geschieht vor allem durch eine Art Hoquetus-Technik, durch Verteilung des musikalischen Materials auf einen von Lücke zu Lücke springenden Tonsatz.

Das Hauptthema des 1. Satzes entfaltet sich zum Beispiel zunächst, während seiner ersten viertaktigen Phrase, im Vollklang des Quintetts, der die einzige Viertelpause der 2. Violine in Takt 2 gänzlich verhüllt. Mit der zweiten Phrase Takt 5ff. werden die Stimmen in wachsendem Maße von Pausen ‚durchschossen‘, beginnend mit dem verzögerten Einsatz der drei Mittelstimmen in Takt 5, woraus sich ab Takt 8 (mit Auftakt) bereits Zwei-, Drei- und Vierstimmigkeit ergibt. Vorbereitet durch ein Crescendo gelangt der Satz ab Takt 10 wieder zur Fünfstimmigkeit, an der er – allerdings unter Einbeziehung von Pausen-‚Durchschüssen‘ in den Takten 11–14 – bis zum Abschluß, besser wohl: bis zum Verrinnen des Themas Takt 17 festhält.

Auf den ersten Eindruck hin haben wir es mit recht geläufiger Tonsatz-Dramaturgie zu tun, in der Verringerung und (Wieder-)Auffüllung der Stimmenzahl in den dynamischen Verlauf der Komposition eingebunden sind. Doch spätestens die Fortsetzung gibt zu erkennen, daß sich hier von Anfang an andere Impulse regen. Die Takte 17–20 wirken wie eine Aus- und Überleitung, an die sich in der Tat ab Takt 21 etwas Neues anschließt. Was dies Neue allerdings darstellt, erscheint einigermaßen ungewiß. Neu ist zwar das punktierte Motiv, das eine Art ‚figuriertes Thema‘ sein könnte. Allerdings prägt ihm die sequenzierende Anbindung an die weiterlaufende Achtelfolge ebenfalls einen Überleitungscharakter auf, der sich erst mit dem Einsatz einer neuen Variante ab Takt 29 zu einem ‚Thema‘ klärt, gewissermaßen einer ‚melodisierten‘ Variante des ‚figurierten Themas‘. Hier interessiert zunächst jedoch mehr die Tatsache, daß in dem gesamten Abschnitt von Takt 17–54 reale Drei- bzw. Vierstimmigkeit besteht, einzig ausgenommen die Takte 27/28, die bezeichnenderweise unmittelbar zur ‚melodisierten‘ Themen-Variante Takt 29ff. führen.

Die Fünfstimmigkeit erscheint also als das Ergebnis einer dynamischen ‚Aufladung‘, welche nahezu ausschließlich im Rahmen von Drei- und Vierstimmigkeit erzielt wurde. Da nun aber in der ‚Aufladung‘ kompositorisch sich nichts Geringfügigeres ereignet als in deren ‚Ergebnis‘, vielleicht sogar in jener als einer differenziert ausladenden Wegbahnung Entscheidenderes als im bloßen Ziel eines ‚So ist es‘ oder auch ‚Das war’s‘, muten die Quintettpassagen wie Ausnahmen an, wie Erweiterungen der Grundbesetzung ‚Trio‘ und vor allem ‚Quartett‘. Das angeführte Beispiel ist keineswegs ein Einzelfall. Ohne Übertreibung läßt sich sagen, daß das gesamte Stück einen solchen Aufbau zeigt, daß das ‚Quintett‘ stets wie ein ‚erweitertes Quartett‘ klingt.

*

Darin unterscheidet sich Bruckners Quintett klar beispielsweise von Johannes Brahms' ebenfalls in F-Dur stehendem Streichquintett op. 88, das nur wenig später (1882) entstanden ist. Sein Satz erscheint in jedem Moment von der Fünfstimmigkeit gleichsam ausgesteuert zu sein, so daß die Reduzierung der Stimmenzahl stets wie eine vernehmliche Ausblendung von Stimmen aus dem gegebenen fünfstimmigen Klangrahmen wirkt. Auch hierfür ein Beispiel, ebenfalls aus dem 1. Satz und mit Bedacht aus jenem Satzort, der in etwa mit jenem übereinstimmt, der auch an den beiden bislang herangezogenen Brucknerstellen zu beobachten ist: die Überleitung vom Hauptthema zu einem weiteren Thema, das im Falle von Brahms aber auch eindeutig als ‚2. Thema' bezeichnet werden darf. Die punktierten Figuren vollziehen eine Verwandlung der Fortspinnung des Hauptthemas in eine sich von ihm mehr und mehr ablösende Überleitung. Dazu trägt wesentlich das Spiel mit gewissermaßen abspringenden Stimmen bei, das zu einer Konfrontation von Zwei- und Fünfstimmigkeit führt. Diese Konfrontation wiederum erfährt durch Aufgabe von Punktierung und Stakkatierung ab Takt 33 und durch den Übergang zu gebundenen Stimmenverläufen eine Charakteränderung, welche den Boden für den Eintritt des 2. Themas bereitet. Und diese Änderung vollzieht sich mehrfach vermittelt: einerseits durch die anfängliche Überlagerung von Staccato/Punktierung und Bindung (Takt 33), andererseits durch die echohafte Aufnahme des Wechsels in der Stimmendichte ab Takt 34, hier nun von Drei- und Fünfstimmigkeit, die über die Vierstimmigkeit ab Takt 38 in den Vollklang des 2. Themas mündet.

Das alles greift nahtlos, wie organisch gewachsen, ineinander, und man versteht, daß Bruckner solche klangliche wie motivisch-thematische Homogenität zutiefst beeindruckte und er sich wünschte, auch so „gescheit" zu sein, so „gelehrt" komponieren zu können[10]. Denn was sich in seinem Quintett an vergleichbarem Ort abspielt, gibt wohl kaum Anlaß, Begriffe wie homogen oder organisch zu verwenden. Der Ansatz zur Fortspinnung des Hauptthemas ähnelt zwar demjenigen in Brahms' Kopfsatz – doch er verwandelt sich nicht in eine ‚organische' Überleitung. Stattdessen setzt, wie schon gesagt, Takt 21 schnittartig ein ‚figuriertes Thema' ein, das ab Takt 29 ‚melodisierte' Züge erhält, ohne freilich das Gewicht eines ‚2. Themas' zu erlangen. Es enthüllt sich schließlich als Wegbahnung zu einem Thema, dessen Charakter durch die Sinfonien auf ein ‚3. Thema' geradezu festgelegt ist. Allerdings verliert dieses Thema sofort wieder – und im Unterschied zu den Sinfonien – seinen Zielcharakter. Es löst sich ab Takt 61 in Sequenzierungen auf, um ab Takt 69 in Dreiklangsbrechungen ‚abzustürzen' und einer weiteren „Schnittstelle" mit abrupter Rückung von G nach Fis Platz zu machen. Und jetzt erst, wie vergessen und nunmehr nachgeholt, erscheint ein Thema, dessen Charakter es als ein ‚2.', als ein ‚Seiten'-Thema ausweist.

---

[10] Göllerich/Auer, *Anton Bruckner*, a.a.O., S. 584.

Dort wird jene ‚Gestücktheit‘ vernehmlich, die dem Kompositionsverständnis von Brahms konträr ist und die denn auch dessen zuweilen harsche Kritik hervorrief. Ob hier nun eine andere Form von Homogenität und Organik greift, ob Inhomogenität und Unorganik ihre positiven, traditionellen Gegenstücke außer Kraft setzen und eine eigene, eigenständige Darstellungsweise begründen, ist bis heute nicht zureichend analysiert und mithin geklärt. Für diese Sachlage dürfte nicht unwesentlich sein, daß sich bei Bruckner die Bestimmung dessen, was Haupt- und was Nebenereignis ist, mit Blick auf die Tradition (einschließlich der von Brahms aufgenommenen und weitergeführten) verändert. Um das, was bereits angedeutet wurde, nunmehr zugespitzt zu sagen: Die Hauptereignisse sind nicht mehr die Hauptthemen, von denen weg und zu denen hin ausgewogene Überleitungen als dramaturgisch begründete und mithin sinnerfüllte Nebenereignisse führen. Bei Bruckner gewinnen die ‚Überleitungen‘ immer stärkeres Interesse, da in ihnen das Ungewöhnliche und Überraschende geschieht, das ‚Interessante‘, das von den Hauptthemen nur noch gewissermaßen eingerahmt wird. Einen Anhaltspunkt dafür gibt das Spiel mit der Verstärkung bzw. Verringerung der Stimmen. Quintettzahl verlangt das ‚Quintett‘ nahezu ausschließlich für die Hauptthemen, die ob ihrer unvorhersehbaren, gleichsam ‚verwürfelten‘ Abfolge ihren Charakter als Ziel- und damit als Hauptereignis verlieren. Anstelle dessen tun sich die dazwischen liegenden Partien hervor, vollziehen umwegige Verläufe, die sie von den Hauptthemen abrücken und ihr Eigengewicht verstärken. Und die hierbei gewonnene Flexibilität und Farbigkeit wird nicht zuletzt durch das variable Spiel mit der Stimmenzahl befördert. Das Quintett wird zur Ausnahme einer Regel, die das Terzett und vor allem das Quartett bestimmen. Die ‚Inhomogenität‘, die ein traditionsorientiertes Kompositionsverständnis Bruckner anlastet, äußert sich also auch in dem Umstand, daß er zum genuinen Gattungsverständnis, wie es das Quintett von Brahms exemplarisch verkörpert, auf Distanz geht.

*

Das berührt nicht zuletzt den Klangcharakter Bruckners, den ‚Ton‘ seiner Musik. Obgleich unüberhörbar bleibt, daß im Quintett in vielfältiger Weise ein Echo aus den Sinfonien widerhallt, geht dieses Echo nur von vordergründigen, die kammermusikalische Substanz des Werkes gleichsam nur in ihren äußeren Schichten prägenden Elementen aus: von zusammenfassenden Unisono-Aufschwüngen, wie im einigermaßen fiktiven ‚3. Thema‘ des 1. Satzes, von Ostinatoflächen, später dann von den hymnischen bzw. verhallenden Schlüssen des 1., 3. und 4. Satzes oder auch von den volksmusikalischen Einschlägen in den Seitenthemen der Ecksätze. Doch es sind dies eben keine ‚Primärereignisse‘, womit deren Rolle in der kammermusikalischen Faktur gemeint ist und keineswegs die blanke Tatsache der Übernahme von Gestaltungscharakteren aus einem sinfonischen ‚Repertoire‘.

Wenn nun der sinfonische Bezug des Quintetts dergestalt relativiert, vielleicht sogar infrage gestellt werden muß, so scheint es doch nicht weniger problematisch und den klingenden Ereignissen des Werkes unangemessen zu sein, in ihm genuine Kammermusik vernehmen zu wollen. Möglicherweise löst sich das Rätsel, das hier anklingt, dahingehend, daß Bruckners von der Sinfonie, von seinem sinfonischen Typus geleitete musikalische Darstellung zwangsläufig auch eine kammermusikalische Komposition durchdringt. Doch die damit verbundene, nicht minder zwangsläufige Abwesenheit des Orchesterklangs rückt die für die Sinfonie primären Ereignisse in den Hintergrund und läßt dafür jene ,Zwischen'- oder ,Überleitungspartien' hervortreten, in denen die sinfonische Denkweise Bruckners noch am ehesten zu kammermusikalischer Gestaltung findet. Dies begründete denn auch den wohl nicht gänzlich trügenden Eindruck, daß der kammermusikalische Charakter des Quintetts zumindest in den schnelleren Sätzen merkwürdig gebrochen erscheint und immer nur phasenweise jene klangliche Homogenität erlangt, die bis dato eines seiner tragenden Elemente ausmacht. Vielleicht ist nicht nur ein äußerliches Zeichen dafür die Tatsache, daß bislang (soweit ich sehe) kein ernsthafter Versuch unternommen wurde, dem Quintett eine Orchesterfassung zu geben – weder im Sinne Mahlers oder Weingartners in Bezug auf Quartette Beethovens und Schuberts, und schon gar nicht nach dem Vorbild der Schönbergschen Orchestrierung des g-Moll-Klavierquartetts von Brahms. Eine Orchesterfassung würde die gegebenen kompositorisch-klanglichen Schwerpunkte, die für das Quintett geltenden Beziehungen zwischen Vorder- und Hintergrundereignissen gewissermaßen sinnwidrig verschieben. Sie gliche einer ,Revision' oder ,Fassung', die aus der Kammermusik eine Sinfonie machte, die – anders als bei Brahms – in jener nicht angelegt ist.

Versuch der Wahrnehmung von Bruckners Streichquintett als „symphonische Kammermusik" auf der Ebene eines Vergleichs mit César Franck

von

RAINER CADENBACH

I

Mit Blick auf die Vortragsfolge dieses Symposions stellt sich die Frage, wie man sich nochmals einem so auffälligen Solitär wie Bruckners Streichquintett nähern könne, ohne die schon bekannten Plätze aufs Neue durchzugehen. Werden sich für die ins Auge gefaßte Ebene neue, erkenntniserweiternde tertia comparationis finden lassen? Mit Bezug auf Bruckners Streichquintett bieten sich immerhin einige Alternativen an. Sollte man nicht vielmehr nach Vorbildern suchen oder sich eher auf den Vergleich mit der unter ähnlichen Voraussetzungen stehenden zeitgenössischen Produktion einlassen? Dies würde den Blick sozusagen auf um 1880 komponierte Kammermusik für Streicher lenken, möglichst von Symphonikern mit isoliert dastehenden kammermusikalischen Hauptwerken, vielleicht kämen auch Opernkomponisten wie Verdi infrage (den sein einziges, allerdings beträchtliches, wohl doch aus purem Trotz geschriebenes Streichquartett freilich noch nicht zum Symphoniker macht). Oder wäre nochmals Richard Wagner – sozusagen als Orientierungspunkt par excellence – anzusteuern? Oder erscheint der Vergleich, „Bruckner und Wolf, zwei Neudeutsche in Österreich zwischen Wagner und Beethoven" (die zudem beide noch Kammermusik geschrieben haben) als besonders aussichtsreich? Immerhin arbeitet Hugo Wolf zu buchstäblich derselben Zeit (1878/84) ein paar Straßen weiter in Wien an einem großen – man sollte einmal sagen: „symphonischen" – Streichquartett in d-Moll, nachdem er seine Studien am Wiener Konservatorium beendet hat, und später stellt sich heraus, daß es sich ebenfalls um so ein einsames kammermusikalischen Hauptwerk handelt. Dieses entstand zwar nicht „während sechsjährigem Atemholens" bzw. gar trotz „einer schöpferischen Pause"[1], aber es gibt noch eine andere von diesen Parallelen, die man auch in diesem Fall nur suchen muß, um sie zu finden: auch Wolf schreibt ein *Intermezzo* neben dem Quartett, ebenso wie Bruckner zum Quintett. Das Wolfsche steht in Es-Dur, er schrieb es in zwischen 1882 und 1886 in Murnau (Steiermark), und es erschien schließlich erst 1903, zusammen mit dem Quartett, aus dem Nachlaß; es wird noch darauf zurückzukommen sein. Tat

---

[1] Manfred Wagner, *Bruckner*, Mainz/München 1983 (= Goldmann-Schott-Biographien), S. 120.

nicht Mathias Hansen genau das richtige, wenn er sich noch einmal auf den als Vergleichspunkt ja bereits erprobten Johannes Brahms berief, der nach den Quartetten und Symphonien mit einem Streichquintett seine „Reife" unter Beweis stellte, das sogar ebenfalls aus F-Dur ging: Bruckner und Brahms, die beiden Antipoden in mi-parti, des einen Symphonien verkappte Kammermusik und des anderen vice versa?

Der hier gewählte Vergleichskomponist wurde im Rahmen der Bemühung um Bruckners Musik seltener aufgesucht, obwohl es mit César Franck sogar einiges an biographischen Berührungen beider Komponisten gibt, die so peripher gar nicht sind: vor allem jene Orgeleinweihung Ende April 1869 in Nancy durch Bruckner und am Tag darauf sein so erfolgreicher Auftritt in Notre Dame zu Paris. Unter seinen Zuhörern waren neben dem alten Auber (er ist 97) jedoch auch einige wichtige Komponisten der jüngeren Generation: Gounod und der eben 35 gewordene Camille Saint-Saëns, der zu diesem Zeitpunkt noch nicht in klassizistisch-nationalistischer Befangenheit erstarrt war, auch César Franck, zwei Jahre jünger als Bruckner, ebenfalls noch ohne Namen, jedoch als Orgellehrer in Paris mit viel Sympathie und Förderung. Ist dies auch der einzige Punkt einer belegbaren Überschneidung der äußeren Lebenswege dieser beiden – sozusagen durch den Rhein des 19. Jahrhunderts getrennten – Symphoniker-Organisten, so lassen sich doch einige weitere Parallelen ausmachen. Auch der zwei Jahre nach Bruckner geborene Franck kam aus kleinen und von wirtschaftlicher Not geprägten Verhältnissen (zeitweilig hatte er als eine Art unzeitgemäßen Wunderkinds die Familie zu erhalten), und auch er hatte noch bei einem der berühmtesten Lehrer der Beethoven-Generation, nämlich bei Anton Reicha, Unterricht. Dazu kommen die Mißerfolge, die Schwierigkeiten, sich durch Unterricht und Orgelspiel zu unterhalten, und vor allem die späte Reife. Seine wichtigen Werke schrieb Franck, nachdem er fünfzig war, wie z.B. das Klavierquintett f-Moll, das immer als Markstein eines völlig neuen, harmonisch an Wagner und formal an Liszt orientierten Stils gesehen wird, dann das Hauptwerk der *Béatitudes*, die d-Moll-Symphonie, die A-Dur-Sonate für Violine mit Klavier und das merkwürdigerweise ganz unbekannt gebliebene große Streichquartett von 1890.

Da schreiben also zwei Organisten-Symphoniker Kammermusik, der eine in Wien, der andere in Paris, und beide (schon wieder) „zwischen Beethoven und Wagner". Der eine kennt mehr von Liszt, dem er mit der Komposition symphonischer Dichtungen sogar zuvorgekommen war, der andere mehr von Brahms und schreibt wie dieser „in vier Sätzen": Auch für ihn sind inzwischen die Formen und Verfahren heimischer Klassik immer deutlicher in Form von Musiktheorie und Kompositionslehre präsent, und nun wendet er sich – auf Veranlassung eines Quartettprimarius auch noch – irgendwie natürlicherweise der Kammermusik zu. Da sollten doch gute Vergleiche anzustellen sein, und zudem noch mit einem jener „Und-sie-sollen-ihn-nicht-haben-Franzosen" aus Flandern, dessen Vornamen man zum Zwecke dieser Konstellation in Deutschland einige Jahre lang nur mit „ä" schreiben durfte!

Aber hiermit wäre das Problem des Sinnes eines solchen Vergleichens noch nicht gelöst. Es läßt sich veranschaulichen.

Ich zitiere, die offenbar noch immer aktuelle „Und-seine-Zeit"-Perspektive einnehmend: „1879 Entstehung des Streichquintetts. Tschaikowsky vertont Puschkins *Eugen Onegin*, Ibsen schreibt *Nora*. Hahn entdeckt die Urankernspaltung. Edison erfindet Kohlefadenlampe"[2]: – Kammermusik bei Bruckner und Franck, ein heuristisches Problem.

Vor dem Hintergrund einiger recht persönlich geprägter Hör- und Spielerfahrungen möchte ich nun im Grunde nur für zwei Thesen werben: daß nämlich a) die Unterscheidung „symphonisch/kammermusikalisch" eine sehr sinnvolle ist, die man besser ausdifferenzieren als verabschieden sollte, und b) in welcher Weise typisch kammermusikalisch das Erlebte und dessen zum Privaten tendierender *Ausdruck* ist und in welcher Weise symphonisch das podiumfertig Gemachte und dessen zur öffentlichen Repräsentation tendierende *Darstellung*. – Hinsichtlich der verglichenen Werke wird sich ergeben: Die Unterscheidung „symphonisch/kammermusikalisch" steht quer zu den betrachteten Komponisten, wobei für Franck besonders das (kammermusikalische) Klavierquintett in Gegensatz zu dem (symphonischen) Streichquartett gebracht werden kann, wohingegen für Bruckner ein kammermusikalisches Vergleichswerk, das grundsätzlich anders wäre als das (symphonische) Streichquintett, einfach fehlt.

II

Was bei der Symphonik so nahe liegt, daß kaum ein an Franck Interessierter auf den Vergleich mit Bruckner (selbst hinsichtlich der Wirkung Wagners) verzichtet hat, ist bei der Kammermusik noch selten betrachtet worden. Für diesen Bereich geraten natürlicherweise Beethoven und Schumann, vielleicht noch die Lisztsche h-Moll-Sonate in den Blick, oder eben – in die andere Richtung – die Kammermusik von Fauré, Debussy oder Roussel. Als Symphoniker dagegen steht Franck neben den deutschen Meistern, erfüllt er doch alle Voraussetzungen hierfür, besonders aber die beiden wichtigsten, nämlich Kühnheit und Strenge: „Kühnheit" seiner chromatisierten Harmonik wegen und „Strenge" aufgrund der oft polyphon-kontrapunktischen Textur sowie der thematisch-motivischen Bindung. Fixieren wir also zunächst das Symphonische, und dies sozusagen ganz von außen!

Was „architektonisch" genannt werden kann, sind bei Bruckner die stabilen, einprägsamen Achttakter, die so wirken wie jene Balken, deren Wesen Hegel darin spezifisch bestimmt sah, daß sie „zugleich an beiden Enden" aufhören, d.h. einen Anfang und ein Ende haben[3]. Symphonisch ist das statuarisch Beharrende der Hauptgedanken, an denen die Komposition sich eher identifiziert, als daß sie sich an ihnen entzündete, um von ihnen wie aus einem thematischen oder auch nur motivischen Impuls ihre eigentlichen Ausgänge zu nehmen. Dies wird besonders deutlich an der jederzeit spürbaren Tendenz, die Satzgrenzen zu überschrei-

---

2 Wagner, *Bruckner*, a.a.O., S. 18.
3 Vgl. Georg Wilhelm Friedrich Hegel, *Ästhetik*, hg. v. Friedrich Bassenge, Bd. 2, Frankfurt a.M. 1965, S. 48f.

ten. Sie rührt her von einer Übermacht der komponierten Sachen gegenüber der Autorität des komponierenden Subjekts. So steigert sich die Schwäche des Details oder der „Stimme", vielleicht sogar auch der lyrischen Individualität zu einer gleichsam dinglichen Monumentalität des eindimensionalen Ganzen, das nicht aus Stimmführung und Entwicklung der einander entgegentretenden Gedanken resultiert, sondern eine gleichsam gesammelte und so ins Kollektive gebündelte Gesamtentwicklung darstellt.

Wie in Bruckners Quintett entspricht im einzigen Streichquartett Francks dem – auch im beschriebenen Sinn – „symphonischen" Charakter der drei Hauptsätze (Kopfsatz, langsamer Satz und Finale) ein in der zyklischen Stellung nachgeordnetes Scherzo als Zwischenspiel, bewirkt es doch nur ein anderes Bühnenbild, einen Szenenwechsel, da in ihm jedenfalls nicht, wie im klassischen Streichquartett, ein Motiv oder Hauptgedanke für das Ganze, besonders aber für den Kopfsatz aufgehoben ist. Das wird in Francks Streichquartett besonders deutlich. Das Mittel der Reminiszenz scheint – als „Stimme von oben" – nur einmal mehr eben die Allgegenwart fester Hauptgedanken zu belegen, ebenso übrigens wie die *Tristan*-Anspielungen, die im Trio dieses Scherzos sogar in unmittelbare Nähe zu den Hauptthemen-Reminiszenzen gerückt werden. Bei Bruckner würde dem die Austauschbarkeit des nämlichen Satzes entsprechen, wüßten wir nicht um seine Bereitschaft, Änderungsvorschlägen auch gegen besseres Wissen sogleich zu genügen. Das auf Anregung Hellmesbergers als Alternative gelieferte Intermezzo in d-Moll steht in keinem Zusammenhang mit dem definitiven; ein Vorgang, der im klassischen Streichquartett ebenso undenkbar wäre wie übrigens auch in der klassischen Symphonie. – Auch aus dem Trio in Bruckners Quintett gehen Verbindungen ins Finale. Aber im Gegensatz zu dem in Francks Streichquartett geht Bruckners Trio (wieder ist nicht vom nachkomponierten Intermezzo die Rede, obwohl das hier möglich wäre) durchweg in Quadraten, meist von vier Takten. Dabei fällt auf, wie diesen oft jener Nachsatz fehlt, der zu Beginn schon in der leisestmöglichen (gezupften) Form exponiert worden war. Dieser kommt irgendwie abhanden, und zwar nicht nur aufgrund von Unterdrükkung, also willkürlich; vielmehr wird er gleichsam vergessen – ohne daß damit (wie bei entsprechenden Vorgängen in klassischen Quartetten) etwa eine Atmosphäre von Übermut bewirkt würde. Nur dies wird deutlich: daß die Reihung immer neuer Vorsätze – wie man weiß – selten zu etwas führt. Dies scheint mir einer der wichtigsten Gründe dafür zu sein, daß die Verbindungen dieses Trios in das Finale – wo seine Erinnerung streckenweise bestimmend wird – ebenso deutlich wie im Grunde unverbindlich bleiben.

Symphonische Musik baut nicht auf den Effekt, nicht auf klangliches Raffinement und noch weniger auf konzertante, gar technisch brillante Phasen. Nichts in Bruckners Quintett und nur sehr wenig in Francks Streichquartett ist, besonders im Vergleich mit etwa der Kammermusik von Wolf oder auch Strauss, im weiteren Sinne „konzertant"; die Dimension von „Virtuosität" – bei Brahms durchaus und sogar in gesteigerter Form stets wirksam – fehlt beiden Vergleichswerken, bei aller Schwierigkeit ihrer Ausführung, völlig. Zwar liegen die Dinge in Francks frühen Klaviertrios ganz anders, und auch sein Klavierquintett hat, im

Gegensatz zum Streichquartett, Stellen einer gesteigerten klanglichen, auch instrumentatorischen Verfeinerung. Francks Klaviersatz aber bleibt in seiner aus dem Tonsatz und nicht von der Figuration her gesteuerten Faktur in wohlverstandener Einschränkung ebenso „effektlos" wie Bruckners Instrumentation für Streichinstrumente. Das drückt sich auch in seinen zwar unbeholfenen, jedoch durchaus präzisierenden Ausführungsanweisungen für das Streichquintett aus, deren Vokabular – zwischen „ohne Aufschwellung" und „gezogen" – das nämliche schmale, eigenartig uninspirierte wie in den Symphonien ist und insofern, wie schon ein flüchtiger Blick auf Quartettklassiker lehren kann, in einem für die Kammermusik ganz und gar unangemessenen Tonfall gehalten ist.

Symphonisch sind die Dimensionen, jedoch auch die Wucht: beides Aspekte des Erhabenen. Hiergegen kann in Bruckners Streichquintett zumindest die Tendenz zum verdichtet Kleineren, jedenfalls Sanften „lyrisch" heißen und so als gewisses Gegengewicht zum Symphonischen des Werks aufgefaßt werden. – Insofern hat es seinen Sinn (die Verbindung mit Bezug auf den Kopfsatz in Bruckners Quintett herstellend), das als Verdikt gemeinte Urteil, es handele sich um eine „verkappte Symphonie", wenigstens zu relativieren: Zwar könne man wegen „des Reichtums an Gedanken und der großzügigen Art ihrer Durchführung" zurecht vom symphonischen Charakter reden, doch widerspreche dem schon die „lyrisch gestimmte Intimität" des Kopfsatzes im Dreivierteltakt[4].

III

Kammermusikalisch ist Nuancenreichtum, das Herausspinnen immer neuer Schönheiten auseinander, überhaupt: das Reagieren und „Bezugnehmen auf", das „Zum-Anlaß-Nehmen", das die Einzelheiten in ihrer Verteilung auf wenige Stimmen wie von Akteuren eines schöpferischen Dialogs geäußert erscheinen läßt, und vor allem dann, wenn sie sich, wie in Francks Kammermusik überall, immer wieder auf die Hauptgedanken accordieren; dann jenes „Umwenden" und Bedenken (der nämlichen Hauptgedanken) aus immer neuen Perspektiven, das es erlaubt, die Beschränkung im Thematischen so weit zu treiben, daß die freien Assoziationsgänge selbst noch in den entspanntesten Regionen langsamer Sätze als gebunden erscheinen.

Kammermusikalisch ist die Feinsinnigkeit der Variantenbildung. Das Komponieren in „Strophen", wie es vor allem in der Kammermusik des späteren Schumann vorrangig wird, ist dieser Anforderung besonders angemessen. Strophenform meint (im Gegensatz zum Komponieren in perodisch gebauten „Versen", an die der Terminus erinnern mag) eigentlich nur den Zeilenbeginn und nicht den Reim; Strophenform in diesem Sinn ist die Form des Neuansatzes: wenn der Faden auslief oder riß, dort noch einmal zu beginnen, wo bereits bewährte Ausgangspunkte waren. Mit jedem Neuansatz werden diese sicherer und lassen so Form entstehen.

---

[4] Vgl. den für das Booklet der CD mit dem Ensemble L'ARCHIBUDELLI (Sony Classical SK 66251–1994) verfaßten Text von Constantin Floros, S. 11.

Notenbeispiel 1: Franck, Klavierquintett, Ende 1. Satz

Kammermusikalisch ist das Suchen und auch das Finden, symphonisch dagegen das triumphierende Vorzeigen. Franck nimmt sich nach der Schlußsteigerung
des Kopfsatzes im Klavierquintett Zeit für einen Epilog, der auf engstem Raum
weniger einen Umschwung bewirkt, als daß er eben jene Verzagtheit wiederher-
stellt, die dieses f-Moll-Stück von Anfang an beherrschte, und die ihrerseits den
Übergang zum zweiten Satz ermöglicht.

Notenbeispiel 2: Franck, Klavierquintett, Anfang 2. Satz

Die Intimität der Stellen, an denen die Musik mit sich allein ist, nichts will,
nicht wirklich Erwartungen weckt und also auch keine zu erfüllen hat, wo Form
nicht dazu drängt, daß ihr Genüge geschehe, wo nicht „Strenge" oder „Kühnheit"
zu walten haben: Diese Momente der Stille, der Versenkung sind, wenn wir uns
im Denken, im Werten, im Gefühl nun doch auf die Gattungen einlassen wollen,
eben nur in der Kammermusik (mit oder ohne Klavier) am Platze. Fast der ganze
Mittelsatz des Franckschen Klavierquintetts hat diese – sagen wir: unsymphoni-
sche – Intimität. Im Zyklus des Ganzen steht er in der Mitte, hermetisch geschützt

nach außen, wie hinter zwei mächtigen Dornenhecken versteckt, die ihrer beeindruckenden Außenwirkung wegen dem Stück insgesamt etwas Repräsentatives
zuwachsen lassen (wenn man so etwas auch für Dornenhecken sagen kann, hinter
denen schließlich nicht Brünnhilde schläft). Aber den Traum des zweiten Satzes
schützen die Ecksätze doch. In der Mitte, die ihre Reminiszenzen nicht erreichen,
ist Stille, und die Déjà-vus sind keine Weckrufe. Hier durchziehen sie den Traum,
um dessentwillen Schlaf überhaupt geheiligt wurde; und auch diesen hier sichert
ein „Habt acht" (was sich übrigens auch philologisch durch härtere Fakten als
geneigte Hörerlebnisse belegen ließe).

Bei aller „hohen" Tiefe des Ges-Dur-Adagios aus Bruckners Streichquintett,
in der seine von niemandem je bezweifelte Größe liegt, gehört zu seinem Wesen
doch die Demut: nahezu alle Melodielinien dieses Satzes fallen, und umso be-
stimmender wird die Wirkung der einzigen beiden Gegensatzzonen, in denen die
Musik sich erhebt. Das ist zuerst der Seitensatz, also der von – bei aller gesammelten Stille doch emphatischen – Sextaufschwüngen geprägte zweite Hauptgedanke, und zweitens die wiederholte Aufschichtung, deren aufsteigende Sequen-
zierung den fallenden Melodielinien entgegentritt und sich darum umso mächti-
ger auswirkt. Hier ist eine der wenigen Stellen im ganzen Stück, an denen Energie von innen erzeugt wird; und daß dieser Sinn dort auch begriffen ist, wird
durch die motivische, fast unterschwellige Anspielung des Sextenthemas gleichsam belegt. Im kompositorischen Fortgang aber bleibt diese Sonderstellung dennoch ohne Folgen und der Abbau der erzeugten Energie sogar sozusagen auf der
Ebene des Floskelhaften. Dies stimmt überein mit dem weitaus häufigeren Nor-
malfall der Implementierung von Energie durch äußerliche Steigerungsmittel wie
etwa jene harmonisch schrägen Sequenzen stufenartig aufsteigender Unisono-
triolen im Kopfsatz, die ganz entprechend auch im langsamen Satz eingesetzt
werden. Sie sind es vor allem, die eine Stimmung des Ausgeliefertseins, ja der
Orientierungslosigkeit und somit der Fremde bewirken, welcher dann – am deutlichsten im Ges-Dur-Adagio – das Lied von der eigentlichen Heimat des Satzes
als tröstende Melodie entgegengesetzt wird. Und mit dieser dreht sich die Musik
solange, bis sie sich erneut vergessen hat, wonach konsequenterweise die zweite
Energie-Injektion weitaus heftiger ausfällt als die erste. Die Worte für die Kontur
solcher Maßnahmen lauten: eckig, kernig, „weniger süß", herb, bitter. Als ihr
Komplement aber bleibt nicht das Runde, gar Süße, sondern vielmehr jene naive
Natürlichkeit, wie sie Kinderlieder haben. Hier liegt eine der wichtigsten Differenzen zu den von Gefühl, Kälte und Glut (wo nicht von Liebe und Leiden-
schaftstendenzen als Motivationen aller Übergänge und Umschwünge) bestimmten Ausdruckswelten der „kammermusikalischen" Kammermusik Francks, wie
sie am Beispiel des Mittelsatzes aus dem f-Moll-Quintett angedeutet wurde und
wie man sie auch gut mit dem Motto zu Hugo Wolfs Streichquartett zum Schicksal des Tantalos hätte in Vergleich setzen können: „Entbehren sollst du, sollst
entbehren".

Bruckners Kammermusik weiß in ihrem Ausgeliefertsein an das Unvorher-
sehbare von keiner Schuld oder Verantwortlichkeit der Gestaltung. Dies zeigt der
Schluß des Ges-Dur-Satzes an, in dessen virtuell unendlicher Entrückung die

weder im Spiel gewonnenen noch erarbeiteten, sondern durch Reinheit verdienten Früchte des Paradieses genossen werden. - Eine in ganz ähnlichem Sinne das Paradies evozierende Schlußbildung ereignete sich auch schon im ersten Satz, wo sie – als Verträumungsepisode – in deutlicher Verkürzung wie „zu früh" erschien. Sie erinnert in allem an den Schluß des Des-Dur-Satzes aus Beethovens letztem Streichquartett (und man möchte nicht glauben, das habe Bruckner nicht gekannt). Jedoch machen Beziehungen wie diese Bruckner noch nicht zum Erben Beethovens, schon gar nicht mit Bezug auf die in dessen letzten Quartetten zur Anwendung gebrachten Verfahrensweisen und Inhalte. Aus Bruckners Werken, auch aus dem Quintett, tönt vielmehr gerade die Musik, die Beethoven in den größten seiner Kammermusikwerke zu dekomponieren sich ein Leben lang vor allem gemüht hat.

Kammermusikalisch ist das Intime. Das – jene gleichsam persönliche Intimität, welche der Kammermusik auch in den großen Konzertsälen und in Deutschland selbst nach 1871 noch zugedacht wurde – teilt sie mit dem Lied: viel eher wurden hier die Streichquartette zu Symphonien als die Lieder zu Orchestergesängen; Lieder sind Stubenmusik und als solche stehen sie durchaus im Gegensatz zu den Bühnengattungen, zu denen alles Symphonische gehört (auch einer der Gründe wohl dafür, daß Wagner nicht selbst seine Lieder orchestrierte[5]). – Gibt es in Francks Klavierquintett Tremolostellen, die in ihrer Kälte an das letzte Streichquartett Schuberts erinnern, so nicht bei Bruckner. Diese Musik friert nirgends und gerät auch nie wirklich in Hitze. Die Träne quillt zwar, jedoch aus den Schauern der Erhebung vor dem oder zum Höheren; auch aus dem Bewußtsein eigener Nichtigkeit (was ja nur die andere Seite derselben Erhebung ist). So gehört, weiß sie auch von Leid und Liebe nichts und kann deshalb auch nicht kammermusikalisch intim werden: so wird auf den Gipfeln geweint und nicht „im Treibhaus".

IV

Man hätte den Vergleich zwischen Bruckner und Franck auch auf der Ebene des Symphonischen führen können, mit Nebengedanken dann freilich nicht an Wolf oder Verdi, sondern gewiß an Brahms, vielleicht auch an Tschaikowsky. Bei der nämlichen Frage von Momenten des Kammermusikalischen in der Symphonik der hier gewählten Komponisten wäre der Vergleich wohl nicht einmal anders ausgefallen: 1880 ist es mit dem Schumannschen Lieblingsgedanken einer aus den letzten kompositorischen Impulsen musikalischer Einfälle inhaltlich zu begründenden Gattungsästhetik restlos vorbei, und auch mit der Vorstellung, daß man die einstmals in gesellschaftlichen Anforderungen verwurzelte Gattungsspezifik durch ein Bestehen auf „Reinheit" und durch Abwehr jeder „Mischung"

---

[5] Zum Konflikt zwischen privatem Lied und öffentlichem Gesang vgl. Martin Staehelin, *Von den Wesendonck-Liedern zum Tristan*, in: Zu Richard Wagner. Acht Bonner Beiträge im Jubiläumsjahr 1983, hg. v. Helmut Loos u. Günther Massenkeil, Bonn 1984 (= Studium Universale 5), S. 45–73.

bewahren könne oder gar solle. Kein Klavierquintett und auch kaum ein Streichquartett dieses „zweiten Zeitalters der Symphonie" gibt es, das nicht auch symphonisch hätte ausgestaltet werden können[6]. Selbst Hans Pfitzner – der doch die
Schumannsche Position noch verteidigte, als sie schon längst nur noch unter
einem gänzlich gegen alles romantische Denken veränderten Musikbegriff haltbar gewesen wäre – hat das als Komponist mit der problemlos glatten Umgestal-
tung eines Streichquartetts zu seiner größten Symphonie schlagend unter Beweis
gestellt.

Lassen sich nun diese Phantasien über eine grundsätzliche Differenz zwischen zwei gegensätzlichen Weisen der Kontingenz von Instrumentalmusik in
einen Zusammenhang zu dem bringen, was zuvor über Bruckners Quintett gesagt
wurde? Mathias Hansen war unvorsichtig genug, mir seinen mit gewohnter
Rechtzeitigkeit zu Papier gebrachten Lesetext zu einem Zeitpunkt zu geben, als
ich noch um den Schlaf gebracht war, wenn ich in der Nacht an einen Vergleich
zwischen Wien und Paris auf der Ebene symphonischer Kammermusik dachte.
Mit Bezug auf den Beitrag von Mathias Hansen, den ich vor Abfassung dieses
Textes schon lesen durfte, glaube ich zumindest drei Punkte angeben zu können,
deren Diskussion nun öffentlich, also sozusagen symphonisch und nicht in der
„traulichen Sprache" unserer Kammermusik geführt werden kann:
1) Die Frage eines bis zum Unterschied zwischen Streichtrio, -quartett und
    -quintett differenzierten Genrebewußtseins scheint mir mit dem Problem, das
    Bruckners Kammermusik aufwirft, nur wenig zu tun zu haben. Ich würde es –
    auch angesichts des frühen c-Moll-Quartetts, vor allem aber des selten gehör-
    ten Rondos für Streichquartett wegen – für nicht ausgeschlossen halten, daß
    Bruckner Hellmesberger Gelegenheit geben wollte, einen (möglicherweise
    sogar bestimmten) weiteren Instrumentalisten hinzuzuziehen[7]. Zu den beiden
    wichtigsten Typen des Streichquintetts, wie sie, unabhängig von der Beset-
    zung, bei Mozart, Schubert und Cherubini als konzertante Quintette mit
    deutlich solistischer Exposition der beiden jeweils „ersten" Streicher, bei
    Beethoven und Brahms als „singende Quintette" mit weitgehendem Verzicht
    auf motivische Abspaltungen, kontrastierende Thematik und Individualisie-
    rung der Stimmen auskomponiert wurden, paßt Bruckners F-Dur-Quintett
    nicht.
2) Die Charakterisierung des Brucknerschen Quintetts als symphonisch auf die
    bloße Abwesenheit des vollen Orchesterklangs zu reduzieren, hat eine erhöh-
    te Bedeutung jener „interessanteren" Partien zur Folge, die Hansen als „Über-
    leitungen" bezeichnet. Die Frage ist, inwieweit diese von der Intention Bruck-
    ners her in den Rang des Substanziellen aufzurücken vermögen, wenn sie
    doch immer nur entweder antreiben oder eben destruktiv wirken.

---

[6] Vgl. hierzu vom Verfasser: *Streichquartette, die zu Symphonien wurden, und die Idee des
„rechten Quartettstils"*, in: Probleme der symphonischen Tradition. Internationales Musikwis-
senschaftliches Colloquium Bonn 1989, hg. v. Siegfried Kross u. Marie Louise Maintz, Tutzing
1990, S. 471–492.
[7] In der Uraufführung am 17.11.1881 war es Franz Schalk.

3) Ein letztes noch, sozusagen als Herausforderung dessen, was wir zur Frage
   möglicher Bearbeitung für größere Besetzungen hörten: Etwas anderes tritt
   an ihre Stelle. Wohl das beste, weil funktionale, ja pragmatische Indiz für den
   symphonischen Charakter des Brucknerschen Quintetts läßt sich – diesseits
   aller „analytischen" Bemühung – ausmachen, wenn nämlich einmal nur nach
   der Außenwirkung in die Bereiche von Außermusikalischem, einschließlich
   von Fest und Feier, gefragt und insofern nur die Verwertbarkeit selbst gewer-
   tet wird. Die Ebene solcher Betrachtung kann an der Musik Beethovens leicht
   veranschaulicht werden. Man vergleiche nur die Symphonien mit einem der
   (unter ganz anderen Aspekten ebenfalls gar nicht einmal so unsymphoni-
   schen) Rasumowsky-Quartette. Dieses wäre zur repräsentativen Erhöhung
   festlicher Anlässe gänzlich ungeeignet, der langsame Satz der *Eroica* aber,
   der Schlußsatz der *Fünften* oder die ganze *Neunte* dagegen sehr.
   Auch unter letzterem Aspekt ist Bruckners Quintett symphonisch, denn es
hat sich als vielseitig verwendbar erwiesen: in der Bearbeitung von Baumgartner
für die Festivals Strings Luzern, die 1986 – ich zitiere aus der offiziellen Konzert-
kritik – seine „orchestralen, ja symphonischen Dimensionen" dort unterstrichen,
„wo sie dem Werk innewohnen, vor allem im weiträumigen, geradezu entrückten
Ges-Dur-Adagio"[8], dann als Eröffnungsmusik für Bruckner-Symposien, eben als
eine finanzierbare und doch nicht minder feierliche Symphonie, dann für ein
Brucknerfest wie 1987 im Gewandhaus, wo der feierliche langsame Satz des
Quintetts (als Quintett) den nicht minder feierlichen Worten Kurt Masurs voraus-
ging[9]. Und dieses Arrangement hatte an jenem Ort sogar schon Tradition, wo es
Arthur Nikisch doch bei Amtsantritt sogleich dazu benutzt hatte, auch für Bruckner (kurz nach Wagner übrigens) das Gewandhaus zu öffnen – mit dem Quintett,
versteht sich, wenn damals auch nur vorsichtshalber. Wir dürfen vermuten, daß
den entscheidenden Ausschlag zum Positiven dessen langsamer Satz gegeben
hat; dieser wird, um es einmal so zu sagen, wohl für immer „auf Wunsch auch
entnehmbar" bleiben. – Der luxemburgische Komponist Jeannot Heinen ver-
sprach 1980 für das nächste Jahr ein Streichquintett *Hommage à Anton Bruckner*[10], und wir wissen leider nicht, ob es ihm gelang, es rechtzeitig fertigzustellen:
wenn nicht, so dürfte er sich freilich nicht mehr allzuviel Zeit lassen, denn das
nächste Bruckner-Jahr ist schon 1999 (= 1824 + 175) zu begehen.

---

[8] Margareta Wöss, *Brucknerpflege*, in: Bruckner-Jahrbuch 1984–1986, Linz 188, S. 143.
   [9] Vgl. Andrea Harrandt, *Kleine Mitteilungen*, in: Bruckner-Jahrbuch 1987/88, hg. v. Othmar Wessely u.a., Linz 1999, S. 155.
   [10] Vgl. René Molling, *Cercle des amis d'Anton Bruckner a.s.b.l. – Luxembourg: Kurzgefaß-
ter Tätigkeitsbericht vom Jahre 1979*, in: Bruckner-Jahrbuch 1980, hg. v. Franz Grasberger,
Linz 1980, S. 149.

Bruckners Wagner-Zitate

von

Hans-Joachim Hinrichsen

I

Daß in der Musik Anton Bruckners, namentlich in seiner Symphonik, Übernahmen aus eigenen wie aus fremden Werken begegnen, die auf der Gradskala vom bloßen Anklang bis zum offenen Zitat anzusiedeln sind, ist schon von ihren ersten Rezipienten bemerkt worden[1]. Allerdings war dies häufig genug ein Anlaß zur Kritik – nicht nur für Bruckners entschiedene Gegner, sondern auch für seine Anhänger. So hat etwa Josef Schalk ein vermeintliches Selbstzitat im Finale der 8. Symphonie aus dem von ihm überwachten Erstdruck entfernt, weil es ihm „so ganz unmotiviert" erschien[2]. Interessant ist diese Begründung: Daß ein Zitat zwar, um als solches identifizierbar zu sein, bis zu einem gewissen Grade der bruchlosen Integration in den neuen Zusammenhang entbehren muß, gehört zu seinen unabdingbaren ästhetischen Voraussetzungen und kann daher keinesfalls Auslöser kritischer Einwände sein; daß es an seiner Stelle „unmotiviert" erscheine, ist dagegen ein für die frühe Bruckner-Rezeption nicht untypischer Vorwurf. Ihre Sperrigkeit gegen den Werkverlauf, also ihr angeblicher Mangel an struktureller Integration, ist den Brucknerschen Anspielungen, Reminiszenzen und Zitaten immer wieder vorgehalten worden[3].

Das Zitieren vorgeformten Materials in einem neuen Kontext ist ein genuin literarisches Verfahren, das in der Musik erst viel später als in der Poesie begegnet. Dieser sprachlichen Herkunft zufolge gilt es als vorausgesetzt, „daß durch das Zitat ein semantisches Feld innerhalb des musikalischen Kontextes entsteht"[4]; dieser Aspekt der Semantisierung ist sogar eines der unbestrittenen De-

[1] Der nach der Fertigstellung des vorliegenden Textes erschienene Aufsatz von Egon Voss zur gleichen Thematik konnte hier nicht mehr berücksichtigt werden. Umso nachdrücklicher sei auf ihn hingewiesen: Egon Voss, *Wagner-Zitate in Bruckners Dritter Sinfonie? Ein Beitrag zum Begriff des Zitats in der Musik*, in: Die Musikforschung 49 (1996), S. 403–406.

[2] Die entscheidende Passage des Briefs, in dem Schalk seine Maßnahme begründet, wurde erstmals von Leopold Nowak zitiert und faksimiliert, siehe Leopold Nowak, *Über Anton Bruckner. Gesammelte Aufsätze*, Wien 1985, S. 29f. Bei dem vermeintlichen Zitat handelt es sich eher um eine flüchtige und nicht sehr genaue Reminiszenz (vgl. 8. Symphonie, Fassung 1890, Finale, Takt 93–98, mit 7. Symphonie, 1. Satz, Takt 197ff.), die überdies durch vollständige motivische Integration in den Kontext kaum als solche bemerkbar ist.

[3] Vgl. etwa Fritz Oesers Vorwort zu seiner Edition der 3. Symphonie (Fassung 1878), Wiesbaden 1950.

[4] Tibor Kneif, *Zur Semantik des musikalischen Zitats*, in: Neue Zeitschrift für Musik 134

Notenbeispiel 6b: 146. Psalm: T. 200–209

finitionskriterien für seinen Begriff, wenn es darum geht, es von anderen Verfahren des Umgangs mit „musikalischen Antefacta"[5] oder überhaupt von bloßen, gar nicht als Zitat gemeinten Anklängen abzugrenzen. Auf die methodischen Konsequenzen dieser Voraussetzung ist bereits in genügender Deutlichkeit hingewiesen worden; damit nämlich fällt die „Zuständigkeit für die Beurteilung des Zitatcharakters" in letzter Instanz nicht „der Analyse der Technik und des Verfahrens", sondern einer „hermeneutischen Deutung" zu[6]. Hermeneutik ist hier wohlgemerkt als wissenschaftsmethodischer Terminus gemeint und nicht etwa mit semantischer Analyse zu verwechseln[7]. Die notwendige Zirkularität des Vorgehens ist daher das klar zu fixierende Problem: Wenn erst die unterstellte Intention des Komponisten zur Semantisierung den Zitatcharakter einer fraglichen Stelle verbürgt, dann kann nicht umgekehrt die analytisch-technische Definition der betreffenden Passage als Zitat den Beweis für das Vorliegen einer solchen Intention liefern.

In Wirklichkeit setzen also bei der Identifikation möglicher Zitate und der Frage nach ihrer Interpretierbarkeit die methodischen Schwierigkeiten erst ein, die durch die unterschiedslose Rubrizierung von Anlehnungen, Paraphrasen, Symbolen, Ableitungen und Erinnerungen unter den Begriff des Zitats natürlich nicht ausgeräumt werden[8]. Und abgesehen von den Schwierigkeiten ihrer bloßen Identifikation werfen musikalische Zitate weiterhin die Frage nach den Konsequenzen auf. Die generelle Behauptung, „daß das Zitat immer den Rahmen der reinen, absoluten Musik sprengt", weil es prinzipiell auf die Übermittlung „außermusikalischer Inhalte" ziele[9], setzt mit Sicherheit nicht nur einen zu engen Zitatbegriff, sondern auch einen rigoros verengten Begriff von absoluter Musik voraus. Die Diskussion um Bruckners Zitatpraxis hat häufig genug lediglich die eigentlich realitätsfernen Vorstellungskomplexe einer entweder absoluten oder nicht-absoluten Musik umkreist und krankt, wie Peter Gülke mit Recht eingewandt hat, größtenteils an der Vernachlässigung der Frage, in welcher Weise Bruckners Musik überhaupt zu „meinen" vermag[10].

(1973), S. 3. Vgl. Vladimir Karbusicky, *Grundriß der musikalischen Semantik*, Darmstadt 1986, S. 103f.

[5] Zofia Lissa, *Ästhetische Funktionen des musikalischen Zitats*, in: Die Musikforschung 19 (1966), S. 364.

[6] Kneif, *Zur Semantik des musikalischen Zitats*, a.a.O., S. 5.

[7] So setzt etwa Wolfgang Kühnen Kneifs Hermeneutik-Postulat kurzschlüssig mit der Forderung nach semantischer Analyse gleich (Wolfgang Kühnen, *Die Botschaft als Chiffre. Zur Syntax musikalischer Zitate in der ersten Fassung von Bruckners Dritter Symphonie*, in: Bruckner-Jahrbuch 1991/92/93, Linz 1995, S. 36) und unterliegt damit einem folgenreichen Mißverständnis. Der Begriff der Hermeneutik trägt bei Kneif der Schwierigkeit Rechnung, sich überhaupt nur des Gegenstands der Untersuchung zu versichern, statt ihn einfach vorauszusetzen.

[8] Diese disparaten Termini fügt beispielsweise Constantin Floros ohne Diskussion der Bedeutung ihrer Differenzen in einem einzigen Absatz zusammen, siehe Constantin Floros, *Zur Deutung der Symphonik Bruckners. Das Adagio der Neunten Symphonie*, in: Bruckner-Jahrbuch 1981, Linz 1982, S. 91 (zweiter Absatz).

[9] Günther von Noé, *Das musikalische Zitat*, in: Neue Zeitschrift für Musik 104 (1963), S. 135b.

[10] Peter Gülke, *Brahms – Bruckner. Zwei Studien*, Kassel u.a. 1989, S. 136. – Vgl. auch Carl

Angesichts dieser Problematik ist es immerhin erstaunlich, wie leicht in der neueren Literatur über Bruckners Zitatpraxis von „eindeutigen" Befunden gesprochen werden kann[11]. An sich ist es zu begrüßen, daß seit einiger Zeit Bruckners kompositorischer Umgang mit präexistentem Material – handele es sich um bloße Anklänge oder um wirkliche Zitate – jenseits seiner früheren ambivalenten Bewertung eine ernsthafte theoretische Auseinandersetzung erfährt, denn zweifellos ist hier ein bis ins Spätwerk hinein zentraler Aspekt von Bruckners musikalischem Denken berührt[12]. Überhaupt hat sich der wissenschaftliche Blick auf Bruckners Zitate eingreifend gewandelt, einerlei, ob diese vor dem Hintergrund eines für Bruckner als charakteristisch erachteten „Collageprinzips" ihre legitime Stelle als „eincollagierte Abschnitte" finden[13] oder ob sie innerhalb eines plausibel gestalteten symphonischen Durchbruchskonzepts als wohlplazierte Retardierungsmomente eine essentielle Formfunktion zugewiesen bekommen[14]: Über das, was früher den Vorwurf der „Unmotiviertheit" der Zitate Bruckners (siehe die Äußerung Josef Schalks) begründen konnte, gibt es heute keine ästhetische Kontroverse mehr.

Dennoch sind die Probleme um die Anspielungen, Reminiszenzen und Zitate in Bruckners Symphonik durchaus nicht geklärt. Hier sei anhand der sogenannten „Wagner-Zitate" in Bruckners frühem symphonischen Œuvre die strittige Frage nach ihrer „Motivation" – und das heißt: nach ihrer formalen Integration wie nach ihrer Zeichenhaftigkeit – noch einmal gestellt, wobei natürlich ihr Status – ihr eigentlicher „Zitat"-Charakter – erneut zum fraglichen Gegenstand werden muß.

Dahlhaus, *Bruckner und die Programmusik*, in: Festschrift Walter Wiora, Tutzing 1988, S. 16 und S. 32.

[11] Constantin Floros, *Die Zitate in Bruckners Symphonik*, in: Bruckner-Jahrbuch 1982/83, Linz 1984, S. 10; vgl. auch Constantin Floros, *Brahms und Bruckner. Studien zur musikalischen Exegetik*, Wiesbaden 1980, S. 44. – Unter Hinweis auf die Arbeiten von Floros haben sich Bruckners Wagner-Zitate inzwischen als fraglos „nachgewiesen" etabliert (vgl. etwa Martin Geck, *Von Beethoven bis Mahler. Die Musik des deutschen Idealismus*, Stuttgart 1993, S. 391, auch S. 382).

[12] Daß die Einfügung werkfremder Materialien im unvollendeten Finale der 9. Symphonie (weit über das von Bruckner selbst so genannte Te-Deum-Zitat hinaus) möglicherweise sogar die gesamte Konzeption bestimmt haben könnte, ist neuerdings zur Diskussion gestellt worden (John A. Phillips, *Neue Erkenntnisse zum Finale der neunten Symphonie Anton Bruckners*, in: Bruckner-Jahrbuch 1989/90, Linz 1992, S. 177f.).

[13] Manfred Wagner, *Der Wandel des Konzepts. Zu den verschiedenen Fassungen von Bruckners Dritter, Vierter und Achter Sinfonie*, Wien 1980, S. 20 und S. 7. – Vgl. auch Manfred Wagner, *Bruckners Sinfonie-Fassungen – grundsätzlich referiert*, in: Bruckner-Symposion Linz 1980, Linz 1981, S. 19.

[14] Vgl. Wolfram Steinbeck, *Schema als Form bei Anton Bruckner. Zum Adagio der VII. Symphonie*, in: Festschrift Hans Heinrich Eggebrecht, Stuttgart 1984, S. 305; Wolfram Steinbeck, *Zu Bruckners Symphoniekonzept oder Warum ist die Nullte „ungiltig"?*, in: Kongreßbericht Bonn 1989 (= Probleme der symphonischen Tradition im 19. Jahrhundert), Tutzing 1990, S. 562f.; Wolfram Steinbeck, *Bruckner. Neunte Symphonie d-Moll*, München 1993 (= Meisterwerke der Musik 60), S. 32.

II

Bruckners berühmteste „Wagner-Zitate" sind die 1934 von Robert Haas ausführlich zitierten Passagen aus der ersten Fassung der Richard Wagner gewidmeten 3. Symphonie (die bekanntlich bei Bruckner selbst als „Wagner-Symphonie" firmierte)[15], die aus den späteren Fassungen weitgehend eliminiert worden sind. Es soll sich dabei, so Haas, um Übernahmen aus *Tristan und Isolde*, aus der *Walküre* und aus den *Meistersingern von Nürnberg* handeln. In jüngster Zeit ist der Katalog noch um einige *Tristan*-Anspielungen erweitert worden[16]. Keines dieser Zitate ist freilich auch nur annähernd notengetreu, was meistens mit der Bemerkung, es sei Bruckner eben nicht um „philologische" Genauigkeit gegangen, gleichsam im Vorübergehen konstatiert wird[17]. Deshalb sind bei der Verwendung des Zitat-Begriffs im folgenden von vornherein stets Anführungszeichen mitzudenken.

Wenig sind dagegen die Wagner-„Zitate" in den beiden Symphonien beachtet worden, von denen die sogenannte „Wagner-Symphonie" umgeben wird: in der 2. und in der Frühfassung der 4. Symphonie. Dabei bietet sich gerade die Wiederkehr eines in der „Wagner-Symphonie" bereits verwendeten „Zitats" in der 4. Symphonie als Ausgangspunkt für die folgenden Überlegungen an. Eingegrenzter und überschaubarer als dort, gewinnt doch andererseits das Verfahren durch die potenzierte Zitathaftigkeit hier, im späteren Werk, eine zusätzliche Komplexität: Gegenstand des Zitierens ist nicht nur einfach die zitierte Musik, sondern das Zitatverfahren selbst.

Was im Falle der 3. Symphonie allgemein akzeptiert erscheint, nämlich daß Bruckner hier das Schlafmotiv aus dem dritten Akt von Wagners *Walküre* zitiere, scheint dann folgerichtig auch für das fast identische Zitat in der Vierten zu gelten. Handelt es sich aber wirklich um ein Zitat? Es lohnt sich, die häufiger schon hervorgehobene, aber nie weiter verfolgte Ungenauigkeit des sogenannten Zitats etwas näher in Augenschein zu nehmen (Notenbeispiel 1). Beim Vergleich beider Tonsätze wird rasch deutlich, daß Bruckner ganz offensichtlich planvoll verändernd zu Werke gegangen ist. In der Tat enthält die Stelle im Zentrum der Kopfsatz-Durchführung der 4. Symphonie unverkennbar die charakteristischen Merkmale des Wagnerschen Leitmotivs: Die Verschränkung eines aufwärts führenden Kleinterzschritts (im Notenbeispiel mit a chiffriert) mit einem Halbtonschritt abwärts (im Notenbeispiel: b), bei dem die Baßfortschreitung die Aufwärtsfolge in kleinen Terzen beibehält. Ein weiteres wichtiges Merkmal übernimmt Bruckner ebenfalls: Die exponierte Stellung des Terztons im jeweiligen Ausgangsdreiklang des harmonischen Modells (im Notenbeispiel: c). Den punktierten Rhythmus der fallenden Oberstimme (im Notenbeispiel: d) enthält Bruckners Tonsatz nur einmal in doppelter Augmentation (dieses Zitat-Merkmal ist allerdings an der entsprechenden Stelle der 3. Symphonie deutlicher hervorgekehrt). Andere Merkmale dagegen läßt Bruckner auffälligerweise beiseite: Er-

---

[15] Robert Haas, *Anton Bruckner*, Potsdam 1934, S. 118.
[16] Kühnen, *Die Botschaft als Chiffre*, a.a.O., S. 34.
[17] Floros, *Die Zitate in Bruckners Symphonik*, a.a.O., S. 11.

stens die das Wagnersche Harmoniemodell prägenden verminderten Septakkorde und Vorhalte, zweitens den durchgängig chromatischen Zug der Oberstimme und drittens den stetig fortschreitenden Baß, in dessen Aufwärtszug Bruckner vielmehr kadenzierende Ruhezonen einbaut. Das Modell wird entchromatisiert. Die stark veränderte registerartige Instrumentation mit alternierenden Streichern und Holzbläsern, die jeweils einen der beiden wesentlichen Harmonieschritte (im Notenbeispiel: b) auf zwei verschiedene Oktavlagen verteilt, trägt ein Übriges zur Verfremdung des Zitats bei.

Notenbeipiel 1a: Wagner, *Die Walküre*, 3. Aufzug

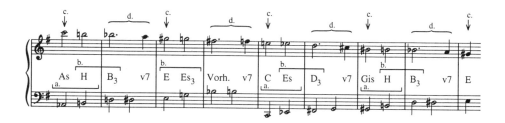

Notenbeipiel 1b: Bruckner, 4. Symphonie (Fassung 1874), 1. Satz, T. 327ff.

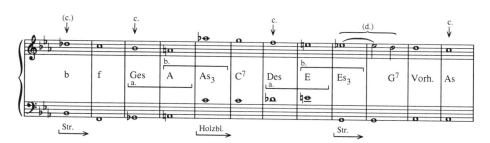

Bruckner legt also das *Walküre*-Zitat in seine wesentlichen Bestandteile auseinander und fügt diese zu einem Merkmalkomplex in der Weise zusammen, daß etwas entschieden Neues entsteht. Das planvoll entstellte „Zitat" ist zwar hinreichend deutlich, um bei allen Hörern die Assoziation an die berühmte Passage der *Walküre* zu wecken, und es ist doch bei näherem Zusehen kunstvoll in der Weise verändert, daß es wie ein Reduktionsbeispiel das an ihm ausschließlich Wesentliche freilegt: die Harmonik. Das führt zu einem zweiten, womöglich noch wichtigeren Aspekt dieses Wagner-Zitats: zur Art seiner Integration in den Werkzusammenhang. Es wird nämlich in die Durchführung des Kopfsatzes mit derartiger Umsicht und Sorgfalt einbezogen, daß man den Eindruck gewinnt, die Stelle werde nicht nur rein äußerlich (in Takt 327 des 630 Takte zählenden Satzes), sondern zutiefst innerlich ins Zentrum der Form gestellt.

Notenbeipiel 2: Bruckner, 4. Symphonie (Fassung 1874), 1. Satz

Die einzelnen Stufen dieser Integration zeigt das Notenbeispiel 2: Am Beginn der Durchführung wird die Gegenstimme der Gesangsperiode aus Takt 72ff. augmentiert, und zwar – dies ein weiteres Moment der dichten Verknüpfung – durch notengetreues Aufgreifen der letzten drei Töne des Expositionsschlusses (Celli, Takt 167/68). Eben diese drei Noten erscheinen am Ende der Durchführungseinleitung (Takt 183ff.) krebsgängig als Baßtöne einer für Bruckner charakteristischen, choralsatzartigen Kadenz, die den Formteil nun für die Durchführungsarbeit mit dem Hauptthema öffnet. Und genau diese Kadenz ist es, die nach erfolgter Hauptthema-Durchführung, wieder im Anschluß an die Gegenstimme der Gesangsperiode (Modell: Takt 307ff., Sequenz: Takt 316ff., variierte Sequenz: Takt 324ff.), den Formteil ein zweites Mal für die Durchführungsarbeit – nun mit Seitensatzmaterial – öffnet und diesmal durch die Umwandlung ihres zweiten Quartfalls in einen enharmonisch verwechselten Kleinterzschritt aufwärts das Pseudo-Zitat buchstäblich herbeizieht. Die *Walküre*-Anspielung kommt also nicht nur nicht unmotiviert daher, sondern sie wird im Wortsinne herbeizitiert[18].

Wenn Bruckner nun aber ein Wagnersches Leitmotiv einem Verfremdungsverfahren in einem Ausmaß unterzieht, dem das Motiv bei Wagner selbst bei allen Wiederholungen eben nicht unterliegt, dann schwindet auch die Möglichkeit, ihm dieselbe vokabulare Funktion zuzuschreiben, die es im Wagnerschen Werkkontext zweifellos hat. Vielmehr verweist die Anspielung auf etwas wesentlich Grundsätzlicheres und Allgemeineres: Es werden von Bruckner präzis die Art der Bezugnahme auf Wagners neuartige Klangsprache – für Bruckner liegt sie erkennbar auf dem Gebiet des Harmonischen – und deren Verbindungsstelle zu seiner eigenen Kompositionstechnik ins Licht gerückt; die gesamte Passage reflektiert also gleichsam den Entwicklungsstand von Bruckners Harmonik zur Zeit der 3. und 4. Symphonie[19].

Nicht zufällig hat gerade diese Wagner-Stelle nicht nur Bruckners besondere Aufmerksamkeit gefunden; sie spielt auch in der musiktheoretischen Literatur des frühen 20. Jahrhunderts eine besonders prominente Rolle. Die harmonischen Eigenschaften, die Bruckner durch sein Verfahren der Demontage und Neuzusammensetzung verdeutlicht, sind genau jene der bis ins Äußerste geweiteten Möglichkeiten der Dreiklangsbeziehungen – denn auf diese wird das Pseudo-Zitat von Bruckner konsequent reduziert – durch Mediant- und Trugschlußfortschreitungen unter Einbeziehung enharmonischer Verwechslungen und über diese hinaus durch „Kettenbildung", wie Hermann Erpf dies mit Blick sowohl auf Wagner wie auch auf Bruckner genannt hat[20]. Ernst Kurth hebt an dem „Schlafmotiv" aus der *Walküre* das „gleichzeitige Ineinanderführen erhöhender und vertiefender Linienspannungen" hervor, aus dem „in jähen Sprüngen ein Wechsel von tonal weitabliegenden Akkorden" hervorgehe, und zitiert es in seiner Monographie über die *Tristan*-Harmonik an exponierter Stelle als letztes und fortgeschrittenstes Beispiel am Ende des Abschnitts „Von der Kadenz zum Alterations-

---

[18] Die Entfernung des „Wagner-Zitats" aus der späteren Fassung der 4. Symphonie hat entsprechend tiefliegende Ursachen: Mit der Preisgabe der zweiten Gegenstimme aus der Gesangsperiode entfielen zwangsläufig die auf sie bezogenen Partien der Durchführung und damit der integrative Rückhalt der *Walküre*-Reminiszenz.

[19] Bezeichnend für das im Zitieren aufgehobene Moment der reflexiven Distanzierung ist, daß im 2. Satz der 4. Symphonie der das Wagner-„Zitat" auslösende Choralsatz zitiert wird (Takt 146–150, um einen Halbton abwärts transponiert), nicht jedoch – nach dem entsprechenden Vorgang im Kopfsatz um so auffälliger – die Wagner-Anspielung selbst.

[20] Vgl. Hermann Erpf, *Studien zur Harmonie- und Klangtechnik der neueren Musik*, Leipzig 1927, S. 141–143 (Erpf analysiert hier das „Schlafmotiv" der *Ring*-Tetralogie allerdings in seiner Erscheinungsform im dritten *Siegfried*-Akt). – Vgl. dazu auch die Analyse des Hauptthemas aus dem Andante-Satz der 4. Symphonie bei Erpf, *Studien zur Harmonie- und Klangtechnik der neueren Musik*, S. 131–135.

stil"[21]. Kaum besser als mit diesem Abschnittstitel könnte man das bezeichnen, was Bruckner mit dem verfremdenden Zitateinbau sinnfällig demonstriert: Im Anschluß an einen zunächst selbständig exponierten, später wieder aufgegriffenen Kadenzzusammenhang aus reinen Dreiklängen wird das sorgfältig für seinen Zusammenhang zubereitete Pseudo-Zitat mittels der Auswechslung des letzten Kadenzschritts durch eine enharmonisch umgedeutete Mediantfortschreitung buchstäblich ausgelöst. In der Mitte des Satzes wird gleichsam wie im Brennspiegel vorgeführt, was die Satzharmonik von Formstation zu Formstation steigernd im Großen praktiziert: nichts Geringeres nämlich als eben dieses charakteristische Harmoniefortschreitungsprinzip, die Mischung naher und ferner Akkordbeziehungen, in immer größere Kadenzabläufe einzuspannen, ihre zentrifugale Tendenz also der Formbildung des Symphoniesatzes dienstbar zu machen[22]. Demgegenüber erscheinen sowohl die „semantischen" Deutungen dieser Passage (bzw. Umdeutungen: als Hinweis auf den „ewigen Schlaf" im christlichen Sinne[23]) wie auch ihre Stilisierung zur naiv-unreflektierten „Huldigung"[24] als unnötige Banalisierungen. Die Anspielung auf Wagners *Walküre* ist also von langer Hand her vorbereitet, bevor sie schließlich erklingt; sie ist mit anderen Worten mit einer Raffinesse in den Kontext eingebaut, die zum Klischeebild des „Naiven" durchaus nicht passen will.[25]

III

Zweifellos ist es also die in den Kern von Bruckners harmonischem Denken zielende harmonische Eigenart, der die fragliche Partie überhaupt ihre Stellung als Bruckners meistverwendetes „Wagner-Zitat" verdankt: Neben der Durchführung im Kopfsatz der 4. Symphonie (frühe Fassung) ist es auch im ersten Satz der 3. Symphonie (frühe Fassung) sowie in deren zweitem Satz (mit leichten Verände-

---

[21] Ernst Kurth, *Romantische Harmonik und ihre Krise in Wagners „Tristan"*, Berlin [3]1923, S. 227.

[22] Die wichtigsten der erwähnten Stationen sind: die Weiterführung des Hauptthemas Takt 20ff., die Durchführung des Hauptthemas Takt 210ff. und Takt 259ff., die Coda des Satzes vom Buchstaben X an.

[23] So bei Kühnen, *Die Botschaft als Chiffre*, a.a.O., S. 37.

[24] Als „Huldigung für den Bayreuther" wird, gleichsam modellhaft für alle späteren Deutungen, die Stelle von Max Auer erklärt (August Göllerich/Max Auer, *Anton Bruckner. Ein Lebens- und Schaffensbild*, Regensburg 1922–1936, Bd. IV, Teil 1, S. 271).

[25] Sie erfüllt damit auf besondere Weise die Voraussetzungen, die Hermann Meyer in seiner Studie über *Das Zitat in der Erzählkunst* für die ästhetisch geglückte Integration des zitierten „Fremdkörpers" in den epischen Zusammenhang fordert: „Wenn das Zitat bis zur Unkenntlichkeit dem neuen Sprachganzen eingeschmolzen wird, so verliert es eben seinen spezifischen Charakter und seine spezifische Wirkung. Im allgemeinen dürfte gelten, daß der Reiz des Zitats in einer eigenartigen Spannung zwischen Assimilation und Dissimilation besteht: Es verbindet sich eng mit seiner neuen Umgebung, aber zugleich hebt es sich von ihr ab und läßt so eine andere Welt in die eigene Welt des Romans hineinleuchten" (Hermann Meyer, *Das Zitat in der Erzählkunst. Zur Geschichte und Poetik des europäischen Romans*, Stuttgart 1961, S. 12).

rungen in allen Fassungen) zu finden[26]. Im Kopfsatz der 3. Symphonie steht allerdings dieselbe Wagner-Anspielung in einem weiteren und auffälligeren Kontext. Gleichsam der Locus classicus aller Brucknerschen Wagner-Zitate, wird sie dort mit einigen angeblichen *Tristan*-Anklängen zu einem ganzen Zitat-Komplex vereinigt. Die Technik der Integration des Fremdkörpers in den Werkzusammenhang ist aber die gleiche wie in der 4. Symphonie: Ähnlich wie dort folgt auch hier das in gleicher Weise verfremdete *Walküre*-Zitat im Anschluß an eine für ihre Entstehungszeit überaus konventionelle Akkordfolge (aufsteigend: F, A, B, Des, F; Takt 479ff.) gewissermaßen als deren Zuspitzung und ins Fortschrittliche gewendete Konsequenz (Takt 483ff.) und geht also, wie in der 4. Symphonie dann in viel weiter über den Satz ausgreifenden Dimensionen demonstriert, aus einer schlichten Akkordfolge als deren harmonische Steigerung hervor.

Damit ist auch dieses „Zitat" weit entfernt davon, lediglich Bruckners Faszination durch Wagners Harmonik zu bekunden. Vielmehr wirft die Passage, ans Ende der Kopfsatzdurchführung gesetzt, in genau derselben Weise wie in der 4. Symphonie ein Licht auf Bruckners kompositorische Problematik und ihre Lösung: So wie schon die Motivkette am Abschluß des Hauthemenfeldes der Exposition (Takt 51–68) die konstitutiven harmonischen Merkmale des Pseudo-Zitats weit schweifend vorausnimmt (den Trugschluß, den Terzschritt aufwärts, die enharmonische Verwechslung und die Kadenz) und insofern „wagnerisch" klingt, ihrerseits jedoch zwischen das harmonisch geschlossene Hauptthema und die dominantisch zur Hauptthemawiederholung sich öffnende Kadenz fest eingeschlossen ist, führt auch das in den Kadenzzusammenhang des Durchführungs-schlusses eingebaute Zitat die Bedingungen der Möglichkeit für eine Übernahme der harmonischen Technik des Musikdramas für die Symphonik vor. Den Ausgleich zwischen der konventionellen Kadenzharmonik (als für die symphonische Formbildung unerläßliche) und der schweifenden Tonartbehandlung des Musikdramas deuten das Hauptthemenfeld der Exposition und das „Zitat" am Ende der Durchführung gleichermaßen an. Kunstvolle Verfremdung wie organische Integration (durch die substantielle Verbindung zur Harmonik zentraler Satzteile) sind also hier im gleichen Maße wie in der 4. Symphonie zu beobachten. In seiner harmonischen Faktur, also in seinem Materialaspekt, liegt die Möglichkeit seiner Integration in den Satz; in ihr also ist zunächst seine „Bedeutung" für Bruckners Symphonie zu sehen. Seine semantischen Konnotationen erschließen sich nicht durch den Blick auf seinen Herkunftsort in Wagners Musikdrama (etwa als Hinweis auf den dann ins Christliche umgedeuteten „ewigen Schlaf"[27]), sondern aus seiner strukturellen Funktion in der Beruhigungszone der Durchführung in Bruckners Symphoniesatz.

---

[26] 3. Symphonie (Fassung 1873), 1. Satz: Takt 479ff.; ebenda, 2. Satz: Takt 266ff.; 4. Symphonie (Fassung 1874), 1. Satz, Takt 327ff. – Die bereits [in Anm. 19] erwähnte vielsagende Auslassung des „Zitats" im 2. Satz der 4. Symphonie (im Anschluß an Takt 146ff., wo die Takte 183–188 des Kopfsatzes zitiert werden), ist hier hinzuzunehmen.

[27] Vgl. Anm. 23.

IV

Nun ist allerdings für die Deutung dieses hochartifiziellen Pseudo-Wagner-Zitats im Kopfsatz der 3. Symphonie noch ein weiterer Umstand zu berücksichtigen, nämlich die enge Zusammenstellung mit den anderen angeblichen „Wagner"-Zitaten. Sind aber überhaupt die Takte 463–468, wie seit ihrer Zitierung durch Robert Haas immer wieder behauptet wurde, als *Tristan*-Zitat anzusprechen? In der Literatur besteht nicht einmal Einigkeit darüber, worin genau der *Tristan*-Bezug des Zitats bestehen soll. Für Constantin Floros etwa zitiert Bruckner hier den Beginn des „Liebestodmotivs", für Manfred Wagner dagegen faßt die Stelle „charakteristische Harmonien des *Tristan* zusammen"[28]. Da jedoch durch die engführungsartige Übereinanderschichtung eine Liebestodmotiv-Anspielung kaum zu verifizieren sein dürfte (vgl. vor allem die Führung der Einzelstimmen in Takt 463ff.) und die von Bruckner ganz traditionell harmonisierte Passage überdies in harmonischer Hinsicht weniger tristanspezifisch kaum sein könnte, liegt eine andere Herleitung der Stelle mindestens eben so nahe: Gestus, Ambitus und Satztyp erinnern, wenn auch nur vage und nicht etwa deutlich zitierend, an das Kyrie der d-Moll-Messe, auf das die ebenfalls in d-Moll stehende „annullirte" Symphonie übrigens ihrerseits in ganz ähnlicher Weise zurückgreift (Notenbeispiel 3).

Notenbeispiel 3

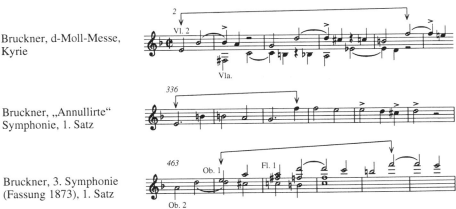

Bruckner, d-Moll-Messe, Kyrie

Bruckner, „Annullirte" Symphonie, 1. Satz

Bruckner, 3. Symphonie (Fassung 1873), 1. Satz

---

[28] Floros, *Die Zitate in Bruckners Symphonik*, a.a.O., S. 10; Manfred Wagner, *Bruckner*, Mainz 1983, S. 364 (Anm. 19).

Viel eher also als um ein *Tristan*-Zitat handelt es sich hier um einen Melodie-
und Satztypus, der der Vorstellungswelt von Bruckners liturgischen Kompositionen entstammt und der hier, absichtsvoll ungenau zitiert, in enger Zusammenstellung mit der ebenfalls verfremdeten Wagner-Anspielung die beiden musikalischen Welten repräsentiert, zwischen denen seine Symphonik ihr eigenes Recht
zu behaupten beginnt. Zwischen beiden Reminiszenzen befindet sich, den Zitat-
komplex vervollständigend, das mehrfach sequenzierte chromatische Tonum-
spielungsmotiv als werkfremdes, aber die beiden Pseudo-Zitatgruppen verknüp-
fendes Bindeglied[29]. Bezeichnenderweise ist dieser Mittelteil des großen Zitat-
komplexes teils zu den *Tristan*-Reminiszenzen[30], teils zu den Eigenzitaten[31] gerechnet worden. Mit anderen Worten: Dieser Sequenzteil ist von Bruckner so
eingerichtet, daß er die beiden diametral unterschiedenen Rahmenteile des Zitat-
komplexes schlüssig verbinden kann (ohne seinerseits ein eindeutig identifizier-
bares Zitat zu sein). In dieser Brückenfunktion liegt sein Sinn[32].

Damit zeigt sich der berühmte Zitatkomplex der 3. Symphonie wesentlich
vielschichtiger als meistens vermutet: In ihm wird im Zentrum der Form, unmittelbar vor dem Übergang in die Reprise, auf kunstvoll anspielende und zugleich
verschleiernde Weise der Bogen gespannt zwischen den beiden Stilbezirken, denen sich der Symphoniker Bruckner zutiefst verpflichtet fühlt. Zugleich aber –
und das ist nicht weniger bedeutsam – erfahren beide bei ihrer Einbeziehung in
den Kontext der Symphonie eine Veränderung, die ihre Bedeutung einerseits
vom Besonderen ins Allgemeine hebt, sie andererseits vom Konkret-Identischen
ins bloß Erinnert-Ähnliche verwandelt.

V

Diese These einer speziellen Funktion der Eigen- wie der sogenannten Wagner-
Zitate – nämlich: die geistige und technische Verortung der eigenen Symphonik
präzis zu demonstrieren oder: die eigene Symphonik in zwei deutlich erkennbar
gemachten Stilsphären rückzuversichern – kann erhärtet werden, wenn man eine
weitere Stufe zurückgeht, auf der das Verfahren noch weniger kunstvoll gehandhabt wird und somit offener zu Tage liegt: zur 2. Symphonie. In dieser Symphonie werden die Zitate aus Wagner und diejenigen aus der eigenen Kirchenmusik
nicht (oder nur unwesentlich) verfremdet, und sie werden auch nicht in enge
räumliche Nachbarschaft gebracht, dafür aber – auch dies eine enge Form der

---

[29] Das übrigens im Finale, Takt 147 ff., zitiert wird und in den späteren Fassungen der Symphonie als einziger „Fremdkörper" die Ausmerzung der „Zitate" überlebt (vgl. 3. Symphonie
[Fassung 1888/89], 1. Satz, Takt 415ff.).

[30] Josef Tröller, *Bruckner: III. Symphonie d-Moll*, München 1976 (= Meisterwerke der
Musik 13), S. 7.

[31] Floros, *Die Zitate in Bruckners Symphonik*, a.a.O., S. 11.

[32] Schon im Kyrie der d-Moll-Messe selbst kann man das Motiv in analoger struktureller
Funktion finden: Im Begleitsatz der Holzbläser leitet es den Mittelteil, „Christe eleison", ein
(Takt 93ff.).

Notenbeipiel 4a: Bruckner, 2. Symphonie, 1. Satz, T. 156ff.

Notenbeipiel 4b: Wagner, *Tristan und Isolde*, II. Aufzug

Notenbeipiel 4c: Bruckner, 2. Symphonie, Finale, T. 200ff.

Notenbeipiel 4d: Bruckner, f-Moll-Messe, Kyrie, T. 124ff.

Verknüpfung – in perfekte syntaktische Analogie (Notenbeispiel 4): Im Kopfsatz enthält der Expositionsschluß ein wie unmotiviert „von außen" kommendes Zitat aus *Tristan und Isolde*[33], im Finalsatz dagegen ein notengetreues Zitat aus dem Kyrie der eigenen f-Moll-Messe (in beiden Sätzen mit der später aufgegebenen Eigentümlichkeit, daß dieses vierte Themenfeld der Exposition auch in der Reprise wiederkehrt). Trotz ihrer scheinbaren Unmotiviertheit gilt jedoch auch hier der schon oben erwähnte Befund ihrer festen Integration in den Werkorganismus (oder zumindest des erkennbaren Bemühens Bruckners um eine solche Integration). Die enge Verbindung zu dem für die gesamte Symphonie zentralen Tonumspielungs- oder Doppelschlagmotiv[34] (chromatisch und diatonisch) ist zwar alles andere als unmittelbar sinnfällig (dadurch heben sich ja die „Zitate" überhaupt erst als Fremdkörper ab), sie steht aber bei näherem Zusehen ganz außer Zweifel (vgl. die Klammern im Notenbeispiel 4). Das Verfahren ist im Prinzip dasselbe wie in den späteren Symphonien, nur die kunstvolle Zubereitung („Verfremdung") des Zitierten ist noch weniger subtil gehandhabt als dort[35].

Wenn man den technisch-strukturellen Anknüpfungspunkt dieser Zitate erkennt, also ihre motivischen oder, wie später, harmonischen Eigenschaften, die erst ihre Zitierung im neuen Kontext ermöglichen, dann wird das Aufsuchen

---

[33] Die Möglichkeit, das Motiv als Zitat aufzufassen (es ist als auskomponierter Doppelschlag geradezu ein musiksprachlicher Topos und als solcher, Bruckner zweifellos bewußt, gerade im 2. Akt von *Tristan und Isolde* gezielt eingesetzt), wurde bisher nicht diskutiert. Für Wolfram Steinbeck ist dieses Thema „durch und durch Episode, Freiraum zwischen den Blöcken, nicht mit dem Pathos des Choraltons beschwert, sondern eher von der Beschwingtheit eines Gesangsthemas" (Steinbeck, *Zu Bruckners Symphoniekonzept*, a.a.O., S. 564). Damit ist zwar seine strukturelle Funktion präzis beschrieben, sein Verweischarakter aber – der besonders in der strukturellen Analogie zum Finalsatz deutlich wird – außer Acht gelassen.

[34] Vgl. zum Topos des Doppelschlagmotivs, dessen Implikationen gerade durch das *Tristan*-Zitat verdeutlicht werden, Kurt von Fischer, *Die Doppelschlagfigur in den zwei letzten Sätzen von Gustav Mahlers 9. Symphonie. Versuch einer Interpretation*, in: Archiv für Musikwissenschaft 32 (1975), bes. S. 101.

[35] Auch das Zitat aus dem Benedictus der f-Moll-Messe (dort Takt 98ff.) im zweiten Satz der 2. Symphonie (Takt 138ff., Takt 181ff.) ist insofern motivisch integriert, als die bereits vorher eingeführte chromatisch steigende Baßlinie (Takt 130ff.) durch die Tiefoktavierung ihres Endmotivs (Takt 135/36) unmittelbar das – zunächst noch kaum kenntliche – Zitat auslöst. Erst beim zweiten Mal (Takt 180) ist die Zitierung, nun durch die chromatische Widerschlagsfigur des Begleitsatzes längst vorbereitet, notengetreu, und hier bewährt sich wieder die These von der identischen syntaktischen Funktion (auch hier wieder bis hin zur Identität der Tonart): In beiden Fällen, im Messensatz wie im Symphonie-Adagio, leitet die zitierte Partie die letztmalige Wiederkehr des Hauptthemas ein. – Insgesamt sind die Umsicht und die Sorgfalt, mit der Bruckner den Einbau von Zitaten und Anspielungen betreibt, überaus bemerkenswert. Die Integration anderer Eigenzitate durch motivische Ableitung hat übrigens in anderem Zusammenhang bereits Wolfram Steinbeck nachgewiesen (*Zu Bruckners Symphoniekonzept*, a.a.O., S. 563, Anm. 47; vgl. auch *Bruckner. Neunte Symphonie d-Moll*, a.a.O., S. 103 und S. 112f.). Hier geht es um das „Miserere"-Zitat aus der d-Moll-Messe in der Schlußgruppe des Kopfsatzes der 3. Symphonie. Strittig ist bislang freilich die Frage, ob es sich hier überhaupt um ein intentionelles Zitat handelt bzw. ob der Stelle innerhalb der d-Moll-Messe überhaupt der Rang eines eigenständigen Motivs zukommt (vgl. die Kontroverse zwischen Rudolf Stephan und Constantin Floros, in: Bruckner-Symposion Linz 1986, Linz 1989, S. 169–180, S. 181–188).

einer unmittelbar verbalisierbaren Aussagemöglichkeit zweitrangig. Das Bedeu-
tungsfeld des Zitats dürfte viel allgemeiner und grundsätzlicher sein als seine
Textierung am Ursprungsort[36]. Darauf läßt auch die Art der Zitierung auf einer
wiederum früheren Werkstufe, nämlich innerhalb der vor der 2. Symphonie
entstandenen „annullirten" d-Moll-Symphonie schließen, auf die hier nur kurz
vergleichend eingegangen sei. Die in ihrem Kopfsatz zitierte Kadenzformel aus
dem Kyrie der d-Moll-Messe ist fast zu toposhaft, um als auffälliges Zitat
identifiziert werden zu können; dennoch handelt es sich bis in Details der Stimmführung und der Instrumentation hinein um ein Selbstzitat (Notenbeispiel 5).

Notenbeipiel 5

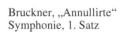

Bruckner, „Annullirte"
Symphonie, 1. Satz

Bruckner, d-Moll-Messe,
Kyrie

Allerdings wird hier eine so unmarkante Stelle der Messe zitiert, daß die
Intention einer Semantisierung klar ausscheidet: Es ist vielmehr die syntaktische
Funktion des Versatzstücks - nämlich die abschließende Wendung (in der Messe)
bzw. die Schlußsteigerung (in der Symphonie) herbeizuführen –, die hier seine
Übernahme ermöglicht[37]. Eben die identische syntaktische Funktion ist es aber
auch, die das Zitat aus der f-Moll-Messe im Kontext der 2. Symphonie beibehält:
die Verzögerung und Ausweitung der Schlußkadenz durch eine überraschende
harmonische Ausweichung (der harmonische Ausgangspunkt ist an beiden Stel-

---

[36] Für Zofia Lissa ist diese größere Breite des Bedeutens eine generelle Eigenschaft des
musikalischen Zitats: „Das Zitat repräsentiert das Werk, aus dem es stammt, nach dem Prinzip
pars pro toto, es ist also der Träger ausführlicher Informationenen als im Rahmen des Ante-
factums, dessen Fragment es ist, weil es dort nur seine eigene strukturelle und ausdrucksmäßige
Qualität hatte, während es in dem neuen Zusammenhang außerdem noch die Ganzheit vertreten
soll, aus der es stammt" (Lissa, *Ästhetische Funktionen des musikalischen Zitats*, a.a.O., S. 366).
[37] Daß das Zitat innerhalb der Symphonie eine feste Integration erfährt, sei nur beiläufig
bemerkt: Der von c" aus chromatisch fallende Terzzug der Mittelstimme bestimmt die symphonische Schlußsteigerung des Kopfsatzes von Takt 301 an (in der Messe selbst kehrt dieses
chromatische Viertonmotiv im „Credo" [Takt 267ff.] zur Textstelle „mortuorum" wieder; im
„Agnus Dei" leitet die Kadenzformel [Takt 73-78] zum „Dona nobis pacem" über).

len derselbe: Rückung von C-Dur nach Des-Dur)[38]. Es ist also nicht in erster Linie die semantische Substanz, sondern die formale und strukturelle Funktion, die die Auswahl des jeweiligen Zitats bestimmt - so wie im Falle der Wagner-Anspielungen ebenfalls kaum die Semantik des Zitats, sondern seine motivische oder harmonische Faktur ausschlaggebend ist. Vor dem möglichen semantischen „Gehalt" des Zitats steht sein struktureller „Sinn".

VI

Man kann an Bruckners Zitierpraxis also eine Entwicklung ablesen, die vom noch vorsichtigen und unauffälligen Selbstzitat („Annulirte" Symphonie) über das offene und so gut wie notengetreue Zitieren (2. Symphonie) zum kunstvoll verfremdeten (3. Symphonie) Anspielen reicht und schließlich (4. Symphonie) so weit in den Kontext zurückgelöst wird, daß die Grenze zwischen Zitiertem und Idiomatischem zu verschwimmen beginnt: Schon in der 4. Symphonie steht ja die *Walküre*-Anspielung im engen Kontext mit dem abstrakten Choralidiom, einem für die „thematischen Freiräume"[39] in Bruckners Symphonik charakteristischen Satztyp, der aber nicht mehr als offenes Zitat aus irgendeiner bestimmten Kirchenkomposition zu identifizieren ist, sondern vielmehr deren Sphäre allgemein repräsentiert. Bis in Bruckners Spätwerk hinein hat dieser Tonsatztypus seine strukturellen (und gewiß auch symbolischen) Funktionen behalten (vgl. als letztes ausgeführtes Beispiel das Adagio der 9. Symphonie, Takt 155ff., in dem sich die Akkordprogressionen der frühen *Walküre*-Anspielung wiederfinden, ohne auch nur im geringsten einen manifesten Zitatcharakter zu bedingen). Ebenso verhält es sich mit vereinzelten Wendungen späterer Symphonien, die als wagnerisch empfunden worden sind, in Wirklichkeit aber nur die zunehmende Neigung Bruckners beweisen, offenes Zitieren zugunsten einer Aufhebung ins generell Idiomatische (vgl. die von Manfred Wagner systematisierten „Melodiemodelle"[40]) zurückzudrängen.

Diese Tendenz zur gezielten Abstraktion bei der Verbindung beider für Bruckners Selbstverständnis zentralen Musiksphären durch das Transformieren des offenen Zitierens ins allgemein Idiomatische und insofern Symbolische – ein

---

[38] Auch die berühmte „Marienkadenz" (wie sie von Robert Haas genannt worden ist; siehe Haas. *Anton Bruckner*, a.a.O., S. 121) im zweiten Satz der 3. Symphonie verdankt ihre Zitierung mit Sicherheit vor allem ihrer Formfunktion; in anderem Zusammenhang spricht Haas weit nüchterner und zutreffender von einer „homophonen Lieblingskadenz" Bruckners (Haas, *Anton Bruckner*, a.a.O., S. 45). Gerade die einzige Stelle, die als notengetreue Übernahme dieser Kadenz aus dem Kontext der Kirchenmusik gelten kann (vgl. 3. Symphonie [Fassung 1873], 2. Satz, Takt 18/19, mit f-Moll-Messe, Agnus Dei, Takt 36/37), fällt bei der Überarbeitung der Symphonie in ihrer Integrität der metrischen Regulierung zum Opfer (durch Einschub eines Taktes, der die Geradzahligkeit der gesamten Themengruppe gewährleisten soll: vgl. 3. Symphonie [Fassung 1888/89], 2. Satz, Takt 27–29). Die Textierungsmöglichkeit in Analogie zu ihrem Ursprungsort ist damit hinfällig (und offenbar für Bruckner allenfalls zweitrangig).

[39] Steinbeck, *Bruckner. Neunte Symphonie d-Moll*, a.a.O., S. 122.

[40] Vgl. Wagner, *Bruckner*, a.a.O., S. 362-384.

Vorgang, der noch kürzlich unter dem Aspekt der „Verdinglichung" kritisiert worden ist[41] – läßt sich übrigens schon innerhalb der 3. Symphonie studieren: Im 2. Satz (der Frühfassung) wird ein aus der sogenannten „Marienkadenz" hervorgehendes Oberstimmenmotiv (Takt 20; an der Parallelstelle Takt 152 ist die Verbindung noch deutlicher) durch Fortspinnung in einen Tonsatz eingebunden, der in der Literatur bereits zum *Tristan*-Zitat erklärt worden ist (Takt 24–27)[42]. Von einem Zitat kann aber nicht im entferntesten die Rede sein: Vielmehr wird eine Motivabspaltung der aus der „Marienkadenz" entwickelten Überleitungspartie auf einen harmonischen Hintergrund projiziert, der sich als Neukomposition eines tradierten chromatischen Stimmführungsmodells erweist (Takt 26–31: Dominantseptakkord, Sekundakkord und Moll-Quartsextakkord über chromatisch steigendem Baß[43]) und der „tristanisch" allenfalls insofern klingt, als die *Tristan*-Harmonik, wie Heinrich Poos umfassend nachgewiesen hat, historisch aus eben derselben Quelle schöpft[44]. Vor allem die das zugrundeliegende Harmoniemodell verschleiernden Vorhaltbildungen sind es, die dem Anklang an die Alterationsharmonik des *Tristan* Vorschub leisten.

Wichtig ist, daß Bruckner auch an dieser schon stark abstrahierten Stelle prinzipiell genauso verfährt wie in den zweifellos offenen Zitaten: Es handelt sich um eine exponierte formale Nahtstelle (hier zwischen Hauptthema und „Gesangsperiode"), und die scheinbaren Übernahmen aus werkfremden Kontexten sind als demonstrative Anspielungen auf zwei diametral unterschiedene und dennoch souverän zusammengefügte Stilbezirke zu verstehen. Sie sind hier freilich gar nicht mehr als „Zitate", also als „Fremdkörper", ansprechbar (die „Marienkadenz" ist von Anfang an fester motivischer Bestandteil der Hauptthemagruppe, und die vermeintliche *Tristan*-Allusion ist, motivisch aus ihr abgeleitet, lediglich ein abstrakter harmonischer Merkmalkomplex ähnlich dem *Walküre*-Zitat, das ja auch am Schluß des Adagiosatzes seinerseits nochmals erklingt).

VI

Daß von Bruckner mit der zitierenden Konfrontation zweier musikalischer Stilbereiche eigentlich Unvereinbares zusammengezwungen wird, hat schon Robert Haas bemerkt: Die Überwältigung durch die „Vorstellungswelt Wagners" und

[41] Martin Geck hebt die dieser Generalisierung von Tonsatztypen inhärente Tendenz zur Symbolik hervor und rügt, einen Topos der früheren Bruckner-Kritik aus freilich neuer ideologischer Perspektive wiederbelebend, deren Verselbständigung – ihre angeblich mangelnde strukturelle Integration – als „Verdinglichung" (Geck, *Von Beethoven bis Mahler*, a.a.O., S. 391) und als „Rückfall hinter die von Beethoven gesetzten Maßstäbe" (S. 385).
[42] Kühnen, *Die Botschaft als Chiffre*, a.a.O., S. 37. – In ähnliche Richtung geht, wenn auch sehr vorsichtig, die Vermutung Rudolf Stephans (*Zu Anton Bruckners Dritter Symphonie*, in: Bruckner-Symposion Linz 1980, Linz 1981, S. 70b).
[43] Vgl. Elmar Seidel, *Ein chromatisches Harmonisierungs-Modell in Schuberts „Winterreise"*, in: Archiv für Musikwissenschaft 26, 1969, S. 285–296.
[44] Vgl. Heinrich Poos, *Zur Tristan-Harmonik*, in: Festschrift Ernst Pepping, Berlin 1971, S. 269ff.

das „religiöse Erlebnis" sah er in der 3. Symphonie auf verschiedene Sätze verteilt und ließ die Möglichkeit ihrer Vermittlung dahingestellt sein[45]. Demgegenüber führt der neuerdings praktizierte Versuch, diese beiden Vorstellungsbereiche durch „semantische Umdeutung" doch noch auf einen kleinsten gemeinsamen Nenner zu bringen, bestenfalls ins Vage und Beliebige[46]. Vielmehr hat die entschiedene Gegensätzlichkeit der beiden durch Zitat und Anspielung in die Symphonik geholten Stilbereiche – Kirchenmusik und Musikdrama – ihren ganz besonderen und nur im Gesamtzusammenhang zu verdeutlichenden Sinn: Die häufig gestellte Frage, wie ausgerechnet ein bis fast zum 40. Lebensjahr ausschließlich in der Kirchenmusik beheimateter und dann von der neudeutschen Kompositionspraxis beeinflußter Komponist zum neben Brahms bedeutendsten Symphoniker seiner Epoche werden konnte[47], erweist sich angesichts der Zitat- und Anspielungspraxis in Bruckners früher Symphonik als Reflexionsgegenstand auch Bruckners selbst – in einer strukturellen Komplexität, die sein Verfahren weit jenseits von bloßer „Naivität" oder einfacher Verbalisierungsmöglichkeit ansiedelt.

In dem bisher diskutierten Sinne kann also von eigentlichen „Wagner-Zitaten" in Bruckners Symphonik nur bei weitherziger Begriffsverwendung die Rede sein. In der Erkenntnis der Funktionsverwandtschaft zwischen den frühen, relativ genauen Zitierungen und den späteren, zur Verfremdung tendierenden Wagner-Anspielungen einerseits und den eine ähnliche Entwicklung durchlaufenden Eigenzitaten andererseits dürfte der Schlüssel für ihre Deutung liegen. Die Berücksichtigung der syntaktischen Funktion der Zitate in ihrem alten wie in ihrem neuen Kontext, die Frage nach dem technischen Grad ihrer Verdeutlichung oder Verfremdung und die Ermittlung der Reichweite ihrer Zeichenhaftigkeit führen im Falle Bruckners auf einen „Sinn", der sich nicht auf die Übermittlung einer „zentralen Botschaft"[48] reduzieren läßt und dennoch sich durchaus nicht aufs nur Formelle und Strukturelle beschränkt. Die frühen Symphonien enthalten eine mit äußerster Umsicht entfaltete Verweisebene, die – wohl weniger im Sinne eines demonstrativen öffentlichen Bekenntnisses und noch weniger im Sinne der Übermittlung einer in wenige Worte übersetzbaren „Botschaft" – der technischen wie geistigen Rückversicherung des eigenen symphonischen Komponierens im Sinne einer Selbstverständigung galt und offenbar bei der späteren Überarbeitung zum

---

[45] Haas, *Anton Bruckner*, a.a.O., S. 120.

[46] Ein krasses Beispiel ist der Versuch Wolfgang Kühnens, aus dem Zitatgefüge der 3. Symphonie „eine zentrale, begrifflich formulierbare Botschaft" herauszulesen: „eine Art Bittgebet (vgl. *Miserere*-Zitat aus der d-Moll-Messe) gerichtet an die religiösen „Instanzen" (vgl. „musikalisches Kreuzsymbol" und „Marienkadenz") um die Aufnahme der innig geliebten Mutter (vgl. *Tristan*-Zitate), von der Bruckner durch den Tod hatte Abschied nehmen müssen (vgl. *Walküren*-Zitat), in das christliche Paradies (vgl. *Meistersinger*-Zitat und Selbstzitat aus der Zweiten Symphonie)" (Kühnen, *Die Botschaft als Chiffre*, a.a.O., S. 43).

[47] Vgl. zuletzt Peter Gülke in einer Sammelrezension mehrerer Bruckner-Publikationen in: Die Musikforschung 47 (1994), S. 200b. – Vgl. auch Gülkes Vorschlag, die 9. Symphonie als versuchte Integration säkularer und liturgischer Musik zu deuten (Gülke, *Brahms – Bruckner*, a.a.O., S. 143).

[48] Kühnen, *Die Botschaft als Chiffre*, a.a.O., S. 41.

großen Teil entbehrlich geworden ist[49]. Was, unbeschadet der lebenslangen Verehrung Bruckners für Richard Wagner[50], die weitgehende Entfernung der sogenannten „Wagner-Zitate" aus den späteren Fassungen der 3. und der 4. Symphonie ohnehin vermuten läßt, zeigt auch schon der äußerst freizügige und selbstbewußte Umgang mit den „Zitaten" selbst, die durch eben diese Art der Behandlung eigentlich gar keine „Zitate" sind: Es führt sehr viel weiter, Detailuntersuchungen statt auf die unbezweifelbaren Einflüsse auf die tiefgreifenden Unterschiede zwischen Bruckner und Wagner zu konzentrieren[51]. Die vielfach bezeugte Unbeholfenheit des biographischen Subjekts Bruckner im persönlichen Umgang mit Wagner hört spätestens beim Komponieren auf. Bruckners angebliche „Wagner-Zitate", an denen bisher hauptsächlich das Moment der Huldigung in den Vordergrund gestellt worden ist, sind in Wirklichkeit planvolle Verfremdungen des vorgefundenen Materials und enthalten durch die Art ihrer Einbeziehung in ihren symphonischen Kontext zugleich ein unüberhörbares Moment selbstbewußter Abgrenzung. Sie sind jedenfalls das Gegenteil naiver Verbeugungen: Dokumente einer sorgfältig abwägenden kompositorischen Reflexion.

---

[49] Das betrifft ja auch die werkinterne Verweisebene der Zitierung der Themen früherer Sätze im Finale, die sowohl in der 2. als auch in der 3. Symphonie später eliminiert worden sind (vgl. 2. Symphonie, Finale, Takt 640ff.; 3. Symphonie [Fassung 1873], Finale, Takt 675ff.). – Zusätzlich ist zu bedenken, daß die von Rudolf Stephan (*Zu Anton Bruckners Dritter Symphonie*, a.a.O., bes. S. 72) detailliert nachgewiesene Umarbeitungstendenz (die weitgehend lückenlose „Thematisierung" des Tonsatzes durch seine Befreiung von bloßen Klangflächen) sich auch auf jene „Zitate" auswirken mußte, deren motivische Integration nur gering einzuschätzen ist (für die Zitate in der 2. Symphonie gilt dies beispielsweise nicht).

[50] Vgl. Egon Voss, *Wagner und Bruckner. Ihre persönlichen Beziehungen anhand der überlieferten Zeugnisse (mit einer Dokumentation der wichtigsten Quellen)*, in: Festschrift Walter Wiora, Tutzing 1988, S. 229f.; Andrea Harrandt, *Bruckner und das Erlebnis Wagner*, in: Mitteilungsblatt der Internationalen Bruckner-Gesellschaft 38 (1992), S. 5–15.

[51] Vgl. Ingrid Fuchs, *Klingt Bruckner „wagnerisch"? Eine Studie zum orchestralen Klangbild Bruckners und Wagners*, in: Bruckner-Symposion Linz 1984, Linz 1986, S. 111–122.

Die Wagnersche Umarmungs-Metapher bei Bruckner und Mahler[1]

von

Timothy L. Jackson

Mahlers und Bruckners Wagner-Rezeption

Auch wenn der tiefgreifende Einfluß der Musik Wagners auf Bruckner akzeptierter Bestandteil unseres Bruckner-Verständnisses ist – ein bedeutender Teil dieser Rezeptionsgeschichte ist noch ungeschrieben. Bruckner entlehnte nicht nur harmonische oder orchestrale Effekte vom Bayreuther Meister. Die folgenden Seiten wollen zeigen, daß er auch ganze Wagnersche Metaphern aus ihrem ursprünglichen Opernkontext in seine Symphonien übertrug. Damit fungierte Bruckner als wichtiger Mittler zwischen Wagner und der nächsten Generation, lieferte er leicht zu assimilierende Modelle symphonischer Komposition mit dem Stempel Wagnerscher Ideale. Im folgenden soll es um den Einfluß einer bestimmten wagnerianischen Metapher auf Bruckner und Mahler gehen – die „Umarmungs"-Metapher aus *Tristan und Isolde* und die Art und Weise, wie Bruckner und Mahler sie in ihre eigene Musik übernommen haben. Widerstehen wir der Versuchung, musikalische Werke *per se* zu analysieren, Kompositionen als selbstgenügsame Einheiten zu sehen. Stattdessen können wir sehen, wie im vorliegenden Fall Wagners „Umarmungs"-Metapher in der Musik Bruckners und Mahlers eine Art von intertextueller Meta-Metapher wird, die nur im Licht einer ununterbrochenen kompositorischen Tradition ihren ganzen Bedeutungsreichtum entfaltet.

Seit der 1. Symphonie von 1865 ist Bruckners Konzeption von symphonischer Form, von Tonalität und motivischer Entwicklung mit Wagnerschen Metaphern durchsetzt, teleologischen Metaphern für „Pilgerreise", „Suche" und „Erlösung"[2]. In einem jüngst erschienenen Artikel lenkt Warren Darcy den Blick auf

[1] Frühere Fassungen dieser Studie wurden vorgestellt auf der Music Theory Midwest Conference, Kansas City Mai 1991, und auf der Tagung *Bruckner-Probleme*, Berlin, November 1996. Ein Stipendium des National Endowment of the Humanities für College-Professoren leistete bei der Fertigstellung des Artikels wertvolle Hilfe.

[2] Bruckner erlebte die Linzer Erstaufführungen von *Tannhäuser* (1863) und *Lohengrin* (1864), beide unter der Leitung seines Kompositionslehrers Otto Kitzler. Vermutlich 1865, vielleicht schon früher, war ihm die 1860 von Breitkopf & Härtel veröffentlichte Partitur des *Tristan* in die Hände gelangt. Bruckners Freund Moritz von Mayfeld fertigte zwei Klavierauszüge aus dem *Tristan*, die ebenfalls von Breitkopf & Härtel veröffentlicht wurden; einer davon war Bruckner gewidmet. Dies mag die „textlose" Partitur gewesen sein, die Bruckner bei der Münchner *Tristan*-Premiere am 19. Juni 1865 benutzt haben soll. Stephen Parkany stellt fest, „it would

das, was er als Bruckners „teleological thematic genesis" und „teleological structural genesis" bezeichnet: „In its most basic form, a ‚teleological theme' features a generative *crescendo* that leads to a thematic/tonal goal or *telos*." Der Begriff „teleological structural genesis" bezieht sich auf eine Struktur, in der „a thematic seed planted early in the piece evolves into a fully formed *telos*."[3] Darcy demonstriert, daß viele von Bruckners Symphonie-Sätzen einen jeweils ganz ähnlichen, mühsamen „Lernprozeß" durchmachen, bevor sie ihr Telos erreichen. Auch bei Beethoven oder Liszt kann man diese Metapher des Lernens ausmachen; doch gerade Wagners Verwendung solcher teleologischer Strukturbildung (besonders im *Tannhäuser*) scheint entscheiden Einfluß auf Bruckner ausgeübt zu haben. Der III. Akt des *Tannhäuser* bietet ein zwingendes Beispiel: Die Musik „lernt" erst dann, auf der Tonika Es-Dur zu kadenzieren, als Wolfram Elisabeths erlösenden Namen spricht – erst mit diesem Moment, mit „Der Gnade Heil ward dem Büsser beschieden", ist der Weg geebnet für die triumphierende Entfaltung des Telos, der Tonika nämlich, die zuerst in der Ouverture zum I. Akt vorgestellt worden war.

„A common enthusiasm for Wagner"[4] war die Grundlage der persönlichen Freundschaft zwischen Bruckner und Mahler, die bis zu Bruckners Tod im Oktober 1896 Bestand hatte. Als Dirigent kam Mahler in unmittelbaren Kontakt mit Bruckners Musik, besonders mit den frühen Bearbeitungen und Ausgaben. Mahler selbst besorgte den vierhändigen Klavierauszug der ersten drei Sätze von Bruckners 3. Symphonie, immerhin Mahlers erste eigene Veröffentlichung. Besonders schätzte er Bruckners 1883 entstandenes *Te Deum*, das er mit viel Beifall 1892, 1893 und 1897 in Hamburg aufführte. In den 1890er Jahren dirigierte er zudem die gedruckt vorliegenden Fassungen von Bruckners d-moll-Messe und der Symphonien 3 bis 6, wenn auch mit seinen eigenen Retuschen und Kürzungen. Als Zeichen der Wertschätzung für Bruckner verzichtete Mahler 1910 auf Tantiemen für 15 Jahre, die die Universal-Edition ihm für die Drucke seiner ersten vier Symphonien schuldete, um mit dem Geld der Veröffentlichung von Bruckners komplettem symphonischen Werk aufzuhelfen.

Die Beziehung zwischen Mahler und Bruckner läßt sich mit der zwischen Nietzsche und Schopenhauer vergleichen: sie konnten dem Einfluß des anderen nicht entgehen, selbst wenn sie ihn nur in der Form einer „reverse panegyric"[5]

have been entirely in character for the assiduous Bruckner to study a *Tristan* score before travelling to Munich for the premiere – i.e. precisely during the period when he composed the first movement of the Symphony No. 1" (Stephen Parkany, *Bruckner and the Vocabulary of Symphonic Formal Process*, University of California at Berkeley (Diss.), 1989, S. 149).

[3] Warren Darcy, *Bruckner's sonata deformations*, in: Bruckner Studies, hg. v. Timothy L. Jackson und Paul Hawkshaw, Cambridge 1997, S. 256–277.

[4] Donald Mitchell, *Gustav Mahler. The Early Years*, Berkeley/Los Angeles 1980, S. 73.

[5] In *Leiden und Größe Richard Wagners* (1933) gesteht Thomas Mann: „Die Passion für Wagners zaubervolles Werk begleitet mein Leben, seit ich seiner zuerst gewahr wurde und es mir zu erobern, es mit Erkenntnis zu durchdringen begann. [...] Meine Neugier nach ihr ist nie ermüdet ... nicht ohne Mißtrauen, ich gebe es zu; aber die Zweifel, Einwände, Beanstandungen taten ihr so wenig Abbruch wie die unsterbliche Wagnerkritik Nietzsche's, die ich immer als einen Panegyrikus mit umgekehrten Vorzeichen, als eine andere Form der Verherrlichung

eingestanden. Mahler, der in Bruckners Musik einen Ton von Weihe, von sakraler Affirmation hörte, ahmte Bruckner hierin zuweilen in aller Aufrichtigkeit
nach und baute diese Manier einer „heiligen Unschuld" in seine eigene Musiksprache ein. Auf der anderen Seite aber war es gerade die anscheinende Naivität
von Bruckners Glauben, die es Mahler erlaubte, in der destruktiven Parodie
solcher Unschuld ein Vehikel für sein eigenes Leiden an der Welt bei der Hand zu
haben. Im folgenden jedoch soll es nicht um Mahlers negierende Inversionen von
affirmativen Bruckner-Momenten gehen, sondern um die ganz unparodistischen
Nachahmungen von Bruckners Wagner-Transformationen.

Nach Wagners erstem intensiven Kontakt mit dem Werk Schopenhauers im
Jahre 1854 nehmen, im *Tristan* (entstanden 1857–1859) und in den nachfolgend
komponierten Musikdramen, musikalische Techniken neue, Schopenhauersche
Konnotationen an. „Metapher" soll vor diesem Hintergrund die Korrelation eines
philosophischen oder poetischen Konzepts mit musikalischen Strukturen meinen.
Der Artikel wird sich dabei auf eine einzige Wagnersche Metapher für die
Erlösung des „Phänomenalen" durch das „Noumenale" konzentrieren: die Konvergenz von Registern, von Tonlagen als Metapher für „Umarmung". Wir werden sehen, daß die Höherlegung der Urlinie, das darin vollzogene „Aufsteigen"
der tonalen Basis, als Metapher für die Enthüllung des Noumenalen im Schopen-
hauerschen Sinne dient. Bruckner assimilierte diese Wagnersche Metapher in
einen symphonischen Kontext, in dem sie wiederum zum Modell für Mahler
werden konnte. Inbesondere werde ich zu zeigen versuchen, daß Bruckners
Entwicklung der Klangregister-Symbolik des *Tristan* im Adagio seiner eigenen
6. Symphonie Modellcharakter für zwei in Zusammenhang stehende Kompositionen Mahlers hatte: für das Rückert-Lied *Ich bin der Welt abhanden gekommen*
und das Adagietto aus der 5. Symphonie (beide 1901).

Registerverschränkung als Umarmungs-Metapher

Die gegen Ende des 19. Jahrhunderts immer wieder verhandelte Idee, daß der
physische Akt der Liebe metaphysische Implikationen habe, konnte eine Recht-
fertigung in den Schlußversen von Goethes *Faust* finden. Morten Solvik Olsen
bemerkt:

„What saves Faust is not God's magnanimity or Christ's blessing or any form of abstract
doctrine. Rather, it is the love of Gretchen that delivers him from hell. That force that draws
Faust upward – „Das Ewig-Weibliche" – stems from an earthly attraction between the two main
characters. Alluding to this sexual tension, Goethe expands the urgent strength of Gretchen's
femininity to a universal principle – her allure now sublimated to an eternal force."[6]

empfunden habe." [Hervorhebung vom Autor] (Zitiert nach Thomas Mann, *Leiden und Größe
der Meister*, Frankfurt a.M. 1974, S. 73–136; Zitat S. 83.). Siehe auch Constantin Floros,
Bruckner und Mahler. Gemeinsamkeiten und Unterschiede, in: Bruckner-Symposion 1981: Die
österreichische Symphonie nach Bruckner, Linz 1983, S. 21–29, und ders., *Bruckners Symphonik und die Musik Wagners*, in: Bruckner-Symposion 1984: Bruckner, Wagner und die Neudeutschen in Österreich, Linz 1986, S. 177–183.
   [6] Morten Solvik Olsen, *Culture and the Creative Imagination: The Genesis of Gustav
Mahler's Third Symphony*, University of Pennsylvania (Diss.), 1992, S. 317/18.

Abbildung 1: Gustav Klimt, *Beethoven Frieze*, 1902, „Diesen Kuß der ganzen Welt"

Abbildung 2: Edvard Munch, „Der Kuß III", 1898

Klimts *Diesen Kuß der ganzen Welt* aus seinem Beethoven-Fries (1902) „inverts
the 'brüderlich' implication of Beethoven's setting [von Schillers Worten] into a
subtitle for an explicitly sexual union. Witness the phallic sheath (complete with
spermatozoa) that surrounds the two figures and the ovarian vessel (complete
with Fallopian tubes) receiving them"[7] (Abbildung 1). Ein etwas früheres Bild
von Munch, ebenfalls betitelt *Der Kuß* (1898; Abb. 2), bietet einen interessanten
Vergleich. In Munchs eigener Beschreibung des Bildes ist Schopenhauers Einfluß unschwer auszumachen:

„ ... die beiden [Liebenden] in dem Augenblick, in dem sie nicht sie selbst sind, sondern nur
eines von den Tausenden von den Gliedern in der Kette, die Geschlecht an Geschlecht bindet."[8]

[7] Solvik Olsen, S. 316.
[8] Barbara Eschenberg, *Der Kampf der Geschlechter. Der neue Mythos in der Kunst 1850-
1930*, München 1995, S. 252.

Es sind die Schlußfolgerungen aus *Faust* und *Tristan*, die bei Klimt und Munch ins Bild des Kusses gesetzt sind. In beiden Bildern wird die Individualität der Liebenden durch die Verschmelzung ihrer Gesichter und Körper, durch das Verwischen und Verdecken ihrer Merkmale zerstört (Abbildungen 1 und 2). Sehen wir nun, wie diese Idee der Verwischung von Wagner, und in der Folge auch von Bruckner und Mahler, mit musikalischen Mitteln realisiert worden ist.

Die Identität der strukturellen Außenstimmen in einer Schenkerschen Analyse wird allein durch ihre „obligaten" Register deutlich bestimmt. Schenker stellt fest:

> „Die Auskomponierung entfernt sich von der wahren Lage auf- und abwärts in Zügen, Brechungen, Koppelungen usw., behält aber immer den Drang zur Rückkehr in die wahre Lage. [...] Das Gesetz der obligaten Lage bindet nicht allein eine Oberstimme, sondern auch eine Unterstimme."[9]

Schenker findet also eine „Neigung" der strukturellen Stimmen, ihre Register-Identität zu bewahren, so daß sich strukturelle Ober- und Baßstimme nicht überlagern.

Es besteht kein Zweifel daran, daß für Beethoven, Wagner und viele Komponisten des späten 19. Jahrhunderts Tonlagen symbolische, metaphysische Konnotationen besaßen. Denken wir uns die phänomenale Welt als grundlegende Realität. Das Phänomenale - die *Basis* der gewöhnlichen Wahrnehmung - mag man mit dem musikalischen *Baß* assoziieren können und „normale", normgerechte Wahrnehmung mit tonaler „Normalität", mit Diatonik. Wir können weiterhin davon ausgehen, daß das Noumenale in einem solchen Denken mit den höchsten Tonlagen zu identifizieren wäre, denn es wird erahnbar nur durch das Aufsteigen über die mundane Realität, aus großer spiritueller „Höhe" der Wahrnehmung. Zusätzlich gibt es eine lang etablierte Analogie zwischen dem Extra- oder Paranormalen und nicht-normgerechten tonalen Fortschreitungen, zumal mit Chromatik. Wenn die „gewöhnliche" Wirklichkeit – das Phänomenale – dem tiefsten Register entspricht und die transzendente Wirklichkeit – das Noumenale – dem höchsten, dann ließe sich der Aufstieg aus dem tiefsten zum höchsten Register identifizieren mit dem steinigen Pfad aus der alltäglichen Welt zur höheren Ebene des Visionären, also aus der begrenzten *Illusion* des Phänomenalen zur *ultimaten Wirklichkeit* des Noumenalen. Komponisten nun können diese Konnotationen ausnutzen, um metaphysische Ideen durch ungewöhnlichen Registereinsatz musikalisch zu formulieren – wodurch das Konzept des obligaten Registers, wie Schenker es definiert, gegebenenfalls auch verletzt werden kann[10].

Wenden wir uns nun dem Schluß des III. *Tristan*-Aktes zu, selbst wieder eine Verdichtung der 2. Szene des II. Aktes (Notenbsp. 1a und 1b)[11]. Beide Passagen

---

[9] Heinrich Schenker, *Der freie Satz. Neue musikalische Theorien und Phantasien*, Wien 1935; übs. von Ernst Oster als *Free Composition*, New York 1979, S. 107.

[10] Zur Diskussion der tristanesken ‚Registerumarmung' in Tschaikowskys 6. Symphonie siehe Timothy L. Jackson, *Tschaikovsky's Sixth Symphony (Pathétique)*, Cambridge 1999, S. 62–64.

[11] Die Takte 1377–1631 des II. Aktes entsprechen dem Schluß des III. Aktes (ab Takt 1621). Im Notenbsp. und in den Graphen zum Ende des III. Aktes sind die Takte vom Beginn des Liebestods („Mild und leise") an gezählt.

laufen klassischen Prinzipien des obligaten Registers zuwider. So, wie das Noumenale in der geschlechtlichen Vereinigung (Ende der 2. Szene des II. Aktes) und dem finalen Todeskuß (Ende des III. Aktes) erreicht wird, so werden die Töne der absteigenden Urlinie aus ihrem obligaten Register bis in die höchsten Tonlagen „erhoben", „entrückt". Wagner repräsentiert diesen Aufstieg zum Noumenalen durch ein radikales Mittel: Er transformiert die eigentlich vom fis' ($\hat{5}$) aus *absteigende* Urlinie in eine *aufsteigende* Spirale, indem er die Töne der Urlinie aus ihrem Oktavenregister herauslöst. Anstatt vom fis' ($\hat{5}$; T. 12) aus einen Ton abwärts zu schreiten, geht es eine Sept hinauf, zum e'' ($\hat{4}$; T. 43). Dann geschieht etwas Außerordentliches: Bevor die Oberstimme die höchste Lage erreicht, wird die Urlinie drei Oktaven abwärts in den Baß verrückt (T. 44). Die Urlinien-Töne $\hat{4}$-$\hat{3}$-$\hat{2}$ werden in dem Moment in den Baß versetzt, in dem die fünfte Stufe in die Oberstimme verschoben wird. In anderen Worten: die Rollen von Baß und Oberstimme werden für eine kurze Zeitspanne vertauscht. Dann, auf der Klimax der Passage, wird das Cis ($\hat{2}$; T. 61) über fünf Oktaven zum cis'''' versetzt, um sich hier ins h''' ($\hat{1}$; T. 62) zu lösen.

Wagners Register-Umarmung ereignet sich im Rahmen der ansteigenden Spirale, die insgesamt den Aufstieg vom Phänomenalen zum Noumenalen repräsentiert. Innerhalb dieses langen Kletterns steigt die strukturelle Oberstimme (mit dem Noumenalen zu identifizieren) in den Baß hinab, übernimmt zeitweilig dessen – mit dem Phänomenalen zu identifizierende – Funktion und „erlöst" es auf diese Weise. Die Erlösung des Phänomenalen durch seine Erfahrung des Noumenalen wird also in der musikalischen Struktur repräsentiert durch ein Untergreifen der Tonlagen, in dem Töne der Urlinie aus dem höchsten ins tiefste Register versetzt werden. In der momentanen Verbindung von struktureller Ober- und Unterstimme werden die Identitäten der Stimmen verwischt – so wie die Identitäten der Liebenden in den Bildern von Klimt oder Munch. Da sich diese unorthodoxe Registerversetzung als eine Art von musikalischer Umarmung verstehen läßt, habe ich sie „Umarmungs-Metapher" genannt. Am Schluß des *Tristan* repräsentiert die Metapher sowohl die Einheit von Tristan und Isolde im Tod als auch die welterlösende Umarmung des Phänomenalen durch das Noumenale.

Im Adagio der 6. Symphonie überträgt Bruckner Wagners Umarmungs-Metapher in einen symphonischen Kontext. Daß er dabei den *Tristan* im Sinn hatte, läßt sich an den subtilen, aber unverkennbaren Anspielungen auf das Liebestod-Motiv ablesen[12]. Am Beginn der Durchführung (T. 77–84) findet die Violinstim-

---

[12] August Göllerich und Max Auer berichten in ihrer Bruckner-Biographie über Bruckners Besuch der *Tristan*-Aufführung am 19. Juni 1865 in München: „[Bruckner] war ganz weg vor Begeisterung; namentlich das Liebes-Duett [Akt II, 2. Szene] gefiel ihm außerordentlich. Bei diesem Erleben fühlte er sich Wagner geeint in heißem Feuerbunde. Den Theaterzettel bewahrte Bruckner als teure Erinnerung auf." (August Göllerich/Max Auer, *Anton Bruckner. Ein Lebens- und Schaffensbild*, Bd. III/1, Regensburg 1932, S. 317). Anspielungen auf den „Liebestod" finden sich auch in früheren Symphonien Bruckners, besonders in Überleitungsabschnitten, in denen sie die Aufgabe zu haben scheinen, dem Satzverlauf einen Bewegungsimpuls zu geben. Beispiele sind der 1. Satz der 2. Symphonie (in der Überleitung zur Durchführung, T. 161–176, und in der Coda, T. 460–479) und die erste Fassung (von 1873) der 3. Symphonie (am Ende der Durchführung des 1. Satzes, T. 463–468) (siehe Constantin Floros, *Die Zitate in Bruckners Symphonik*, in: Bruckner-Jahrbuch 1982/83, Linz 1984, S. 10).

me (Notenbsp. 2c) in der Entwicklung des Kopfthemas (Notenbsp. 2b) das Liebestodmotiv (Notenbsp. 2a), wobei Wagners originale Transposition des Motivs eine kleine Terz aufwärts gewahrt bleibt. Aber diese Evokation des Liebestod-Motivs im Vordergrund des Satzes mag zu einer weit tieferen und subtileren Wagner-Anspielung hinführen. Und wenn Bruckners 6. Symphonie als Modell für Mahlers in der gleichen Tonart (F-Dur) stehende Rückert-Vertonung *Ich bin der Welt abhanden gekommen* und das Adagietto aus der 5. Symphonie (die, wie gesagt, selbst wieder zusammenhängen) gedient hat, dann kann man sich alle diese Stücke als durch die Wagnersche Umarmungs-Metapher verbunden denken[13].

Auch wenn sie bereits zwischen 1879 und 1881 komponiert worden war, mußte Bruckners 6. Symphonie doch bis zum Februar 1899 warten, bis sie – drei Jahre nach Bruckners Tod – unter Mahlers Stabführung ihre vollständige Uraufführung erlebte. Auch mit Mahlers Retuschen und Schnitten machte das Werk großen Eindruck. Laut Christopher Lewis' Chronologie ging die Premiere der 6. Symphonie der Komposition des Adagiettos aus Mahlers 5. Symphonie und des Rückert-Liedes *Ich bin der Welt abhanden gekommen* – die beide aus dem Jahre 1901 stammen – um knapp zwei Jahre voraus[14]. Ohne Bezug auf Bruckner zu nehmen, argumentiert Lewis, das Rückert-Lied habe Mahler als poetischer und kompositorischer Bezugspunkt für das Adagietto gedient. Lewis stützt seine These mit einer linearen Analyse des Liedes und des Adagiettos und bemerkt, daß „although Mahler never actually quotes the song, the *Adagietto* is so closely related to it as almost to constitute a parody."[15]

Der Leser möge die Hinter- und Mittelgrundgraphen für das Adagio aus Bruckners 6. Symphonie mit Mahlers *Ich bin der Welt abhanden gekommen* und dem Adagietto aus der 5. Symphonie vergleichen (Notenbsp. 3–7). Die Graphen zeigen, daß meine Interpretation des Kopftons als $\hat{3}$ (a) von Lewis und Hefling abweicht, die *Ich bin der Welt abhanden gekommen* von der $\hat{5}$ (c) aus verstehen; dito Allen Forte und Lewis, die das Adagietto von der $\hat{5}$ (c) aus analysieren[16].

In meinen Augen verunklart die Analyse des Adagiettos von der $\hat{5}$ aus die tiefere Bedeutung des Satzes in der Symphonie als ganzer, in der er als Vorspiel

---

[13] Daß Mahler im Adagietto – ebenso wie Bruckner im Adagio der 6. Symphonie – den *Tristan* im Sinn hatte, wird deutlich durch die Anspielung aufs Blick-Motiv (*Tristan*-Vorspiel, T. 45-48) im Mittelteil des Adagiettos (T. 67–71; siehe Constantin Floros, *Gustav Mahler III: Die Symphonien*, Wiesbaden 1985, übs. v. Vernon Wicker, Portland 1993, S. 155, und Barbara Meier, *Geschichtliche Signaturen der Musik bei Mahler, Strauss und Schönberg*, Hamburg 1992, S. 141).

[14] Christopher Lewis, *On the Chronology of the 'Kindertotenlieder'*, in: Revue Mahler 1 (1987), S. 22–37; hier S. 26.

[15] Lewis, *On the Chronology of the 'Kindertotenlieder'*, a.a.O., S. 27.

[16] Allen Forte (*Middleground Motives in the Adagietto of Mahler's Fifth Symphony*, in: Nineteenth Century Music 8 (1984/85), S. 153–163) und Lewis (*On the Chronology of the 'Kindertotenlieder'*, a.a.O.) analysieren das Adagietto ausgehend von der 5; Lewis – op. cit. – und Hefling (*The Composition of Mahler's 'Ich bin der Welt abhanden gekommen'*, in: Mahler. Wege der Forschung, hg. v. Hermann Danuser, Darmstadt 1992, S. 96–158) tun das nämliche mit dem Rückert-Lied.

zum Rondo-Finale fungiert. Im Rahmen des III. Teils der Symphonie paßt sich die tonale Struktur des Adagiettos ein in eine großräumige Kadenz F-A-D (III-V-I) hin zur Tonika des Rondos; eine Parallele zur Kadenz Cis-A-D (VII-V-I), die die Teile I und II der Symphonie überspannt. Im III. Teil wird der Kopfton a, die $\hat{3}$ im F-Dur-Adagietto, in die $\hat{5}$ im D-Dur-Finalrondo uminterpretiert (Notenbsp. 8). Wenn man von der $\hat{3}$ ausgeht, versteht man zudem die organische Verbindung des Adagiettos mit dem Rondo besser, in dem der Anstieg zur $\hat{3}$, der das Adagietto strukturiert, mit großer Wirkung wiederaufgenommen wird (siehe den Anstieg zum a^3 im Rondo, T. 83–88, 465–479 und 753–759). Nicht nur aus technischen Gründen scheint mir die Analyse der Stücke von der $\hat{3}$ aus sinnvoller; die lang ausgedehnten Anstiege zur $\hat{3}$ tragen auch tieferen, semantisch bedeutsameren Gehalt. Der weit ausgesponnene Anstieg vom tiefsten bis ins höchste Register repräsentiert eine spirituelle Reise vom Alltäglichen zum Mystischen, vom Phänomenalen zum Noumenalen – eine dornige Odyssee, die kulminiert, wenn das tiefste Register vom höchsten „umarmt" wird.

Die Graphen machen die frappierende tiefenstrukturelle Parallele des weitgespannten Anstiegs zur $\hat{3}$ deutlich. Bei Bruckner, bei dem der Anstieg sich im Rahmen einer Sonatenhauptsatzform vollzieht, ist der ursprüngliche Anstieg über die erste und den größten Teil der zweiten Themengruppe ausgedehnt (Notenbsp. 3, 4 und 5a). Im Adagietto und in *Ich bin der Welt abhanden gekommen* wird das Erreichen der $\hat{3}$ in der höchsten – vermutlich obligaten – Lage bis weit ins Stück hinein hinausgezögert (Notenbsp. 5b–c, 6 und 7). Mit der Ankunft auf der $\hat{3}$ im höchsten Register werden – wie im „Liebestod" im *Tristan* – die üblichen Rollen von Baß und Sopran vertauscht: die „noumenale" Linie der Oberstimme steigt in die Baßlage hinab, um die „phänomenale" Baßlinie zu „umarmen" und mit ihr eins zu werden. Diese Register-Umarmung führt zu augenfälligen Ähnlichkeiten der Schlüsse der Werke, die Vergleiche auf der Vordergrund-Ebene nahelegen. Bei Bruckner fällt, bald nachdem in T. 128 der Kopfton im höchsten Register erreicht ist, die von der 1. Violine vertretene strukturelle Oberstimme (T. 145–148) dramatisch in die Tenor-Lage hinab. Dieser Versuch der Oberstimme, den Baß zu umarmen – gestoppt nur durch die Tonhöhenbegrenzung der offenen G-Saite der Violine – wird in T. 164–168 in der 1. Violine wiederholt. In den beiden Mahler-Stücken nimmt, ebenso wie im „Liebestod", der Baß die Identität der Oberstimme an und übernimmt auch den strukturellen $\hat{3}$-$\hat{2}$-$\hat{1}$-Abstieg (*Ich bin der Welt abhanden gekommen*, T. 65/66; Adagietto, T. 99–103).

Die tonhöhenbasierte Umarmungs-Metapher am Schluß des Adagietto wird durch eine weitere musikalische Metapher für Umarmung ergänzt, eine enharmonisch-kontrapunktische: Ein b' in der Oberstimme wird als verminderte Non gegen ein Ais im Baß gesetzt (Notenbsp. 9a); die Idee von Umarmung wird hier durch die Annäherung, die Konvergenz der Stimmen erzeugt. Mahler setzt linearen Kontrapunkt ein, um die verminderte Non Ais-b' in die kleine Sept H-a' fortschreiten zu lassen – ein enharmonisch-kontrapunktisches Emblem für die Enge der Umarmung, sexuell wie metaphysisch. Diese vertikalen Intervalle werden schließlich auch in die Horizontale gekippt, wenn zwischen T. 87 und T. 94 das b^3 der Oberstimme zum Kopfton a^3 fortschreitet, während im Baß das B von T. 94 zum H fortschreitet, als ginge es hier ebenfalls um den Schritt Ais-H (Notenbsp. 9b–c). So wird die verminderte Non Ais-b in die Oberstimme selbst eingearbeitet (siehe die mit x bezeichnete Klammer in den Notenbsp. 6 und 9).

Daß Noumenale wahrnehmen zu können erfordert einen Rückzug aus der phänomenalen Welt, ein Verborgensein sowohl des Beobachters wie des Beobachteten. Das Noumenale läßt sich nicht mit bloßem Auge wahrnehmen; es muß aus dem Inneren heraus kontempliert werden. Die Protagonisten von *Tristan und Isolde* entfliehen aus der profanen Wirklichkeit ihres Alltags in das ihnen enthüllte noumenale Reich von Nacht und Tod. In Bruckners Adagio und Mahlers *Ich bin der Welt abhanden gekommen* wird die Umarmungs-Metapher durch eine bemerkenswerte tonale „Verdeckung" oder „Verdunklung" verstärkt, die den Rückzug von der Welt illustriert.

Eines von mehreren ungewöhnlichen Merkmalen des Adagios von Bruckners 6. Symphonie ist das Auftreten des zweiten Themas in der „entfernten" Tonart E-Dur (T. 25ff.). Notenbsp. 3d soll verdeutlichen, daß dieses E-Dur, die VII. Stufe der Grundtonart F-Dur, auch – jedenfalls anfänglich – als Fes-Dur verstanden werden kann, das ein as harmonisiert, das den erwarteten Kopfton a ersetzt oder „verdunkelt". Diese tonale Verdunklung wird am Beginn der Reprise mit der Wendung nach f-moll wiederholt; Tonika und Kopfton werden erst mit der Reprise der zweiten thematischen Gruppe wieder in ihr Recht eingesetzt (Notenbsp. 3e). Wie bereits an anderer Stelle formuliert, manifestiert sich hier Verzicht, Aufgabe – der Rückzug aus der phänomenalen Welt durch den Tod – musikalisch durch die „Verdeckung" des Kopftones[17].

Mahler nimmt diese Brucknersche Metapher tonaler Verdeckung in *Ich bin der Welt abhanden gekommen* auf. Im Lied repräsentiert die Verdeckung des Kopftones den Rückzug des Protagonisten aus der phänomenalen Welt[18]. Im Augenblick der noumenalen Wahrnehmung, also in dem Moment, in dem man in der Singstimme den Kopfton erwartet, hält Mahler ihn zurück (man beachte die ausgestrichenen Noten A in Notenbsp. 5c und 7). In T. 47/48 „sollte" sich das b' eigentlich ins a' lösen; stattdessen aber springt die Singstimme zum f' (Notenbsp. 7). In T. 54 ist die Verdeckung besonders subtil realisiert. Der Kopfton a' – Zielpunkt des großräumigen Anstiegs – wird nicht der Singstimme überantwortet, sondern der Begleitung. So, wie der Sänger „der Welt abhanden kommt", zieht sich der Kopfton a' aus der Singstimme zurück. Die Skizze dieser Passage zeigt, daß die Verdeckung Ergebnis einer Revision war: Hier beabsichtigte Mahler noch, die Singstimme den Anstieg bis zum a'' übernehmen zu lassen; erst später wies er diese Aufgabe der Oboe zu (Abbildung 3)[19].

---

[17] Siehe auch die Diskussion der tonalen Symbolisierung des Phänomenalen und des Noumenalen bei Wagner und Bruckner in Timothy Jackson: *Schubert as 'John-the-Baptist to Wagner-Jesus': Large-scale Enharmonicism in Bruckner and his Models*, in: Bruckner-Jahrbuch 1991/92/93, Linz 1995, S. 61–108, besonders S. 66–70.

[18] Hans Heinrich Eggebrecht formuliert die Hypothese, Mahler habe Rückerts Gedicht autobiographisch gelesen (H.H. Eggebrecht, *Die Musik Gustav Mahlers*, München 1982, S. 274/75). Ist das der Fall, läßt sich die Unterdrückung des Kopftones auf dem Höhepunkt des Anstiegs in der Singstimme als Repräsentation des Verschwindens des Komponisten selbst verstehen.

[19] Auch Michael Johannes Oltmanns weist auf diese Revision hin und bemerkt dazu: „Auch

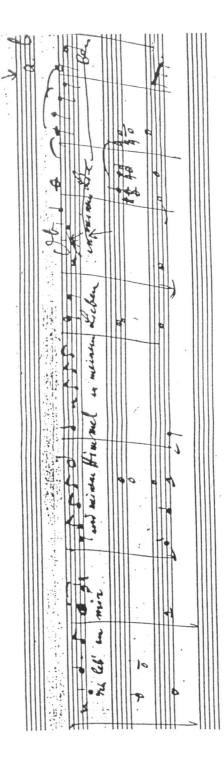

Abbildung 3: Gustav Mahler, *Ich bin der Welt abhanden gekommen*, Skizze in der Pierpoint Morgan Library. Der Ausschnitt entspricht den Takten 49–56 der endgültigen Fassung und zeigt, daß die Singstimme ursprünglich bis zum Kopfton a'' reichen sollte. Erst in einem späteren Stadium ging Mahler auf, daß er den Rückzug des lyrischen Ich von der Welt durch das Vermeiden des Grundtones in der Singstimme repräsentieren könne.

Nachdem Hanslick und andere Bruckner mit der Behauptung attackiert hatten, er übertrage lediglich Wagners Stil vom Musikdrama auf die Symphonie, bemühten sich viele seiner Anhänger, die Symphonien als „absolute Musik" zu verteidigen. Robert Haas, August Halm und Ernst Kurth beschreiben Bruckner alle, wenn auch aus verschiedenen Blickwinkeln, als „absoluten Musiker"[20]. Vielleicht war es der Versuch, ihn von Wagner abzusondern, der beide Gelehrte dazu brachte, das tatsächliche Ausmaß von Bruckners Beziehung zu Wagner gar nicht wahrzunehmen oder zumindest herunterzuspielen. Bruckner hat seine Dankesschuld gegenüber Wagner auf verschiedenste Weise eingestanden, verbal ebenso wie in zahlreichen Zitaten aus oder Anspielungen auf Wagners Musikdramen in seinen Symphonien; einige davon sind erst in jüngster Zeit identifiziert worden[21]. In der vorliegenden Studie wird die These vorgeschlagen, daß Bruckners Wagner-Bindung noch tiefer reicht, als bislang angenommen worden ist. Nicht nur durch Zitate und Anspielungen an der Oberfläche der Musik, sondern auch auf tieferer struktureller Ebene übertrugen Bruckner und Mahler Wagnersche Metaphern und Techniken teleologischer Entwicklung aus ihrem originalen Kontext im Gesamtkunstwerk in ihre Symphonien.

diese Disparatheit der Verse vertieft Mahler erst im Laufe der Kompositionsarbeiten: der erste Entwurf schloß ursprünglich die beiden Vokalwerke „in meinem Lieben" unmittelbar aneinander an. Erst dann kam Mahler auf die Idee, die Verse voneinander abzukoppeln und die Melodieführung im Pausentakt der Oboe zu überantworten ... ." (Michael Johannes Oltmanns, *Ich bin der Welt abhanden gekommen' und ,Der Tambourg'sell' – Zwei Liedkompositionen Gustav Mahlers,* in: Archiv für Musikwissenschaft 43 (1986), S. 69–88; hier S. 76).

[20] Ich habe an anderer Stelle bereits darauf hingewiesen, daß „For Haas, writing in the thirties, Bruckner, like Brahms, is an 'absoluter Musiker', his music technically as strong as Brahms's. In order to distance Bruckner's symphonies from the dramatic art of Wagner and the tone poems of Berlioz, Liszt, and Richard Strauss, i.e. to disassociate Bruckner's music from works relying on programmatic elements to compensate for technical weaknesses, Haas found it expedient to downplay the connection between Bruckner and Wagner, reducing it to a technical or 'absolute' one. Thus Haas claimed that 'the many borrowings from Richard Wagner in tonal language, harmony, and orchestral colour – given the fundamental inner differences between the two personalities – stem from Bruckner's reverence for the purely musical monumentality of the Bayreuth Master and from his unbounded respect for authority; he did not concern himself with other spiritual particulars of Wagner's work.'" (Timothy L. Jackson, *Schubert as 'John-the-Baptist to Wagner Jesus',* a.a.O., S. 71. Das Haas-Zitat stammt aus seinem *Anton Bruckner,* Potsdam, 1934, S. 37.)

In seinem monumentalen *Bruckner* (Berlin 1925, Reprint Hildesheim 1971, S. 256–265) widmet Ernst Kurth Bruckners Symphonien ein eigenes Kapitel, das sie als „absolute Musik" verortet, und Halm beschreibt in verschiedenenen Veröffentlichungen die Bruckner-Symphonien als einen Gipfelpunkt „absoluter Musik".

[21] Siehe Timothy Jackson, *The Finale of Bruckner's Seventh Symphony and tragic reversed sonata form,* in: *Bruckner Studies,* hg. v. Timothy L. Jackson und Paul Hawkshaw, Cambridge 1997, S. 140–208.

Notenbeispiel 1a: Wagner, „Liebestod" aus *Tristan und Isolde* (1865), Hintergrund. Aufwärtsversetzung der Urlinie als Metapher für den
Aufstieg vom Phänomenalen zum Noumenalen.

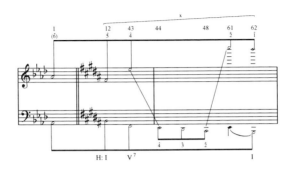

Notenbeispiel 1b: Wagner, „Liebestod" aus *Tristan und Isolde*, Schluß des Mit-
telgrund-Graphen. Aufwärtsversetzung von Tönen der Urlinie.

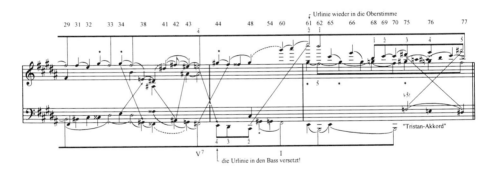

Notenbeispiel 2a: Anfang des „Liebestodes"

Notenbeispiel 2b: Beginn des Adagios von Bruckners 6. Symphonie

Notenbeispiel 2c: Beginn der Durchführung im Adagio von Bruckners 6. Symphonie

Notenbeispiel 3:   Bruckner, 6. Symphonie, Adagio, Anstieg zur 3̂

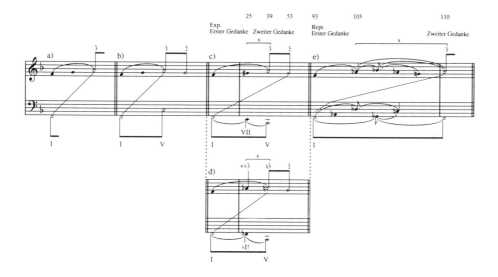

Notenbeispiel 4:   Bruckner, 6. Symphonie, Adagio, Mittelgrund

Notenbeispiel 5a: Bruckner, 6. Symphonie, Adagio (1881). Der steile Weg vom
                  Phönomenalen zum Noumenalen. Beim anfänglichen Anstieg
                  bliebt das Noumenale (der Kopfton a²) verdeckt, ersetzt durch
                  das gis². Nur durch erlösende Liebe (daher das „Liebestod"-
                  Zitat in der Durchführung) kann der Kopfton a² in der Reprise
                  der zweiten Themengruppe erreicht werden.

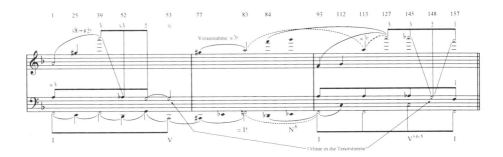

Notenbeispiel 5b: Mahler, 5. Symphonie, Adagietto (1901). Der Augenblick der
                  ekstatischen Wahrnehmung des sexuellen Höhepunkts verei-
                  nigt die Klangregister, den höchsten Sopran (das Noumenale)
                  und den tiefsten Baß (das Phänomenale).

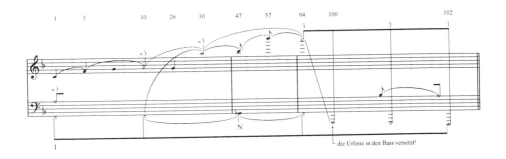

Notenbeispiel 5c: Mahler, Rückert-Lied *Ich bin der Welt abhanden gekommen*. Der Kopfton a² wird in der Singstimme ausgespart, so wie der, der das Noumenale wahrnimmt, sich von der rein phänomenalen Existenz abwendet.

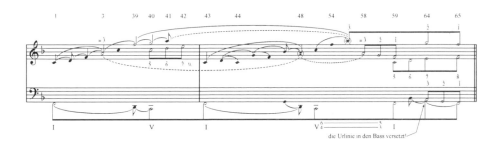

Notenbeispiel 6: Großräumiger Anstieg zum Kopfton a³ im Adagietto aus Mahlers 5. Symphonie (Mittelgrund-Graph)

Notenbeispiel 6 (Teil 3)

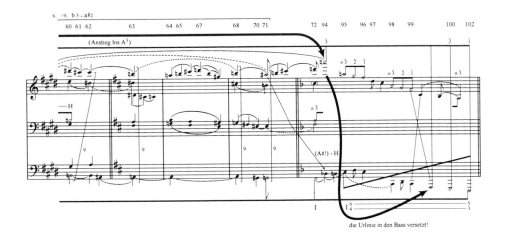

Notenbeispiel 7: Großräumiger Anstieg zum unterdrückten (!) Kopfton a² in
Mahlers *Ich bin der Welt abhanden gekommen* (Mittelgrund-
Graph)

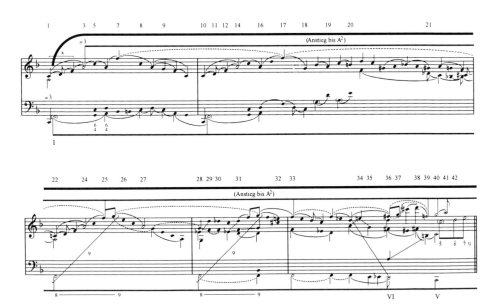

Notenbeispiel 7 (Teil 3)

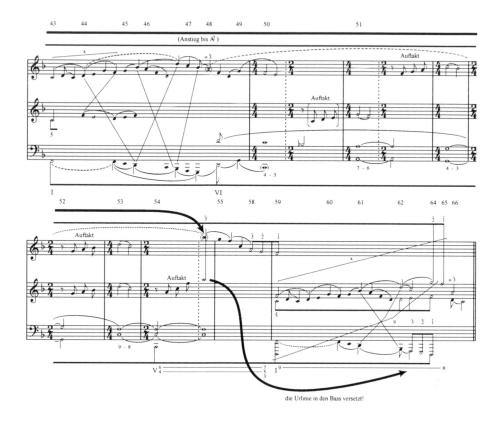

Notenbeispiel 8:   Hintergund des Adagiettos im Kontext des II. Teils von Mahlers 5. Symphonie.

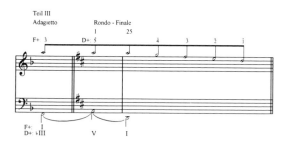

Notenbeispiel 9:   Die verminderte Non ais-b kollabiert in die kleine Sept b-a als
„Umarmungs-Metapher" im Hintergrund des Adagiettos aus
Mahlers 5. Symphonie.

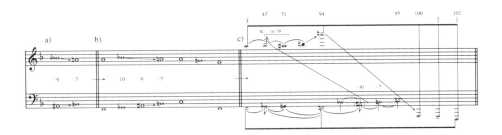

Anachronismus als Moderne.
Zur Eigenart eines kompositorischen Prinzips in der Musik Anton Bruckners

von

ALBRECHT VON MASSOW

Das hier angesprochene grundsätzliche Problem kann mit der folgenden Frage exponiert werden: Wie kann Moderne als Begriff zur historischen Eingrenzung gesellschaftlicher Werteveränderungen seit der Mitte des 18. Jahrhunderts konsistent verwendet werden, wenn zeitlich, territorial und technologisch Werke dazugerechnet werden müssen, deren ideologische Konzepte überhaupt nicht in diese Werteveränderungen hineinpassen? Wenn dies allein ein Problem zwischen Werk und Werkidee wäre, könnte es für die Analyse belanglos bleiben. Erscheint es jedoch als Spannung oder Bruch innerhalb der Faktur der Werke, zieht es die folgend erörterten Probleme der Geschichts-, Werk- und Rezeptionslogik nach sich.

Geschichtslogik

Um Moderne als konsistenten Begriff für die seit dem 18. Jahrhundert zu beobachtenden Werteveränderungen zu verwenden, müssen vorab einige der Kriterien zumindest grob umrissen werden, welche als Grundlage dieser Werteveränderungen immer wieder begegnen und eine zeitliche Eingrenzung der Moderne ermöglichen. Für die zeitliche Eingrenzung ist hierbei nicht schon entscheidend, seit wann es solche Kriterien gibt – dies ist teilweise schon seit dem 16. oder 17. Jahrhundert der Fall –, sondern seit wann sie technologisch und ideologisch Breitenwirkung erlangen. Beispielsweise schafft nicht schon die Erfindung des Buchdrucks im 16. Jahrhundert, sondern erst die Möglichkeit seiner industriellen Vervielfältigung im 18. Jahrhundert eine wichtige Voraussetzung dafür, daß ein Gedanke, etwa im Medium der Zeitung, Breitenwirkung erlangen kann. Moderne ist somit technologisch und ideologisch nicht schon als Fakt, sondern erst als Faktor geschichtsmächtig und von daher in vieler Hinsicht sinnvoll auf den Zeitraum seit der Mitte des 18. Jahrhunderts einzugrenzen. Die Kriterien, die mit ihr zunehmend Breitenwirkung erlangen, sind unter anderem die der wissenschaftlichen Aufklärung auf rationaler Grundlage, der gesellschaftlichen Emanzipation und des kritischen Bewußtseins. Sie prägen die fortschrittlichen theoretischen Aspekte der Philosophie und Politik im 18. Jahrhundert, etwa mit Denis Diderot oder Immanuel Kant, der Ökonomie durch Kapitalismusanalyse und Kapitalismuskritik im 19. Jahrhundert, unter anderem mit Karl Marx, oder der Psychologie seit dem Ende des 19. Jahrhunderts, etwa mit Sigmund Freud, und der Soziologie im 20. Jahrhundert, etwa mit Max Weber oder Theodor W. Adorno.

Diese Kriterien lassen sich mit Veränderungen in musikalischen Kunstwerken auf gehaltlicher Ebene wie auch auf der Ebene der Materialentwicklung parallelisieren, auch wenn dies nicht immer als bewußte Umsetzung erscheinen muß.

Zur Freisetzung des Individuums als Ausdruck gesellschaftlicher Emanzipation lassen sich beispielsweise Werke Carl Philipp Emanuel Bachs, der zudem mit Diderot befreundet war, oder Werke Ludwig van Beethovens in Bezug setzen. Richard Wagners *Ring des Nibelungen* bildet nachweislich eine direkte Reaktion auf ökonomische Aufklärung durch Kapitalismusanalyse und Kapitalismuskritik im 19. Jahrhundert. Zur psychologischen Gesellschaftsdeutung seit Ende des 19. Jahrhunderts stehen unter anderem die Monodramen Arnold Schönbergs oder die Opern Alban Bergs in atmosphärischer oder reflexiver Beziehung.

Und insofern dieser Prozeß der Werteveränderungen erhebliche Irritationen auslöst, sind mit ihm auch die entsprechenden Veränderungen in den musikalischen Materialgrundlagen zu parallelisieren, etwa die allmähliche Individualisierung der Gattungen und Formen, die Erweiterung der harmonischen Tonalität durch Chromatisierung bis hin zur Auflösung, die Emanzipation der Dissonanz, die Emanzipation der einzelnen Gestalt vom Formzusammenhang, die Freisetzung der Dynamik als Willkürmoment, die Auflösung der Taktmetrik sowie nach 1950 die Tendenz zur Normauflösung insgesamt.

Immer wieder hat es gleichwohl Gegenbewegungen zu diesem Prozeß der Moderne gegeben. Das eingangs skizzierte Problem entsteht nun dort, wo es dieselben Individuen sind, die diesen Prozeß mit hervorbringen und ihm zugleich widerstreben, wie es etwa bei Wagner zu beobachten ist. Noch mehr aber spitzt es sich zu, wenn eine offensichtliche Teilhabe am Prozeß des Materialfortschritts der Moderne einhergeht mit einer völligen Indifferenz gegenüber deren geistigen Werteveränderungen. Dies nun – und in dieser Form wohl einzigartig – ist der Fall bei Anton Bruckner.

Die genannten Kriterien der Moderne sowie ihre Erscheinungsweise im Kulturleben geben Aufschluß darüber, warum Bruckners Werk in jenes Umfeld nicht hineinpaßt und auch noch nicht einmal durch die Position der Gegenbewegung treffend charakterisiert werden kann. Territorial und geistig kann man wohl sagen, daß die Moderne ihre Verankerung vorwiegend im großstädtisch-industriellen Leben seit Mitte des 18. Jahrhunderts hat. Hier sind es die Universitäten und die Machtzentren, welche Ursache und Umfeld der philosophischen und politischen Aufklärung bilden; die zunehmenden Großindustrien sind Bezugspunkt der ökonomischen Aufklärung. Säkularisierung oder gänzliche Aufgabe religiöser Bindungen und Werte, politische und zunehmend auch soziologische Aufklärung sind hierbei einige der wesentlichen Charakteristika.

Von alledem war Bruckners Persönlichkeit zunehmend umgeben wie andere auch; gleichwohl blieb sie davon im Kern unberührt. Fest verankert verharrte er in einer ländlich geprägten, fast gänzlich reflexionslos erscheinenden Religiosi-

tät. Anders als Manfred Wagner meint, der hierin am liebsten nur ein Ergebnis
von übertriebener Legendenbildung sehen möchte, zeigt schon die Fülle diesbe-
züglicher Aussagen allein in den von ihm zusammengetragenen Nekrologen zu
Bruckners Tod 1896 eine immer wiederkehrende und ernstzunehmende Rezepti-
onskonstante[1]. Auch Hinweise in neueren Studien auf Bruckners zielstrebigen
sozialen Aufstieg, die nun als Widerlegung der Annahme von seinen sozialisati-
onsbedingten Beschränkungen gesehen werden wollen[2], reichen nicht aus, um
kurzerhand von einem Wechsel äußerer Lebensumstände auf einen Wechsel in
der Geisteshaltung schließen zu können. Mit Constantin Floros' Darstellung von
Bruckners Persönlichkeit anhand weiterer zeitgenössischer Berichte läßt sich
vielmehr verdeutlichen, wie Kriterien und Erscheinungsweisen der Moderne
Hintergründe einer Kulturgesellschaft bildeten, aus deren Blickwinkel Bruckner
nur als Fremdkörper erscheinen konnte:

„Seine Persönlichkeit stand in krassem Gegensatz zu seiner Zeit, und Franz Schalk ... hatte
sicher recht, als er von der Kluft sprach, die seinen verehrten Lehrer von seiner Umwelt trennte.
Bruckner habe dieser Zeit, ‚die ihren Schwerpunkt immer mehr nach der spekulierenden,
reflektierenden und materialisierenden Seite hin verlegte‘, mit ‚seiner einfachen großen Kinder-
seele‘ rat- und wehrlos gegenübergestanden. Auch der allgemeine Charakter der Zeit habe – so
Schalk – durchaus im Gegensatz ‚zum innersten Wesen‘ Bruckners gestanden. ‚Es war die Zeit
des sittlichen und geistigen Liberalismus, in der Intellektualismus und das Kalkül alle anderen
menschlichen Triebe überwucherten ..., in die er unversehens mit seinen großen Sinfonien und
mit seiner mittelalterlich-klösterlichen Vorstellung von Mensch und Leben eindrang‘ ... .
Rudolf Louis ... schrieb über ihn, er habe in einer ganz anderen, ‚uns völlig fremden Welt‘ gelebt ... .
In der Bibel war Bruckner so bewandert, daß er es an Gelehrsamkeit mit manchen Theologen
aufnehmen konnte ... Im Gegensatz zu Hugo Wolf, zu Gustav Mahler und zu vielen seiner
bildungsbeflissenen Schüler brachte er jedoch der europäischen Literatur und Philosophie kein
Interesse entgegen. Die heftigen Diskussionen über Arthur Schopenhauer und Friedrich Nietzsche ließen ihn gleichgültig.“[3]

Die Kennzeichnung von Bruckners städtischer Umwelt als „diese Zeit" und ihres
Selbstverständnisses als „uns", wohl im Sinne von „wir heute", zeigt genau die
selbstverständlich gewordene Breitenwirkung einer Moderne, wie sie einer Charakterisierung Bruckners als Bezugspol gegenübergestellt werden konnte. Schalks
wenn auch mit moralisierendem Unterton vorgetragene Diagnose einer „reflektierenden und materialisierenden" Tendenz in der Zeit eines „sittlichen und
geistigen Liberalismus" zeichnet – vermutlich aus einem antimodernen Affekt
der 30er Jahre des 20. Jahrhunderts heraus – das Bild einer Geisteshaltung der
Moderne, wie sie unter anderem mit Kants und Friedrich Nietzsches Kritik am
theologischen Weltbild ein intellektuell geprägtes Kulturverständnis in der euro-

[1] *Die Nekrologe von 1896: rezeptionsstiftend? – oder Wie Klischees von Anton Bruckner
entstanden*, in: Anton Bruckner (= Musik-Konzepte 23/24), hg. von Heinz-Klaus Metzger und
Rainer Riehn, München 1982, S. 119–147.
[2] *Persönlichkeit und Werk – ein Widerspruch* (Round Table), in: Bruckner-Symposion Linz
1992: Anton Bruckner – Persönlichkeit und Werk, hg. von Othmar Wesseley, Linz 1995, S. 14
und S. 47 f.
[3] *Zur Einheit von Persönlichkeit und Werk*, ebd., S. 14f.

päischen Literatur und Philosophie bewirkte. Auch jenseits einer antiintellektua-
listischen Vereinnahmung Bruckners bleibt dessen spezifische Frömmigkeit mit
jener Geisteshaltung unvereinbar. Und ebenso steht der Auffassung von seiner
„mittelalterlich-klösterlichen Vorstellung von Mensch und Leben" unausgespro-
chen die Moderne als neuzeitlich-großstädtische Lebenshaltung gegenüber.

Die in ländlichen Gegenden häufiger anzutreffende Indifferenz der „kleinen
Leute" gegenüber der Politik, zumal der sogenannten „großen", war offenbar
auch für Bruckner typisch. Allen gesellschaftlichen Emanzipationen scheint er
fern oder ablehnend gegenüber gestanden zu haben:

„Selbst die gewaltigen Umwälzungen in der Doppelmonarchie Österreich-Ungarn seit der März-
revolution im Jahre 1848, an der er teilnahm, indem er sich in die Reihen der Nationalgarde ein-
ordnete – vielleicht war dies seine einzige politisch motivierte Tat –, haben ihn nicht im geringsten beeindruckt – zumindest klingt hiervon in seiner Korrespondenz nichts an."[4]

Die Eindämmung seiner vielfach belegten Zwangsneurosen garantierte mal gerade seine Arbeitsfähigkeit[5], ohne jedoch die Verwurzelung dieser Neurosen in
ländlich-kleinbürgerlichen Sittenzwängen mit Hilfe einer weiterreichenden sozi-
al-psychologischen Aufklärung anzutasten.

Und trotzdem gehört Bruckners Komponieren in die Moderne – und steht
doch wiederum quer zu ihr. Dieser Querstand ist nicht nur als Rezeptionskonstan-
te immer wieder belegbar, sondern läßt sich in der Faktur seiner Werke ebenso
nachweisen. Es ist daher also gut möglich, daß Ansichten, die die Probleme zwischen Bruckner und der Moderne in vorurteilsgeprägten Gegenüberstellungen
wie Stadt oder Land, Intellekt oder naive Urwüchsigkeit, Neuzeit oder Mittelalter, Hektik oder Ruhe, Atheismus oder Gottesglaube, Materialismus oder Meta-
physik klischeehaft formulieren, als Rezeptionskonstanten gerade deswegen zutreffend sind, weil sie in dieser Form auch Bruckner selbst schon bewußt oder
unbewußt zur kompositorischen Selbstortung gedient haben mögen. So gesehen
bleiben sie als Analysekriterium zumindest zulässig.

Werklogik

Den Materialentwicklungen der Moderne zugerechnet werden müssen bei Bruckner wie bei anderen Komponisten des 19. Jahrhunderts die zunehmende Emanzipation der Dissonanz, die Chromatisierung der Harmonik, die Schwächung der
Tonalität, das Antasten der Dreiklangsharmonik durch die vermehrte Hereinnah-
me von Vier- und Fünfklängen, die formalen Brüche innerhalb seiner symphonischen Sätze, die dynamischen Brüche sowie die Aufwertung der Klangfarbe zum
beinahe eigenständigen Parameter.

---

[4] Norbert Nagler, *Bruckners gründerzeitliche Monumentalsymphonie. Reflexionen zur He-
teronomie kompositorischer Praxis*, in: Anton Bruckner, a.a.O., S. 98.
[5] Vgl. hierzu unter anderem Eva Marx, *Bad Kreuzen – Spekulationen und kein Ende*, in:
Bruckner-Symposion 1992, a.a.O., S. 31–39.

Quer zu diesen Materialentwicklungen stehen wiederum seine oft fast grob-schlächtig diatonisch eingeführten Schlußbildungen zur Wiederherstellung der Tonalität, das unbeirrbare Festhalten an der Gesamtform der klassischen Symphonie, die einfache, oft behäbige Rhythmik und Metrik, die häufige Stereotypie des vielfach angewandten Reihungsverfahrens, das Aufgreifen spätmittelalterlicher oder barocker Setzweisen. In der Widersprüchlichkeit der genannten musikalischen Merkmale erweist sich Bruckner zusammen mit den genannten Merkmalen seiner Persönlichkeit als ein dem Umfeld der Moderne zugehöriger und zugleich als ein ihr gegenüber zutiefst anachronistischer Komponist. Und auffällig ist auch, daß diese Spannung sich in dem Maße, wie Bruckner mit zunehmendem Alter seine Ausdrucksmittel radikalisiert, verschärft.

Es wirkt so, wie in den folgenden Beispielen zu zeigen sein wird, als seien einfache Metrik und stereotypes Reihungsverfahren das Mittel einer chronometrischen Tektonik, durch die eine Harmonik, wie sie bis dahin auch bei Richard Wagner selten oder gar nicht anzutreffen ist, gebändigt werden soll; und umgekehrt scheint es, daß Harmonik und Dynamik zu Eskalationen führen, in denen das Stereotype der chronometrischen Tektonik sich gewissermaßen heißläuft und ins Anarchische umzukippen droht.

Notenbeispiel 1

Die Themenaufstellung nach dem Beginn des 1. Satzes der 9. Symphonie in d-Moll exponiert mit der Aufspaltung des Haupttons d in die Töne es und des zwei weitere Tonarten: des-Moll und es-Moll. Ohne selbst kadenziell nachfolgend manifestiert zu werden, bilden sie dennoch durch Haupt- und Nebenfunktionen zwei Tonartenbereiche, die im Halbtonabstand mit der Anfangstonart d-Moll konkurrieren. Die wichtigste dieser weiteren Funktionen ist die Tonart Ces-Dur, und andersherum könnten des-Moll und es-Moll ebenso als deren zweite und dritte Stufe gelten. Alle drei Tonarten bilden eine Ganzstufenfolge, deren Umgehung der Stufe d sich im folgenden auch harmonisch als Konkurrenz zu jener auswirkt. Ces-Dur hat dabei eine Weichenfunktion, indem es entweder im Funktionszusammenhang mit den anderen beiden Konkurrenz-Tonarten steht oder aber enharmonisch als Dominante von E-Dur/e-Moll in den Kadenzbereich von d-Moll zurückweist (vgl. unten Notenbsp. 5)[6].

Die nun folgenden Anstrengungen zur Wiederherstellung der Anfangstonart d-Moll sind harmonisch von dieser Konkurrenz geprägt und führen erst durch deren Überwindung nach drei Anläufen zum Ziel.

Der erste Anlauf reiht Taktgruppen aneinander, deren harmonisches Gerüst aus fünf Toniken im Ganztonabstand aufwärts besteht: E-Dur in Takt 27, Ges-Dur in Takt 31, as-Moll in Takt 35, B-Dur in Takt 37 und C-Dur in Takt 38. Ebenso sind weitere Tonarten mit Vorhaltsdissonanzen eingeschoben, die, wenn der entsprechende Grundton mitgedacht wird, Zwischendominanten bilden. Dem Höreindruck erscheinen sie als eigenständige Tonarten auf den chromatischen Zwischenstufen, so daß zusammen mit ihnen, mit der Ausgangstonart d-Moll und mit den drei Konkurrenz-Tonarten schließlich das Tonsystem auf allen zwölf Tonstufen umrissen ist (Notenbsp. 2).

Die zunehmend verkürzte Aufeinanderfolge der Tonarten bei gleichbleibender Periodik der Melodiestimme bewirkt eine in sich gehemmte Steigerung, in deren Verlauf die Toniken und ihre Zwischendominanten durch Vorhaltsdissonanzen immer mehr angereichert und zugleich verschleiert werden. Mit der Verschiebung der letzten Tonart C-Dur weg vom Taktschwerpunkt droht die tektonische Konsequenz zu zerbrechen. Spürbar ist also die zunehmende Erregung eines Aufwärtsstrebens, dessen Ziel jedoch unklar bleibt. Würde allerdings die Reihung auf Ganztonstufen in dieser Folge aus zwei Dur-Toniken, einer Moll-Tonika und wieder zwei Dur-Toniken fortgesetzt, so käme als nächstes wieder eine Moll-Tonika, und zwar d-Moll, also die Anfangstonart des Satzes; nur wäre sie hier eine neben anderen Sequenztonarten. Insofern fehlt dieser Reihung eine zielrichtende Bestimmung; sie wäre darüber hinaus zuvor schon uneindeutig, da die Tonart as-Moll in Takt 35, die Oberstimmentöne in den Takten 33f. und 37f. sowie die Vorhaltsdissonanz in Takt 38 in den Bereich der drei Konkurrenz-Tonarten von d-Moll tendieren.

Aus dieser harmonischen Instabilität geht der zweite Anlauf hervor, der nun Subdominanten und Vorhaltsdissonanzen im Ganztonabstand aneinanderreiht,

---

[6] Die Beispiele werden an einem harmonischen Auszug aus der Partitur dargestellt, der Lage, Dynamik und Stimmführung nur ungenau wiedergibt.

Notenbeispiel 2

und zwar wieder mit den ähnlichen Mitteln der Sequenzverkürzung bei gleichzeitiger Dissonanzanreicherung und wiederum mit der irritierenden Auswirkung auf die Tektonik. Auch hier gibt es ein hemmendes Moment in der Steigerung, indem Mittel- und Oberstimme zunächst erneut am Ton d festhalten und dann das Ganzstufengerüst der Baßtöne verzögert und unvollständig nachvollziehen (Notenbsp. 3):

Die Subdominanten ließen sich mehrdeutig funktional auflösen: bis Takt 43 zu den Tonarten c-Moll, d-Moll und e-Moll und danach zu den Tonarten es-Moll, h-Moll und cis-Moll, oder aber von vornherein konsequent zu Tonarten im Ganztonabstand von es-Moll aufwärts bis cis-Moll. Die erste Möglichkeit bedeutete die Halbton-Konkurrenz zwischen jeweils drei Tonarten auf Ganztonstufen innerhalb dieses zweiten Anlaufs; die zweite Möglichkeit bedeutete die Halbton-Konkurrenz zwischen sechs Tonartenfolgen im Ganztonabstand dieses zweiten

Notenbeispiel 3

Anlaufs insgesamt, ausgehend von es, und den Toniken im Ganztonabstand des ersten Anlaufs, ausgehend von e. Sie entspräche dem Ganztonstufengerüst der Subdominanten. Beides ist wegen zusätzlicher Dissonanzanreicherung und von der Notation her etwas schwer einzuschätzen, deren Sinn aber in einem klangfarblichen oder harmonischen Intensitätszuwachs liegen kann und daher nicht unbedingt als Beeinträchtigung einer harmonischen Folgerichtigkeit gesehen

werden muß. Die letzten beiden Akkorde in Takt 49/50 sind nicht mehr subdomi-
nantisch, sondern bilden die Dominante zu cis-Moll, enharmonisch des-Moll,
also zu einer der Konkurrenz-Tonarten der Anfangstonart d-Moll.

Dies läßt den dritten Anlauf notwendig erscheinen, der nun Dominanten im
Halbtonabstand aneinanderreiht und letztlich die Klärung dieses Konkurrenzver-
hältnisses anstrebt:

Notenbeispiel 4

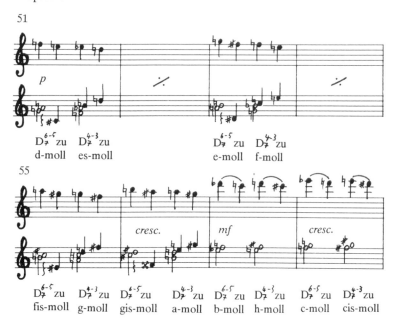

Zwei Dominanten zu Tonarten im Halbtonabstand werden jeweils ineinander
geschoben (Takt 51). Harmonisch haben weder sie noch die von ihnen angestreb-
ten Tonarten d-Moll und es-Moll etwas miteinander zu tun, zumal sie durch
keinerlei Zwischenfunktionen zueinander vermittelt sind. Es sind konkurrierende
Dominanten, nur zusammengebracht durch den einfachen melodischen und metrischen Verbund. Der nächste Takt wiederholt dies Gebilde, ohne etwas zu
ändern. Einer Änderungserwartung entspricht der dritte Takt nicht etwa durch
Auflösung oder Verstärkung der harmonischen Spannung oder durch melodische
und metrische Veränderungen, sondern durch bloßes Verschieben dieses Gebil-
des um eine Tonstufe höher (Takt 53). Das Höherschieben wird nun mit dem
Weglassen der Wiederholungstakte und nachfolgend mit der Unterteilung der
Melodiestimme in zwei Ansätze pro Takt beschleunigt und dynamisch gesteigert
(Takt 55–58), bis am Ende dieser Reihung wieder alle zwölf Stufen des Tonsystems durchlaufen worden sind, ohne jedoch eine Auflösung der harmonischen
Spannung zu bringen. Erst in Takt 59 wird die Dominante nach d-Moll wieder
erreicht, nun ohne Konkurrenz-Dominante, und führt anschließend durch eine
ausgedehnte Kadenz im Fortissimo in ihre Zieltonart.

Notenbeispiel 5

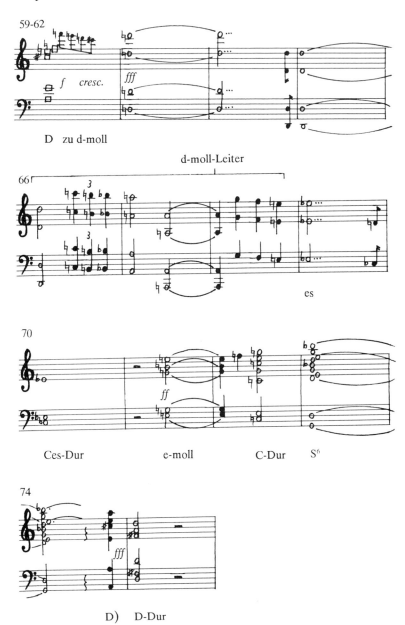

D   zu d-moll

d-moll-Leiter

es

Ces-Dur   e-moll   C-Dur   S⁶

D)   D-Dur

Das nun als Ergebnis der drei Anläufe großflächig unisono ausgeführte
Hauptthema ab Takt 63 umreißt durch Oktavversetzungen der Töne d und a (Takt
63–65 und Takt 67) den Kadenzraum von d-Moll. Eine weitere Bekräftigung der
Tonart durch die d-Moll-Leiter abwärts (Takt 66–68) zielt auf den Grundton d,

verfehlt diesen jedoch jäh mit dem Ton es, der schlagartig erneut die Konkurrenz-Tonart es-Moll sowie deren Subdominantparallele Ces-Dur ins Bewußtsein bringt. Anders aber als in Takt 21–27, wo Ces-Dur in Richtung der konkurrierenden Tonarten ausgeweitet und dann enharmonisch umgedeutet wird als Dominante zur Tonart E-Dur, mit der die richtungslose Toniken-Reihung des ersten Anlaufs ihren Ausgang nimmt, folgt hier stattdessen e-Moll, welches als 2. Stufe ebenso wie das folgende C-dur als 7. Stufe der reinen d-Moll-Leiter ohne Umwege in den Kadenzbereich der Anfangstonart zurückgeführt wird, die nun nach Dur gewendet erscheint. C-Dur, d-Moll/D-Dur und e-Moll bilden zusammen als Ganzstufenfolge die Antwort auf die konkurrierende Ganzstufenfolge der Tonarten Ces-Dur, des-Moll und es-Moll. Das harmonische Potential der konkurrierenden Tonarten erscheint somit nun eingebunden in die Kadenzanstrengung dieses Hauptthemas.

Das Prinzip der enormen Materialaufstellung dieser ersten 80 Takte der Symphonie wird quasi als Appendix offengelegt in der phrygischen Tonleiter, in welcher, zurückgebunden an den Orgelpunkt d, die Ambivalenz konkurrierender Tonarten nachklingt:

Notenbeispiel 6

Es ist, wie schon oft versucht, durchaus naheliegend, diese Musik als abstrahierte Form eines religiösen Gehalts zu deuten. Der zu Beginn lange ausgehaltene Ton d und der ihm zugehörige, in sich ruhende harmonische Raum wären Ausdruck von etwas Haltgebendem und selbstverständlich Gegebenen, als Grundlage einer Glaubensgewißheit. Die Aufspaltung des Tons d in konkurrierende Töne könnte im übertragenen Sinne eine Gespaltenheit durch Irritation oder Verlust dieser Gewißheit bedeuten. Die drei Anläufe mit ihren konkurrierenden Zielausrichtungen wären das daraus folgende irregehende Suchen. Die Reihung der drei Kadenzhauptfunktionen in drei Anläufen zu einer Riesenkadenz sowie das Umreißen des Tonsystems in seiner Gesamtheit, und zwar als Spannungsverhältnis, um letztlich doch zu einer Einheit zu gelangen, kann auch im übertragenen Sinne gedeutet werden als existentielles Ringen um das Ganze. Das Beibehalten der Melodieperiodik in der Tonika-Reihung trotz sich verändernder harmonischer Periodik wie auch das längere Festhalten am Ton d in den Mittel- und Oberstimmen der Subdominanten-Reihung im Unterschied zum Fortgang der übrigen Stimmen wäre hier das Widerstreben gegen jene Kräfte, die tiefer in die Irre führen. Die schließliche Herauskristallisierung der d-Moll-Dominante aus der perpetuierenden Reihung konkurrierender Dominanten wäre das Wiederfinden der Glaubensgewißheit durch Überwindung der Gespaltenheit. Das nachfolgende Thema über den Ton d wäre der Wille, dies Wiedergefundene zu manifestieren; im Unterschied zum Beginn wären die Oktavversetzungen und die Leiter, die das harmonische und melodische Geschehen nun im Fortissimo auf den Ton d ausrichten, nicht mehr nur Ausdruck eines Gegebenen, sondern der Wille, es auch gegen die Gespaltenheit mit aller Macht herbeizuführen oder in seiner Übermächtigkeit zu akzeptieren. Die Entkräftung der konkurrierenden Tonarten durch ihnen entgegengestellte Stufentonarten der reinen d-Moll-Leiter sowie das schließliche Erscheinen der Tonika in Dur wäre die Bewältigung dieser Gespaltenheit.

Vergleichbare religiöse Gehalte sind aber von anderen Komponisten mit ganz unterschiedlichen Mitteln ausgedrückt worden, weswegen das Religiöse Bruckners spezifische Wahl der Mittel, vor allem die der chronometrischen Tektonik, nicht allein zu erklären vermag. Seine Religiosität ist eine ganz andere als beispielsweise die Gustav Mahlers oder Franz Liszts. Es bleibt also die Frage, welche Wahrnehmungsstrukturen die Form seiner Religiosität und ihrer Ausdrucksmittel prägten. Liszt gelangte zum Ideenkunstwerk der Kunstreligion des 19. Jahrhunderts ebenso aus einer katholischen Perspektive wie Bruckner. Beider Werke unterscheiden sich aber beträchtlich, weswegen die Tatsache, daß die konfessionelle Selbstortung ihrer Komponisten ähnlich ist, allein hier wenig erklärt. Die kompositorische Faktur in Liszts geistlichen Kompositionen weist in ihrer Wirkungsstrategie die Geschicklichkeit eines Menschen auf, dessen Religiosität ihre Funktion als Kompensation seiner intellektuellen und weltgewandten Teilhabe an der Moderne nie verbirgt. Die kompositorische Faktur in Bruckners Werken hingegen zeigt die Behäbigkeit eines Menschen, dessen Religiosität sich fernab von den intellektuellen geistigen Strömungen der Moderne bewegt und daher mit ihnen nur sehr eingeschränkt und von enormen Spannungen begleitet in Berührung kommen kann. Das letztlich Entscheidende bei Bruckner ist also nicht allein seine Religiosität, sondern ihre Verankerung in bäuerlich-kleinbürgerlichen Denkweisen und Lebensanschauungen sowie den in ihnen sich manifestierenden Wahrnehmungsstrukturen. Aus ihnen hätte also eine Analyse seiner Werke, wenn sie darin einen Anachronismus als Moderne ausmachen will, ihre soziologischen Kriterien abzuleiten. Dies ist schwer. Denn zwar gibt es durchaus Abhandlungen zu vergleichbaren ländlichen Milieus wie dem Bruckners; aber erstens sind es wenige im Vergleich zur Anzahl der Untersuchungen städtischer, industrieller, religiöser oder globaler Sozialstrukturen, und zweitens rechnen auch diese wenigen in der Regel nicht damit, daß ihre soziologischen Kriterien mit musikwissenschaftlichen Kriterien verknüpft werden könnten. Befunde von Ansichten, Gewohnheiten, Sitten, Arbeitsweisen, Konfliktverhalten und Idealbildungen werden zwar hinsichtlich ihrer sozialen Formen und Gehalte untersucht, aber oft nicht gezielt hinsichtlich ihrer spezifischen *zeitlichen* Wahrnehmungsstruktur als Körper-, Empfindungs- und Denk*bewegung*. Letzteres ist aber entscheidend, um als Kriterium auf die Analyse musikalischer Formvorstellungen und Bewegungen übertragbar zu sein. Angesichts dieser beiden Schwierigkeiten ergibt eine Deutung der formalen Mittel in Bruckners Musik, im folgenden am Beispiel der Tektonik, nur Vorläufiges.

Warum hat Bruckner diese auffällig dominierende Art der chronometrischen Tektonik? Andere, wesentlich vielfältigere und flexiblere Formen der Strukturierung wären zu seiner Zeit denkbar gewesen. Warum führt Bruckners Tektonik nicht nur zur Ordnung, sondern ebenso in die Anarchie?

Man kann die Wiederholungen seiner Tektonik zumindest dort, wo sie zu Regelmäßigkeiten führt und nicht in Eskalationen umkippt, als Ausdruck von Ordnung sehen. Vergleiche sind oft gezogen worden mit architektonischen Reihungen etwa im gotischen Baustil des Mittelalters. Es bleibt aber die Frage, warum seine Musik von dem vielen, was am gotischen Baustil sonst noch bewundert werden kann, gerade die Tektonik umsetzt, und warum in dieser Obsessivität?

Andere Bezüge sind zu Bruckners Zählzwang hergestellt worden. Genaugenommen muß aber auch hierbei nicht das Zahlhafte, sondern der zeitliche Vorgang des Zählens als das Wesentliche beachtet werden, um auf die Bewegung des Reihungsverfahrens in Bruckners Musik übertragbar zu sein. Und ebenso wäre zur Bewunderung für architektonische Reihungen ein zeitliches Pendant zu suchen, welches seinerseits auf eine Herkunft befragt werden müßte.

In dieser Richtung liegen Erklärungsmöglichkeiten für Bruckners Tektonik. Ihr Vorbild muß ein regelmäßiger und wiederholter chronometrischer Vorgang sein. Als Zählen oder Deklinieren prägt er unter anderem beim Lernen die Art des Aufsagens. Es ist in der Regel ein Sprechen, welches sich um Gleichmaß bemüht, worin nicht selten, abgesehen vom Lernen, auch Disziplinierung oder Bestrafung zum Ausdruck kommt. Es bleibt daher nicht immer in angenehmer Erinnerung, zumal wenn es durch Aufstehen vor aller Augen und in direkter Konfrontation mit Autoritätspersonen geschieht. Hier entsteht ein komplexes Ineinandergreifen von Selbstbeherrschung, Affektunterdrückung, Autoritätsverhältnis, Gefordertsein zur Fehlervermeidung, welches in Form jener regelhaft chronometrischen Wahrnehmungs- und Handlungsstruktur teilweise über Jahrhunderte hin zu den Lerngrundlagen kirchlicher, schulischer oder militärischer Lebensauffassungen gehört. In Form angelernter Gewohnheit kann dieses Verhalten in dem Maße, wie eine zunehmende soziale Intelligenz, größere intellektuelle Beweglichkeit und das Nachlassen von Autoritätsfixiertheit, Freiheiten ermöglichen, sich selbst relativieren und dadurch an Bedeutung verlieren. Bruckner scheint nun aber, seiner musikalischen Tektonik nach zu schließen, zeitlebens an einer solchen Art der Zeitstrukturierung festgehalten zu haben. Zusammengenommen mit den anderen seiner Gewohnheiten, die ihn in der Großstadt zum Außenseiter machten, ist es naheliegend, auch diese Gewohnheit aus den Beschränkungen der Sitten- und Sachzwänge seiner Herkunft zu erklären. Wichtig ist hierbei nicht allein das Vorhandensein solcher Zwänge, sondern die Art ihres Ineinandergreifens aus der Sicht ihrer sozialen Begründung. Das Regelhafte der Sittenzwänge und das Regelhafte der wetter- und arbeitsökonomisch bedingten Sachzwänge ist in bäuerlich-kleinbürgerlichen Existenzen in einem Maße aufeinander bezogen und beständig, wie es sich Großstadtmenschen, zumal in intellektuellen Kreisen, einfach nicht vorstellen können. Die Art der notwendigen Ausdauer und Sturheit der körperlichen und maschinellen Arbeit, des Umgangs mit der Klobigkeit und Sperrigkeit der Geräte, des Tagesablaufs sowie des rituellen Rhythmus religiöser

Gebräuche ist vor allem auch als zeitliche Wahrnehmungsstruktur kaum nachzuvollziehen, wenn man es nicht kennt. Hierin mag aber die Wurzel für Bruckners
chronometrische Tektonik gesehen werden – und in dem Maße ihrer Obsessivität
wiederum die Wurzel für das, was sie kompensiert, nämlich seinen unterschwel-
ligen Anarchismus. Man mag darin das Zwanghafte bei ihm betonen; aber es
scheint doch so, daß unter anderem dies ihn dazu befähigte, eine enorme kulturelle Spannung auszutragen, die sonst keiner unter den großen Komponisten des 19.
Jahrhunderts in sich fühlen und kompositorisch umsetzen konnte. Weil in Bruckners Musik weder die Herkunft einer solchen Tektonik noch die durch zeitgenössisches Material freigesetzte Anarchie geglättet und einander kompatibel gemacht sind, gerät hier ein Anachronismus zum Ausdrucksmittel der Moderne.

Rezeptionslogik

Widersprüchlichkeiten, wie solche aus der Sicht der musikalischen Analyse,
lassen sich auch durch die Gegenüberstellung verschiedener Sichtweisen in der
Bruckner-Rezeption auffinden. Manfred Wagner charakterisiert Bruckner als
Wegbereiter der Neuen Musik:

„Der Komponist aus St. Florian ... polarisierte Kontraste, bevor noch Orgelspezialisten wie
Ligeti oder Messiaen Exzeß und Mystik kombinierten. Die Idee der Architektur war ihm
modellhaft vertraut, bevor noch sie mit Hilfe des Modulors in der seriellen Musik definiert
wurde. Strukturelles ist bei ihm vorgeformt, bevor die periodische Musik ihre mathematisch
exakten, nachweisbaren Beispiele liefert. Die Verräumlichung war bei ihm ein Thema, ehe
Ligeti oder Steve Reich deren bizarre Momente einfangen konnten. Und Schichtenstrukturen
waren hörbar, bevor noch Karlheinz Stockhausen die statischen Blöcke als Demonstrationsob-
jekte gegeneinander hetzte."[7]

Bruckners Festhalten an anachronistisch gewordenen Formen bringt Adorno zum
entgegengesetzten Urteil:

„Brüchig wird Bruckners Formsprache gerade, weil er sie ungebrochen verwendet. Selbst
subjektivistische Elemente wie die Wagnerische Enharmonik verwandeln sich zurück in Voka-
beln eines Vorkritischen, Dogmatischen. Was er von sich aus möchte, überantwortet sich ... ohne
Zögern dem Material. Durch den Verzicht des ästhetischen Subjekts, sein Material eingreifend
zu bestimmen, wie es in der großen abendländischen Musik zur Norm geworden war, empfängt
seine Musik den Ton des gegen den Strich Komponiertseins. Das Gefälle von Bruckners
Symphonik ist konträr zum Glauben an Komposition als subjektiven Schöpfungsakt."[8]

Ein unausgesprochenes Problem solcher Widersprüchlichkeiten kann vielleicht
als Motiv in Aussagen wie denen Adornos vermutet werden. Denn für ihn und
andere sind die musikalischen Materialentwicklungen der Moderne, wie die Dis-
sonanzen, die jähen Brüche, die individuellen Formgestaltungen und die Tonali-
tätsauflösung, zugleich Ausdruck und Instrumentarium eines gesellschaftlichen
und ästhetischen Reflexionsvermögens nach Kriterien der Aufklärung, der Eman-

---

[7] *Musik von gestern – Musik für heute*, in: Anton Bruckner, a.a.O., S. 84 f.
[8] *Mahler. Eine musikalische Physiognomie*, Frankfurt a.M, 1960, S. 48 f.

zipiertheit und des Kritikbewußtseins gegenüber herkömmlichen Kunstvorstellungen. Anton Bruckner nun zweckentfremdet, vermutlich unwissentlich, dies feinsinnige musikalische Lieblingsspielzeug der Moderne im Dienste seines anachronistischen Weltbilds. Das mag für Adorno eine geradezu narzißtische Kränkung gewesen sein; er verbannt Bruckner mehr oder weniger aus der Moderne. Manfred Wagner wiederum betrachtet die fortschrittlichen technologischen Anteile in Bruckners Komponieren isoliert von allem übrigen und rettet auf diese Weise den Fortbestand des Lieblingsspielzeugs vor den anrüchigen ideologischen Zwecken eines solchen Urhebers. Hans Heinrich Eggebrecht macht daher schließlich gar keinen Hehl aus seinen Schwierigkeiten mit Bruckner, erkennt jedoch dies Schwierige nicht als Problem Bruckners, sondern als Problem der Bruckner-Rezeption, und zwar als „Zwiespalt zwischen dem emotionalen Empfinden überwältigender Größe und der intellektuellen Distanzierung gegenüber dem Inhalt und der Form dieser Überwältigung"[9].

Im Blick auf Bruckners Verhältnis zur Moderne ist es in der Tat fraglich, ob er selbst hierin überhaupt bewußt einen Zwiespalt wahrgenommen hat. Möglicherweise identifizierte er das musikalische Material der Moderne, wie er es verwendete, gar nicht geschichtlich als genuin der Moderne zugehörig, sondern sah es einfach als Bestandteil zur musikalischen Inszenierung seines von ihm als zeitlos angesehenen Gottesdramas an. Sich als modern oder anachronistisch zu empfinden, setzt voraus, überhaupt ein Geschichtsbewußtsein im Sinne eines Fortschrittsbegriffs zu haben. Oder aber, falls man ein Geschichtsbewußtsein annimmt, bleibt doch die Frage, welche Art von Veränderungs- und Entwicklungstypen als Wahrnehmungsstruktur ihm zugrundeliegen. Eine rhythmisch-motivische Verknüpfungs- und Ableitungstechnik bei Beethoven schafft ganz andere Veränderungs- und Entwicklungstypen als Bruckners Reihungsverfahren. Wenn man diese Typen jeweils auf Geschichtsbilder überträgt oder aus ihnen ableitet, so ergeben sich auch hier große Unterschiede. In ländlichen Gegenden, wo Sittenzwänge oft nicht als gesellschaftlich entstanden und veränderbar, sondern durch das Ineinandergreifen mit naturbedingten Sachzwängen ebenfalls als naturgegeben angesehen werden, ist ein Geschichtsbewußtsein keineswegs in derselben Weise strukturiert wie etwa in universitären Kreisen. Die Bruckner-Rezeption entwickelt ihre Analysekriterien in der Regel aus den bekannten Forschungskriterien zur Kirchenmusik oder zur Kunstreligion des bürgerlichen Kunstwerks sowie zur übrigen Materialentwicklung des 19. Jahrhunderts. Dies tut sie aber in der Regel nicht im Bezug zu Gegebenheiten einer bäuerlich-kleinbürgerlichen Sozialisation, welche aber entscheidend dafür gewesen sein muß, *wie* Bruckner jene Einflüsse aufnahm:

„Bruckner kommt aus einer Sozialisation, die in der Regel allen Forschern und allen seinen Kollegen kaum vertraut ist. D.h., er kommt aus einer Welt, die im wesentlichen auch seine Großstadtfreunde nicht kennen. Sie haben keine Ahnung, wie eine Sozialisation in einem einfachen Dorf aussieht, wie es mit der Kirche aussieht, wie es mit der Kinderarbeit bestellt ist, wie

---

[9] *Musik im Abendland. Prozesse und Stationen vom Mittelalter bis zur Gegenwart*, München/Zürich 1991, S. 706.

es mit dem Kindermusizieren bestellt ist – alles sehr wichtige Faktoren, die für Bruckners ganzes Leben prägend sind...“[10].

Aus der Perspektive einer solchen, nach großstädtischen und fortschrittsorientierten Maßstäben anachronistisch erscheinenden Sozialisation verknüpfte Bruckner die Tradition der Kirchenmusik mit dem Material der Moderne, um beides, seine eigene Sozialisation und jene Einflüsse, in einer unauflösbaren Spannung zueinander kompositorisch umzusetzen. Seine immensen dissonanten Klangschichtungen mögen dabei ihm selbst einfach als Ausdruck eines apokalyptischen Geschehens oder eines religiös motivierten Glaubenskampfes gegolten haben, während sie der Rezeption als Traditionsbruch erscheinen, weil seine religiöse Exzentrik Ausdrucksmittel herausbildete, die weder mit den herkömmlichen Formen der Kirchenmusik noch mit Normalitätsvorstellungen einer ländlichen Umwelt vereinbar scheinen, die in ihrer oft unmotiviert erscheinenden Willkürlichkeit oder Unwillkürlichkeit aber auch nicht mit der gezielten Wirkungsstrategie des bürgerlichen Ideenkunstwerks zusammenpassen. So gesehen wäre ihm das, was als das Moderne seiner Musik trotz ihrer anachronistischen Grundlagen wahrgenommen wird, mehr oder weniger unbewußt unterlaufen und gar nicht gezielt als modern beabsichtigt:

„Bruckners Absetzung vom ‚Ideenkunstwerk‘ eröffnete ... nicht minder revolutionäre Konsequenzen als jene, die durch das ‚Ideenkunstwerk‘ Wagners oder Mahlers freigesetzt worden sind. Nur: es war dies gewissermaßen eine Revolution ‚malgré lui‘, eingehüllt und mithin verdeckt noch dazu durch religiöse Bindungen, die um so nachdrücklicher beschworen wurden, als die Musik auf ihren ‚anarchischen‘ Wegen voranschritt. Daß Bruckner die Neunte Symphonie ... mit ihrem wahrlich explosiven, die traditionelle Musiksprache aufwühlenden und in der Klimax an den Rand des Zerbrechens treibenden Adagio ‚dem lieben Gott‘ widmete, kann auch als eine Art ‚Rückversicherung‘, wenn nicht gar als ‚Ablaßbitte‘ für komponierte, sprich: gebeichtete Sünden aufgefaßt werden...“[11].

Die Spannung zwischen Anachronismus und Moderne läßt sich auf mehreren Ebenen der kompositorischen Faktur nachweisen: Sie erscheint unter anderem zwischen Tektonik einerseits und Harmonik und Dynamik andererseits, zwischen Einzelgestalten, etwa anarchischem Ausbruch und unvermittelt nachfolgendem Choralidiom, und schließlich insgesamt zwischen symphonischer Gesamtform und der Disparatheit von Einzelgestalten. Das Fortleben dieser Spannung in den verschiedenen oder gegensätzlichen Akzentsetzungen der Rezeption ist daher signifikant, wie Bo Marschner überzeugend im Blick auf Bruckners Gesamtform und Tektonik in ihrem Verhältnis zur Harmonik und Dynamik darstellt:

„So dominierten in der ... dynamischen Formbetrachtung Ernst Kurths die energetischen ... Aspekte des Brucknerschen Formtypus‘ ... . Für Kurth verschwanden bei seinen Analysen weitgehend die sowohl früher als auch späterhin oft hervorgehobenen schematischen ... Momente in Bruckners Musik ... .

[10] *Persönlichkeit und Werk – ein Widerspruch* (Round Table, Beitrag von Manfred Wagner), in: Bruckner-Symposion 1992, a.a.O., S. 41.
[11] Mathias Hansen, *Persönlichkeit im Werk - Zum Bild Anton Bruckners in der Analyse seiner Musik*, in: ebd., S. 190.

Eine gegensätzliche ... Formanschauung ... sehen wir in der quasi Objektivität prätendierenden Analyse der Brucknerschen Symphonik, oder besser gesagt: der symphonischen Syntax Bruckners, von Werner Fritz Korte ... .
Seine analytischen Betrachtungsweisen ... haben sich den ... strömenden und mitreißenden Formkräften verschlossen, wie sich Ernst Kurth umgekehrt den abstrahierenden oder erstarrenden Zügen gegenüber verschlossen hielt."[12]

Ebensowenig bildet das Verhältnis zwischen Formzusammenhang und Einzelgestalt eine Synthese, sondern eine Spannung, die aber offenbar nicht gern akzeptiert oder als zu widerlegendes Vorurteil dargestellt wird, weswegen Bemühungen, das Gegenteil zu beweisen oder zu behaupten, häufig etwas gewollt wirken. Sie geschehen vielleicht aus einem Bedürfnis, Bruckner nachträglich Gerechtigkeit widerfahren zu lassen (wovon er aber gar nichts mehr hat) oder aber aus der Schwierigkeit, unzulänglich erscheinende Inkonsequenzen ertragen zu müssen. Beispielsweise schreibt John A. Phillips:

„Auffallend ist auch, wie wenig das angebliche Denken in ‚Werkstücken', so Korte ..., aus der Faktur der ersten schriftlichen Aufzeichnungen herauszulesen ist. Stellt Bruckner diese Werkstücke im krassen Gegensatz zueinander auf, so tut er dies ganz eindeutig nicht aus der Verlegenheit, keine Übergänge erfinden zu können, sondern aus einer mit seinem Stil innigst verbundenen Tendenz zur Kontrast-Wirkung und Abwechslung bereits innerhalb eines ununterbrochenen, improvisatorisch entworfenen Verlaufs. Die deutlichen Nahtstellen seiner Musik sind keineswegs als Zusammensetzung fertiger, in sich abgeschlossener Gebilde ... zu erklären."[13]

Es ist aber doch die Frage, ob man diese Inkonsequenzen nicht lieber bestehen lassen sollte. Vielleicht haben Bruckners Kritiker recht; und was aus späterer Perspektive gerade als besonders gewagt bewundert wird, erschien etwa einem Formbewußtsein des 19. Jahrhunderts, das selbst Richard Wagner zu stärkerem Zusammenhalt durch Verknüpfungen und Weichenstellungen veranlaßte, als Mangel eines bäuerlichen Exzentrikers, der aktuelle Formpostulate intellektuell nicht bewältigte oder nicht bewältigen wollte, sondern stattdessen seine normsprengenden modernen Ausdrucksmittel durch ihnen anachronistisch entgegenstehende Formgebilde zu bändigen suchte. Die Entscheidung der im Grunde müßigen Frage, was er konnte und wollte oder nicht, tilgt diese Spannung nicht[14]. Hinweise auf einen philologisch oder analytisch nachweisbaren Formzusammenhang greifen hier nicht, weil sie zwar grundrißhaft Intendiertes, nicht aber wirkungsstrategisch und rezeptiv Realisiertes treffen. Die vierteilige Symphonie mit Sonatensatzform, Liedform und anderen dreiteiligen Formgebilden ist schon bei Beethoven ein stark erweitertes und teilweise durch Längen und Ausdrucksüberschüsse strapaziertes Gebilde, welches bei Bruckner, gerade wenn man in die Präsenz seiner Einzelgestalten eintaucht, zur Orientierung im Blick aufs Ganze oft nur noch wenig beiträgt und auch durch Schlußapotheosen allenfalls als nachträglich gestiftet, nicht aber als formlogisch erfüllt wirkt.

---

[12] *Zum Verhältnis von Persönlichkeit und Werk Anton Bruckners in C. G. Jungscher Sicht,* in: ebd., S. 24 ff.

[13] *Die Arbeitsweise Bruckners in seinen letzten Jahren,* in: ebd., S. 163.

[14] Abgesehen davon verdeckt sie die andere Frage, mit welchem Recht oder für wessen Glück es eigentlich immer als so wichtig angesehen wird, daß ein Komponist alles gekonnt und gewollt haben soll.

Es scheint viel eher, daß seine Musik ursprünglich aus der seelisch-geistigen
Bereitschaft mystischer Welterfahrung heraus, in welcher jederzeit alles widerfahren kann, gedacht ist. Dies steht einer nicht-teleologischen Kunstauffassung
nahe und zur teleologischen Welt- und Kunstauffassung, zumal Beethovenschen
Typs, quer. In Bruckners musikalischem Formdenken kollidieren beide Welt-
und Kunstauffassungen. Sich davon gestört zu fühlen und daher entweder die
Dominanz des einen oder die des anderen Formtyps zu betonen oder in Frage zu
stellen, setzt Formkonsequenz als Wert voraus. Was Bruckner jedoch ausmacht,
ist Forminkonsequenz, begründet in Schönheiten und Eigenwilligkeiten der Erfindung, denen gegenüber alles Fragen und Werten nach Logik, Form und Konsequenz als Verkürzung erscheint. Die Stärken seiner Musik bzw. ihrer spezifischen kompositorischen Intelligenz liegen in seiner Eingeschränktheit, die einer
sehr introvertierten, einseitigen und dadurch zugleich tiefgehenden Welterfahrung Ausdruck zu verleihen vermag.[15] Und es ist nicht schmälernd, sich dies als
Eigenart im Verhältnis einerseits zur Herkunft und andererseits zur übrigen
zeitgenössischen Moderne klar zu machen, um zu ermessen, unter welchen Bedingungen und Spannungen Bruckner zu seiner großen Kunst gelangte. Die vielschichtige kompositorische Faktur dieses in solcher Einseitigkeit ungewöhnlichen Werks verlangt bis heute dem wissenschaftlichen Interesse eine breit angelegte intellektuelle Phantasie ab, und die Differenziertheit und Tiefe des musikalischen Empfindens stellt nach wie vor an jedes Hören enorme Anforderungen
des Mitvollziehens und Mitempfindens. Einerseits vielleicht fremd, andererseits
oft unmittelbar anrührend sind die Gesten der Zuversicht, der Qual und der
Demut, des Triumphes oder des katastrophalen Mißlingens, der völligen Selbst-
vergessenheit oder der Selbstberuhigung und andere – nicht, weil sie naiv oder
zwanghaft wirken, sondern weil sie so unverstellt zum Ausdruck kommen. Fremd
vielleicht, weil eine heutige Zeit sich beigebracht hat, Gefühle dieser Art als
Zeichen von Unaufgeklärtheit, als übertriebene Romantik und ihre formalen
Mittel als Anmaßung zu betrachten; anrührend, weil jene Unverstelltheit von
einer Sensibilität für menschliche Existenznöte durchdrungen ist, in der ein
dezidiert aufgeklärtes Bewußtsein ebenso sein ursprünglich auslösendes Motiv
wiedererleben mag, zuleich aber die eigene Gebrochenheit erfährt, weil seine
Bewältigungsstrategie mit solcher Unverstelltheit nicht vereinbar scheint – dies
ist der Wahrheitsgehalt im Anachronismus der modernen Bruckner-Rezeption.

*

Im Blick auf Bruckners Position zur Moderne ließe sich schließlich grundsätzlich
fragen, ob die Schwierigkeiten an ihm oder nicht vielmehr an einem zu engen
Begriff der Moderne liegen. Aber so einfach ist die Sache nicht. Läßt man
nämlich aus dem Begriff der Moderne wesentliche Kriterien der geistigen Werte-
veränderung durch Aufklärung, Emanzipation und Kritik herausfallen und reduziert ihn somit auf technologische Veränderungen in den Materialgrundlagen, so
schüfe man zwar Platz für Bruckner, entzöge aber Adorno und anderen Vorden-

---

[15] Marschner, *Zum Verhältnis von Persönlichkeit und* Werk, a.a.O., S. 20 f.

kern der Moderne die Geltung ihrer kulturphilosophischen Reflexionsgrundlagen. Will man das? Und macht der Begriff Moderne ohne sie noch Sinn? Läßt man wiederum Bruckners einzigartiges Komponieren aus dem Begriff der Moderne herausfallen, so müßte diese sich – abgesehen vom Vorwurf ästhetischer Ignoranz – den Einwand gefallen lassen, daß sie zwar als Aufklärung, Emanzipation und Kritik zu einer Philosophie des gesellschaftlichen Fortschritts und der Freiheit, nicht aber zu einer Philosophie des Eigensinns fähig wäre, damit aber einem wesentlichen Movens von Kunst sich verschlösse.

Zu lösen ist dies Problem nicht, jedenfalls nicht im Rahmen einer konsequenten Geschichts-, Werk- und Rezeptionslogik. In der Auseinandersetzung mit dem monomanischen Werk dieses bäuerlichen Exzentrikers müssen Inkonsequenzen der Kriterienbildung akzeptiert werden, die auch ein noch so weitreichendes und wendiges wissenschaftliches Differenzierungsvermögen in Begründungsnöte bringen. Und weiter ist die Frage, ob solche Inkonsequenzen als ästhetische Kriterien nicht überhaupt viel angemessener wären. So wie am unvermittelten Nebeneinander von unendlich zarten, anrührenden Streichergesten und plötzlichem Blechgetöse in Bruckners Musik, so ließe sich an dieser insgesamt im Verhältnis zu ihrem musikgeschichtlichen Umfeld lernen, was doch offenbar immer wieder Schwierigkeiten macht: der Umgang mit dem technologisch und ideologisch Unförmigen, Maßlosen, Hilflosen, Plumpen, Erhabenen, Lächerlichen oder Peinlichen. Sich davon gestört zu fühlen, setzt doch voraus, daß es einen common sense an ästhetischer Aufgeklärtheit gäbe, den modernes Komponieren zu reflektieren habe. Wahrscheinlich gab und gibt es ihn tatsächlich – damals wie heute. Er verdeckt jedoch im Grunde nur eine ängstliche Angepaßtheit an einen wie auch immer begründeten Stand des Materials, die überlegen tut, als bestünde die Qualität der Moderne letztlich aus der Reinigung von solchem atavistischen Anachronismus wie dem Bruckners. Ihr Ergebnis aber wäre allenfalls Hygiene, nicht aber große Kunst.

Diskussion nach III

Zu den Vorträgen von
Rainer Cadenbach, Mathias Hansen,
Wolfram Steinbeck, Hans-Joachim Hinrichsen,
Timothy L. Jackson und Albrecht von Massow

Da die Musik des 19. Jahrhunderts von der Auseinandersetzung mit der Symphonie und dem Symphonischen geprägt ist, erscheint es erforderlich zu sein, das Symphonische und das Kammermusikalische als Gegensatz zu begreifen. Die Differenzierung führt jedoch möglicherweise dazu, daß am Ende wegen der Nähe und der Dichte beider Begriffe kein Unterschied mehr auszumachen ist. Insbesondere bezogen auf die Tradition der Symphonie gehen solche Überlegungen immer noch von Beethoven aus. Es gibt aber nicht nur die französische, sondern auch eine emphatische deutsche Reaktion darauf, beispielsweise bei Mendelssohn und Schumann. In den Begriff des Symphonischen dringt nicht ein, was Mendelssohn oder Brahms mit seiner 2. und 4. Symphonie eingebracht hat, weil man das Kammermusikalische in der Symphonie entdeckt, ohne daß sich das Symphonische als Begriff und auch als Sache dabei ändert (Steinbeck). Es stellt sich also die Frage, ob man den Begriff verabschieden sollte, weil er zu indifferent ist, oder ihn durch Differenzierung gewissermaßen neu definiert: In diesem Sinne wäre symphonische Musik darstellende Musik, die nicht einen privaten Umgang mit dem kompositorischen Vorgang zum Gegenstand der Aufführungen macht, sondern ein Vorzeigen von Komponiertem. Das Symphonische ist architektonisch, übersichtlicher, weniger differenziert (Cadenbach). Der Gegensatz Öffentlich-Privat erscheint allerdings nur auf den ersten Blick plausibel – einerseits durch den Hinweis darauf, was mit der Symphonie im Laufe des 19. Jahrhunderts passiert, zum anderen schon im Blick auf Beethoven selbst: Man sollte dafür plädieren, den Dingen, die man jetzt kammermusikalisch nennt, auch in großer Symphonik im Detail nachzuspüren und umgekehrt, beispielsweise bei Beethovens 4. Symphonie und dem C-Dur-Quartett op. 59,3. Die Vermutung, einen faulen Kompromiß anzusteuern, liegt nahe; sie sei hier durch die Bedenken gedeckt, die Gegenüberstellung der Begriffe symphonisch-kammermusikalisch zu sehr am Adressaten und an dem, was der Hörer an Differenziertem wahrnimmt, festzumachen. Durch die hier geforderte Differenzierung der Begriffe müßte man dazu vom symphonischen Charakter einer bestimmten Symphonie sprechen, und es gäbe schon Mißverständnisse, wenn man zwei Symphonien einen bestimmten symphonischen Charakter zuspräche: Jede Brahmssche Symphonie beispielsweise hat doch ihren eigenen symphonischen Charakter. Bei Bruckner liegt die Sache vielleicht ein bißchen anders, wahrscheinlich kann man hier etwas mehr zusammenfassen (Hansen). Und in Anbetracht eines Werkes wie *Roméo et Juliette* von Berlioz muß man sich doch fragen, wo es symphonisch oder kammermusikalisch, in welchem Sinne es opernhaft, lyrisch, dramatisch und rhetorisch ist. Ist es nicht charakteristisch für die Musik der meisten Komponisten, die im Grunde genommen - und hierauf wäre zu bestehen - von Berlioz ausgehen, daß darin dies alles zusammenkommt? Wir wissen von Bruckner, daß er sich nicht nur mit Mendelssohn, sondern eben auch mit Berlioz beschäftigt hat, daß César Franck mit

Berlioz und Liszt zu tun hatte, der wiederum Berlioz verbunden war (Ringer). Daraus resultiert die Idee, sich von einer gattungsbegrifflichen Festlegung zu lösen und zu einer Ebene vorzudringen, die die Charakterisierung in den Vordergrund stellt (Cadenbach) und die Symphonie nicht nur als Gattung, sondern als Gestaltungs- und Darstellungsform versteht (Hansen). Über die berühmte Begegnung von Bruckner und César Franck hinaus gibt es eventuell weitere Verbindungen Bruckners nach Frankreich: Albéric Magnard beispielsweise, Schüler von Vincent d'Indy, schreibt vier Symphonien, die eine Assoziation mit Bruckner nahelegen; hier stellt sich die Frage, inwieweit Bruckner im Frankreich dieser Zeit bekannt war (Fischer).

Es ist doch im allgemeinen erfreulich, daß der Umgang mit Gattungsbegriffen komplexer wird, daß die Gattungsgeschichte gewissermaßen auseinanderfällt. Natürlich sind Gattungen als Buchtitel beliebt, das verkauft sich gut. Doch wie hängt dies mit der musikalischen Realität zusammen? Das betrifft auch andere Begriffe, zum Beispiel ist das Wort „organisch" gefallen: Das scheinbar Unorganische kann doch im Zusammenhang sehr organisch wirken. Gustav Mahler wird immer vorgeworfen, er sei nicht organisch. Organischer als er kann man jedoch im kammermusikalischen Sinne gar nicht sein. Wenn es einen Einfluß Bruckners auf Mahler gibt, dann den, daß dieser Bruckner sehr kammermusikalisch aufgefaßt hat (Ringer). Der Begriff des Organischen im Sinne des 19. Jahrhunderts gehörte allerdings zum Sprachgebrauch, und es wurde Bruckner vorgeworfen, „unorganisch" zu sein. Vielleicht ist diese Unorganik tatsächlich eine andere Form von Organik (Hansen). Sowohl die Inhomogenität und Unorganik, die Mathias Hansen zitiert hat, als auch die Bezeichnung der Musik Bruckners als eine, die „nichts von Leid, Weinen, Liebe und Intimität" versteht, wie Rainer Cadenbach sie vorgestellt hat, rückt Bruckner, was das Menschliche betrifft, in negative Bezirke (Riethmüller).

*

Auch im Zusammenhang mit den Zitaten stellen sich im 19. Jahrhundert Fragen der musikalischen Umgangssprache auf höchstem Niveau. Muß man sich stets wieder auf Wagner oder eine angeblich deutsche Tradition beschränken? Vor vielen Jahren erschien eine Studie von Robert T. Laudon über den französischen Wagner, die in Deutschland verrissen wurde wie selten ein Buch. Dem Rezensenten war die Frage, wie Wagner mit Frankreich zu verknüpfen sei, offenbar unklar. Inzwischen sind einige der erwähnten *Tristan*-„Zitate" auch mit *Roméo et Juliette* von Berlioz verbunden worden. In vielen Fällen sind es vokale Modelle, die eine Bedeutung ins Spiel bringen, wie zum Beispiel auch bei der d-Moll-Messe Bruckners. Brahms sendet an Clara Schumann eine Melodie aus der 1. Symphonie, die ein vages, verhülltes Zitat zu einer Passage aus *Hans Heiling* von Heinrich Marschner enthält, womit sich Johannes Brahms als Berggeist Hans zu erkennen gibt und so gewissermaßen seine Adresse angibt: Dieses ist ein deutliches, höchst persönliches Zitat; Bruckner war nie so persönlich (Ringer). Es ist das Allerselbstverständlichste, daß Komponisten unentwegt Anleihen machen, und es ist genauso selbstverständlich, daß sie sich dabei ungern in die Karten schauen lassen. Brahms hat es Ende 1893 gegenüber dem befreundeten Utrechter Wissenschaftler Theodor Wilhelm Engelmann sehr schön zusammengefaßt: „ ... ich hoffe, Sie sagen nicht Andern wo ich meine Melodien hernehme, wohl aber mir ob sie Ihnen in meinem Rock gefallen." Der Zuschnitt und die Verarbeitung des Kleides zählen mehr als die Herkunft des Stoffes (Riethmüller).

Die Musikwissenschaft beschäftigt sich nach zögernden Versuchen erst seit etwa dreißig Jahren verstärkt mit musikalischen Zitaten und der Zitierpraxis in der Musik. Ein ganzes Genre von Literatur über Bruckner behandelt die Zitate, als seien sie eben vorhanden, und zieht daraus relativ unbekümmert Schlüsse, ohne hermeneutisch zu erfragen, was man eigentlich tut, indem man ein Zitat identifiziert. Die Frage danach, was und warum ein Komponist zitiert, läßt sich sogar zu der Frage zuspitzen: Zitiert ein Komponist überhaupt, wenn er zitiert? Hier spielen viele methodologische Implikationen eine Rolle. Um diese Dinge überhaupt diskutieren zu können, ist es notwendig, mit äußerster Sorgfalt am Tonsatz entlang zu argumentieren – gerade weil Bruckners Wagner-„Zitate" ungenau sind. Aus der Diskussion um kleine, ungenaue Versatzstücke heraus ergeben sich weitere Zusammenhänge, weil sich bei genauer Analyse dieser Versatzstücke herausstellt, daß es keine Zitate sind. Das klingt ein wenig paradox, aber Bedeutung entfaltet sich hier nicht auf der Ebene des Zitierens, denn sonst lägen isolierte Partikel vor, die wie in einem Wörterbuch versammelt und eventuell zu einer Botschaft zusammengeschlossen werden könnten (Hinrichsen). Deutet ein Zitat immer außerhalb seiner selbst (Steinbeck)?

Wie soll das „Pseudozitat" von der „Anspielung" abgegrenzt werden, die in der derzeitigen literaturwissenschaftlichen Theoriediskussion eine zentrale Rolle spielt? Eine ganze Reihe von ästhetischen Begriffen und Phänomenen wie Parodie, Pastiche, Kontrafaktur, Zitat, Zitatenfolge usw. fällt unter den Oberbegriff der „appropriation aesthetics". In der Literaturwissenschaft unterscheidet man zwischen Zitat, Anspielung oder Allusion, Echo und ähnlichen Phänomenen. Das Interessante an der Allusion ist, daß sich durch eine Serie von mindestens zwei Allusionen ein Subtext ergibt, der zu dem Oberflächentext in einem Spannungsverhältnis steht. Das kann so weit gehen, daß der Subtext den Oberflächentext annulliert, wie die Dekonstruktivisten gerne behaupten. Es stellt sich nun die Frage, ob die interessanten ästhetischen Einsichten, zu denen jenes Spannungsverhältnis führt, auch in der Musikwissenschaft überlegt werden (Vaget). Während des Vortrages von Hans-Joachim Hinrichsen konnte man Fragen nachgehen wie: Wie zitiert man, welchen Sinn hat ein Zitat? Bedeutet es überhaupt etwas, wer zitiert wird, wenn man falsch zitiert, wenn man „Pseudozitate" verwendet, wenn man gar nicht zitiert usw.? Wenn sich jemand auf andere Autoren bezieht, dann, so wurde interpretiert, ist dieses ein Anzeichen ästhetischer Unmündigkeit, die erst dann überwunden wird, wenn wie in diesem Falle Bruckner ein Komponist ganz zu seiner eigenen Sprache findet. Diese Interpretation steht doch einer Demontage der Künstlerpersönlichkeit, wie sie beispielsweise in den Filmen von Ken Russell und Jan Schmidt-Garre betrieben wird, diametral entgegen. Wie würde man dieses zum Beispiel bei Richard Strauß bewerten, der im *Rosenkavalier* Johann Strauß und sich selbst zitiert; ist das die Haltung eines „großen" Komponisten? Es ist auch zu bezweifeln, ob beispielsweise im Jazz, bei dem andere Musiker zitiert werden, jemand diese Art von Schlüssen ziehen würde, die hier anhand von Bruckner in Anspruch genommen werden (Kater). In der Literatur sieht man die Frage der ästhetischen Unmündigkeit gerade umgekehrt: Durch die Theorie von Harold Bloom zum Beispiel ist schon seit etwa drei Jahrzehnten anerkannt, daß ein Autor, der seine Vorgänger zitiert, allgemein als „starker" Autor bezeichnet wird, während einer, der nur seine eigenen Sachen vor sich hinspinnt, ein „schwacher", uninteressanter Autor ist. Hier stellt also gewissermaßen die Fülle der Anspielungen, die Dichte der Subtexte, überhaupt die Frequenz der Bezugnahme auf die Tradition das eigentliche Kriterium für ästhetische Exzellenz dar (Vaget). Eine gewisse Nähe zu solchen Systematisierungen findet sich zum Beispiel bei Constantin Floros, der sich in der Suche nach und Identifizierung von Zitaten mit dem Ziel bemüht zu erklären, daß Bruckner entgegen der sonstigen Rezeption doch ein literarischer Komponist sei (Steinbeck). Andere versuchen, die semantische Ebene an die syntaktische zurückzubinden, um der Sorge, Bruckner könne vielleicht so etwas wie Programmusik geschrieben haben, zu entgehen (Riethmüller). Die sogenannten Wagner-Zitate sind bei Bruckner nicht als solche, sondern nur durch den Kontext zu verstehen. Die Vorstellung des impliziten Lesers läßt sich doch in der Musik auf den impliziten Hörer übertragen: Insofern ist ein Brucknerscher Symphoniesatz darauf angelegt, einen Modellhörer zu produzieren. Bruckner könnte doch absichtsvoll eine Ungenauigkeit des Zitates hergestellt haben, um beim Hörer die Assoziation zu erzeugen, andererseits aber im Sinne des „starken" Autors gleichzeitig sich souverän vom unterwürfigen Zitieren zu distanzieren und zu zeigen, worin der Sinn dieses Anknüpfens eigentlich liegt (Hinrichsen).

In der Musikwissenschaft gibt es eine Tradition, die der Literaturwissenschaft offenbar entgegengesetzt ist, denn es gibt in diesem stark geschichtsphilosophisch geprägten Fach eine Wertehierarchie, die auf das Absolute zielt (Fischer). Die Probleme zwischen Symbolik und Semantik – heute anders gesehen als vor hundert Jahren – sowie der Verbalisierbarkeit von Musik bleiben bestehen. So bleibt es doch eigenartig, warum gerade bei Bruckner so beharrlich von Klimax und Höhepunkten geredet und dann als Hilfskonstruktion der *Liebestod* von Wagner herbeigezogen wird, damit ein symphonischer Himmel aufgeht, der poetisch umschrieben werden kann. Es wird sich nie präzise festlegen lassen, welcher Himmel es ist, der sich durch Töne erschließt (Riethmüller).

Das Problem der musikalischen Moderne im NS-Staat *

von

Michael H. Kater

Es wird heute oft übergangen, daß der Nationalsozialismus neben seiner statischen auch eine revolutionäre Seite besessen hat, die in der „Bewegungsphase" dieses Phänomens während der Weimarer Republik besonders ausgeprägt war, aber auch in der vergleichsweise rigiden „Systemphase" des Dritten Reichs zum Ausdruck gelangte[1]. Dies hatte Auswirkungen nicht zuletzt auf die Kultur. So haben sich die Nationalsozialisten in der sogenannten „E-Musik" zweifellos sehr stark den Romantikern und Spätromantikern zugeneigt und unter den letztgenannten deutsche Meister wie Richard Strauss, Hans Pfitzner und Max von Schillings am höchsten geachtet. Allein vom Gesichtspunkt der Tonsetzerei als eines Handwerks, das sich nach qualitativen Maßstäben beurteilen läßt, lagen diese Komponisten diskussionslos an der Spitze. Unter ihnen rangierten geschickte Epigonen wie Max Trapp, Georg Vollerthun und Cesar Bresgen, alle auch mit einem gewissen internationalen Anspruch, der kaum einlösbar war, und noch tiefer darunter spezifisch nationalsozialistisches Musikgut pflegende Nachahmer wie Paul Winter, Erich Lauer, Eberhard Wolfgang Möller und Bruno Stürmer – Namen, die heute keiner mehr nennt[2].

Insofern es angängig ist, die nationalsozialistischen Machthaber als Neuerer zu charakterisieren, ordnet man sie innerhalb einer polykratischen Landschaft dort ein, wo sie genauso gut, und in der einschlägigen Literatur bisher viel häufiger, als reaktionäre, rückwärtsgewandte oder beharrende Typen beschrieben worden sind[3]. Aber die Komponente der „Revolution" war nach dem Selbstverständ-

* Für die Finanzierung der Forschung zu diesem Beitrag bin ich der Canada Council Killam-Stiftung, dem Social Sciences and Humanities Research Council of Canada (beide in Ottawa) und der Alexander von Humboldt-Stiftung (Bonn) außerordentlich dankbar.
[1] Ich lehne mich hier an die Begriffsbildung an, die Hans Mommsens Arbeiten entscheidend geprägt hat. Siehe z.B. Mommsen, *Zur Verschränkung traditioneller und faschistischer Führungsgruppen in Deutschland beim Übergang von der Bewegungs- zur Systemphase*, in: Faschismus als soziale Bewegung. Deutschland und Italien im Vergleich, hg. von Wolfgang Schieder, Hamburg 1976, S. 157–181; ferner *Von der Aufgabe der Freiheit. Politische Verantwortung und bürgerliche Gesellschaft in 19. und 20. Jahrhundert. Festschrift für Hans Mommsen zum 5. November 1995*, hg. von Christian Jansen u.a., Berlin 1995.

[2] Allgemein wie spezifisch zu dieser Einteilung, siehe Fred K. Prieberg, *Musik im NS-Staat*, Frankfurt a.M. 1982; Michael H. Kater, *The Twisted Muse. Musicians and Their Music in the Third Reich*, New York und Oxford 1997. Siehe auch Albrecht Riethmüller, *Komposition im Deutschen Reich um 1936*, in: Archiv für Musikwissenschaft 38 (1981), S. 241–278 (zu Möller S. 243–249).

nis führender Nationalsozialisten immer ein Bestandteil ihres Credos gewesen und wurde auch nach der Machtübernahme am 30. Januar 1933 nicht aufgegeben. Das trifft insbesondere auf Joseph Goebbels zu, dem die meisten kulturellen Aktivitäten im Dritten Reich kraft seines Amtes als Reichsminister für Volksaufklärung und Propaganda unterstanden, speziell indes in seiner Eigenschaft als Präsident der Reichskulturkammer ab November 1933. Was immer er darunter verstand: Goebbels hielt mit Hitler den ideologisch recht spezifisch definierten Nationalsozialismus und das Dritte Reich an sich schon für revolutionär. Wie es in seinen konsequent geführten Tagebüchern bis 1945 immer wieder durchscheint, erstrebte er, analog zur Politik, revolutionäre Veränderungen innerhalb der deutschen Gesellschaft im allgemeinen wie auch in der Kultur im speziellen, die Musik miteingeschlossen[4]. So erklärte er in einer Münchener Rede 1936:

„Die nationalsozialistische Weltanschauung ist das Modernste, was es heute in der Welt gibt, und der nationalsozialistische Staat ist der modernste Staat, den es auf der Welt gibt. Motive für eine moderne Kunst im Sinne dieser Weltanschauung gibt es in Hülle und Fülle."[5]

Und 1941 vermerkte er anläßlich der Münchener Großen Deutschen Kunstausstellung, die Werke nationalsozialistischer Künstler vorstellte, über diese zufrieden in seinem Tagebuch: „Man findet darunter eine ganze Reihe von Beispielen, die beweisen, daß wir unter den bildenden Künstlern wieder solche besitzen, die eine eigene Handschrift zu schreiben verstehen."[6]

Allerdings wollte Goebbels damit einerseits nicht den Künstlern seine Auffassung von „Modernität" gewaltsam aufzwingen, da er klugerweise wußte, daß das vom Prinzip her nicht ging. Andererseits hatte er überhaupt eine ganz andere Vorstellung von diesem Begriff als jene, die bis zum Ende der Weimarer Republik vorgeherrscht hatte und der gerade vor 1933 aktive Künstler landläufig noch anhingen.

Vorerst jedoch einige qualifizierende Zwischenbemerkungen. Zum ersten: In einem polykratischen Herrschaftssystem wie dem nationalsozialistischen hat es nachweislich so viele bürokratische Stellungskämpfe (neben denen anderer Natur) gegeben, daß man in morphologischer Überspitzung gelegentlich sogar von einem „Ämterdarwinismus" gesprochen hat[7], als dessen Konsequenz sich, neben

---

[3] Siehe dazu grundlegend Peter Hüttenberger, *Nationalsozialistische Polykratie*, in: Geschichte und Gesellschaft 2 (1976), S. 417–442. Aus neuerer Sicht, und mannigfaltige Strukturelemente des Dritten Reiches referierend: Ian Kershaw, *The Nazi Dictatorship. Problems and Perspectives*, London ²1989. Ferner zu den noch nicht voll ausdiskutierten Begriffen der Modernität und der Moderne im Dritten Reich Jeffrey Herf, *Reactionary Modernism. Technology, Culture, and Politics in Weimar and the Third Reich*, Cambridge 1984; Michael H. Kater, *Conflict in Society and Culture. The Challenge of National Socialism*, in: German Studies Review 15 (1992), S. 289–294.

[4] Dazu grundlegend *Die Tagebücher von Joseph Goebbels. Sämtliche Fragmente*, 5 Bde., hg. von Elke Fröhlich, München 1987 (im folgenden zitiert als TG); *Die Tagebücher von Joseph Goebbels, Teil II: Diktate, 1941–1945*, 16 Bde., hg. von Elke Fröhlich, München 1993–1996 (im folgenden zitiert als TG II).

[5] Zitiert in den *Münchener Neuesten Nachrichten*, 01. 07. 1936.

[6] TG II zum 27. 07. 1941, Bd. I, S. 132.

[7] Die klassische Formulierung geht zurück auf Reinhard Bollmus, *Das Amt Rosenberg und*

jeglicher auch von Goebbels gewünschten Zensur und vielen Zwängen, zusätzlich Freiräume herausgebildet haben, die schöpferische Persönlichkeiten für sich haben ausnutzen können. Zum zweiten: Das Moderne schlechthin war ein Nachkriegsphänomen, geradezu das Markenzeichen der Weimarer Republik, mit dem chauvinistische Kritiker wie Hitler, Goebbels oder auch im Bereich der Kunst Hans Pfitzner alles für sie moralisch und ästhetisch Negative verbanden, was sie dann nach den Regeln ihrer Demagogie rassistisch ummünzten, so daß herauskamen: geistloses Bauhaus, Asphalt-Journalismus, zersetzende Atonalität, entarteter Expressionismus, amerikanischer Jazz und verbrecherisches Judentum, um nur einige der zahlreichen Reizworte zu nennen[8]. „Die Moderne" im Weimarer wie auch im heutigen positiven Sinne hat es daher wegen der negativen Assoziationen für die Nationalsozialisten außer als Symbol der Abschreckung nicht gegeben, wenngleich, wie in Goebbels' zitierter Rede, der Ausdruck „modern", ohne ein bestimmtes Programm zu umreißen, schon einmal fallen konnte. Vielmehr bevorzugten sie den Begriff „zeitgenössisch", um das Progressive ihrer Bestrebungen einigermaßen auszudrücken, wobei sie sich dessen bewußt gewesen sein dürften, daß dieser Terminus ideologisch noch neutral und daher in ihrem eigenen Sinne voll besetzbar war[9]. Die Erfahrungen der Zeit würden das schon mit sich bringen.

Im Bereich der E-Musik war „Moderne" den Nationalsozialisten im krassesten Fall gleichbedeutend mit Serialismus, also der Musik Arnold Schönbergs und den Anhängern seiner Zweiten Wiener Schule. Dieser Topos der Moderne war für die Nationalsozialisten zu abstrakt, gleichsam der Inbegriff des Abstrakten in der Kunst, so daß sie in der Musik alles, was sie nicht begreifen konnten und daher sofort ablehnten, darunter rubrizierten, beispielsweise auch den Jazz. „Abstrakt" hieß zudem „dissonant", welches man zumeist mit Chaos in Verbindung brachte, etwa beim Jazz, wo die Kakophonie scheinbar greifbar war, aber auch beim unzugänglichen Serialismus der neuen Wiener Schule, dessen angebliche Überrationalität Nationalsozialisten mit einer besonderen Form von Unordnung gleichsetzten[10]. Dahingegen war das nationalsozialistische Ästhetik-Ideal deskriptiv, bildhaft, greifbar, was sich am deutlichsten in dem von Goebbels geliebten Film und in der von Hitler verehrten plastischen oder graphischen Kunst äußerte, deren Merkmale, im Vergleich mit dem negativen Lehrbeispiel der sogenannten entarteten Kunst auf der gleichnamigen Ausstellung vom Frühjahr 1937, herausfordernd demonstriert wurden[11]. Nach dem Muster dieser Aus-

---

seine Gegner. Studien zum Machtkampf im nationalsozialistischen Herrschaftssystem, Stuttgart 1970, S. 236–250 (Zitat S. 245).

[8] Siehe Hans Pfitzner, Gesammelte Schriften, 3 Bde., Augsburg 1926-1929; Friedrich Hussong, „Kurfürstendamm". Zur Kulturgeschichte des Zwischenreichs, Berlin (n.d.). Kritisch: Peter Gay, Weimar Culture. The Outsider as Insider, New York 1970; Michael H. Kater, Gewagtes Spiel. Jazz im Nationalsozialismus, Köln 1995, S. 21–63.

[9] Kater, The Twisted Muse, a.a.O., S. 178.

[10] Kater, Gewagtes Spiel, a.a.O.; Kater, The Twisted Muse, a.a.O.

[11] Führer durch die Ausstellung Entartete Kunst [München 1937]; Joseph Wulf, Die bildenden Künste im Dritten Reich. Eine Dokumentation, Gütersloh 1963; „Degenerate Art". The Fate of the Avant-Garde in Nazi Germany, Los Angeles 1991; Peter Adam, Art of the Third

stellung, und das nach nationalsozialistischer Lehre hypertroph Rationale ebenso wie das Chaotische kraß herausarbeitend, gab es im Frühjahr 1938 auch eine Ausstellung zur „Entarteten Musik", die Goebbels zwar selbst nicht ausgerichtet hatte, die er aber letztlich voll billigte[12].

Aber allein daß in dieser Ausstellung abstrakte, wenngleich nicht seriell schaffende Komponisten wie z.B. Béla Bartók überhaupt nicht, ein ordentlich tonal komponierender wie Paul Hindemith dagegen als Abschreckungsbeispiel vertreten waren[13], zeigt die Widersprüchlichkeit der nationalsozialistischen Kunstpolitik auf, die wiederum die bereits erwähnten Freiräume ermöglichte.

Hindemith war es, der, ohne überhaupt diese Freiräume jemals nutzen zu müssen, als erster möglicher Vorkämpfer für eine spezifisch nationalsozialistische Moderne galt. 1933 und bis 1934 hinein trafen sich die Interessen des Komponisten mit den Plänen der Machthaber; letztere im Hinblick darauf, was eine möglichst artgemäße progressive Kunst anging. Obwohl er von Nationalsozialisten bis über die Mitte der republikanischen Epoche zu den unverschämtesten Experimentatoren der suspekten Weimarer Moderne gerechnet werden mußte, hatte er noch vor 1933 eine traditionelle Richtung eingeschlagen, die auch hartgesottene Hitler-Anhänger besänftigen konnte. Zu Anfang des Dritten Reiches in dem Irrglauben befangen, daß sich die nun widrigen Umstände noch wandeln würden und man eben solange auszuhalten habe, hat er gleichzeitig versucht, sich mit der Hitler-Jugend, der Deutschen Arbeitsfront und Alfred Rosenbergs inquisationsgleichem „Kampfbund für deutsche Kultur" zu arrangieren[14]. So kam Alban Berg in Wien zu Ohren, Hindemith werde mit der Neuorganisation der deutschen Musikszene beauftragt, und Hindemith selbst schrieb im September 1933 an Ernst Toch, bereits im Exil in London, er sei „zur Mitarbeit aufgefordert worden und habe nicht abgelehnt"[15]. Verschiedene neuere, nunmehr den Gesetzen der Tonalität unterworfene Stücke des Komponisten wurden überall im Reich aufgeführt, und er selbst wurde von nationalsozialistischen Kritikern als „Führer der jüngeren, der zeitgenössischen Moderne" enthusiastisch gefeiert[16]. Nach der

---

Reich, New York 1992; Michael H. Kater, *Inside Nazis. The Goebbels Diaries, 1924–1941*, in: Canadian Journal of History 25 (1990), S. 233–243.

[12] Hans Severus Ziegler, *Entartete Musik. Eine Abrechnung*, Düsseldorf [1938]; *Entartete Musik. Zur Düsseldorfer Ausstellung von 1938. Eine kommentierte Rekonstruktion*, hg. von Albrecht Dümling und Peter Girth, Düsseldorf [1988]; Fred K. Prieberg, *Musik und Macht*, Frankfurt a.M. 1991, S. 175, 179.

[13] Hindemith wurde hier, über seine (nach NS-Sprachregelung halbjüdische) Frau und seine Weimarer Assoziation mit Brecht und dessen Baden-Badener *Lehrstück* (1929) in die Nähe des (kommunistischen) Chaos gerückt. Siehe Ziegler, *Entartete Musik*, a.a.O., S. 31f.; Stephen Hinton, *Lehrstück. An Aesthetics of Performance*, in: Music Performance During the Weimar Republic, hg. von Bryan Gilliam, Cambridge 1994, S. 63-66.

[14] Hindemith an Strecker, 15. 04. 1933; Willy an Ludwig Strecker, 04. 08. 1933; Hindemith an Strecker, 05. 02. 1934; Strecker an Hindemith, 08. 02. 1934; Paul-Hindemith-Institut, Frankfurt a.M. (hiernach zitiert als PF), Schott Korr.

[15] Alban Berg, *Briefe an seine Frau*, hg. von Helene Berg, München und Wien 1965, S. 627; Hindemith an Toch, 23. 09. 1933, Ernst Toch Archive, Special Collections, Music Library, University of California at Los Angeles, 36.

[16] Fritz Stege in: Westen, Berlin, 18. 11. 1934; Mitteldeutsche National-Zeitung, Halle, 06.

Gründung der Reichsmusikkammer wurde er im Februar in deren „Führerrat"
berufen, wo er mit Nationalsozialisten wie Paul Graener und dem Kritiker Fritz
Stege zusammentraf. Sein halboffizieller Status als Neuerer der deutschen Musik
schien sich mit der Premiere der symphonischen Vorform seiner jüngsten Oper
Mathis der Maler unter Wilhelm Furtwängler am 12. März 1934 in Berlin ge-
festigt zu haben; auch von regimefreundlichen Fachleuten wurde das Stück land-
auf, landab gelobt[17].

Die Oper selbst, damals noch im Entstehen begriffen, wäre den Machthabern
als artgemäße neue Musik recht entgegengekommen. Denn ihre musikalischen
Elemente entsprachen, wie Claudia Maurer Zenck geurteilt hat, durchaus „den
offiziellen Vorstellungen von moderner deutscher Musik im Dritten Reich"; dazu
gehörten der konventionell tonale Rahmen, die üppigen Dreiklangsharmonien,
die polyphonen Vokalpassagen, die Diatonik und alten Kirchentonarten, die damals und auch später von den klassizistischen Erneuerern der deutschen Kirchenmusik unter Oskar Söhngen bevorzugt wurden: Hugo Distler, Ernst Pepping und
Johann Nepomuk David. Bezeichnenderweise waren diese Komponisten gerade
erfolgreich im Begriff, sich beim Regime anzubiedern. Echte Neutöner der
Weimarer Republik stimmten zu. Der Musikkritiker Heinrich Strobel etwa pries
bei Hindemith die „ganz neue Einfachheit und Plastik der Tonsprache"[18].

Auch das Libretto der *Mathis*-Oper konnte den nationalsozialistischen Kul-
turwächtern nur genehm sein, hätten sie es denn alle studiert. Von Hindemith
selbst verfaßt, spielte es in der Reformation, für das Regime eine Hoch-Zeit des
Deutschtums; Hindemiths Held war Matthis Nithart, der historische Matthias
Grünewald. Von mit den Nationalsozialisten sympathisierenden Kunsthistori-
kern wie beispielsweise Wilhelm Pinder wurde Grünewald damals als erzgoti-
scher Künstler verehrt[19]. Da, wie schon Maurer Zenck ausgeführt hat, Hindemiths Mathis sich gegen Ende der Oper mit seinem Widersacher, dem weltlich-
tyrannischen Herrscher Kardinal Albrecht, aussöhnt, kann er nicht an „innere
Emigration" gedacht haben – ein Zustand, den manche Biographen für diese Zeit

11. 1934; Melos 13 (1934), S. 112; Skizzen, Nov. 1934, S. 18; Claus Neumann, *Moderne Musik
– Ein ,Ja' oder ,Nein'?* in: Zeitschrift für Musik 100 (1933), S. 546 (Zitat).
    [17] Andres Briner u.a., *Paul Hindemith. Leben und Werk in Bild und Text*, Mainz und Zürich
1988, S. 132, 143, 146; Geoffrey Skelton, *Paul Hindemith. The Man Behind the Music. A Bio-
graphy*, London 1975, S. 108, 115ff.; Giselher Schubert, *Paul Hindemith. Mit Selbstzeugnissen
und Bilddokumenten*, Reinbek 1990, S. 79; Peter Muck, *Einhundert Jahre Berliner Philharmonisches Orchester. Darstellung in Dokumenten*, Tutzing 1982, Bd. 3, S. 259; Claudia Maurer
Zenck, *Zwischen Boykott und Anpassung an den Charakter der Zeit. Über die Schwierigkeiten
eines deutschen Komponisten mit dem Dritten Reich*, in: Hindemith-Jahrbuch 9 (1980), S. 72,
118.
    [18] James E. Paulding, *Mathis der Maler – The Politics of Music*, in: Hindemith-Jahrbuch 5
(1976), S. 112; Maurer Zenck, *Zwischen Boykott und Anpassung*, a.a.O., S. 119 (erstes Zitat);
Hermann Danuser, *Die Musik des 20. Jahrhunderts*, Laaber 1984, S. 227f., 241f.; Heinrich
Strobel in Melos 13 (1934), S. 96 (zweites Zitat); Heinrich Strobel, *Hindemiths neue Symphonie*,
in: ebd., S. 127–131.
    [19] Wilhelm Pinder, *Die deutsche Kunst der Dürerzeit. Text*, Köln ²1953; (¹1943), S. 253–
275.

auch schon Hindemith selbst zugute halten möchten, sofern dieser, wie sie meinen, sich in Mathis habe wiedersehen wollen. Darüber hinaus paßten auch noch andere Aspekte der Handlung mit der Ideologie des Dritten Reiches gut zusammen, etwa der Bauernkrieg, der für die Machthaber den Kampf ums Reich in historischer Form symbolisierte. Wie es parteiamtlich 1935 so passend hieß:

„Die Ursachen des Bauernkrieges sind aus den Zielen zu erkennen, die von den Bauern in ihren Aufständen aufgestellt wurden. Diese Ziele wurden vor vierhundert Jahren von den Siegern und ihren Geschichtsschreibern verfälscht. Sie konnten und wollten nicht sehen, daß der Bauernkrieg auf einen neuen nationalen und sozialen Aufbau des Deutschen Reiches hinsteuerte. Vieles, was heute gestaltet wird, war damals schon geplant."[20]

Andererseits gab es jedoch bereits vor dem März 1934 Gegenströmungen, die Hindemiths sich anbahnende Integration in das Dritte Reich blockierten, wenngleich sie erst im weiteren Verlauf des Jahres 1934 richtig zum Tragen kamen, bis sie in den Skandal vom Dezember einmündeten, der Hindemiths quälend langsames Ende in Hitler-Deutschland einleitete. Vor 1933, und bezeichnenderweise auch danach, wurde Hindemith nicht so sehr wegen seiner – in nationalsozialistischen Ohren – musikalischen Fehlleistungen angefeindet, sondern wegen der Ideologie der gehaßten „Afterkunst von Weimar", als deren hörbarer Ausdruck diese Leistungen galten. Hitler selbst gehörte zu Hindemiths Gegnern. Denn ausgerechnet er hatte in der Endphase der Republik, wahrscheinlich 1929 in Berlin, die Oper *Neues vom Tage* gehört und gesehen, wie eine in ein fleischfarbenes Trikot gekleidete Laura als Nackte im Bade sitzt. In diesem Zusammenhang wurde auch gerne an Hindemiths Zusammenarbeit mit Bertolt Brecht (zeitgenössisches Musikfest Baden-Baden 1929) erinnert, ebenso an seine Heirat mit der Tochter des jüdischen Frankfurter Operndirektors Ludwig Rottenberg. Daraus machte man aus dem Komponisten dann gleich einen Protektor der Juden. Es schadete Hindemith, daß Gertrud Hindemiths Schwager, der nach NS-Maßstäben volljüdische Hans Flesch, als angeblich korrupter Rundfunk-Funktionär der Weimarer Epoche 1933 für einige Zeit im KZ Oranienburg verschwand. Als Bratschist war Hindemith für seine Vorliebe jüdischer Kammermusiker wie Simon Goldberg, Emanuel Feuermann und Bronislaw Huberman bekannt; in der Weimarer Republik hatte er lange mit dem jüdischen Geiger Licco Amar konzertiert. Es gab daher gewichtige nationalsozialistische Stimmen, die Hindemith als Bannerträger einer progressiven neudeutschen Musik ablehnten, wie etwa der Musikpublizist Karl Grunsky. Die Zeitschrift *Die Musik* meinte schon 1933: „Hindemith ist überall zu Hause, nur nicht in der deutschen Volksseele. Als Führer der von uns ersehnten neuen deutschen Musik aus Hitlers Geist kommt er nicht in Frage."[21]

[20] *Deutsches Bauerntum. Sein Werden, Niedergang und Aufstieg*, hg. von Karl Scheda, Konstanz 1935, S. 76 (Zitat). Siehe auch Maurer Zenck, *Zwischen Boykott und Anpassung*, a.a.O., S. 69f., 117, 120, 125, 127; Heinrich Strobel, *Mathis der Maler*, in: Melos 4 (1947), S. 65–68; Andres Briner, *Paul Hindemith*, Zürich 1971, S. 108.
[21] Karl Grunsky, *Der Kampf um deutsche Musik*, Stuttgart 1933, S. 25, 30; *Die Musik* 26 (1933), S. 150 (Zitat); Briner u.a., *Paul Hindemith*, a.a.O., S. 132; Skelton, *Paul Hindemith*, a.a.O., S. 108, 113f., 120; Schubert, *Paul Hindemith*, a.a.O., S. 80.

Hindemiths Geschick im Dritten Reich war spätestens im Herbst 1934 besiegelt, nachdem er sich in der Schweiz abfällig über Hitler geäußert hatte. Hitler war es denn auch, der eine Premiere seiner Oper *Mathis der Maler* auf einer deutschen Bühne höchstpersönlich untersagte. Ende November versuchte Furtwängler den ob seiner relativen Modernität von ihm eigentlich nicht geschätzten Komponisten in einem berühmt gewordenen Berliner Zeitungsartikel in Schutz zu nehmen, der den „Hindemith-Skandal" unmittelbar auslöste, mit der Konsequenz weiterer Verbote für den Komponisten und seiner vorläufigen Übersiedlung in die Schweiz 1938[22].

Wer hätte nun im Dritten Reich die von Hindemith gerissene Lücke füllen können? So unwahrscheinlich es klingen mag: dies war vorerst kein Deutscher, ja sogar jemand, dem man in gewissen Regimekreisen noch schlimmere Dinge vorwarf als Hindemith, nämlich der Exilrusse Igor Strawinsky. Gegen ihn sprach zunächst der besonders im Rosenberg-Lager geschürte Verdacht, daß er Jude sei, außerdem ein Kulturbolschewist, der als Vorkämpfer der Moderne à la Weimar in nationalistischen Kreisen einen üblen Leumund hatte. Strawinskys Vorliebe für Polyrhythmen und für das, was man in seinen Harmonien fälschlicherweise als Atonalität brandmarkte, und nicht zuletzt seine Affinität zum Jazz, dazu natürlich sein Status als Nicht-Deutscher, führten in den ersten Jahren der Hitler-Herrschaft zu einem eher inoffiziellen Boykott seiner Werke, gegen den auch sein Mainzer Verleger Schott's Söhne kaum ankämpfen konnte. Als beispielsweise im November 1934 Erich Kleiber mit den Berliner Philharmonikern Strawinskys *Le sacre du printemps* aufführte, regte sich Rosenbergs *Völkischer Beobachter* wegen der „fremdrassigen" Musik gewaltig auf[23].

Diese Vorurteile legten sich um 1936, als man merkte, daß Strawinsky so atonal nun doch nicht war, und zu einer Zeit, da die Xenophobie durch das Abflauen der Arbeitslosigkeit unter reichsdeutschen Musikern weniger Nahrung bekam; außerdem stand die Olympiade an, und selbst eingefleischte Nationalsozialisten entdeckten ihre Toleranz für Fremdländisches, Exotisches. Der Einfluß des dogmatisch geifernden Rosenberg war schwächer geworden, und die schon länger andauernde Publizität des für Strawinsky eingenommenen Schott-Verlages trug langsam Früchte. Vielleicht hatte sich auch inzwischen herumgesprochen, daß Strawinsky ein Verehrer Mussolinis und des italienischen Faschismus war und selbst Hitler keineswegs ablehnend gegenüberstand; außerdem wußten

22 Briner u.a., *Paul Hindemith*, a.a.O., S. 144–158; Kater, *The Twisted Muse*, a.a.O., S. 181f.
23 Deutsche Kultur-Wacht, Nr. 15, 1933, S. 7f.; Strecker an Hindemith, 05. 04. 1933, PF, Schott Korr.; Hans Heinz Stuckenschmidt in: BZ am Mittag, Berlin, 15. 11. 1934; Fritz Stege in: Westen, Berlin, 18. 11. 1934; Prieberg, *Die Musik im NS-Staat*, a.a.O., S. 41; Joan Evans, *Die Rezeption der Musik Igor Strawinskys in Hitlerdeutschland*, in: Archiv für Musikwissenschaft 55 (1998), S. 93–96; Joan Evans, *Some Remarks on the Publication and Reception of Stravinsky's ‚Erinnerungen'*, in: Mitteilungen der Paul Sacher Stiftung, Nr. 9, März 1996, S. 17–23; Pamela M. Potter, *The Nazi 'Seizure' of the Berlin Philharmonic, or the Decline of a Bourgeois Musical Institution*, in: National Socialist Cultural Policy, hg. von Glenn R. Cuomo, New York 1995, S. 54.

die, die ihn wirklich kannten, daß er alles andere als ein Freund der Juden war[24].
So durfte der Komponist denn zusammen mit seinem Sohn, dem Pianisten Sou-
lima Strawinsky, auf dem Baden-Badener Musikfest vom April 1936 sein Konzert für zwei Klaviere zur Aufführung bringen. Von mindestens einem progressiv
gestimmten nationalsozialistischen Musiker weiß man, daß er von dieser Darbie-
tung sehr angetan war:

„Interessant war nur Strawinsky zu sehen und zu hören, was sonst noch an neuen, vor allem
deutschen, Komponisten aufgeführt worden ist, war recht düster, gedrückt und langweilig.
Graener, Fortner, Pepping und ein resignierter Hindemith."

Danach wurde Strawinsky öfters im Reich gespielt, etwa auf der Gaukulturwoche
1937 in Dresden, obwohl seine unbekehrbaren Gegner ihn immer wieder zu Fall
zu bringen suchten, so daß er beispielsweise auch auf der Ausstellung „Entartete
Musik" vertreten war. Mit Kriegsbeginn 1939 ging für den französischen Staats-
bürger Strawinsky die Saison im Angriffsstaat Hitlers unwiderruflich zu Ende[25].
Strawinsky hatte gerade noch jüngere, hoffnungsfrohe und der Moderne zugewandte Komponisten beeinflussen können, von denen manche hier noch zu
erwähnen sein werden, jedoch die meisten schon vor 1933; eine weitere Tiefen-
wirkung in Deutschland war ihm wegen seiner zu kurzen Hausse, von 1936 bis
1939, versagt.

Nicht unbedingt nur als Folge der mißglückten Stilisierung Hindemiths und
danach Strawinskys als Vorbild für eine neue deutsche Avantgarde, sondern auch
schon parallel dazu haben die Talentjäger Rosenbergs und später verstärkt Goebbels' seit 1933 angestrengt nach geeigneten Hochbegabten gesucht, die kühner
komponierten als ein postromantischer Graener oder Strauss, doch – in nationalsozialistischen Ohren – vor jeder Dissonanz noch rechtzeitig Halt machten und
im NS-Sinne beeinflußbar waren. So wurden mehr oder weniger verkrampft
wirkende Foren organisiert; Großstädten wie München wurde aufgetragen, mittels Wettbewerben zukunftsträchtige Sieger zu präsentieren; die Hitler-Jugend
beraumte Musizierfeste an; Tagungen für Komponisten wurden abgehalten. Im
Idealfalle wollte man einen Hindemith oder Strawinsky klonen, jedoch ohne die

---

[24] Igor Stravinsky, *An Autobiography*, New York 1962, S. 171; Thomas Mann, *Tagebücher
1940–1943*, hg. von Peter de Mendelssohn, Frankfurt am Main 1982, S. 497; Richard Taruskin,
The Dark Side of Modern Music, in: New Republic, 05. 09. 1988, S. 32; Taruskin in der New
York Review of Books, 15. 06. 1989, S. 57; Harvey Sachs, *Music in Fascist Italy*, London 1987,
S. 167ff.
[25] Evans, *Die Rezeption der Werke Igor Strawinskys*, a.a.O., S. 97–109; Potter, *The Nazi
'Seizure'*, a.a.O., S. 54; Bergese an Orff, 08. 04. 1936, Carl-Orff-Zentrum München (hiernach
zitiert als CM), Allg. Korr. (Baden-Badener Zitat); Abendroth an Pfitzner, 05. 04. 1938,
Österreichische National-Bibliothek, Musiksammlung, Wien, F68 Pfitzner, 288; Völkischer
Beobachter, 05. 07. 1937; Deutsche Allgemeine Zeitung, Berlin, 25. 05. 1938; Skizzen, Nov.
1938, S. 17; „Statistik", [Berliner Philharmonie], 1938/39, Bundesarchiv Koblenz (hiernach
zitiert als BAK), R55/197; Amtliche Mitteilungen der Reichsmusikkammer, 15. 02. 1940, BAK,
RD33/2–2; Ziegler, *Entartete Musik*, a.a.O., S. 22; Muck, *Einhundert Jahre Berliner Philharmonisches Orchester*, a.a.O., Bd. 3, S. 278, 284; Hermann Stoffels, *Das Musiktheater in Krefeld
von 1870–1945*, in: Ernst Klusen u.a., Das Musikleben der Stadt Krefeld, 1870–1945, Bd. 2,
Köln 1980, S. 178; Herbert Gerigk in: Nationalsozialistische Monatshefte 10 (Jan. 1939), S. 86.

mit deren Namen verbundenen Risiken. Wohl die wichtigste Veranstaltung dieser Art war die der in Düsseldorf für den Mai 1938 (und dann wieder 1939) an-
gesetzten Reichsmusiktage, und zwar als Pendant zur bereits erwähnten antisemitischen Ausstellung, die daher schon von der Ideologie her das Programm diktierte. Doch noch während Goebbels im Mai 1938 eine seiner geschliffenen Reden
hielt, wurde klar, daß über die Jahre eine Talentsuche dieser Art vergeblich gewesen war und wohl auch bleiben würde[26].

Gleichwohl konnten sich im Windschatten solcher krampfhaften Fahndung
abermals Freiräume bilden, in denen ernsthafte Neuerer im Rückblick auf Weimar eine Chance besaßen, sich zu profilieren *und* vom Regime anerkannt zu
werden. Es war jedenfalls einfacher für Goebbels und möglicherweise auf lange
Sicht auch profitabler, die Tür nach streng autoritärer Manier nicht gleich zuzu-
werfen, sondern erst einmal abzuwarten, was sich da herausbilden würde. Denn
die Zensur konnte man immer noch einsetzen, sollte ein neues Talent es wagen,
wie Schönberg über die Stränge zu schlagen.

Das Baden-Badener Musikfest 1936 hatte ja immerhin schon mit Hindemith,
Strawinsky, aber auch dem deutlich jüngeren Werner Egk aufgewartet, außerdem
mit dem schöpferisch interessanten, bisher kaum bekannten Gerhard Frommel
aus Frankfurt. In der Mainmetropole umgab sich Generalintendant Hans Meissner
mit fortschrittlichen Künstlern: dem Dirigenten Bertil Wetzelsberger, dem man -
ihn schützend? – eine sehr entfernte Verwandtschaft zum Führer nachsagte, dem
Schweizer Dramaturgen Oscar Waelterlin und dem gewiß nicht konventionellen
Bühnenbildner Caspar Neher – er allerdings wegen seiner früheren Zusammenarbeit mit Brecht und Weill zutiefst suspekt. Auf dem letzten Musikfest des
Allgemeinen Deutschen Musikvereins im Juni 1937 produzierte Meissners Team
das modernste deutsche Bühnenstück seit Jahren: Carl Orffs weltliche Kantate
Carmina Burana, die hörbar von Strawinsky beeinflußt war. Der Dirigent Hans
Rosbaud, ein Altersgenosse Orffs und Hindemiths und wie dieser aus dem
Frankfurter Hoch'schen Konservatorium hervorgegangen, war ein großer Bewunderer Strawinskys und Schönbergs; als Intendant am Frankfurter Rundfunk
versuchte er damals, so viele im internationalen Sinne als modern geltende Komponisten wie möglich zu senden. In Dresden stellte Generalmusikdirektor Karl

---

[26] Deutsche Kultur-Wacht, Nr. 13, 1933, S. 10; Justitiar an Dressler-Andreß, 08. 03. 1934,
Berlin Document Center (jetzt Bundesarchiv, Außenstelle Berlin, hiernach zitiert als BAB),
Gustav Havemann; Amtliche Mitteilungen der Reichsmusikkammer, 05. 12. 1934, Stadtarchiv
München (hiernach zitiert als SM), Kulturamt, 393; Stegmann an Reichspropagandaministerium, 01. 02. 1935, BAK, R55/1148; Strauss/Laubinger Memorandum, 11. 02. 1935, Österreichische National-Bibliothek, Handschriftenabteilung, Wien, 975/16–4; Reichs-Rundfunk-Gesell-
schaft an Reichspropagandaministerium, 29. 05. 1935, BAB Wilhelm Buschkötter; [Ehren-
berg?] Memorandum, 28. 08. 1935, SM, Kulturamt, 214; Fischer an Generalintendanz, 16. 09.
1935, Bayerisches Hauptstaatsarchiv München, MK/40991; Zeitschrift für Musik 102 (1935), S.
1258; Goebbels zitiert in: Münchener Neueste Nachrichten, 01. 07. 1936; Mayer Memorandum,
29. 11. 1937; Joseph Wulf, *Musik im Dritten Reich. Eine Dokumentation*, Reinbek 1966, S. 460–
471; Guido Waldmann, *Bekenntnis zur deutschen Musik. Reichsmusiktage Düsseldorf - Beetho-
venfest der HJ. in Wildbad*, in: Musik in Jugend und Volk 1 (1937/38), S. 330–333; Muck,
Einhundert Jahre Berliner Philharmonisches Orchester, a.a.O., Bd. 2, S. 105.

Böhm 1938 den ernstgemeinten Versuch an, die Kompositionen des sich dem Jazz verwandt wähnenden Richard Mohaupt einzuführen, was ihm nicht überzeugend gelang; aber wie Rosbaud favorisierte auch Böhm Stücke von Béla Bartók, der am Rande der Tonalität komponierte, wiewohl, aus dem NS-freundlichen Ungarn stammend, auch von nazistischen Falken noch gelitten[27].

Nach Hindemith und Strawinsky hat es im wesentlichen nur noch drei Komponisten gegeben, die die Fackel einer neuen Musikauffassung – avantgarde, doch nicht zu modern, und dem Nationalsozialismus letztlich verpflichtet – hätten vorantragen können, aber jeder von ihnen scheiterte an speziellen Schwierigkeiten. Es waren dies Carl Orff, Werner Egk und Rudolf Wagner-Régeny. Alle drei waren bezeichnenderweise stark von Strawinsky beeinflußt, standen aber auch dem frühen Hindemith mehr oder weniger nahe.

Orff kannte Hindemith aus der Endzeit der Republik, zumeist von Veranstaltungen neuer Musik in München her, die auch den damals progressivsten aller Dirigenten, Hermann Scherchen, anzogen[28]. Orffs Hauptwerk *Carmina Burana* stieß zwar im Rosenberg-Lager ab Juni 1937 auf starke Ablehnung, und Orff ebenso wie sein Verleger Willy Strecker von Schott's Söhne fürchtete eine Zeitlang selbst von Goebbels' Propagandaministerium und Reichsmusikkammer nur das Schlimmste. Doch auch in einem Nachfolgewerk, *Catulli Carmina* (1943), schien Orff das zu bieten, was die Nationalsozialisten als germanische Neuerung hätten vorzeigen können: kühne Harmonien und Vokalsätze, jedoch immer streng tonal; eine prononciert perkussionistische (und zum Teil von Strawinsky beeinflußte) Rhythmik und neutrale, das politische Credo des Dritten Reiches jedenfalls nicht gravierend verletzende Texte[29]. Dementspechend wurde Orff mit einer modernen Neufassung der Musik zu Shakespeares *Sommernachtstraum* beauftragt, die den Juden Mendelssohn endgültig aus dem Werk verbannen sollte; Orffs Musik-Ersatz, wiewohl bereits vor der Weimarer Republik konzipiert, erlebte ihre Uraufführung 1940. Hier war er auch dort nicht angestoßen, wo er von Rosenberg-Anhängern noch hätte zu Fall gebracht werden können: lateinische, d.h. nicht-deutsche Texte wie in *Carmina Burana* und *Catulli Carmina*, dazu noch sexuell eindeutige, wie in der erstgenannten Kantate. Orff gelangte

---

[27] Strecker an Gertrud und Paul Hindemith, 09. 04. 1936, PF, Schott Korr.; Büchtger an Reinhard, [1937], SM, Kulturamt, 142; Rosbaud, *Der Rundfunk als Erziehungsmittel für das Publikum*, [1937], Library of Washington State University, Pullman, 423/4/54; Völkischer Beobachter, 02. 06. 1937; Albert Richard Mohr, *Die Frankfurter Oper, 1924–1944. Ein Beitrag zur Theatergeschichte mit zeitgenössischen Berichten und Bildern*, Frankfurt a.M. 1971, S. 165; Joan Evans, *Hans Rosbaud. A Bio-Bibliography*, New York 1992, S. 27–33; Prieberg, *Musik im NS-Staat*, a.a.O., S. 286f.; Kater, *Gewagtes Spiel*, a.a.O., S. 172–176; ders., *Carl Orff im Dritten Reich*, in: Vierteljahrshefte für Zeitgeschichte 43 (1995), S. 8–11; *Was ist die Antike wert? Griechen und Römer auf der Bühne von Caspar Neher*, hg. von Vana Greisenegger-Georgila und Hans Jörg Jans, Wien 1995.

[28] Wenn nicht anders angegeben, siehe zur Dokumentation des Nachfolgenden im einzelnen Kater, *Carl Orff im Dritten Reich*, a.a.O., S. 1–35; ders., *The Twisted Muse*, a.a.O., S. 190ff.

[29] Eine Ausnahme machten hier nur als Widerstandsbekenntnisse deutbare Passagen im Libretto zu Orffs Oper *Die Kluge*, aufgeführt am 20. 02. 1943 unter Meissner in Frankfurt (Kater, *Carl Orff im Dritten Reich*, a.a.O., S. 13).

daher während des Krieges nicht von ungefähr in den Genuß der Patronage durch
den Wiener Gauleiter und Reichsstatthalter Baldur von Schirach, der sich selbst
zum provinziell regierenden Fürsprecher einer progressiven deutschen Kunst
gemacht hatte. Aber auch im Berliner Propagandaministerium stieg sein Stern
höher und höher; damit verflogen die früher gehegten Ängste. Im Juli 1944 hatte
Gauleiter Karl Hanke von Schlesien mit Goebbels eine Aussprache über den
Komponisten; danach hieß es, es bestünde „keine Gefahr mehr"[30]. Mitte September
des Jahres war Goebbels selbst zu einer eindeutig positiven Meinung über
Orff gelangt, die alle früheren Zweifel aus dem Wege räumte und für den Komponisten, im Falle eines deutschen Endsieges, nur Gutes verhieß:

„Bei Karl [sic] Orff handelt es sich durchaus nicht um eine atonale Begabung; im Gegenteil,
seine *Carmina burana* bieten außerordentliche Schönheiten, und wenn man ihn auch textlich auf
die richtige Bahn brächte, so würde seine Musik sicherlich sehr viel versprechen. Ich werde ihn
mir bei nächster günstiger Gelegenheit einmal kommen lassen."[31]

Daß Orff zuletzt doch nicht mehr zu einer Audienz mit Goebbels gelangt ist,
ja daß er schon vorher nicht mehr offiziell als *der* Komponist des Dritten Reiches
gefeiert werden konnte, hatte seine Ursache darin, daß er ganz einfach zu spät zur
Stelle war. Es hatte ihn zu viele Jahre gekostet, die in verschiedenen Kreisen der
nationalsozialistischen Kulturszene gegen ihn erhobenen Einwände zu überwinden;
und als er schließlich über alle Zweifel erhaben dastand, waren die Opernbühnen und Konzertsäle des Dritten Reiches von Goebbels wegen des totalen
Krieges gerade geschlossen worden[32]. Zum anderen hat Orff seine Publizität
selbst hinausgezögert, gewissermaßen unter innerem Zwang, denn er war „Vier-
teljude" und trotz mancher opportunistischen Züge schon daher niemals Natio-
nalsozialist. Seine Abstammung hielt er vor jedermann geheim und mußte sich so
gegenüber Stellen wie der Reichsmusikkammer stets bedeckt halten, die ihn
sonst aktiv hätten fördern können. Orff war somit ein Komponist, der in einem
fortdauernden Weimarer Regime logisch in dem einmal von ihm begonnenen
Avantgarde-Stil weiterkomponiert hätte, ein Stil, der, zufällig und keineswegs
von Orff kalkuliert, von seinem Wesen her auch den Nationalsozialisten entgegengekommen wäre. Aber letztlich gilt wohl heute noch das vielleicht überspitzte
Urteil des britischen Musikhistorikers Gerald Abraham, der gemeint hat: „Die
einzige Spielart der Moderne, die im Dritten Reich akzeptiert wurde, war der
rhythmisch hypnotische, gänzlich diatonische Neoprimitivismus von Orffs szeni-
schen Kantaten."[33] Damit hätte Orff nachweislich einen Beitrag zur Modernität
im Dritten Reich geleistet, aber als dessen Trendsetter hat ihm doch Entscheiden-
des gefehlt.

Auch Werner Egk, sechs Jahre jünger als sein Freund und Mentor Orff, besaß
diese Chance, und auch bei ihm ging die Rechnung bis zuletzt nicht auf. In der

---

[30] Theater am Nollendorfplatz an Orff, 17. 07. 1944, CM, Allg. Korr.
[31] TG II zum 12. 09. 1944, Bd. XIII, S. 466.
[32] Siehe dazu TG II zum 22., 27. und 29. 08. 1944, Bd. XIII, S. 288, 340, 354.
[33] Gerald Abraham, *The Concise Oxford History of Music*, Oxford und New York 1986,
S. 840.

späten Republikphase war er sogar ein Duzfreund Scherchens gewesen, hatte Kurt Weill kurz in Berlin getroffen und kannte noch andere Neutöner, wenngleich er, ähnlich wie Orff, mit den Kompositionstechniken der Wiener Schule nichts anzufangen wußte. Seinen ersten Achtungserfolg errang er 1933 in München, als seine Rundfunkoper *Columbus* gesendet wurde; sie war ein Jahr später in dieser Erstfassung auch auf der Bühne zu sehen. Nach seinem Vorbild Strawinsky bervorzugte Egk die starken Klangfarben und einen betonten Rhythmus. Seine Musik schien manchmal dissonant und grantig, ging über die Diatonik aber nicht hinaus. „Wird Werner Egk der Aufbruch eines neuen Stils gelingen?" fragte der *Bayerische Kurier* im April 1934, „oder sollte er sich lediglich in Experimenten erschöpfen?" Egks erste wichtige Oper *Die Zaubergeige*, ebenfalls unter dem progressiven Team Hans Meissners im Mai 1935 in Frankfurt produziert, war wiederum in vielem Strawinsky nachempfunden, doch war es diesmal, anders als *Columbus*, ein leicht eingängiges Werk mit einem Märchenmotiv. Es enthielt bereits jene Qualitäten, die es für Goebbels besonders attraktiv machen würden: das Grundelement der Melodie (die der Minister ja vor allem liebte) und als konstruiertes Volksstück die suggerierte Nähe zu den Volksgenossen. Höchstwahrscheinlich manipulierte Goebbels daraufhin einen Musikwettbewerb zu Anlaß der Olympischen Spiele in Berlin 1936 derart, daß Egk den Ersten Preis erhielt; seine Bewunderer lobten die „sehr glückliche echte Volkstümlichkeit". 1938 verbreitete der wohl schärfste Kritiker des Musik-Establishments, Fritz Stege, gänzlich zustimmend Egks Meinung, daß jede Musik dieser Tage so beschaffen sein müsse, daß man sie ohne weiteres auf Kraft-durch-Freude-Veranstaltungen spielen könne[34].

1936 fand Egk seinen Weg von München nach Berlin, als Kapellmeister an der Berliner Staatsoper. Dank dieser wohl eher politisch als musikalisch bedingten Karrierewendung konnte er am 24. November 1938 seine neueste Oper, *Peer Gynt* nach Henrik Ibsen, bei der Premiere persönlich dirigieren. War auch die diatonisch gesetzte Musik wieder scharf und eckig, was nicht von allen toleriert wurde, so stieß der Komponist diesmal noch mehr durch sein von ihm selbst verfaßtes Libretto an, in dem der Held kein Held, sondern ein Verlierer war, der sich zu jazzig anmutenden Tangoklängen in einer lateinamerikanischen Bar mit Huren herumtrieb. Auch die Gestalten aus der Unterwelt glichen auf der Berliner Bühne eher Trollen als Nazi-Supermännern. Egk überstand den anfänglichen Sturm und hatte im Januar 1939 Glück im Unglück, als Hitler und Goebbels selbst seine Aufführung besuchten. Der Führer gab sich hingerissen, wenngleich er später doch am degenerierten Libretto sich stoßen mußte. Zumindest Goebbels war hinreichend beeindruckt, um das Werk für die zweiten Düsseldorfer Reichsmusiktage im Mai anzusetzen. Die Medien lobten es daraufhin als

---

[34] „Vereinigung für zeitgen. Musik", [1931], SM, Kulturamt, 143; Melos 12 (1933), S. 350; Bayerischer Kurier, 10. 04. 1934 (erstes Zitat); Neueste Zeitung, Frankfurt, 23. 05. 1935; Völkischer Beobachter, 25. 03. 1936; Allgemeine Musikzeitung 53 (1936), S. 347; Skizzen, Nov. 1936, S. 9 (zweites Zitat); Friedrich Welter, *Musikgeschichte im Umriß: Vom Urbeginn bis zur Gegenwart*, Leipzig o.J., S. 304; Fritz Stege in: Unterhaltungsmusik, 10. 02. 1938, S. 157. Zu Goebbels' Verhältnis zur „Melodie" siehe Amtliche Mitteilungen der Reichsmusikkammer, 01. 06. 1938, in Dümling/Girth, *Entartete Musik*, a.a.O., S. 123.

Beispiel einer „klaren, reinen, nordischen Musikauffassung", und Egk erhielt vom Minister einen Kompositionsauftrag im Wert von 10 000 Mark – nach damaligen Verhältnissen ein kleines Vermögen[35].

Im Sommer 1941 folgte Werner Egk dem verbrauchten Spätromantiker Paul Graener als Chef der „Fachschaft Komponisten" in Goebbels' Reichsmusikkammer nach. Wenig später ließ er sich als Publizist verdächtig nationalsozialistisch vernehmen – wie jemand, der von nun an die großen Linien der Tonsetzerei vorzeichnen würde. So schrieb er:

„Jetzt, nachdem uns von der Zeit des Expressionismus und der Atonalität ein wohltuender Abstand trennt, ist es deutlich geworden, daß diese Revolution in Wirklichkeit zum größten Teil nichts anderes war als der letzte Zersetzungsprozeß der romantischen Erbmasse des neunzehnten Jahrhunderts, die schon von der Jahrhundertwende an einer steigenden und unaufhaltsamen Auflösung verfallen war, die allerdings noch künstlerisch und artistisch vollkommene Spätblüten getrieben hat."[36]

In dieser Position und mit solchen musikalischen Erfolgen eines, der Weimar bewunderte und gleichzeitig verleugnete, hätte Egk nun zum Schildträger einer neuen nationalsozialistischen Musik werden können. Spielte er, da es nicht dazu kam, hier ein doppeltes Spiel nicht virtuous genug? Sicher nur scheinbar paradox liegt die Antwort auf diese Frage gerade in der Kombination all jener Fähigkeiten und Attribute, die er besaß, in einer Häufung, die Egk vom winkellosen Pfad des in der Stille schaffenden Künstlers zu sehr abbrachte und ihm stattdessen dubiose NS-gesellschaftliche Ehren bescherte. Zwar komponierte er bis 1945 noch zwei beachtliche Stücke – das Ballett *Joan von Zarissa* und eine Neufassung von *Columbus* auf die Vorlage der bereits fertigen Funkoper –, und es wurde auch *Peer Gynt*, sein bisheriges Hauptwerk, oft genug im Reich wieder aufgeführt. Aber Egk war eben nun zusätzlich noch ein kulturpolitischer Funktionär, ein Fachschaftsleiter von Goebbels' Gnaden, der ständig zwischen seinem Wohnsitz bei München und Berlin hin- und herpendeln mußte; außerdem ließ er es sich aus Eitelkeit nicht nehmen, in Italien und den besetzten Ländern, vornehmlich aber in Paris immer wieder seine eigenen Kompositionen zu dirigieren. Aus dieser Geschäftigkeit konnte nichts Geniales aufsteigen, auch für die Nationalsozialisten nicht[37].

[35] TG zum 1.2.39, Bd. III, S. 567; ebda. zum 22.2.40, Bd. IV, S. 51; Petschull an Strecker, 17.4.39, PF, Schott Korr.; Augsburger National-Zeitung, 11.5.39 (Zitat); „Reichs-Musiktage 1939 Düsseldorf 14.–21. Mai", Bayerische Staatsbibliothek München, Handschriftenabt., Ana/410; Düsseldorfer Tageblatt, 7.5.39; Deutsche Allgemeine Zeitung, 20.5.39; Völkischer Beobachter, 22.5.39; Ehrenberg Bericht, 27.5.39, SM, Kulturamt, 396; Frankfurter Zeitung, 4./5.7.40; Zeitschrift für Musik 107 (1940), S. 364; Julius Kapp, *Geschichte der Staatsoper Berlin*, Berlin o.J., S. 235; Mohr, *Die Frankfurter Oper*, a.a.O., S. 695; Werner Egk, *Musik – Wort – Bild. Texte und Anmerkungen – Betrachtungen und Gedanken*, München 1960, S. 205–209; ders., *Die Zeit wartet nicht*, Percha 1973, S. 241–253, 311–314; Ernst Krause, *Werner Egk. Oper und Ballett*, Wilhelmshaven 1971, S. 193f.; Michael Walter, *Hitler in der Oper. Deutsches Musikleben 1919-1945*, Stuttgart und Weimar 1995, S. 175–212.

[36] Werner Egk, *Musik als Ausdruck ihrer Zeit*, in: Von deutscher Tonkunst. Festschrift zu Peter Raabes 70. Geburtstag, hg. von Alfred Morgenroth, Leipzig 1942, S. 25.

[37] Siehe demnächst Michael H. Kater, *Composers of the Nazi Era. Eight Portraits*, Oxford University Press, New York und Oxford.

Gegen Egk und Orff, hauptsächlich aber Hindemith und Strawinsky, der abermals als Vorbild diente, fiel der letztmögliche Kandidat für die Ehre eines Musicus laureatus der nationalsozialistischen Bewegung doch erheblich ab. Es war dies Rudolf Wagner-Régeny, ursprünglich ein Siebenbürger Sachse vom Jahrgang 1903, der ebenfalls im kulturellen Fluidum der Weimarer Republik groß geworden war. Nach dem Klavierstudium in Leipzig und dem Besuch der Berliner Hochschule für Musik hatte er in der Reichshauptstadt Brecht, Weill, Hindemith und Hanns Eisler kennengelernt. 1929 freundete er sich mit Caspar Neher an, ein Verhältnis, das bis zum Lebensende hielt. Seine Frau war Leli Duperrex, Tochter einer jüdischen Mutter aus Wien und eines französisch-hugenottischen Vaters[38].

Im Februar 1935 dirigierte der für manche Experimente zu habende Karl Böhm in Dresden Wagner-Régenys erste bemerkenswerte Oper *Der Günstling*, die, ähnlich wie Orffs späteres Szenenwerk *Die Kluge*, deutliche Anspielungen auf das Dritte Reich enthielt: das Beil des Scharfrichters, ein vom Tyrannen verwüstetes Land, ja schließlich der Sturz des Tyrannen selbst. Des jungen Komponisten musikalischer Stil war hier von klassisch einfachem Schnitt, oft an Händel erinnernd; die Orchestrierung war trocken. Böhm war so davon angetan, daß er das Werk mehrmals wiederholte. Bald hatten auch andere deutschen Opernbühnen mit Wagner-Régeny Verträge abgeschlossen[39]. Im Januar 1939 dirigierte dann Herbert von Karajan Wagner-Régenys zweite Oper *Die Bürger von Calais* an der Berliner Staatsoper; das ging bei manchen der dem Regime zugetanen Kritikern schon nicht mehr ohne Probleme ab, weil das Szenarium doch so grau-in-grau war, daß es Kriegsahnungen wachrufen mußte, aber auch, weil die Musik nun bedenklich nach Kurt Weill klang[40].

Zwei Jahre später vertraute Wagner-Régeny sich dem Wiener Reichsstatthalter von Schirach an, der damals durch eine lokal verankerte, gewollt progressive Kunstpolitik gegen Goebbels glänzen wollte. Er ließ im April 1941 unter dem in der Avantgarde bereits namhaften Dramaturgen Oscar Fritz Schuh Wagner-Régenys neue Oper *Johanna Balk* ansetzen. Allein das gespannte Verhältnis zwischen von Schirach und Goebbels sorgte nun für einen handfesten Skandal[41].

[38] *Das große Lexikon der Musik. In acht Bänden*, hg. von Marc Honegger und Günther Massenkeil, Freiburg i. Br. 1978–1982, Bd. VIII, S. 325f.; Fred K. Prieberg, *Lexikon der Neuen Musik*, Freiburg i. Br. und München 1958, S. 442; Dieter Härtwig, *Rudolf Wagner-Régeny. Der Opernkomponist*, Berlin 1965, S. 19–35; Rudolf Wagner-Régeny, *An den Ufern der Zeit. Schriften, Briefe, Tagebücher*, hg. von Max Becker, Leipzig 1989, S. 107.

[39] Max Becker in Wagner-Régeny, *An den Ufern der Zeit*, a.a.O., S. 20–21; Karl Böhm, *Ich erinnere mich ganz genau. Autobiographie*, Zürich 1968, S. 73; Memorandum Adolph [?], 26.11.35, BAB Karl Böhm.

[40] Härtwig, *Rudolf Wagner-Régeny*, a.a.O., S. 43; Rudolf Wagner-Régeny, *Begegnungen. Biographische Aufzeichnungen, Tagebücher, und sein Briefwechsel mit Caspar Neher*, Berlin 1968, S. 82; Julius Kapp, *Geschichte der Staatsoper Berlin*, Berlin o.J., S. 237; Welter, *Musikgeschichte im Umriß*, a.a.O., S. 335.

[41] Zum Verhältnis Goebbels-Schirach im einzelnen TG, Bd. IV, passim; TG II, Bd. I–XV, passim; Oliver Rathkolb, *Führertreu und gottbegnadet. Künstlereliten im Dritten Reich*, Wien 1991, S. 68–78.

Auch in diesem von Neher verfaßten Libretto fanden sich abermals Andeutungen über einen tyrannischen Fürsten, Balthasar in Ungarn, der (in diesem Falle siebenbürgendeutsche) Untertanen schindete. Für ein aufmerksames Publikum war das ein klares Spiegelbild des Führers. Anstatt diese Oper auf Goebbels' Geheiß abzusetzen, hatte von Schirach sie, gegen den Stachel löckend, erst recht spielen lassen. Der Minister nannte sie erbost einen „glatten Mißgriff", und des Komponisten weiteres Schicksal war um so mehr der Katastrophe nahe, als die fatale Ähnlichkeit von Wagner-Régenys Musik mit der von Weill noch immer fortbestand, so daß es während der Wiener Premiere zu von Goebbels' Agents provocateurs inszenierten Tumulten kam. Während das Stück in Wien unter von Schirach noch gespielt wurde, hatte Goebbels es für andere interessierte Bühnen im Reich – Freiburg, Darmstadt und Wuppertal – wirksam verbieten lassen[42].

Wagner-Régeny wurde daraufhin zur Wehrmacht eingezogen und entkam nur mit Mühe der Ostfront. Stattdessen erlitt er selbst als Besatzungssoldat in Paris eine Serie von Nervenzusammenbrüchen, bis er schließlich, völlig kampfuntauglich, in die Nähe Berlins versetzt wurde. Stark alkoholabhängig und neben sich seine an Brustkrebs dahinsterbende Frau, zitterte er dort dem Ende des Regimes und dem Einmarsch der Russen entgegen – unfähig zu komponieren und die Chance als wegweisender Meisterkomponist des Dritten Reiches längst vertan habend[43].

Wagner-Régeny, der außerdem noch, ähnlich wie Orff, eine „arische" Ersatz-Sommernachtstraum-Musik für den politischen Gebrauch der Machthaber komponierte, war zu gleichen Teilen an seiner körperlichen und seelischen Konstitution, seiner politischen Instinktlosigkeit und seinem aus der Weimarer Ära tradierten Kunstverständnis zerbrochen, ehe er überhaupt als ein Pionier neudeutscher Ästhetik für die NS-Machthaber auf den Plan treten konnte. Hindemith, Strawinsky, Orff und Egk hatten dies aus vergleichbaren, in hohem Maße ebenfalls auf ihre jeweilige Persönlichkeit zu beziehenden Schwierigkeiten heraus nicht geschafft, selbst wenn ein rudimentäres Wohlwollen auf seiten des allmächtigen Schutzgewaltigen, Joseph Goebbels, vorhanden gewesen war. Neue Kunst-

---

[42] Wagner-Régeny, *Begegnungen*, a.a.O., S. 83; Max Becker in ders., *An den Ufern der Zeit*, a.a.O., S. 21–25; TG II zum 14.3.42, Bd. III, S. 469 (Zitat); von der Nüll an Orff, 18.9.37; Ruppel an Orff, 9.7.41; Jarosch an Orff, 9.4.41, CM, Allg. Korr.; Junk an Hans [Pfitzner], 18.3.42, Städtische Musikbibliothek München, Pfitzner-Briefe, 9; Scharping an [Goebbels], 25.4.44, BAK, R55/559; Zeitschrift für Musik 108 (1941), S. 420; Baldur von Schirach, *Ich glaubte an Hitler*, Hamburg 1967, S. 286f.; W. Th. Anderman [Werner Thomas], *Bis der Vorhang fiel. Berichtet nach Aufzeichnungen aus den Jahren 1940 bis 1945*, Dortmund 1947, S. 119f.; Härtwig, *Rudolf Wagner-Régeny*, a.a.O., S. 46; Carl Dahlhaus, *Politische Implikationen der Operndramaturgie. Zu einigen deutschen Opern der Dreißiger Jahre*, in: Bericht über den Internationalen Musikwissenschaftlichen Kongreß Bayreuth 1981, hg. von Christoph-Hellmut Mahling und Sigrid Wiesmann, Kassel 1984, S. 152f.; Andrea Seebohm, *Unbewältigte musikalische Vergangenheit: Ein Kapitel österreichischer Musikgeschichte, das bis heute ungeschrieben ist*, in: Wien 1945: Davor/danach, hg. von Liesbeth Waechter-Böhm, Wien 1985, S. 144.

[43] Fotografien Nr. 15 und 16 in Wagner-Régeny, *An den Ufern der Zeit*, a.a.O.; Max Becker ebenda, S. 25–26; Gorvin an Orff, 8.11.43; Neher an Orff, 5.6.44, CM, Allg. Korr.; R. Wagner-Régeny, *Begegnungen*, a.a.O., S. 110–221; Härtwig, *Rudolf Wagner-Régeny*, a.a.O., S. 50.

richtungen oder Kunstverständnisse setzen sich, historisch gesehen, nun aber ohnehin nur zum Teil aufgrund der überwältigenden Begabung einzelner Genies durch, zumal die objektive Definition dieser Spezies immer noch aussteht. Weiter läßt sich abschließend sagen, daß selbst eine monumentale Künstlernatur wie Bach oder Beethoven nicht hätte gewaltig Neues schaffen können, wenn der Zeitgeist es ihr nicht gestattet hätte. Ganz abgesehen davon, daß ein Komponist vom Format Bachs oder Beethovens von 1933 bis 1945 in Deutschland nicht gelebt hat, bestand hierin letztlich das Kernproblem des Dritten Reiches: daß trotz aller Bekenntnisse zum Neuen, ja Revolutionären, kein echter Wille zur Neuerung vorhanden war. Die Bekenntnisse der Machthaber blieben formaler Art, aus dem Munde Goebbels' oder auch von Schirachs lediglich Worthülsen, in eben dem Maße, wie diese kleinen Diktatoren dem geistigen und künstlerischen Klima ihres Terrorstaats verhaftet blieben. Dieses Klima aber war eben nicht von der Freiheit, die man meint, um das Neue zu ermöglichen; die bestehenden Freiräume waren zu eng, dagegen die Kräfte der Tradition, der Reaktion, zu stark; politische Klammern und Zensuren, wenn auch nicht systematisch angewandt, waren allein durch die Drohung stets präsent; und die begabten Neuerer, von denen manche in ihrem Zwiespalt gewiß etwas Wertvolles aus der vergangenen Epoche der bereits bewährten Moderne in die Diktatur haben hinüberretten wollen, waren als kreatives Potential am Ende doch zu schwach und machtlos.

Politisch-ideologische Implikationen der ersten Bruckner-Gesamtausgabe

von

CHRISTA BRÜSTLE

Die herausragenden Feiern zum 40. Todestag Bruckners 1936 fanden in Zürich und in Wien statt. In diesem Jahr hatte die Internationale Bruckner-Gesellschaft erstmals seit 1933 auf ein bereits angekündigtes und vorbereitetes großes Fest in Deutschland zu verzichten. Die Verehrergemeinde stand am Rande einer schweren Krise. Nur mühsam ließen sich die tiefgreifenden internen Auseinandersetzungen durch Jubiläumsveranstaltungen überdecken. Anlaß zu Meinungsverschiedenheiten bis hin zu wahren Feindschaften gab die 1930 begonnene erste Bruckner-Gesamtausgabe, die mit dem Erscheinen der vierten Symphonie im Frühjahr 1936 eine Zäsur erreicht hatte. Der Streit um den ‚echten‘ oder ‚originalen Bruckner‘, den die Bände der Gesamtausgabe aufzudecken schienen, durchzog die deutschen und österreichischen Musikzeitschriften und bot darüber hinaus der Tagespresse ein reizvolles Thema aus der Kulturwelt.

Die sogenannten ‚Originalfassungen‘[1] der Gesamtausgabe wurden für ‚echter‘ oder ‚originaler‘ ausgegeben als Bruckners Erstdruckfassungen, weil die Gesamtausgabe auf „den letzten zu ermittelnden *authentischen* Vorlagen"[2] des Komponisten beruhe. Den Stellenwert von „letzten zu ermittelnden authentischen Vorlagen" könnten demnach die Erstdrucke der Brucknerschen Werke, die um 1910 mit finanzieller Hilfe von Gustav Mahler von der Universal Edition in Wien übernommen worden waren, nicht beanspruchen[3]. Bei den Erstdrucken handle es sich im Gegensatz zu Bruckners nachgelassenen Autographen um veränderte, bearbeitete, manipulierte oder durch „Fremdeinflüsse" verfälschte Fassungen und Editionen – so argumentierten die Befürworter der Gesamtausgabe

---

[1] Alle Symphonien außer der 1. (sie wurde in der Linzer und Wiener Fassung vorgelegt) und der 3. (sie ist im Rahmen der ersten Gesamtausgabe nicht mehr erschienen) und die F-Moll-Messe (1867/68) sowie schon der erste Band (1930/31) mit den Erstdrucken von Missa solemnis b-Moll (1854) und Requiem d-Moll (1848/49) erhielten damals den Beinamen „Originalfassung".

[2] Vgl. *Anton Bruckner. Sämtliche Werke. Kritische Gesamtausgabe im Auftrage der Generaldirektion der Nationalbibliothek und der Internationalen Bruckner-Gesellschaft*, hg. von Robert Haas und Alfred Orel, 9. Band, IX. Symphonie d-Moll (Originalfassung), Partitur, Entwürfe und Skizzen, vorgelegt von Alfred Orel, Wien 1934, S. 3*.

[3] Vgl. Egon Wellesz, *Anton Bruckner and the Process of Musical Creation*, in: The Musical Quarterly 24 (1938), S. 265–290. Zu den Erscheinungsdaten und -orten der Erstdruckausgaben vgl. Alexander Weinmann, *Anton Bruckner und seine Verleger, in: Bruckner-Studien. Leopold Nowak zum 60. Geburtstag*, hg. von Franz Grasberger, Wien 1964, S. 121–138.

und allen voran ihr Herausgeber, der Wiener Musikwissenschaftler Robert Haas (1886-1960).

Das klangliche Resultat der „Textmanipulationen" in den Erstdrucken, das bisher in den Konzertsälen zu hören war, sei ein vor allem dynamisch „abgeschwächter und eingedämmter Bruckner". Haas hatte dies am Beispiel der 5. Symphonie vor noch nicht allzu langer Zeit nochmals deutlich herausgestellt. In seinem 1935 erschienenen Vorlagenbericht zur „Originalfassung" der fünften Symphonie hielt er fest: „Für die unbestreitbare Umarbeitung, die im Erstdruck vorliegt, ist ... *keinerlei Beglaubigung durch Bruckners Hand nachzuweisen gewesen* ..., sie muß daher nach den Grundsätzen der Gesamtausgabe ... *unberücksichtigt* bleiben ... die klangliche Umfärbung [für den Erstdruck liegt] unverkennbar im Bann des Klangideals der Wagnerzeit, von dem der Kreis der Kapellmeister um Bruckner weit mehr beherrscht war, als der Schöpfer der Symphonien selbst"[4].

Haas erboste durch seine Kritik an den „Kapellmeistern um Bruckner" nicht nur die Anhänger der Schüler und Freunde des Komponisten, die sich in Wien um die Witwe Franz Schalks, Lili Schalk, versammelten[5], sondern er hatte auch den Zorn der Wagnerianer auf sich gezogen. Bruckner- und Wagner-Verehrer wie beispielsweise der schwäbische Musikschriftsteller und Leiter des Württembergischen Brucknerbundes Karl Grunsky oder der Wiener Ministerialrat im Ruhestand Max von Millenkovich, genannt Morold, der zum erweiterten Vorstand der Internationalen Bruckner-Gesellschaft und zum Kreis um Lili Schalk gehörte, nahmen gegen Haas und die „Originalfassungen" der Gesamtausgabe Stellung. Sie erhielten im Anschluß an das Brucknerfest in Zürich 1936 Unterstützung durch den Wagner-Forscher Alfred Lorenz. Dieser führte aus, daß die für Bruckner reklamierte Eigenständigkeit im Hinblick auf die Instrumentation und in Hinsicht auf das „Gruppenprinzip" relativiert werden müsse. Unter „Gruppenprinzip" verstand er „die Nacheinanderstellung musikalischer Gedanken in scharf abgegrenzten Abschnitten verschiedener, aber in sich einheitlich festgehaltener Klangfarbe", also das, was häufig mit „Blockhaftigkeit" umschrieben wurde[6]. Auf Kosten Wagners könne man die Diskussion um Bruckners „Echtheit" jedenfalls nicht führen. Lorenz betonte, daß Bruckner das „Gruppenprinzip" nicht erfunden habe, und schon gar nicht im Gegensatz zu Wagner. Er hielt fest: Das Gruppenprinzip „gar als ein Merkmal zur Erkenntnis des ‚echten' Bruckner anzusehen, ist gänzlich abwegig". Die Behauptung, ‚Bruckner käme von der Orgel', sei in Bezug auf Bruckners Instrumentation mindestens für zweifelhaft zu erkennen, denn Bruckner sei vom Zauber des Wagnerschen Orchesterklangs begeistert gewesen. Wollte man dem „echten" Bruckner nun durch die Herausstellung des

---

[4] Siehe Leopold Nowak, *Anton Bruckner, Sämtliche Werke, V. Symphonie B-Dur. Revisionsbericht*, Wien 1985 (= Wiederabdruck des Vorlagenberichts von Haas mit Anmerkungen und Ergänzungen von Nowak), S. 7 und S. 50.

[5] Vgl. dazu Thomas Leibnitz, *Die Brüder Schalk und Anton Bruckner. Dargestellt an den Nachlaßbeständen der Musiksammlung der Österreichischen Nationalbibliothek*, Tutzing 1988.

[6] Siehe Alfred Lorenz, *Zur Instrumentation von Anton Bruckners Symphonien*, in: Zeitschrift für Musik 103 (1936), S. 1318.

„Orgelmäßigen" oder der „klanglichen Reinlichkeit" die „Überwindung der Romantik" zuschreiben, so „fehlte nur noch, daß man offen von ‚Richard, dem Teufel' und ‚Anton, dem Heiligen' sprach"[7], was nicht allzuweit hergeholt war, wenn man die Bruckner-Literatur überblickt.

Diejenigen, die damals darauf beharrten, daß Wagner das „Urerlebnis" Bruckners gewesen und daß Bruckners Lebensgeschichte unzertrennlich mit Wagner verknüpft sei, zogen einen weiteren Wagner-Verehrer ins Kalkül, um ihre Position zu stärken: Adolf Hitler hatte schließlich *auch* das „Ursprüngliche in Wagner" erkannt, „beide [Wagner und Hitler] führen eine gewaltige, das ganze Volk packende Sprache", hatte Karl Grunsky 1933 hervorgehoben[8]. Grunsky, der seit 1930 der nationalsozialistischen Bewegung angehörte, oder Morold, seit 1932 Mitglied der NSDAP, rechneten offenbar fest damit, den ‚Führer' auf ihrer Seite zu haben. Ihrem Standpunkt konnte in Deutschland sowie in Österreich leicht dadurch Nachdruck verliehen werden, daß das Gerücht verbreitet wurde, Robert Haas sei jüdischer Abkunft[9] oder jedenfalls in seiner editorischen Arbeit von jüdisch beeinflußten Grundsätzen geleitet: Er hatte wie sein Mitherausgeber Alfred Orel (1889–1967) bei Guido Adler studiert und unter Adlers Leitung in Zusammenhang mit den Ausgaben der *Denkmäler der Tonkunst in Österreich* Musikphilologie erlernt und angewandt. Außerdem – und dies bedeutete beinahe eine Untermauerung des Gerüchts – war im Impressum der zuletzt herausgegebenen großen Partitur der Gesamtausgabe (4. Symphonie) erstmals der Zusatz „im Einvernehmen mit der Universal Edition Wien" erschienen[10], ein Zusatz, der eine Verbindung zwischen den Herausgebern der Bruckner-Gesamtausgabe und dem als jüdisch geltenden Verlag Universal Edition nahelegen mußte[11].

Die Erwartungen der Gegner der „Originalfassungen" wurden in mehrfacher Hinsicht enttäuscht, obwohl die bisher erfolgreiche Werbung für Bruckner und für die Gesamtausgabe durch die Internationale Bruckner-Gesellschaft – wie bereits erwähnt – in Deutschland 1936 eine Unterbrechung erfuhr: Das große deutsche Bruckner-Fest zum 40. Todestag des Komponisten, das ursprünglich in München geplant war, und die Aufstellung einer Bruckner-Büste in der Walhalla bei Regensburg durch Hitler auf Antrag der Bruckner-Gesellschaft mußten um ein Jahr verschoben werden. Mögen die Querelen der Bruckner-Gemeinde, mögen die außen- und innenpolitischen Umstände – das Verhältnis Hitlers zu Mussolini und die Organisation der Olympiade – oder mag das Fehlen der richtigen

---

[7] Ebd., S. 1318ff. Vgl. auch Alfred Lorenz, *Klangmischung in Anton Bruckners Orchester*, in: Allgemeine Musikzeitung 63 (1936), S. 717–720.

[8] In seinem Buch *Der Kampf um deutsche Musik*, Stuttgart 1933, S. 63.

[9] Siehe *Das musikalische Juden-ABC* von Christa Maria Rock und Hans Brückner, München 1935; vgl. dazu Joseph Wulf, *Musik im Dritten Reich: eine Dokumentation* (= Kultur im Dritten Reich V), Frankfurt a.M. und Berlin 1989, S. 427.

[10] Vgl. Leopold Nowak, *Die Anton Bruckner-Gesamtausgabe. Ihre Geschichte und Schicksale*, in: Bruckner-Jahrbuch 1982/83, hg. von Othmar Wessely, Linz 1984, S. 39.

[11] Zur Geschichte der Universal Edition vgl. Rudolf Stephan, *Ein Blick auf die Universal Edition. Aus Anlaß von Alfred Schlees 80. Geburtstag*, in: ders., *Musiker der Moderne. Porträts und Skizzen* (= Spektrum der Musik, Bd. III), hg. von Albrecht Riethmüller, S. 157–163; vgl. auch Erik Levi, *Music in the Third Reich*, New York 1994, S. 158f.

Bruckner-Büste eine Terminverlegung der Feierlichkeiten in Regensburg verursacht haben, jedenfalls erwies es sich, daß Nazi-Organisationen mit Bruckner befaßt waren.

Die Befürworter der „Originalfassungen" der Gesamtausgabe, so beispielsweise der Dirigent der Münchner Philharmoniker, Siegmund von Hausegger, der Präsident der Internationalen Bruckner-Gesellschaft, Max Auer, der Dirigent des Reichssenders Leipzig, Hans Weisbach, der Musikschriftsteller und Bruckner-Autor sowie Kunsthistoriker Oskar Lang, die angehenden Musikwissenschaftler Leopold Nowak und Fritz Oeser sowie der bereits genannte Herausgeber der Gesamtausgabe, Robert Haas, um nur die wichtigsten anzuführen, waren nun ihrerseits nicht weniger überzeugt davon, daß den „Originalfassungen" Bruckners gerade in Deutschland besondere Aufmerksamkeit geschenkt werde. Das lag nicht nur daran, daß es in Deutschland seit den zwanziger Jahren eine mehr oder weniger organisierte ‚Bruckner-Bewegung' gab, es lag auch nicht nur daran, daß in der deutschen Zweigstelle des Wiener Musikwissenschaftlichen Verlags, in einer Unterabteilung der Notendruckerei und -stecherei Oscar Brandstetter in Leipzig, die die Bände der Gesamtausgabe herstellte, effektiv Öffentlichkeitsarbeit und Werbung betrieben wurde, sondern auch daran, daß das Publikum für alles ‚Echte' und ‚Unverfälschte' offenbar empfänglich war, das schließlich auf der Grundlage wissenschaftlicher Untersuchungen dargeboten wurde.

Um den Streit zu gewinnen, der um den ‚echten Bruckner' entbrannt war, und um die bisherigen Erfolge der „Originalfassungen" – angefangen bei der Aufführung der „Originalfassung" der neunten Symphonie 1932 in München – abzusichern, wurden im Leipziger Musikwissenschaftlichen Verlag entsprechende Überlegungen angestellt. Es sei aus einem Brief der Prokuristin Hilde Wendler an Max Auer vom 1. Dezember 1936 zitiert:

„Z. Zt. wälzen wir das Problem, wie wir am besten den ganzen Komplex der Originalfassungen den höchsten Parteistellen verständlich machen und diese für uns gewinnen können ... Es muß unter allen Umständen rechtzeitig dafür gesorgt werden, dass z.B. Goebbels von der Wichtigkeit und Notwendigkeit der Originalfassung überzeugt wird. Selbstverständlich muß er sich auf Berater stützen und diese Berater vor allem gilt es zu gewinnen."[12]

Die Berater fanden sich, zum Beispiel konnte der Leiter der Abteilung Musik im Propagandaministerium und Präsidialrat der Reichsmusikkammer, Heinz Drewes, gewonnen werden, und einige Dirigenten (Siegmund von Hausegger, Hans Weisbach, Peter Raabe) nahmen über die Reichsmusikkammer Einfluß. Von der Bruckner-Gesellschaft wurde zum Fest 1937 eine Broschüre mit dem Titel *Anton Bruckner. Wissenschaftliche und künstlerische Betrachtungen zu den Originalfassungen* herausgegeben, um die Informationen übersichtlich zur Hand zu haben. Die Argumente für die „Originalfassungen", die darin vorgebracht wurden, hatten das Unternehmen der Gesamtausgabe von Beginn an bestimmt und können als Prämissen der musikphilologisch-editorischen Arbeit der Herausgeber bezeichnet werden. Die Erstdrucke wurden als Quellen für die „Fassungen letzter

---

[12] Fond 31 Auer 560, Musiksammlung der Österreichischen Nationalbibliothek Wien. Für die Benutzung der Bestände sei freundlichst gedankt.

Hand" abgelehnt, sie galten nicht als „authentische" Vorlagen. Einerseits sei Bruckners Beteiligung an der Entstehung der Erstdrucke fragwürdig, andererseits habe der Komponist bei einer Beteiligung unter Druck und Zwang gehandelt. Wenigstens zwei Aspekte der Gesamtausgabe lassen es aber zu, daß man auch von politisch-gesellschaftlich-ideologischen Implikationen dieser Edition sprechen kann, die in dieser ‚Krisenzeit' lediglich betont werden mußten, um ihre Wirkung auf die NS-Kulturpolitiker zu entfalten.

Erstens: Gesamtausgaben waren bereits im 19. Jahrhundert unter anderem Ausdruck eines nationalen Kulturbewußtseins[13]. Nun wurde die Gesamtausgabe der Werke Bruckners in den zwanziger Jahren zur „Ehrensache der deutschen Musikwelt" erklärt, nicht etwa zur „Ehrensache der ersten österreichischen Republik". Was lag demnach näher, als 1936/37 hervorzuheben, daß es sich bei der Musik Bruckners um die Kunst eines der größten deutschen Meister der Tonkunst handle, „die in ihrer vollen Reinheit wiederhergestellt werden muß". Die Kritik an Bruckners „Originalfassungen" galt also einem deutschen Meister, den Hitler – und dies ist zu ergänzen – als Landsmann ebenso verehrte wie Richard Wagner.

Zweitens: Max Auer schrieb in der erwähnten Broschüre: „Alle jene *Voraussetzungen*, die einst die Veranlassung zur Überarbeitung [der Brucknerschen Symphonien für den Erstdruck] waren, technische Schwierigkeiten, Länge der Sätze usw., sind *heute überholt* und [es] besteht deshalb kein Grund mehr, nicht auch praktisch auf das stärkere und jedenfalls ‚echte' Original zurückzugehen."[14] Die Gegner der „Originalfassungen" konnten demnach verdächtigt werden, die im 19. Jahrhundert geübte Kritik an Bruckner fortsetzen zu wollen. Vor diesem Hintergrund konnten die Befürworter der „Originalfassungen" an den (deutschen) Staat appellieren, eine Wiederholung der ‚Unterdrückung' Bruckners durch die Musik-Kritik oder durch die „Diktatur der Kritik", wie sich Peter Raabe 1934 über Hanslicks Wirken in bezug auf Bruckner und Wagner ausgedrückt hatte[15], jetzt zu unterbinden.

Der Spieß wurde daher ganz einfach umgedreht: Die Kritiker der „Originalfassungen" wurden zum Teil als Juden denunziert (Morold beispielsweise erscheint 1935 im *Handbuch der Judenfrage* von Theodor Fritsch[16]) und insgesamt der „Wiener jüdischen Presse" zugeordnet. Der antisemitischen Tendenz, die hier im „Kampf" um die Gesamtausgabe zutage trat, und die nicht nur auf den Bereich der Kritik an Bruckner und an den „Originalfassungen" beschränkt war – darauf

[13] Vgl. dazu Ludwig Finscher, *Gesamtausgabe – Urtext – Musikalische Praxis. Zum Verhältnis von Musikwissenschaft und Musikleben*, in: Musik – Edition – Interpretation. Gedenkschrift Günter Henle, hg. von Martin Bente, München 1980, S. 193–198.
[14] *Anton Bruckner. Wissenschaftliche und künstlerische Betrachtungen zu den Originalfassungen*, Wien 1937, S. 7.
[15] Siehe Peter Raabe, *Vom Neubau deutscher musikalischer Kultur. Vortrag bei der 1. Arbeitstagung der Reichsmusikkammer in Berlin am 16. Februar 1934*, in: Zeitschrift für Musik 101 (1934), S. 273.
[16] Vgl. *Entartete Musik. Zur Düsseldorfer Ausstellung von 1938. Eine kommentierte Rekonstruktion*, hg. von Albrecht Dümling und Peter Girth, 3. überarbeitete und erweiterte Auflage Düsseldorf 1993, S. 117.

wird zurückzukommen sein –, mußte demnach nur etwas Nachdruck verliehen werden, um den ‚Sieg‘ des ‚echten und originalen Bruckner‘ durchzusetzen.

Goebbels bezeichnete in seiner Rede zur Aufstellung der Bruckner-Büste in der Walhalla 1937 seine ein Jahr zuvor erlassene Umwandlung von Kunstkritik in Kunstbetrachtung als „Abstattung einer Dankesschuld an den einsam ringenden, von seinen Peinigern bis zum Tode gequälten Meister"[17]. In bezug auf die Gesamtausgabe gab er bekannt:

„Der Führer und seine Regierung ... haben ... sich entschlossen, der Internationalen Bruckner-Gesellschaft so lange jährlich zur Herausgabe der Originalfassung seiner sämtlichen Symphonien einen namhaften Betrag zur Verfügung zu stellen, bis das Gesamtwerk des Meisters in der von ihm geschauten Form vorliegt."[18]

Diese Subventionszusage noch vor dem Anschluß Österreichs bedeutete für die Verfechter der „Originalfassungen" einerseits den Abbruch der Auseinandersetzungen und der Kritik, andererseits finanziellen sowie ideellen Beistand und Schutz. Seit dem 13. März 1938 galt dies auch für Österreich (bzw. für die sogenannte Ostmark), und jetzt erst äußerte sich auch Robert Haas, der die Gesamtausgabe seit dem Bruch mit Alfred Orel um 1936 alleine führte[19], klar über seine Ziele und sein Vorgehen. Im Festbuch zum *Deutschen Brucknerfest* in Mannheim Ende Oktober/Anfang November 1938 erklärte er:

„Es war allgemein bekannt, welche außerordentlichen Hindernisse das liberale Wien vor Bruckners äußerer Anerkennung aufgetürmt hatte, ebenso, daß er – wie Hugo Wolf – ein Opfer der jüdisch-liberalen Presse war. Ich konnte nun nachweisen, daß die Unterdrückung seiner Werke bis in die Texte der Partituraugaben weiterreicht, daß sie dann jahrzehntelang geduldet und gefördert worden ist, sodaß Gefüge, Klangbild und Sinn der ursprünglichen Schöpfungen schwer beschädigt erschienen. Dieser Zustand einer uneingestandenen Bearbeitungspraxis, die Bruckner selbst treffend als ein ‚Zusammenschrecken‘ bezeichnet hat ..., hat sich seit dem Erscheinen der Gesamtausgabe ruckartig geändert, trotz wütender Angriffe der Wiener judenliberalen Presse gegen mich hat die ganze Musikwelt das Wesenhafte meiner Quellenkritik erfaßt und begrüßt."[20]

In dieser Stellungnahme brachte Haas deutlich eine oder die zentrale Absicht seiner Tätigkeit zum Ausdruck: die Befreiung Bruckners von ‚jüdisch-liberaler‘ Unterdrückung, die sich auf Bruckners eigene Um- und Bearbeitungspraxis, auf die Bearbeitertätigkeit seiner Schüler und Freunde (die Bearbeitung der Brucknerschen Werke wurde in erster Linie Ferdinand Löwe angelastet, dem 1925 verstorbenen Bruckner-Schüler und -Dirigenten, der katholisch getauft war, aber aus einer jüdischen Familie stammte[21]) und auf die Umstände der ersten Druckle-

---

[17] Siehe *Goebbels-Reden 1932–1939*, hg. von Helmut Heiber, Düsseldorf 1971, S. 284.

[18] Ebd., S. 285.

[19] Vgl. dazu Alfred Orel, *Original und Bearbeitung bei Anton Bruckner*, in: Deutsche Musikkultur 1 (1936/37), S. 193–222.

[20] *Deutsches Brucknerfest in Mannheim vom 29. Oktober bis 3. November 1938. Festbuch*, Mannheim 1938, S. 26f.

[21] Vgl. Reinhard Rauner, *Ferdinand Löwe. Leben und Wirken: 1. Teil 1863–1900. Ein Wiener Musiker zwischen Anton Bruckner und Gustav Mahler* (= Musikleben. Studien zur Musikgeschichte Österreichs III), Frankfurt a.M. u.a. 1995.

gung der Werke ausgewirkt haben soll. Die sogenannten Originalfassungen Bruckners, unter denen Haas die Fassungen verstand, die der Komponist testamenta-
risch der Wiener Nationalbibliothek vermacht hatte, bzw. die Fassungen, die
Bruckner ohne fremden Einfluß selbst (zuletzt) gefertigt hatte, das heißt die
Fassungen nach den „letzten zu ermittelnden authentischen Vorlagen" – was
immer im einzelnen darunter verstanden wurde –, basieren also auf einer Text-
oder Quellenkritik, die unter anderem antisemitischen Ursprungs ist.

Die Ablehnung der Erstdrucke – die an und für sich wichtige Quellen für eine
Gesamtausgabe darstellen – beruht auch darauf, daß sie in jüdischen Verlagshäu-
sern herauskamen (zum Beispiel bei der Universal Edition). Und es war Max
Friedländer, der 1907 im Rahmen der methodischen Überlegungen zur Herausgabe musikalischer Kunstwerke gerade für die Beachtung der Erstdrucke als unerläßliche Quellen plädiert hatte, dessen Vorschläge bei Haas jedoch offenbar kein
Gehör fanden[22].

Es erhebt sich die Frage, ob der Herausgeber der Bruckner-Gesamtausgabe
von Beginn an die zitierten Ziele verfolgte oder ob er sich dazu genötigt sah, sein
wissenschaftliches, musikphilologisches Projekt nach den historisch-politischen
Ereignissen auszurichten. In einer Stellungnahme zur Gesamtausgabe der Werke
Bruckners vom 25. April 1938, die Haas dem Propagandaministerium vorlegte
und der er am 28. März 1938 eine Grußadresse an Goebbels, den „Schirmherr[en]
der Gesamtausgabe und der Originalfassungen", vorausgeschickt hatte, faßte er
zusammen:

„Als Herausgeber dieser Gesamtausgabe obliegt mir die volle Verantwortung für das Gedeihen
und für die Vollendung dieses Monumentalwerks, das ich dem deutschen Volk und unserem
Führer Adolf Hitler geweiht habe. Der Sinn dieser Gesamtausgabe unterscheidet sich nach
meinem von Anfang an festgelegten Plan so tiefgreifend von den bisher üblichen liberalistischen
Gepflogenheiten der musikalischen Philologie, daß er selbstverständlich den stärksten jüdischen
Widerspruch und Widerstand reizen mußte. In zwölf langen Kampfjahren sah ich mich daher
genötigt, meine Auffassung gegen den jüdischen Musikverlag, gegen die jüdische Presse und
auch leider gegen manche arische Mitläufer dieser Mächte zu verteidigen. Heute kann ich mit
Stolz darauf verweisen, daß es mir durch vollsten persönlichen Einsatz nicht nur gelungen ist,
dieses Werk vor Unterdrückung, Vernichtung und Verstümmelung zu bewahren, sondern es
vielmehr in aller Welt zur Geltung zu bringen, insbesondere im deutschen Musikleben."[23]

Das Vorgehen von Haas könnte am Beispiel der 9., der 4. und der 5. Symphonie
erklärt werden (der Bearbeiter der 9. und der 4. Symphonie für den Erstdruck war
überwiegend Ferdinand Löwe, dem in den dreißiger Jahren auch die Bearbeitung
der 5. Symphonie zugeschrieben wurde) oder am Beispiel der 2. Symphonie. Das
Wort vom „Zusammenschrecken" Bruckners gehört zur Entstehungsgeschichte
der 2. Symphonie, deren Erstaufführung durch die Wiener Philharmoniker unter
Leitung des jüdischen Dirigenten Otto Dessoff im Herbst 1872 abgelehnt wurde.
Diese Erfahrung Bruckners bezeichnete Haas in seinem Vorlagenbericht zur

---

[22] Vgl. Max Friedländer, *Über die Herausgabe musikalischer Kunstwerke*, in: Jahrbuch der
Musikbibliothek Peters 14 (1907), S. 13–33.
[23] Akten zur Deutschen Bruckner-Gesellschaft des Propagandaministeriums (Abt. X), Bundesarchiv, Abt. Berlin-Lichterfelde, R 5001/583.

zweiten Symphonie (1938) als die „symphonische Lebenstragödie des Meisters"[24].

Es sei jedoch abschließend auf die 8. Symphonie eingegangen, da sich an ihrem Beispiel zeigen läßt, daß Haas zwar politisch-ideologisch sowie musikphilologisch bestimmte Ziele verfolgte, daß jedoch von seinen editorischen Ergebnissen nicht unbedingt auf seine Intentionen geschlossen werden kann. Dabei ist auch stets zu bedenken, daß die praktische Umsetzung der Partituren der Gesamtausgabe in klingende Musik keineswegs die theoretisch-editorischen Vorgaben stützte, im Gegenteil, viele Aufführungen der Brucknerschen Werke unterliefen geradezu den damals in der Öffentlichkeit verkündeten ‚Triumph' der „Originalfassungen".

Haas erklärte in seinem Vorwort zur Studienpartitur der 8. Symphonie, die 1939 erschien, daß diesem Werk eine „Sonderstellung" zukomme, nicht nur durch seine „inhaltliche Bedeutung", sondern auch seiner „Entstehungsgeschichte nach". Das Besondere der Entstehungsgeschichte liege darin, daß Bruckner zur Umarbeitung seiner 8. Symphonie von der „nächsten künstlerischen Umgebung" genötigt worden sei: „Hermann Levi in München und Josef Schalk, der ihm in Wien sekundierte, standen der [ersten] Partitur [1887] ratlos gegenüber und drangen mit aller Energie auf weitgehende Änderungen". Die Umarbeitung der Symphonie interpretierte Haas als „titanisches Ringen mit der eigenen Schöpfung", das durch Bruckners „blutigen Ernst einer unerbittlich harten Arbeitsfron" bezeugt werde, „die den erschauern läßt, der die Zusammenhänge versteht." Ein „scharfer Endkampf um die zweite Fassung" (1890) habe stattgefunden, jedoch sei erkennbar, daß Bruckner schließlich „die innere Teilnahme fehlte"[25].

Haas erklärte, daß seine „Textlegung" diesem Sachverhalt „sinngemäß" gerecht werde und er das „organisch Lebenswichtige" habe wiederherstellen müssen. Durch seine „sorgfältige Sichtung und Überprüfung" des „Quellenvorrats" sei eine „klare Trennung und Ausscheidung des fremden Einflußbereichs möglich" geworden[26]. Es lag nahe, Haas' Hinweis auf den „fremden Einflußbereich" als Wendung gegen Levi und Schalk zu verstehen[27]. Mit der Ankündigung einer „gereinigten Partitur" lenkte Haas folglich die Erwartungen auf die Erstfassung der 8. Symphonie. Diese plante er in der Tat zusammen mit der Zweitfassung herauszugeben; für ihn waren die beiden Fassungen in etwa das Pendant zur

[24] *Anton Bruckner. Sämtliche Werke. Kritische Gesamtausgabe im Auftrage der Generaldirektion der Nationalbibliothek und der Internationalen Bruckner-Gesellschaft*, 2. Band, II. Symphonie (Originalfassung), Partitur und Bericht, vorgelegt von Robert Haas, Wien 1938, S. 1*. Näheres dazu in der Dissertation der Verfasserin mit dem Titel *Anton Bruckner und die Nachwelt. Zur Rezeptionsgeschichte des Komponisten in der ersten Hälfte des 20. Jahrhunderts* (Freie Universität Berlin 1996, erschienen Stuttgart 1998).
[25] *Anton Bruckner. Sämtliche Werke. Kritische Gesamtausgabe im Auftrage der Generaldirektion der Nationalbibliothek und der Deutschen Bruckner-Gesellschaft*, 8. Band, VIII. Symphonie (Originalfassung), Studienpartitur, vorgelegt von Robert Haas, Leipzig 1939.
[26] Ebd.
[27] Hermann Levis „Einfluß" wurde zu dieser Zeit beispielsweise auch im Hinblick auf seine lange anerkannten und bewährten Libretti-Ausgaben zu Opern Mozarts „zurückgewiesen", vgl. dazu Erik Levi, *Music in the Third Reich*, a.a.O., S. 75–77.

Linzer und Wiener Fassung der 1. Symphonie, wobei er die Erstfassung der 8. Symphonie vorgezogen hätte.

Pragmatische Gründe – es fehlten ihm Quellen zur ersten Fassung – zwangen Haas dazu, lediglich eine Revision der Zweitfassung zu edieren. Es war immerhin laut seinen Angaben eine „Befreiung" von Zutaten des Bruckner-Schülers Max von Oberleithner, der die Symphonie 1892 bei Haslinger/Schlesinger/Lienau in Berlin zum Druck befördert hatte. Auch die Mischung der Fassungen in der 8. Symphonie – Haas hat im Adagio und im Finale auf die Erstfassung zurückgegriffen – hat weder politisch-ideologische noch musikphilologisch-ideologische Gründe, entsprach also nicht dem Wunsch nach Authentizität beziehungsweise nicht der Intention, sich auf ein einziges gültiges Autograph zu stützen, sondern geht ebenfalls auf pragmatische Entscheidungen zurück, auf Sachzwänge, die sich aus Urheberrechtsfragen ergaben[28].

Haas' Umdeutung der Brucknerschen Aussagen zur 8. Symphonie entsprach wohl am ehesten seinen Zielen. Bruckners Anführung der Figur des „deutschen Michel" (in einem Brief an Felix von Weingartner 1891) entsprach dem Herausgeber zufolge einem Mythos, der „in der großdeutschen Idee als geschichtliche Geisteshaltung gegeben" sei. Im Erscheinen der Ausgabe der 8. Symphonie, die ebenso entfernt war von dem, was Bruckner wollte, wie von dem, was im Rahmen der Gesamtausgabe geplant war, sah Haas ein „Zeichen der Vorsehung". Die „wiederhergestellte Partitur" – wie immer sie aussah – könne nun als „Gruß der Ostmark" erklingen[29].

Wir wissen nicht, was geschehen wäre, wenn Goebbels die „Diktatur der Kritik" an den „Originalfassungen" nicht gebrochen hätte. Haas hätte die 8. und 2. Symphonie in den von ihm bestimmten Fassungen wahrscheinlich nicht publizieren können, ohne einen Sturm der Entrüstung zu entfesseln. Berechtigte Kritik hätte sich an dem Widerspruch zwischen seinen Zielen und seinem editorischen Resultat entzündet. Abgesehen davon stellt sich die Frage, ob die Diskussion um Bruckner und Wagner sowie um die „stilistische Originalität" Bruckners nicht eine Weiterführung erfahren hätte. Nach der Unterbindung der Kritik an den „Originalfassungen" waren jedenfalls weitere Stellungnahmen zu diesem Thema kaum mehr möglich, hingegen wurden Untersuchungen zum musikalisch-stilistisch „echten" Bruckner gefördert[30]. Inwiefern hierbei die Charakterisierungen des „originalen" oder „echten Bruckner" und seiner „echten" Werke – etwa herb, kantig, gesund, rein und monumental – zunehmend mit dem NS-Ideal des germanisch-nordischen und deutsch-heldenhaften Menschen „Bruckner" zusammen-

---

[28] Vgl. dazu von der Verf., *Anton Bruckner und die Nachwelt*, a.a.O.; zu den Fassungen der achten Symphonie vgl. Constantin Floros, *Die Fassungen der Achten Symphonie von Anton Bruckner*, in: Bruckner-Symposion 1980: „Die Fassungen", hg. von Franz Grasberger, Linz 1981, S. 53–63.

[29] *Anton Bruckner. Sämtliche Werke. Kritische Gesamtausgabe im Auftrage der Generaldirektion der Nationalbibliothek und der Deutschen Bruckner-Gesellschaft*, 8. Band, VIII. Symphonie (Originalfassung), Studienpartitur, Vorwort (a.a.O).

[30] Vgl. beispielsweise Fritz Oeser, *Die Klangstruktur und ihre Aufgabe in Bruckners Symphonik*, Leipzig 1939.

trafen oder einer gewissen, auf Gigantomanie angelegten Nazi-Ästhetik entgegenkamen, ist eine Frage der gesinnungsmäßig-tendenziösen Interpretation musikalischer Gegebenheiten.

Und ferner: Wäre die Gesamtausgabe nicht per Dekret zu einer Selbstverständichkeit im Dritten Reich erklärt worden, so hätten Alfred Orels Bruckner-Forschungen das Unternehmen in seinen Grundfesten zutiefst erschüttert. Die Auswertung von Orels „Auffindung" der Stichvorlage zum Erstdruck der 4. Symphonie (Fassung 1888/89) kurz nach dem Anschluß Österreichs bei den Nachfahren Ferdinand Löwes, als viele jüdische Familien enteignet wurden, hätte beispielsweise Haas' Ablehnung der Erstdrucke als Quellen für die Gesamtausgabe grundsätzlich in Frage gestellt[31].

Die Bruckner-Gesamtausgabe zeigt sich bis heute als ein Komplex von längst nicht ausdiskutierten Aspekten und Problemen. Selbstverständlich sind die musikphilologischen oder -editorischen Prämissen von Haas und Orel im Kontext der Geschichte von Gesamtausgaben und Musikeditionen zu untersuchen (beispielsweise im Hinblick auf die Entwicklung philologischer und textkritischer Methoden in der Musikwissenschaft und im Hinblick auf die Bewertung von Fassungen oder Bearbeitungen). Einen weiteren Komplex bilden die Probleme um die Verlage und Verleger der Brucknerschen Werke sowie um die Schutzfrist- und Urheberrechtsfragen. Und ein dritter Gesichtspunkt, der ein ganz eigenes Gewicht erhält, sind pragmatische Lösungen aus Sachzwängen, Notlösungen sozusagen, die Haas fand, um seine Arbeit zu legitimieren. Hinzu kommen Fragen um die Interpretation, Fragen nach der Umsetzung der Partituren in klingende Musik. Das alles kann diskutiert werden, ohne die politisch-ideologischen oder gesellschaftlich-ideologischen Implikationen, die zu umreißen versucht worden sind, miteinzubeziehen. Ob dann jedoch die Antworten auf die sich stellenden Fragen stimmig werden, ist in Zweifel zu ziehen.

---

[31] Vgl. dazu Benjamin M. Korstvedt, *The First Edition of Anton Bruckner's Fourth Symphony. Authorship, Production and Reception*, Diss. Univ. of Pennsylvania 1995.

Der deutsche Michel erwacht.
Zur Bruckner-Rezeption im NS-Staat

von

ALBRECHT DÜMLING

1. Bruckner und Hitler

Adolf Hitlers Verehrung für Richard Wagner und seine Beziehung zu Bayreuth wurden bereits mehrfach ausführlich diskutiert und dargestellt. Die Rolle der Musik Anton Bruckners im NS-Staat trat dagegen in den Hintergrund, obwohl sie kaum geringer einzuschätzen ist[1]. Stellte der Bayreuther Meister für Hitler das große, unerreichbare Vorbild dar – er nannte ihn einmal seinen einzigen Vorgänger –, so identifizierte er sich geradezu mit Bruckner. Gab es für ihn gegenüber Wagner verehrungsvolle Distanz, so fühlte er sich Bruckner persönlich nahe. In der gemeinsamen Herkunft aus einfachen Verhältnissen in Oberösterreich, der ebenfalls in Wien erlebten Ablehnung als Künstler, die er wie bei Bruckner auf den Einfluß jüdischer Kreise zurückführte, im Vertrauen auf das Schicksal und auf große Kunst, vor allem die Richard Wagners, dürfte er bedeutsame Gemeinsamkeiten gesehen haben.

„Weil die gegenwärtige Weltlage, geistig gesehen, Schwäche ist, flüchte ich zur Stärke und schreibe kraftvolle Musik!"[2] Dieses Bekenntnis des Komponisten aus dem Jahre 1874 mußte Hitler aus der Seele sprechen. Auch er wollte sich an

---

[1] Neben den Arbeiten von Hanns Kreczi (*Das Bruckner-Stift St. Florian und das Linzer Reichs-Bruckner-Orchester [1942–1945]*, Graz 1986) und Mathias Hansen (*Die faschistische Bruckner-Rezeption und ihre Quellen*, in: Beiträge zur Musikwissenschaft 28 (1986), S. 53–61) gehörte 1988 die von Albrecht Dümling und Peter Girth gestaltete Ausstellung *Entartete Musik. Eine kommentierte Rekonstruktion* zu den frühesten Beiträgen über die Funktionalisierung Bruckners im NS-Staat. Sie thematisierte bereits den inneren Zusammenhang zwischen der Aufstellung der Bruckner-Büste 1937 und dem nachfolgenden Einmarsch in Österreich und vertiefte dieses Thema in den Begleitmedien: dem Katalogbuch (Albrecht Dümling/Peter Girth, *Entartete Musik. Dokumentation und Kommentar*, Düsseldorf ¹1988, 3. überarbeitete u. erweiterte Auflage Düsseldorf 1993), der vier CDs umfassenden Tondokumentation *Entartete Musik* (POOL-Musikproduktion 1989) sowie dem Dokumentarfilm *Verbotene Klänge. Musik unter dem Hakenkreuz* (Regie: Norbert Bunge und Christine Fischer-Defoy, 1990). Die Ausstellung wurde weltweit in mehr als vierzig Städten gezeigt. Als sie im Sommer 1992 auf Einladung Leon Botsteins während des Bard Music Festival im Bard College New York präsentiert wurde, inspirierte sie Bryan Gilliam zu seinem Beitrag *The Annexation of Anton Bruckner: Nazi Revisionism and the Politics of Appropriation*, in: The Musical Quarterly 78/3 (1994), S. 584–609.

[2] Zitiert bei Hans Sittner, *Anton Bruckner und die Gegenwart*, in: Bruckner-Studien. Leopold Nowak zum 60. Geburtstag, hg. v. Franz Grasberger, Wien 1964, S. 103.

großen Kunstformen innerlich aufrichten, sie zum Modell einer zu Überwältigungsstrategien hindrängenden Politik machen[3]. Hitler war nicht der Einzige, der in Bruckners monumentalen Symphonien seelischen Halt suchte, einen Gegenpol zur modernen „Zersetzung", zum Diktat des Versailler Vertrages, der die Größe Deutschlands wie Österreichs in Frage gestellt hatte. Große deutsche Kunst bildete ein Gegengift gegen solche Beschädigungen. In diesem Sinne geriet 1934 der Bericht über ein rheinisches Bruckner-Fest zum großdeutschen Bekenntnis. Nach dem Wiener Arbeiteraufstand vom Februar 1934 müsse man der „schicksalsverbundenen Brüder an der Donau" gedenken, „da sie um ihr Deutschtum kämpfen müssen, wie wir vor zehn Jahren an Rhein und Ruhr. Aus ihren Reihen erwuchsen uns Anton Bruckner und Adolf Hitler: sie werden sich freimachen. Dann soll durch beide großen Schlagadern deutscher Kultur, Donau und Rhein, ein einziger Herzschlag pulsen!"[4]

Immer wieder demonstrierte Hitler öffentlich seine Seelenverwandtschaft zu Bruckner. 1932 ehrte er beispielsweise nach einer Aufführung der 4., der „Romantischen" Symphonie in Berchtesgaden das im braunen Smoking auftretende Nationalsozialistische Symphonie-Orchester durch den Beinamen "Orchester des Führers"[5]. Seine Kulturreden bei den Nürnberger Parteitagen ließ er jeweils durch symphonische Sätze Bruckners einrahmen. Noch deutlicher rückte er diesen persönlichen Bezug in den Vordergrund, als er am 6. Juni 1937 in der Walhalla in Donaustauf bei Regensburg eine Bruckner-Büste enthüllte. In diesem vom Bayernkönig Ludwig I. errichteten Ruhmestempel, einem deutschen Gegenstück zum Pariser Pantheon, sollten neben Helden der nordischen Mythologie große Deutsche geehrt werden. Die bayerische Landesregierung hatte im Vorjahr den „Führer und Reichskanzler" mit der Aufstellung weiterer Büsten betraut. Hitler entschied sich für Bruckner und lud zu diesem Festakt führende Mitglieder seines Kabinetts ein. Über dieses Ereignis berichteten neben den Musikzeitschriften[6] alle deutschen Tageszeitungen auf ihrer Titelseite. „Ein Großer der Musik im Ruhmestempel der Deutschen. Der Führer ehrte Anton Bruckner" las man etwa auf der Titelseite des Völkischen Beobachters[7]. Der hohe politische Stellenwert geht auch aus dem Wochenschau-Ausschnitt hervor[8]: Hitler verharrte in schweigender Andacht vor der mit Reichsadler und Hakenkreuz umkleideten Büste, während von der Empore die „Feierliche Musik" aus der 8. Symphonie erklang. In einer Ansprache vor dem Tempel hatte Reichsminister Goebbels zuvor die politische Bedeutung dieses Staatsaktes unmißverständlich zum Aus-

---

[3] „Ästhetik als Politik-Ersatz, als eine Art von un- und gegenpolitischer Über-Politik, oder kurz: Ästhetik als ‚Metapolitik' hieß das Gebot der Stunde." Siehe Bernd Sponheuer, *Musik, Faschismus, Ideologie. Heuristische Überlegungen*, in: Die Musikforschung 46 (1993), S. 247.

[4] Zitiert nach Mathias Hansen, *Anton Bruckner*, Leipzig 1987, S. 32.

[5] Nach Joseph Wulf, *Musik im Dritten Reich. Eine Dokumentation*, Gütersloh 1963, S. 141.

[6] Der reichbebilderte Bericht der in Regensburg erscheinenden *Zeitschrift für Musik* umfaßt elf Seiten sowie drei Bildtafeln. Vgl. *Zeitschrift für Musik* 104 (1937), S. 740ff.

[7] *Völkischer Beobachter* vom 7. Juni 1937 (Münchener Ausgabe). Faksimiliert in *The Musical Quarterly* 80 (1996), S. 127.

[8] Video-Ausschnitt aus dem Film *Verbotene Klänge. Musik unter dem Hakenkreuz.*

druck gebracht[9]. Uniformen und Militär beherrschten die Szenerie auf der großen Freitreppe, während im Hintergrund die Donau Regensburg mit Linz und Wien verband. Als Sohn der österreichischen Erde sei Bruckner – so Goebbels – ganz besonders dazu „berufen, auch in unserer Gegenwart die unauslöschliche geistige und seelische Schicksalsgemeinschaft zu versinnbildlichen, die das gesamte deutsche Volk verbindet. Es ist daher für uns ein symbolisches Ereignis von mehr als nur künstlerischer Bedeutung, wenn Sie, mein Führer, sich entschlossen haben, in diesem deutschen Nationalheiligtum als erstes Denkmal unseres Reiches eine Büste Anton Bruckners aufstellen zu lassen." Das waren keine leeren Worte. Der Minister bekannte sich damit in Anwesenheit des Kabinetts (einschließlich Himmlers) zum Deutschtum Bruckners[10] und – über die Betonung der „Schicksalsgemeinschaft" – zur Einbeziehung Österreichs in das Deutsche Reich. Diese sollte kaum ein Jahr später politische Realität werden[11]. Der Staatsakt in der Walhalla, die Eingliederung Bruckners in die Reihe der germanischen Helden, war die symbolische Vorwegnahme des „Anschlusses"[12], was Adolf Hitler auf dem Gautag der Bayerischen Ostmark am Nachmittag noch weiter unterstrich[13].

In seiner Vormittagsrede hatte Goebbels eine verstärkte staatliche Unterstützung für Bruckner zugesagt: „Der Führer und seine Regierung betrachten es als ihre kulturelle Ehrenpflicht, dafür Sorge zu tragen, daß die Auswirkung der Bruckner-Pflege nicht nur in die Tiefe, sondern in die Breite dringe."[14] Hellhörige hätten dieser Rede neben dem staatlichen Geldsegen, der in die neue Bruckner-Gesamtausgabe floß, auch die drohende Funktionalisierung entnehmen können. Immerhin hatte der Minister als „Wesen Bruckners" den „im heldischen Weltgefühl verwurzelten germanischen Menschen" ausgemacht. Die erwünschte Breitenwirkung bestand aus dieser Sicht nicht zuletzt darin, über das Medium der Musik heldisches Lebensgefühl zu propagieren. Bei der Vereinnahmung war man nicht zimperlich. Die Internationale Bruckner-Gesellschaft, die 1937 ihren vermeintlichen Gönnern Hitler und Goebbels die Bruckner-Ehrenmedaille verlieh, wurde ein Jahr später aufgelöst und durch die Deutsche Bruckner-Gesellschaft ersetzt[15].

[9] Ausschnitt aus der Goebbels-Rede in der Tondokumentation *Entartete Musik*, CD 2 (Missbrauch), Track 6. Vollständiger Abdruck bei Helmut Heiber, *Goebbels-Reden*, Düsseldorf 1971, S. 281–86. Vgl. Gilliam, *The Annexation of Anton Bruckner*, a.a.O., S. 591 ff.

[10] Zu ähnlichen Publikationsschwerpunkten der NS-Musikwissenschaft vgl. die Beiträge von Eckhard John (*Vom Deutschtum in der Musik*) und Pamela Potter (*Wissenschaftler im Zwiespalt*) in Dümling/Girth, a.a.O.

[11] Vgl. die Proklamation Hitlers zum Einmarsch deutscher Truppen in Österreich, verlesen von Joseph Goebbels am 12. März 1938. Tondokumentation *Entartete Musik*, CD 2, Track 8.

[12] Manfred Wagner bestritt merkwürdiger Weise diesen Zusammenhang. Vgl. Manfred Wagner, *Response to Bryan Gilliam Regarding Bruckner and National Socialism*, in: The Musical Quarterly 80 (1996), S. 119. Dazu die Replik von Bryan Gilliam im selben Heft S. 124ff.

[13] Dazu Bryan Gilliam, *Bruckner's Annexation Revisited: A Response to Manfred Wagner*, in: The Musical Quarterly 80 (1996), S. 126ff.

[14] Zitiert nach Paul Ehlers, *Das Regensburger Bruckner-Erlebnis*, in: Zeitschrift für Musik 104 (1937), S. 747.

[15] Schon Max Morold hatte 1936 hervorgehoben, daß sich Bruckners Symphonik in erster Linie an Deutsche richte: „In den vierzig Jahren seit seinem Tode hat sein Name alle Erdteile

2. Alldeutsches bei Bruckner

Wie sich die NS-Ideologie als „widersprüchliche Einheit von Wahrheit und Unwahrheit"[16] überwiegend auf bereits Vorgefundenes stützte, das lediglich neu angeordnet wurde, so verband sich auch in der damaligen Bruckner-Rezeption Selbstverständliches und Bekanntes mit nur wenigen neuen Elementen. Gebrauch und Mißbrauch[17] waren bei dieser Funktionalisierung durch den NS-Staat fast untrennbar miteinander verquickt. Es war eine Vergewaltigung, die allerdings an Wesenselemente des Menschen Anton Bruckner wie seiner Musik sowie an vertraute Rezeptionsgewohnheiten anknüpfen konnte. Die hypertrophe Idee des Komponisten, durch Symphonien die Welt neu zu erschaffen und mit ihnen den Kosmos erklingen zu lassen, entsprach den politischen Vorstellungen Hitlers. Ebenso machtvoll schöpferisch, wie bei Bruckner große musikalische Gebäude aus dem Nichts entstanden, wie Themen gleichsam elementar aus dem Urnebel erwachsend sich triumphal aufbauten, wollte auch er wirken. Der NS-Kritiker Paul Ehlers wies anläßlich der Regensburger Tage auf solche Zusammenhänge hin, so etwa in seiner folgenden Beschreibung eines Bruckner-Konzerts in der Minoritenkirche:

„Die Besucher der Weihestunde der Musik ... hatten Muße, die Wirkung der erhaben schlichten Architektur auf sich eindringen zu lassen. Es hätte gar nicht besser vorgesehen werden können, als es hier der Zufall, daß sich die Ankunft des Führers verzögerte, fügte, daß die Hörer mit den Ausführenden in diesem Raume, wo sich Tages- und Kerzenlicht immer inniger vermischten, erwartungsvoll harren mußten. Als dann der Führer unter den brausenden Klängen eines auf der von ihm den Regensburgern geschenkten Orgel gespielten Präludiums mit Bayerns Reichsstatthalter Ritter v. Epp, dem Bayerischen Ministerpräsidenten Siebert ... die Kirche betrat, als die Besucher schweigend, aber mit freudiger Erregung den Erneuerer Deutschlands begrüßt hatten, da waren alle Seelen aufgeschlossen, um das Wunder zu empfangen, das jetzt mit seinen überirdischen und doch so irdisch schönen Klängen zu ihnen herniederkam."[18]

Was war das Wunder? Bruckners *Te Deum* oder nicht vielmehr die Ankunft des nationalen Retters? Zum 20. April 1939 kam Ehlers in einem Beitrag *Die Musik und Adolf Hitler* erneut auf die Regensburger Tage zurück. Damals hätten „auch

durchdrungen und die Internationale Bruckner-Gesellschaft darf sich ihrer Weltgeltung und ihres weit ausgedehnten Wirkens freuen. Am unmittelbarsten aber spricht Bruckner zu uns Deutschen, wir sind die echten Herzensfreunde, denen der deutsche Musiker seine Träume und Gesichte offenbart. Süddeutsches und Norddeutsches, Barock und Gotik, Siegfried und Faust, Prometheus und der deutsche Michel sind in ihm vereint ... ." (Max Morold, *Anton Bruckner*, in: Zeitschrift für Musik 103 (1936), S. 1179f.)

[16] Sponheuer, *Musik, Faschismus, Ideologie*, a.a.O., S. 242.

[17] In der Ausstellung *Entartete Musik. Eine kommentierte Rekonstruktion* hatte der Autor 1988 noch ausschließlich vom Mißbrauch Bruckners gesprochen. Trotz dieser Korrektur, die sich auch Einwänden von Prof. Albrecht Riethmüller verdankt, gab es nach Bryan Gilliam weitere Unterstützung für die These vom Mißbrauch Bruckners. („It was a perverse misappropriation of the composer." Benjamin Marcus Korstvedt, *Anton Bruckner in the Third Reich and After: An Essay on Ideology and Bruckner Reception*, in: The Musical Quarterly 80 (1996), S. 134.) Prinzipielle Gedanken zur Frage der Umfunktionierung klassischer Musik durch den Nationalsozialismus finden sich bei Sponheuer, *Musik, Faschismus, Ideologie*, a.a.O., S. 241–253.

[18] Ehlers, *Das Regensburger Bruckner-Erlebnis*, a.a.O., S. 745.

die, denen Adolf Hitler als Musikhörer noch fremd geblieben war, die tiefe Verbundenheit beobachten" können, mit der er in der nun ihrem „eigentlichsten" Zweck zugeführten Minoritenkirche „die gewaltige Welt der fünften Brucknerischen Symphonie auf sich wirken ließ."[19] Die Verwandtschaft zwischen Bruckner und Hitler, so Ehlers weiter, sei geradezu urwüchsig: „Der Geist des die Riesenquadern seiner Werke ins Erhabene emporschichtenden Baumeisters der Töne ist seinem eigenen Geiste verwandt von Ewigkeit her." Ebenso wie Bruckner in seinen Leitmotiven wollte auch Hitler ein universales Symbolgeflecht über das Land werfen und ihm dadurch einen neuen Sinn verleihen. Diese Sinnstiftung war ihm um so wichtiger als, wie bei dem Komponisten, seine menschlichen Kontakte zur Umwelt sich als schwierig erwiesen und Liebesbeziehungen gescheitert waren. Gemeinsam war beiden Österreichern außerdem ein fanatischer Ordnungssinn, verbunden mit Zählzwang[20].

Auch Bruckner war von seiner göttlichen Sendung überzeugt, wie er gegenüber Josef Kluger bekannte: „Unter Tausenden hat mich Gott begnadigt und dies Talent mir, gerade mir gegeben."[21] Unbekümmert um die Sinnkrise des späten 19. Jahrhunderts schuf er gewaltige Finalwirkungen. Die kaiserlichen und königlichen Majestäten besaßen für ihn, wie die Widmungen der Symphonien beweisen, noch unangekränkelte Autorität. Martin Geck beobachtete bei Bruckner wohl zu Recht eine „Mischung von religiöser Ergebung und bürgerlichem Auftrumpfen, Bußübungen und Karrierestreben, Sündenzerknirschung und Größenwahn"[22]. Als einfacher Mann aus der Provinz betrachtete er die Vorgänge in der Hauptstadt mit aufrichtiger Bewunderung, während die Überzeugung von der Überlegenheit der Deutschen im österreichisch-ungarischen Vielvölkerstaat sein Selbstbewußtsein hob. Ähnlich wie später Arnold Schönberg[23] blickte er nicht ohne Neid auf das Deutsche Reich, wo der Vorrang der Deutschen unangefochten war. Kompositionen wie *Germanenzug* (1859) und *Helgoland* (1893), die Bruckner ausgerechnet dem Wiener Männergesangsverein widmete, unterstreichen dies.

Als deutsch-nationales Bekenntniswerk muß vor allem seine 8. Symphonie gelten, die der Komponist selbst „mein Michi" nannte. Es ist ein auskomponiertes „Deutschland erwache", liegt doch dem Scherzo die Vorstellung vom schlafenden deutschen Michel zugrunde: „Der deutsche Michel ziagt dö Zipfelhaub'n über die Ohren, halt si' hin und sagt: ,haut's na zua, i' halt's schon aus!'"[24] Noch

---

[19] Paul Ehlers, *Die Musik und Adolf Hitler*, in: Zeitschrift für Musik 106 (1939), S. 361.

[20] Vgl. August Göllerich zu Bruckner, zitiert bei Martin Geck, *Von Beethoven bis Mahler. Die Musik des deutschen Idealismus*, Stuttgart 1993, S. 386. Dem verwandt ist der von Henriette von Schirach beobachtete fanatische Ordnungssinn Hitlers (zitiert in Dümling/Girth, a.a.O., S. 262).

[21] Josef Kluger, *Schlichte Erinnerungen an Anton Bruckner*, in: Jahrbuch des Stiftes Klosterneuburg, Bd. III, Wien und Leipzig 1910, S. 120. Zitiert nach Geck, *Von Beethoven bis Mahler*, a.a.O., S. 379.

[22] Geck, *Von Beethoven bis Mahler*, a.a.O., S. 389.

[23] Vgl. Schönbergs Aufsatz *Nationale Musik* (1931) sowie seinen Männerchor *Der deutsche Michel* (vgl. Anm. 28).

[24] Geck, *Von Beethoven bis Mahler*, a.a.O., S. 397.

1892 unterstrich der Komponist in einem Brief, daß es ihm mit dieser Deutung ernst sei: „Der Michl ist der österreich. deutsche gemeint, und zwar nicht Scherz."[25] Die lächerliche Zipfelmützen-Figur des Deutschösterreichers verwandelte er im Finale zum ehrfurchtgebietenden Sankt Michael[26]. Bruckner übernahm damit Bildvorstellungen, wie sie unter Deutschnationalen damals gebräuchlich waren. Martin Geck verwies in seinem Buch *Von Beethoven bis Mahler. Die Musik des deutschen Idealismus* auf deutsche Gefallenendenkmäler aus dem Krieg 1870/71, in denen ebenfalls St. Michael als Sieger über fremdländisches Drachengezücht figuriert[27]. Er erinnerte an das um die Jahrhunderwende in vielen Schulbüchern verbreitete Michel-Lied, zu dem Bruckners vertrauter Freund Rudolf Weinwurm den Chorsatz geschrieben hatte. Der Text von Gottfried Schwab, dem Vorsitzenden des Alldeutschen Verbandes, liest sich wie ein Aufruf für das Flottenprogramm des Admirals von Tirpitz:

„Michel, horch, der Seewind pfeift,
auf, und spitz die Ohren.
Wer jetzt nicht ans Ruder greift,
hat das Spiel verloren.
Wer jetzt nicht sein Teil gewinnt,
wird es ewig missen...

Sieh die Nachbarn! Meer um Meer
sperren sie mit Ketten.
Michel schärf die alte Wehr,
rette, was zu retten!
Michel, bist du taub und blind?
Hurtig aus den Kissen!"[28]

Es dürfte kaum bezweifelt werden, daß Bruckner seine „Michi"-Symphonie mit ähnlichen Gedanken verband. 1892, im Jahr ihrer Uraufführung, bestätigte er diesen Kontext durch seinen Männerchor *Das deutsche Lied*, der die Metapher vom schlafenden Michel weiterführte:

---

[25] Ebd.

[26] Peter Raabe wies in seiner Regensburger Bruckner-Rede vom 7. Juni 1937 diese Selbstdeutung des Komponisten als Vergewaltigung des primär mystischen Wesens seiner 8. Symphonie zurück (Peter Raabe, *Anton Bruckner*, in: Zeitschrift für Musik 104 (1937), S. 742). Der Präsident der Reichsmusikkammer, der ein Jahr später auch gegen die Düsseldorfer Ausstellung *Entartete Musik* intern Einspruch erhob, wehrte damit möglicherweise eine allzu direkte Politisierung Bruckners ab.

[27] Geck, *Von Beethoven bis Mahler*, a.a.O., S. 401.

[28] Militantere Töne schlägt das 1899 veröffentlichte Gedicht *Der deutsche Michel. Ein Schlachtlied* des Steiermärker Pfarrers und Chorherrn Ottokar Kernstock an. Die Vertonung Carl Lafites machte dieses Schlachtlied in Wien bekannt. Niemand Geringerer als Arnold Schönberg hat es um 1900 für vierstimmigen Männerchor komponiert. In der dritten Strophe zitierte er das Walhall-Motiv bei den Worten „Du führst die Seelen himmelan,/Die zum Allvater wallen". Vgl. Arnold Schönberg, *Sämtliche Werke*, Abteilung V: Chormusik. Reihe B, Band 18,1. Kritischer Bericht zu Bd. 18 A, hg. von Tadeusz Okuljar und Martina Sichardt, Mainz 1991, S. 151.

„...wie die Meerflut tost an klippigem Strand,
so schalle, so schmett're, die Feinde zu schrecken,
die schlafferen Brüder vom Schlafe zu wecken,
der deutsche Gesang durchs gefährdete Land."

Mit einem gewissen Recht konnte das Dritte Reich deshalb gerade die 8. Sinfonie
als prophetisches Symbol der „deutschen Auferstehung" deuten[29]. Der mittler-
weile zum Präsidenten der Deutschen Bruckner-Gesellschaft ernannte Wilhelm
Furtwängler brachte die von Robert Haas rekonstruierte „Originalfassung" dieser
Symphonie ausgerechnet im Juli 1939 zur Uraufführung. Der Kosakenzug des
Finales wurde damit zur Prophetie des Feldzuges gen Osten. Ganz in diesem
Sinne schrieb der Musikhistoriker Karl Laux im Herbst 1939 über das nun als
„Symphonie des deutschen Menschen" gedeutete Werk:

„So, mit Heldenkraft, mit deutscher Beharrlichkeit und Zähigkeit, mit festem Gottvertrauen
ausgerüstet, ist der Deutsche dazu berufen, über alle irdischen Hindernisse, die sich seinem ed-
len Streben in den Weg stellen, siegreich zu triumphieren."[30]

Einige der Hörer mögen sich damals noch erinnert haben, daß bereits während
des Festaktes in der Regensburger Walhalla neben dem *Germanenzug* auch die
„Feierliche Musik" aus der 8. Symphonie erklungen war. Hitler hatte die nationale Siegesbotschaft damals noch nicht aussprechen wollen, die Bruckners Musik
als Sprachrohr der „Vorsehung" für ihn klar und unmißverständlich zum Ausdruck brachte.

3. „Säuberung des Kunsttempels"

Bruckners Auffassung von der Kunst als einem Ritual entsprechen die gerade in
der 8. Symphonie sich häufenden Vortragsbezeichnungen „Feierlich". Die Vorstellung von der Heiligkeit der Kunst, die sich im Nationalsozialismus zur Idee
einer Heilwirkung im Sinne einer Läuterung der „Rassenseele" zuspitzte[31], verband sich in der Regensburger Walhalla mit dem Bild des germanischen Tem-
pels. War es ein Zufall, daß Goebbels nur vier Tage nach seinem Regensburger
Auftritt das von Wolfgang Willrich verfaßte Pamphlet *Säuberung des Kunsttempels*, erschienen im Frühjahr 1937, las[32]? Die dort anvisierte „Säuberung" war
rassisch ausgerichtet, wie der Untertitel des Buches *Eine kunstpolitische Kampf-
schrift zur Gesundung deutscher Kunst im Geiste nordischer Art* unmißverständlich zu verstehen gab. An jenem 11. Juni 1937 notierte der Minister in sein Tagebuch: „Lektüre: Willrich *Säuberung des Kunsttempels*. Die ist auch nötig und ich

---

[29] Vgl. Fritz Skorzenzy, *Anton Bruckner im Lichte deutscher Auferstehung*, in: Die Musik
30 (1937/38), S. 310f.

[30] Karl Laux, *Anton Bruckners „Sinfonie des deutschen Menschen"*, in: Allgemeine Musik-
Zeitung 66 (1939), S. 619f.

[31] Ausführlicher dazu der Beitrag des Verfassers *Arisierung der Gefühle. Goebbels' Kampf
um die deutsche Seele*, in: Dümling/Girth, *Entartete Musik*, a.a.O., S. 39–54.

[32] Zitiert in Dümling/Girth, *Entartete Musik*, a.a.O., S. 23.

werde sie vornehmen." Dieses Buch formulierte programmatisch die Ziele der Ausstellung *Entartete Kunst*, die am 19. Juli 1937 in München eröffnet wurde[33]. Dem „Entarteten" stand als positiver Gegenpol das am Vortag eingeweihte Haus der Deutschen Kunst gegenüber, was der Architekt Paul Ludwig Troost schon in der äußeren Gestaltung als Kunsttempel zu erkennen gab. Nach einer Idee Hitlers hatte Troost zudem die braunen Fräcke jenes NS-Reichs-Symphonie-Orchesters entworfen[34], das an diesem Tag, parallel zur Gewandhausorchester-Aufführung der 5. Symphonie, die 4. Symphonie Bruckners spielte. Daß Bruckners Musik solchen Anlässen angemessen war, war nur wenige Wochen zuvor in der Walhalla demonstriert worden. Die romantische Ästhetik der Kunstreligion begünstigte die Übertragung dieser monumentalen Symphonik in idealtypische Kunsttempel, deren pseudosakrale „Reinheit" die nationalsozialistische Kulturpolitik den „Verschmutzungen" der Moderne entgegenstellte[35]. Der Festzug „Zweitausend Jahre deutsche Kultur", der am 30. Juni 1937 durch München ging, illustrierte in seiner letzten Abteilung „Die neue Zeit" durch drei Kompositionen: die *Feier der neuen Front* von Richard Trunk, eine Blasmusik Cesar Bresgens und schließlich die Final-Coda aus Bruckners dritter Sinfonie[36].

Nur eine einzige Steigerung war danach noch möglich: der den persönlichen Auftritten des „Führers" vorbehaltene „Badenweiler Marsch". Er unterstrich als „krönender" Abschluß des Festzuges wiederum die Beziehung Bruckners zu Adolf Hitler. Die Diatonik der Bruckner-Fanfare wurde auf diesem Festzug damit, ebenso wie die Person des „Führers", über den damals noch bevorstehenden „Anschluß" hinaus zum zukunftsweisenden Heilssymbol, zum Ausdruck jener kraftvollen Reinheit, die man der „Entartung" entgegenstellte[37].

Das in der Regensburger Walhalla und am „Tag der Deutschen Kunst" programmatisch Begonnene wiederholte sich bei NS-Ritualen wie den Reichsparteitagen. Die bis dahin vieldiskutierte Frage der verschiedenen Symphoniefassungen entschied man in Richtung auf die orgelhaften Urfassungen[38]. Kaum

---

[33] Auf Grund seines Buches erhielt Wolfgang Willrich im April 1937 Vollmachten zur Aussonderung „Entarteter Kunst". Vgl. Peter-Klaus Schuster, *Nationalsozialismus und „Entartete Kunst"*, München 1987, S. 95f.

[34] Vgl. Fred K. Prieberg, *Musik im NS-Staat*, Frankfurt a.M. 1982, S. 173.

[35] Der Bruckner-Forscher Max Auer förderte 1936 diese Rezeptionsweise, wenn er schrieb: „Der Bolschewismus in der Kunst wurde auf die Spitze getrieben. Gegen all dies gab es nur ein Mittel: Rückkehr zu den reinen Quellen! Welche Kunst aber wäre reiner als die aus tiefer Religiosität geborene eines Bach, Beethoven und Bruckner!" August Göllerich und Max Auer, *Anton Bruckner: Ein Lebens- und Schaffensbild*, Regensburg 1936, Bd. IV, S. 61–62.

[36] Für diesen Anlaß entstand eine eigene Schallplatte, die ausschließlich eine mehrfach wiederholte kurze einstimmige Bruckner-Fanfare enthielt. (Enthalten auf der Tondokumentation *Entartete Musik*, CD 2, Track 7.) Ein Programmheft des Festzuges befindet sich im Archiv des Verfassers.

[37] Ganz in diesem Steigerungssinn stellte der Wagner-Forscher Adolf Lorenz 1939 in seinem Gruß zum 50. Geburtstag Adolf Hitlers dem „schleichenden Gift der Entartung" zunächst das neu erstarkte Bayreuth, die Aufstellung der Regensburger Bruckner-Büste und das Soldatenlied entgegen, um seinen Gruß mit einem „Heil unserem Retter und Führer!" kulminieren zu lassen. Vgl. *Zeitschrift für Musik* 106 (1939), S. 355.

[38] Dazu Max Auer, *Anton Bruckner, die Orgel und Richard Wagner*, in: Zeitschrift für Mu-

überraschend kamen dabei rassische Argumentationen ins Spiel. Schon Bruckners Unsicherheit über die gültige Werkgestalt hatte man auf den Einfluß jüdischer Kritiker zurückgeführt. In seiner *Geschichte der deutschen Musik* hob Otto Schumann 1940 in diesem Sinne hervor, daß es sich bei der Fassungsfrage „nicht so sehr um künstlerische als rassenstilistische Tatbestände handelt". Seiner Auffassung nach beruhte der Fassungen-Streit auf den Verständnisproblemen gerade nordischer Hörer mit dem ausgesprochen dinarischen Charakter von Bruckners Musik[39]. In seiner Rede zu den Düsseldorfer Reichsmusiktagen 1939 hatte auch Goebbels solch rassistische Bruckner-Deutungen durch den Kontext angedeutet[40]. Die Orthodoxie, vor der Furtwängler 1939 in seinem Bruckner-Vortrag im Anschluß an Peter Raabe gewarnt hatte, kam immer offener zum Ausbruch. Sie richtete sich nicht nur gegen jüdische oder ausländische Musik, sondern auch gegen Bruckners „Rivalen" Brahms, dessen Büste in der Walhalla damals noch ebenso fehlte wie die von Robert Schumann oder Felix Mendelssohn[41]. Sogar Peter Raabe, der sonst eher zurückhaltende Präsident der Reichsmusikkammer, bezeichnete in einem Grundsatzartikel vom Oktober 1939 die Deutschen als „das Volk Bachs, Beethovens und Bruckners"[42]. Brahms und Wagner mußten im Großdeutschen Reich hinter Bruckner zurücktreten.

Der einst verkannte und umkämpfte Künstler war damit zum repräsentativen deutschen Musiker, zum Komponisten der „Neuen Zeit" avanciert. In diesem Sinne sollte Linz, die Heimatstadt Hitlers wie Bruckners, nach Bayreuth zur neuen nationalen Wallfahrtsstätte deutscher Musik ausgebaut werden. Hitler hatte für die Donaustadt nach dem „Endsieg" die Rolle einer führenden Kulturmetropole vorgesehen, womit er nicht zuletzt eine Vorrangstellung gegenüber Wien bezweckte. In seiner Weihnachtsansprache über den Reichssender Wien machte der Gauleiter von Oberdonau, August Eigruber, am 26. Dezember 1940 erste Andeutungen solcher Pläne[43].

---

sik 104 (1937), S. 477–481. Vgl. auch die Arbeit *Anton Bruckner und die Nachwelt* (Stuttgart 1998) von Christa Brüstle, die dem Verfasser erst nach Abschluß dieses Beitrages zuging.

[39] Otto Schumann, *Geschichte der deutschen Musik*, Leipzig 1940, 341f. Zu rassenpolitischen Argumentationen im Zusammenhang mit der Bruckner-Gesamtausgabe auch Korstvedt, *Anton Bruckner and the Third Reich*, a.a.O., S. 144f.

[40] „Die Salzburger Festspiele [...] sind Besitz der Kultur unseres nationalsozialistischen Reiches. [...] Wilhelm Furtwängler hat das Präsidium der deutsche Bruckner-Gesellschaft übernommen. [...] Nach der Ausmerzung der Juden aus der ehemaligen sogenannten österreichischen Musik kann man einen Gesundungsprozeß auf diesem Schaffenssektor feststellen." Ansprache von Goebbels auf den Düsseldorfer Reichsmusiktagen im Mai 1939. Vgl. Tondokumentation *Entartete Musik*, CD 2, Track 11.

[41] Albrecht Riethmüller, *Die Walhalla und ihre Musiker*, Laaber 1993, S. 19.

[42] Peter Raabe, *Über den Musikbetrieb während des Krieges*, in: Zeitschrift für Musik 107 (1939), S. 1029.

[43] Reichssender Wien: Weihnachtsansprache von August Eigruber, Gauleiter von Oberdonau, am 26. 12. 1940. Tondokumentation *Entartete Musik*, CD 2, Track 15.

4. Monumentale Steigerung und verfehltes Finale

Als musikalisches Zentrum, als Herzstück der Ausbaupläne war das nahegelegene Stift St. Florian auserkoren, der Standort von Bruckners Sarkophag sowie seiner Orgel[44]. Im Januar 1941 beschlagnahmte die Gestapo das geistliche Stift mit der Begründung, Ordensangehörige hätten die verbotene österreichische Freiheitsbewegung unterstützt[45]. Nach der bis zum 20. April 1941 (sic!) erfolgten Vertreibung der Chorherren konnte man ungehindert darangehen, hier eine Bruckner-Musikhochschule als „Konservatorium Europas" einzurichten. Neben einem großen Kunstmuseum, einem Opernhaus und einem Bruckner-Festspielhaus entwarf Hitler im November 1942 für das Linzer Stadtzentrum eigenhändig ein Bruckner-Denkmal mit auffallender Ähnlichkeit zur Berliner Siegessäule[46].

Die Bedeutung des St.-Florian-Projekts unterstrich Hitler, indem er Heinrich Glasmeier, den Reichsintendanten des Großdeutschen Rundfunks, zu seinem Bevollmächtigten berief. Dieser erhielt den Auftrag, in dem Stiftsgebäude eine Kulturstätte ersten Ranges aufzubauen. In dieser „Weihestätte für das unsterbliche Werk Bruckners" sollten jährliche „Bruckner-Festspiele nach Art von Bayreuth" durchgeführt werden[47]. Gestützt auf allerhöchste Protektion sah Glasmeier auch Möglichkeiten, diese Wünsche mit eigenen Rundfunkprojekten zu verbinden. Das von ihm entworfene Hoheitszeichen, eine eigenwillige Verbindung von Kreuz, Hakenkreuz und Familienwappen, entsprach seiner persönlichen Eitelkeit wie auch der dem St.-Florian-Projekt eigenen Ungleichzeitigkeit von feudalem Ambiente und modernster Rundfunk-Technologie[48].

Als neues deutsches Spitzenorchester rief Glasmeier das „Bruckner-Orchester St. Florian des Großdeutschen Rundfunks" ins Leben. Es sollte Kern eines geplanten „Musikwerks Weltrundfunk" sowie nach Hitlers Wunsch auch das künftige „Orchester des Führers" werden. Die zunehmenden Bombardierungen deutscher Städte erleichterten Glasmeier die Anwerbung. Das neue Reichsorchester im bislang als provinziell geltenden Linz erreichte trotz Spitzengehältern für Musiker zwar keineswegs die Attraktivität der Wiener Philharmoniker[49], hatte

---

[44] Vgl. Kreczi, *Das Bruckner-Stift St. Florian und das Linzer Reichs-Bruckner-Orchester*, a.a.O.

[45] Ebd., S. 20.

[46] Vgl. die Abbildung in Dümling/Girth, *Entartete Musik*, a.a.O., S. 23. Hitler plante für Linz außerdem einen Glockenturm als Grabstätte für seine Eltern und sich selbst; für das Glockenspiel sah er Passagen aus Bruckners 4. Symphonie vor. Vgl. Evan Burt Bukey, *Hitler's Hometown: Linz, Austria, 1908–1945*, Bloomington 1986, S. 199–200.

[47] Eine ähnliche Idee hatte Paul Ehlers bereits 1937 für Regensburg angeregt: „Man kann bloß hoffen, daß Regensburg aus dem, was auf seinem von historischen Erinnerungen reichbelebten Boden in den frühen Junitagen 1937 geschehen ist, Kraft und Mut gewinnt, Bruckner eine Weihestätte zu bereiten, wo, wenn nicht jedes Jahr, so doch regelmäßig, seine Musik in solcher Klarheit und Reinheit [sic!] geboten wird, wie diesmal." Ehlers, *Das Regensburger Bruckner-Erlebnis*, a.a.O., S. 746.

[48] Vgl. Abbildung bei Kreczi, *Das Bruckner-Stift St. Florian und das Linzer Reichs-Bruckner-Orchester*, a.a.O., S. 51.

[49] Während nur acht Mitglieder der Berliner Philharmoniker bei Kriegsende der NSDAP angehörten, waren es bei den Wiener Philharmonikern 45 Mitglieder, davon 22 schon vor 1938.

aber immerhin den Vorzug, von alliierten Bombenflugzeugen weitgehend verschont geblieben zu sein. Im Dezember 1942 veröffentlichte Glasmeier einen Aufruf an die besten deutschen Musiker, diesem Orchester beizutreten. Im April 1943 hatten sich immerhin 80 Orchestermusiker in Linz zusammengefunden, die daraufhin am Sarkophag des Komponisten auf Bruckner vereidigt wurden. Die Eidesformel hatte den Wortlaut: „Anton Bruckner, erhabener Meister der Töne, wir sind hier versammelt, Dir und unserem Führer Adolf Hitler sowie dem Großdeutschen Reich zu geloben und zu schwören, daß wir alle Zeit bereit sind, Deine Werke zu verkünden."[50]

Nach einjähriger Probenarbeit und mehreren Auftritten sollte es am 20. April 1944, dem Geburtstag des „Führers", mit einem besonderen Festkonzert vor die Öffentlichkeit treten. Große Vorbereitungen wurden getroffen. Obwohl die Zusage Furtwänglers bereits vorlag und sogar die Speisen- und Getränkefolge zum Eröffnungsmahl genauestens abgesprochen war, mußte das Ereignis wegen der ungünstigen Kriegslage abgesagt werden. Auch Linz, die Stadt der Hermann Göring-Werke, blieb vom Bombenhagel nicht länger verschont. So blieb es in St. Florian an jenem „Führergeburtstag" 1944 bei einem schlichten Eintopfessen, serviert von sechs SS-Männern aus Mauthausen. Und an Stelle des vorgesehenen Festkonzerts wurde vom Großdeutschen Rundfunk eine Bandaufnahme der 7. Symphonie von Bruckner mit dem Reichs-Bruckner-Orchester unter Georg Ludwig Jochum ausgestrahlt. Weisungen der Kulturpressekonferenz zufolge sollte diese Sendung ohne genaue Ortsangabe rezensiert werden – man wollte so offenbar Luftangriffe auf die Klosteranlage vermeiden[51]. Der volkstümliche Spruch „Heiliger Sankt Florian, verschone unser Haus, zünd' andere an", hatte zwar dem Bruckner-Stift, nicht aber der Stadt Linz geholfen[52]. Anders als bei einer Bruckner-Symphonie blieb trotz großartiger Steigerungen der Endsieg als das geplante große Finale aus.

Der deutsche Rückzug verurteilte die große Final-Idee und damit auch die triumphalen Planungen zur Bruckner-Stadt Linz zum Scheitern. Bevor die Untergangsvisionen der *Götterdämmerung* Wirklichkeit wurden und damit Wagnersche Vorstellungen doch wieder gegenüber Bruckner die Oberhand gewannen, gab es Momente des Innehaltens. Es sind die Wochen der Enttäuschung, der Ernüchterung, nachdem sich auch die Planungen für den 20. April 1944 als undurchführbar erwiesen hatten. Wie ratlos sogar die offiziellen Stellen damals in Linz waren, belegt ein Tondokument vom 3. Mai 1944. Der Linzer Gauleiter

Vgl. Oliver Rathkolb, *... für die Kunst gelebt*, in: Das große Tabu. Österreichs Umgang mit seiner Vergangenheit, hg. von Anton Pelinka und Erika Weinzierl, Wien 1987, S. 65.

[50] Kreczi, , *Das Bruckner-Stift St. Florian und das Linzer Reichs-Bruckner-Orchester*, a.a.O., S. 178.

[51] Ebd., S. 211.

[52] Vgl. in diesem Sinne auch die Ansprache von Gauleiter Eigruber anläßlich der Ankunft der Mitglieder des Reichs-Bruckner-Chores in Linz am 3.Mai 1944. Dem zuvor in Leipzig ausgebombten Sängern gestand er freimütig: „Ich hoffe, daß Sie nicht vom Regen in die Traufe kommen. Sie hat es ja einmal schon erwischt." Tondokumentation *Entartete Musik*, CD 2, Track 16, zuerst abgedruckt im Beitrag des Verfassers *Die Gleichschaltung der musikalischen Organisationen im NS-Staat*, in: Der Kirchenmusiker 40 (1989), S. 55ff.

Eigruber meint geradezu fatalistisch gegenüber den soeben eingetroffenen Sängern des Reichs-Bruckner-Chores, man müsse angesichts der drohenden Bombardierung der Stadt alles Mögliche hinnehmen. Die Sänger sollten sich ihre Quartiere über die ganze Stadt verteilen, um den unvermeidlichen Flieger-Angriffen zu entgehen. Der deutsche Michel befand sich nun nicht mehr – wie es sich Bruckner erhofft hatte – auf dem Vormarsch. Allerdings konnte die Sprengung des Stifts St. Florian, die Gauleiter Eigruber für den Fall einer deutschen Niederlage vorgesehen hatte, noch verhindert werden.

Die nachfolgende Ansprache des Chorleiters des Reichs-Bruckner-Chores hatte ich, Informationen des Deutschen Rundfunk-Archivs in Frankfurt am Main folgend, zunächst Günter Ramin zugesprochen. Der Sohn des Thomaskantors schrieb mir aber, dies sei nicht die Stimme seines Vaters. Rückfragen bei Prof. Michael Schneider, Köln, dem zweiten Dirigenten des Bruckner-Chores, brachten ebenfalls keinen Aufschluß. Es war also ein Anonymus, ein deutscher Michel, der an jenem 3. Mai 1944 verkündete: „Vor allem sind wir uns einig, daß wir dem Führer damit eine Freude machen. Das wissen wir ja: Das ist der schönste Lohn und dafür tun wir alles."[53]

Anhang

Dankesworte eines anonymen Chorvertreters in St. Florian bei Linz am 3. Mai 1944 anläßlich der Übersiedlung des Reichs-Bruckner-Chores nach Linz:

„Herr Gauleiter, Herr Reichsstatthalter, ich danke Ihnen herzlichst namens des Bruckner-Chores für Ihre so schönen und warmen Begrüßungsworte, vor allem auch dafür, daß Sie uns einen knappen Überriß über Geschichte, Land und Leute gegeben haben. Es wird mal eine Zeit kommen, in der es ganz selbstverständlich für alle sein wird in Deutschland, daß der Bruckner-Chor und das Bruckner-Orchester zusammen mit dem Namen der Stadt Linz genannt werden, so wie man heute die Berliner Philharmoniker und die Wiener Philharmoniker eben nie ohne den richtigen Namen nennt. Wenn man dann aber mal die Geschichte des Orchesters und des Chores lesen wird, dann wird man dann, in fünfzig oder achtzig oder hundert Jahren erstaunt sein zu sehen, daß diese beiden Klangkörper geboren worden sind mitten in Deutschlands schwerstem Entscheidungskampf und daß der Chor nach Linz gekommen ist in einem Augenblick, von dem man dann wahrscheinlich sagen wird, daß da alle Fronten zur großen Entscheidungsschlacht dieses Weltkrieges eingesetzt haben. Man wird dann sehr wahrscheinlich auch feststellen, was es bedeutet hat, daß man ausgerechnet an einem solchen Tag in eine Stadt wie Linz mit ihrer unendlichen Wohnungsnot ein Orchester und einen Chor hineinnahm. Und man wird sich entsinnen, daß in der Systemzeit es unmöglich war, irgendwelche Gelder für kulturelle Zwecke zu bekommen. Da sagten die Machthaber: ‚Das geht nicht, jetzt ist das Volk in Not, jetzt haben wir kein Geld für Luxus, für Firlefanz. Wenn wir mal erst wieder aus der Not heraus sind,

---

[53] Der Bekanntgabe von Hitlers Tod im April 1945 ließ der Rundfunk das Adagio aus Bruckners siebenter Symphonie folgen. Vgl. B. Gilliam, *The Annexation of Anton Bruckner*, S. 588.

dann wollen wir gern auch Geld dafür geben.' – Nun, sie haben den Arbeitslosen damals kein Brot gegeben und sie haben dem ganzen Volk keine Kultur gegeben. Sie haben sie im Gegenteil vernichtet. Die Reste, die sie noch hatten, haben sie den Juden überantwortet.

Als der Führer an die Macht kam, hat er als erstes dafür gesorgt, daß die Arbeitslosigkeit beseitigt wurde, gleichzeitig aber auch dafür gesorgt, daß das kulturelle Leben in Deutschland einen neuen Aufstieg bekam. Denn er sagte, gerade wenn es einem Volke schlecht geht und wenn es in Not ist, dann muß man besonders viel an kulturellen Gütern ihm geben und diese lieben. Und so haben Sie denn auch, Gauleiter, in dieser Zeit jetzt es möglich gemacht, ja, ich muß schon sagen, das Unmögliche möglich gemacht, und haben den Bruckner-Chor gerade jetzt hierher geholt. Ich selber hätte in meinen kühnsten Träumen es nicht für möglich gehalten, daß das im Kriege noch möglich ist. Sie haben es geschafft. Und das wird man dermaleinst dann auch Ihnen zu danken wissen und man wird es anerkennen.

Und wir alle vom Bruckner-Chor, vom Bruckner-Orchester und vom ganzen Großdeutschen Rundfunk, wir werden diese Ihre Tat, diese Großzügigkeit, die Sie uns erwiesen haben, dadurch mit Dank belohnen, daß wir alles daran setzen, auch Ihnen hier, Ihrem Gau, speziell dieser Gauhauptstadt und ihrer Bevölkerung, Kraft durch Freude zu geben und mitzuhelfen in diesem schweren Ringen, Ihnen aber auch dabei zu helfen, daß der Name dieser schönen Stadt Linz, Ihres schönen Gaues Oberdonau in ganz Deutschland und in ganz Europa bekannt wird und einen führenden Rang einnimmt.

Im übrigen können Sie versichert sein, daß wir nach Ihren Worten hier uns einfühlen werden, so wie es das Orchester auch getan hat. Wenn wir leider Gottes keine Karten kriegen für Ihr großes Theater, dann gehen wir eben in die Venusberge oder auf die Festwiese und ziehen uns ein mittelalterliches Kleidchen an [Lachen aus dem Chor] und singen da mit und machen auch mal Winke-Winke nach den Logen und sagen: Wir sind doch hineingekommen! Und wenn dann der Obergruppenführer, Gruppenführer Schaub, herkommt, um das alles anzuhören und dem Führer zu berichten, dann wollen wir alles daransetzen, daß er dem Führer sagen kann: ‚Ihr habt wunderbar gesungen! Also der Chor, der war ja überhaupt großartig, die waren noch viel besser wie alles andere. [Immer noch Gelächter] Obwohl soviele Norddeutsche dabei waren, mein Führer, das Merkwürdige ist, daß keiner den anderen angeschrien hat!' Und das wollen wir uns auch merken. Dann bin ich überzeugt, daß nach Jahren der Gauleiter dasselbe schöne Zeugnis Ihnen ausstellen kann, das er dem Orchester ausgestellt hat, daß sie recht schnell hier in dem ganzen Gau hineingewachsen sind. Dann werden Sie zufrieden sein, dann werden Sie Freude haben. Und auch Ihnen geben wir diese Freude in diesem schweren Dasein. Vor allem sind wir uns einig, daß wir dem Führer damit eine Freude machen. Das wissen wir ja: Das ist der schönste Lohn und dafür tun wir alles, das ist ja klar." [Schlägt hörbar die Hacken zusammen und tritt ab].[54]

[54] Zuerst abgedruckt im Beitrag des Verfassers *Die Gleichschaltung der musikalischen Organisationen im NS-Staat*, in: Der Kirchenmusiker 40 (1989), S. 55f.

„Der gute, alte Antisemitismus".
Hans Pfitzner, Bruno Walter und der Holocaust

von

Hans Rudolf Vaget

Wer heute in Deutschland zum Thema Holocaust[1] das Wort ergreift, kann nicht umhin, zunächst einmal von Daniel Goldhagen zu sprechen, denn dessen bewußt provokatives Buch über die Deutschen und ihre Rolle im Holocaust hat zumindest die Vorzeichen der Diskussion verändert[2]. Man kann gegen Goldhagens höchst problematische, letztlich unhaltbare These über die Ursache des Holocaust einwenden so viel man will, es darf inzwischen als ausgemacht gelten, daß die von ihm losgetretene Debatte uns alle dazu gebracht hat, präzisere, schonungslosere Fragen zu stellen[3]. Dies gilt auch für einen dem Völkermord scheinbar so fern stehenden Bereich wie die deutsche Musikgeschichte. Dieser Aspekt der deutschen Geschichte gehört eminent zum Thema, erwies sich doch gerade das deutsche Musikleben – aus Gründen, die hier nicht zu erörtern sind – als ein besonders fruchtbarer Boden für nationalistische, alles „Artfremde" ausgrenzende Denkmuster[4].

Auch wenn man die Hauptthese Goldhagens von der weiten Verbreitung und tiefen Verwurzelung eines bösartigen, spezifisch deutschen Antisemitismus, der letztlich auf Ausrottung abzielte, für unhaltbar erachtet, bleibt doch unbestreitbar, daß der Antisemitismus als eine *conditio sine qua non* der sogenannten Endlösung anzusehen ist. Offensichtlich hat es jedoch deutlich unterschiedene Schattierungen von Antisemitismus gegeben, die im grellen Scheinwerferlicht der

---

[1] Ich werde durchgehend den umstrittenen Begriff Holocaust verwenden, ungeachtet der an und für sich triftigen Gründe, die von Elie Wiesel, George Steiner, Walter Lacqueur u. a. zugunsten des Begriffs Sho'ah dagegen erhoben worden sind.

Ich halte es darin mit Steven T. Katz, der in der Einleitung zu seinem monumentalen Werk *The Holocaust in Historical Context*, New York/Oxford 1994, Bd. I, S. 1, erklärt, der Begriff Holocaust sei heute so sehr in die geistige Landschaft unserer Zeit eingegangen, daß es eine Pedanterie wäre, ihn zu vermeiden.

[2] Daniel Jonah Goldhagen, *Hitler's Willing Executioners. Ordinary Germans and the Holocaust*, New York 1996; *Hitlers Willige Vollstrecker. Ganz gewöhnliche Deutsche und der Holocaust*, Berlin 1996.

[3] Eine erste Summe der Goldhagen-Debatte liegt vor in Julius H. Schoeps (Hg.), *Ein Volk von Mördern? Die Dokumentation zur Goldhagen-Kontroverse um die Rolle der Deutschen im Holocaust*, Hamburg 1996.

[4] Zu einem zentralen Aspekt dieser Thematik vgl. jetzt Pamela M. Potter, *Musicology under Hitler. New Sources in Context*, in: Journal of the American Musicological Society XLIX, 1996, S. 70–113.

Goldhagenschen Spurensuche ausgeblendet bleiben. Wo auf diesem weiten Feld des Antisemitismus ist zum Beispiel Hans Pfitzner anzusiedeln[5]? Sein freimütiges Bekenntnis zu einer antisemitischen Gesinnung und Grundeinstellung hat zwei Gesichter, ein relativ harmloses und ein vom Fanatismus verzogenes. Eng befreundet mit Musikern und Intellektuellen jüdischer Abstammung, konnte er sich gelegentlich, scheinbar harmlos, auf den „guten, alten Antisemitismus" berufen[6]. Bei anderen Gelegenheiten jedoch brüstete er sich ohne erkennbare innere Hemmungen damit, dem offiziellen, nun schon deutlich eliminatorischen Antisemitismus des Dritten Reiches vorgearbeitet zu haben[7]. Der Fall Pfitzner verdient aus zwei Gründen unsere Aufmerksamkeit – Gründen der Repräsentanz und der Langzeitwirkung. Pfitzner galt zu seiner Zeit in einem heute schwer nachzuvollziehenden und weitgehend verdrängten Maße als der führende Vertreter eines betont deutschen, entschieden antimodernistischen Begriffs von Musik. Seine Vorrangstellung war zwar nur eine vorübergehende – sie fiel in das Halbjahrzehnt nach der Uraufführung seines *Palestrina* 1917 –, fand damals jedoch zumindest bei einem unverdächtigen Zeitzeugen eine eindrucksvolle Bestätigung. In einem *Zeitwende* betitelten Essay von 1922 konstatierte Paul Bekker, einer der angesehensten Beobachter der Musikszene in Deutschland, einen deutlichen „Aufstieg" der künstlerischen Geltung Hans Pfitzners bei einem gleichzeitigen „Abstieg" der bisherigen Galionsfigur der deutschen Musik, Richard Strauss[8]. Dieses Urteil wiegt umso schwerer, als Bekker wenige Jahre davor von Pfitzner rüde angegriffen worden war[9] und er Grund genug gehabt hätte, Pfitzners Ansehen zu schmälern.

Heute hingegen muß Pfitzner als ein weithin vergessener und vernachlässigter Komponist bezeichnet werden. Außerhalb Deutschlands gilt dies nahezu uneingeschränkt, während in Deutschland selbst und in Österreich eine ansehnliche Gemeinde von Freunden seiner Kunst, angeführt von einer rührigen Pfitzner-Gesellschaft, eifrig um die Pflege seines Erbes, zumal seiner Lieder, bemüht ist. Diese an und für sich ehrenwerte und harmlose Beschäftigung mit dem Werk Hans Pfitzners gerät jedoch in ein Zwielicht, wenn versucht wird, mit dem musikalischen Werk auch die Geisteshaltung seines Produzenten zu retten und zu entschuldigen. Dort aber, wo ein blind exkulpatorischer Eifer auch den vom Antisemitismus nicht zu trennenden geistigen Habitus dieses Komponisten zu retten bestrebt ist, begibt sich die Pfitzner-Pflege, die zu einem beträchtlichen Teil eine Pfitzner-Apologetik ist, auf eine abschüssige Bahn und wird zu einem öffentli-

---

[5] Zur Problematik von Pfitzners Antisemitismus vgl. John Williamson, *The Music of Hans Pfitzner*, Oxford 1992, S. 20f.; Marc A. Weiner, *Undertones of Insurrection. Music, Politics, and the Social Sphere in the Modern German Narrative*, Lincoln, Nebraska/London 1993, Kap. I: „Music in the Modern Imagination: The Polemics of Hans Pfitzner", S. 33–71, hier S. 61ff.

[6] Vgl. dazu Bernhard Adamy, *Hans Pfitzner. Literatur, Philosophie und Zeitgeschehen in seinem Weltbild und Werk*, Tutzing 1980, S. 304–311.

[7] Siehe Joseph Wulf, *Musik im Dritten Reich: eine Dokumentation*, Frankfurt/Main 1983, S. 336f.

[8] Paul Bekker, *Zeitwende*, in: Die Musik XV, 1. Oktober 1922, S. 1–10, hier S. 7.

[9] *Die neue Ästhetik der musikalischen Impotenz*, in: Hans Pfitzner, Gesammelte Schriften, Bd. II, Augsburg 1926, S. 103–131.

chen Ärgernis, dessen symptomatischer Charakter auch außerhalb des kleinen
Kreises der Pfitzner-Spezialisten Aufmerksamkeit erfordert.

Der Holocaust wurde in Pfitzners Leben erst spät zu einem Problem, nämlich
in seinem Briefwechsel mit Bruno Walter. Es ist deshalb notwendig, zunächst
einige frühere Stationen in Pfitzners Verhältnis zu Bruno Walter in Erinnerung zu
rufen. Zu dieser Vorgeschichte gehört aber ein Dritter, nämlich Thomas Mann,
durch dessen Dazwischenkunft die hier zu betrachtende Geschichte ein noch
prägnanteres mentalitätsgeschichtliches Profil bekommt.

Hans Pfitzner und Bruno Walter haben unabhängig voneinander ihren festen
Platz in den Annalen der Musikgeschichte. Darüber hinaus aber sind ihre Namen
auf immer verbunden durch eine in vieler Hinsicht repräsentative Künstlerfreundschaft, die, den Zeitläuften zum Trotz, über ein halbes Jahrhundert Bestand
hatte. Sie hatten sich 1899 in Berlin kennengelernt; kaum zwei Jahre später
brachte der junge, aufstrebende Kapellmeister Pfitzners Musikdrama *Der arme
Heinrich* an der Berliner Hofoper zur Aufführung. Den unbezweifelbaren Höhepunkt ihrer Beziehung markiert jedoch die Uraufführung der „musikalischen
Legende" *Palestrina* am 12. Juni 1917 am Münchener Prinzregententheater, bei
der Walter am Pult stand und der Komponist die Spielleitung innehatte. Wohl
zurecht hat Walter in seinen Lebenserinnerungen *Thema und Variationen* die
Erstaufführung des *Palestrina* als die bedeutendste künstlerische Tat seiner zehn-
jährigen Amtszeit als Münchner Generalmusikdirektor bezeichnet[10].

Daß jenes Ereignis den Nimbus einer musikalischen Sternstunde erlangte,
verdankt sie in der Hauptsache ihrer literarischen Verklärung durch den Dritten
im Bunde, Thomas Mann. Der damals mit den *Betrachtungen eines Unpolitischen* Beschäftigte, von Bruno Walter in die Partitur eingeführt, besuchte in
jenem Münchner Festspielsommer von 1917 alle sechs Aufführungen und schrieb
eine geradezu panegyrische Würdigung, in der Pfitzners schwermütige, von
Endzeitstimmung erfüllte Künstleroper als das Gipfelwerk des nachwagnerschen
Musiktheaters gefeiert wird[11].

Pfitzners Oper hatte für Thomas Mann Belegfunktion. Zu belegen war das
entscheidende Argument, mit dem er den gegenwärtigen Krieg zu verteidigen
und Deutschlands Sache zu rechtfertigen versuchte. In diesem Krieg, so wähnte
Thomas Mann, kämpfe Deutschland um sein Recht auf kulturelle Selbstverwirk-
lichung. Entscheidend für den Kulturbegriff der *Betrachtungen* ist nun aber der
Primat der Musik und *eo ipso* die Abwertung des Politischen. Genau besehen sei
es der Geist des *Lohengrin*-Vorspiels, der mit der westlichen Zivilisation Krieg
führe[12]. *Lohengrin*, ja die ganze Kunstwelt Wagners – das erkenne er in dieser
historischen Stunde – bedeute ihm die Heimat seiner Seele. Wenn Krieg ist, gilt
es, die Heimat zu verteidigen, die seelische womöglich noch leidenschaftlicher
als die geographische. Pfitzners *Palestrina* war ihm nun das große, überaus

---

[10] Bruno Walter, *Thema und Variationen. Erinnerungen und Gedanken*, Frankfurt/Main
1950, S. 312.

[11] Thomas Mann, *Palestrina*, in: Die Neue Rundschau, Jg. 28, Oktober 1917, S. 1388–1402.
Jetzt in: Gesammelte Werke, Frankfurt 1990, Bd. XII, S. 406–426; im folgenden: GW.

[12] GW, Bd. XII, S. 80.

willkommene Beispiel einer dem Politischen und jedem Fortschrittsgeist abholden Kunst. Pfitzner lieferte ihm somit den Beweis, daß jener musikzentrierte Kulturbegriff noch lebendig war – wert, verteidigt zu werden. Seine „musikalische Legende", die in einem ironisch-melancholischen Verhältnis zu den *Meistersingern* steht, kam Thomas Mann wie gerufen; die Beweisnot wäre sonst noch ärger gewesen.

Mit und durch Thomas Mann war nun, gewiß ohne seine Absicht, die Geschichte in das prinzregentenzeitliche „Kulturglück" unseres Triumvirats eingedrungen. Der Selbsterkundungsprozeß, der mit den *Betrachtungen eines Unpolitischen* in Gang gekommen war, zumal die darin aufgeworfene Frage nach der Stellung des Künstlers zu seiner Zeit und nach dem Verhältnis des deutschen, musikzentrierten Kulturbegriffs zur Moderne, entfaltete eine unvermutete Dynamik, die das weltanschauliche Einvernehmen der drei Protagonisten der *Palestrina*-Premiere sprengte. Das einstmals enge, herzliche Verhältnis der drei zerbrach unter dem Druck der politischen Entwicklung und zeitigte neue Frontstellungen.

Die erste Phase der Beziehung Thomas Mann zu Pfitzner stand ganz im Zeichen einer tief empfundenen ästhetischen und weltanschaulichen Affinität zu *Palestrina*; sie markiert die wohl regressivste Etappe in der politischen Entwicklung des Schriftstellers. Damals erblickte er in Pfitzner den „überlieferungsvollsten vielleicht unter den Lebenden"[13] und somit ein Bollwerk gegen die neuen Zeitströmungen, die ihn ästhetisch und politisch verunsicherten. Dies mochte ihn bewegt haben, bei der Gründung des „Hans Pfitzner-Vereins für deutsche Tonkunst" mitzuwirken und zu des Komponisten fünfzigstem Geburtstag eine Tischrede zu halten. Dieses politisch-ästhetische Einvernehmen konnte jedoch keinen Bestand haben, weil Thomas Mann, im Gegensatz zu Pfitzner, das künstlerische Selbstvertrauen und den politischen Mut fand, mit der Zeit zu gehen. Nicht anders als Pfitzner hatte er sich 1914 in einem Aufwallen rauschhaften Nationalismus mit der Sache Deutschlands identifiziert. Der mit den *Betrachtungen* initiierte Selbsterkundungsprozeß brachte ihn aber auch zu der Erkenntnis, daß er um der nationalen Repräsentanz willen, nach der er sein Leben lang strebte, mitverantwortlich war für das politische Schicksal Deutschlands, nicht eines vergangenen oder künftigen, sondern des gegenwärtigen. Konsequenterweise bekannte er sich 1922 mit der Rede *Von deutscher Republik* zur Weimarer Republik und rief die deutsche Jugend auf, ein Gleiches zu tun. Ebenso konsequent handelte er im Grund auch, als er in einer Neuauflage der *Betrachtungen* die anstößigsten demokratiefeindlichen Stellen tilgte – etwa 30 Seiten insgesamt; der Panegyrikus auf *Palestrina* blieb davon aber unberührt[14]. Gleichwohl nahm Pfitzner die politische Neuorientierung Thomas Manns sehr persönlich. Auf seine knorrige, deutsche Art erachtete er die Treue zu bestimmten weltanschaulichen Positionen als eine Tugend, die er nicht in Frage zu stellen gewillt war, während ihm alle

---

[13] *Aufruf zur Gründung des Hans Pfitzner-Vereins für deutsche Tonkunst*, in: GW, Bd. XI, S. 745.
[14] Vgl. die Zusammenstellung der gestrichenen Stellen bei Ernst Keller, *Der unpolitische Deutsche. Eine Studie zu den „Betrachtungen eines Unpolitischen" von Thomas Mann*, Bern, München 1965, S. 141–170.

geistige Beweglichkeit suspekt war. Es war daher unausbleiblich, daß er die „letzten öffentlichen ‚politischen' Kundgebungen" Thomas Manns, also die Berliner Republik-Rede, als Abfall und Verrat wertete. Brieflich ließ er wissen, jene politischen Kundgebungen hätten Thomas Mann ihm „schmerzlich [...] entfremdet"[15]. Die Tatsache, daß er ihm dies in einem Brief zu Thomas Manns 50. Geburtstag mitteilte, stellte sich ihm bezeichnenderweise nicht als Taktlosigkeit dar, sondern als ein Zeichen von aufrechter, unbeirrbarer Sachlichkeit.

Auf das Argument der Sachlichkeit berief sich Pfitzner auch, als er seine Beteiligung an der notorischen Protest- und Femeaktion der Münchner Wagnerianer gegen Thomas Manns Wagner-Rede von 1933 zu rechtfertigen versuchte[16]. Die Sache, um die es ging, war die deutsche Musik und stellvertretend dafür Richard Wagner, den Thomas Mann dadurch herabgesetzt haben sollte, daß er dessen Werk zu einer eklatant undeutschen Lehre wie der Freudschen Psychoanalyse und überhaupt zur Moderne in Beziehung gebracht habe – noch dazu im Ausland. Der *Protest der Richard Wagner Stadt München* war von Hans Knappertsbusch, dem Nachfolger Bruno Walters in München als Generalmusikdirektor, angezettelt worden, doch deuten alle Anzeichen darauf hin – auch wenn die Apologeten des Komponisten dies bestreiten –, daß Pfitzner, der sich in der Nachfolge Richard Wagners gern zum „deutschesten" der lebenden Komponisten stilisierte, eine federführende Rolle dabei hatte[17]. In seiner *Antwort an Hans Pfitzner* prangert Thomas Mann die Aktion der Münchner Wagnerianer als eine gänzlich unberechtigte „nationale Exkommunikation" an und deutet sie als die opportunistische Geste einer vorauseilenden Anbiederung an das neue, der deutschen Musik wohlgesonnene Regime[18]. Diese Schrift konnte jedoch 1933 nicht mehr erscheinen; dem Fischer Verlag war die Veröffentlichung in der *Neuen Rundschau* zu riskant.

Nach 1933 verfestigten sich die Feindbilder auf beiden Seiten. Im *Doktor Faustus* zeichnet Thomas Mann, verschlüsselt zwar, doch unmißverständlich, ein äußerst kritisches Bild von Pfitzners den Fortschritt hemmender Rolle[19]. Was Pfitzner seinerseits von Thomas Mann hielt, geht aus der Affäre um seinen Brief an Bruno Walter vom 5. Oktober 1946 hervor, in dem der für seine eigenwilligen Sprachschöpfungen bekannte Komponist Deutschland mit einem Kanarienvogel verglich; darauf ist noch zurückzukommen. Thomas Mann war ihm nun gar der größte Nestbeschmutzer und Verunglimpfer von Deutschlands Ehre geworden.

[15] Brief an Thomas Mann, 18. 6. 1925, *Hans Pfitzner. Briefe*, Erster Bd.: Textband, hg. von Bernhard Adamy, Tutzing 1991, S. 405; ab hier: Pfitzner-Briefe.
[16] *Zur Kundgebung gegen die Wagner-Rede Thomas Manns*, Hans Pfitzner, Sämtliche Schriften, Bd. IV, hg. von Bernhard Adamy, Tutzing 1987; ab hier: Sämtliche Schriften.
[17] Vgl. dazu Verf., *Musik in München. Kontext und Vorgeschichte des „Protests der Richard-Wagner-Stadt München"* gegen Thomas Mann, in: Thomas-Mann-Jahrbuch, Bd. VII, 1994, S. 41–70, hier S. 49f.
[18] *Antwort an Hans Pfitzner*, GW, Bd. XIII, S. 78–92, hier S. 91.
[19] Vgl. dazu Verf., *„Salome" und „Palestrina" als historische Chiffren. Zur musikgeschichtlichen Codierung in Thomas Manns „Doktor Faustus"*, in: Wagner-Nietzsche-Thomas Mann. Festschrift für Eckhard Heftrich, hg. von Heinz Gockel u.a., Frankfurt/Main 1993, S. 69–82.

Spätestens damals wurde offenkundig, daß Pfitzners Haß auf ihn obsessive Züge angenommen hatte und er in die vorderste Reihe der im damaligen Deutschland keineswegs seltenen Thomas-Mann-Hasser einzureihen ist. „Die Deutschen", schrieb Pfitzner damals, „haben keine Ehre im Leibe – sie verdienen Thomas Mann – schlimmeres [sic] kann ich über sie nicht sagen"[20].

An seiner Feindseligkeit gegen Thomas Mann änderte auch die Tatsache nichts, daß dieser, wie er sehr wohl wußte, mit Bruno Walter, Pfitzners loyalem Förderer, aufs engste befreundet war. Die Walters und Manns waren Nachbarn, zuerst im Münchner Herzogpark, später in Los Angeles. Thomas Mann erblickte in Bruno Walter, als dieser 1913 nach München kam, zunächst vor allem den Eleven Gustav Mahlers, der ihm zu früh gestorben war – also gleichsam dessen Stellvertreter. Nicht zuletzt deswegen erkor er sich den Mahler-Schüler zu seinem Lieblingsdirigenten. Er stellte sich auch auf die Seite des jüdischen Generalmusikdirektors, als dieser von der Münchner Musikkritik, angeführt von Alexander Dillmann, wegen seiner artfremden Pflege der deutschen Musik, zumal des Wagner-Erbes, angegriffen und schließlich aus der Richard-Wagner-Stadt München hinausgeekelt wurde, um Knappertsbusch Platz zu machen[21]. Während des amerikanischen Exils vertieften sich die persönlichen Beziehungen zu Bruno Walter noch weiter; schließlich verkehrte man miteinander auf dem Duzfuß – ein bei Thomas Mann seltenes Vorkommnis. Über all diese Jahre hin nahm Bruno Walter für Thomas Mann in etwa die Rolle ein, die während der vierjährigen Arbeit am *Doktor Faustus* Theodor W. Adorno auf weit dramatischere und energischere Art spielen sollte – die des „Geheimen Rats" in allen musikalischen Belangen.

Einen historisch ebenso aufschlußreichen Aspekt der Dreierkonstellation stellt die Pfitzner-Walter Beziehung dar. Obgleich der Dirigent 1933 aus Leipzig vertrieben und somit als Opfer des Naziregimes zu betrachten ist[22], Pfitzner hingegen – vorsichtig ausgedrückt – als Sympathisant, überlebte ihre Künstlerfreundschaft das Dritte Reich zunächst unbeschadet. Die Erklärung dafür ist wohl in erster Linie in der ihnen gemeinsamen Überzeugung von der Autonomie der Kunst zu suchen. Sie erlaubte eine Unterscheidung zwischen Werk und Person, so daß beiderseits der Respekt für das Werk des anderen von keinen politischen Überlegungen in Frage gestellt wurde. Es war deshalb für Bruno Walter selbstverständlich, auch während des Dritten Reiches Werke Pfitzners aufs Programm zu setzen, so etwa 1937 *Palestrina* in Wien und 1946 die *Palestrina*-Vorspiele in New York. Nach Kriegsende, als er von Pfitzners Not erfuhr, schickte er ihm sogenannte „Futterpakete"[23], und als dieser sich einem Entnazifizierungsprozeß unterziehen mußte, stellte er ihm ein nobles Charakterzeugnis aus. Er bescheinigte dem verehrten Komponisten einen „character of high moral qualities" und versicherte der amerikanischen Militärbehörde, daß zwischen einem „man of

---

[20] Brief an Victor Jung, in: Pfitzner-Briefe, S. 1036.

[21] Vgl. Verf., *Musik in München*, a.a.O.

[22] Siehe Fred K. Prieberg, *Musik im NS-Staat*, Frankfurt/Main 1982, S. 43ff.

[23] Brief an Hans Pfitzner, 1. 6. 1946, in: *Bruno Walter, Briefe 1894–1962*, hg. von Lotte Walter Lindt, Frankfurt/Main 1969, S. 286f.; ab hier: Walter-Briefe.

such value" und den Nazis keine Beziehung bestanden haben könne[24]. Walters Schreiben, das seiner Gutwilligkeit ein höheres Zeugnis ausstellt als seiner Wahrheitsliebe, gelangte nicht rechtzeitig an die Spruchkammer und konnte nicht verhindern, daß Pfitzner als „Belasteter" für schuldig befunden und mit Aufführungsverbot belegt wurde. Kurze Zeit später jedoch, im März 1949, wurde Pfitzner in einem zweiten Verfahren freigesprochen mit der bemerkenswerten Begründung, daß er kein Parteimitglied gewesen sei.

Das Pfitzner-Walter Verhältnis, verankert in der ihnen gemeinsamen Kunstreligion, schien gegen jede politische Anfechtung gefeit zu sein. Von daher ist es zunächst überraschend, daß es beinahe doch zum offenen Bruch gekommen wäre. Der Anlaß dazu war ein Kommentar Pfitzners zum Holocaust, durch den der politische Abgrund, der zwischen ihnen klaffte, mit einem Male sichtbar wurde. Pfitzner berichtete vom Tod seines alten Freundes und Förderers Paul Nikolaus Cossmann. Offenbar glaubte er selbst – weil er es glauben wollte –, was man ihm über das Ende Cossmanns erzählt hatte, nämlich daß er „in guter ärztlicher Behandlung" eines sanften, natürlichen Todes gestorben sei – in Theresienstadt! Wer etwas anderes behaupte, so Pfitzner, verbreite „Greuelmärchen"[25]. Walter erwiderte knapp: „Das Entsetzliche, was geschehen ist, übersteigt alles, was die Phantasie an Grausamkeit ausdenken könnte", und er beschwor den alten Freund, „Trennendes" künftig nicht zu berühren; es sei genug da, was sie verbinde[26]. Pfitzner fühlte sich nun durch diesen taktvollen Hinweis auf Trennendes zu einer ausführlichen Selbstrechtfertigung aufgerufen. Sie geriet ihm jedoch um einiges zu uneinsichtig und rechthaberisch und verdarb so alles. Walter antwortete darauf in aller Kürze, indem er lediglich bestätigte, daß in der Tat ein „Abgrund" existiere zwischen ihren Denkweisen[27]; es sollte sein letzter Brief an den Schöpfer des *Palestrina* sein.

Von Pfitzners Rechtfertigungsbrief[28] existieren mehrere Entwürfe; es ist eine sorgfältig ausgearbeitete Selbstverteidigung, bei der er sich auf seine *Glosse zum II. Weltkrieg* stützte, ein 17seitiges Dokument, das erst 1987 im vierten Band der *Sämtlichen Schriften* von Bernhard Adamy bekannt gemacht wurde[29]. Diese Aufzeichnungen sind der einläßlichste Versuch des Komponisten, sich über sein Verhältnis zum Dritten Reich und zum Holocaust Rechenschaft abzulegen. Beide Dokumente, die *Glosse* und der Brief an Walter, zeigen auf exemplarische Weise, wie die Fixierung auf alte Feindbilder und liebgewonnene Ideologeme dem tiefverwurzelten Wunsch Vorschub leistete, der selbstkritischen Auseinandersetzung mit der eigenen Vergangenheit auszuweichen. Der Feind ist wieder einmal Thomas Mann. Sein Vergehen bestehe darin, daß er, wie auch Hermann Hesse, das „gesamte deutsche Volk" für „Hitlers Taten und Untaten" verantwortlich

[24] *Hans Pfitzner Briefe.* Zweiter Bd.: Kommentarband, hg. von Bernhard Adamy, Tutzing 1991, S. 620.
[25] Brief an Bruno Walter, 6. 7. 1946, in: Pfitzner-Briefe, S. 1001f.
[26] Brief an Hans Pfitzner, 16. 9. 1946, in: Walter-Briefe, S. 289f.
[27] Brief an Hans Pfitzner, 4. 11. 1946, ebd., S. 291.
[28] Brief an Bruno Walter, 5. 10. 1946, in: Pfitzner-Briefe, S. 1020–1023.
[29] Sämtliche Schriften, Bd. IV, S. 327–343.

mache. Vor dem Hintergrund einer pauschalen Kriegsschuldthese, die er Hermann Hesse und Thomas Mann voreilig unterstellt[30], entwickelt er seine gewundene, nichts wissende und nichts wissen wollende Argumentation. Wer sich über „die K. Z.-Greuel" aufhalte, meint Pfitzner, der solle auch die Untaten der Roten Armee im Osten anprangern. Die deutschen Untaten würden wieder einmal übertrieben nach demselben „teuflisch ausgeheckten Lügensystem", mit dem schon im ersten Weltkrieg „alles Deutsche" diffamiert worden sei. Weder die Russen noch die Amerikaner hätten heute in den Nürnberger Kriegsverbrecherprozessen das Recht, „tapfere Heerführer, die im Kriege ihre Pflicht getan haben, zum schimpflichen Tode" zu verurteilen und sich dabei als Anwalt der Menschlichkeit aufzuspielen.

Charakteristisch für den exkulpatorischen Geist dieser Argumentationsweise ist die monokausale Rückführung des Dritten Reichs und seiner Verbrechen auf den ersten Weltkrieg. Auch Pfitzners persönliche Hochachtung für Adolf Hitler, in dem er bis zum Ende einen „großen Deutschen" erblickte, gründete offenbar in erster Linie auf dessen entschiedener Opposition von Anfang an gegen die Deutschlands Ehre herabsetzende Kriegsschuldthese der Sieger von 1918. So konnte er noch im August 1944 erklären:

„Es hat wohl selten oder niemals der Führer eines Volkes oder Heeres eine größere und furchtbarere Verantwortung auf sich genommen als Adolf Hitler, da er nach dem verlorenen Weltkriege das Schicksal des deutschen Volkes in seine Hand nahm. Wer hätte 1918 gedacht, daß Deutschland sich noch einmal erheben könne, und wie steht es jetzt da!"[31]

Bruno Walter gegenüber erklärte er, man könne ein Volk unmöglich so martern und demütigen, wie es in und nach dem ersten Weltkrieg mit Deutschland geschehen sei, „ohne daß die Folgen, die mit causaler Gesetzmäßigkeit daraus entstehen, dem entsprechend sind". Pfitzners Brief mündet schließlich in ein trotzig-pathetisches Bekenntnis zu der „platonischen Idee von Deutschland", bei der es sich, wie er es gewohnt war, um einen zum Fetisch erhobenen Begriff von Kultur handelt. Für die Greuel der Nazis seien einige wenige Ausnahmen verantwortlich, „wie es sie in einem 80 Millionenvolke und unter außergewöhnlichen Umständen immer gibt". Die Unterstellung, das deutsche Volk sei „eine nach Millionen zählende Bande von grausamen Verbrechern", weist er zurück. Das eigentliche, ewige Deutschland sei das Land Luthers, in dem die h-moll Messe und der *Faust* und die *Meistersinger* hervorgebracht, im dem die Vernunftkritiken und die *Welt als Wille und Vorstellung* gedacht worden sind – „diesem Land bleibe ich treu bis zu meinem letzten Hauch". Dieses „Land der Dichter und Denker"

---

[30] Pfitzner, wie viele andere seiner Zeitgenossen, unterstellte Thomas Mann, daß er der sogenannten Kollektivschuldthese das Wort rede – ein Mißverständnis, dem u. a. dadurch Vorschub geleistet wurde, daß der Artikel *Die Lager* (GW, Bd. XII, S. 951-953) in der deutschen Presse mit dem nicht authentischen Titel „Thomas Mann über die deutsche Schuld" versehen wurde, so z. B. in der Bayrischen Landeszeitung (18. 5. 1945).

[31] Pfitzners Beitrag zu dem Ergebenheitsmanifest, zu dem nach dem Attentat vom 20. Juli 1944 fünfzig Künstler und Wissenschaftler aufgefordert wurden, ihre Loyalität zum Führer zu bekunden. Der geplante Band kam offenbar nicht zustande, doch Pfitzners intendierter Beitrag dazu ist erhalten. Zitiert nach Adamy, *Hans Pfitzner*, a.a.O., S. 333.

sei, mit Hölderlin gesprochen, „das heilige Herz der Völker" oder, mit Pfitzners eigenen, schrulligen Worten, „der Kanarienvogel unter Spatzen"[32].

Die Vogelmetapher beeindruckte Thomas Mann, dem Bruno Walter ein halbes Jahr nach Erhalt den Brief Pfitzners zu lesen gab. Thomas Mann schrieb gerade einen Artikel zu Hesses siebzigstem Geburtstag, und da Hesse und er von Pfitzner angegriffen worden waren, spießte er das Bild von Deutschland als dem Kanarienvogel unter lauter Spatzen auf und brandmarkte es als Kennzeichen eines unverbesserlichen Nazisympathisanten: „Das Bild als solches ist eigentümlich verfehlt und albern, von einer Unbelehrbarkeit, dem unverbesserlichen Dünkel, der sich darin ausdrückt, ganz abgesehen"[33]. Als Pfitzner den Hesse-Artikel Thomas Manns in der *Neuen Zürcher Zeitung* zu Gesicht bekam, erkannte er sich, obwohl ungenannt, natürlich in dem „namhaften, alten Tonsetzer in München, treudeutsch und bitterböse" wieder und verfaßte sogleich eine *Antwort auf Thomas Manns Anrempelung vom 30. Juni 1947*[34]. Es ist wiederum eine rechthaberische, zänkische Schrift, die aber keine neuen Argumente enthält. Kennzeichnend ist seine Genugtuung darüber, daß Thomas Mann jetzt genau wisse, wie er über ihn denke, und „daß ich Niemanden gründlicher verachte als diesen bis zur öden Lächerlichkeit eitlen und bis zum glatten Volksverrat perfiden Charakter". Volksverrat also, weil Thomas Mann die Identität des „guten" und des „bösen" Deutschland behauptet hatte. In den Augen Pfitzners nahm sich dieser Verrat offenbar ruchloser aus als der ganz einfache Verrat an Freunden und Kollegen. Die Fetischisierung des unpolitischen Deutschlandbildes der Romantik und der Wahn von der Unantastbarkeit der „heiligen" deutschen Kunst erreichen hier einen traurig-denkwürdigen Höhepunkt.

In der Pfitzner-Literatur wird gewöhnlich auf dieses Bekenntnis zu der platonischen Idee von Deutschland verwiesen, um seine Denkweise verständlich zu machen. Letztlich impliziert diese Stelle aber den schmeichelhaften Gedanken, daß Deutschland um seiner kulturellen Leistungen willen Nachsicht verdiene für das im Dritten Reich Geschehene. Dieser Gedanke wird nun implizit auch für Pfitzners vielfach kompromittiertes Verhältnis zum Nationalsozialismus geltend gemacht. Dabei werden in der Hauptsache zwei miteinander verknüpfte Argumente ins Feld geführt; sie bilden den Kern der Pfitzner-Apologetik.

1. *Der Antisemitismus.* Pfitzners Antisemitismus wird gewöhnlich verharmlost, indem man ihn als komplex und widersprüchlich bezeichnet und in einer politischen „Grauzone" ansiedelt, in der keine eindeutigen Aussagen zu machen seien[35]. Oder man argumentiert gar, Pfitzner habe das Image des Antisemiten nur deshalb gepflegt, um unter diesem Deckmantel „desto besser für die Juden eintreten zu können"[36]. Nun ist es zwar richtig, daß Pfitzner mehrfach für ihn befreundete jüdische Künstler eingetreten ist und sich nicht scheute, Solidarität

---

[32] Pfitzner-Briefe, S. 1022f.

[33] *Hermann Hesse zum siebzigsten Geburtstag*, GW, Bd. X, S. 515–520, hier S. 516.

[34] Sämtliche Schriften, Bd. IV, S. 344–346.

[35] Vgl. Adamy, *Hans Pfitzner*, a.a.O., S. 304–311.

[36] Johann Peter Vogel, *Hans Pfitzner*, Reinbek 1989, S. 81.

zu zeigen und etwas zu riskieren; so zum Beispiel im Fall des Dirigenten und Komponisten Felix Wolfes, des Regisseurs Otto Ehrhardt und des Schriftstellers Paul Nikolaus Cossman. Er tat dies aber nicht aus Opposition zur Rassenpolitik des Regimes, sondern aus vermeintlich höheren Gründen um der deutschen Kultur willen. Pfitzner war auch darin der unkritische Nachfahre Richard Wagners, daß er die „heilige deutsche Kunst" verabsolutierte; da nun aber nicht zu bestreiten war, daß auch jüdische Musiker sich um die deutsche Kunst verdient gemacht hatten – Mendelssohn und Mahler zum Beispiel –, suchte er anfangs gelegentlich eine nicht-rassistische Definition des Judentums zu geben, derzufolge das Kriterium der nationalen oder internationalen Gesinnung, der positiven oder kritischen Einstellung zum Deutschtum, den Ausschlag geben sollte. Er verwickelte sich dabei, wie auch seine Apologeten gerne konzedieren, in Widersprüche und Absurditäten[37]. Es war wiederum Paul Bekker, der Pfitzners kapriziös unverantwortlichen Umgang mit der Vokabel Jude mit dem gebotenen Sarkasmus quittierte: „Also: der Jude ist Nichtjude, sofern er deutschnational empfindet, der Nichtjude Jude, sofern er nicht deutschnational empfindet! Herr Professor Hans Pfitzner aber hat allein das Patent für deutschnationales Empfinden."[38]

Von besonderem Interesse ist in diesem Zusammenhang das Urteil Otto Klemperers, der Pfitzner von dessen Berliner und Straßburger Zeit her gut kannte. Im Rückblick charakterisierte der Dirigent seinen einstigen Lehrer wie folgt: „Pfitzner was no philo-Semite. But he wasn't anti-Semitic either. He liked Jews whom he considered to be good Germans and he hated any sort of internationalism." Bezeichnenderweise fügte Klemperer in seiner unverblümten Art hinzu: „A little crazy"[39].

Die ganze schizophrene Naivität von Pfitzners Verhalten geht aus der Petition für Felix Wolfes hervor. Sie war direkt an den Führer gerichtet. Pfitzner erinnert zunächst an die „mir unvergeßliche" erste Begegnung mit Hitler 1923 im Schwabinger Krankenhaus, um dann mit dem folgenden Argument für eine Ausnahme im Falle Wolfes zu plädieren: „Obgleich er Jude ist, dürfte es, um eine werkgetreue Wiedergabe etwa der *Meistersinger* zu gewährleisten, keinen befähigteren und mehr von hohem künstlerischen Gewissen geleiteten Dirigenten geben als ihn."[40] Es ist offensichtlich ein moralisch und intellektuell unhaltbares Argument, wie es auch der gern zitierten, vermeintlich entlastenden Erklärung Pfitzners zum Antisemitismus zugrundeliegt: „Der Antisemitismus schlechthin und als Haßgefühl ist durchaus abzulehnen."[41] Entscheidend ist dabei die Vokabel „schlechthin". Pfitzner lehnt den pauschalen, systematischen Antisemitismus ab; Ausnahmen sind zu machen, aber nur für solche jüdische Mitbürger, die kulturell bedeutend sind und sich einer nationalen Gesinnung befleißigen. Dies

[37] Siehe Adamy, *Hans Pfitzner*, a.a.O., S. 307; Vogel, *Hans Pfitzner*, a.a.O., S. 81.

[38] Paul Bekker, *Kritische Zeitbilder*, Berlin 1921, S. 244.

[39] *Conversations with Klemperer*, hg. von Peter Heyworth, rev. Auflage, London, Boston 1985, S. 53f.

[40] Briefe an Adolf Hitler und Heinrich König, 15. 3. 1933, in: Pfitzner-Briefe, S. 621 und S. 623.

[41] *Über Antisemitismus*, Sämtliche Schriften, Bd. IV, S. 320.

war hier offenbar der Fall. Und über solche Ausnahmen zu befinden, steht
eigentlich nicht den Politikern zu, sondern Kulturträgern wie ihm. Von dem sonst
so protest- und streitfreudigen Komponisten war unter diesen Voraussetzungen
kein Einspruch gegen die Rassenpolitik als solche zu erwarten. Im Gegenteil,
1933 brüstete er sich damit, den Kampf gegen das Judentum schon zu einer Zeit
geführt zu haben, „als es noch gefährlich war". Er habe Zeit seines Lebens in die
„Kerbe gehauen, die heute als theoretische Voraussetzung der nationalsozialistischen Weltanschauung gilt"[42].

Von welcher Herkunft war nun Pfitzners Judenfeindschaft? War sie ökono-
misch oder psychologisch oder durch seinen Künstlerneid motiviert? Vermutlich
haben alle diese Gesichtspunkte eine Rolle gespielt, entscheidend war aber
unbestreitbar der rassische Gesichtspunkt. Deutlicher als er es in seiner notorischen *Glosse zum II. Weltkrieg* tat, kann man es eigentlich nicht sagen: „Das
Weltjudentum *ist* ein Problem und zwar ein rassisches, aber nicht nur ein solches,
und es wird noch einmal aufgegriffen werden, wobei man sich Hitlers erinnern
wird."[43] Dies schreibt Pfitzner 1946! Hitler sei nicht dafür zu tadeln, daß er die
Endlösung der Judenfrage in Angriff genommen habe, sondern nur seiner Metho-
de wegen, ihrer „berserkerhaften Plumpheit", die sich von des Führers „angebo-
renem Proletentum" herschreibe. Auch wenn Pfitzner rassistisch argumentiert,
geht es ihm jedoch in der Hauptsache um die Bewahrung der kulturellen Substanz, wie aus einem Brief an den Leipziger Oberbürgermeister Goerdeler hervorgeht. Dort schreibt er, es sei ihm in erster Linie darum zu tun, „die Einwirkung
irgendwelchen fremdländischen Geistes auf [das] nationale Kunstleben"[44] abzu-
wehren. Hier gibt sich die Herkunft des Pfitznerschen Antisemitismus deutlich zu
erkennen, nämlich von Wagner her. Wagners *Judentum in der Musik* war ihm
zeitlebens eine „ernste, liebevolle und tapfere Schrift", die er im Prinzip, wenn
auch nicht in allen Details guthieß[45]. Auch sein Kommentar zu Otto Weininger
verweist auf Wagner zurück. Dieser Fall von exemplarischem jüdischem Selbst-
haß – Weininger hatte sich als Dreiundzwanzigjähriger das Leben genommen –
bildete im übrigen schon einen Gesprächsgegenstand bei seiner Unterredung mit
Hitler 1923. Weiningers Selbstmord hat Pfitzners Sympathie. Mit dem Satz,
Ahasvers Erlösung könne allein über seinen Untergang erfolgen, endet Wagners
Pamphlet; analog dazu erblickt auch der Wagner Erbe Pfitzner in Weiningers Tod
den „Bereitschaftswillen zum Tod, es kündigt sich etwas wie die Erlösung
Ahasvers an"[46].

Es stellt sich nun die Frage, ob diese Form des Antisemitismus als eliminatorisch im Sinne Goldhagens zu werten ist. Sie muß wohl mit einem Ja und einem
Nein beantwortet werden. Pfitzners Antisemitismus ist insofern als eliminatorisch zu bezeichnen, als er, wie Wagner, den Untergang Ahasvers wünscht. Und

[42] Siehe Wulf, *Musik im Dritten Reich*, a.a.O.
[43] Sämtliche Schriften, Bd. IV, S. 337.
[44] Brief an Carl-Friedrich Goerdeler, 10. 9. 1932, in: Pfitzner-Briefe, S. 609-612, hier S. 611.
[45] Gesammelte Schriften, Bd. II, S. 245.
[46] Sämtliche Schriften, Bd. IV, S. 341.

er ist nur insofern nicht aggressiv eliminatorisch, als er der nazistischen Endlösung die Selbstauslöschung der Juden vorgezogen haben würde. Dies also ist das
wahre Gesicht des „guten alten Vorkriegsantisemitismus". Alt und ehrwürdig ist
er, weil er gleichsam von Wagner legitimiert war; und er war ein unbedingt
Gutes, weil das „internationale Judentum", wie es selbst noch in der Verteidi-
gungsschrift von 1946 heißt, „das Böseste" schlechthin ist.

Es ist oft behauptet worden, Wagners antisemitische Schriften hätten in seiner mächtigen Wirkungsgeschichte lediglich eine untergeordnete Rolle gespielt.
Der Fall Pfitzner belegt im Gegenteil ein ganz substantielles Nachwirken; er
bestätigt, was Jens Malte Fischer am Beispiel der Mahler-Literatur aufgezeigt
hat, nämlich die nachhaltige Kontinuität des Wagnerschen Antisemitismus in den
inneren Zirkeln der deutschen Musikkultur[47]. Mit alledem kann wohl nicht länger
geleugnet werden, daß Pfitzner – streng genommen und insofern, als für einen
geistigen Menschen auch Worte Taten bedeuten – wenn nicht gänzlich zu den
Tätern, so doch zu den sogenannten „Unbeteiligten" im Sinne Raul Hilbergs[48],
also den Komplizen des Holocaust zu zählen ist.

2. *Die nationale Gesinnung.* Eine zweite Entlastungsstrategie stützt sich auf das
Argument von Pfitzners nationaler Gesinnung, wobei die oft zitierte Stelle bemüht wird: „Ich, der ich von eigentlicher Politik nicht das geringste verstehe,
sondern nur die gefühlsmäßig nationale Einstellung habe ... "[49] Es ist dies aber
eine sehr deutungsbedürftige Stelle, wenn man bedenkt, daß diese Aufzeichnungen, *Eindrücke und Bilder meines Lebens,* während des Krieges, das Ende vor
Augen, geschrieben wurden. Pfitzners Verhalten in der Weimarer Republik und
im Dritten Reich läßt sich nicht in jedem Fall als naiv und ahnungslos abtun.
Vollends unhaltbar ist jedoch die These Bernhard Adamys, Pfitzners deutschnationale Grundeinstellung markiere einen klaren Trennungsstrich zwischen seinem Denken und dem Nationalsozialismus, ja daß er zu „den fundamentalsten
grundsätzlichen Auffassungen des Nationalsozialismus vom Deutschtum"[50] im
Widerspruch gestanden habe. Wenn Adamy meint, nur eine ganz oberflächliche
Betrachtung könne Pfitzners Deutschtum mit dem Nationalsozialismus identifizieren[51], so ist dem entgegenzuhalten, daß gerade die deutschnationale Gesinnung und der Kulturchauvinismus Pfitznerscher Prägung ihm und tausend anderen als Eselsbrücke zum Nationalsozialismus dienten. Der Antisemitismus bezeichnet nur einen, wenn auch einen besonders wuchtigen Pfeiler, der das weltanschauliche Gebäude sowohl der deutschnational als auch der nationalsozialistisch Gesinnten trug.

---

[47] Jens Malte Fischer, *Das „Judentum in der Musik". Kontinuität einer Debatte,* in: Conditio Judaica. Judentum, Antisemitismus und deutschsprachige Literatur vom Ersten Weltkrieg
bis 1933/1938, hg. von Otto Horch und Horst Denkler, Tübingen 1993, S. 227–250.

[48] Siehe Raul Hilberg, *Täter, Opfer, „Unbeteiligte". Die Judenvernichtung 1933–1945,*
Frankfurt/Main 1992.

[49] Hans Pfitzner, *Eindrücke und Bilder meines Lebens,* Hamburg 1947, S. 64.

[50] *Nachwort des Herausgebers,* Sämtliche Schriften, Bd. IV, S. 739.

[51] Adamy, *Hans Pfitzner,* a.a.O., S. 302.

Im übrigen verführt die Rückführung aller politischen Torheiten Pfitzners auf seine an und für sich „gute nationale Gesinnung" zu dem von ihm selbst hartnäckig verbreiteten Schluß, er sei selbst als Opfer des Dritten Reichs zu betrachten – verkannt, vernachlässigt, zu wenig aufgeführt. Diese manifeste Unwahrheit wird widerlegt von seinen vielfachen Anbiederungen an das Regime und seine Bereitwilligkeit, dem Dritten Reich als kulturelles Aushängeschild zu dienen: so zum Beispiel im April 1942 mit dem offiziellen *Palestrina*-Gastspiel der Bayrischen Staatsoper im besetzten Paris oder mit seinen Konzerten für den mit ihm befreundeten Generalgouverneur von Polen, Hans Frank, im November 1942 und noch im Juli 1944 in Krakau, gleichsam in Hörweite von Auschwitz. Nichts belegt die Unhaltbarkeit der These Adamys schlagender als dieses wohl anstößigste Beispiel von Pfitzners keineswegs nur naiven Bereitwilligkeit, sich dem Nazi-Regime zur Verfügung zu stellen.

*

Ein abschließender Blick auf die Dreierkonstellation Pfitzner, Walter, Thomas Mann: ihr sternstundenhaftes „Kulturglück" 1917 bei der *Palestrina*-Premiere bezeugt, daß eine weitgehende Gemeinsamkeit im geistigen und weltanschaulichen Bereich vorhanden gewesen sein muß. Sie bestand letztlich in der Idolisierung eines Deutschtumsbegriffs, der in der Musik den höchsten, gültigsten Ausdruck des deutschen Wesens zu fassen wähnte. Was jedoch Pfitzner von den beiden anderen immer weiter entfernte, war einerseits sein verbissener, das Fremde ängstlich abwehrender Nationalismus und andererseits seine verstockte rückwärtige Bindung an eine ganz bestimmte Phase der Nationalgeschichte, die am bündigsten mit den Namen Eichendorff, Carl Maria von Weber, Robert Schumann und dem frühen Wagner zu bezeichnen ist. In jener Epoche waren die kulturellen Leistungen der Deutschen, zumal auf dem Gebiet der Musik, ihr einziger Stolz. Zweifellos hat dieses mythisierte Deutschlandbild mit seiner Erhöhung der Musik zur Nationalkunst eine stark identitätsbildende Kraft ausgeübt – im Falle Thomas Manns und Bruno Walters nicht anders als bei Pfitzner und wohl der Mehrzahl des deutschen Bürgertums.

Bei Thomas Mann und Bruno Walter kamen jedoch, als Respons auf die Krisenhaftigkeit der Zeit, zwei entscheidende Elemente hinzu: die weltbürgerliche Öffnung zum Außerdeutschen hin sowie die Bereitschaft, der geschehenden Geschichte offenen Geistes zu begegnen. Diese lebensfreundliche Weisheit des *Zauberberg*-Autors fand ihren entschiedensten Ausdruck in den programmatischen Bemerkungen am Ende eines Essays, den er im Sommer 1925 schrieb, unmittelbar nachdem Pfitzner ihm die Freundschaft aufgekündigt hatte; sie sind wohl auf ihn, den einst Verehrten, nun aber Verlorenen gemünzt und sollen diesen nicht immer erbaulichen historischen Exkurs zu einem guten Ende bringen:

„Das Schlimmste und Falscheste aber in allen Stücken ist Restauration. Die Zeit, der vor sich selber graut, ist voll von Restaurationsverlangen, von Velleität der Rückkehr, der Wiedereinsetzung des Alten und Würdigen, der Wiederherstellung zerstörter Heiligkeit. Umsonst, es gibt kein Zurück. Alle Flucht in lebensleer gewordene historische Formen ist Obskurantismus: alles fromme ‚Verdrängen‘ der Erkenntnis schafft Lüge und Krankheit. Es ist eine falsche, dem Tode zugewandte und im Grunde glaubenslose Frömmigkeit, denn sie glaubt nicht an das Leben und seine unerschöpflichen Heiligungskräfte. Der Weg des Geistes muß überall zu Ende gegangen werden, damit Seele wieder sein könne. Nicht um Verdrängen und Restauration kann es sich handeln, sondern um Einverleibung der Erkenntnis zur Bildung neuer Würde, Form und Kultur."[52]

---

[52] *Die Ehe im Übergang*, in: Thomas Mann Essays, Bd. II: Für das neue Deutschland, hg. von Hermann Kurzke und Stephan Stachorski, Frankfurt/Main 1993, S. 267–282, hier S. 282.

Diskussion nach IV

Zu den Vorträgen von
Michael H. Kater, Christa Brüstle,
Albrecht Dümling und Hans R. Vaget

Einer der wesentlichen Aspekte Brucknerscher Musik, der gerade im Dritten Reich eine Rolle spielt, hängt damit zusammen, daß sie etwas klischeehaft als „Überwältigungsmusik" bezeichnet werden kann. Auffallend ist, daß es anscheinend keinen Komponisten gibt, der im Nationalsozialismus an diese Tradition der großen symphonischen Form direkt anküpft. Es bleibt einfach der Rückgriff auf Wagner, *Les Préludes* von Liszt und eben Bruckner. In anderen Genres wie zum Beispiel Märschen, Hymnen, vor allem aber in der Filmmusik kann man dagegen Versuche in Richtung „Überwältigungsmusik" finden: Der berüchtigte Parteitagsfilm *Triumph des Willens* von Leni Riefenstahl beginnt mit dem Flug Hitlers nach Nürnberg, und von der diese Szene begleitenden Musik wird immer wieder behauptet, sie sei von Bruckner. Für diese Apotheose Hitlers, der wie Gott aus den Wolken kommt, hat Herbert Windt, ein Schüler Franz Schrekers, eine brucknerische Musik geschrieben, sozusagen nachkomponiert (Fischer). Ein anderer Name aus dieser Sparte wäre Georg Haentzschel (Kater). Auch in der Orgelmusik (Brüstle) und im Oratorium (Cadenbach) kann man Vergleichbares finden. Am ehesten in diesen Zusammenhang gehören wahrscheinlich die zahlreichen Hymnen und Weihe-Musiken, die HJ-Komponisten wie Karl Marx, Cesar Bresgen, Helmut Bräutigam und Ludwig Kelbetz schrieben. Der Begriff der Weihe war für die Nazis wichtig und konnte mit Bruckner in Verbindung gebracht werden, wobei der Inhalt, die „Liturgie" gewissermaßen, nie feststand (Ringer).

Nicht nur die aufgeführten, nicht mehr lebenden Komponisten, sondern auch Richard Strauß, Hans Pfitzner, Paul Graener usw. hatten ihre Werke schon geschaffen, vielleicht für den lieben Gott, jedenfalls nicht für Hitler. Dieser verbat sich übrigens eine Verewigung seiner selbst in Musik und Liedtexten. Von den ernstzunehmenden lebenden Nazi-Komponisten hat keiner versucht, eine im monumentalen symphonischen Sinne „große" Musik zu schreiben. Sie haben sich historische Themen gesucht, um damit eine gewisse Parallelität herzustellen zu Johann Sebastian Bach, Friedrich dem Großen o.ä., nicht aber etwa – das wäre auch zugegebenermaßen etwas pikant gewesen – den Röhm-Putsch oder etwas Revolutionäres (Kater).

Das Dritte Reich suchte nach Komponisten, die die Neuerer der Weimarer Republik ersetzen sollten, nach Komponisten also, die Symphonien und Opern, nicht nur „Lagerfeuermusiken" schreiben sollten (Kater). Es gab einige „unverdächtige Zeugen" (Cadenbach), die in diesem Punkt zunächst mit Optimismus an den Nationalsozialismus herangingen, weil sie als Modell den italienischen Faschismus sahen, der als Förderer der Moderne fungierte. In die Reihe derer, die zu solchen Illusionen neigten, gehören auch Theodor W. Adorno, Alban Berg und Hans Heinrich Stuckenschmidt (Hansen). Man müßte im Zusammenhang mit „Überwältigungsmusik" auch die damals aktuelle Diskussion um den Expressionismus berücksichtigen (Riethmüller).

Es scheint doch, daß Erneuerung im Grunde genommen Veralterung bedeutete. Das war ein Teil der Philosophie: Man beschäftigte sich nur mit der Vergangenheit, um sie für die Gegenwart und Zukunft zu gebrauchen; die Romantik von gestern sollte die Romantik von morgen werden (Ringer). Parallelen hierzu sind auch in der Kunstgeschichte zu finden. Das Neuerungsbedürfnis des Nationalsozialismus ging von der Prämisse aus, daß die Orientierungslosigkeit des Pluralismus in den zwanziger Jahren vorüber sei, in Deutschland sollte nun eine Konzentration auf das Wesentliche, auf deutsche Kunst, einsetzen; Ernst Peppings *Stilwende der Musik* von 1933 ist hierfür ein gutes Beispiel (Cadenbach). Es kann allerdings als Spiegelbild der äußerst komplexen Strukturen im Dritten Reich gelten, daß alle Musiker zwei- und dreifach agiert haben, um sich abzusichern (Kater). Die meisten Stellen des Ämterchaos waren sich über eines im klaren: daß Konzertsaalmusik nicht interessiert. Sie brauchten Opern, Operetten, Film- und Hausmusik. Alles andere war ihnen ziemlich gleichgültig. So kommt es zu diesem seltsamen Vakuum, das gefüllt wird mit dem Rückgriff auf die monumentale Symphonik Bruckners (Riethmüller).

*

Wie in der Diskussion um mögliche „Nachfolger" Bruckners scheint es auch bei der Rezeption zunächst nur um das Werk, die Philologie, die „Sache an sich" zu gehen (Flotzinger). Robert Haas beispielsweise wollte besonders mit der Edition der 8. Symphonie den Wunsch nach Monumentalität erfüllen; es ist gewissermaßen ein Werk von Haas, eine ganz eigene Art kompositionsgeschichtlicher Rezeption, quasi ein neues Werk von Bruckner, vergleichbar mit der Absicht von Richard Wetz, so etwas wie die 10. Symphonie von Bruckner zu schreiben (Jackson). Politische Implikationen werden „um der Sache willen" toleriert. Das erinnert an die Hauptargumentation der Musiker bei der Entnazifizierung: Man habe doch nur Musik gemacht (Flotzinger). Ähnliche Probleme umgeben die Frage, inwieweit die Schirmherrschaft der Nazis über die Bruckner-Gesamtausgabe von seiten der Bruckner-Verehrer tatsächlich von vornherein politisch-ideologisch intendiert war, in welchem Maße es strategisch-taktische – damit natürlich nicht weniger harmlose – Überlegungen waren, die Ausgabe den Nazis anzudienen (Hinrichsen). „Rein" strategisch-taktisch ist allerdings auch das Vorhaben anzusehen, Bruckner in die Walhalla „rein" zu bekommen und seine Werke „judenrein" herauszugeben (Riethmüller). Die Gleichschaltung der „verjudeten" Internationalen Bruckner-Gesellschaft begann 1933, möglicherweise sind sogar die entstandenen Lücken ein Grund dafür, daß man sich um eine offizielle Nazi-Schirmherrschaft bemühte (Ringer). Dem steht entgegen, daß schon in den zwanziger Jahren Ernst Kurth in seiner Schweizer Bruckner-Gemeinde gegen Vorwürfe ankämpfen mußte, die Internationale Bruckner-Gesellschaft sei deutsch-national eingestellt. Kurth distanzierte sich 1933 sofort von der Internationalen Bruckner-Gesellschaft, wurde aber von Max Auer überredet zu bleiben, um die Verbindung zur Schweiz zu erhalten (Brüstle).

  Vielleicht kann man die Geschichte der Bruckner-Gesellschaft in ein noch schärferes Licht stellen, indem man sie mit der Behandlung deutscher Schriftsteller vergleicht: Schiller (als „Kampfgefährte des Führers") und Hölderlin beispielsweise wurden gleichsam „zu Tode gefeiert". So wurden allerdings auch Mittel und Personal für historische Gesamtausgaben freigegeben, die nach dem Zweiten Weltkrieg fast unverändert wieder aufgelegt werden konnten (Haussherr).

  Problematisch bleibt die Verwendung der Begriffe „Mißbrauch" und „Gebrauch", wie sich an folgendem Beispiel zeigen läßt: Goebbels gebrauchte Furtwängler, Furtwängler ließ sich gebrauchen, und Furtwängler gebrauchte Beethoven. Warum soll es sofort ein Mißbrauch sein, wenn Furtwängler im Beisein von Goebbels Beethoven dirigiert? Und warum wird es nicht Mißbrauch genannt, wenn Bruckners 8. Symphonie von Lorin Maazel am offiziellen Gedenktag der deutschen Wiedervereinigung am 3.10.1996 im Herkulessaal der Münchner Residenz dirigiert wird (Riethmüller)?

Bei der Frage nach der Brauchbarkeit der Musik Bruckners für die Ideologie des Dritten Reiches ist es nötig, genau zu differenzieren. Wenn man den Fall Wagner als Vergleich heranzieht und die Rolle betrachtet, die Wagner für Hitler und das Dritte Reich gespielt hat, dann könnte man vereinfachend, aber doch einigermaßen zutreffend behaupten, daß in diesem Zusammenhang der Erbegedanke zentral war: Der Erbegedanke wurde von Wagner deutlich herausgestellt und vielfach auf seine Werke und Reformideen angewendet. Ein Mann wie Hitler konnte sich sehr wohl als Erbe begreifen; er fand etwas vor, das er in die Tat umsetzen konnte. Eine weitere ideologische Eselsbrücke lieferte der Geniegedanke, von dem Hitler besessen war. Offenbar kann von einem Erbegedanken oder -modell bei Bruckner nicht die Rede sein. Wie also kann man die zugrundeliegenden Beziehungen, die zu dieser merkwürdigen, kulturgeschichtlich hochinteressanten Bruckner-Renaissance im Dritten Reich geführt haben, modellhaft fassen (Vaget)?

Zu berücksichtigen ist auch das grauenhaft Schwülstige der katholisierenden Interpretationen Bruckners. Paul Ehlers wurde zitiert mit Begriffen wie Weihestunde, erhaben, Ewigkeit usw., auch hier kann man sagen, dies ist der Ton der Zeit, es steht jedoch zu befürchten, daß etwas Wahres daran ist. Es beschreibt offensichtlich Empfindungen, die Bruckner-Hörer haben, die beispielsweise auch Celibidache hatte, der nun weder Katholik noch Nazi, sondern Zen-Buddhist war. Die Frage ist nun, ob jeder Komponist, der „erhaben" schreibt – es gibt ja auch große Komponisten, denen diese Kategorie fremd ist –, der erhabene Eindrücke beim Zuhörer wecken und vielleicht mystische Erlebnisse umschreiben will, befürchten muß, daß seine Musik mißbraucht werden könnte? Das Kultische ist in totalitären Staaten immer sehr gepflegt worden; über das Pseudo-Religiöse und Kultische im NS-Staat beispielsweise gibt es viele Untersuchungen. Die Möglichkeit des Mißbrauchs ist immer gegeben; Bruckner konnte sie wahrscheinlich nicht voraussehen, vielleicht auch Wagner nicht, obwohl beide Fälle hier weniger vergleichbar sind. Hieraus ergibt sich die Frage, wie wir heute mit Bruckner umgehen. Äußerungen derjenigen, die mit Wagner-Aufführungen ihre Schwierigkeiten haben, weil sie eine Beckmesser-Figur auf der Bühne nicht ertragen, sind berechtigt. Wie geht es uns mit *Les Préludes* und den Bruckner-Fanfaren? Inwieweit ist unser Hören heute davon bestimmt (Fischer)? Es muß auch an der Musik liegen, wenn im Zusammenhang mit dieser Vereinnahmung immer Beethoven, Wagner und Bruckner, weniger jedoch Brahms und Mozart, wohl aber Schumann und Schütz genannt werden (Steinbeck).

Vielleicht kann man die Schwierigkeiten des Begriffspaares „Gebrauch" und „Mißbrauch" auflösen, indem man sich die Wortwahl des Gauleiters August Eigruber zu eigen macht, der von „Beschlagnahme" spricht: Das Stift Sankt Florian wurde in Beschlag genommen. Im Zusammenhang mit der ideologischen Zuordnung Bruckners als Vorbild muß man allerdings doch von Mißbrauch sprechen, soweit es die „Rasse" betrifft. Entscheidend war außerdem das Kritikverbot, das in Verbindung mit der Aufstellung der Bruckner-Büste in der Walhalla ausgesprochen wurde. Die Weihestimmung und damit eine unkritische Haltung sollte als normale Konzerthörerhaltung vorgeführt werden, die nicht gestört werden durfte. Diese andächtige Stimmung, die man mit Bruckner-Konzerten verbunden hatte, galt gewissermaßen als Muster des Zuhörens, das dann auch auf politische Reden übertragen wurde. Auch dabei läßt sich von Mißbrauch sprechen (Dümling).

*

Es ist nicht eindeutig zu beantworten, welche Rolle Pfitzner bei der Protestaktion, die Knappertsbusch gegen Thomas Mann initiierte, tatsächlich innehatte. Allerdings liegen einige Dokumente vor, die eine Federführung Pfitzners mehr als nahelegen. Man kann annehmen, daß der Brief Pfitzners an seinen künftigen Biographen Walter Abendroth von 1934 der einzige dieser Art ist, der in der Briefe-Sammlung nicht erscheint. Merk-würdig bleibt, daß gerade dieser Brief belastend ist: Pfitzner erzählt den Hergang der Aktion und schreibt, daß er den Entwurf von Knappertsbusch bekommen habe und zu einer Unterschrift bereit gewesen sei unter dem Vorbehalt einiger Änderungen und Einschränkungen, die u.a. das Ende des Briefes betrafen. Es ist also anzunehmen, daß Pfitzner als geübter und scharfer Schreiber bei der endgültigen Fassung des Protestes gegen Thomas Mann ein Mitspracherecht hatte, und das könnte ein Indiz dafür gewesen sein, daß er zum innersten Kreis der Aktion gehörte. Es existiert außerdem ein Inter-view, das in der *Welt* erschienen ist und in dem Pfitzner sich in diesem Sinne äußert; als indirekter Beweis könnte die Verteidigung Pfitzners gegen entsprechende Angriffe von Willy Schuh gelten.

Bei Pfitzner gibt es wie bei den meisten Deutschen verschiedene Stufen in der Entwicklung des Denkens und im Verhalten Juden gegenüber. Pfitzner selbst sagte, er sei als junger Mann in Berlin in die Schule des Antisemitismus gegangen. Dies ist eine verblüffende Parallele zu Hitlers Äußerung, er habe den Antisemitismus in den Straßen Wiens gelernt (Vaget). Jedenfalls zeugt es von Instinktlosigkeit, zu dem befreundeten Hans Frank nach Krakau zu fahren und sich dort feiern zu lassen, wenn man doch wußte, daß es Konzentrationslager gab (Kater), oder demselben eine Postkarte nach Nürnberg in die Todeszelle zu schicken: „Alles Gute, in alter Verbundenheit" (Fischer).

Der fast krankhafte Haß Pfitzners auf Thomas Mann ist nicht nachvollziehbar, die Persönlichkeitsstruktur dieses dem Unglück zugewandten Mannes trägt zwanghafte Züge: Briefe an seine Kinder, die er als verfehlte Existenzen bezeichnet, entsprechen der Aufforderung zum Selbstmord, den die Tochter auch begeht. Pfitzner überlebt nicht nur seine kranke erste Frau, sondern auch alle vier Kinder. Obwohl er sogar nach Adamys Urteil gar nicht wenig gespielt wurde, beklagt er sich über mangelndes Interes-se an seiner Person und seinem Werk. Psychopathische Scheuklappen dieser Art lassen die Treue dieses Mannes zu sich selbst nach 1946 fast obligatorisch erscheinen (Fi-scher). Über diesem Persönlichkeitsbild darf aber nicht vergessen werden – und hier liegt ein wesentliches Element der Diskussion um Pfitzner –, daß er bis in unsere Zeit als ideologische Gallionsfigur gilt (Vaget). Hierin besteht das Skandalon: Pfitzner ist Lehr- und Lernstoff der Musik, der deutschen Musik (Riethmüller). Selbst Paul Bekker, Alfred Einstein und andere, die er angegriffen hat, riefen ihn zum heimlichen Kaiser der deutschen Musik aus (Vaget). In der Bundesrepublik der Nachkriegszeit durfte man sich mit Pfitzner identifizieren, während Thomas Mann als Nestbeschmutzer des deutschen Volkes galt (Riethmüller). Vielleicht ist es sogar an der Zeit, sich mit diesem Komponi-sten einmal nicht mehr zu beschäftigen (Steinbeck).

Filmische Annäherungen an Bruckner

von

Jens Malte Fischer *

Man wird sagen können, daß der Künstlerfilm insgesamt eine Fortsetzung des Künstlerromans ist im Medium des 20. Jahrhunderts, nämlich im Film. Vielleicht ist er auch eine Fortsetzung der Künstleropern, von denen es ja eine ganze Reihe gibt. Wenn wir an Komponisten-Opern denken, dann schnurrt die Zahl bemerkenswerterweise wieder zusammen. Man sollte denken, daß Komponisten ideale Helden von Opern sind, aber wir haben eigentlich mehr Bildhauer und Maler als Helden von Opern denn Komponisten. Mir fallen als Komponisten-Opern ein: *Alessandro Stradella* von Flotow, Paul Graeners *Friedemann Bach*, natürlich Pfitzners *Palestrina*, sicher das wichtigste und auch umstrittenste Beispiel, auch *Capriccio* von Richard Strauss, das ist nun schon ein fiktiver Komponist, der dort auftritt, aber das Werk gehört sicher auch in diese Reihe, und dann die Gesualdo-Oper von Schnittke. Es gibt also nicht sehr viele Komponisten-Opern und es gibt auch nicht so sehr viele Komponisten-Filme. Der Komponist ist offensichtlich kein ganz ideales Sujet für den Film, weil der Akt des Komponierens schwer zu visualisieren ist. Pfitzner hat das im Bereich der Oper versucht im *Palestrina* am Ende des I. Aktes.

Ein Problem im Film ist natürlich dann auch, daß Komponisten komponiert haben. Was macht man also mit der komponierten Musik des dargestellten Komponisten: Nutzt man sie als Filmmusik? Denn das muß man sich immer klarmachen: In dem Moment, in dem Musik welchen Ranges und welcher Herkunft auch immer im Film eingesetzt wird, wird sie zur Filmmusik. Dies ist unabhängig davon, ob der Held des Filmes ein Komponist ist, aber es trifft eben auch für ihn zu. Und wenn in den beiden Bruckner-Filmen, um die es hier geht (Ken Russells englische Fernsehproduktion von 1991 *Die seltsamen Heimsuchungen des Anton Bruckner* und Jan Schmidt-Garres Film *Bruckners Entscheidung*, Deutschland 1995), Bruckner-Musik vorkommt, in Passagen, wo man es vermuten kann, aber auch in Passagen bei Ken Russell, wo man es vielleicht nicht vermuten würde, dann enthüllt sich natürlich schon das Problem der Filmmusik, das darin besteht, daß das Bild eindeutig übermächtig ist, daß Filmmusik an die zweite Stelle der Wahrnehmung tritt, um es einmal ganz hierarchisch zu ordnen. So einfach ist das natürlich wahrnehmungspsychologisch nicht, aber ganz grob wird man es so umreißen können. Und insofern wird Musik auch von großen Komponisten und Musik hohen Ranges, die ja gerne immer wieder in Filmen eingesetzt wird –

---

* Der Vortragscharakter des folgenden Beitrags wurde beibehalten.

Beispiel Mahler in Viscontis *Tod in Venedig* – gewissermaßen zu einer zweitrangigen Musik, zumindest in der Funktion, in der sie in dem Moment erklingt. Wie weit das die Musik selbst beschädigt, ist eine andere Frage, die ich hier nicht weiter verfolgen will.

Das andere Problem ist sicher, daß der dargestellte Komponist im Film doch ein spektakulärer Komponist sein sollte. Insofern ist es nicht verwunderlich, daß etwa Beethoven und Wagner relativ häufig ‚verfilmt‘ worden sind. Es ist sicher auch Voraussetzung, daß der Komponist weltbekannt ist. Der Film ist ein weltweites Massenmedium schon von Anfang an gewesen, und Komponisten, die sozusagen nur in Niederösterreich bekannt sind, haben wenig Chancen, nun in einem Spielfilm, der ja eine große finanzielle Transaktion ist, dargestellt zu werden, denn ein solcher Film muß möglichst weit vermarktet und nicht nur in irgendwelchen Dorfkinos vorgeführt werden. Es gibt also bedeutende Komponisten, die, wenn man die Liste verfolgt, die im Anhang zu finden ist, überhaupt noch nicht Gegenstand von Filmen geworden sind. Ich könnte mir zum Beispiel vorstellen, daß Max Reger ein interessanter Gegenstand für einen Film ist, aber sein geringer Bekanntheitsgrad dürfte es bei ihm verhindern, daß ein Spielfilm mit ihm als Hauptfigur gemacht wird. Der Komponist muß also einen spektakulären Bekanntheitsgrad haben und sollte möglichst auch ein spektakuläres Leben gehabt haben. Richard Wagner bietet sich da an, als Barrikaden-Revolutionär, Exilant und Königsfreund, all dieses ist natürlich filmisch bestens verwertbar. Gemessen daran ist die Liste der Wagner-Filme, wie Sie in der Liste sehen, erstaunlich kurz. Verblüffend ist vielleicht auf den ersten Blick, daß bereits der Stummfilm sich mit Wagner beschäftigte, daß es eben in der Stummfilmzeit schon Komponistenfilme gegeben hat, auf den zweiten Blick ist das natürlich nicht verwunderlich, denn man konnte die Musik zunächst mit Klavier zur Vorführung spielen. Später, als es dann Filmorchester gab, zumindest in den Großstädten, konnte man natürlich auch entsprechende Arrangements spielen. Der Name Giuseppe Becce sagt vielleicht den Filminteressierten etwas. Er, der in dem 1913 entstandenen Film Wagner dargestellt hat, war damals der führende, aus Italien stammende deutsche Filmkomponist, der die Musik zum Film arrangiert hat und selbst den Wagner gespielt hat, weil er mit Hilfe des Maskenbildners durchaus eine gewisse Ähnlichkeit besaß.

Spektakulär also muß der Komponist sein, weltbekannt, und er muß, denke ich, Klischeevorstellungen entsprechen. Er muß ein taub werdender Titan sein, im Falle von Beethoven; oder er muß ein geisteskrank werdender Titan sein, wie im Falle von Schumann; oder er muß wie in den alten Mozart-Filmen eine Art Erfinder der Mozartkugeln sein oder wie bei Milos Forman ein infantiler Analerotiker, da dieser Film vor allen Dingen aus den Bäsle-Briefen einen Teil seines Bildes bezogen hat; oder er muß ein Drei-Mäderl-Haus-Schwammerl sein wie in den alten Schubert-Filmen. Er kann aber auch, wie in dem von mir hochgeschätzten dreiteiligen Schubert-Film von Fritz Lehner *Mit meinen heißen Tränen*, der eines der besten Komponistenportraits ist, die es wohl überhaupt gibt, als syphilitischer Einsamer dargestellt werden (hier auf eine sehr überzeugende Weise). Ich denke auch, daß ein gelungener Komponistenfilm eben doch versuchen muß (und das ist offensichtlich sehr selten gelungen), über diesen so problematischen oder gar nicht darzustellenden Akt des Komponierens hinauszugehen und Einblick in psychische Strukturen des Komponisten zu geben, Zeitumstände zu schildern, zumindest Atmosphäre zu schaffen, wie das Lehner sehr gut gelungen ist. Mir ist nie so klar geworden, was Schubertiaden und Landpartien im Wien des Biedermeier bedeuteten, wie durch diesen Film. Oder der Film muß durch die schauspielerische Leistung dessen hervorstechen, der den Komponisten spielt, was nicht immer der Fall ist.

Die Regisseure stehen immer vor einem Problem: Schaffen sie eine möglichst große physiognomische Ähnlichkeit, oder gehen sie von der ganz ab, um einen Verfremdungseffekt zu erreichen. Die dem jeweiligen Komponisten physiognomisch ähnlichen Schauspieler sind nicht immer die besten. Oder nimmt man lieber einen sehr guten Schauspieler, der dem Dargestellten nicht unbedingt ähnlich sieht. Die beiden Bruckner-Filme gehen unterschiedlich vor. Der Film von Jan Schmidt-Garre hat einen relativ ähnlichen Darsteller, während der Film von Ken Russell auf Ähnlichkeit völlig verzichtet. Ken Russell ist der produktivste aller Regisseure gewesen, was Komponistenfilme betrifft; vor allem mit seinem Mahler-Film von 1974 hat er durchaus berechtigten Ruhm geerntet. Aber Russell hat vor allen Dingen für das Fernsehen gearbeitet. Der Mahler-Film ist als Kinofilm konzipiert mit einem ziemlich großen Aufwand, in Spielfilmlänge, und ist ziemlich erfolgreich gewesen, während andere Filme nur im Fernsehen gelaufen sind. Russell hat in den sechziger Jahren einen Debussy-Film gemacht, er hat einen sehr schönen Frederick-Delius-Film gemacht, er hat einen Edward Elgar-Film gemacht – alles in den sechziger Jahren –, er hat einen international sehr erfolgreichen Liszt-Film gemacht, *Lisztomania*, der einmal so etwas wie eine Art Kultfilm war, er hat dann *Mahler* gedreht, es ist sein bekanntester Komponistenfilm, er hat 1961 Prokofiew verfilmt, er hat Tschaikowsky verfilmt, und er hat einen Richard Strauss-Film gemacht, den man in Deutschland nur vom Hörensagen kennt.

Was nun Bruckner selbst betrifft: Aus Anlaß der Uraufführung der Bruckner-Oper von Peter Androsch und Harald Kisslinger in Linz schreibt Gerhard R. Koch (*Frankfurter Allgemeine Zeitung*, 25. 9. 1996) über Bruckner zusammenfassend:

„Ein aparter Typ war er nicht – nicht einmal homosexuell, trunksüchtig, affärenreich, erst recht kein Mörder, wie Gesualdo, Caravaggio, Cellini. Aber ‚normal‘ war er erst recht nicht. Darin zumindest stimmt die Biographik überein: ein schwerer Zwangscharakter – Zählsucht, Titelsucht, ein übermäßiges Verlangen, sich prüfen zu lassen, sich demütigenden Prozeduren auszusetzen, triumphal aus ihnen hervorzugehen, schier byzantinische Unterwürfigkeit. Bruckners Widmung der VII. Symphonie an Ludwig II. ist grotesker Modell kaleidoskopischer Permutation von Devotionsfloskeln."

Und dann kommt natürlich die Sexualkomponente Bruckners ins Spiel, die ja viele mehr oder weniger unterschwellig oder auch oberschwellig beschäftigt hat. Wer Ken-Russell-Filme kennt, kann sich denken, daß er auf diesen Komplex seinen Blick besonders intensiv richtet, auch bei Schmidt-Garre wird das zumindest zart angedeutet, und die Bruckner-Anekdoten mit ihrer größtenteils uner-

träglichen Versimpelung des Mannes haben ja auch immer wieder launige Bemerkungen zu diesem Thema zu bieten, das durch die Gespaltenheit zwischen,
um wieder Koch zu zitieren, Katholizismus, charismatischem Musikauftrag und
unerfülltem irdischen Liebesverlangen gekennzeichnet ist, durch mehrfache Hei-
ratsanträge an völlig überraschte junge Mädchen, durch fetischartige Beschäftigung mit Damenschuhen etc. Die Nervenkrise von 1867 ist für beide Filme der
zentrale Anlaß: Beide spielen in Bad Kreuzen in der Wasserheilanstalt, wo
Bruckner sich in seiner sogenannten großen Krise für längere Zeit zurückgezogen
hatte. Der berühmte Brief von Bruckner, der in dem Schmidt-Garre-Film auch
zitiert wird, in dem von totaler Entnervung die Rede ist, gänzlicher Verkommenheit, Überreiztheit und der Furcht, wahnsinnig zu werden, deutet m.E. eindeutig
darauf hin, daß es sich hier um eine intendierte Heilung von zwanghafter Onanie
handelt. Und insofern ist der Ken-Russell-Film, der Bruckner an einer Stelle,
wenn auch dezent, bei dieser Tätigkeit zeigt, so absurd nicht. Ich weiß nicht, ob
Ken Russell diesen Brief gekannt hat, denn er zitiert ihn nicht direkt, aber sein
Film scheint mir doch relativ gut recherchiert zu sein.

Man sollte meinen, daß Bruckner nicht unbedingt eine ideale Figur ist für
einen Film, und das stellt sich dann auch in den beiden Filmen heraus. Er ist,
wenn ich das richtig sehe, auch als Person außerordentlich schwer greifbar. Mir
ist z.B. aufgefallen, daß aus der Bruckner-Literatur nicht hervorgeht, wie groß er
ist. In einem neueren Beitrag steht, er sei für seine Zeit erstaunlich groß gewesen.
Dann lese ich einen Bericht aus Bayreuth von einem Wagner-Freund aus der
Villa Wahnfried, als Bruckner wieder einmal vorsprach, da sei so ein kleiner
dicker Herr aus Österreich anwesend gewesen; Wagner selber war ja nun auch
nicht sehr groß, aber Bruckner soll angeblich noch kleiner als Wagner gewesen
sein, behauptet dieser Mensch. Dann gibt es ein berühmtes Gruppenfoto des
relativ jungen Bruckner, mit zehn, fünfzehn Männern zusammenstehend, daraus
ist ersichtlich, daß er eher mittelgroß ist. Man ist sich also noch nicht einmal über
die Größe, die körperliche Größe dieses Mannes einig. Bruckner bleibt, und das
ist das Problem der beiden Filme, außerordentlich schwer faßbar, beschreibbar.
Es fallen einem in der Biographie Brucknes aber dann doch Punkte auf, von
denen man denken könnte, sie müßten filmisch unglaublich wirkungsvoll sein.
Die Nekrophilie Brucknes etwa, also die Sucht, Leichen anzuschauen, die ja
mehrfach belegt ist, nach Bränden ins Leichenschauhaus zu gehen, um die Opfer
zu betrachten, von seiner Mutter kein Lebendfoto auf dem Nachttisch zu haben,
sondern das auf dem Totenbett: Das sind ja sehr merkwürdige Dinge. Schmidt-
Garre geht darauf gar nicht ein, Ken Russell zitiert es ganz kurz. Brucknes
Besessenheit von der Erschießung Maximilians von Mexiko – er soll ja nur drei,
vier Bücher auf dem Nachttisch gehabt haben: über Nordpolexpeditionen, die
Bibel natürlich und über das Schicksal von Maximilian – wäre doch auch ein
interessanter Punkt. Die Riesenerfolge Brucknes als Organist in Paris und London vor einem gewaltigen Auditorium wären als dramaturgischer Höhepunkt
einer filmischen Bruckner-Biographie vorstellbar. Beide Filme sind natürlich mit
einem winzigen Budget gedreht, aber daß sie solche Punkte nicht angepackt
haben, ist schade. Die Zwangsneurose der Zählmanie, die ist natürlich ohne

großen Aufwand leicht darstellbar, und entsprechend ist sie auch in beiden Filmen thematisiert. Was in dem Film Schmidt-Garres zu kurz kommt, ist die Rolle der Natur. Bruckner stampft zwar zu Klängen seiner eigenen Musik durch die Wälder während seiner Kur, aber eindrucksvoll ist das nicht, während es bei Ken Russell doch etwas intensiver dargestellt ist.

Man wird zusammenfassend sagen können, daß beide Filme nicht kühn genug, nicht exzentrisch genug sind, um einen Bruckner-Film so eigenartig zu machen, wie das die Eigenartigkeit des Helden verdient hätte. Von Ken Russell hätte man solche Exzentrizität nach seinem Mahler-Film erwarten können, aber sein Bruckner fällt weit dahinter zurück, wahrscheinlich auch, weil es sich um eine nur rund 40minütige Fernsehproduktion handelt, der der Regisseur offensichtlich nicht sein ganzes Herz gewidmet hat. Jan Schmidt-Garre hat mehr an liebevoller Versenkung in den eher idolisierten Komponisten investiert, ist dabei aber der Gefahr der beflissenen Bebilderung nicht immer entgangen. Im Einsatz der Musik ist Russell respektloser und einfallsreicher, Schmidt-Garre ehrfürchtiger, aber auch harmloser. Beide Filme sind durchaus respektabel, werden aber kaum als außergewöhnliche Beispiele eines Komponistenfilms überdauern.

Anhang: Komponisten im Film – eine Auswahl

Spielfilme, in denen Komponisten im Zentrum der Handlung stehen; am Anfang ist der Regisseur genannt, am Schluß, soweit eruierbar, der Darsteller des Komponisten.

Bach, Wilhelm Friedemann
Traugott Müller, *Friedemann Bach* (D 1940/41; Gustaf Gründgens)

Bach, Johann Sebastian
Jean-Marie Straub, *Die Chronik der Anna Magdalene Bach* (D 1967; Gustav Leonhardt)

Beethoven, Ludwig van
Emil Justitz, *Der Märtyrer seines Herzens* (A 1918; Fritz Kortner)
?, *Beethoven und die Frauen* (D 1918;?)
Hans-Otto Löbenstein, *Beethoven* (A 1927; Fritz Kortner)
Abel Gance, *Un grand amour de Beethoven* (F 1936; Harry Baur)
Walter Kolm-Veltee, *Eroica* (A 1949; Ewald Balser)
M. Jaap, *Beethoven* (DDR 1955)
Georg Tressler, *The Magnificent Rebel (Schicksalssymphonie)* (USA 1960; Karl-Heinz Böhm)
Horst Seemann, *Beethoven-Tage aus einem Leben* (DDR 1976)
Paul Morissey, *Beethovens Neffe* (D 1985; Wolfgang Reichmann)
Bernard Rose, *Ludwig van B. – Meine unsterbliche Geliebte* (USA 1994; Gary Oldman)

Bellini, Vincenzo
Carmine Gallone, *Bellini* (I 1935; ?)

Berlioz, Hector
Christian-Jacque, *La symphonie fantastique* (F 1942; Jean-Louis Barrault)
Tony Palmer, *Berlioz* (GB-TV 1993; Corin Redgrave)

Bruckner, Anton
Ken Russell, *Die seltsamen Heimsuchungen des Anton Bruckner* (GB-TV 1991; Peter
    MacKriel)
Jan Schmidt-Garre, *Bruckners Entscheidung* (D 1995; Joachim Bauer)

Chopin, Fryderyk
Geza von Bolvary, *Un amour de Frédéric Chopin* (F 1935; Jean Servais)
Charles Vidor, *A Song To Remember* (USA 1945; Cornel Wilde)
Aleksander Ford, *The Young Chopin* (PL 1951; Czeslaw Wollejko)

Debussy, Claude
Ken Russell, *The Debussy Film* (GB-TV 1965)

Delius, Frederick
Ken Russell, *A Song of Summer* (GB-TV 1968)

Elgar, Edward
Ken Russell, *Elgar* (GB-TV 1963)

Gershwin, George
Irving Rapper, *Rhapsody in Blue* (USA 1945; Robert Alda)

Glinka, Michail
?, *The Great Glinka* (UdSSR 1946)
Grigori Alexandrov, *Glinka* (UdSSR 1952)

Grieg, Edvard
Andrew Stone, *Song of Norway* (USA 1970; Toralv Maurstad)

Händel, Georg Friedrich
Norman Walker, *The Great Mr. Handel* (GB 1942; Wilfrid Lawson)

Joplin, Scott
Jeremy Paul Kagan, *Scott Joplin* (USA 1977; Billy Dee Williams)

Kern, Jerome
Richard Whorf, *Till The Clouds Roll By* (USA 1946; Robert Walker)

Liszt, Franz
Geza von Bolvary, *Abschiedswalzer* (D 1934; Hans Schlenk)
Franz Osten, *Der zerstreute Walzer* (Kurzfilm D 1934; Wolfgang Liebeneiner)
S. A. Hille, *Szerelmi Almok* (H 1935; Ferenc Taray)
Christian Stengel, *Rêves d'amour* (F 1946; Pierre Richard Willm)
Charles Vidor, *Song Without End* (USA 1960, Dirk Bogarde)
I. Keleti, *The Loves of Liszt* (H/UdSSR 1970; Imre Sinkovitz)
Ken Russell, *Lisztomania* (GB 1975; Roger Daltrey)

Mahler, Gustav
Ken Russell, *Mahler* (GB 1974; Robert Powell)
(Luchino Visconti, *Tod in Venedig* [I 1971; Dirk Bogarde])

Mozart, W. A.
Victor Tourjansky, *Symphonie von Liebe und Leben* (D 1914; Aleksander Geirot)
Basil Dean, *Whom the Gods Love* (GB 1936; Stephen Haggard)
Carmine Gallone, *Ewige Melodien* (I 1939; Gino Cervi)
Leopold Hainisch, *Eine kleine Nachtmusik* (D 1939; Hannes Stelzer)
Karl Hartl, *Wen die Götter lieben* (D 1942, Hans Holt)
Karl Hartl, *Reich mir die Hand mein Leben* (A 1955; Oskar Werner)
Vladimir Gorriker, *Mozart und Salieri* (UdSSR 1962; Innokenti Smoktunovsky)
Milos Forman, *Amadeus* (USA 1984; Tom Hulce)
Slavo Luther, *Vergeßt Mozart* (CSSR ?)

Moussorgsky, Modest
M. Roshal, *Moussorgsky* (UdSSR 1950; Andrej Popov)

Prokofjev, Sergej
Ken Russell, *Prokofjev* (GB-TV 1961)

Puccini, Giacomo
Carmine Gallone, *Puccini* (I 1953)

Rimsky-Korsakov, Nikolaj
Walter Reisch, *Song of Scheherazade* (USA 1946; Jean-Pierre Aumont)
Roshal/Kasansky, *Rimsky-Korsakov* (UdSSR 1952; Grigori Belov)

Romberg, Sigmund
Stanley Donen, *Deep in My Heart* (USA 1954; José Ferrer)

Rossini, Gioacchino
Bonnard, *Rossini* (I 1946; Memo Benassi)

Schubert, Franz
Willi Forst/Anthony Asquith, *The Unfinished Symphony* (GB/A 1933/34; Hans Jaray)
Jean Boyer, *Serenade* (F 1940; Bernard Lancret)
Reinhold Schünzel, *New Wine* (USA 1941)
Marcel Pagnol, *La belle meunière* (F 1948; Tino Rossi)
Glauco Pellegrini, *Die Unvollendete* (I 1956; Claude Laydu)
Ernst Marischka, *Dreimäderlhaus* (A 1961; Karl-Heinz Böhm)
Fritz Lehner, *Mit meinen heißen Tränen* (A-D-CH-TV 1986; Udo Samel)

Schumann, Robert
Clarence Brown, *Song of Love* (USA 1947, Paul Henreid)
Peter Schamoni, *Frühlingssymhonie* (D 1983, Herbert Grönemeyer)

Shostakovich, Dmitri
Tony Palmer, *Shostakovich* (GB-TV 1987; Ben Kingsley)

Strauß, Johann (Sohn)
C. Wiene, *So lange noch ein Walzer von Strauß erklingt* (D 1931; Gustav Fröhlich)
Alfred Hitchcock (!), *Waltzes from Vienna* (GB 1934; Esmond Knight)
Ludwig Berger, *Walzerkrieg* (D 1934; Adolf Wohlbrück)
Julien Duvivier, *The Great Waltz* (USA 1938; F. Gravet)
E.W. Emo, *Unsterblicher Walzer* (D 1939; Fred Liewehr)
Steve Previn, *The Waltz King* (USA 1963; Kerwin Mathew)
Andrew Stone, *The Great Waltz* (USA 1972; Horst Buchholz)
Franz Antel, *König ohne Krone* (A-H - TV 1988; Oliver Tobias)

Strauss, Richard
Ken Russell, *Richard Strauss* (GB-TV)

Sullivan, Arthur
Launder/Gilliat, *The True Story of Gilbert and Sullivan* (GB 1953)

Tschaikovsky, P.I.
Carl Froehlich, *Es war eine rauschende Ballnacht* (D 1939; Hans Stüwe)
Glazer, *Song of My Heart* (USA 1948; Frank Sundstrom)
Talankin, *Tschaikovky* (UdSSR/USA 1970, Innokenti Smoktunovsky)
Ken Russell, *The Music Lovers* (GB 1971; Richard Chamberlain)

Verdi, Giuseppe
Carmine Gallone, *Verdi* (It 1938)
Ital. TV-Serie 80er Jahre

Wagner, Richard
Carl Froelich, *Richard Wagner* (D 1913; Giuseppe Becce)
William Dieterle, *Magic Fire* (USA 1956; Alan Badel)
Tony Palmer, *Richard Wagner* (GB-H-A-TV-Serie 1983; Richard Burton)
Peter Patzak, *Richard und Cosima* (D-A 1987; Otto Sander)

Diskussion

Jens Malte Fischer

Die Dramaturgie des Filmes von Schmidt-Garre ist nicht dazu angetan, 80 Minuten Aufmerksamkeit zu gewährleisten. Der Film ist so aufgebaut, daß eine fiktive Männerfigur zusammen mit Bruckner eine Kur macht und seiner Freundin jeweils über diesen merkwürdigen Tischnachbarn schreibt. Der Film versucht klarzumachen, daß man Bruckner von dem ganzen schmückenden und irritierenden Beiwerk der Anekdoten usw. befreien sollte, aber es gelingt ihm, denke ich, nicht zureichend, etwas anderes an die Stelle zu setzen. Wir wissen nach diesen 80 Minuten kaum mehr über Bruckner, als wir vorher schon gewußt haben. Was liebevoll dargestellt ist, das ist diese Wasserheilanstalt. Das ist so wie aus einem Feature über die Bäder des 19. Jahrhunderts, aber da würde das vielleicht nur eine zehnminütige Episode sein, es werden wirklich zu viele kalte Güsse versetzt, die den Patienten auch nicht weiterbringen. Bruckner reist dann irgendwann ab und tritt seine Stelle in Wien an. Das ist ja der Schnitt in der Biographie, den Schmidt-Garre darstellen will.

Albrecht Riethmüller

Ein Film kann ja viel erzählen, wiedergeben, zeichnen: einen Charakter oder eine Persönlichkeit, eine Person, einen Komponisten oder was alles mit allen möglichen Mitteln geschehen kann. Da kann auch komponiert werden; dies läßt sich nicht genau sichtbar machen, deshalb müssen irgendwelche Strategien entwickelt werden, um es irgendwie plausibel erscheinen zu lassen. Und dann bleibt auch noch die Musik des dargestellten Komponisten. Es geht nicht immer so gut aus wie in Russells Mahler-Film. Busoni hat einmal – es war noch zur Stummfilmzeit – bemerkt, daß einem Beethovens *Eroica* völlig entstellt erscheine, wenn sie einem Indianerfilm unterlegt werde. Als wir uns vorhin versammelt haben, während noch der Abspann des Ken-Russell-Films mit Bruckners Musik lief, hat Peter Wapnewski gesagt: „Die Musik ist doch viel zu schade dazu." Das stimmt. Und doch ist das Ende dieses Films insofern fesselnd, als dort auch farblich sehr suggestive Bilder sich mit einer – ich möchte sagen – passenden Musik verbinden. Wapnewski blickte von der Musik her und empfand ein Ungenügen daran, daß eine für sich bestehende Musik zur Untermalung irgendwelcher schöner Bilder heruntergedrückt wird. Er fragte nicht von den Bildern her, ob die Musik (was immer sie sonst für sich sein mag) hier die Bilder vorteilhaft unterstützt. Viele der opulenten Partituren in der Filmsymphonik haben bei Mahler und Bruckner Anleihen gemacht. Einem Rezipienten, der damit aufgewachsen ist, mag der Zugang zum originalen Bruckner oder Mahler dadurch sogar erschwert sein, weil er mit dem Hören der Symphonien die Filme (und die dort abgenutzten kompositorischen Mittel) assoziiert. Was spricht dann – um diese verwickelten Fäden zu einem Knäuel zusammenzufassen – dagegen, Bruckner womöglich sogar auch als Filmmusiker anzusehen?

Jens Malte Fischer

Man kann in der Filmmusik gerade der Komponisten, die wie die ganz großen Filmkomponisten Hollywoods der dreißiger/vierziger Jahre aus Europa kamen, teils freiwillig oder auch unfreiwillig, also vor allen Dingen Korngold, Max Steiner, Franz Waxman, Miklos Rozsa oder wie sie alle heißen, natürlich auch Bruckners Musik entdecken, vor allem in den Monumentalfilmen der fünfziger Jahre. Wenn es um *Quo Vadis* geht, also um Nero über dem brennenden Rom, oder um irgendwelche biblischen Dinge wie den Marsch der Israeliten durch das Rote Meer, wenn es dies darzustellen gilt, dann kommt Musik, die der Bruckners verteufelt ähnlich ist. Da sie eine klassische Ausbildung hatten, hatten die Filmkomponisten das natürlich alles mit der Muttermilch aufgesogen, und sie kannten die Tonsprache zwischen Wagner, Bruckner, Mahler und Strauss. Das ist der Humus, auf dem die große Filmmusik Hollywoods gebaut ist, in der Person Korngolds am besten und sicher auf dem höchsten Niveau repräsentiert. Bruckner kann, denke ich auch, sehr gute Filmmusik sein. Man muß sich nur darüber im klaren sein, daß es nicht mehr Bruckner, sondern etwas anderes ist, daß seine Musik benutzt wird.

Peter Wapnewski

Also es ist ja so, daß genuine Filmmusik dazu gedacht und gemacht ist, ganz bestimmte
Szenen, Gefühle, Empfindungen des Films zu verstärken und zu transponieren, und das
kann gelingen und kann mißlingen. Fischer hat ja treffende Beispiele genannt, Korngold
und Schostakowitsch usw. Während ich meine, und das hat Riethmüller eben noch
einmal wiederholt, daß Musik – und das muß für Musikwissenschaftler noch viel
schrecklicher sein als für mich, den Laien – degradiert wird, wenn sie zur gefügigen
Dienerin gemacht wird, da sie doch autonom sein will und ihre eigenen, welcher Art
auch immer, Intentionen der Erweckung von Gefühlen und vielleicht auch von Gedanken hat. Degradiert wird eine solche Musik, wenn verwendet zur Untermalung von dem
Filme eigenen Vorgängen und Handlungen und Empfindungen. So war es gemeint. So
hat Riethmüller es auch wiedergegeben. – Es ist, darf ich sagen, dies ja die Stunde des
Laien, – ein merkwürdiger Fall: Ich mache jetzt das, was wir auf allen Kongressen
fürchten: daß nämlich derjenige, der von der Sache nichts versteht, redet. Aber ich bin ja
nun geladen worden, wahrscheinlich weil Sie die Reaktion auf Dinge, die Sie viel besser
und genauer kennen, an mir erleben wollen. Jetzt rede ich von Ken Russell und seinem
Film. Wie Sie wissen, bin ich musikwissenschaftlich nicht bewährt und habe mich mit
Bruckner niemals wissenschaftlich auseinandergesetzt, ich kenne hörend und zuhörend
die Symphonien, ich kenne das Streichquintett. Nun sehe ich diesen Film, den ich auch
in der Gänze gesehen habe, nicht nur in den eben vorgeführten Ausschnitten, und das ist
filmdramaturgisch interessant, wie da beglaubigte Details aus Bruckners Leben addiert
werden. Das ist ja alles in seiner Art richtig, von der Manie der Zählerei über die neurotischen Sexualstörungen bis hin zu seiner Beziehung zur Natur etwa. Und nichts von
all dem gibt mir, dem Laien, auch nur das Mindeste. Auf keine Weise werde ich in
meinem Fühlen, Denken, in meinem Erfahren durch diesen Film bereichert in Bezug auf
meine Frage: Wer war dieser Mensch, dieses Genie, dieser Musiker Bruckner, wie ist
das Verhältnis seines gestörten biographisch-biologischen Lebens zu seiner Inspiration,
zu seiner Kreativität? Alles das kann ich dem Film nicht entnehmen, und insofern
empfinde ich ihn, wenn das nicht allzu ungerecht formuliert ist, als gänzlich mißglückt.

Jens Malte Fischer

Mit dem zweiten Teil der Kritik an dem Film Russells gebe ich Ihnen weitgehend recht.
Gänzlich mißglückt würde ich nicht sagen, aber verglichen mit dem Delius-Film oder
gar dem Mahler-Film ist der Film nicht geglückt. Das sehe ich auch so, und mir ist es
auch so gegangen, daß ich eigentlich in dem Mahler-Film durchaus Dinge gesehen habe,
neu gesehen habe, die mir Anregung gegeben haben, bestimmte Konstellationen in
Mahlers Leben und Komponieren unter einem anderen Aspekt zu sehen. Das ist in dem
Bruckner-Film für mich auch nicht der Fall gewesen. Zu dem ersten Teil dessen, was Sie
sagten: Ich bin nicht ganz Ihrer Ansicht. Ich glaube nicht, daß die Musik herabgewürdigt
ist, wenn sie in einem Film eingesetzt wird, weil es nicht mehr diese Musik ist, es ist
etwas anderes. Das könnte man ja auch für den Mahler-Film genauso sagen, es gibt dort
noch krassere Szenen. Daran wird nun Mahler gerade nicht gedacht haben, aber Ken
Russell dachte daran, das entsprechend zu bebildern. Ich denke, das ist etwas anderes.
Es kommt hinzu die schlechte Tonqualität eines solchen Videobandes, aber auch das
Kino ist natürlich mit einem Konzertsaal nicht zu vergleichen usw. Es ist wohl so, wie
wenn jemand ein bildnerisches Meisterwerk abmalt, abpaust, sich runterkopiert, das

Pauspapier abhebt und damit etwas ganz anderes macht, sich an die Wand seines Studentenzimmers pinnt oder was auch immer. Das ist die Verwendung von bedeutender Musik im Falle beider Komponisten zu einem ganz anderen Zweck. Ich denke nicht, daß das Original dadurch beschädigt wird. Das bleibt bestehen, es wird ja nicht vernichtet, sondern es wird nur eine technische Kopie gezogen, die in einem anderen Zusammenhang als Filmmusik benutzt wird. Bei allem Respekt vor der Originalmusik beider Komponisten kann ich nicht finden, daß ihr das schadet, selbst wenn man mit ihr einen Film macht, der die Figur eher lächerlich macht, und in der Gefahr ist Ken Russell, einfach nur einen Sonderling, einen wirren Sonderling, der immer nur irre lacht und durch die Wälder läuft, zu zeichnen, und das ist Bruckner wahrlich nicht. Russell erhebt aber auch wohl nicht diesen Anspruch, er sagt nur „eine Episode aus Bruckners Leben", die seltsame Heimsuchung, wie es auf deutsch heißt. Es ist nicht der ganze Bruckner, der hier gezeigt wird. Wenn man es unter diesem Aspekt sieht, wird das Ganze, denke ich, nicht so schlimm. Es ist eben nur die Frage: Wie intelligent, wie verantwortungsvoll, wie geistreich ist die Musik Bruckners oder Mahlers eingesetzt? Das scheint mir das einzige Kriterium. Wenn im Falle von Leni Riefenstahls *Triumph des Willens* eine brucknerisierende Musik zum Flug des Führers nach Nürnberg eingesetzt wird, dann stehen wir natürlich auf einem anderen Diskussionspunkt. Das hat dann mit dem ganzen Mißbrauch Bruckners und anderer Komponisten im Dritten Reich zu tun. In den Fällen der Filme von Russell und Schmidt-Garre kann ich keinen Mißbrauch erkennen.

Hans-Joachim Hinrichsen

Es ist ja eine ganz grundsätzliche Frage, ob die Einsicht in den Gegenstand, die eigentlich wissenschaftliche Einsicht in den Gegenstand, in solchen Filmen vermittelnd zum Kriterium ihres ästhetischen Gelingens gemacht werden darf. Es bietet sich ja ein Vergleich an auf einer ganz anderen Ebene, und sie ist trotzdem verwandt. Nehmen wir einmal die zahlreichen Symphonischen Dichtungen des 19. Jahrhunderts, die sich an literarischen Gegenständen aufhängen. Wenn ich das recht sehe, vermittelt mir Liszts *Hamlet* oder Strauss' *Macbeth* eigentlich keine genuin neue Einsicht in die entsprechenden Dramen, trotzdem würde ich deswegen keineswegs von ästhetisch mißlungenen Stücken sprechen. Es gibt da noch eine andere Relation.

Peter Wapnewski

Mir scheint ein Komponisten-Film wie jeder Künstler-Film ein würdiges Sujet zu sein. Ich habe nur Angst, und wieder denke ich an meine musikwissenschaftlichen Kollegen: Wie ist denn künstlerisch der Regisseur, wie ist künstlerisch vor allem der Hauptdarsteller dem Sujet gewachsen? Es ist mir nach den Ausschnitten heute – aber das ist nicht das erste Mal, daß ich darüber verzweifle – völlig unbegreiflich, daß intelligente Schauspieler nicht einmal in der Lage sind, die Bewegungen eines Dirigenten annähernd korrekt nachzuahmen. Das ist grauenvoll zu sehen, wie da dirigiert wurde: der arme Schumann! Gut, Schumann konnte nicht dirigieren, aber so schlimm wird es nicht gewesen sein. Und dann diese wild fuchtelnden Bewegungen, die Mahler macht, das ist wirklich unsinnig, das macht ja im Grunde den Komponisten zu einer lächerlichen Figur. Im Film *Amadeus* haben wir es ähnlich kläglich erlebt.

Jens Malte Fischer

Es ist schade, daß es so wenige gute Beispiele gibt. Wie gesagt, wenn man auf dem höchsten Niveau argumentiert, gibt es diese zwei Beispiele, den Mahler-Film von Russell und den Schubert-Film von Lehner, alles andere kommt eigentlich darunter. Ich meine, es gibt sehr viele sehr gute Filme im Verlauf der Filmgeschichte, ich halte das Medium Film für gar nicht trivial; es kann natürlich trivial sein, seine Anfänge waren es, aber es hat in 100 Jahren enorme Leistungen gegeben, die allem, was in anderen Künsten geleistet worden ist, durchaus Paroli bieten können, denke ich, in der Weise, die ein technisches Medium zur Verfügung hat. Aber Komponisten-Filme gehören offensichtlich nicht zu dem, was das Medium zu höchsten Leistungen anspornen kann. Es ist ja auch typisch, daß seit 1910 oder 1915, seit es überhaupt große Regisseure gibt, kein wirklich Großer sich an einem Komponistenfilm versucht hat (ich würde Ken Russell nicht unbedingt unter die ganz Großen zwanzig oder dreißig rechnen). Die Großen haben das Genre umgangen.

Hans R. Vaget

Gerade im Zusammenhang mit dem, was Sie zuletzt gesagt haben, Herr Fischer: Warum haben Sie Viscontis *Tod in Venedig* nicht miteingeschlossen? Der Trick dieses Films besteht ja darin, daß Aschenbach zum Komponisten umfunktioniert worden ist. Sie haben einen bedeutenden Filmregisseur, Sie haben eine originale Umsetzung der Künstlergeschichte, und Sie haben eine ernsthafte Auseinandersetzung mit dem Phänomen der Kreativität. Das sind wesentliche Gesichtspunkte, die man bei einem Künstlerfilm heranziehen kann.

Jens Malte Fischer

... aber nicht der kompositorischen Kreativität. Daß er ein Komponist ist, spielt am Anfang des Filmes eine Rolle, wird dann aber völlig vergessen. Es interessiert Visconti auch nicht, obwohl er ein großer Musikliebhaber, Opernregisseur und Kenner ersten Grades war. Aber das halte ich nicht für einen Komponisten-Film, obwohl Aschenbach bei ihm Komponist ist, was ja auch bei Thomas Mann schon angelegt war, wo Züge Mahlers in den Literaten Aschenbach eingegangen sind. Das spielt jedoch in dem Film, denke ich, keine entscheidende Rolle, deswegen habe ich ihn auf der Liste eingeklammert. Eigentlich können wir ihn nicht als Komponisten-Film bezeichnen. Der Akt des Komponierens rückt nicht ins Blickfeld, es wird nur einmal ein Konzert dargestellt. Und ich halte Viscontis Film auch nicht für unproblematisch in der Benutzung des Adagiettos aus Mahlers 5. Symphonie, dem damals vieldiskutierten Beispiel. Mit dem fraglos beeindruckenden Film habe ich, wenn ich ihn wieder sehe, Schwierigkeiten. Es ist typisch, daß Visconti eine Version dieses kurzen Satzes benutzt, die unerträglich gedehnt und dadurch sentimentalisiert ist. Hier sind wir nahe an dem, was wir vorhin „Mißbrauch" nannten, weil der Musik aus Wirkungsgründen Gewalt angetan wird. So, wie das Adagietto bei Visconti eingesetzt ist, hat ihn sein guter Geschmack doch etwas verlassen. Das gefällt mir nicht. Es ist eine schlechte Aufnahme, die speziell für den Film dirigiert worden ist, es ist unerträglich zerdehnt, es trieft wie Sirup.

Albrecht Riethmüller

Wenn der Bruckner-Film von Russell, und darauf hat Jens Malte Fischer Nachdruck gelegt, so unverkennbar schlechter ist als sein Mahler-Film, dann könnte dies weniger mit unserem Protagonisten als vielmehr mit unser aller Hilflosigkeit gegenüber ihm als Künstlerfigur zu tun haben.

Bruckner als Künstlerfigur
Round Table

Elmar Budde, Reiner Haussherr, Gert Mattenklott,
Albrecht Riethmüller (Gesprächsleitung), Dieter Schnebel
und Peter Wapnewski

Albrecht Riethmüller

Die hier versammelte Runde mag ungewöhnlich zusammengesetzt erscheinen. Erstens ist, obwohl wir alle professionell mit Kunst, Literatur und Musik beschäftigt sind, keiner von uns das, was man einen ausgewiesenen Bruckner-Spezialisten nennt. Zweitens sind, und dies könnte noch mehr befremden, die Musikfachleute sogar in der Minderheit. Aber die Idee zu dieser Runde bestand eben darin, daß wir uns über das allgemeine Thema – Bruckner als Künstlerfigur – beugen, ohne uns von zu vielen Rücksichten lenken oder von dem leiten zu lassen, was zum selbstverständlichen Rüstzeug der Brucknerianer, sofern sie Parteigänger sind, zu gehören scheint. Um so mehr danke ich den Gesprächsteilnehmern herzlich dafür, daß sie unerschrocken genug waren, sich auf das kleine Wagnis einzulassen und sich zur Mitwirkung entschlossen haben: Peter Wapnewski als Germanisten, Gert Mattenklott als Komparatisten, Reiner Haussherr als Kunsthistoriker, Elmar Budde als Musikwissenschaftler und Dieter Schnebel, der als einziger sozusagen von Komponist zu Komponist sprechen kann. Bei der Tagung war immer wieder von Bruckners Obsession des „Zählens" als so etwas wie einer Zwangsneurose die Rede. Das wurde in den Filmen von Ken Russell und Jan Schmidt-Garre als Leitmotiv weidlich ausgekostet und klang in Referaten an. Ist man aber nicht allzu leicht geneigt, das Faktum des Zählens zu übertreiben und in ein Klischee über den Komponisten zu verwandeln? Das Zählen gehört schließlich zum alleralltäglichsten Geschäft aller Musikanten. Die Musiker betreiben es zu unterschiedlichsten Zwecken, Komponisten bei der Verfertigung ihrer Stücke nicht weniger als Ausführende, um im Takt zu spielen oder im Ensemble zusammen zu bleiben, und auch Musikwissenschaftler verbringen viel Zeit damit, um Takte und anderes an den Noten zu zählen. Wenn diese Gewohnheit sich, wie es häufig geschieht, zum unwillkürlichen Abzählen von Gegenständen auswächst, dann kann man dies wie so manche Marotte nachsichtig betrachten, orakelnd zur Rätselfigur dämonisieren oder zum psychischen Defekt verdrehen. Wie auf jeden Künstler ist auf Bruckner eine Menge von Klischees, die auf Wunderlichkeiten zielen, abgeladen worden. Der Zugang zur Künstlerfigur wird dadurch – wie mir scheint – nun eben nicht erleichtert, sondern erschwert, weil der naheliegendste Ausgangspunkt übersprungen wird: daß Bruckner ein ehrgeiziger, aufstrebender

Musiker war, der in der Komposition nach und nach Fortune hatte. Ehe man ihn zum Exzentriker stempelt – zu dem er weniger taugt als etwa Beethoven, obwohl man das Klischee bei diesem viel weniger bemüht –, sollte man vielleicht eher an das Gewöhnliche dieser Musiker- bzw. Komponistenkarriere zurückerinnern. Trotz der einen oder anderen Krise – welcher Lebenslauf ist völlig frei davon –, auf die sich Biographen mit nicht weniger Genuß stürzen als Filmemacher, erreichte Bruckner ein stattliches Alter, ohne beispielsweise taub oder gar verrückt zu werden. Die einen sind auch kompositorisch Wunderkinder, die anderen beginnen – wie er – überdurchschnittlich spät, die Meisterwerke zu verfassen, die sie dann berühmt machen. Wozu fühlt man sich bei ihm sogleich veranlaßt, nach Anomalitäten zu suchen, während – die Psychologen mögen das ungeliebte Wort verzeihen – die „normalen" Züge seiner Existenz und Künstlerlaufbahn eher versteckt werden. Es wird ein Exzentriker konstruiert, der dann Anlaß zu Spott und Hohn bietet. Mit anderen Worten: Mir drängt sich der Eindruck auf, daß man vielerorts geneigt ist, Bruckner zuerst einmal zum Trottel zu machen, ihn sozusagen zu entmündigen. Das kann sich bis zur Preisgabe der innersten Verfügungsgewalt eines Komponisten erstrecken, wenn davon ausgegangen wird, daß er nicht Herr der Fassungen seiner eigenen Werke gewesen sei. Hinter solchen Denkfiguren dürfte nicht nur Gedankenlosigkeit stecken, sie sind wohl auch von Absichten geleitet. Das trifft vielleicht noch am wenigsten jemanden wie Ken Russell; denn wer wie er sozusagen Kunst über Kunst produziert, der kann sich seinen Bruckner ganz frei so zurechtlegen, wie er möchte – als tragische oder, wie hier, als eher komische Figur –, wovon die Dramenschreiber stets Gebrauch gemacht haben, und zwar nicht nur, wenn sie an der Wirklichkeit nicht überprüfbare Heroen, sondern auch, wenn sie historische Figuren auf die Bühne gebracht haben. Aus kunsthistorischer Perspektive kann uns Reiner Haussherr über Vorstellungen vom Künstler wie „Außenseiter" und „Aufsteiger" zusammenhängend berichten.

Reiner Haussherr

Wenn ein Kunsthistoriker, der sich in der Hauptsache mit Problemen der Kunst des Mittelalters zu beschäftigen pflegt, von Albrecht Riethmüller kollegial und freundschaftlich um einleitende Bemerkungen zu einem Gespräch über Anton Bruckner gebeten wurde, geschah dies nicht in der Erwartung spezifisch musikwissenschaftlicher Ausführungen, muß ich doch sofort zugeben, daß ich nicht einmal Noten lesen kann. Interesse an der großen künstlerischen Hinterlassenschaft des vorigen Jahrhunderts war vorausgesetzt. Hier ist allein ein Blick auf Anton Bruckner von außen möglich, zumal mir nur recht begrenzte Lektüre über Leben und Werk des Komponisten möglich war.

Über die Legende vom Künstler veröffentlichten Ernst Kris, Kunsthistoriker und Psychoanalytiker, und Otto Kurz, kunsthistorischer Polyhistor, 1934 in Wien ein Buch (1980 neu aufgelegt), in dem sie Grundvorstellungen vom Künstler seit der klassischen Antike bis in die Neuzeit herausarbeiteten, die über die Epochen weitergegeben wurden und nach denen Künstler auch lebten. Wanderanekdoten sind dafür aufschlußreiche Belege. Das ehrwürdige Konzept vom „deus artifex" wurde durch die italienische Renaissance auf den Künstler übertragen, er wurde zum „divino artista". Albrecht Dürer sprach von den „öberen Eingießungen", von der Inspiration des Künstlers. An diese hatte man bereits in der Antike geglaubt, aber nur bei Dichtern und Musikern. Erst im Italien der Renaissance stiegen die bildenden Künste in den Rang der freien Künste auf, die Vorstellung vom inspirierten Künstler war so für Architekten, Bildhauer und Maler möglich. Auch sie konnten wie Dichter und Komponisten als Genies betrachtet werden. Was ein Genie unter den bildenden Künstlern war, konnte man im 16. Jahrhundert an Leonardo, Raffael und vor allem Michelangelo darlegen. Für die Musik des 19. Jahrhunderts wurde dann Beethoven sozusagen ein Leitgenie – an seiner Person und an seiner Musik wurden alle gemessen, die nach ihm kamen. Autobiographien von Komponisten wurden zu Künstlerromanen hohen Ranges – man mag sich streiten, ob als solcher die *Mémoires* von Hector Berlioz oder *Mein Leben* von Richard Wagner bedeutender sind.

Immer erzählte man sich von exzentrischen Zügen einzelner Künstler. Man stilisierte sie als Außenseiter der Gesellschaft. 1963 veröffentlichten Rudolf und Margot Wittkower ein Buch *Born Under Saturn*, in deutscher Übersetzung *Künstler als Außenseiter der Gesellschaft*, in dem sie Zeugnisse über Künstler von der Antike bis zur französischen Revolution zusammenstellten und deuteten. Eine große Gruppe bildeten die Melancholiker und die Depressiven, sogar Fälle von Wahnsinn sind unter bedeutenden Künstlern bekannt – die Krankengeschichte des Hugo van der Goes wurde von einem Augenzeugen, dem Infirmarius und Chronisten des Rooden Clooster bei Brüssel, aufgezeichnet, in das Hugo eingetreten war. Welche Bedeutung die Melancholie für die Auffassung eines Künstlers von sich selbst erlangen konnte, weiß man durch Erwin Panofskys Interpretation von Dürers Meisterstich *Melancholia I*. Zwei der verbreitetsten Krankheiten des 19. Jahrhunderts, Schwindsucht und Syphilis, sind in der Biographie vieler Künstler wichtig. Besonders gern erzählte man von erotischen Deviationen und Eskapaden bei Künstlern – noch heute sind Biographien von Künstlern voll davon. Berichte von Künstlern als Mörder sind eher selten, Selbstmorde kommen etwas häufiger vor. Einige Künstler wurden als „Grandseigneur" und „Uomo universale" gefeiert – unter den bildenden Künstlern vor allem Peter Paul Rubens und Gian Lorenzo Bernini. Künstler, die arm blieben, standen solchen gegenüber, die durch ihre Kunst ausgemacht wohlhabend wurden. Für das 19. Jahrhundert wurde der verkannte Künstler, der in Armut versank und dessen Werke erst nach seinem Tode erfolgreich vermarktet wurden, zu einer Leitfigur – man denke etwa an Vincent van Gogh. Auch der Gegensatz zwischen offizieller und gleichsam oppositioneller Kunst zeichnete das vorige Jahrhundert aus. In ihm wurden Künstler zu Nationalheroen, Rubens für die Flamen, Rembrandt für die Holländer – letzterer ist zugleich ein schönes Exempel für die Stilisierung eines Künstlerlebens, durch die historische Fakten und Legendenbildung eine nur sehr schwer aufzulösende Einheit bildeten.

Sieht man einmal von den politischen Biographien der Historiker ab, wurden in unserem Jahrhundert bei biographischer Forschung und literarischer Darstellung eines Lebens die Psychoanalyse, die Tiefenpsychologie und andere Formen der Psychologie fast unentbehrliche Instrumente der Interpretation. Natürlich muß man bedenken, daß man bei Toten eine schulgerechte Analyse auf einer Couch oder wo auch immer nicht mehr vornehmen kann – immer geht es auch um Sachkunde. Wenn sich bedeutende Psychoanalytiker der Aufgabe der Biographie einer Persönlichkeit der Vergangenheit stellten, sind stets fesselnde Ergebnisse zu erwarten. Erik H. Eriksons 1958 erschienenes Buch *Young Man Luther*, mit Recht berühmt geworden, fand seine Grenzen in einem mangelhaften Verständnis für Theologie. K.R. Eisslers psychoanalytische Studie über Goethe, 1963 erschienen, erst zwanzig Jahre später ins Deutsche übersetzt, zeugt von einer stupenden Quellenkenntnis, doch wird sich seine Grundthese, Goethe habe zum ersten Mal in Rom mit einer Frau geschlafen, nie verifizieren lassen – um 1800 äußerte man sich über solche Dinge nicht, was es auch in unserer Zeit noch häufig geben soll. Wieweit sich Nichtfachleute der modernen psychologischen Deutungsmodelle in Biographien mit Erfolg bedienen können, hängt natürlich stark von diesbezüglichen Sachkenntnissen, aber auch vom guten Geschmack ab.

Ganz allgemein sollte zu Biographien von Künstlern aller Gattungen gesagt werden, daß man sie vielleicht in zwei Gruppen aufteilen darf, die einen, deren Werk stark autobiographisch geprägt ist, und die anderen, bei denen ein Schluß vom Werk auf die Person nicht oder nur sehr begrenzt möglich ist – natürlich sind alle Zwischenstufen denkbar.

Im späten 19. Jahrhundert waren Künstler, vor allem Maler und Bildhauer, aber auch Literaten an ihrer Kleidung leicht zu erkennen – sie wählten starke Farben, einen lockeren Schnitt, gerne Samt, einen offenen Kragen und Hüte mit ausladenden Krempen. Diesen Gewohnheiten hat sich Anton Bruckner nicht angepaßt. Dennoch war er in Wien eine auffällige Erscheinung, wie beispielsweise Arthur Schnitzler in seinem Buch *Jugend in Wien* (erst 1968 erschienen) berichtet:

„Nachher habe ich den großen Komponisten niemals wieder gesprochen oder spielen gehört, doch oft genug wiedergesehen, wenn er, stürmisch gerufen, nach Aufführung einer seiner Symphonien, in einem sackartigen Anzug, in seiner unbeholfenen, rührenden Weise sich vor dem belustigten, damals nur zum geringen Teile wirklich begeisterten Publikum beugte."

Wenn im folgenden versucht wird, einzelne Grundzüge der Biographie Anton Bruckners herauszuarbeiten, dann ist für die historische Folie Thomas Nipperdeys bedeutendes Werk über die deutsche Geschichte im 19. Jahrhundert (3 Bände, 1983–1992) herangezogen worden.

Das Leben Anton Bruckners war zunächst und vor allem eine der ungezählten Geschichten vom sozialen Aufstieg. Er war nicht Bauernsohn, sondern in der dritten Generation Lehrer, zunächst als Schulgehilfe, dann als Hauptschullehrer. Diese waren damals ohne höhere Bildung auf Gymnasium oder Universität und fast überall daneben Organist und Mesner oder Küster. Beherrschung des Orgelspiels sowie für den Schulunterricht von Geige oder Klavier war unerläßlich. Diese Lehrer kamen meist sehr früh in ihren Beruf – Bruckner mit ungefähr 17

Jahren. Der Dorfschullehrer und Organist Bruckner stieg auf zu einem der führenden Organisten seiner Zeit, der vor allem für seine Improvisationen berühmt wurde, dann zum Professor für Harmonielehre, Kontrapunkt und Orgel am Wiener Konservatorium, zum Lektor an der Universität Wien und zum kaiserlich-königlichen Hoforganisten. Person und Wirken als Organist und Komponist fanden Anerkennung durch die Ehrenbürgerschaften seines Geburtsortes Ansfelden und der Stadt Linz. 1891 verlieh ihm die Wiener Universität den Ehrendoktor der Philosophie. Aus der Provinz Oberösterreich war Bruckner in die Metropole Wien gekommen und hatte sich dort durchgesetzt. Wie mir von sachkundiger Seite versichert wird, hält man noch heute in Wien alle Oberösterreicher für Deppen. Musikgeschichtlich mag man vielleicht sagen, daß es damals in Wien Hamburger leichter hatten als Oberösterreicher.

Bruckner gehörte zu den wenigen Künstlerheroen des 19. Jahrhunderts, von denen wir wissen, daß sie fromm waren. Sein Leben lang war er ein sehr treuer Sohn der Heiligen Mutter Kirche. Bruckners Frömmigkeit war wahrscheinlich unreflektiert, man weiß vom Beten des Rosenkranzes und regelmäßigem Besuch der Messe. Es ist sogar überliefert, daß er in Wien seine Vorlesung beim Angelusläuten unterbrach, um den Engel des Herrn zu beten. Man gewinnt den Eindruck, seine Frömmigkeit sei bibelfern, theologiefern und fern von den Verwerfungen in der katholischen Kirche des 19. Jahrhunderts gewesen. Während Johannes Brahms in der Textauswahl zum *Deutschen Requiem*, zum *Triumphlied* und zu den *Vier Ernsten Gesängen* ausgemachte Bibelfestigkeit zeigte, wie sie damals zum Protestantismus gehörte, entschloß sich die katholische Kirche erst in unserem Jahrhundert zur Förderung des Bibellesens durch Laien. Die bei deutschen Katholiken verbreitete Übersetzung der Bibel nach der Vulgata von Joseph Franz von Allioli in mehreren Bänden, zuerst 1830-1832, erreichte Bruckner wohl nicht. Was er an Andachtsbüchern besaß, ist anscheinend nicht überliefert. Auch die Texte der Liturgie waren noch im 19. Jahrhundert den des Lateinischen unkundigen Laien nicht zugänglich. Sie pflegten während der Messe in einem Andachts- oder Gebetbuch zu lesen oder den Rosenkranz zu beten. Natürlich enthielten die zum Teil seit dem 17. Jahrhundert viel verbreiteten, Jahr für Jahr wieder aufgelegten Andachtsbücher viele deutsche Fassungen von Gebeten der Messe, auch geordnet nach dem Kirchenjahr, doch erst gegen Ende des Jahrhunderts gab die Kirche ihren Widerstand gegen Übersetzungen des Missale in die Volkssprachen auf. Im deutschen Bereich war die lateinisch-deutsche Edition des *Missale Romanum* durch den Benediktinerpater Anselm Schott, zuerst 1883 erschienen, bahnbrechend – eine wichtige Voraussetzung der liturgischen Bewegung seit Beginn unseres Jahrhunderts. Bereits vorher muß man beim Organisten – auch ohne oder mit nur begrenzten Kenntnissen der lateinischen Sprache – ein Verstehen der Meßliturgie voraussetzen. Die großen Entscheidungen innerhalb der katholischen Kirche in der zweiten Hälfte des 19. Jahrhunderts – das Mariendogma 1854, das Dogma von der päpstlichen Unfehlbarkeit 1870, die Rückwendung zur Theologie und Philosophie des Thomas von Aquin, Antimodernismus und Ultramontanismus – werden für die Frömmigkeit einfacher Laien kaum wichtig geworden sein, nur das neue Mariendogma mag die Verehrung der Gottesmutter weiter befördert haben, an deren Intensität sich aber wohl kaum etwas zu ändern brauchte.

Einer mündlich weitergegebenen Überlieferung nach hatte Bruckner die Absicht, seine 9. Symphonie „dem lieben Gott" zu widmen – nach Widmung der 8. Symphonie an Bruckners höchste Autorität auf dieser Erde, Kaiser Franz Joseph I., die Apostolische Majestät, und angesichts des Gefühles, in absehbarer Zeit vor seinen Schöpfer treten zu müssen. Man fühlt sich erinnert an Johann Sebastian Bachs „Soli Deo Gloria".

Alma Mahler-Werfel überliefert ein Diktum Gustav Mahlers, er habe sich auf eine dreifache Weise als ein Fremder gefühlt, als Böhme unter Österreichern, als Österreicher unter Deutschen und als Jude in der ganzen Welt. Man wird fragen müssen, wie weit ein Sich-Fremdfühlen von Österreichern unter Deutschen zu Zeiten von Bruckner und Mahler gehen konnte. Gerade unter den in Wien wirkenden Komponisten gab es offenbar so etwas wie einen Deutschland und Österreich übergreifenden Patriotismus. Nach dem deutsch-dänischen Krieg 1864 komponierte Johann Strauß einen König Wilhelm I. von Preußen gewidmeten *Verbrüderungs-Marsch* (op. 287). Schon während des deutsch-französischen Krieges 1870/71 schuf Johannes Brahms sein *Triumphlied* (op. 55), das 1872 mit einer Widmung an Kaiser Wilhelm I. erschien. Erst gut zwei Jahrzehnte später kam es bei Bruckner zu einer Art Ausbruch von gesamtdeutschem Patriotismus, als er 1893 die Chorkantate *Helgoland* komponierte – 1890 hatte das Deutsche Reich für den Verzicht auf die Insel Sansibar von Großbritannien die Insel Helgoland erhalten.

Größeren Anteil am politischen Geschehen seiner Zeit wird man bei Bruckner nicht voraussetzen wollen – sicher war er immer kaisertreu. Aus den frühen achtziger Jahren ist überliefert, er sei von einem seiner Schüler beim Lesen von Schillers *Wallenstein* angetroffen worden und habe gefragt: „Wollte Wallenstein wirklich den Kaiser verraten?" Man darf dies als Zeugnis für eine schlichte Kaisertreue lesen, aber auch als eines für die Lektüre von deutscher Literatur. Bei den Widmungen der Symphonien muß das vorherige Einverständnis der Widmungsträger oder der sie vertretenden Behörden vorausgesetzt werden: Außer Richard Wagner (3. Symphonie) und einem jüngeren Freund, Verehrer und Mäzen (6. Symphonie) müssen die Universität Wien (1. Symphonie in der Fassung von 1890/91 sicher als Dank für den Ehrendoktor), ein Unterrichtsminister (5. Symphonie 1878) und ein Obersthofmeister des Wiener Hofes (4. Symphonie 1889), König Ludwig II. von Bayern (7. Symphonie 1885) und Kaiser Franz Joseph (8. Symphonie 1892) bereit gewesen sein, sich eine Symphonie von Bruckner widmen zu lassen. Als Hoforganist spielte er zuletzt 1890 bei der Vermählung der Erzherzogin Valerie in Bad Ischl.

Sie vermittelte dem Komponisten, daß ihm 1895 eine Wohnung im Kustodenstöckl am Oberen Belvedere in Wien überlassen wurde. Dort gab es kleine, durch den Kaiser vergebene, noble Dienstwohnungen. Noch die Republik Österreich ließ in diesem Bereich nach 1945 für Jahrzehnte Otto Demus wohnen, Präsident des Bundesdenkmalamtes und Ordinarius für Kunstgeschichte an der Universität Wien.

Nach allen zur Verfügung stehenden Berichten verkehrte Bruckner in Wien hauptsächlich mit Musikern und Ärzten, mit denen er lange einen Stammtisch hatte. Dagegen finden sich in den Biographien keine Berichte, daß er in Wien in den Palais der Hocharistokratie verkehrt hätte. Die bedeutenden Gemäldegalerien der Liechtenstein, Czernin oder Harrach blieben ihm wohl unbekannt – man darf sich ihn also nicht vor Vermeers *Ruhm der Malkunst*, damals in der Galerie Czernin, vorstellen. Bruckner wäre wohl auch kaum geeignet gewesen, sich an Konversationen zu beteiligen, wie sie später Hugo von Hofmannsthal im *Schwierigen* nachdichtete.

Als Orgelvirtuose lernte Bruckner Paris 1869 und London 1871 kennen. Sonst sind Reisen zu Aufführungen von Werken Richard Wagners, nach Bayreuth und zu Aufführungen eigener Werke bezeugt. Im April 1886 wurde in München in Bruckners Gegenwart, von Hermann Levi dirigiert, das *Te Deum* aufgeführt. Bei diesem Aufenthalt kam er in Kontakt mit einem Kreis von Künstlern und Mäzenen – mit Konrad Fiedler, dem Kunsttheoretiker und Förderer von Hans von Marées, dem Dichter Paul Heyse und Malern wie Franz von Lenbach und Fritz von Uhde. Letzterer wollte Bruckner zeichnen, um seine Physiognomie einem Jünger Jesu in seinem Gemälde *Das Abendmahl* zu geben. Bruckner verwies ihn auf die während seines Aufenthaltes in München gemachten Photographien von Franz Hanfstaengl. Uhdes großformatiges Gemälde (206 x 324 cm), seit 1975 in der Staatsgalerie zu Stuttgart, wurde zuerst 1886 in Berlin gezeigt, in den folgenden Jahren auch in Paris und München. Bruckners Kopf im Profil benutzte Uhde für den Apostel am linken Ende der Tafel. Das Gemälde machte Sensation, in seinem bedeutenden Buch *Die deutsche Kunst des 19. Jahrhunderts – Ihre Ziele und Taten* faßte Cornelius Gurlitt die polemischen Angriffe zusammen und wies sie zurück:

„Man hat die Apostel in Uhdes Abendmahl eine Verbrecherbande genannt und sich über ihre Häßlichkeit entsetzt; man sagte, er habe sich die Modelle von der Straße zusammengelesen und sich nicht einmal die Mühe gegeben, sie der Tracht nach in die Vergangenheit zu versetzen, sondern sie gemalt, wie er sie aus dem Schmutz aufgeklaubt habe. [...] Uhde suchte in seiner Weise die heiligen Geschichten einerseits aus dem Kreise gedankenloser Herkömmlichkeit oder wissenschaftlicher Tüftelei herauszuziehen, indem er die Unbefangenheit der Alten aufnahm, die eigene Zeit malerisch zu verwerten. Das hatte man so lange ersehnt und dann, als es kam, für eine Ungeheuerlichkeit erklärt. Aber ich habe es an solchen, die sich in Uhdes Bilder hineinlebten, die es versuchten, ihnen gerecht zu werden, nur zu oft erlebt, daß der Meister sie für sich gewann. Sie wird fortwirken, diese Unbefangenheit, nach der man so lange gerufen hat."

Und weiter: „Uhdes Absicht ist sozial, weil sie modern ist" (3. Aufl. 1907, S. 528 – 531). Richard Hamann formulierte ähnliches 1925 viel knapper und pointierter: „Und hier trifft man nun lauter Nieten, nicht Volkstypen, auch nicht Ideale" (*Die deutsche Malerei vom 18. bis zum Beginn des 20. Jahrhunderts*, S. 418f.). Man müßte die zeitgenössischen Äußerungen über Uhdes Gemälde vollständiger zusammenstellen, um zu erfahren, welchen Betrachtern klar war, daß Uhde für den Apostel links Bruckners Porträt benutzt hatte.

In seinem zuerst 1972 erschienenen Buch *The Austrian Mind – An Intellectual and Social History 1848-1938* verfaßte William H. Johnston ein Kapitel über Bruckner, Wolf, Mahler und Schönberg und stellte es unter das Motto „Four

Fritz von Uhde, Abendmahl

Persecuted Innovators" (S. 134–140). Von Verfolgung zu reden ist für sie wohl doch übertrieben, das Ausmaß von zeitgenössischer Kritik und Ablehnung, die Mühe des Sich-Durchsetzens der Werke entspricht doch eher dem, was im Kunst- und Musikbetrieb des 19. und 20. Jahrhunderts üblich war und ist. Die Gegnerschaft von Eduard Hanslick vereinigte den Wagner-Verehrer Bruckner mit dem Meister von Bayreuth. Am 8. Februar 1875 notierte Frau Cosima in ihrem Tagebuch: „Wir nehmen die Symphonie von dem armen Organisten Bruckner aus Wien vor, welcher von den Herrn Herbeck und anderen bei Seite geschoben worden ist, weil er hier in Bayreuth war, um seine Symphonie-Widmung anzubringen! Es ist jammervoll, wie es in dieser musikalischen Welt steht."

Die Vorstellung vom verkannten Künstler trifft für Bruckner nur teilweise zu. Natürlich weiß die Biographie Bruckners von vielen dem modernen Leser, aber auch schon für den Zeitgenossen skurrilen Zügen. Als eine etwas sonderbare Randfigur ließe er sich durchaus in einem deutschen Roman des 19. Jahrhunderts vorstellen. Wie sich bei Erinnerung an die Person Bruckners die Phantasie versteigen konnte, zeigt ein von Frau Cosima überlieferter Traum Richard Wagners: „R. träumt, daß ein Papst mit dem Aussehen von dem Musiker Bruckner ihn besuche, durch meinen Vater eingeführt (ungefähr Kaiser v. Brasilien), und wie R. ihm die Hand küssen will, küßt sie ihm S. Heiligkeit und nimmt darauf eine Flasche Cognac mit" (22. April 1881). Die sich durch Bruckners Leben wiederholenden Werbungen um junge Mädchen, meist Kellnerinnen, entsprechen einem im 19. Jahrhundert wohl öfter vorkommenden Verhalten – in den fünfziger Jahren malte der Münchener Carl Spitzweg dreimal den *Ewigen Hochzeiter*, der über seinen Werbungen ältlich wurde.

Ein in der Biographie und im Werk eines Künstlers des 19. oder 20. Jahrhunderts merkwürdiger Zug ist die vielfach wiederholte Bereitschaft, auf den Rat anderer die Symphonien mehr oder weniger gründlich umzuarbeiten. Nur für Architekten war und ist es selbstverständlich, während des Planungsprozesses immer wieder Wünsche der Bauherren zu berücksichtigen. Parallelen zum Verhalten Bruckners scheinen selten zu sein – vielleicht darf man daran denken, wie oft Hugo von Hofmannsthal in seinen Libretti auf Einwände und Wünsche von Richard Strauss einging.

In der angelsächsischen Welt des vorigen und unseres Jahrhunderts wurde außerordentlich viel Scharfsinn darauf verwendet, William Shakespeare eine intellektuell passendere Biographie als der des Schauspielers und Theaterdirektors aus Stratford-on-Avon zu verschaffen. Biographien prominenter Figuren des 19. Jahrhunderts sind viel zu reich dokumentiert, als daß man ihr Werk auf eine andere Person umverteilen könnte. Insgesamt wird man aber doch dankbar sein, daß das Werk Anton Bruckners von der gut bezeugten Person und nicht etwa von Kaiser Franz Joseph I. in seinen Mußestunden oder von der Kunstfigur eines „Anton the Ripper" (vgl. Gerhard R. Koch, *FAZ*, 25. September 1996) geschaffen wurde. Was man der Person Bruckners an Intellektualität und Modernität nicht nachsagen will, läßt sich eher an Innovation und Modernität des komponierten Werkes ablesen.

Albrecht Riethmüller

In Reiner Haussherrs, wenn ich so sagen darf, Unterfütterung des Künstlerbildes wurde auf die Konfessionsunterschiede geachtet. Bildet für den Künstler Dieter Schnebel, der bekanntlich nicht der katholischen Fraktion angehört, speziell das Katholische (nicht das Christliche im allgemeinen) bei Bruckner irgendeine Schwierigkeit im Umgang mit diesem Musiker der zweiten Hälfte des 19. Jahrhunderts, oder ist diese Dimension so eingeebnet, daß sie irrelevant und auch von der Musik vollends abtrennbar geworden ist?

Dieter Schnebel

Nun, es ist in unserer Zeit ohnehin schwierig, konfessionell zu sein. Wie Sie wissen, bin ich auch protestantischer Pfarrer, evangelischer Theologe, aber das geht heute nicht mehr im engen Sinn. Religionskämpferische Einstellungen zu haben, wie sie noch zu Zeiten der Jugend meiner Eltern auf dem Land gang und gäbe waren, das ginge heute selbst in Bayern nicht mehr so ohne weiteres. Also von daher würde ich sagen: kein Problem mit Bruckner. Was für mich persönlich an Bruckner wichtig wurde, war beispielsweise diese Verquickung einer Mystik – die sich im übrigen bei Bruckner gar nicht verbal geäußert hat, die aber im Klang ist und nicht nur im Klang, sondern auch in der Zahl. Kein Zufall, daß bei Bruckner die Sonatenexposition sich erweitert auf drei Themen. Das muß aus Gründen der Trinität so sein. Und wenn man die Brucknerschen Symphonien anschaut, dann trifft man ständig auf solche trinitarischen Gliederungen. Ich weiß nicht, ob das Zählen bei Bruckner nicht auch solche tieferen Gründe hatte und nicht bloß zwangsneurotische. Eine kleine Zwischenbemerkung: Die Musik hat insgesamt mit Zählen zu tun, ist also, wenn Sie so wollen, genuin eine zwangsneurotische Kunst. Und ich erinnere mich an die ersten Erfolge der Minimal Music: Da gibt es das berühmte Stück von Philip Glass *Einstein on the Beach*, das fängt mit Zählen an: „one, two, three, four, five, six, seven, eight" – das ist das Zählen als Musik. Und das Zählen vervielfacht sich nachher. Ich glaube, dieses Strukturieren von Zeit, was sich im Zählen zeigt – und in der Musik wird ja unentwegt gezählt –, das ist etwas, worauf erst Bruckner so richtig aufmerksam gemacht hat. Mag das Zählen bei Bruckner irgendwo zwangsneurotisch sein – es könnte auch etwas ganz anderes sein, etwas Begeistertes, etwas von Anbetung. Die Blätter an einem Baum zu zählen, ist ja vielleicht auch eine Geste von Bewunderung und von einem Erfassenwollen von etwas, was sich letztlich gar nicht erfassen läßt. Das, meine ich, gehört auch zu dieser Brucknerschen Mystik. Und was bei Bruckner für mein Gefühl eben so modern ist, ist gerade dies: daß er in den Klang selber – ja, wie soll ich sagen – einerseits eintaucht, mystisch die Augen schließend, aber andererseits eben den Klang doch wiederum mit seinem Zahlwissen ganz technologisch strukturiert. Wir wissen alle, wie sehr die Obertonverhältnisse eins, zwei, drei, vier, eins zu zwei zu drei zu vier bei Bruckner eine Rolle spielen in den Intervallen. Bruckner komponiert vertikal gesehen

Klangspektren, die er dann horizontal auseinanderfächert. Was für mich als
Komponisten heutzutage bei Bruckner so aufregend ist: daß er primär Zeit
strukturiert. Er hat ja – ich weiß nicht, ob es stimmt – oft bei seinen Kompositionen zunächst die Perioden festgelegt, und dann war für einen ganzen Satz schon
die Zeitstruktur klar bis hin zu den Taktzahlen. Das ist etwas, das für uns – ich
müßte das etwas einschränken: für uns Komponisten – seit der Avantgarde, seit
dem seriellen Denken gang und gäbe ist. Wenn Sie Stockhausen nehmen, der aus
einer Zeitreihe ein ganzes Werk entwickelt, dann gilt das nicht nur für ihn,
sondern genauso für Boulez, es gilt für mich, es gilt für Nono und in gewissem
Sinn sogar für die Zufallsoperationen von John Cage. Jetzt bin ich etwas ins
Schweifen geraten, weil mir offenbar daran lag, daß Bruckner in seinem alter-
tümlichen Wesen auch ganz modern war.

Albrecht Riethmüller

Das Stichwort „Mystik im Klang" möchte ich aufgreifen und, da sich mit Wör-
tern einiges anstellen läßt, verwandelt an Gert Mattenklott weitergeben. Wenn
wir „Mystik im Klang" in „Musik der Gründerzeit" transformieren, also von den
spirituellen Dimensionen absehen und dafür mehr die historischen ins Spiel
bringen, könnten wir dann nicht sagen, daß Bruckners Musik sich besonders gut
in die drei letzten Jahrzehnte des 19. Jahrhunderts einfügt, und zwar gleichermaßen in die Gründerzeit des Deutschen Reiches nach 1871 wie in die allmählich
ersterbende habsburgische Monarchie?

Gert Mattenklott

Schon in der vorbereitenden Lektüre, bei der ich auch den Aufsatz von Dieter
Schnebel mit der Beschreibung dieser Zahlenmystik fand, habe ich mich an
vieles erinnert gefühlt, nicht an die letzten drei Jahrzehnte des 19. Jahrhunderts,
sondern auch an das erste Jahrzehnt des 20. – Lassen sie mich die Konstellation
im Blick auf die Quellen zu skizzieren versuchen, die mir professionell zunächst
einmal näher liegen. – Es gibt eine unter Kennern berühmte, sonst eher apokry-
phe Schrift von Rudolf Kassner mit dem Titel *Zahl und Gesicht*, vom Beginn des
20. Jahrhunderts (1919), – wie mir scheint ein Buch, das sich als Kunstprogramm
der Avantgarde lesen läßt, und zwar unter dem Gesichtspunkt, daß darin zwei
Ordnungen konfrontiert werden, die zugleich auch Ordnungen der Schwellensi-
tuation beim Übergang vom 19. zum 20. Jahrhundert gewesen sind. Die Ordnung
der Zahl appelliert an die Vorstellung einer Welt, die in der Form des Registers
oder Katalogs vermeintlich übersehbar wird. Die Ordnung des Gesichts dagegen
hält an der Anschaulichkeit der bedeutungsvollen Oberfläche fest. Bei Kassner
folgen diese Ordnungen nicht in irgendeiner Abfolge geschichtsphilosophischer
oder sonstwie systematisch entwicklungsgeschichtlicher Weise aufeinander bezogen, sondern in der Form eines offenen Widerspruchs.

In den Beschreibungen der Brucknerschen Musik durch Kritiker und Wissenschaftler stoße ich erstaunlicherweise immer wieder auf beide – sich doch eigentlich kontradiktorisch widersprechenden – Assoziationen von Ordnung: die der abstrakten Zahlen, ebenso aber auch die des anschaulichen Gesichts. Mit der Zahlenordnung scheint sich der Künstler in die Welt Albert Einsteins wie überhaupt des 20. Jahrhunderts einzuschreiben. Mit dem Beharren auf der sinnlichen Vorstellung von Gesichtern, wie sie etwa in den literarischen Assoziationen seiner Musik zum Ausdruck kommen, wäre er eher ein Bürger des 19. Jahrhunderts. Man denke etwa an Goethes Schema von Polarität und Steigerung in der Morphologie, auf welches ähnliche Phänomene der geistigen Welt symbolisch bezogen sind. – Wie so oft in den Geisteswissenschaften scheint viel darauf anzukommen, sich die logisch kontradiktorischen Widersprüche nicht auch für die künstlerischen Formen als vermeintlich verbindliche Regeln hermeneutischen Verstehens aufschwatzen zu lassen. In Widersprüchen auszuharren und sie für die Entwicklung von neuen Formen produktiv werden zu lassen, ist oftmals ein unausgesprochenes Gesetz, dem Künstler gerade in historischen oder kulturgeographischen Randzonen folgen, wo solche Gegensätze bekanntlich besonders schroff empfunden werden. Das Zugleich unversöhnlich gegenstrebiger künstlerischer Tendenzen – dem Theoretiker unerträglich – kann in solchen Fällen widerspruchsreiche Formen schaffen, die dem Bewußtsein der Zeit angemessener sind als es ein gefälliges Kunstschönes sein könnte.

Sehr weitgehend dürfte das der Fall bei Künstlern gewesen sein, die von den Randzonen des alten Reichs her kamen und jäh mit der kulturellen Moderne der europäischen Metropolen konfrontiert wurden. Statt ihr historisches Erbteil als „cultural lag" zu verleugnen, haben sie es in seinem Widerspruch zu den neuen Tendenzen ihres Zeitalters artikuliert, ohne sich diesen gänzlich zu verschließen. – Diese Tradition erweist sich nun aber auf überraschende Weise als sehr aktuell. Bruckner stammte wie etwa Stifter, Grillparzer oder Hugo von Hofmannsthal aus einer Kunstwelt, die der barocken Tradition noch viel näher war als der Moderne: eine Welt der gedachten, der unsichtbaren, der spirituellen Ordnungen, in der spirituellen, der die Astrologie mit ihren Zahlenkonstellationen eine bedeutende Rolle spielte. Weil diese Künstler Bürger zweier Welten waren und ihre Werke Austragungsort des Widerspruchs zwischen alter und neuer Ordnung, konnten sie plötzlich auf ganz unerwartete Weise zu Protagonisten des 20. Jahrhunderts werden.

In der Kunstphilosophie Walter Benjamins, der dieses Phänomen ausphilosophiert hat, wird deutlich, wie sich die allegorische Ordnung der Zahlen und die symbolische des anschaulichen Gesichts gerade bei den avanciertesten Geistern der Zeit die Waage halten – avanciert heißt hier nicht notwendig auf besonders reflektierte Weise. Gerade Bruckner war natürlich kein irgendwie begabter Theoretiker über das Handwerk hinaus. – Dieter Schnebel hat angedeutet, daß es zwischen der Sphäre des dem Künstler selbst nicht durchschaubar Neurotischen im eigenen Leben und gewissen formalen Konstellationen seiner Kompositionen unbewußte Analogien geben mag. Auf der einen Seite nehmen wir ein hohes Potential von ungebundenem Ausdruck wahr, das auf die rational kaum zu verkraftenden Zumutungen der Moderne reagiert; auf der anderen Seite können wir ein geradezu halsstarriges Bemühen feststellen, sich nicht überwältigen zu lassen und den Ansturm der Affekte in Ordnungen von Zahlen abzufangen. – Insofern sehe ich hier jedenfalls – ich weiß nicht sicher, ob zurecht – Analogien zwischen einer künstlerischen Zeitenwende und einem epochalen Schwellenwerk. – Ob ich richtig sehe, wenn mir scheint, daß das widersprüchliche Verhältnis der hier skizzierten Konstellation für Bruckner bisher wenig bedacht worden ist?

Albrecht Riethmüller

Gibt es zwischen dem von Gert Mattenklott beschriebenen Nebeneinander und dem, was Dieter Schnebel als Mystik im Klang bezeichnet hat, kompositorische bzw. kompositionstechnische Korrelate im Blick auf Struktur und Klang, aus denen sich Bruckner erkennbar zusammensetzen läßt?

Elmar Budde

Zu fragen ist, ob es in der Brucknerschen Symphonik, d.h. in seiner Musik, konkrete Konstellationsstrukturen usw. gibt, die wir unmittelbar erkennen oder definieren können als spezifisch Brucknerisch, und ob aufgrund dieser Strukturen Gedankengänge, die, wie Gert Mattenklott und auch Dieter Schnebel entwickelten, sich gewissermaßen anfügen oder einfügen lassen. Zunächst möchte ich behaupten, daß es eigentlich das, was ich unter einer musikalischen Analyse verstehe, im Blick auf die Musik Bruckners nicht überzeugend gibt. Deshalb finden wir keine Ebene, auf der man, was die Musik selbst betrifft, sachlich argumentieren kann. 90% der vorhandenen Analysen, ich wage das zu behaupten, sehen so aus, daß sie die Musik immer noch aufgrund ihres Verweischarakters benutzen. Man hat den Eindruck, daß es gar nicht um die Musik geht, die zwar großartig klingt, sondern vielmehr um das, was die Musik bedeutet; und um das herauszubekommen, wird die Analyse eingesetzt. Selbst die scheinbar kompliziertesten Analysen, die Töne, Takte, Harmonien etc. zählen und kombinieren, enden schließlich immer in einer wie auch immer gearteten Deutung. Da sehe ich zunächst ein Problem; es gibt, soweit ich weiß, keine verbindliche analytische Grundlage, um mit dieser Musik umzugehen. Das Problem ist natürlich schwierig zu skizzieren, weil da unendlich vieles hineinkommt. Zunächst möchte ich auf etwas scheinbar Vordergründiges verweisen, und bei dem Vordergründigen, meine ich, muß man anfangen, denn dadurch erklärt sich sehr vieles. Wenn man einmal davon ausgeht und fragt, was Bruckner als katholischer Organist gelernt hat, was er ständig brauchte, um die Liturgie zu begleiten, dann zeichnet sich eine bestimmte musikalische Praxis ab. Ich selbst habe diese Praxis als orgelspielender Schüler noch erlebt; sie hängt eng zusammen mit der katholischen Liturgie. Der Orgelspieler hatte z.B. in einer sogenannten stillen Messe die Aufgabe, sämtliche Choräle durch kürzere oder längere Zwischenspiele, die durchweg zwischen den Tonarten modulierten, miteinander zu verbinden. Zu diesem Zweck gab es, wenn ich so sagen darf, Modulations-Musiken, zumeist nach Tonarten angeordnet, von jeder Tonart zu jeder Tonart führend, länger oder kürzer; solche Sammelbände lagen auf jedem Orgeltisch. Hinzu kamen die Modulationstabellen, die einem halfen, von jedem Akkord zu jedem anderen Akkord zu kommen. Was hat das alles mit Bruckner zu tun? Zumindest soviel, daß seine musikalische Grunderfahrung aus dieser Welt kommt. Seine ganze Symphonik besteht ja durch und durch aus Mitteln, mit Hilfe eines Akkords in jede andere Tonartkonstellation zu gelangen. Das klingt jetzt so, als ob Bruckners Harmonik bloß aus Akkordtricks bestünde. Natürlich steckt dahinter ein großes Konzept, um so zu komponieren. Um auf die zweite Hälfte des 19. Jahrhunderts zu kommen: da deutet sich schon das an, was Dieter Schnebel sagte, daß Bruckner im Grunde aufgrund seiner Herkunft und dann im Blick auf das ausgehende 19. Jahrhundert nicht mehr tonal komponiert im Sinne einer diskursiven Tonalität. Die Musik ist eigentlich in jedem Takt und in jedem Akkord zu Ende, es sei denn, es wird aus diesen Klängen heraus konstruiert. Und wenn man sich die Partituren anschaut, dann sieht man, wie Bruckner das alles durchgezählt hat. Vielleicht noch eine kleine Fußnote zu dem Zählen. Das Zählen im katholischen Raum ist ein ganz wesentliches Moment; und in der Bruckner-Literatur wird sein ständiges Rosenkranz-Beten ja erwähnt. Wenn man aus dem süddeutsch-katholischen oder österreichisch-katholischen Raum kommt, dann hat man zumindest in seiner Jugend erfahren, daß man Zeit einteilt durch ein ständiges Zählen und Repetieren von Gebeten und Anrufungen. Ein Komponist wie Alban Berg, der ein manischer Zähler war, kommt schließlich aus Wien. Auch Webern entstammte der österreichisch-katholischen Welt. Wenn man sich Weberns Skizzenbücher anschaut, wenn man seine Kompositionen analysiert, dann kommt man aus dem Zählen nicht mehr heraus. Auch bei Webern ist das Entscheidende nicht das Zählen, vielmehr daß hier eine Musik entsteht, der jede Diskursivität abgeht und die nur existieren kann im Kontext komplexer Konstruktionen. Alles das muß vor dem Hintergrund der Moderne, ihrer Materialproblematik etc. analysiert und beschrieben werden. Doch zurück zu Bruckner; ich meine, daß es in diesem angedeuteten Sinne noch keine musikalische Bruckner-Analysen gibt, die auf irgendeine Weise befriedigen.

Albrecht Riethmüller

Wir müssen Peter Wapnewski nicht unterstellen, daß er ein Wagnerianer ist, um ihn zu fragen, wie ein Wagnerianer mit Bruckner umgeht.

Peter Wapnewski

Zwar konnte ich mir ausrechnen, daß ich jetzt gefragt würde, ich konnte mir aber nicht ausrechnen, was Sie mich fragen würden. Mit dem Wagnerianer bringen Sie mich insofern in eine gewisse Verlegenheit, als ich mich immer – eine ganz merkwürdige Erfahrung – dagegen wehren muß, als Wagnerianer bezeichnet zu werden (was Sie nicht getan haben). Wenn einer einiges schreibt über ein Werk und seinen Autor, ist er diesem Autor ja noch nicht ideologisch anheimgefallen – was freilich im Falle Richard Wagner vielen passiert. Von der Ideologie „Bayreuth" trennt mich vieles, wenn nicht alles. Das ändert ja nichts an der Achtung und der Bewunderung für ein nicht nur musikalisches Werk. Aber Wagner führt uns natürlich auf den Anfang dieser Gesprächsrunde. Herr Riethmüller hat ja begonnen damit, daß er – wahrscheinlich aus einem Überdruß an Thematik und Terminologie – gesagt hat: Wie ist das denn mit Bruckner, ist er denn nur das Resultat von Absurditäten, Exzentrizitäten, Zwangsneurosen usw.? Ist er nicht eigentlich sehr viel normaler zu sehen – in Anführungsstrichen, wir wissen, was wir mit „normal" meinen –, als die vielleicht sensationslüsterne Literatur es will? Da hat uns ja Herr Haussherr geholfen insofern, als er uns einen Tour d'horizon geschenkt hat des Künstlerbildes im Abendland, um es einmal so zu sagen. Dieser Tour führte ja insofern auch auf Bruckner, als Bruckner ganz entschieden in seinem Habitus abweicht von diesem Künstlerbild, wie es sich gebildet hat beispielsweise im Künstlermodell der Renaissance. Immer war der Künstler verbunden mit der Vorstellung von Wahn, Schöpfungswahn, platonischem Wahn oder auch mit Wahnsinn in einem pathologischen Sinne. Und die Literatur über das Verhältnis von Genie und Wahn – eine sehr große Literatur – läßt sich als Addition von Einzelfällen vorführen. Wenn wir an die großen Musiker der neueren Zeit denken (ich rede jetzt nicht von Gesualdo und der Mordlegende, und ich rede auch nicht von Renaissance-Künstlern, die sich durch ihre brutale Exzentrizität ausgezeichnet haben wie etwa Benvenuto Cellini) und uns überlegen, wie es sich mit Normalität und Exzentrizität verhält, dann haben wir vielleicht, wenn ich nicht irre, die Vorstellung, daß Händel, daß Bach und daß Haydn eher „normal" waren. Daß Haydn kein Papa war, das wissen wir alle; aber natürlich hat er zu denen gehört, von denen wir uns vorstellen können, daß er wie die anderen Genannten der Verführung, abseits der Normalität sich zu bewegen und zu bewähren, widerstanden hat. Sicherlich gilt das auch für Brahms. Aber die Zahl der Exzentriker mag größer sein, denn es ist ja kein Zweifel, daß Mozart, Beethoven, Schumann, Wagner und auch Mahler sich durch Eigentümlichkeiten auszeichneten, die sie abseits vom Pfad der Normalität sich bewegen ließen. Das führt uns auf die Vorstellung vom Künstler als einer ganz andersartigen Persönlichkeit, die wir deswegen auch andächtig zu bewundern bereit sind. Der Künstler setzt sich in der Kulturgeschichte eines Tages an die Stelle des hehren Idols vom adligen, vom sozial adligen Menschen. Und von daher datiert die Vorstellung vom Künstlerfürsten, auch Künstlergott. Und in dem Maße, in dem der Adel als politische Instanz reduziert, unwichtig und neutralisiert wird, versucht man mit einem Rest von Behauptungswahn, den Bürgerlichen zu adeln, indem man Goethe und Schiller mit einem „von" dekoriert. Das sind Abschiedsszenen, die eine gewisse peinliche Albernheit an sich haben, denn das ist eine Binsenweisheit: Goethe konnte dadurch nicht größer werden, daß er sich „von" nennen darf. Sein Verleger Cotta wurde ja immerhin Baron, das ist interessant genug. Diese Vorstellung vom Künstlerfürsten, die uns Wagner, von Cosima auf das fleißigste unterstützt, in seiner Selbstinszenierung bis zur Absurdität vorführte, die kontrastiert ganz entschieden mit dem Bild, das wir von Bruckner haben. Und ich glaube – und nun schließt sich der Ring, wenn ich das richtig bedacht habe –, daß die Vorstellung seiner Exzentrizität, seiner neurotischen Struktur damit zusammenhängt, daß er so ganz anders als Künstler sich selber vorzustellen, zu repräsentieren, zu gerieren pflegte, ein anderer war in seiner Neigung zur devoten Unterwürfigkeit, in all dem, was in diesen Tagen behandelt wurde und heute wieder zur Sprache kam, in der scheinbar zwanghaften Zählerei. Ich meine, daß es gut ist, wenn Herr Budde und Herr Schnebel darauf hingewiesen haben, daß ja Gott die Welt geordnet hat nach „Maß und Zahl und Gewicht" und daß dieses Axiom aus der *Sapientia Salomonis* sich am allerdeutlichsten in der Musik verwirklicht. Etwas an dem, was Herr Haussherr über die Frömmigkeit Bruckners sagte, habe ich nicht ganz verstanden. Ich meine, daß es eben doch auch – man mag das Wort schon kaum mehr sagen, weil es hier so oft gebraucht worden ist – eine zwangsneurotische Frömmigkeit gibt. Bruckner gehörte doch vielleicht auch zu den Menschen, die nie erwachsen werden konnten oder wollten; und die in dieser Frömmigkeit, die man ja nicht verwechseln muß mit inniger Hingabe an das Evangelium und seinen Geist, eine Krücke, ein Hilfsinstrument sah, um in dieser Welt zu bestehen. Wie auch vieles andere in seinem Verhalten sicherlich ein Instrument gewesen sein mag, um sich in einer Welt zu behaupten, in der er sich ja ständig mißverstanden und verfolgt fühlte. So daß ich mit einer, wie ich finde, sehr reizvollen Anekdote enden möchte (Anekdoten, das wissen wir ja, sind oft eindrucksvoller und wahrhaftiger als beglaubigte Zeugnisse, weil sie oft im Konzentrat etwas sammeln, was das Wesen dieses Menschen und seines Werks ausmacht), derzufolge Kaiser Franz Joseph bei einem Empfang auf Bruckner trifft und dann zum Abschied sagt: „Ja, mein lieber Bruckner, kann ich noch etwas für Sie tun?" Bruckner darauf: „Majestät, es wäre schon sehr lieb, wenn Sie dem Hanslick sagen würden, er soll nicht immer so bös über mich schreiben." Diese Anekdote hat mancherlei an sich, was bewegen oder rühren kann: die Kindlichkeit und Naivität dieses Mannes, die ja auch durch andere Zeugnisse überreichlich bezeugt ist. Was für eine großartige Zeit, in der der Kaiser eines so gewaltigen Reiches, das von Galizien bis in die Toskana reichte, sich auch mit einem Künstler beschäftigte inmitten seiner Untertanen und sicherlich aufrichtig auf ihn zuging. Ich bin nicht ganz sicher, ob die Großen unserer Zeit die gleiche Souveränität hätten, und was ihre Möglichkeit einer respektvollen Anerkennung der Stimme der Kunst betrifft, so ist diese Möglichkeit sicher eher begrenzt. Obwohl es ja staunenswert genug ist, daß sich unsere erhabenen Vorstellungen von dem Wort des Künstlers, seiner Funktion, seiner Wirkung auf eine, wie mir scheint, lächerliche Weise immer noch erhalten hat. Die Rechtschreibreform, zu der ich jetzt nichts sagen darf, ist ja längst beschlossen. Nun setzen sich die Meister der Dichtung hin, darunter Walser und Grass und Lenz, und protestieren. Das ist deshalb so absurd, weil Dichter mit Rechtschreibung überhaupt nichts zu tun haben. Sie schreiben, wie sie wollen, und reagieren von je auf den Duden eher abwehrend. Aber nein, im Bewußtsein dessen, daß der Künstler heute immer

noch eine gewissermaßen fürstliche Funktion hat, wollen sie uns, den Schreibenden und Lesenden oder auch den Administratoren penetrant deutlich machen, wo
sie verfehlte Entschlüsse meinen monieren zu müssen. So viel zu Ihrer Frage, wie
ich als „Wagnerianer" fühle ...

Albrecht Riethmüller

Woran liegt es, daß der, wie man heute sagt, Diskurs über Musik in den letzten
Jahrzehnten an Bruckner weitgehend vorbeigegangen ist? Es scheint so, als habe
die Künstlerfigur Gustav Mahler, was die Diskussion in der musikalischen und
kunstinteressierten Öffentlichkeit anlangt, Bruckner international das Wasser
abgegraben. Auch in Deutschland wurde Bruckner zwar weiterhin aufgeführt,
aber er geriet spätestens Mitte der 1960er Jahre tief in den Schatten Mahlers, von
dem die Öffentlichkeit dann weit mehr bewegt wurde und fasziniert war vielleicht auch deshalb, weil die Braunhemden und ihre willfährigen Musiker die
Musik Mahlers zuvor durch Verbot mundtot gemacht hatten. Was wäre geschehen, wenn Adorno um 1960 statt seiner Mahler-Monographie ein Bruckner-Buch
geschrieben hätte? Wenigstens hierzulande hätte das die Rezeption möglicherweise beeinflußt. Aber er hat nun einmal die Mahler-Karte gespielt, und es ist
auch schwer vorstellbar, daß er ein Bruckner-Buch geschrieben hätte. Hinter
diesen Fragen steht nicht zuletzt die Überlegung, wie wohl der Autor beschaffen
sein könnte, der ein solches Buch heute mit einem ähnlichen Effekt schreiben
könnte, den Adorno eine Generation zuvor erzielt hat. Wie könnte also sozusagen
das ideale Bruckner-Buch heute aussehen bzw. wie könnten wir uns seinen Autor
vorstellen?

Peter Wapnewski

Die Affinität von Gegenstand und Beschreiben eines Gegenstandes, vom Objekt
und seinem Autor, ist klar und eindeutig. Und natürlich ist es nicht schwer zu
erraten, warum Adorno über Mahler schreibt und nicht über Sibelius. Jetzt frage
ich ganz schlicht, weil es sich eben um die Frage eines Laien handelt: Ist es denn
so, daß der musikwissenschaftliche Diskurs der letzten Jahre an Bruckner deutlicher vorbeigegangen ist als an anderen bedeutenden Komponisten? Im Falle
Mahler liegt es auf der Hand, das war die Woge einer Mode.

Albrecht Riethmüller

So wenig man Musikwissenschaft gleich Musikwissenschaft setzen kann, so
auffällig ist es, daß die Trendsetter, die Meinungsmacher des Musikschrifttums
(was immer man darüber denken mag) in den letzten Jahrzehnten weitgehend
ohne Bruckner ausgekommen sind. Nicht einmal die von Dieter Schnebel ange-

deutete Figur, fortschrittliche Momente bei einem Komponisten zu entdecken, um ihn zu sich hin führen zu können, – sozusagen „Bruckner the Progressive" – ist in den letzten Jahrzehnten genutzt worden, wie es sogar mit Liszt geschehen ist, der nach Perioden der Abwehr und des Vergessens in avancierteren musikalischen Kreisen wieder konsumierbar geworden war, indem man sein Spätwerk entdeckte und sich seiner Progressivität zu versichern versuchte. Bruckner hingegen blieb, wenn ich mich nicht täusche, wie ein alter Hut am Garderobenständer hängen, den man sich selbst im Herbst – trotz der Gefahr, sich unbehütet eine Grippe zu holen – eigentlich seit dem letzten Weltkrieg nicht mehr aufsetzte. Erst allmählich – samt einigen Vorboten – scheint sich das Blatt zuwenden.

Elmar Budde

Sicher, nachdem die Musikwissenschaft sich – ungefähr Ende der fünfziger, Anfang der sechziger Jahre – auf Schönberg gestürzt und gelernt hatte, daß man mit Hilfe von Strukturen Stücke entschlüsseln konnte, geschah dies auch im Blick auf Mahler. (Ich will jetzt Adorno ganz rauslassen.) Das geht bei Bruckner nicht; Bruckner fällt gleichsam durchs Netz. Über die paar Quinten, die man findet und von denen man auch die Umkehrung machen kann, darüber kann man (jedenfalls unter dem Aspekt der motivischen Entwicklung) keine Dissertation schreiben; das geht nicht. Zum anderen schreibt Bruckner, was seine Harmonik betrifft, Stufenharmonik, die – abgesehen von einigen Konservatorien – seit Hugo Riemann verpönt ist. Die ganzen Diskussionen um den Tristan-Akkord bestehen darin: Ist es eine Doppeldominante mit Grundton, ohne Grundton, tief alteriert, hoch alteriert usw.? Das heißt, alles geschieht auf der Basis der Funktionstheorie, die versucht, die Musik auf Grundfunktionen zu reduzieren. Und Bruckners Musik – man hat auch Simon Sechter nicht mehr studiert, auch in den Analysen nicht – beruht nicht auf Grundfunktionen, auch wenn er Kadenzen schreibt. Mit Riemannschen Funktionen hat seine Musik nichts zu tun. Wie will man den Anfang des 2. Satzes der 7. Symphonie unter dem Aspekt von Riemann analysieren? Da Riemanns Theorie aber in der Musikwissenschaft etabliert wurde, ist Bruckners Musik durchs Netz der Theorie gefallen. Man kann darüber nicht schreiben.

Dieter Schnebel

Ich glaube, daß etwas Historisches hinzukommt. Bruckner war ja gezeichnet durch die Art und Weise, wie die Nazis ihn vereinnahmt haben. Und dann kam – das habe ich selber noch gut in Erinnerung – etwa ab 1960 die große, neue Rezeption von Mahler, die eigentlich überschwemmend war. Da gab es für Bruckner keinen Platz. Und in dieser neuen Rezeption Mahlers gab es dann auch eine Minderbewertung von Bruckner. Wenn ich an Dutzende von Gesprächen mit meinem Freund Rolf Rosenberg denke, mit Walter Levin, Heinz-Klaus Metzger

oder anderen: für die war Mahler dann doch der Wichtigere, schon weil die
Musik von Mahler – jetzt kommen auch wieder die Adornoschen Begriffe –
gebrochener, in sich widerspruchsvoller ist usw. Diesen Kategorien konnte Bruckner nicht so sehr genügen. Dennoch wäre es an der Zeit, daß man auch an ihm
etwas davon entdeckt. In dem Buch von Manfred Wagner ist schon einiges drin:
wie schief die Perspektiven bei Bruckner sind, wie brüchig das alles. Wenn man
jetzt, wie soll ich sagen, Bruckner adornisieren und zeigen könnte, wie gar nicht
gradlinig diese Musik ist, was sich da alles an Brüchen und Widersprüchlichkeiten findet, dann wäre Bruckner vielleicht gerettet.

Albrecht Riethmüller

Könnte es aber nicht ebenso sein, daß eine ganz andere Richtung zum Vorschein
kommt, etwas, was wir schon einmal hatten, dann – insonderheit in der neuen
Musik – nicht mehr gelitten haben und von dem es fraglich ist, ob man es wieder
haben will: die Weihe und die Würde, den Heroismus, den Gehrock, die hohlen
Gesten und so viele anderen Attribute, die vorhanden waren, ehe sie sozusagen
gebrochen wurden und Gebrochenheit insgesamt (sei es zwischen Mahler und
Adorno, sei es zwischen Paul Celan und Francis Bacon) zum Grundzug der
Erfahrung von Kunst geworden ist. Sollte man bei der Rückwendung zu Bruckner
– sei es aus Nostalgie oder aus Historismus – sich ihn ungebrochen als einen
Apostel des Kaiserreichs imaginieren, oder sollten wir ihn so auffassen, daß er
durchs Nadelöhr der Geschichte gegangen ist, und an ihm die Zerrissenheit
wahrnehmen? Nicht zuletzt die Kuren bzw. Wechselbäder, denen Bruckners
Symphonien in der jüngeren Aufführungspraxis unterzogen worden sind, zeugen
wohl von diesem Zwiespalt.

Gert Mattenklott

Mir scheint, daß der Weg für eine derartig differenzierte Aktualisierung Bruckners tatsächlich beschritten worden ist. Manfred Wagner wäre hier zu nennen,
natürlich wiederum auch Dieter Schnebel. Beide fassen die Eigenheiten der Kul-
turregion, aus der Bruckner stammt, nicht im Sinn der Nazis, sondern einer spezifischen kulturellen Tradition, für die sich das frühe 20. Jahrhundert in besonderem Maße interessiert hat. Ich meine den Neuplatonismus und die durch ihn
vollzogene Vergegenwärtigung der Ordnung der Zahlen in ihrem Verhältnis zu
der der Sinne: in diesem Fall zur Ordnung der Klänge.
    Vielleicht kommt da eine Aktualität zum Vorschein, die in anderen Wissen-
schaften deutlicher bedacht worden ist. Ich denke etwa an Aby Warburgs Aufsatz
über das Schlangenritual neumexikanischer Indianer im Zeitalter der Elektrizität.
Sein Thema ist die sich jederzeit neu ereignende Herausforderung der menschlichen Ordnung durch archaische Triebkräfte, die nur um den Preis einer verhäng-
nisvollen Neurotisierung sowohl des persönlichen wie des gesellschaftlichen

Lebens diszipliniert werden dürfen. – Ein Fall der Moderne wäre Bruckner in diesem Sinn, indem er in seinem Werk die Aktualität des Archaischen ausgeprägt hat. Magie und Zahlenmystik haben an beidem teil: an der Idee rationaler Übersicht, zugleich aber auch an der Fiktion einer Teilhabe an dieser Rationalität durch prästabilierte Korrespondenz.

Dieter Schnebel

Ich würde gerne noch auf eines bei Bruckner hinweisen. Wenn wir Mendelssohn nehmen, oder Schumann, wenn wir Brahms, Wagner, auch Mahler nehmen, dann stehen sie alle in einer Linie, in *einer* Tradition. Sie bezieht sich auf Beethoven und bei Schumann auch auf Schubert. Und so ist das alles eine Musik, die in *einer* Traditionslinie steht. Das Besondere an Bruckner aber ist, daß das bei ihm überhaupt nicht der Fall ist. Da komponiert einer bis zu seinem 40. Lebensjahr eigentlich – ich nehme jetzt etwas von Elmar Budde auf – kirchlich-schematisch. Dann bricht da plötzlich etwas auf, das völlig anders ist als vorher, das aber auch völlig anders ist als die Musik seiner Zeit. Bruckner mag seinen Beethoven, er mag auch anderes aus der Tradition gekannt haben, vielleicht Mendelssohn. Aber die Musik läßt sich nicht in diese Linie einordnen, und das Schöne ist, daß sie eben auch, so sehr sie wagnert, etwas völlig Anderes und von der Musik des Bayreuthers abweichend Neues bringt.

Elmar Budde

Die Aktualisierung von Bruckner hängt heute ja nicht davon ab, ob die Musikwissenschaft sich mit ihm beschäftigt oder nicht, sondern hängt davon ab, ob seine Musik gespielt wird, wie sie gespielt wird und welchen Stellenwert sie in der Öffentlichkeit hat. Mahler hatte das ganz große Glück, unabhängig von Adorno, daß ein Dirigent wie Bernstein sich so intensiv um ihn kümmerte, mit allen Medien, die ihm zur Verfügung standen; Mahler ist seit Ende der fünfziger Jahre nachweislich der Medienkomponist geworden für die damals aufkommende Stereophonie. Ich kann mich erinnern an Freunde, die mit Musik gar nichts im Sinn hatten, die sich Mahler-Platten gekauft haben, weil es so schön „3-D" ist. Für Mahlers Musik war das entschieden wichtig, und seine Musik ist ja dann bis in den Film hinein entsprechend ausgebeutet worden. Dieses „Glück" hat Bruckner nie gehabt. Bruckner war zunächst, was die Rezeptionsgeschichte nach dem Krieg betrifft, vor allem durch die verklebten Aufführungen z.B. von Eugen Jochum „gezeichnet". Und wie lange galt Jochum als *der* Brucknerinterpret schlechthin. Dagegen hat sich dann ja Celibidache mit seinen breit angelegten, durch und durch proportionierten Interpretationen gewandt. Ich könnte mir denken, daß, wenn man die Musik auch in ihrer ganzen Zahlhaftigkeit, in ihrer Ordnung, wirklich ernst nimmt und sie nicht dynamisch verklebt, man sie nicht zu jener gewohnten monumentalen Walhalla-Musik macht; unter jungen Dirigenten kann man, wie ich meine, solches schon hören.

Dieter Schnebel

Oder beim alten Günter Wand.

Elmar Budde

Ein Dirigent wie Abbado hat z.B. den Scherzo-Satz aus der 9. Symphonie in seinen Proportionen so anlegt – und die Instrumentation ist dazu geeignet –, als ob er mit dem *Sacre* von Strawinsky verwandt wäre, d.h. Abbado projiziert in die metrische Zeitlosigkeit, die Nicht-Diskursivität der Brucknerschen Musik eine metrische Erfahrung, die zum Beispiel aus Strawinsky kommt oder sicherlich dann auch aus sehr viel neuerer Musik kommen kann. Und da glaube ich und da habe ich Hoffnung, daß Bruckners Aktualität dann kommt, wenn man sich seiner Musik im Bewußtsein der neuen Musik bemächtigt, nicht jedoch, wenn wir zurückdenken und meinen, daß Bruckner ein Neurotiker war. Bruckners Musik ist für mich von einer solchen Aggressivität, daß sie tatsächlich modern ist.

Albrecht Riethmüller

Gegen Ende möchte ich eine Frage stellen, ohne zu wissen, ob ich von jedem in der Runde eine Antwort bekomme. Wir haben drei Tage lang viele einzelne Bruckner-Probleme untersucht oder wenigstens angeschnitten. Das braucht nicht zusammengefaßt oder wiederholt zu werden. Mir ist aufgefallen, daß wir zwar über Kirchenmusik und Frömmigkeit gesprochen haben, aber nicht über etwas, das zwar seit der Antike zu allen Zeiten im Schwange war, aber gelegentlich – und so auch in der zweiten Hälfte des 19. Jahrhunderts – bestimmte Nuancierungen erhielt, nämlich das mit Musik verbundene Ethos bzw. die musikalische Ethik, zu deren Grundbestand es stets gehörte, sich die Musik zwar als Frau zu imaginieren, aber auf dem Ideal einer männlichen Musik zu beharren. (Es war übrigens – das fällt in diesen Umkreis – bemerkenswert wenig von Nietzsche die Rede.) Vor diesem musik-ethischen Hintergrund möchte ich die versammelten Herren fragen: Können Sie sich vorstellen oder gar damit anfreunden, daß jemand Bruckners Musik eine weibliche Musik nennt? Oder sollte ich die Frage lieber umkehren: Bevorzugen Sie es, Bruckners Musik männlich zu nennen? Die Frage kommt nicht von ungefähr. Denn die Überzeugung, daß Bruckners Musik männlich sei, bildet eine Konstante in der Rezeption, ganz anders übrigens als bei Wagner. (Wagner war mit Nietzsche immerhin darin einig, daß sie beide die Musik für ein Weib hielten.) Der rührige Bruckner-Dirigent Siegmund von Hausegger – also eine Figur, der man nicht andichten kann, bloß ein sachfremder oder gegenstandsferner Skribent gewesen zu sein – wußte selbst von den Brucknerschen „Originalpartituren", daß sie „bedeutend männlich-monumentaleren Grundcharakter" aufwiesen als die ersten Druckausgaben (in: *Deutsche Volksbildung* XI, H. 5/6, März 1937, S. 50).

Reiner Haussherr

Dem Kunsthistoriker verschlägt es die Sprache, ist ihm doch diese Frage bislang weder in der Geschichte der Literatur noch der der bildenden Künste je begegnet. Dann fällt ihm die einzig mögliche Antwort ein: Wenn die Musik Bruckners ein Geschlecht hat, kann es nur das Geschlecht der Engel sein.

Gert Mattenklott

Ich kann mit Ihren Begriffen schon etwas anfangen, wenn ich sie im Sinn einer symbolischen Ordnung verstehe, auf die vorhin ja in dem Mahler-Film angespielt wurde, in dem die Mahlersche Musik eigentlich nicht als produzierte, sondern primär als empfangene: als gehörte Musik gezeigt wurde; z.B. muß man das Kind, die Glocken, wie überhaupt die Geräusche erst vernommen haben, um sie neu hervorzubringen. Künstlerisch produktiv ist, wer zuerst vernommen hat, ehe er selbst sich zu Wort meldet. Eben dies aber ist eine Vorstellung, die der Künstlerphilosophie Nietzsches näher ist, als es die ausdrücklichen Zitate dieses Philosophen erweisen könnten. – Bei Nietzsche spielt unter den Sinnesorganen das Ohr die prominenteste Rolle. In Hegels Ästhetik das „theoretische Organ", wird es bei Nietzsche zum Kunstorgan schlechthin. Wer künstlerisch gebären will, muß empfangen haben. – Wenn wir diese Vorstellung in der symbolischen Ordnung von männlich und weiblich aufsuchen, dann wäre die Ordnung der Zahl natürlich am anderen Pol angesiedelt: eine Abstraktion, mit der sich die Ratio ihren eigenen Vers auf etwas Vernommenes macht, das sie selbst nicht deuten kann: Fülle des Klangs – das Weibliche –, aber diszipliniert durch Statistik, die männliche Ordnung. – Bei Nietzsche heißen diese Ordnungen dionysisch – das Weibliche – und appollinisch – das Männliche als die Ordnung der Zahl.

Albrecht Riethmüller

Die, wenn ich so sagen darf, Männlichkeitsschiene ist es, über die der Zug der Brucknerschen Symphonik im Laufe von hundert Jahren geschoben worden ist. Das war der Hintergrund meiner absichtlich etwas provozierend gestellten Frage, weil ich gelegentlich von spontanen Reaktionen Aufschluß erhoffe.

Peter Wapnewski

Wie waren denn nun unsere Reaktionen?

Albrecht Riethmüller

Sie haben sich bedeckt gehalten.

Peter Wapnewski

Nietzsches Philosophie besteht ja, wie wir alle wissen, zum guten Teil aus Aperçus. Die Musik ist ein Weib, ist erst einmal ein solches Aperçu; zweitens glaube ich, daß er es auch moralisch gemeint hat, und wenn er es moralisch gemeint hat, dann hat er es negativ gemeint.

Dieter Schnebel

Ich würde gerne noch einmal, weil ja Bruckner wirklich ein frommer Komponist war, an die Theologie erinnern. Da heißt es ja in der Schöpfungsgeschichte: Gott schuf den Menschen als Mann und als Frau. Es gibt den Menschen als Mann und als Frau, in dieser Polarität. Der Mensch selber ist die Synthese. Und ich finde bei Bruckner immer besonders bewegend, wenn es bei ihm erotisch wird. Das Vergeistigte oder Vertiefte ist dann, wenn diese Erotik mystisch wird. Die Brucknersche Musik ist weder männlich noch weiblich, sondern beides in einem. Sie ist komponierter Eros, komponierte Mystik.

Elmar Budde

Das – eine dritte Kategorie – überzeugt mich völlig. Vielleicht hat es doch etwas mit wie auch immer gearteter religiöser Musik zu tun. Ein Komponist der Moderne, der riesige Klangtürme komponiert hat, der immerzu zählte, nämlich Olivier Messiaen, hat ständig in solchen Allusionen komponiert. Für mich ist in der Moderne eigentlich er der Komponist, der unmittelbar mit Bruckner verglichen werden könnte, und zwar über jene dritte Größe, die Dieter Schnebel andeutete.

Albrecht Riethmüller

Deshalb bleibt es mir auch unverständlich, warum man sich darüber echauffiert, daß der vormalige Messiaen-Schüler Pierre Boulez jetzt zum 100. Todestag Bruckner dirigiert. Ohne Zweifel handelt es sich – wie ich von ihm schon vor zwei Jahren erfuhr – um eine genau kalkulierte aufführungsstrategische Maßnahme. Aber es handelt sich meines Erachtens beileibe nicht bloß, wie man unbesehen meint, um die Verirrung eines Dirigenten-Komponisten zum unpassenden Objekt, sondern womöglich um das Aufdecken einer – wie dabei stets: partiellen – musikalischen Beziehung der beiden Künstlerfiguren, die einen merkwürdigen inneren, in der Musik selbst liegenden Sinn ergibt.

Personenregister

BEIHEFTE ZUM ARCHIV FÜR MUSIKWISSENSCHAFT

Herausgegeben von Hans Heinrich Eggebrecht in Verbindung mit Reinhold Brinkmann, Carl Dahlhaus †, Kurt von Fischer, Wolfgang Osthoff und Albrecht Riethmüller

1983. VIII, 252 S. m. zahlr. Notenbeisp., Ln. m. Schutzumschlag 3746-2

23. **Werner Breig/Reinhold Brinkmann/ Elmar Budde,** Hrsg.: **Analysen.** Beiträge zu einer Problemgeschichte des Komponierens. Festschrift für **Hans Heinrich Eggebrecht** zum 65. Geburtstag. 1984. XVI, 444 S. m. zahlr. Notenbeisp., Ln. m. Schutzumschlag 3662-8

24. **Martin Zenck: Die Bach-Rezeption des späten Beethoven.** Zum Verhältnis von Musikhistoriographie und Rezeptionsgeschichtsschreibung der *Klassik.* 1986. IX, 315 S. m. zahlr. Notenbeisp., Ln. m. Schutzumschlag 3912-0

25. **Herbert Schneider: Jean Philippe Rameaus letzter Musiktraktat.** *Vérités également ignorées et interessantes tirées du sein de la Nature.* (1764). Kritische Ausgabe und Kommentar. 1986. VII, 110 S., Ln. m. Schutzumschlag 4502-3

26. **Thomas Röder: Auf dem Weg zur Bruckner-Symphonie.** Untersuchungen zu den ersten beiden Fassungen von Anton Bruckners Dritter Symphonie. 1987. 232 S. m. zahlr. Notenbeisp., Ln. m. Schutzumschlag 4560-2

27. **Matthias Brzoska: Franz Schrekers Oper „Der Schatzgräber".** 1988. 209 S. m. zahlr. Notenbeisp., Ln. m. Schutzumschlag 4850-2

28. **Andreas Ballstaedt / Tobias Widmaier: Salonmusik.** Zur Geschichte und Funktion einer bürgerlichen Musikpraxis. 1989. XIV, 458 S., 9 Tab. u. 22 Notenbeispiele u. 69 Abb., geb. 4936-3

29. **Jacob de Ruiter: Der Charakterbegriff in der Musik.** Studien zur deutschen Ästhetik der Instrumentalmusik 1740–1850. 1989. 314 S., geb. 5156-2

30. **Ruth E. Müller: Erzählte Töne.** Studien zur Musikästhetik im späten 18. Jahrhundert. 1989. 177 S., geb. 5427-8

31. **Michael Maier: Jacques Handschins „Toncharakter".** Zu den Bedingungen seiner Entstehung. 1991. 237 S., geb. 5415-4

32. **Christoph von Blumröder: Die Grundlegung der Musik Karlheinz Stockhausens.** 1993. IX, 193 S. m. zahlr. Notenbeisp., geb. 5696-3

33. **Albrecht von Massow: Halbwelt, Kultur und Natur in Alban Bergs „Lulu".** 1992. 281 S. m. 91 Notenbeisp. u. 5 Abb., geb. 6010-3

34. **Christoph Falkenroth: Die „Musica**

speculativa" **des Johannes de Muris.** Kommentar zu Überlieferung und Kritische Edition. 1992. V, 320 S., geb. 6005-7

35. **Christian Berger: Hexachord, Mensur und Textstruktur.** Studien zum französischen Lied des 14. Jahrhunderts. 1992. 305 S., zahlr. Notenbeisp. 6097-9

36. **Jörn Peter Hiekel: Bernd Alois Zimmermanns** *Requiem für einen jungen Dichter.* 1995. 441 S., zahlr. Notenbeisp., geb. 6492-3

37. **Rafael Köhler: Natur und Geist.** Energetische Form in der Musiktheorie. 1996. IV, 260 S., geb. 6818-X

38. **Gisela Nauck: Musik im Raum – Raum in der Musik.** Ein Beitrag zur Geschichte der seriellen Musik. 1997. 264 S. m. 14 Notenbeisp. u. 27 Abb., geb. 7000-1

39. **Wolfgang Sandberger: Das Bach-Bild Philipp Spittas.** Ein Beitrag zur Geschichte der Bach-Rezeption im 19. Jahrhundert. 1997. 323 S., geb. 7008-7

40. **Andreas Jacob: Studien zu Kompositionsart und Kompositionsbegriff in Bachs Klavierübungen.** 1997. 306 S. m. 41 Notenbeisp., geb. 7105-9

41. **Peter Revers: Das Fremde und das Vertraute.** Studien zur musiktheoretischen und musikdramatischen Ostasienrezeption. 1997. 335 S., geb. 7133-4

42. **Lydia Jeschke:** *Prometeo.* Geschichtskonzeptionen in Luigi Nonos Hörtragödie. 1997. 287 S. m. 41 Abb., geb. 7157-1

43. **Thomas Eickhoff: Politische Dimensionen einer Komponisten-Biographie im 20. Jahrhundert – Gottfried von Einem.** 1998. 360 S. m. 1 Frontispiz und 4 Notenbeisp., geb. 7169-5

44. **Dieter Torkewitz: Das älteste Dokument zur Entstehung der abendländischen Mehrstimmigkeit.** Eine Handschrift aus Werden an der Ruhr: Das *Düsseldorfer Fragment.* 1999. 131 S., 8 Farbtaf., geb. 07407-4

45. **Albrecht Riethmüller,** Hrsg.: **Bruckner-Probleme.** Internationales Kolloquium 7.–9. Oktober 1996 in Berlin. 1999. 277 S. m. 4 Abb. u. 48 Notenbeisp., geb. 7496-1

46. **Hans-Joachim Hinrichsen: Musikalische Interpretation. Hans von Bülow.** 1999. 562 S. m. 10 Taf. u. 70 Notenbeisp., geb. 7514-3

FRANZ STEINER VERLAG STUTTGART